MODERAN

MODERAN

DAVID R. BUNCH

데이비드 R. 번치 지음

조호근 옮김

MODERAN

일러두기

1. 이 책은 제프 벤더미어Jeff VanderMeer가 서문을 쓰고 뉴욕 리뷰 북스New York Review Books에서 2018년에 출간한 David R. Bunch의 *Moderan*을 저본으로 삼았다.

2. 원서에서 대문자로 강조한 내용은 고딕체로, 이탤릭체로 표기한 내용은 이탤릭체로 표기했다.

3. 단행본 및 정기간행물 등은 『 』로, 시, 희곡, 단편 등은 「 」로, 회화, 음악, 영화, 공연 등은 〈 〉로 구분했다.

—제프 밴더미어*

데이비드 R. 번치의 가장 유명한 작품을 접하기 힘들어진 지도 거의 반세기가 되어간다. 서로 연결된 우화 같은 이야기를 실험적인 방식으로 써내려간, 핵전쟁으로 파괴된 지구를 무대로 하는 '모데란' 단편들은 대부분 1960년대에서 70년대에 걸쳐 여러 잡지에 수록되었으며, 이후 일부 단편을 추가하여 1971년 에이번 출판사에서 단편집 『모데란』으로 출간되었다. 전문가 집단을 제외하면 번치는 거의 잊힌 작가가 되었으며, 최초의 『모데란』 판본 또한 오래전에 절판되었다. 그러나 번치가 작품을 쏟아내던 시기 이후로, 그가 상상한 악몽 같은 디스토피아 세계는 갈수록

---

* 제프 밴더미어Jeff VanderMeers는 2014년 〈서던 리치 삼부작〉으로 평단의 호평을 받았고, 그 첫 번째 작품 『소멸의 땅』으로 네뷸러 상과 셸리 잭슨 상을 수상했다. 이 외에도 휴고 상, 네뷸러 상, 국제 호러 연맹 상, 브램 스토커 상, 필립 딕 상 등 유수의 장르문학상에 후보로 오르며, 다양한 기획의 SF 판타지를 선보이고 있다.

미래의 모습에 들어맞을 뿐 아니라 심지어 예언하는 것처럼 보이기 시작했다. 플라스틱이 지상을 뒤덮고 거주 구역은 지하 토굴로 들어간 모데란의 지구에서, 남자들은 끔찍한 방식으로 스스로를 인공 성채로 개조하여 끝없이 전투를 벌인다. 이런 남자들에게 위안을 제공하는, 연민을 담아 묘사되나 본질적으로는 유독한 남성성 문화의 산물인 존재들 중에는 섹스 로봇과 테크노크라트들이 조율하는 봄철의 꽃부터 성탄절 화환에 이르는 온갖 계절의 즐거움 등이 포함된다.

핵으로 인한 파멸을 기후 변화와 산업 과밀화로 대체하면, 번치의 미래는 심리학적으로도 은유적으로도 현대의 우리가 맞이한 상황과 동류로 보인다. 오늘날의 우리야말로 미래를 플라스틱으로 포장하고 있지 않은가? 우리가 해야만 하는 일과는 정반대인, 자연을 배제하는 행위만을 가속하면서 말이다. 번치의 이야기 속 남자들은 새롭게 만들어진 육신에 갇혀 의례화된 공격성의 화신인 성채로 변한다. 이들의 육신은 실제적으로도 비유적으로도 인간 외 세상의 그 어떤 파편과도 접촉할 수 없도록 격리되어 있다.

그의 단편이 E. E. 커밍스의 기이한 시문, 필립 K. 딕의 천재적인 착상, 클라이브 바커의 육체적 공포를 매끄럽게 짜맞춘다는 사실이야말로, 이들 작품군이 오늘날까지도 생명력을 유지하는 이유이자 번치의 활동 당시 '부차적' 작품이라 여겨졌던 이유일지도 모르겠다. 번치의 작품은 거칠고 강렬하며 독특하지만, 그럼에도 혼란에 빠진 독자들에게 이정표가 되어줄 특정 시대의 표식을 보여주지 않는다. 동시대의 유명 작가인 새뮤얼 R. 딜레이니, 어슐러 K. 르 귄, 심지어 제임스 팁트리 주니어까지도, 비주류 집단의 관점에서 작품을 쓸 때는 익숙한 이야기의 실마리를 등장시켜 작품 속 기묘함을 보완하고자 한다. 반면 번치는 줄거리보다 산문시의 표현을 앞세우며, 작가와 상당히 다른 관점을 지닌, 공감하기 힘든 극도의 호전적 전쟁광의 시점에서 작품을 써내려간다. 심지어 작가의 대리인 역할로서 가상의 서문을 쓴 이름 없는 작가마저도 괴물 같은 품성을 내보이고 있다.

『모데란』 단편들과 흡사한 작품은 그 이전에도 이후에도 쉽사리 찾아보기 힘들다. 그 강렬함과 상승 구조는 때론 산문시에 가까워 보인다. 이런 구조는 방대한 정보량을 전달할 뿐 아니라 역동적인 겉보기 속에 명확한 의도를 담고 있다. 오로지 전쟁을 위해 모든 역량이 집중되는, 그리고 전쟁이야말로 유일한 가치 있는 행위인 미래를 그려내는 것이다. "서로의 완벽한 파괴를 계획하며, 동시에 무슨 수를 쓰더라도 자신의 신금속 동체를 지킬 반격 수단을 개발하는 것이야말로 인간이라는 짐승을 신에 가깝게 만드는 인간의 행위다."

번치의 산문시는 경쾌하며 서정적이다. 그리고 이렇게 주제와 문체가 충돌을 일으키기에 독자는 쉽사리 긴장을 풀지 못한다. 그러나 어쩌면 번치가 노린 점이 바로 그것일지도 모른다. 긴장을 푸는 순간 그의 단편들이 그려내는 미래의 모습은 일반화될 것이며, 누구도 받아들여서는 안 되는 근본적인 가정들을 용인하게 된다. 오늘날 우리들의 공동체도 괴상하고 불건전한 가정을 너무도 많이 용인하고 있지 않은가. 이런 전략을 이용하여 번치는 블라디미르 나보코프가 『벤드 시니스터Bend Sinister』에서 죽음의 수용소를 마치 여름 캠프 안내서의 형식으로 서술한 것과 비슷한 심리 전략을 사용한다. 슬프게도, 이에 익숙해진 독자들이 따분하다는 평가를 내릴 법한 내용이기에, 두 작가는 새롭고 끔찍한 현실성을 창조하기를 원했던 것이다.

번치는 낮은 위치의 관점 또한 무시하지 않는다. 사실 그의 단편 중 여럿은 직접 대지를, 즉 대지와 흙을 다루고 있다. 「주름도 처짐도 없는」에서, 훗날 10번 성채라 불리게 되는 남자는 세상을 플라스틱으로 포장하는 관리자에게 조언을 구한다. 독자는 그들의 대화 속에서 현실 세계에 존재했던 수많은 상황의 메아리를 들을 수 있다. 정책 결정 단계에서 검증을 피해간 수많은 나쁘고 어리석은 착상이, 교조적으로 열중하는 추종자들에 의해서 무지성적으로 실행되는 수많은 상황을 말이다.

이번 빙하기는 바위를 굴리거나 매머드 뼈를 이빨에 문 채로 밀려오지 않을 거라네. 이번 빙하기는 흙을 단순히 재배치하는 게 아니라 완전히 덮을 거니까. 지금 자네가 보고 있는 지면은 플라스틱이라네! 나는 플라스틱의 선발대로서 여기 나와 있는 셈이지. 우호적이지만 끔찍하게 경쟁적인 플라스틱 악마에게 따라잡히지 않으려고 안간힘을 쓰는 경주라네. 땅 다지는 기계들과 내가 한편이고, 계속 밀려오는 회색의 경계가 상대편인 거지. 그리고 우리는 이기는 중이라네!

『모데란』의 일부만 읽은 이들은 그 배경 세계가 특정 부동산업자나 토지 개발업자의 황홀한 꿈이나, 소셜미디어에서 흔히 공유되는 동영상 클립 속 현대적인 발명품, 이를테면 나무를 수초 안에 납작하게 만들어버리는 기계 따위의 최종 형태를 구현한 곳이라고 생각하지 않을 수 없을 것이다.

군산복합체나 환경 문제와 연관된 고찰 외에도, 번치는 현실 세계와 유리되어 금속성과 인간성 상실을 병치하여 보여주기도 한다. 「그날 나비는 독수리만큼 컸다네」에서 10번 성채는 자신이 인간에서 신금속 인간으로 변신한 과정을 떠올린다. "이렇게 해서 그들의 수술 도구는 내 머리까지 올라왔다! 얼굴의 살점 조각을 길게 잘라내기 위해서, 철벅거리는 두뇌 냄비와 녹색 뇌수액을 만들기 위해서, 칼날이 떨어져 내리며 번득이고 조금 전까지 유리 상자가 성역처럼 보호해주던 곳에 차가운 은빛 빗줄기처럼 쏟아졌다. …… 왼쪽 안와에 칼날 삽입. 오른쪽 안와에 칼날 삽입. 왼쪽 안구의 내부 적출 중. ……자, 이제 피가 나는군! ……피는 항상 날 수밖에 없으니……."

소셜미디어와 전자기기의 시대에서 우리는 손쉽게 육체의 물질성을 일시적으로 망각하곤 한다. 그리고 그런 망각은, 그런 기억상실은, 보다 큰 질병의 국소적인 예시에 지나지 않는다. 나무와 동물과 다양한 서식 환경이 존재하는 우리의 유일한 세계를 천천히 잊어가는 질병 말이다. 번치의 세계는 실제 세계를 단순화시켜서 (플라스틱으로 뒤덮어서) 이런 흐릿한 경계를 첨예하게 드러내 보이고, 훼손자의 시점을 경쾌하게 드러내 보일 때에도 그저 시점을 취하는 정도에서 안주하는 것이 아니라 도덕적 및 윤리적으로 역겨운 행위를 매력적이고 열성적인 상상과 수사를 통해 표현해낸다.

번치는 때로는 일종의 연금술사처럼 보이기도 한다. 『모데란』 단편에는 독특한 결합이 종종 눈에 띄는데, 이를테면 데니스 포터의 〈노래하는 탐정〉의 사이보그 버전을 앤서니 버지스의 『시계태엽 오렌지』의 방식으로 등장시키는 것이다. 이런 단편은 본질적으로 우리가 유토피아라 선전되고 받아들여버린 디스토피아를 디스토피아로 인식하지 못하게 되는 과정을, 그리고 우리 세계의 인간 및 인간이 아닌 온갖 존재가 영원히 되찾을 수 없게 되기 전까지는 그 대체 불가능한 가치를 깨닫지 못하게 되는 과정을 그리고 있다. 그는 10번 성채를 기록자로 내세워서 세계가 존속한다는 환상을 투사하며 세계를 파괴하려 애쓰는 죽음 숭배자들의 역사를 서술하여 이런 일을 해낸다.

물론 『모데란』의 순환은 당연해 보이는 방식으로 종말을 맞이한다. 죽음 숭배자 집단이란 영원히 유지될 수 없는 법이다. 결국에는 우주의 물리적 법칙이 그 환상을 깨트리게 마련이니까. 결국에는 인간 행위와 무관하게 우주 그 자체가 진실을 드러내 보이게 마련이니까.

데이비드 R. 번치의 양육이나 배경에서는 자유롭게 열정적이고 초월적인 상상력을 키워나갔을 법한 구석을 아예 찾아볼 수 없다. 그러나 귀스타브 플로베르의 격언을 기억해야 할 것이다. "규칙적이고 질서 잡힌 삶을 사는 대가로 작품 속에서는 난폭하고 독창적일 수도 있는 법이다." 번치는 미주리주 라우리시티의 어느 농장에서 태어났다. 학위논문을 제외한 모든 박사과정을 미주리주 세인트루이스의 워싱턴 대학교에서 끝냈으며, 이후 아이오와주 작가 워크숍에 참석했다. 이후 수십 년 동안 미 공군 소속 지도 제작자로 주로 미주리주에서 근무했다. 그의 딸 필리스 데커트에 따르면, 번치는 "뛰어난 유머 감각"을 지니고 "동물을 좋아했다". 그의 가족에는 언제나 애완동물이 있었다. 때로는 욕조에서 글을 쓰곤 했다. "어디에서 영향을 받으셨는지는 거의 말씀하신 적이 없어요. 하지만 대부분의 작가들처럼 삶으로부터 글을 쓰곤 하셨죠." 데커트는 말한다.

번치는 사망하기 전까지 꾸준히 집필을 계속했고, 장르와 주류 문학의 경계선상에서 작품을 발표했다. 『셰넌도어Shenandoah』나 『리틀 매거진The Little Magazine』과 같은 문예지에 발표한 운문과 산문만 해도 200편이 넘는다. 1960년대에서 70년대에 걸쳐, 그의 작품은 『판타지&사이언스 픽션The Magazine of Fantasy & Science Fiction』, 『어메이징 스토리즈Amazing Stories』, 『판타스틱Fantastic』 등의 잡지에 등장했으며, 할란 엘리슨의 상징적인 단편선 『데인저러스 비전Dan-gerous Visions』에 두 편의 단편을 수록한 유일한 작가이기도 했다.

번치는 작품 속에서 인간의 조건과 현대의 조건에 대해 카산드라 같은 예언자가 되려 시도하였으며, 카산드라와 마찬가지로 괴짜로 폄훼되었다. 어쩌면 지옥에는 작가를 보고 '너무 상상력이 지나치다' 또는 '너무 괴상하다'라고 평가하는 자들을 위한 특별한 자리가 마련되어 있을지도 모를 일이다. 연옥이나 지옥의 10계층 정도에 있지 않을까. 아이러니하게도 그의 작품을 배척한 이들은 문예지의 독자가 아닌 장르 잡지의 독자들이었다. 독자 투고란에는 주기적으로 번치의 '쓰레기'를 싣지 말아달라고 편집자들에게 애원하는 편지가 실리곤 했다. 심지어 『20세기의 과학소설 작가들』*에 언급된 번치 항목에도 그의 단편이 '다양한 정도의 분노와 마주했다'라고 기록되어 있을 정도다. 그리고 그의 작품을 이류나 주변적 작품으로 평가했던 당대의 과학소설 평론가들이 그의 문필적 성공에 악영향을 끼쳤음은 부인할 수 없는 사실이다.

반면 데커트는 이런 반발이 그녀의 아버지를 그리 괴롭혔다고 생각하지 않는다며 이렇게 말한다. "그저 흥미롭다고만 생각하셨기 때문입니다. 때론 재밌다고 생각하셨는데, 자신의 단편에서 무엇을 말하려 시도하는지를 그 독자가 이해하지 못한 것이 명

---

* Curtis C. Smith, *Twentieth Century Science-Fiction Writers*(1981)

백했기 때문이었죠."

번치는 충분히 자신을 방어할 수 있었던 것으로 보이는데, 어쩌면 그가 작가-독자의 관계를 적대적으로 여기는 독특한 관점을 가지고 있었기 때문일지도 모른다. 마치 10번 성채처럼 단단히 무장한 채로, 번치는 『어메이징 스토리즈』의 1965년 6월호에서 다음과 같은 유명한 선언을 남긴다.

저는 뭔가를 서술하거나 설명하거나 즐거움을 제공하려고 이 업계에 뛰어든 것이 아닙니다. 저는 독자들을 생각하게 만들려고 여기에 섰습니다. 우리가 온전히 끔찍한 세계를 만들어버린 대가로 독자의 치아를 바수고, 다리를 분지르고, 갈아 부수고, 때려눕히고, 경을 쳐야 하더라도 말이지요. ……누구나 써먹고 또 써먹은 낡은 줄거리를 따라 사건들이 줄지어 저속하게 행진하는 모습을 보고 싶은 초보 수준의 독자들은―물론 온 세상의 연민보다 거대한 증오를 담아 사랑하는 이들이기는 하지만―적어도 저를 위한 독자는 아닙니다. 제가 원하는 독자는 괴로움을 원하는 독자, 저 높은 곳으로 올라가서 커다란 흑십자가에 올라갈 독자입니다. 그런 독자는 저와 함께 지독한 대가를 치를 때가 도래했다는 깨달음을 얻을 수 있을 것입니다. ……온 우주가 우리를 힐끔힐끔 곁눈질하고, 온 은하계의 별들이 얼굴을 찌푸리며 우리를 내려다보고, 삼라만상의 음흉한 시선이 이토록 대단하고 또 대단한 위선자들을 담고 있는 이 작은 구체를 휘감으리라는 깨달음을 말이지요.

번치를 옹호하던 가장 뛰어난 두 편집자, 셀레 골드스미스와 주디스 메릴이 남성이 지배하는 분야에서 일하는 여성들이었다는 사실 또한 별 도움이 되지 않았을지 모른다. 오늘날 두 사람은 당대 최고의 과학소설 및 판타지 편집자로 평가되지만, 양쪽 모두 편집자로 활동하던 시절에는 편집 지침에 대한 상당한 저항을 맞닥뜨려야 했다. 일부는 성차별 때문이었지만, 이들이 '장르'와 '주류 문학'의 경계, '상업소설'과 '문예'의 경계를 흩트리는 단편들을 계약하여 과학소설의 '변방성'을 줄이려 노력했다는 것도 이유 중 하나였다. 특히 메릴은 매년 우수 단편을 선정할 때마다 『갤럭시Galaxy』에서 『뉴요커The New Yorker』에 이르기까지 어디에 실려도 괜찮을 법한 작품들을 선정하여 과학소설로 간주하는 작품의 지평을 넓히는 일에 기여했다. 따라서 번치는 그녀의 단편선 영역에 말끔하게 안착했으며, 오늘날 그의 작품이 디스토피아나 포스트아포칼립스 등의 다양한 문학 전통에서 중심 위치를 차지하는 것 또한 그 덕분이라 할 수 있다. 번치가 장르와 문예 양쪽의 작가들로부터 영향을 받은 것도 당연하다 할 수 있을 것이다. 또한 그가 과학소설의 변방으로 밀려나고, 메릴이 출판업계에서 완전히 추방되어 일찍 은퇴하고 캐나다로 떠난 것 또한 당연하다 할 수 있을 것이다.

번치는 E. E. 커밍스와 필립 K. 딕을 한데 모아 자신만의 방식으로 버무려서 참극의 궤도에 오른 당시의 세태를 경고하려 했다. 설령 과학소설 잡지의 독자들은 거의 눈치채지 못했다 할지라도 말이다. 그런 중에도 그는 환경과 자연공간을 보호하고자 전진하는 당대의 정치사회 운동과 보폭을 맞추었다(예를 들자면 1962년 출간된 레이첼 카슨의 『침묵의 봄』이나 1970년의 청정대기법이 있을 것이다). 최악의 시나리오를 가정한다는 점에서 번치는 자못 극단적으로 보일 수도 있을 것이다. 그러나 지금에 와서 돌아보면, 그가 집필한 시대야말로 『모데란』처럼 경고의 의미를 담은 이야기들이 가장 도움이 될 때였다. 당시 그의 산문에 담긴 선견지명과 비유들은 J. G. 밸러드의 작품들과 마찬가지로 우리에게 주어진 세상을 파괴하거나 그 안에서 살아갈 권리에 대한 기초적 가정에 의문을 제기하는 역할을 했다. 그러나 애석하게도, 오늘날의 우리들이 그의 작품에 '긴박한 시의성'이나 '선견지명'이 담겨 있었다는 평가를 내려봤자 그저 묘비에 비문을 새기는 정도 이상의 의의는 없을 것이다.

모데란의 세계가 보여주는 끔찍한 공포가 오늘날의 관점에서도 아예 상상할 수 없는 것이 아니라는 점이야말로 가장 끔찍한 상상일지도 모르겠다. 그러나 그의 단편에 담긴 해학, 직관, 활력, 공감, 그리고 드물지만 아름다움을 보여주는 순간들은, 가장 끔찍한 어둠 속에도 한 줄기 빛이 존재할 수 있다는 사실을 보여주고 있다.

부친에 관한 취재를 허용해준 필리스 데커트와 번치 관련 저술의 인용을 허락해준 매튜 체니에게 깊은 감사를 보낸다. 번치의 생애와 관련된 일부 정보는 『과학소설 전집The Big Book of Science Fiction』(빈티지 프레스)에서 인용했다.

차 례

서문 ········ 제프 벤더미어 5

서론 21

제1부 태초

43   과거를 돌아보며(우리의 신은 만사를 도우시니!)
51   주름도 처짐도 없는
70   그날 나비는 독수리만큼 컸다네
81   새 왕은 웃음거리가 아니니
94   한때 붉은 양탄자가
104 승리한 전투
112 병사 길들이기
118 신금속 애인의 시간
125 그리하여 하얀 마녀의 계곡이 생겼으니
131 모데란의 새 인간
142 반구형 거품 주택
150 실책
160 생존 꾸러미
170 신금속
174 망치와 인간에 관하여
181 성채
183 2064년 또는 그 언저리에서
194 모데란의 참회일
202 성채 안의 기묘한 그림자
213 일상으로의 귀환
226 걷고 말하며 신경 안 쓰는 남자

제2부 모데란의 일상생활

239 영원을 마주하며
242 권위의 가장 깊숙한 방에서
246 진정한 문제
252 놀이 친구
259 남편의 몫
266 온전한 아버지
276 그녀는 끔찍했나?
285 과거에의 일별
292 교육적 여행
300 검은 고양이의 계절
308 때론 기쁨을 가눌 수 없으니
315 기억하기
322 어느 꼬마 소녀의 모데란식 크리스마스
334 먼 땅에서 찾아온 살점 인간

제3부 종말의 전조

345 카멜롯 모데란에서 찾아온 사나이
357 재회
366 경고
375 이런 기수를 본 사람 있나요?
383 살육의 유예
398 꽃의 기적
415 모데란의 막간극
424 최종 결론
440 머뭇거리며 기다리며
443 시작이 없는 최후의 날에 그들은 영혼을
    어떻게 처리하였나
452 종말의 이야기

제4부 종말 이후의 외전

469   언제나 조금씩

479   농담

489   왕에게 두 개의 태양을

499   선한 전쟁

512   영원을 겨냥한 땅에서

521   금속 인간 종족 사이에서

532   지저분한 전쟁

543   금속 포식자가 찾아왔을 때

550   꼬마 소녀의 모데란식 봄날

563   9번 성채의 12월

579   마음을 앓는 이와 창고지기

역자후기 586

서론

이 기이한 고대의 기록은 얼어붙은 모데란의 바다가 녹아내린 다음에야 물살에 쓸려 해변으로 올라왔으니, 참으로 진기한 일이 아니겠는가. 빛살의 종족인 우리는, 정수精髓의 땅에 거하는 꿈의 종족인 우리는, 이 기록을 구식 기계에서 재생시켜 그 내용이 완전히 다른 세계를 묘사하는 것임을 쉽사리 알아냈다. 지금 우리가 도달한 정상과 이들이 극복하려 애쓰던 죽음과 패배의 구렁텅이 사이에 있었던 곳이니, 필시 과도기의 세계라 불러 마땅할 곳이었으리라. 신금속 인간이라! 마음을 울리는 바가 있구나. **모데란이여!** 실로 그 개념만은 창대했으니, 또 누가 알겠는가, 그 세계에도 어느 정도 성공할 가능성이 깃들어 있었을지. 그러나 모든 공동체는, 모든 문명은, 모든 포부는, 결국 끊임없는 시간의 장막에 붙들려 패배하게 마련이니, 그 자리에는 뼛조각이나 화석이나, 어쩌면 굳어서 돌로 변한 신발 한 짝이, 어쩌면 바닷속에서 일렁이는 작은 뼈 단추 하나가, 여전히 반짝이는 머나먼 옛사랑의 기념품으로 남을 뿐이 아니겠는가. 이들의 문명이 남긴 것은 테이프였으니, 한 위대한 '왕'이 자신의 희망을, 공포를, 전쟁을 담은 이야기를 풀어놓은 물건이었다. 그래, **전쟁** 말이다! 이 '왕'도 나름의 문재를 갖춘 작가로서, 어쩌면 파멸에 빠진 제임스왕과 같은 부류일지도 모르겠다. 그의 산문은 재능이 번득이되, 애석하게도 종종 따분해진다. 자명한 일을 장황하게 늘어놓기도 하고 설명이 필요할 때는 뭉뚱그리니, 늘씬해야 할 때는 살집을 부풀리고 덩치가 필요할 때는 홀쭉해지는 모습이 아닌가. 적어도 내게는 그렇게 보인다. 그러나 이 몸은 정수의 종족으로서 진정한 기계의 효율성에 도달했으니, 완벽한 기준으로 인간의 결함을 평가하려 든다면 참으로 불공평한 일이 아니겠는가!

그렇다, 우리 정수의 일족은 이 테이프가 전하는 세계를 아득히 초월했다. 우리는 이 악한들이 꿈만 꾸었던 진정한 불멸성을 손에 넣었다. **참으로 조잡하구나!** 아, 그렇지, 그들은 조잡했으나, 그 내면에는 분명 열정과 기백이 존재했다. 그들의 '왕' 중 하나가 그 사실을 명백하게 드러냈으니, 설령 그 '왕'이 광대의 부류였다 하더라도 그 진지함에는 변함이 없으리로다. 그가 이기적인 자였다는 것은 분명하다―그 사실을 누가 부인할 수 있을까? 거의 언제나 겁에 질려 도망치기만 하던 자였으니, 자신이 두렵고, 시간이 두렵고, 자신의 적수인 다른 모든 사나이가 두렵고,

하얀 마녀가 두렵고―두려움이 두려웠으리라. 그러나 여기에 한 마디를 덧붙이지 않을 수 없으니, 허물만 남은 이자의 내면에는 그런 결점조차 벌충할 인간적인 가치가 깃들었다는 것이다. 고난에 짓눌리고, 해결할 수 없는 난제에 허풍으로 응하면서도, 그는 비틀대는 걸음으로 세상을 헤매면서 "나는 위대하며 세상에서 **가장 위대한 자**이니 반드시 증명해 보일 것이다!"라고 울부짖었다. 그리고 이 테이프의 내용을 '듣고' 그대에게 이야기를 풀어놓는 화자의 입장에서는, 이 남자가, 이 '왕'이, 이들의 말로는 10번 성채가, 자기 자신의 가치에 대한 개념을 내면의 온갖 두려움과 적어도 동등한 수준으로 끌어올려 마침내 극복했으리라고 점점 더 확신하게 된다. 그리고 그의 두려움이 진정 거대한 것이었다는 점을 고려하면, 그의 가치 개념과 극복 과정은 실로 대단하다고 할 수 있을 것이다.

테이프에 담긴 모든 내용을 여기에 옮기지는 않았다. 우리 종족에 앞서 도래했던 모든 이들과 마찬가지로, 그도 자신의 두려움을, 자신의 포부를, 자신의 실패를 강조하기 위해 같은 이야기를 되풀이하기 때문이다. 내가 취한 행동을 그대에게 솔직히 털어놓자면, 나는 그의 '온전한 이야기'를 들려주면서도 내게 가장 깊은 인상을 남긴 테이프만을 선별하고자 했다. 이 또한 상당히 인간적인 행위가 아닐까?

그리고 나 역시 인간이니, 여기에 의혹을 품지 않기를 바란다. **모데란**의 이야기로 나아가기 전에 먼저 나 자신이 어떤 존재인지를 간략히 설명하겠다. 앞서 말한 바와 같이, 나는 이제 거의 모든 인간이 그렇듯 정수의 종족에 속한다. 그래! 물론 육지와 황량한 바다에 둘러싸인 작은 나라, 여전히 자신들을 올데란Olderrun 이라 부르는 그들은 제외하여야 할 것이다. 나는 거대한 기계에서 유래했으니 죽을 필요가 없는 존재이다. 나와 내 일족은 진정으로 **모데란**의 꿈을 이어받은 이들이니, 머지않아 테이프의 이야기를 들으면 그대도 이해할 수 있으리라. (물론 테이프의 이야기는 그 본질은 변하지 않으나 내용은 개선되었을 것이다. 내가 기계에서 유래한 자이기 때문이다! 나는 효율적인 존재이니.) 간략히 말하자면, 인류를 무덤의 흙과 영원한 어둠으로부터 구하는 방법을 발견한, 아니! 발견이 아니라 진화시킨 자들이 바로 우리였다. 진정으로 인류를 구원한 것은 꿈이나 종교에서 읊조리는 괴상한 주문도, 다른 거짓 신화도, 그리고 심지어 **모데란**의 방법도 아니었으니, 설령 그들이 승리의 문턱에 도달했더라도 그 점은 변하지 않으리로다. 북부에서 거대한 기계가 돌아가며 빛살을 보태주는 한은 우리의 방법은 진실되고 온전할 것이니. 그리고 물론 기계는 멈추지 않을 것이다! 우리에게는 기계를 주시하며 보살피는 기계들이 있다. 우리는 간첩과 역간첩으로 구성된 방대한 첩보 체계와, 필멸자나 불멸자가 늘 꿈꾸었던 가장 완벽한 기계-기계 수리 체제를 보유하고 있다. 이는 영원히 버틸 것이다. **나는 그러리란 것을 안다!** (그럴 수밖에 없으리라.)

그녀와 내가, 찰나에 맺어진 내 사랑의 꿈이 (천공 빛살로 맺어진 한 쌍이었다!) 북부의 거대한 송신기를 타고 빛살의 여행을 떠나던 순간, 우리가 이 세대에서, 아니 모든 세대를 통틀어 가장 희귀한 문학작품을 발견하게 되리라고 그 누가 예상했을까? 원래대로라면 정수의 종족이 흔히 만끽하는 사랑 여행과 다를 바가 없었을 것이며, 정수의 땅을 다스리는 사랑의 독재관이 골라낸 꿈속 사랑의 장소로 가서 단조로움을 물리치는 정수의 시간을 가졌을 것이다. 어쩌면 성행위의 빛살로 서로를 살짝 다독이고, 분명 수많은 빛살의 대화를 나누었을 것이며, 사랑의 소풍에 나서 빛살스러운 정수의 시간을 보냈을 터인데. 그러다 나는 문득 빛살로 이루어진 발을 내려다보다 이내 발견한 것이다! 한때 기계로 굳혔던 모데란의 바다에서 밀려온 테이프가, 훗날 이 책이 된 테이프가, 그곳에 있던 것이다. 나는 놀라 소리쳤다. 그리고 나의 사랑과 그녀를 둘러싼 빛살을 바닷물 속으로 떨구고 그 물건을 주워 들고 말았다. 예나 지금이나 선량한 마음의 소유자인 그녀는 자신의 빛살을 말리면서 그 물건이 사랑보다 중요할 수 있음을 인정했다. 우리는 다시 빛살을 타고 돌아가고 싶다는 신호를 보냈고, 사랑의 독재관이 허락하자, 우리는 그녀의 집에서 빛살에 감싸인 밤을 보내며 테이프를 재생해 이 책의 내용을 가늠하고 그 문필의 기교에 감탄했다. 그 조잡했던 시대에 어찌 이런 작품이 탄생할 수 있었단 말인가! 글쎄, 세상에는 깜짝 놀랄 일이 참으로 많지 않은가?

초반부의 테이프인 「주름도 처짐도 없는」은 비교적 길고 느슨한 작품이나, 동시에 상당히 많은 내용을 담고 있다! 나는 그 재치 있는 이야기에 깊이 빠졌으며—(그 수많은 압착기들이 진지한 임무를 우스꽝스럽게 수행하는 모습이라니!)—또한 모데란의 종족이 매진하던 '강대한 꿈'의 개념을 잡고 이해하는 데 좋은 길잡이가 될 수 있으리라 생각한다. 지구의 단단한 표면을 전부 플라스틱으로 덮다니—상상해보라! 대양 그 자체를 굳히다니—휘유! 세상에 존재하는 모든 부드러운 장소를 단단하게 다진다니……. 그리고 실제로 이뤄냈으니, 내 빛줄기 모자를 벗어 경의를 표해야 하지 않을까! 그들의 세계는, 인류의 기나긴 역사 속에서도 가장 위대하고 위대한 세계 중 하나는, 한동안 진정으로 「주름도 처짐도 없는」 곳이었던 것이다.

「주름도 처짐도 없는」에 이어 이 남자가 '모데란의 꿈으로 향하는 길에 들어서는' 데 필요한 다양한 '교체' 수술을 다룬 테이프가 이어진다. 그러나 이 시기의 주인공은 자신의 고통과 불안에 지나치게 사로잡혀 있어서, 이야기들도 전반적으로 뒷맛이 상당히 끔찍하다. 뽑히는 손톱, 반토막이 나는 뼈, 몸에 부착되는 신금속 부속 하나하나가 그에게 강렬한 감정을 불러일으킨다. 그러나 그는 겁쟁이는 아니었다. 아니 천만에, 훗날 위대한 10번 성채로서 '모데란 전역에서 가장 위대한 전투대장 중 하나'로 불리게 될 이를 절대 겁쟁이라 칭할 수는 없을 것이다. 나는 그가 지금껏 존재했던 그 어떤 인간보다도 용감하고 단호하게 이를 악물었으리라 믿는다.

병원에서 보낸 끔찍한 시간은 아홉 달에 이르렀으니, 그동안 우리의 주인공은 끊임없이 톱질당하고 잘려나가고 '교체'되었다. 그 과정은 끔찍한 테이프 「그날 나비는 독수리만큼 컸다네」에 요약되어 있다(그대의 비위를 위해서, 나는 내용을 상당 부분 편집하고 검열했다). 조금 더 희망찬 「새 왕은 웃음거리가 아니니」에서 그는 자리를 털고 일어나 바깥세상으로 나가며, 「한때 옛날 붉은 양탄자가」에서는 자신의 성채를 차지한다. 여기서는 그가 이미 모데란의 사람이 되었다는 점을 염두에 두어야 한다. 즉 "그의 육신은 이미 거의 신금속으로 바뀌었으니, 얼마 남지 않은 살점은 떨어져 길게 늘어지고, 장기는 영원히 움직이는 내연기관으로 바뀌었으며, 냄비에 찰박거리는 비상한 녹색 액체가 두뇌를 대신했다"는 것이다.

수술이라는 아홉 달의 악몽에서 벗어나서 성채에 안전하게 자리 잡은 지 얼마 지나지 않아, 그는 진정한 금속 인간에게 반드시 필요한 것을 획득하러 나섰다. 아내라는 이름의 귀찮은 문제가 처리되지 않은 상황이었기 때문에, 그 또한 모데란의 다른 모든 성채 주인들처럼 신금속 인형을, 그만의 '양철 깡통 애인'을, 흔히 말하는 '충직한 쾌락'을 갈구하고 있었기 때문이다. 영주인 그에게 마땅히 주어진 권리라 일부 사람들이 생각하는 것처럼 부적절한 행위는 아니었으며, 그의 시대의 기준으로 보면 그를 악인이나 저속한 자라 부르기도 힘들 것이다. 그리고 테이프에 담긴 기록을 보면, 우리는 그가 '사랑의 전장'에서 상당한 실패를 경험했으리라 추론할 수 있다. 따라서 나로서는 그가 양철 깡통 인형(물론 호칭일 뿐, 사실은 신금속 애인이다)을 그토록 사랑할 수 있었다는 점을 내 빛살의 진심으로 다행이라 생각한다. 그는 원하면 온갖 거대한 쾌락의 시간을 인형에 줄 수 있었고, 절대 지치는 법도 없었으리라. 설령 지친다고 해도, 그 이유를 구구절절이 설명할 필요도 없었다. **전원을 내리면** 사랑스러운 금속 인형 연인의 사랑스러운 톱니바퀴 두뇌는 그대로 밤의 장막에 휘감겨 정지할 것이고, 이후에는 내키는 대로 온갖 남자다운 행동에, 이를테면 이웃의 성벽을 날려버리거나 온 대륙을 문대 없애는 일에 매진할 수 있었을 테니까. **참으로 편리하지 않은가!**

이런 이유에서 「신금속 애인의 시간」을 그대에게 바친다!

그러나 모데란의 땅에 신금속 애인이라는 은총이 보편적으로 퍼지고 성생활의 근심이 사라졌으리라는 거짓된 결론을 섣불리 내려선 곤란하다. 여기서 서둘러 단호하게 수정하노니, 항상 그랬던 것은 아니었다. 우리의 주인공 또한 인간이었으므로 온갖 문제를 불러들이는 두 발 달린 환영용 깔개 같은 자였다. 그가 무엇을 시도해도, 어디에 가도, 아무리 많은 신체 기관을 강철로 교체해도 (지고의 상태인 100퍼센트에는 결국 이르지 못했지만) 그는 이내 자신의 어깨를 움켜쥐는 차가운 손을 느끼고 "나를 따라오라고, 네가 맞서 싸워야 할 인간형 적들이 더 있으니까"라고 말하는 거친 목소리를 들을 수밖에 없었던 것이다. 따라서 그는 어느 신금속 애인에게 다소 현명하지 못할 정도로 빠져들었다.

그렇다, 「기억하기」에서 그는 다른 모든 살점 인간들이 그러했듯이 사랑과 번민에 휩싸여 고뇌하는 모습을 보인다. 그가 당시 데리고 있던 신금속 애인이 도망친 것이다. 양철 인간과? 다른 성채의 주인과? 숙적과? 낯선 사람과? 누구와? 누구와? 어디로? 어디로? 어떻게? 어떻게? 그리고 왜? 대체 왜? 정말로 묘하고 이해할 수 없는 작은 존재가 아닌가. 생각해보라. 이 강대한 성채의 주인은 양철 깡통 여자한테 어찌나 깊이 반했는지, 배신당했음을 깨닫자마자 그대로 수개월 동안 모든 활동을 중지하고 그녀에 내릴 형벌만 궁리하며 보냈다. 참으로 놀라운 일이 아닌가. 이 기묘한 광경을 비롯해 다른 여러 테이프에서 직접 진술하거나 암시하는 다양한 태도를 곱씹으면 곱씹을수록, 이 남자가 '사랑의 전장'에서 과거 끔찍한 실패를 **경험**했으리라는 내 추측은 점차 **확신**으로 변해간다. 그런 무수한 내용의 일부는 그대에게도 전송해줄 것이며, 일부는 다양한 이유로 나 혼자만 간직할 것이다(대부분은 개인적 호오에 의한 것인데, 이 또한 내가 너무도 인간적이라는 증거가 될 것이다). 나는 그의 갑주의 군세가 배신당하고, 속아 넘어가고, 비열하게 포위당해 사로잡히고, 궤멸당해 혼돈 속에 패주하고, 끔찍한 패배와 답보 상태를 경험했다고 생각한다—사실 공격군에게 일어날 수 있는 모든 불리한 요건은 전부 경험했을 것이다. 그리하여 그는 아마도 자신에 대한 자부심이나 신뢰를 가질 수 없는 상태가 되어 살점으로 더럽혀진 전장에서 돌아왔을 것이다. 그러다 신금속 인간이 되어 그가 정확히 원하던 것을, 그의 지시에 따라 맞춤 제작되어 온전히 즐기고 신뢰할 수 있는(그러리라 생각한!) 상대를 찾았는데, 이 또한 허물어지고 도둑맞고 천한 유혹에 넘어가다니—이리하여 그의 뇌는 순식간에 끓어오르게 되었다. 그래 마땅하지 않은가!

그러니 「기억하기」도 그대에게 건네리라……

그러나 이런 신금속 애인의 시대가 찾아올 수 있었던 것은, 모데란의 극초기에 강대한 성채 주인들이 살점 여성이라는, 아니 조금 더 정확하게 표현하자면 아내라는 성가신 장애물을 몸소 해결했기 때문이라는 사실을 잊지 말도록 하자. 실로 **대단한** 해결책이었으니, 나는 그를 기리며 빛살의 모자를 들어 올려 경의를 바치겠노라! 물론 정수 시대의 우리들에게는 그런 문제가 없다. 함께 지내는 빛살 여인이 마음에 들지 않거나, 함께 지내는 여인의 빛살이 몹시 마음에 드는데 그녀 쪽에서 화답해주지 않는다면, 나는 그저 사랑 독재관의 집무실로 신호를 보내서 불만을 표시하면 된다. 그러면 그는 꼬마 기계 비서를 부려서 예전 빛살을 불러들이고, 동시에 내게 직접 새로운 꾸러미를 전송해준다. 진정 훌륭한 해결책이 아닌가! 그러나 테이프 속의 인간들은 조잡한 시대를 살았던 조잡한 존재이니. 그 사실을 잊지 말아야 할 것이다. 그러나 하얀 마녀의 계곡이란 모데란이 대개 그랬듯이 올바른 방향으로의 한 걸음이라 불러 마땅하리라. 따라서 「그리하여 하얀 마녀의 계곡이 생겼으니」도 이 책에 들어갈 것이며……

모데란의 작은 잡동사니 인간들의 가정생활을 다루는 테이프 도 상당히 많은 편이나, 그들 중 많은 수는 남편과 아내를 완전히 분리한다는 은총을 누리지 못했다. 여기서 솔직히 털어놓자면, 나는 모데란이 전성기에 이르러서도 너덜너덜한 살점 인간이라는 짐을 완전히 배제하지 못했다는 사실을 깨닫고 깜짝 놀랐다. 그대가 이내 읽게 될 것처럼, 우리의 주인공인 10번 성채는 그 사실을 개탄했으나, 설령 그 상황을 개선할 수 있는 최종 결정권을 손에 넣었다 할지라도 그 해결책을 적용할 만큼 강인하지는 못했을 것이다. 내가 보기에는 이야말로 그의 이전에 살았던 살점 인간과, 우리가 지금 다루는 신금속 인간 양쪽의 실패를 종합해 보여주는 듯하다. 게다가 그는 자신의 내면에서 벌어지는 끝없는 전쟁에서도 결국 해방되지 못했다. 그 전쟁이란 그가 자연스럽게 원하던 행동(실행했어야 마땅한 '옳은' 행동)과 양심 때문에 반드시 해야 한다고 믿게 된 의미 없는 행동 사이의 갈등을 말하는 것이다. 양심이라니, 이 얼마나 추하고 부자연스러우며 완전히 터무니없고 강제된 개념인가! 인간은, 심지어 이 신금속 인간조차, '원하지만 행할 수 없는' 상황에서 비롯되는 짜증과 온갖 논쟁에 발목을 잡힌 나머지, 마침내 스스로 빚어낸 수치와 타협에 물들어 얼룩지고 질척이는 덩어리로 전락해버리고 말았던 것이다. 아, 물론 신금속의 시대에는 그만큼 쉬이 눈에 띄지는 않았지만, 존재했던 것은 분명하다. 살점 껍질의 고약한 부드러움이 한 조각이라도 남아 있다면, 선하게 굴겠다는 옴짝달싹

할 수 없게 만드는 끔찍한 결점조차도, 양심에 따라 그곳에 그대로 남아 있게 되는 것이다. 선이라?! 선이 대체 무엇이기에? 흐으으으으으음……. 선이란 단지 인간의 정신에 떠오른 가장 거짓된 개념을 지향하려는 거짓된 노력일 뿐이니. 인간이 서둘러 이 개념을 냉정하게 자신의 정신에서 뜯어내버리기만 했더라면, 그리고 자연 그대로의 땅바닥에 내팽개쳐 망가뜨리기만 했더라면, 혹은 상상 속의 풍선 주머니에 매달아 폭발시켜, 고약한 기체를 내뿜으며 하늘로 날아가서 언젠가 **위대한 날에** 온전해지리라 말하는 곳까지 가 닿게 만들었다면…… 그랬다면 자연스러운 인간은 얼마나 다른 존재가 되었을까! 그러나 그에게 그런 일은 불가능했으리라. 마침내 그 일에 성공한 것은 정수의 종족인 우리였으니. 그러나 의심의 여지 없이, 빛살의 인간인 우리를 형성하는 단계에도 나름의 어리석음이 있었으니, 양심 빛살과 윤리의 찌꺼기를 옹호하는 이들의 대립이, 그리고 그로 인한 자연스러운 인간과 부자연스러운 인간에 대한 자멸적인 논의가 끝도 없이 영원히 계속되었던 것이다. 그러나 끝에는 자연스러운 인간이 승리했으니, 우리 진정한 인간들은 마침내 정수의 빛살 형태로 증류될 수 있었다. **만세!** 정수의 인간이여, 자연스러운 빛살 종족이여, 마침내 등장한 진정한 인간이여, 영원하여라!

감정에 휘말리고 말았구나! 부디 내 탈선을 용서해주길 바란다. 모데란에 남은 누더기 인간들의 생활을 설명하려던 참이었다. 따라서 그대의 계몽을 위해, 그리고 아마도 즐거운 독서를 위해, 「반구형 거품 주택」을 선택했다. 그리고 모데란의 가정생활을 담은 다른 테이프 중에서는 우리의 '왕'이 번민에 빠져 평범한 성채 주인의 평소 자세를 벗어던지는 모습을 선택하겠다. 여기서 평소 자세란 증오와 전쟁, 전쟁과 증오, 그리고 가끔 찾아오는 휴전과 쾌락의 시간과 가끔 등장하는 보편적이고 심원한 사색의 시기를 일컫는다. 이 모든 것을 벗어던진 그는 종종 인간의 감정을 드러내곤 했다. 따라서, 이를테면, 「그녀는 끔찍했나?」와 같은 단편을 읽고서 냉정하고 이성적인 동정을 품지 않을 수 있는 사람이 있겠는가? (그는 너무도 강인하고, 너무도 겁에 질리고, 너무도 연약했다. 그리고 그녀는 성채 심장부에 인형을 심어서 그에게 타격을 입혔다!) 그러나 대부분의 경우, 그는 모데란의 가정생활을 3인칭의 단출한 고전 작품으로 묘사하면서, '평범한' 모데란의 삶을 묘사함과 동시에 상당한 문필 능력까지 뽐낸다. 예를 들어 「남편의 몫」, 「검은 고양이의 계절」, 「어느 꼬마 소녀의 모데란식 크리스마스」는 훌륭하게 세공한 보석 같은 작품이라 생각하여, 조금의 가필도 하지 않고 모든 단어와 구두점 하나까지, 그가 테이프에 기록한 그대로 옮기기로 결정했다!

뒤이어 「종말의 전조」라는 장으로 묶은 훌륭한 이야기들이 등장하는데, 이 이야기에 귀를 기울이면 그 안에 깃든 모종의 탐구와 슬픔을, 소리 죽인 흐느낌과 모데란 전체를 합친 것보다 더 큰 갈망을 느낄 수 있다. 세월의 희생양이 된 사람이, 세월로부터 이득을 취한 사람이, 고통과 보상을 동시에 받은 사람이, 마침내 왜? 그리고 무슨 이득이 있기에? 그리고 대체 무슨 목적으로? 라는 질문을 하는 모습이 눈앞에 펼쳐질 것이다. 마지막 부분의 이야기에서는 진로를 바꾸지 않는 '과거의 인간'에 대한 마지못한 경애 또한 찾아볼 수 있다. 특히 「카멜롯 모데란에서 찾아온 사나이」, 「재회」, 「이런 기수를 본 사람 있나요?」 등에서 이런 감상이 가장 강렬하게 느껴진다. 그러나 그중에서도 위대하고 또 위대한 작품은, 「재회」와 「종말의 이야기」을 제외하고 말하자면, 「살육의 유예」와 「꽃의 기적」일 것이다. 「살육의 유예」에서 우리의 주인공은 처음으로 자연적인 죽음의 원인을 대적하며, 위대한 꿈에서 가르치는 것과는 달리 모데란의 인간에게도 그러한 죽음이 찾아올 수 있다는 참혹한 사실을 깨닫는다. 여기서 남자답게 인정하겠으니, 나는 그가 다른 이의 죽음을 수리하려 열심히 노력하는 모습을 보면서, 정말로 수리하고 싶었지만 결국 불가능했던 모습을 보면서 빛살 속에서 조금 흐느낄 수밖에 없었다. 마침내 장벽에 부딪히고, 정신이 완전히 혼돈에 빠지기 직전에 가서야 그는 적절한 조율을 거치고 현실과 타협해서, 당시 한창이던 전장에 뛰어들어 다시 한번 포격전에서 승리하고 위대한 전사자들을 약탈하는 일을 도왔다. (신금속 인간에게 영광을! 모데란에 영광을!) 「꽃의 기적」에서 우리는 그가 성채나 대포보다 좀 더 미묘하고, 어쩌면 좀 더 가치 있는 것을 얼마나 믿고 싶어 했는지를 확인할 수 있다. 그러나 성채와 대포를 넘어선 세계는 모든 것이 사기였으니, 우리의 주인공은 어떤 장인의 사기 행각에 넘어가고 말았다. 꽃으로 된 손을 가진 사나이에게!

우리 주인공이 겪은 온갖 일을 고려해보면, 그가 「최종 결론」에 이르렀다는 사실은 딱히 놀랍지 않다. 그리고 그가 「최종 결론」을 끝까지 따랐다면 자신에게 저질렀을 일도 마찬가지다! 그가 이 세계에 무엇을 남길 수 있었을까! 솔직히 인정하자. 우리는 싸움질에만 여념이 없던 유인원(나는 그들이 우리의 진정한 조상이라 확신하고 있다)에서 출발해 정수의 땅의 빛살에 이르렀지만, 여전히 그가 해결에 근접했던 그 수수께끼의 답을 찾지 못하고 있다. (아직도 모른다! 그리고 나는 그 사실을 인정할 만큼 남자다운 사람이다.) 그리고 우리가 여전히 모르기 때문에, 나는 그대가 생각하는 것보다 더 자주 빛살의 무릎을 꿇고 만다. 그렇다! 소리 없는 기도를, 빛살의 기도를, 내 조용한 공포와 의문으로 우주를 가득 채우는 기도를 올리는 것이다……. 그리고 내 의문은 주로 저 북부에서 계속 돌아가는 위대한 기계들에 대한 것들이다. 나는 부디 내가 남을 수 있도록, 내가 아는 삶의 형태로 남을 수 있도록 기도를 올린다. 그리고 위태로운 **다른** 삶을, 위험하고 또 위험한 다른 삶을 살지 않기를! 그러나 때로 지구가 폭풍에 둘러싸여 빛줄기가 바람에 흔들리는 날이 오면, 또는 모든 우주가 숨을 죽이고 서로를 그러안은 것처럼 고요하고 맑은 날이 오면, 또는 바람과 침묵이 서로 뒤얽혀 희롱하며 내 빛줄기의 목을 조르려 하는 날이 오면, 나는 그런 감정에 사로잡힌다. 그러면 나는 이 주인공에게, 모데란의 사람에게 분노를 터트린다. 길쭉한 베이컨 조각처럼 늘어뜨린 살점과 강철 껍질을 가진 먼 옛날의 사람에게, 저 밖으로 나가서 우리 모두를 위해 **진실**을 발견할 수 있었는데도, 결국 그러지 않았던 사람에게. 그를 진심으로 비난할 수는 없지만, 그가 떠나지 않았다는 사실을 유감으로 **여길** 수는 있을 것이다. 아주 훌륭한 기회를 놓친, 흘려버린, 인간의 놓친 기회로 가득한 돌이킬 수 없는 어둑한 황무지로 그대로 들어가 버린 셈이지 않은가. 그리고 나는 이곳 정수의 땅의 빛줄기 속에 있는 우리조차도 그에 대적할 계획은 세우지 못했음을 고백하지 않을 수 없다. 때로는 우리가 단순히 빛살에 올라타서 하릴없이 노니는 존재가 아닐까 하는 생각마저 든다. (**아니!** 그럴 리가 없다.) 그러나 우리는 더 나은 계획을 세워야 한다. 내일. **내일**이 오면……!

하지만 잠깐! 이 주인공이 증오를 품었다는 사실을 잊지 않도록 강조해두겠다. 그의 증오는 차갑고 차가운 바람처럼, 모든 것을 불사르는 화염처럼, 인간의 모든 시도와 포부를 녹여 없애는 독액을 질질 흘리는 산성 물질의 구체처럼 이야기 속을 휘돈다. 때로는 그 또한 자신의 증오에 완전히 먹혀버리거나, 혹은 적어도 그대로 사로잡히는 것처럼 보인다. 그렇다, 증오가 마치 미덕이라도 되는 것처럼 자신을 온전히 내맡긴다. 성채 속 전쟁 상황실에 앉아서 끊임없는 폭격과, 세계 곳곳의 목표물을 겨냥하는 대포와, 목표를 향해 프로그램된 대로 열심히 걸어가는 인형 폭탄과, 하얀 마녀가 발사한 로켓과, '저 높은 곳에서 기묘한 비명을 내지르며 목표를 노리고 날아드는' 파멸 기계를 바라보는 그를 보고 있노라면, 내 빛살의 뒤편에서는 끊임없는 인간 전쟁의 역사 속에서도 저만큼 성공적으로 대포를 다룬 인간은 또 없었으리라는 생각이 들곤 한다. 그리고 동시에 저만큼 헛된 인간도 없었으리라. 내가 손에 넣은 문서에 따르면, 그의 전쟁은 결국 끝나지 않았으며, 가끔 찾아오는 짤막한 휴전조차도, 짐작했겠지만 다음 전쟁을 대비하는 용도로만 사용되었으니까. 나는 왠지 모르게 이 생각에 매혹되면서도, 동시에 어딘가 잘못되었다는 사실을 명확하게 깨달았다. 모데란의 사람들은 단순히 자신의 고약한 진짜 모습을 드러낸 것뿐일까? 글쎄, 테이프 속에는 그런 생각을 입증할 만한, 이를테면 전쟁이 그들의 '주된 유희'이며 증오가 '가장 큰 미덕'이라는 주장도 들어있다. 그러나 언제나, 또는 거의 언제나, 싸움만 벌이는 건 분명 어딘가 잘못된 것이다. 그리고 나는 여기서 윤리적으로, 양심적으로 잘못되었다고 말하려는 것이 아니다. 프슈 푸히 파우 파우 그리고 프슈 프히 피 피……. 물론 어딘가 잘못되었다는 내 표현은, 불필요하게 공격적이고 폭력적인 행위가 그를 우주에 매끄럽게 들어맞지 않는 인간으로, 전 세계의 계획에 우스꽝스럽도록 들쭉날쭉하고 들어맞지 않는 존재로 만든다는 뜻이다. (우리를 보라! 매끄러운 빛살이 되어 전 세계를 미끄러지듯 넘나들고 무해한 장관을 이루며 우주를 노닐지 않는가. 지구 북부의 거대한 기계에서 쏘아져 모든 장소와 공간과 변치 않는 시간의 통로를 넘나들며…….) 그러나 우리의 주인공은 모든 것을 삼키는 증오에, 때로는 숭고하고 종종 저속한 자신의 증오에 몸을 맡긴 채, 그대로 「종말의 이야기」로 넘어갔다. 아무것도 배우지 못한 채로…….

우리는 「최종 결론」과 「종말의 이야기」를 해석하는 사이에서 이 책에 조금 피로를 느끼고 말았다. 질린 것은 아니지만, 너무 많은 분량에 조금 나른해지고 몽상에 빠진 것이다. 그리고 나는 불현듯 내 동반자가 매우 아름다운 빛살을 가지고 있다는 사실을 깨달았다. 또는 전부 종합해보자면, "그녀는 예나 지금이나 매우 아름다운 빛줄기다!"라고 선언해도 틀린 말은 아닐 것이다. 그녀의 이름은 비어트리스였다고 들었다. '복사 박사 기계'에서 복사한 그녀의 정수가 '북부의 거대한 송신기'에서 빛살로 영원히 전송되기 전, 옛 삶에서 사용하던 이름이었다.

우리는 사랑 독재관 사무소의 직접적인 감시하에 있지만, 해변에서 사랑의 여정을 누릴 '통행증'을 신청하고 손에 넣은 이상(그리고 나중에는 책을 들고 밤을 새워도 좋다는 허가도 받은 이상), 나는 몰래 로맨틱한 행위를 시도해도 괜찮을지 모른다고 생각했다. 나는 인간이란 존재를 '체제를 무너트릴' 방법을 찾아 헤매는 행위를 멈출 정도로 정제할 수는 없으리라 생각한다. 그런 행위가 인간 존재의 일부이며 인간이라는 꾸러미를 구성하는 요소라고 믿는다. 지금 같은 경우에도 우리 중 몇몇은 빛살을, 우리의 정수를, 슬쩍 예전처럼 왜곡시키면 그 순간 감시 중인 사무소에 들키지 않고 욕망이나 다른 정보를 상대에게 전달할 수 있다는 사실을 알아냈다. 지금 우리를 감시하는 사무소는 물론 사랑 독재관의 수많은 사무소 중 하나다. 이번에 나는 내 빛줄기를 이리저리 비틀고 구부려서, 비어트리스에게 내가 뭔가 느꼈다는 사실을 전달하려는 계획을 세웠다. 아마도 그녀 처소에서 친밀한 상황 때문에, 우리가 밤새 함께하면서 너무도 잘 어울렸기 때문에, 이제는 우리가 이토록 가까운 사이로, 오랜 세월을 함께하리라는 사실을 단순한 대화나 우정을 넘어 조금 더 내밀하게 누리고 싶다는 걸 전하고 싶었던 것이다!

내 빛살이 휘고 구부러져 이런 내용을 송신하자, 그녀의 빛살도 똑같이 휘고 구부러져 수신했다. 그녀가 내 이야기를 수신한 것이다! 지금 그녀가 "그러자!"라고 답하면 나는 전혀 이성적이지 않은 행동에 들어갈 것이다. 그날이 찾아오기는 할까?! 나는 이를테면, 사랑 독재관의 수많은 사무소 중 하나에 달린 커다란 벽면에 우리의 행동이 정확하게 찍힐 것이라는 사실은 기억하지 못했다. 옛 표현을 빌리자면, 차트를 맞부딪치고 그래프를 뛰어넘으며 사랑을 나누는 우리의 모습은 '끔찍하게 눈에 거슬릴' 터였다. 나는 그저 비어트리스의 **빛줄기**에 **감싸일** 수 있다면 얼마나 **황홀할까!** 하는 생각만 하고 있었다. **좋아!** 그럼 비어트리스는 어땠을까? 글쎄, 나도 모른다. 나는 그녀가 무슨 생각을 하고 있었는지, 진정으로 원하던 것이 무엇이었는지는 짐작조차 할 수가 없다. 그 누가 알 수 있을까? 내가 아는 것이라고는, 그녀의 구부러진 부분이 내 구부러진 부분을 세게 후려치며, "저질 바람둥이 같으니! 날 뭘로 아는 거야? 내가 싸구려 쾌락용 빛줄기인 줄 알아? 싫어!"라고 말했다는 것뿐이다.

그래서 우리는 다시 이 책을 마무리하는 작업으로 돌아갔다. 그리고 얼마 지나지 않아 「종말의 이야기」가 실제로 모든 것이 끝난 방식이라는 사실을 깨닫게 되었다!

제1부 　　 태초

과거를 돌아보며
(우리의 신은 만사를 도우시니!)

그해 살점의 세상은 파국을 맞이한 듯 보였다. 죽음을 노래하는 인면조들이 하늘을 뒤덮었다. 한때 아름답고 달콤하며 생명을 길러내던 공기는 이제 독기를 가득 품었고, 한때 순수했던 냇물을 마시는 것조차 끔찍하게 위험해졌다. 살점 인간들은 모든 선하고 진실되고 아름다운 존재에 깃들어서 선하고 준엄하고 정의롭고 사랑으로 세상을 보살피시는 조물주께 기도를 올렸다. 저 멀리 '천상'의 우윳빛 하얀 공간에 주재하신다고 알려진 바로 그분께. 그리고 그들의 기도가 혹여나 응답받았다 할지라도, 분명 그 방식은 상당히 비뚤어진 것이었을 터였다. 살점 인간은 기도를 올리지 않을 때면 독극물을 만지작거리는 일에 탐닉했고, 여기서 나온 독소가 대기 중에 계속해서 짙게 쌓였다. 폭탄의 열기에 달뜬 공기가 새로운 폭발에 진동할 때마다, 물에 깃든 위험은 조금씩 더 충만해졌다. 모두가 종말을 이야기했다. 세상 곳곳의 거대한 회랑에서 위대한 토론이 열렸다. 정치가들은 공기를 깨끗이 만들자는, 냇물이 치유되어 다시 맑게 흐르도록 만들자는 조약에 서명했다. 그러나 일부 나라에서 살점의 손이 펜을 쥐고 서로의 선의를 표하는 문장을 끼적이는 동안에도, 다른 나라들의 수도에서는 공포가 밀어닥치고 있었다. 온갖 병기가 다시 시험대에 올랐다. 행한 바가 수포로 돌아갔다. 공기는 한층 고약해졌다. 냇가에는 순수한 물 대신 순수한 위험이 흘렀다. 살점 인간이 살아남을 가능성은 아예 사라진 듯했고, 그들의 신은 온전히 침묵을 지켰다. 그가 어디에 있든, 그의 순백의 옥좌가 어디에 있든 간에. 사방에 **절망**의 상징이 내걸렸다. 어린아이들은 고통과 장애에 시달리며 성장하느니 차라리 빨리 세상을 뜨게 해달라고 애걸하기 시작했다. 용감한 남성과 아름다운 여성이어야 할 어른들은 온몸을 떨면서, 하늘을 바라보며 희망의 근거를 찾다가 이내 실패하고 땅에 쓰러져 비통한 눈물을 흘렸다. 바람 새는 떨리는 목소리로 말하는 나이 든 이들은, 마침내 자신의 노쇠한 몸이 진심으로 달가워졌다고 말했다. 위험이 주재하는 궁궐이 된 지구는 그곳에 모인 수십억 명의 살점 하객들에게서 단호히 등을 돌렸고, 그들 모두에게는 죽음과 파괴의 집단 결혼식이 예정된 것으로만 보였다.

　그런 와중에…… 그런 와중에 이 기회가 찾아왔다! 모두에게 제공되었다. 처음에는 그 소문만이 작은 희망으로, 마치 살점으로 더럽혀진 대도시로 흘러드는 희미하고 희미한 소생의 숨결처럼 다가왔을 뿐이었다. 그리고 '거대한 어둠의 해'가 찾아와 사방을 휩쓸고 다니는 동안, 그 소문이 반짝이는 사실이라는, 희망의 불빛이라는 사실이 확인되었다. 그런데도…… 그런데도 수십억 명의 사람들은 경첩과 버팀대를 바삐 움직이며 돌아다니는 이 남자를 보면서도 코웃음을 치기만 할 뿐, 그의 심장이 영원히 지속하리란 사실도, 그의 훌륭한 허파가 폭탄에 오염된 공기 속에서도 영원한 호흡을 보장하리라는 사실도 인정하지 않았다. 그의 손이 강철로 만들어졌다는 사실을 본 사람들은 로봇이다! 로봇이다! 하고 소리쳤다. 기계장치의 도움을 받아 넓은 시야각을 자랑하는 그의 눈을 목격하고, 종종 대화 장치의 플러기-플라기 버튼을 눌러서 대화에 보조 효과를 넣을 때마다, 그들은 크게 웃으며 소리쳐댔다…….

드넓은 푸른 천상 어딘가에서는 오늘날까지도 수십억의 웃음소리가 여전히 울려 퍼지고 있으리라. 그리고 창공을 날아가는 수십억의 떠들썩한 비웃음마다 제각기 비명이, 빽빽거리는 괴성이 그 뒤를 좇으면서도 결코 따라잡지는 못하고 있으리라. 이들 기이한 웃음과 비명이 원추형으로 퍼져나가며 맴도는 모습은, 불신자들을 기리는 기묘한 동세의 기념물이 되어 영원히 남으리라. 위대한 꿈이 그들 앞에 명확히 모습을 드러냈을 때 그들은 오직 비웃기만 했으니. 그리고 사신이 수많은 관을 실은 마차를 끌고 몸소 모습을 드러냈을 때, 그들은 이미 놓친 기회를 놓고 비명을

지를 수밖에 없었으니. 그러나 우리 중 일부는 **깨달았다!** 그리고 **믿었다!** 우리는 새로운 땅에 도착했다. 도움을 얻는 대가로 육신을 바쳤다. 그리고 실망하지 않았다.

우리가 신공정을 거치며 손에 넣은 꿈을 생각해보자. 이곳 새로운 땅에서 물리칠 수 있었던 두려움을 떠올려보자. 자리에서 일어나 모데란을 향해 고개를 숙이라. 그리고 신의 도움만을 기다리며 두려움에 떨던 우리들이, 이제 모든 두려움을 잊고 단호하고 충직하게 대지를 딛고 선 모습을 보라. 이제 우리에겐 시간이 있다! 우리는 견고하고 흔들림 없는 손으로 시간을 움켜쥐고 그것을 가장 밝고 밝은 촛불로, 영원히 닳아 꺼지지 않는 불빛으로 간주할 수 있다. 우리는 시간을 붙들어 족쇄를 채우고, 우리의 '교체 부속' 속에 감금했다. 시간이 빛의 수백만 배의 속도로 달아나더라도, 형용할 수 없는 속도로 달려가더라도, 우리와 함께 이곳에 영원히 있는 것처럼 대할 수 있으리라. 수백만 년의 세월이 우리의 영원한 금속 경첩을 지나치더라도, 우리는 고개를 끄덕이고 손을 흔들며 배웅한 다음, 엉덩이가 푹신한 의자에 앉아 감사를 표할 수 있으리라. 다름 아닌 우리의 신께. **그래!** 우리는 시간을 사로잡아 저마다의 갈빗대 안에 집어넣고 저마다의 차분히 뛰는 심장으로 봉인했기 때문이다. 그리고 갈빗대 안에서 뛰는 심장이 헐떡이기 시작한다 해도, 헛소리 한 마디만큼의 걱정도 할 필요가 없으니. 초대형 부속 창고로 가면 다른 모든 부속에 더불어 반짝이는 수많은 심장이, 파득거리며 뛰는 심장이, 예열되어 공회전하는 상태로 줄지어 늘어서 있을 것이기 때문이다. 누구든 그곳에 들어가면 완전 수리를 적어도 열 번은 할 수 있는 부속을 마주할 것이다. 그렇다, 우리 믿음을 가진 이들은 손에 넣은 이 시간을 절대 포기하지 않을 것이다! 한때 우리의 숙적이었던 시간은 이제 요람에 잠든 아기처럼 얌전히 우리 손에 들어왔다. 우리는 아버지 시간의 대낮을 빼앗아서 그의 길고 지저분한 수염을 잘라내버렸다. 그는 여전히 음침한 옷으로 몸을 휘감은 채 우중충하게 한쪽 구석에 서서, 냉소하며 우리에게 해를 끼칠 기회만을 노리고 있다. 그러나 이제 그의 모래시계에는 양쪽 모두 텅 비어버렸으며, 우리의 모래는 멈추는 일이 없을 것이다.

우리의 신? 그래! 우리의 신을 이야기하기로 하자. 이제 거의 잊힌 머나먼 옛날에, 사람들이 순례하는 동안 성채의 사람들은 전쟁을 멈추는 '열이틀의 휴전 조약'을 맺었다. 걸어서, 또는 터널 차나 자동 보도를 타고, 우리 모두는 거대한 플라스틱 벌판인 '체현된 꿈의 평원'으로 모였다. 그리고 모두가 같은 동작으로, 시간에 맞춰 미리 주선한 동작에 따라, 세심하게 동조시킨 영구 통신장치의 지시대로, 무릎 스위치를 '무릎 꿇기' 설정으로 돌렸다. 그리고 행복한 9월의 붉은 증기 방어막 안에 울려 퍼지는 철컹거리는 굉음과 함께, 우리는 모두 그 자리에 무릎 꿇고 앉았다. 어떤 이들은 그날 그분께서 모든 자식에게 축복을 베푸셨다고 생각했다. 어떤 이들은 그분께서 손을 흔들며 고개를 끄덕였다고, 또 다른 이들은 그분께서 웃음 지으셨다고 증언했다. 그리고 이들 중 일부는 남은 평생을, 영원한 평생을 걸고 맹세할 수도 있다고, **그래!** 바로 그곳에서 그 기적이 일어났다고, 목소리 없는 이들이 천둥의 목소리를 받고, 눈 없는 이들이 화려하고 두터운 분홍빛 대기를 뚫고 울리는 벼락을 올려다봤다고 증언했다. 그러나 그날 나는 번쩍이는 인간들이 부복하여 금속의 광채로 번득이는 그 평원에서 오로지 침묵만을 목격했으니, 우리의 증기 방어막을 만들어내는, 머나먼 곳에 있는 거대한 구동 바퀴와 구동 축의 작동에 작은 결절이 일어나, 비집고 들어온 햇빛이 모든 것을 눈부신 은백색으로 뒤덮었을 뿐이었다.

그렇게 우리는 보아야 할 것을 보게 되었고, 들을 필요가 있는 것을 듣게 되었다. 일부 사람들의 살점 조각 속에 깊숙이 숨은 무언가는 계시를 원했다. 어떤 이들은 인간 비슷한 존재가 미소 지으며 다독여주기를 원했고, 그리하여 그들은 미소를 '보게' 되었다. 어떤 이들은 고개를 끄덕이며 자상하게 손을 흔들어주기를 원했고, 어떤 이들은 침묵하는 신으로부터 말씀을 필요로 했다. 그러나 나는 그 광경을 목격하는 것으로 충분했다. 고요하고, 강고하고, 경이로운 순간에, 움직임도 목소리도 없는 고요하고 강인한 광채가 모든 것을 뒤덮는 광경만으로 안도할 수 있었다. 그렇다, 체현된 꿈의 드넓은 플라스틱 평원에는 우리의 위대하고 침묵하는 신이 있었다. 신공정의 땅이 온전히 새것이었을 때부터 별빛처럼 우리를 이끌어준 신에게 경의를 바쳐야 한다는 사실을 새삼 되새겨주고 있었다.

그리고 우리 모두가 그분의 훌륭한 제작 능력과 원조에서 탄생했다는 사실을 생각하면, 광채로서 찾아온 존재를 보면서, 반짝이며 일렁이는 경이를 보면서, 위대하고 순수한 구원 그 자체를 마주하면서, 감히 비웃을 생각은 하지 못하리라. 위대한 신께서 우리의 나라에 주재하시며 이 세계가 낳은 모든 두려움으로부터 우리를 구원해주셨으니. 신공정으로 만들어져 영원히 녹슬지 않는 인간이, 차가운 기름 한 그릇처럼 엉덩이가 폭신한 의자에 차분히 앉아 있는 모습을 떠올려보자. 그는 자신의 심장이 휴면-냉각 상태로 설정되어 있고, 신공정으로 제작한 신축성 있는 폐가 정확히 차분한 냉각 상태를 유지할 만큼의 독성 공기를 흡입한다는 사실을 알고 있다. 그는 또한 자신이 휴전 기간 동안 행복하게, 노곤하게, 보편적인 심원한 난제에 골몰할 수 있다는 사실도 알고 있다. 다시 대포격전이 시작되고, 그의 성채가 움찔거리며 행동을 시작해서, 행복하게 전면전에 온전히 골몰하게 되기 전까지는. 게다가 그는 신공정으로 제작된 인간은 사고 테이프의 빛이 바랠까 걱정할 필요도, 흘러가는 시간에 초조해할 필요도, 전장에서 기습 공격을 당할까 전전긍긍할 필요도 없다는 사실을 알고 있다. 그의 두뇌 냄비에 담긴 맑은 녹색의 '피' 안에는 그 어떤 두려움도 담을 필요가 없는 것이다. 그 무엇도.

이제 살점 인간을 떠올려보라. 아, 부디. **떠올려보라.** 병에 찌든 채 아직 이 세상에 남은 한 줌의 인간들을. 부디 떠올려보라. 그러면 우리가 새로 얻은 반짝이는 영광 속에서, 얼마 남지 않은 살점 조각을 늘어뜨린 채로, 거대한 신금속 말뚝에 경의를 표하는 이유를 알 수 있을 것이다. 그 말뚝은 신공정으로 제작된 세계가, 우리의 위대한 모데란이 아직 새것이었을 때 우리의 길잡이 별이 되기 위해서 세워진 것인즉!

주름도 처짐도 없는

우리는 때로 중요한 한 발짝을 옮기기 직전에 머릿속에서 과거를 반추하곤 한다. 한때 하찮고 사소했던 것들도 이런 식으로 옛날을 떠올릴 때면 터무니없이 커다랗게 부풀어 오른다. 내가 경계를 넘은 날, 모데란으로 발을 들인 날, 층층이 굽이치는 평원에는 시선이 끝나는 곳까지 땅 다지는 기계들이 긴 다리를 과시하며 서 있었다. 간단히 묘사하자면, 금속으로 만든 거대한 허벅지와 종아리 사이에서 큼지막한 검은색 실린더가 돌아가는 모습이었다. 기괴한 검은색 괴물들이 거대한 다리를 쭉 뻗고 서서 실린더를 빙빙 돌리며 어정거리는 모습은 종종 완전히 부자연스럽고 과도하고 무의미하게 무심한 분위기를 풍겼다. 그러다 갑자기, 나로서는 도저히 인식할 수 없는 신호에 따라, 나로서는 도저히 알아차릴 수 없는 원인에 유도되어, 기계 하나가 지면의 한 지점으로 서둘러 이동해서는 허리 부위를 슬쩍 앞으로 내밀고 분노를 터트리듯 실린더로 자기 아래의 성긴 흙을 찧어대기 시작하는 것이다. 마치 환희를 억누를 수 없다는 듯이, 오로지 그 한 지점에만 집중하면서. 두 다리를 가진 기계들은 일단 시동이 걸리면 실린더의 앞쪽 공이로 그 지점을 거의 30분에서 45분 동안 철저하게 두들기고, 시간이 지날수록 찧어대는 동작은 더욱 격렬해진다. 그러다가 문득 그 정도면 충분하다고 명확히 판단한 것처럼, 기계는 흙이 들러붙은 실린더를 땅에서 떼고, 양쪽 다리를 똑바로 세워 비스듬했던 자세를 바로잡고, 다시 주변에서 느긋하게 노닐고 있는 기계들 쪽으로 합류한다. 마치 지금까지의 모든 일이 전부 일어나지 않았다는 양.

한번은 두 대의 기계가 땅바닥의 같은 지점을 노리고 움직이기 시작했는데, 거대한 기계들이 동시에 몸을 숙이며 자세를 잡고, 같은 지점을 겨냥한 다음, 땅을 때릴 때와 똑같은 세기로 상대방의 실린더를 때리는 모습이 나름 상당한 구경거리였다. 땅 다지는 기계의 관리자는 이 터무니없는 펀치 대결을 한동안 지켜보다가, 곧 그쪽으로 다가가서 양쪽 기계의 두들기는 박자가 살짝 어긋날 정도로만 엉덩이를 두드려주었고, 기계들은 애초에 딱히 휘두르고 싶지 않았다는 듯 실린더를 빙글빙글 돌리며 자리를 떴다. 작업은 예비용 해결사 비슷한 역할을 맡은 세 번째 기계에 돌아갔고, 그 기계는 이내 자리를 잡고 온 세상이 완벽하게 새롭고 즐겁게 변한 것처럼 그 자리를 쿡쿡 찔러보더니, 즐겁게 환호성을 울리고 철컥철컥 신나게 덜걱이다가 바로 작업을 시작했다!

"무슨 일이고, **무슨 이유요**!?" 나는 땅 다지는 기계의 관리자에게 물었다. 어린아이처럼 호기심으로 가득한 목소리로, 옛 시대의 개구리처럼 불룩 튀어나온 눈으로.

"시간은 흘러가도 인생은 그대로라네, 헤이 호 헤이 헤이." 그는 노래를 흥얼거리다가 문득 내게 말했다. "자네는 뭔가, 유머 작가라도 되나? 무슨 일이 무슨 이유냐니, 그게 무슨 뜻이지?"

"무슨 일이고, 무슨 이유요? 저 끔찍하고 기괴하며 모든 면에서 우스꽝스러운 동작의 의미를 설명해주시오. 가르침을 받고 싶소. 이해하고 싶소. 내 눈에는 모든 것이 풍자극으로밖에 보이지 않소. 그 이상의 의미가 숨어 있는 거요?"

"그 이상의 의미? 물론이지, 훨씬 많은 의미가 있어!!" 그리고 그는 나를 더 자세히 살펴보았다. "세상에! 자네 '바깥 땅'에서 왔구먼! '옛 시대'로부터 왔어!" 그는 고함을 쳤다. "어쩌면 진짜로 이해하지 못하는 걸지도 모르겠군. 그러니까 진심으로 '무슨 일이고, 무슨 이유냐'고 묻고 싶은 거란 말이지?"

"진짜로 **무슨 일이고, 무슨 이유냐**는 거요!" 이즈음 내 주먹은 이미 꾹 쥐어져 있었고, 이대로 가면 '우선 때리고 대화는 나중에' 분위기로 아주 간단하게 들어서리라 확신할 수 있었다.

"자네 멀리서 왔나?"

"충분히 멀리서 왔소. 거리로도. 시간으로도. 폭격당한 희망과 말라붙은 꿈속에서 왔소. 눈물을 흘리며 왔소. 고통을 겪으며 왔소. 그래, 충분히 멀리서 왔지. 그런데 이제 지도에 그려진 목적지 근처까지 와보니, 물론 그들이 건넨 지도의 경로를 충실히 따라온 것이라면 말이지만, 이런 우스꽝스러운 광인의 농장을 맞닥뜨리게 된 것이오. 거대 이족 보행 기계들이 노닐고 있는 곳을. 내가 보기에는 저 커다란 땅 다지는 실린더를 들고 다니며, 제대로 된 이유 따위는 전혀 없이, 완전히 무작위로 이곳저곳을 두드리며 토양과 성교를 나누려고 애쓰는 것처럼 보이는데."

"자네 제법 말이 많구먼. 조금 더 터놓고 말하는 게 어떤가? 대놓고 선언을 입에 올리고 의미를 때려 박아보는 게 어떤가? 조금 더 저 기계처럼 행동해보지 그러나? 자네도 알겠지만, 저 기계들은 신호를 받으면 주변을 뒤적이느라 시간을 낭비하지 않는다네. 바로 그 자리로 가서 푸푸푸, 철컥철컥철컥, 쾅쾅쾅거리면서 작업이 끝날 때까지 열심히 움직이지."

"무슨 작업을? 무얼 끝내는 거요?"

"이곳의 해법은 오염을 덮어버리는 거라네. 종양은 제거해버리는 게 답이지. 호호호."

나는 주먹을 휘둘러 때려눕힐 채비를 하며 그에게 다가섰다. 그러다 문득 그의 생김새가 기묘하다는 사실을 깨달았다. 나를 바라보는 눈은 반짝이며 빛을 뿜는 기묘한 형태였고, 움직임 또한 인간이 아니라 기계 인간의 분위기를 풍기고 있었다. "이곳은 모데란일세." 그가 말했다. "우리는 '새로운 대지'를 건설하는 중이지. 여기 친구들은 토양의 부드러운 부분을 탐지해서, 곧바로 그곳으로 달려가 흠씬 두드려서 복종하게 만드는 일을 한다네. 나도 알아, 무작위로 무심하게 움직이는 것처럼 보이겠지. 하지만 사실은 그게 아니야. 멍하니 서 있는 것처럼 보이지만, 아마 멀리 떨어진 곳의 토양 표본을 검사하고 있을 거라네. 사실 저 친구들은 발이 아주 민감하거든. 내장된 장치가 있지. 감지 반경 안에 부드러운 부분이 있으면, 발의 감지 트랜지스터로 그 사실을 알게 되는 거라네. 이쪽에 서 있으면서도 멀리 땅속 공간의 진동을 느낄 수가 있는 거야. 저들은 땅속 공간을 싫어하도록 프로그램되어 있다네. 그래서 땅속 공간의 낌새만 느껴도 바로 그곳으로 달려가서 꾸역꾸역 다지는 실린더로 땅을 짓찧기 시작하는 거지. 그러니까 내가 말하는 땅속 공간이란, 응당 그래야 할 만큼 단단하지 않은 땅 위의 부분을 말하는 거야."

"아, 그렇군! 그게 중요한 모양이오?"

"아주 중요하지." 그는 차가운 눈으로 나를 바라보았다. "어쩌면 자네도 나와 함께 가는 게 좋을지도 모르겠군. 이 기계들은 잠시 놔둬도 돼. 땅 다지는 기계들은 전부 프로그램이 들어 있어서, 내가 할 일이라고는 사실 출퇴근 기록을 남기는 것뿐이거든. 그리고 흔치 않은 사건이, 이를테면 탐지 반경이 겹치는 지점에서 동시에 신호를 받는다거나 하는 일이 벌어지면 처리하기도 하지. 꽤 드문 일이기는 한데, 일단 일어나면, 원 세상에! 조심해야 한다네! 자네도 봤겠지만, 그런 경우에는 두 대의 다지는 기계가 같은 구멍을 노리는 기괴하고 우스꽝스럽고 완벽히 비효율적인 현상이 발생하게 되거든. (여기서 구멍이란 필요한 만큼 다져지지 않은 지표면의 지점을 말하는 거라네.) 다지는 기계들에도 부담이 가지만, 구멍을 다지는 작업 자체도 제대로 수행할 수가 없지. 그리고 영원토록 계속될 것을 건설할 때는, 이런 일이 꼭 필요한 법이거든. 구멍을 제대로 다져야 한다고." 농담이 아니었다. 농담이 아니라는 것을 똑똑히 알 수 있었다.

우리는 그가 작업 계획을 확인할 때 사용하는 펄럭날개 부양 스쿠터에 타고 하늘 높이 올라갔다. 그리고 시선이 닿는 끝까지 평야가 계속되는 모습을 목격했다. 땅 다지는 괴물들은 시야를 가득 메우는 평야의 4분의 3에 달하는 지역에 점점이 박혀 있었다. 드러난 어두운 갈색의 맨땅 위에 까만 점들이 무심하게 어슬렁거렸다. 그 점들이 모두 방금 들은 대로 아주 효율적이며 필수적인 구멍의 탐지와 영구적 제거 작업을 수행하는 기계들이었던 것이다. 그리고 저 멀리 지평선 근처의 땅에, 점점이 박힌 땅 다지는 기계들이 없는 영역에, 어두운 갈색의 대지가 일렁이며 회색 또는 회백색으로 변하는 모습이 보였다. 그는 내게 맨눈으로 사용할 수 있는 원거리 확대경을 건네주었고, 나는 일렁이는 지면 쪽에 초점을 맞추었다. "빙하기가 다시 찾아온 건가!"

"그럴 리가!" 그가 말했다. "아니, 그렇게 부르고 싶다면 정확한 표현일지도 모르겠군. 하지만 이번 빙하기는—그렇게 부르게! 개의치 않으니!—우리 종에 적대하는 것이 아니라 도움이 되는 것이라네. 이번 빙하기는 바위를 굴리거나 매머드 뼈를 이빨에 문 채로 밀려오지 않을 거라네. 이번 빙하기는 흙을 단순히 재배치하는 게 아니라 완전히 덮을 거니까. 지금 자네가 보고 있는 지면은 플라스틱이라네! 나는 플라스틱의 선발대로서 여기 나와 있는 셈이지. 우호적이지만 끔찍하게 경쟁적인 플라스틱 악마에게 따라잡히지 않으려고 안간힘을 쓰는 경주라네. 땅 다지는 기계들과 내가 한편이고, 계속 밀려오는 회색의 경계가 상대편인 거지. 그리고 우리는 이기는 중이라네!" 그는 만족스럽게 웃음을 흘렸다. 내가 이미 그를 일종의 '위대한 존재'로 간주하고 있었기에 망정이지, 그렇지 않았더라면 자신의 사소하고 하찮은 작업의 선두라는 점에 실속 없는 만족감을 느끼는 아둔한 피라미 감독관 부류라고 여기게 되었을 것이다. 그러나 그럴 리가 없었다. 그는 '계획하는 자', '세상의 체계'를 움직이고 뒤흔들고 재배치하는 자였다. 적어도 지표면을 움직이고 뒤흔들고 재배치하는 자이기는 했다.

"왜…… 뭐를……?" 나는 더듬거리며 말했다. 그래! 그때는 눈에 파묻혀 움직일 수 없는 느낌이 들었다. 마치 과거의 진흙탕에 여전히 깊이 빠져 있는 것만 같았다.

그는 꼬마전구가 반짝이는 뜨거운 눈으로 나를 주시했다. 정말로 열렬히 바라보고 있었다. 마치 내가 실존하는 존재인지 여부를 놓고 힘겨운 결정을 내리려는 듯했다. 적어도 휘황한 전구의 시선에서 내가 받은 인상은 그랬다. 마침내 그가 입을 열었다.

"그게, 자네 허가는 받은 거지? 아닌가?"

나는 며칠 전에, 아주 멀리 떨어진 곳에서 통과해 왔던 관문과 경비병들을 떠올렸다. 모든 것들이 낡고 망가져 있는 지역을 벗어날 때 겪었던 온갖 까다로운 질문과 거짓말 탐지기와 검사를, 온갖 곳을 들여다보던 검사를 기억했다……. "허가는 받은 것 같소." 나는 이렇게 대답했다. "허가가 없었다면 여기까지 올 수도 없지 않았겠소? 내가 천천히 걸음을 옮기는 동안에도, 양철 독수리 비슷한 것들이 한참 나를 따라왔으니까. 머리 위를 맴돌면서……. 나는 그쪽 사람들이 이쪽에서는 절대 실수가 없도록 애쓰는 거라고 받아들였소."

"실수 따위는 없지! 허가를 받았다면 좀 보여주게!"

나는 소매를 걷어서 팔뚝에 찍힌 두 개의 밝은 주황색 M을 보여주었다. 한참 전에 지나친 관문에서 찍어준 표식이었다. 나는 그가 원하는 것이 이 표식이라고 생각했고, 그 짐작은 맞아떨어졌다. "허가를 받았군! 게다가 단순한 허가가 아니잖나!" 그는 두 개의 M을 더 자세히 살펴보며 말을 이었다. "아직 모를 수도 있지만, 자네가 받은 건 단순한 허가가 아니라고!" 그의 목소리에는 거짓이라고는 도저히 생각할 수 없는 경애의 감정이 담겨 있었다. 그렇다, 진심이 분명했다. 그는 각각의 M 아래 찍힌 작은 기호들을 가리켜 보였다. "아마 자네는 이것들이 무슨 의미인지 정확히 모르겠지. 하지만 난 알아. 제대로 안다고." 그러더니 그는 슬픔으로밖에 여겨지지 않는 동작으로 고개를 젓고는, 아주 오래된 기억 속으로 빠져들었다. "너무 늙었지." 그는 중얼거렸다. "너무 늙었고, 너무 많은 다리가 불타며 홍수에 떠내려갔어. 이런 일이 찾아오기 전에 세월의 불길이 너무 많은 것을 태워버렸다네. 하지만 자네는…… 자네는 완벽하게 적합한 거야! 자네는 젊은 데다, 분명 온갖 색깔이 산들바람 속에서 난데없이 등장해 날아다니는 검사도 통과했겠지. 자네 분명 온몸에 도장을 받았겠지! 옷 아래 말이야."

"그렇소, 꽤나 철저하게 도장을 찍어주더군. 그러더니 가던 길로 계속 가라고 말했소. 도로 하나를 가리키면서, 지도와 이정표를 건네고, '저기까지 쭉 올라가시오. 그곳에 가면 건물이 하나 있을 거요. 반드시 제시간에 도착하도록'이라고 말했지. 그게 혹시 여길 뜻하는 거요?"

"절대 아니야. 자네한테는 아니지! 내게 적합한 일은 이 정도였어. 나는 초기 중에서도 초기형의 모데란 인간이라네. 나는 이 귀중한 기회를 맞이하기 전에 이미 너무 늙고 세월에 시달려버렸어. 하지만 자네는, 자네는 젊고 바르고 적절한 몸을 가지고 있지. 이젠 알겠군. 자네는 성채의 주인이 될 거야. 수술을 견뎌내면 엘리트 중의 엘리트가 될 거라고. 견뎌내지 못할 이유는 하나도 찾을 수가 없군. 나는 저들이 허용한 수술을 전부 견뎌내서 괜찮은 모습으로 남았어. 그리고 자네는 최대치까지 수술을 받게 될 거야. 두 개의 M 아래 적힌 작은 표식을 보면 확실하지. **축하하네!**" 그는 충동적으로 펄럭이는 스쿠터의 조종간을 놓고 양손으로 내 손을 붙들었다. 그날 나는 진정으로 강철 같은 악수를 맛보게 되었다!

잠시 후 우리는 처음 떠났던 장소에 다시 착륙했고, 다시 땅 다지는 기계 두 대가 같은 구멍을 노리고 달려드는 모습이 우리 눈에 들어왔다. 따라서 우리가 시간 맞춰 돌아온 것이 다행이라 할 수 있었다. 그는 서둘러 그쪽으로 달려가서 두 멍청한 기계의 엉덩이를 찰싹 때려서 작업을 바로잡았다. 아까 문제가 발생했을 때와 마찬가지로, 특정한 박자에 맞춰서. "여긴 아주 고약한 장소라니까." 그는 돌아오며 이렇게 말했다. "이 부근에서는 탐지 영역에 문제가 생겨. 전체적으로 지형이 살짝 패여 있어서 나선을 그리는 것처럼 탐지 영역이 얽힌단 말이야. 사실 기계의 문제라고 할 수는 없지. 저 친구들은 그저 프로그램된 대로 움직일 뿐이니까."

"자기 업무를 정말로 잘 알고 있잖소!" 나는 이렇게 감탄했다. 직관적으로 그가 단순한 잡역부, 아니 희생자라는 사실을 깨달았기 때문에, 이런 칭찬에 즐거워하리라 생각한 것이다.

그는 자부심을 가득 담아서 가슴을 내밀어 보였다. "있잖나, 사실 이 기술은 내가 직접 개발한 거야. 특정한 박자를 담아 엉덩이를 두들기는 것 말이지. 그러면 저들의 박자가 흐트러져 한동안 연결이 안 되는 상태로 뭘 해야 할지 모른 채 돌아다니게 되는 거지. 하지만 잠깐만 기다리면 다시 작업을 시작하게 되어 있어. 프로그램의 박자가 회복되어서 온전히 작동하는 땅 다지는 기계로 돌아가는 거지."

"어쨌든 꽤 대단한 일인 것 같소. 땅을 짓찧는 거대한 기계의 엉덩이를 두드려서, 정신이 나가고 영문을 모르는 채로 지저분한 실린더를 허공에 휘두르며 돌아다니게 만들 수 있다니. 인간의 재능을 보여주는 일 아니겠소. 그렇지 않소…… 흠?"

"그래! 사실 이건 내가 직접 고안한 거라네. 처음에는 일종의 사고였지만 말이야. 예전에 발이 미끄러지는 바람에 기계에 부딪치면서, 균형을 잡으려고 팔을 정신없이 휘두르다가 발견한 거지. 그리고 그 방법을 즉시 채용했다네. 당연하지만 표준 절차에는 아예 존재하지도 않아. **그러니까!** 자네는 이런 일이 벌어질 때 원래라면 어떻게 해야 하는지 알고 있나. 문제가 발생한 정확한 시간과 장소에 내가 생각하는 문제의 발생 이유까지 전부 스물다섯 가지에서 서른 가지에 달하는 양식에다가 작성해 넣어야 한다고. 그러니까 본부에다가 땅 다지는 기계 두 대가 같은 구멍으로 **온 힘을 다해 달려온다는** 신호를 보내고서, 양식을 작성하려고 열심히 손을 놀려야 한단 말이지! 본부에서는 거물 열여섯 명 정도가 자기네 신금속 애인에게서, 자기네 비서한테서 뛰어내려서 펄럭날개 공중 제트 스쿠터를 타고 여기로 날아왔고. 마치 지옥의 안팎이 뒤집혀 내용물이 쏟아져 나오는 것 같았다네. 그러는 동안에도 신호가 엇갈린 땅 다지는 기계 두 대는 불쌍하게도 열심히 서로의 기둥을 두드려대고 있었지. 덕분에 지표의 경사진 부분이 계속 상처를 입어서 부드러운 부분이 예전보다 늘어나버린 거야. 종합해보면 최고 수준의 무익한 상황이었다네. 그러나 거물들은 이곳에 상당히 빨리 도착했어. 2분에서 5분 정도 걸렸을까. 즉각 도착했다는 것 하나는 인정해줘야지. 그래서 그들이 펄럭날개 공중 제트 스쿠터에서 뛰어나와서 여송연에 불을 붙이고 헛기침하고 상황을 확인하기까지, 서로 뒤얽힌 두 대의 기계는 땅 다지기 과정의 3분의 1 정도를 간신히 마쳤다네. 어쨌든 덕분에 더 힘들어지기만 했는데, 뭐든 거물급 행동만 하던 본부 친구들은 (자네도 알잖나, 잘못된 거라도 일단 뭐든 하라고! 하는 태도 말이야) 즉시 분리 대책 특수반을 호출했거든. 그 친구들은 중장비를 몰고 10분 후에 도착했는데, 그러더니 대책반 군인들이 쏟아져 나와서 격렬하게 작업 중인 땅 다지는 기계에 사슬을 두르고 구멍에서 끌어내리려고 안간힘을 쓰지 뭔가. 당연하게도 땅 다지는 기계들은 작업을 완료하려고 애쓰고 말이야. 자네 땅 다지는 기계가 작업을 끝내기 전에 억지로 끌어내리려고 시도해본 적 있나?"

"아니, 한 번도 없소."

"그래, 없는 게 당연하지." 그는 웃음을 터트렸다. "하지만 당기는 힘이 충분하고 사슬도 충분히 튼튼하면 가능은 하다네. 물론 다지는 기계는 여기저기 망가져서 아주 머나먼 곳에 있는 정비소까지 보내야 했지만 말이야. 그러고 나서 내가 양식 작성을 끝내기만 하면 모든 절차가 제대로 돌아가고, 다들 아무런 부담도 지지 않고, 본부 친구들도 만족스럽고 행복하게 살 수 있게 되는 거지."

나는 웃음을 터트렸다. 그도 웃었다. "그래, 내가 모든 면에서 절차를 철저히 따랐다면 말이지, 저 기나긴 플라스틱 경계면이 나를 따라잡아 완전히 뒤덮어버렸을 거라고! 내 땅 다지는 기계와 함께, 순식간에 말이야. 내가 여기서 내 방식대로 꾸려가기만 하면, 본부의 잘난 친구들도 신금속 비서의 접속 시간을 늘릴 수 있을 테고, 나는 플라스틱을 한참 앞서나갈 수 있지 않겠나. 내가 절차상의 문제를 절반쯤 잘라낸다고 해서 신경 쓸 사람이 있겠나?"

"아무도 신경 안 쓰겠지." 나도 동의했다.

그는 나를 물끄러미 바라보았다. 이 자부심과 허영이 넘치는 하찮은 남자의 입가에는 어느새 미소가 보일 듯 말듯 어른거리고 있었다. "저들이 이걸 발견한다면 무슨 일이 일어날지는 짐작이 가겠지. 내가 저 땅 다지는 기계들의 엉덩이를 박자를 맞춰 두드려서 절차를 잘라먹는다는 사실을 알아챘다면 말이야. 단언하건대 몇 분도 지나지 않아 나를 사슬로 꽁꽁 묶어서 끌고 갈 거란 말씀이야. 그래! 이곳 새로운 땅에서는 절차야말로 신이나 다름없거든. 물론 그럴 수밖에 없다는 건 알지만…… 그래도 가끔 가다 한 번씩은 실용적인 정신 자세가 필요할 때가 있는 법이거든. 나는 보통 저 땅 다지는 기계에 기름을 추가로 쳐주거나, '반짝이는 윤활 광택제' 키트로 윤을 내고 두드려주면서 굴욕을 잊고 똑바로 일어서게 만들곤 하지. 그리고 실제로 제법 잘 먹힌다네." 그리고 그 순간, 나는 눈앞을 번득이는 깨달음에 사로잡혔다. 이 남자는 실제로 상당히 평범한 작자였던 것이다! 다른 모든 이들이 따르는 절차가 그에게는 아무것도 아니었던 것이다. 갑자기 나는 그의 교묘한 엉덩이 두드리기라는 규칙 위반에 조금 전까지 생각했던 것처럼 감탄하지 않게 되었다. 그러나 과거에 이미 깨달은 것처럼, 모든 인간은 머지않아 나를 실망시키기 마련이다. 내 기준에 미치지 못하는 것이 당연하다. "그 플라스틱이 대체 뭐기에 그러는 거요? 그리고 땅 다지는 기계에는 대체 무슨 의미가 있는 거요?" 나는 소리쳤다. "나를 스쿠터에 태우고 이리저리 돌아다니며 땅을 두드리고 다지는 수많은 기계로 가득한, 깎여나간 대지를 보여줬지 않소. 게다가 얼음처럼 매끄럽고 차갑게 보이는 회백색의 드넓은 플라스틱 평원도 보여줬고. 이런 모든 일에 이유가 있는 거요? 당신은 그 모든 것이 중요하다고 여기는 모양인데. 당신 직업이라는 이유 외에도, 그게 중요한 이유가 있는 거요?"

그의 눈이 눈부시게 타올랐다. 조금 전까지 있던 친절한 남자는 순식간에 사라져버렸다. 그러나 그는 이내 긴장을 풀었다. 정신 속에서 뭔가 맞아떨어진 모양이었다. "물론이지. 아주 중요하다네. 그러나 옛 땅에서 방금 건너온 데다, 모든 것이 잿더미가 된 땅을 한참을 지나왔으니, 자네가 모르는 것도 이해할 수 있네. 나를 용서하게. 조금 전에는 순간적으로 타오르는 분노를 느꼈을 뿐이네. 자네가 나를 조롱하는 거라 생각했어. 하지만 자네의 배경을 다시 곱씹고 나니 무지 때문이라는 것을 확실히 알겠네. 그리고 솔직하게 인정하기만 하면 무지도 사랑스러울 수 있지. 솔직한 무지에 비하면, 경솔하고 지저분하고 설익은 알은체는 세상에서 가장 끔찍한 죄악이라 할 수 있다네."

"고맙군. 고맙소." 나는 말했다.

"자, 그러면 표면을 긁어내고 깎아 내린 대지, 땅 다지는 기계, 그리고 플라스틱에 대한 자네의 질문에 답변해주겠네. 우리도 결국 자네가 떠나온 그 지점을 향해 전락하는 중이라네. 모든 사람이 결국 그렇게 될 거야. 자네도 대지가 독에 찌들었다는 사실은 알고 있겠지. 내가 들은 바에 의하면, 자네가 떠나온 곳은 단순히 독에 찌든 정도가 아니라 망가지고 잿더미가 되었다네. 이곳의 우리는 간신히 그런 운명을 피했어. 그래서 옛 땅에서 자네 같은 사람들이 이리로 건너오는 거지. 그러나 우리의 대지 또한 자네 쪽만큼이나 과학의 '진보'에 의해 오염당했다네. 따라서 우리는 무균 상태의 플라스틱으로, 회백색의 두껍고 튼튼한 무균상태의 플라스틱 껍질로 지구의 땅을 전부 뒤덮고 있는 거라네. 그게 우리의 목적이야. 매머드처럼 거대한 임무지만, 그 임무를 수행하는 우리는 신화 속 거수 같은 기계들을 거느리고 있다네. 산으로 계곡을 메우고, 강둑으로 강을 메우고, 도랑 사면으로 도랑을 메우고, 골프장은 반질반질하게 다듬고, 광산의 찌꺼기는 흩어놓은 다음, 그 모두를 뒤덮는 거지. 필요할 때마다 남은 물을 모아들여 단단히 얼려 굳히기도 한다네. 오랜 시간이 흐르면 대양도 처리할 수 있을 거야. 시간만 있으면 충분하지. 계획은 여러 가지가 있는데, 하나는 우리의 과학기술을 사용해서 태양을 꽁꽁 얼려버리는 거야. 다른 하나는 태양을 캡슐에 넣어 우주로 쏘아 올려 잉여 수분을 완전히 처리해 버리는 거지. 나도 어느 정도는 신금속 인간이고, 자네는 나보다 훨씬 높은 수준의 신금속 인간이 될 테니, 우리에게 물은 매우 조금만 필요할 뿐이라네⋯⋯. 하지만 지금 당장은 육지를 처리하는 중이지. 물은 나중에 할 일이야. 하지만 이 모든 작업이 끝나고 나면, 이 지구는 인류 역사 최고의 진정한 경이라 할 수 있는 고요하고 평온한 곳이 될 걸세. 우리가 사는 이 구체의 표면은 매끈하고 튼튼한 회백색 거죽으로 뒤덮이겠지. 물을 처리하는 계획까지 완수하면 비도 내리지 않을 걸세. 지구 어디서도 사람이 홍수를 피할 필요가 없게 될 거야. 완벽하게 같은 기온이 유지되면, 구름 없는 하늘에는 바람도 불지 않겠지. 소용돌이에 휘말려 하늘 높이 솟아오르는 일도 사라질 거야. 대기는 완벽히 매끈한 회색 구체를 감싸는 평온한 껍질로만 남겠지. 그 매끈함을 해치는 것은 오직 성채와 반구형 거품 주택뿐일 걸세. 나무 같은 것은, 원한다면 스위치를 올리기만 하면 정원의 구멍에서 즉시 솟아날 테고. 꽃은 정확하게 시간을 맞춰서 아름다운 양철의 봉오리를 피우겠지. 동물은⋯⋯ 동물은 남지 않을 거야. 정글 사냥 연출용으로 호랑이나 사자 따위를 일부 남기지 않는다면 말이야. 물론 전부 기계 동물이겠지만. 그래! 모든 것이 질서 정연하고 무균상태인 영원의 땅이 될 거야. 이것이 우리의 '꿈'이라네!"

"하지만 저 땅 다지는 기계들이 저렇게 우스꽝스럽게 땅을 두드리는 이유는 설명이 안 되잖소!" 그래, 우주에서 가장 원대한 계획을 들으면서도, 여전히 내려앉는 내 목청을 생선 가시처럼 붙들고 늘어지는 뾰족뾰족한 질문을 느낄 수 있었다. 게다가 나는 덜 웅장한 용어로 설명을 들을 권리가 있다는 생각을 떨칠 수 없었다. 지구를 모든 상상을 꺾을 만큼 질서정연한 곳으로 만들겠다는 터무니없는 꿈 따위는 누구나 꿀 수 있었다. 하지만 그게 실제로 일어날 수 있을까? 글쎄, 적어도 내게는, 아무 생명도 없는 차가운 원소에서 진화한 생명의 불꽃인 우리 인간이, 그렇게 자신의 힘을 그러모아 원소를 재배치하여 이 지구를 떠나기 전에 다시 차갑고 죽은 장소로 만드는 일에 성공한다면, 그건 작은 우주 규모의 기적이라고 여길 수밖에 없다고 생각했다. 그리고 음울하고 상당히 울적한, 모든 순환의 종말이 될 것이 분명했다. "저 땅 다지는 기계들에 대해 설명해보시오!" 나는 소리쳤다.

"그래, 자네도 조금 전에 짐작했겠지만, 저 땅 다지는 기계들은 그저 영리하고 정교한 기계일 뿐이네. 과학의 경이로운 업적이라 불러도 좋을 걸세. 우리가 뒤덮는 땅을 전부 다져서 단단하게 만들어주니까 말이야. 우리는 플라스틱에 주름이나 처진 부분이 생기는 것을 원치 않거든. 땅을 깎아 내고 밀어붙이는 거대한 기계들이 대규모 다듬질과 다지기 작업을 하지만, 이제 그놈들은 한참을 앞서 나가 있다네. 그리고 반대편으로 한참 떨어진 곳에서는, 우리가 공중 스쿠터를 타고 본 것처럼, 이 모든 것의 목표인 얼음처럼 매끈한 플라스틱의 경계가 밀고 들어오고 있지. 그리고 땅 다지는 기계들과 나는 그 사이에 끼어들어서, 거의 예술적인 노력을 기울이며, 작업에 신경 쓰는 사람으로서, 플라스틱을 지탱할 지반에 부드러운 장소가 남아서 이 모든 노력을 수포로 만들지 않도록 애쓰고 있는 거라네. **그래!** 내가 가장 힘든 부분을 처리하는 거라네!"

나는 저 멀리 매끄럽게 밀려 나간 지표면을 아직도 떠돌고 있는, 거대한 실린더를 짊어진 괴물들을 바라보았다. 땅 다지는 기계들 중 다수는 허리를 굽혀 자세를 잡고 철컥철컥철컥, 푸푸푸, 쾅쾅쾅 하는 소리와 함께 그들의 임무를 수행하고 있었다. "내가 병원에 얼마나 오래 있게 되겠소?" 나는 내 미래와 그 밖에 온갖 것들을 생각하다가 갑자기 이렇게 물었다.

"아홉 달이라네." 단단한 토양의 가죽 아래에서 부드러운 부분을 찾아 때리기 시작하는 땅 다지는 기계의 엉덩이를 부드럽게 쓰다듬다가 그는 곧바로 대답했다. "온몸을 전환할 때는 그만큼 시간이 걸리고, 자네는 이미 일정이 잡혀 있다네. 내가 두 개의 주황색 M 자 아래에서 읽은 바에 따르면 말이야." 그는 손을 내밀었고, 나는 차가운 강철을 느끼며 그 손을 맞잡고 흔들었다. "수술이 잘되길 비네, 젊은이. 다시 만나면, 다시 만날 수 있다면, 자네는 엘리트 중의 엘리트인 성채의 주인이 되어 있을 걸세. 젊음이 얻을 수 있는 권리지. 나는 기회를 놓쳤네. 사냥에 실패했네. 내 회색의 전투부대를 무리한 전장에 너무 늦게 파견하고 패배했다네. 나 자신의 실책은 아니었지만. 그저 시대와 운명이 그리했을 뿐이지." 그는 등을 돌렸고, 나는 그가 전투를 치르고 있음을 깨달았다.

나는 다시 걸음을 옮기기 시작했다. 아홉 달의 수술이 기다리는 곳으로, 무쇠로 만든 청결하고 유능한 간호사들이 자동 철길을 타고 침상들 사이를 오간다는 소문이 있는 곳으로, **선택받은** 인간이 몸속 모든 장기를 강철로 바꾸고 왕이 될 수 있는 곳으로.

그날 나비는 독수리만큼 컸다네

나는 주황색으로 빛나는 M 자의 관문을 지나, 경비병처럼 뻣뻣하게 서서 사방을 주시하는 남자에게 다가갔다. 그는 푸줏간 사람의 옷을 걸치고 있었다. 아니면 혹시 과학자의 작업용 덧옷이 조금 늘어나서 꼿꼿이 서 있는 경비병에게는 다소 헐렁하게 보이는 것은 아닐까?

"나를 잘라내도 된다네! 당신들의 일원이 되러 온 거니까! 당신이 푸줏간 사람이라면 말이지만……."

막대에 매달린 두 개의 냉정하고 무심한 구체가, 그의 얼굴에서 7, 8센티미터는 떨어져 나와서 강철판으로 만든 깡통처럼 번득였다. 그러나 구체가 다시 얼굴 속으로 돌아가자, 나는 그 두 개의 구체가 사실 제법 평범한 담청색 강철 안구라는 사실을 깨달았다. "독심술은 서로 삼가도록 합시다." 그는 차분하고 평온하게 말했다. 목소리에서는 기계의 느낌이 울렸다. "섣부른 추측도 마찬가지고. 그래, 어떻게 보면 푸주한처럼 차려입고 있다는 것은 사실이오. 그리고 그대도 동의하겠지만, 과학자로도 볼 수 있는 의상이오. 하지만 내 일은 살점을 자르는 것이 아니오. 실험도 하지 않지. 나는 경비병인 동시에 상징이오. 내가 주로 하는 일은 이곳 모데란의 M 자 관문 바로 안쪽에 서서, 옛 땅으로부터 비척거리며 도착하는 이들을 맞이하는 것이오. 그대가 스스로를 덮친 역경과 비탄의 이야기를 털어놓고 싶다면, 내가 그 이야기에 귀기울여줄 거요. 그리고 그대가 분명 가지고 있을 M 자 표식을 확인하는 것도 내 임무요. 예전에 통과해왔을 관문은 아주 멀리 떨어져 있으니 말이오. 그대가 여기 머물기를 원한다면 말이지만."

"표식은 있소! 진짜로 M이 찍혀 있소!" 그리고 나는 그대로 옷을 벗어 던졌다. 내가 온몸에 얼마나 많은 M자 표식을 받았는지 그가 확인할 수 있도록.

그는 놀라고 감탄한 모양이었다. 얼음 같은 담청색의 안구가 다시 막대 끝에 매달린 채로 7, 8센티미터는 튀어나왔고, 이내 고개를 끄덕이듯 아래를 향했지만, 양쪽이 함께 움직이지는 않았다. 한 번에 하나씩만 움직이는 모습이 마치 양쪽 눈으로 정신없이 윙크를 반복하는 것처럼 보였다. "와우! 와우! 와우!" 그는 마침내 이렇게 말했다. "세상에! 네상에! 이야! 이야! 진짜로 가지고 있군. 그리고 나는 이런 것을 보면 와우! 와우! 와우! 세상에! 네상에! 이야! 이야! 하고 반응하도록 프로그램되어 있소. 아주

보기 드문 일은 아니지만, 매일 볼 수 있는 것도 아니니까. 내 말인즉 그대는 인간 중 가장 위대한 운명을 지닌, 성채의 주인이 될 거라는 말이오. 그러니까 그대가 수술을 견디고 살아남는다면. 그대가 알고 있을지 모르겠지만, M 자는 하나하나가 주요한 부위의 절단을 의미하기 때문에 말이오."

"M 자를 여럿 받게 되었으니," 나는 최대한 겸손하고 간결하게 말했다. "나는 용기, 단호함, 진정한 결단력, 애국심, 선조에 대한 경외가 필요한 모든 일에서 이에 걸맞은 사람으로 행동하겠소. 그리고 그 정도로 부족하다면, 임전무퇴의 기백을 넉넉히 끼얹고 진정한 병사의 영혼을 곁들이겠소! **나는 절대 항복하지 않을 거요.**" 물론 나는 불확실한 상황에 처할 때마다 그렇듯이 겁에 질려 죽을 것 같았지만, 그 사실을 절대 다른 사람에게는 알리지 않을 생각이었다. 특히 지금 눈앞에 있는 푸주한이자 과학자이자 경비병으로 차려입고서 섬뜩한 파란색 유리 안구를 계속 들이미는 이 작자 앞에서 겁쟁이라는 증거를 보이고 싶지는 않았다. 게다가 온갖 허세에, 온갖 공포에, 날것 그대로의 허풍과 엄포에도 불구하고, 나는 과거의 삶에서 오로지 협상을 통해 포격 부대의 총사령관 지위까지 도달했던 사람이다. 따라서 나도 별 볼 일 없는 사람은 아닌 셈이다. 그렇게까지 할 수 있었으니까!

내가 겁에 질렸으면서도 조금도 드러내지 않으려고 단호히 마음먹고, 심지어 용맹하게 보이려고까지 애쓰고 있는데도, 경비병은 별 내색 없이 스위치를 올렸고, 우리가 서 있던 곳은 그대로 자동 보도로 바뀌었다. 우리는 반구형 거품 주택 사이를 빠른 속도로 지나쳐 조금 떨어져 있는 거대한 건물로 향했고, 그는 짧은 여정 동안 내가 다시 옷을 걸치도록 충직하게 도와주었다. 그는 그러는 와중에도 계속 와우! 와우! 와우! 세상에! 네상에! 이야! 이야!를 읊었고, 덕분에 나는 기분이 조금 나아졌다. 거대한 건물 입구에 도착하자 그는 내 쪽으로 인증서를 건넸는데, 내가 보기에는 이미 작성해둔 똑같은 인증서 뭉치를 가슴판이 열리는 부분 바로 아래의 비밀 공간에 수납해놓은 듯했다. 인증서는 아주 단순한 주황색 카드로, 한쪽 면에 밤처럼 검고 굵은 글씨로 ㅇ! ㅇ! ㅇ! ㅅ! ㄴ! ㅇ! ㅇ!라는 암호가 적혀 있고 (해독하려 시도할 이유조차 찾을 수가 없었다) 반대편에는 단순하게 '전체 수술 일정 확보자'라고만 인쇄되어 있었다.

"모든 M이 크고 더 크고 장대한 성공이 되고 모든 끔찍한 절단이 그만한 가치를 지니기를." 내가 커다란 백색 건물의 정문으로 걸어가기 시작하자, 그는 묘하게 기계 같은 목소리로, 프로그램된 것이 분명한 문구를 읊조렸다. 그리고 그는 자동 보도를 거꾸로 돌려 M 자의 관문으로 향했다. 나는 이후 그를 다시 만나지 못했다.

그대는 피 보는 일을 좋아하는가? 자기 피를 보는 일은? 피가 쭉 튀고, 부글거리고, 쏟아져 나오고, 티끌 한 점 없이 투명한 유리병 안으로 흘러내리고, 때로는 튀어서 바닥으로 떨어지고, 그 모든 과정을 반복한 끝에 마침내 모든 것이 거품이 부글거리는 기묘한 붉은색으로 물드는 모습을 보는 일은? 수건도, 깔개도, 옷도, 스펀지도, 전부 그 빛깔과 냄새에 흠뻑 젖어버리는 일은……? 좋아하는가? 살점이 잘려나가고, 저며지고, 깎여나가고, 채 썰리고, 다시 만들어지는 일은. 좋아하는가? 자기 살점이…… 그렇게 되는 모습을 보고 싶은가? 뼈는 어떤가? 뼈에 톱질하는 모습을 보고 싶은가? 그러니까, 푸줏간에서 푸주한들이 다루는 것처럼? 근친의 뼈가 산 채로 커다란 도끼에 잘려나가는 모습을 보고 싶은가? 자기 자신이 뼈가 살점과 피부 속에서 빠져나가는 모습은 보고 싶은가? (정말로 끔찍하게 축축하고 번들거리는 모습이 기묘해 보일 지경이었다!) 그러니까, 자신의 뼈에서 살을 발라내는 일을 좋아하는가? 당신은……………………………………………………?

껑충한 키에, 온몸에 강철을 덧댄, 차갑고 위압감을 풍기는 두 명의 의사가 얼마 지나지 않아 내 뒤로 따라붙었다. 딱히 내가 도망치려 했다는 이야기는 아니지만, 백색 건물 안으로 들어갈수록 걸음이 느려지고, 주변을 둘러보며 시간을 죽이기도 하고, 여기저기를 기웃거리고, 세면장이며 가구며 철제 요강이며 무쇠 간호사 부대를 목을 빼고 기웃거리기도 했다. 그러나 이내 의사들이 나를 인도했다. 그중 한 사람이 열의 넘치는 자세로 '전체 수술'이라고 적힌 카드를 내 손에서 빼앗아 갔다.

우리는 푸른색의 차가운 조명이 가득한 방으로 들어갔다. 온전히 살점인 몸으로 걸음을 옮긴 것은 그날 그때가 마지막이었다. 나는 정신을 최대한 내 둘레로 모아들여 차갑게 식은 채로 바짝 그러안았다. 그리고 작게 졸아든 몸을 놀려 '공포의 총체' 속으로, '푸른 미지'의 지옥으로 걸어 들어갔다. 육중한 근육질의 전사가 가슴을 부풀린 채로, 어깨를 당당히 편 채로, 가슴판을 톰톰처럼, 전투의 북처럼 두드리면서, 순수한 결의를 드러내며 위험에 맞서 걸어가는 모습을 떠올려보라. 이 얼마나 터무니없는 모습인가. 훌륭한 그림이기는 하다! 그러나 인간에게 궁극의 도전을 던져주고 실제로 어떻게 맞서는지 살펴본다고 해보자. 그는 몸을 낮추고, 졸아들어서 작아진 채로, 주머니와 마음속에 간직한 유품을 부여잡고 긁어대면서, 겁에 질린 눈으로 온 사방을 동시에 바라보려 애쓰면서, 혼잣말을 지껄이고, 욕설을 내뱉고, 기도하고, 웅얼거리고, 울부짖고, 자신에게 남은 한두 가지 희망을 마음에 품는다. 조금이나마 명예를 간직한 채로 하루를 더 살거나, 아니면 너무 많은 불명예를 겪지 않고 죽어서 '온전한 밤'을 벗어날 수 있게 해달라고.

그날 나는 인간과 사건으로 구성된 이 위태로운 세상에서 품었던 모든 의지력을 그러모아 내 생각을 붙들어 맸다. 내 모든 신경에, '온전한 시간' 앞에서 기껏해야 10분 정도밖에 유지되지 않더라도 시멘트 파이프만큼 굳건해지라는 명령을 전달했다. 그게 무슨 소용이기에? 왜 그리 애써 노력하는 걸까? '온전한 어둠'을 목도하는 와중인데, 또 하나의 하찮고 어리석은 살점 인간이 애써 의기양양한 척하며 생명이라는 비행선으로 벽을 들이받는다

한들 거기에 무슨 의미가 있단 말인가? 그래, 나는 속아서 죽음이 쏟아지는 하늘까지 여행한 것이라 생각했다. 그러면서도 인간에게 허락된 한도 내에서는 용감하게 죽음을 맞이하려 생각했다. 내 문제는 그저…… 실제로 무엇이 기다리는지를…… 몰랐던 것뿐이었다…….

버튼식 수술을 좋아하는가? 버튼식 수술을 **지켜보는** 것은 좋아하는가? 절단하고 뼈를 발라낼 부위가, 마치 옛 시대의 앵거스 쇠고기처럼 표시되는 일은 어떻게 생각하는가? 강철을 덧댄 의사들이 모여서 수많은 주황색 M을 살펴보며 고통을 가할 계획을 꾸미고서, 며칠 동안 깔쭉깔쭉한 날을 가진 단도로 당신의 몸을 해체하는 작업을 개시한다는 생각을 받아들이고 넘길 수 있겠는가?

말해두자면, 우리는 모든 M마다 고통을 새겼고, 모든 절단에 출혈을 곁들였다. 11월 초에 시작해 9개월간 진행되는 수술 과정 내내. (그들이 외과 의사로서 최고의 기술을 가지고 있다는 사실에는 의심의 여지조차 없었다.) 나는 모든 살점이 잘려나가는 모습을, 모든 뼈를 발라내는 모습을, 모든 사지가 제거되는 과정을, 모든 인공 조직을 이식하는 모습을, 계획에 따라 진행되는 모습을 지켜보았다. 의사들은 내가 온전히 제정신이 들어 모든 것을 지각할 수 있을 때가 아니라면 거의 움직이지 않았고, M의 경계를 긁어대는 이상으로는 전혀 손을 대지 않았다. 새로 태어나는 것이니! 자신이 새로 태어나는 모습을 전부 느끼고 지켜봐야 마땅하다는 것이었다. 그렇다! 언젠가는, 모데란에서 한참의 시간을 보낸 후에는, 자신의 성채가 끊임없는 폭격에 휘말리고 온 세상이 당신에게, 그리고 서로에게 대포를 겨누는 상황에서 의연히 전쟁용 버튼들을 바라보며 버텨야 할 때가 찾아온다. 따라서 쉽게 겁먹는 사람이라는 사실이 드러나면 부정적으로 작용할 것이 당연했다. 성채의 주인이란 훌륭한 기회일 뿐 아니라 의무이자 책임이기도 하다. 그리고 전신을 해체하는 수술대 위에서도 후보자의 '배짱'은 드러나 보일 수 있는 것이다. 적어도 모데란의 설계자들은 그렇게 생각했다.

아, 물론 지나치게 강렬해서 먹먹해지는 통증도 있었지만, 그 정도로는 부족했다. 나는 차가운 푸른색 방의 삭막한 백색 침대에 구속된 채로, 머리와 나머지 몸을 분리하는 유리 상자 속에 든 채로 모든 것을 지켜봤다. 아주 잘 볼 수 있도록 티끌 한 점 없이 깨끗하며 목이 들어갈 구멍이 뚫려 있는 유리 상자 안에서, 제법 편하게 머리에 들어맞으며 고요하고 고요한 다른 세상과도 같은 유리 상자 안에서, 견딜 수 있는 고통의 최대치를 유지하며 그 모습을 지켜보고 있었다. 고통을 지켜봤다! 고통을 지켜보는 일은 좋아하는가? 천장의 트랙에 매달려 움직이는 수술 도구를 바라보며, 웃음을 머금은 채로 버튼을 조작하는 인간이라 부르기 힘든 의사들을 바라보며, 언제 떨어질지를, 아 신이시여, 다음에는 언제 떨어질지를 두려워하는 것은? 그리고 떨어질 때마다 피가 솟는다. 항상 피가 솟아오르고, 해당 부위를 오랫동안 붙들어온 당신에게 꼭 맞는 부속을 유리 상자 너머에서 바라보게 된다. 피가 튄다. 항상 피가…… . 그리고 머리까지 올라올 때가 되면, 그들이 머리까지 올라올 때면, 계획에 따라 첨단과 칼날을 조절할 때면, 트랙의 움직임을 바꾸고, 설정을 바꿔서 정확히 콧날 위에서 번득이는 나이프가 떨어지게 만들면…… . 이렇게 해서 그들의 수술 도구는 내 머리까지 올라왔다! 얼굴의 살점 조각을 길게 잘라내기 위해서, 철벅거리는 두뇌 냄비와 녹색 뇌수액을 만들기 위해서, 칼날이 떨어져 내리며 번득이고 조금 전까지 유리 상자가 성역처럼 보호해주던 곳에 차가운 은빛 빗줄기처럼 쏟아졌다. 그게 내 눈에 보였냐고? **내가 봤냐고!?** 물론이다. 그들은 그 모든 광경을, 현실보다도 더 현실적인 모습을, 벽면 투사기에 틀어주었다. 내가 전혀 보지 못한 부분은, 저들이 모데란의 놀라운 광범위 시각을 선사하느라 내 눈을 작업하는 과정뿐이었다. 그러나 내게 제공된 화면에서는 모든 과정을 세세하게 음성으로 설명해주었다. "왼쪽 안와에 칼날 삽입. 오른쪽 안와에 칼날 삽입. 왼쪽 안구의 내부 적출 중. 오른쪽 안구의 내부 적출 중. 자, 이제 피가 나는군! 안구의 안쪽 내용물을 도려내는데 피가 안 날 리는 없겠지. 피는 항상 날 수밖에 없으니…………………………………………………………………… ." 그리고 물론 나중에 전부 다시 내게 보여주었다. 색을 넣어 강조해서, 그들이 가진 가장 큰 벽면 투사기로…… .

뼈를 작업할 때는 가장 깊은 내면에서 울리는 듯한 특별하고 특별한 고통이 따랐다. 마치 드릴로 1만 2천 개의 치아에 동시에 구멍을 뚫으며, 모든 드릴이 신경을 건드리는 것만 같았다. 위이이이아아아오오오…… 위이이이아아아오오오…… 위이이이아아아오오오…… 오오오…… 오오오……. 뼈를 발라낼 때가 되어서야 나는 병원 측에서 식사와 음료수에 특수한 물질을 넣어 의식을 잃지 않고 초당 고통량을 늘렸다는 사실을 깨달았다. 위이이아아아오오오…… 위이이이아아아오오오…… 위이이이아아아오오오…… 오오오…… 오오오……. 평소라면 이 정도의 고통을 느낄 수 있을 리 없었다. (옛 시대에 평범한 보통 사람은, 평범한 삶을 살아간다면 육체 표면을 긁히거나 심지어 인간의 몸이 견딜 수 있는 제대로 된 고통을 겪지 않고서도 평생을 보낼 수 있었다. 그리고 물론 이 또한, 어떤 면으로 보면 총체적인 경험의 손실이라 여길 수 있다.)

참고로 언급해두겠는데 (그리고 처음에는 나도 그 때문에 걱정했다는 것을 밝혀두겠는데) 그들은 내 음경과 기타 성기 부위를 작업할 때는 작은 기적에 가까울 정도로 훌륭한 성과를 보였다. 성기 부위의 모든 복잡한 기능이 정상적으로 생생하게 반응하는데도, 동시에 모든 부속이 개별적으로 영구히 작동할 수 있었다. **최고였다!**

……그리고 무균상태로 열심히 일하는 무쇠 간호사들은 병상 옆을 지나가는 궤도를 따라 효율적이고 차갑게 움직였다.

마침내 모든 것이, 고통에 겨운 개축 작업이 끝났다. **끝났다**

고! 지금 와서 돌이켜보면 나 정도면 제법, 상당히 괜찮게 견뎌
낸 듯하다. 견뎌낸 것이다! 다른 무엇보다 그것이 가장 중요했다.
나는 주황색 M의 명예를 지켜냈다. 모데란의 인간이 된 것이다!
얼마 안 남은 살점 조각은 길게 늘어져 매달렸으며, 장관이라 불
러 부족하지 않은 내 육신은 대부분 신금속 합금으로 교체되었
다. 그리고 이 세계에서 그 어떤 영예와 권력을, 내가 취해 마땅
한 모든 것을 앞으로 손에 쥐더라도, 나는 이쪽 땅으로 넘어온 그
날을, 모데란의 M의 관문을 넘어왔던 날을, 우려와 결의라는 이
름의 나비가 내 뱃속과 정신에서 독수리만큼이나 거대했던 그날
을, 영원히 특별한 애틋함과 의기양양한 자부심과 함께 기억할
것이다.

새 왕은 웃음거리가 아니니

병원을 벗어나서, 아홉 달의 신체 훼손을 벗어나서, 아홉 달의 마법을 벗어나서, 나는 자유의 몸으로 홀로 남았다. 강철을 덧댄 의사들은 자기네 손으로 괴물을 만들었음을 알고 있었다. 의사들이 항상 자기 분야의 성공을 그리 대하듯이, 그들도 자기네가 만든 나라는 괴물을 자랑스럽게 여겼다. 그러나 이제 그들은 내가 일종의 왕이며, 자신들은 평범한 의사일 뿐이라는 사실을 잘 알고 있었다. 그들의 거만함은 고작해야 작은 마을 하나를 다스릴 정도이니, 이제 내 지배력에는 도저히 맞설 수 없을 터였다. 태어나거나 만들어진 방법과는 무관하게, 왕은 왕이 될 운명을 품는다. 그들은 나를 몰아냈다. 나를 밖으로 실어냈다. 뜨겁고 거품이 일렁이는 세계로 보냈다. 작별 의식조차도 제대로 베풀어주지 않은 채로. 그리고 길을 떠나는 내게는 (물론 충분한 양이기는 했지만) 최소한의 지시 사항과 장비만 건네주었다. 그러나 어떻든 왕은 왕일 따름이다. 어떤 역경에 맞닥뜨리더라도 자신의 시대를 이끌어나가는 대장으로서, 힘겨운 상황을 다스릴 줄 알아야 한다.

살점 조각 급식 장치, 신금속 사지 조작법 안내서, 비닐 기계 눈물 봉투(왕조차도 때로는 우는 일이 허용되니), 기타 나라를 세우는 데 필요한, 또는 적어도 내 성채의 영역에 들어갈 때까지 버티는 데 필요한 장비를 짊어진 채로, 나는 거만한 의사들의 눈길을 받으며 병원의 계단을 헤치고 내려왔다. 옛 시대의 작은 강철 구축함이 되어서, 뱃전까지 가득 짐을 실은 채로 모로 서서 나아가는 기분이었다.

사실 걷기는 제법 쉬웠다. 철컥 찰칵 철그락 철컥 한쪽 발을 반대쪽 발의 앞에 내려놓고, 다시 들어서 철커덩 소리 나게 내려놓고, 경첩과 지지대를 활성화시키고, 팔을 흔들어 균형을 잡으면서, 비틀거리며 쓰러질 것 같을 때마다 열심히 죽지로 허공을 휘저으면 되는 것이다. 의지, 의지, 오로지 **의지력!** 앞으로 걸음을 옮기겠다는 의지력만 있으면 된다. 상황이 너무 불확실하게 돌아갈 때는 눈물 봉투를 꺼내고, 걸음을 멈추고, 생각하고, 울고(그래, 왕도 울 수 있나니), 원한다면 욕설을 지껄이고, 증오하고, 증오하고, 증오할 수도 있다. 하지만 걸음을 멈추면 안 된다. 강철을 덧댄 의사들에게, 아니 다른 누구에게도 그런 모습을 보여줄 수는 없으니까.

신이시여! 신금속 인간으로 살아가는 일은 쉽지 않을 모양이었다. 지금 이 자리에서 미리 선언해두겠다. 신금속 인간으로 살아가는 것은 상당한 모험이다. **그러나 나는 버텨낼 것이었다.**

강철을 덧댄 자들이 작별하며 내 목에 걸어준 꾸러미의 특수 지도와 지시 사항에 따르면, 나는 10번 성채가 될 예정이었다. 처음 그 숫자를 보았을 때는 아무런 의미도 찾을 수 없었다. 정말 아무런 의미도. 그러다 생각을 더 열심히 하자, 갓 만들어진 두뇌 냄비 속의 새로운 녹색 액체가 철벅거리며 김을 뿜기 시작하자, 문득 이런 생각이 들었다. **10번 성채라고! 그래! 영원히 10번 성채일 것이다!** 10번 성채는 결코 모데란의 오명으로 남지 않을 것이다. 10번 성채는 업적을 쌓을 것이다. 10번 성채는 영예를 거머쥘 것이다. 10번 성채는 영웅적이어야 한다. 10번 성채는 용맹해야 한다. 10번 성채는 이 드넓은 세상에서 가장 강하고, 끈질기고, 잔인하고, 증오스럽고, 거만하고, 시끄럽게 목소리가 울리고, 전투에 굶주린 망나니 같은 성채여야 한다. 그래!

그러나 우선은, 바로 지금은, 머지않아, **순서대로 필요한 작업을 처리해야 한다!** 10번 성채는 일단 자신의 성채를 찾아내야 하는 것이다.

다섯 시간 동안 열심히 걸어서 힘겹게 2.5킬로미터 정도를 이동하고, 그것도 부분적으로는 같은 장소를 빙빙 돈 끝에, 나는 길을 잃고 어안이 벙벙해진 채로 작은 플라스틱 도랑에 서 있게 되었다. 불타는 8월의 증기 방어막은 선홍색이었고, 플라스틱 위의 수많은 꽃 구멍에서는 양철 꽃들이 솟아올라서, 자태를 과시하며 반짝이는 꽃송이들로 완만한 모조품 초원을 가득 메웠다. 하늘에는 일렁이는 윤기가 흘렀고, 타오르는 열기는 수백만 마리의 악마처럼 일렁이며 내 갑주 근처로 바싹 들러붙어 온몸을 둘러싸버렸다. 그리고 나는 무더운 8월의 일곱째 날에 길을 잃고 말았다.

나는 언제나 그를 기억할 것이다. 몸통이 쪼그라든 커다란 남자가 내게 다가오던 걸음걸이를, 구부정한 등줄기를 따라 온몸을 아래로 수그린 모습을, 마치 뼈에 붙은 채로 너무 오래 조리된 고기처럼 끔찍한 흑갈색으로 쭈글쭈글해진 얼굴을. 극도로 끔찍한 재해를 헤치고 나온 것이 분명했다. 불일 수도 있고, 불과 바람일 수도 있고, 홍수가 추가될 수도 있고, 아내와 친척 문제도 곁들일 수 있고, 전쟁 하나쯤은 거의 확실했다. 인간이 겪을 수 있는 일반적인 재해 전부에다가, 일반적이지 않은 재해도 슬쩍 더해져 있을지 모른다는 생각이 들었다. 그렇게나 끔찍한 모습이었다. 그래, 진정으로. 아마 대부분 **전쟁**이었을 것이다. 그리고 입을 열어 말할 때면, 겉모습에서 짐작할 수 있는 이상으로 끔찍한 문제가 그를 망쳐놓았음을 짐작할 수 있었다. 어쩌면 한때 진정으로 중요했던 부속을 잃어버린 것일지도 모른다. 어쨌든 "길을 잃으셨습니까, 선생?"이라고 묻는 그의 목소리는 마치 여자처럼 쩩쩩거리고 있었다.

나는 그를 정면으로 마주하려 몸을 돌리고, 새로 얻은 모데란식 전방위 시야를 좁혀 그를 험악하게 노려보는 연습을 하면서, 손으로는 책을 넘기며 대화법 설명 부분을 찾았다. (나는 갓 만들어진 신금속 인간이며, 병원에서는 시운전을 여러 번 해보기 전에 나를 몰아냈다는 점을 기억해주길 바란다. 대화는 고사하고 어떤 움직임에도 익숙하지 않은 상태였다.) 그러나 사실 별로 힘들지는 않았다. 아니! 힘들 리가 없지. 말하는 데는 기계공학의 재능만 발휘하면 다른 무엇도 필요치 않았다. 그리고 기백을 담아 부드럽게 움직이는 신금속 인간이 되려면 거기에 몇 가지만 덧붙이면 된다. 게다가 지금 상황에서는 다른 모든 섬세한 부분은 잊어버리고 상황에 맞는 버튼을 찾기만 하면 끝나는 일이었다. 플러기-플라기 버튼을 너무 세게 누르자 그 버튼은, 아니 나는, "**물론 그렇소**"라고 소리쳐 대답했고, 상대방 남자는 공중으로 족히 1.5미터는 튀어 올랐다. 그가 목소리 버튼의 고함에 익숙하지 않다는 점은 짐작할 수 있었고, 또한 입술 움직임(이쪽은 나중에 방법을 익혔다)과 제대로 된 억양(이쪽도 나중에 익혔다)을 기대했으리라는 점도 짐작할 수 있었다. 나는 조금 더 괜찮게 들리기를 기대하며 다시 시도했고, 이번에는 플러기-플라기 목소리가 조금 더 부드럽게 울렸다. "10번 성채를 찾고 있소. 나는 10번 성채요. 그곳에 도착하면 그렇게 될 거요." 그리고 나는 목소리 버튼으로 웃음을 살짝 곁들이려 시도했고, "하! 헉!" 하는 소리가 흘러나왔다.

"아!" 그가 대답하자 축축한 덩어리가 철퍽거리고, 연골에 붙은 고깃덩이 같은 혀가 춤추고, 기도를 따라 공기가 열심히 들락거렸다. 세상에! 간단한 음성 인사를 건네는 일에 그런 구시대적인 온갖 노력이 들어가다니! 어쩌면 이 분야에는 한참 전부터 개량이 필요했던 것이 아닐까? "알 것 같습니다." 그는 짹짹거리는 목소리로, 여전히 겁먹은 채 말을 맺었다. "하지만 당신 너무나 우스꽝스러워 보이는군요! 꼭 열심히 광을 낸 고철 더미 같아요. 게다가 짐은 그렇게 잔뜩 짊어지고!" 기름에 튀긴 것처럼 주름진 볼이 부풀어 오르더니, 그는 한동안 뱃속에서 울리는 짹짹거리는 웃음을 멈추지 못해 고생했다.

"글쎄, 나는 우스꽝스러운 자가 아닌데." 나는 열심히 버튼을 누르면서 이렇게 말했다. "조금도 우스꽝스럽지 않소. 나는 왕이 될 자요. **나는 왕이오!** 그곳을 찾아낼 수 있다면 말이지만. 그리고 이 짐은 전부 내가 왕 노릇을 시작할 때 필요한 물건들이오. 똑똑히 알아두시오."

"알 것 같습니다." 그는 웃음을 단단히 억누르며 다시 입을 열었다. "그러니까, 10번 성채라고 하셨지요. 그러니까 그게, 거기에는 온갖 것들이 무더기로 잔뜩 쌓여 있거든요. 그러니까, 거긴 뭐라 해도 성 아닙니까. 세상에! 그런 것은 지금껏 본 적도 없습니다!" 그리고 그는 홀린 듯 멍하니 서 있었다. 나로서는 그가 거기서 본 것을 반추하고 있다고밖에 여길 수 없었다.

"호오! 그곳에는 밤낮으로 빛나는 커다란 숫자 10이 박혀 있습니다. 분명 보석으로 만들어졌을 겁니다. 아니면 그저 빛나는 페인트일지도 모르지요. 어쨌든 제게는 과분합니다. 가끔은 그 10을 보려고 거기까지 걸어가기도 하지요. 그러면 보통 뭔가 일이 벌어집니다. 아니, 요즘은 **항상** 뭔가 일이 벌어진다고 해야 할까요. 아무래도 저들도 쾅! 하는 물건들을 제대로 완벽하게 작동하도록 만들었나 봅니다. 게다가 그 벽과 탑들의 모습은!"

"그렇소?" 나는 플러기-플라기를 열심히 눌렀다. "정말로?"

"그래요! 마지막으로 근처를 지나가다 보니까—그러니까, 어제 늦은 시간이었는데—**모든** 시스템을 작동시킨 것 같더라니까요! 제가 가까이 접근해서 뭔가 움직이기 시작한 모양입니다. 사실 그걸 발견한 게 몇 달 전인데, 지금까지 몇 달 동안 내내 건드리고 다녔거든요. 그래도 저들은 신경 쓰지 않더라고요. 아마 시험 가동을 할 기회였기 때문이겠죠. 연습도 하고. 그런데 어제는, **히야!** 모든 준비가 끝났다고 믿을 수밖에 없었습니다. 얼마나 난리법석을 떠는지, 온갖 경고 화면이 떠오르는데, 저처럼 길 잃고 무해하고 너덜너덜한 인간이 접근했을 뿐인데 정말로 요란하게 대응하더라니까요. 아주 제대로 끔찍한 꼴을 당했습죠. 그러니까, 전 이제 질렸단 겁니다. 그러니까, 전쟁에요. 다른 온갖 것들에도 그렇고."

"미안하군." 나는 그를 향해서 최선을 다해 버튼을 눌러댔다. "정말 미안하오. 하지만 부디 무슨 일이 벌어졌는지 계속 설명해주겠소. 그러니까, 그쪽의 대응에 대해서 말이오."

"대응요? ……아! 그래요, 만약 선생도 전쟁에 참여했다면, 나름 함께 대화를 나눌 거리가 있는 셈이겠군요. **그 전쟁**에 참전하셨습니까?"

"그럼, **물론이오!**"

"혹시 랜드리의 반격 공세나 버튼 하나에 초토화된 웨이에 계셨던 적은 있습니까. 고작 몇 초 만에 끝나버렸지요. 제가 부상을 당한 것도, 이 끔찍한 몰골이 된 것도…… 랜드리 공세에서였습니다. 거기서 부속을 잃어버린 덕분에 지금처럼 찍찍대며 말하게 되어버렸지요. 무슨 말인지 아시겠습니까?"

"무슨 말인지 알겠소. 그리고 나 또한 그대가 언급하는 그곳에 있었소. 사실 나는 젊은 쾅쾅 대포 지휘관이자 쾅쾅부대의 최고 지휘자로서, 웨이를 공격하는 버튼을 누른 사람이었소. 내 임무였으니까. 그대도 알다시피 내 임무를 수행한 것뿐이오." 세상에, 어쩌면 그를 찢어발긴 사람이 나일지도 모르지 않는가.

그는 자세를 바로잡고 나를 똑바로 바라봤고, 순간 그의 양쪽 눈에서는 태양이 떠올라 수백만 개의 자잘한 경애의 빛을 머금은 채로 나를 향해 햇살을 비추었다. "**당신이 그분이로군요!**" 그는 찍찍거리는 목소리로 소리쳤다. 그리고 나는 그의 말뜻을 알 것만 같았다. 그렇다, 나는 랜드리에서의 반격과 버튼을 눌러 웨이를 파괴한 공격에서 엄청나게 중요한 역할을 맡았다. 나는 제1 쾅쾅대대의 **위대한 지휘자**였으니까.

"그리고 이젠 이곳의 **거물** 자리를 맡은 거로군요! 이해가 갑니다."

"운이 좋았을 뿐이오. 그리고 그대가 포격에 휘말려 심한 부상을 당했다니 진심으로 유감이오. 그대도 알겠지만 결국 승자는 없었소. 아무도. 어쩌면 저들이 그대를 고쳐줄 수 있을지도 모르지."

"그럴 리가요. 이런 식으로 망가진 건 **영영** 망가진 겁니다. 저는 이제 뼈 무덤으로 굴러떨어질 일만 남았죠. 그래도 최대한 오래 버텨볼 생각입니다!" 그리고 나는 죽음을 앞둔 자가 흘리는 결의에 찬 목소리에 감탄할 수밖에 없었다. "그저 성공한 여러분에게 무슨 일이 벌어지는지를 확인하기 위해서라도 말이지요." 그는 이렇게 말을 맺었다.

"그래도 이제 부디 친절을 베풀어 내 성으로 나를 인도해주지 않겠소? 내가 어떤 존재가 되든 일단 시작이나 할 수 있도록 말이오. 영원토록 그대에 대한 감사를 잊지 않으리다."

"물론 기꺼이 그래야지요. 그리고 제가 여기서 각하를 **기꺼이** 따르는 이유를 모르신다면, 앞으로도 영영 깨닫지 못하실 겁니다." 그는 이제 애원하는 눈이 아니라, 동요가 멎어 고요하게 질문하는 눈으로 나를 바라보았다. 그리고 나는 이 망가진 폐품 안에 한때 자부심 넘치는 인간이 존재했으리라 추측했다. 한때 굳건했을 어깨를 다부지게 벌리고, 고개를 아까보다 조금 더 숙이고 이글거리는 눈으로 올려다보는 모습에, 세상을 망치처럼 두들겨 파편으로 부숴버릴 듯한 주먹에, 그런 느낌이 서려 있었다. 그리고 깊이 팬 주름 아래 번득이는 전구는…… "**모르그번!**" 내 몸에 달린 모든 플러기-플라기 버튼을 동시에 내리치며 나는 소리쳤다. 그리고 갑자기 우리는 흘러간 모든 세월을 뛰어넘어 서로를 부여잡았다. "아, 세상에. 자네 대체 **무슨** 일을 당한 건가?"

그리 오랜 시간이 지나기 전의 그의 모습을, 나는 똑똑히 기억하고 있었다. 남자 중의 남자라 할 수 있는, 쾅쾅부대의 제복을 깔끔하게 차려입은 거인처럼 훤칠한 남자를. 랜드리 작전에서 보았던 모습이었다. 그도 나도 거기서 모든 것이 잘못되어버렸다. 화염과 굉음으로 가득한 지옥 같은 랜드리에서, 나는 훌륭한 부관이었던 그를 영영 잃어버렸다. 나는 그가 허공으로 날아가 바람을 타고 사방으로 흩어졌으리라 생각했다. 나 자신이 그곳에서 도망쳐 나온 것도, 웨이에서 모든 것을 벌충하려 시도하게 된 것도, 그저 기적 같은 행운 덕분이었다. 그 전쟁에서는 그 무엇도 벌충할 수 없었다. 특히 웨이에서는. **그래**! 나는 로켓 발사기와 초대형 몰살 폭발대포로 그곳을 초토화시켰지만, 상대방 또한 내게 그만큼 끔찍한 피해를 입혔다. 그리고 그 공세 이후로는 모두가 대포를 쏘아대며 끼어드는 바람에 온 세계가 불길에 휩싸여버렸다.

"다시 시작할 수 있어!" 나는 모르그번에게 말했다. "어쩌면 우리 둘 다 다시 시작할 수 있을지도 모르네!"

"아뇨." 그는 불길할 정도로 가느다란 찍찍거리는 목소리로 대답했다. "저는 이제 티끌일 뿐입니다. 말 그대로요. 제가 무덤에 들어 **영원히** 눕기까지는 아주 짧은 시간밖에 남지 않았습니다. 저는 다시는 전장에 뛰어들 수 없습니다."

그때 문득 한 가지 생각이 떠올랐다. 끓어오르며 김을 뿜는 종류의 생각, 내가 살점으로 이루어져 있던 옛 시절에는 뇌에 소름과 잔주름이 잡히도록 만들 종류의 생각이었다. 내 신금속 껍질은 허덕이는 소리를 내며 주름을 잡았고, 살점 조각과 새로 만들어진 녹색 피는 끓어오르는 두뇌 냄비에 반응하듯 술렁거렸다. "내 병기 인간이 되게!" 나는 버튼을 눌러 울부짖었다. "함께 세상을 박살 내는 걸세! 우리가 **쾅쾅부대**의 신형 제복을 입은 생생하고 사나운 병사였을 때 소망하던 대로 말일세. 다시 싸우고 어쩌면 최종 승리를 거둘 기회가 찾아온 것 아닌가. 어쩌면 우리의 패배를 만회할 수 있을지도 몰라. 내 알기로는 모든 성채의 주인은 수석 병기 인간을 데리고 다닌다네. 자네가 내 선봉에 서주게!"

튀긴 고기 같은 그의 초췌한 얼굴에 몰아치는 침울한 폭풍 사이로, 문득 파리하고 쌀쌀한 기색이 엿보였다. 그런데도 나는, 그의 눈빛 뒤편에서 발버둥치는, 깊이 숨은 갈망을, 아주 작은 바늘귀만 한 불꽃을 발견했다고 생각했다. 그러나 그는 이렇게 말했다. "아뇨, 됐습니다. 모데란에서 병기 인간이 어떤 존재인지를 알 만큼은 이 근방에 오래 있었으니까요. 아무 의미도 없는, 아무런 역할도 할 수 없는 기계화된 몸종일 뿐이지요. 그런 모습으로 다시 전투에 뛰어드느니 얌전히 무덤에 드러눕겠습니다. 살점 조각 하나도 없는 존재가 되느니!"

"내 자네 몫을 마련해주겠네. 맹세해. 내 살점 조각을 하나 주겠어!"

"아뇨, 됐습니다. 그게 무슨 의미가 있을까요? 단 하나의 살점 조각이라. 하하. 인간이 뭐든 의미를 가지기 위해서는 모든 조직이 연결되고 살점에 피가 흘러야 합니다. 그렇지 않으면 아무 의미도 없지요. 신께서 만드신 인간이 최고라는 사실은 인정하셔야 할 겁니다. 살점 조각 하나라니요! 하! 그걸 살려놓으려면 몸속에 채소 절임 단지라도 박아 넣어야겠군요."

"그렇게 하자고. 내장식 채소 절임 단지를 달아 주겠네!"

"아뇨, 됐습니다." 그러나 작은 희망의 불꽃은 아직 사라지지 않았고, 나는 이제 그 불꽃이 더 강하게 타오르고 있다고 느꼈다. 그래! 나는 절임 단지에 단 하나의 살점 조각만 품고 움직이는 삶이라도 완전히 움직임을 멈추고 땅속에 눕는 것보다, 영원히, 그리고 완전히 전투에 참여할 수 없는 삶보다 훨씬 낫다고 모르그번이 생각하지 않을까 궁금해지기 시작했다.

"어떨 것 같나?"

"그럴지도 모르지요!" 그가 말했다. "모르겠군요. 제가 쓰러지는 곳으로 찾아오십시오. 어쩌면 계속 연락을 주고받는 편이 나을지도 모르지요. 얼마 남지 않았을 겁니다. 마지막이 찾아온다는 느낌이 들면, 제가 어디에 있든, 당신이 있는 곳으로 움직이기 시작하겠습니다. 최대한 가까이 가려고 노력하지요. 저를 찾아오십시오." 당장에라도 부서질 것처럼 얼굴을 수그린 채로, 그는 멀어져가기 시작했다. 그리고 번민에 찬 그 한순간, 나는 영원하고 온전한 어둠이 코앞까지 닥쳐온 이들의 마음을 예전보다 조금 더 이해하게 되었다. 모르그번은 분명 그런 이들 중 하나일 테니까. 한때 내 충직한 부관이었던 자의 가슴 아픈 잔해가 플라스틱 도랑을 따라 한참을 멀어졌을 때에야, 나는 지금 상황을 깨닫고 그가 내 거처로 가는 길을 안내해줄 수 있었으리라는 사실을 떠올렸다. 뭐, 어차피 가까울 터였다. 그가 그렇게 말했으니까. 그리고 어쩌면, 밤이 되면 그가 말한 빛나는 10에서 빛살이 뻗어 나와 나를 안으로 데려갈지도 모른다. 나는 모든 설정을 **낮음**으로 내리고, 기상 시각에 타이머를 맞춘 다음, 내 온갖 장비와 지침서에 둘러싸인 채로 잠에 빠져들었다. 끔찍이도 무더운 여름밤에, 플라스틱 위에서, 반짝이는 숫자 10의 불빛 안에서 깨어나기를 바라면서.

한때 붉은 양탄자가

나는 반짝이는 10의 빛을 맞으며 잠에서 깨어났다. 거대한 숫자에서 뿜어지는 날카로운 광선이 내 얼굴을 세게 때려 의식이 돌아오게 만들었다. 나는 그대로 플라스틱 위에, 내 온갖 장비와 다양한 지도와 지침에 둘러싸인 채 누워 있었다. 내 손목에 장착된 영구 통신기의 작은 문자반에 떠오른 화려한 색의 야광 시곗바늘을 보니, 아직 자정이 되지 않은 모양이었다. 따라서 위대한 8월의 일곱 번째 날은, 내 생애 최고의 달 생애 최고의 날은, 내가 전투를 시작한 날은, 아직 저물지 않은 셈이었다! 그리고 이제 내 삶은 새 단계로 넘어갈 것이다. 강철의 옷을 몸에 두르고 만전의 준비를 마친 상태로…….

정신 나간 괴성이 사방에서 울리는 가운데, 나는 목적지 없는 오솔길을 따라, 철컥 찰칵 철그락 철컥거리며 열심히 몸을 움직였다. 세상에 이보다 더 수치스럽게 움직인 왕이 있을까? 자신의 탄생일에!? 그 어떤 날의 어떤 왕이라도, 이보다 더 결연히, 기나긴 싸움을 버티기에 이보다 더 나은 갑옷을 입고 움직인 왕이 있을까? 물론 이 경우에는 갑옷은 나 자신이었다. 신금속으로 만들어진 장대한 동체에, 몇 개의 살점 조각이 늘어져 흔들리는 모습이었다. 정신 나간 괴성의 정체는 경보 장치가 10번 성채의 가장 바깥쪽 성벽으로 미확인 물체가 접근하고 있다고 외치고 울부짖는 소리였다. 그리고 그 말에 따르면, 해당 미확인 물체는 '위협 경계선'에 도착하기 전에 중립 이상의 우호도를 가졌음을 입증하지 않으면 가장 빠른 신금속 두뇌로 생각하는 시간보다도 더 빠르게 **아무것도 아닌** 존재 이하가 되어버릴 예정이었다.

그리고 나는 중립보다 **한참** 우호적인 존재였다! 나는 10번 성채의 소유자였으니까. **내가 10번 성채였으니까!** 적어도 모데란의 계획에 의거한 특정 사고방식에 따르면 그랬다. 하지만 그 사실을 무슨 수로 알린다? **신이시여**, 시작하지도 않은 전쟁에서 패배하지 않게 해주소서. **신이시여**, 총알과 포탄에 두들겨 맞아 내 성벽 앞에서 쓰러지지 않게 해주소서. 경외하는 신이시여, 궁극의 수수께끼인 **아무것도 아닌 존재**로 전락하지 않게 해주소서. 나의 왕좌도 보지 못한 채 하늘 높이 날아가 바람에 날려 스러지지 않게 해주소서. 내 정신은 확률을 계산하기 시작했다. 두뇌가 거세게 출렁거리기 시작했다. 의사들이 내게 미리 일러주지 않은 이유가 뭘까? 빼먹은 지시 사항이 있었나? 속임수였나? 운명과 불운이 불길한 동맹을 맺어, 내가 왕이 되기 전에 패퇴시키려 마음먹은 것일까?

순간이지만 내가 죽는 모습이 보였다. 약속의 땅 코앞에서 무너져 내린 차가운 고철 더미가 되어, 학대받아 주저앉은 여행객으로서, 무고한 희생자로서, 잘못 평가된 이로서 죽음을 맞이하는 모습이었다. 매혹적인 광경이었다. 그래! 저들이 그러도록 놔두고 싶은 충동이 차올랐다. 자기 연민이 열심히 끓어올랐다. 아, 우리 모두의 마음속에는 때로 그런 감정이 존재하지 않는가. 적수 앞에서 짓이겨져 쓰러지고 싶게 만드는, 그곳에 그대로 누워 있게 하는, 세상이 다가와서 불의를, 끔찍한 잘못을 바라보며 울부짖기를 원하도록 하는 그런 충동이 있지 않은가. 저들 중 가장 찬연히 빛나는 백기사가 검과 방패를 내려놓고, 그림자 속의 존재가 웃음을 터트리는 가운데 선량한 세계 모두가 눈물을 흘리게 만들 수 있다면…… 얼마나 만족스러울까! 잠시 나는 그런 생각에 빠졌다. 이윽고 바위처럼 단단한 내 본성이 다시 돌아왔다. 화강암 절벽이 강고하게 전열을 맞추고, 모든 디딤대와 벼랑과 바위와 깔쭉깔쭉한 노출부가 일제히 우레 소리와 함께 일어나서 세상을 내려다보았다. 그리고 내가 버튼을 눌러 지옥의 화염을! 지옥의 화염을! 쏟아낼 때마다 그랬듯이 거대하고 어둑한 그림자가 낮게 드리웠다. 그런 일이 벌어지면 애도할 대상조차 남지 않을 것이다. 끔찍한 포격이 끝나면 대포 앞에는 형체를 알아볼 수 있는 것은 하나도 남지 않을 것이다. 그리고 뭔가 있더라도, 저들은 그저 잔해를 뒤적여서 내 고철은 낡은 처리용 용광로에 던져 넣고 내 살점 조각은 끓여 요리할 것이다. 일어서서 전진해야 한다. 절대 쓰러지면 안 된다. 상대에게 약한 모습을 보이면 안 된다. 사악함과 위험과 가장 고약한 적의로 가득한 세계에 맞서려면 오로지 그 방법뿐이니까.

나는 오래전 그들에게 허풍을 떨었던, 랜드리와 그 너머에서 그 겁쟁이 놈들과 맞섰던 나 자신으로 돌아왔다. 나는 숨결 봉투에 선홍색의 증기 방어막 공기를 가득 채운 다음, 경첩과 다리 지지대를 움직여 몸을 곧추세우고, 모데란 눈의 넓은 시야각을 잔뜩 좁혀 '어딜 감히' 느낌으로 거만하게 노려보는 자세를 연출했다. 그리고 마치 옛 시대에 구역의 대장 고양이가 나른하게 눈을 깜빡이며 발톱을 넣었다 뺐다를 반복하듯이, 완전히 무심한 태도로 신금속 타격기를 가볍게 풀어주며, 가슴판의 덮개를 만지작거려 그 안에 잠들어 있는 끔찍한 파괴 병기를 암시하며, 그대로 '위협 경계선'을 향해 전진했다. 지금 이 상황이 내 커리어의 결정적 순간이며, 모든 것이 파국으로 곤두박질쳐서 내 미래도 암흑에 잠길 수 있음을 잘 아는 상태로……. 방금 어디선가 신금속 로봇들이 키득거리며 웃는 소리가 들리지 않았나?

'위협 경계선'이 점점 다가오고 **다가왔다. 도착**. 모데란에 대해서는 충분히 읽었기 때문에, 나는 그게 무슨 뜻인지 잘 알고 있었다. 혼자이고 무력한 사람에게 위협 경계선은 발길을 돌릴 수 있는 마지막 기회였다. 만약 당신이 강대한 군세를 배후에 업고 있다면, 저 멀리 언덕 뒤에 숨어서 대기하고 있는 자들이 있다면, 지금이야말로 비밀 신호와 적을 타격할 정확한 좌표를 전송한 다음, 폭발 대포가 감히 당신을 '위협 경계선'으로 가로막은 건방진 작자들을 제거하는 동안 자리를 피할 때였다. 만약 당신이 혼자이고 무력하다면, 잠시 걸음을 멈추고 지켜보는 편이 낫다. 충분히 거리를 두고 당신을 쓸어버릴 정도는 아닌 무례한 몸짓을 해 보이면 된다. 그런 다음에는 흉갑 문 아래의 수납공간에 숨겨 온 도발용 풍선을 꺼내서, 나중에 폭발 대포 부대와 직접 휘두를 권총 두 자루를 대동하고 돌아오겠다고 똑똑히 일러줄 수도 있다. **불쾌한 자식들, 쓰레기 놈들, 겁쟁이들! 바로 그거야!**

  하지만 내게는 '다른' 문제가 있었다. 바로 웃음이라는 문제였다. 상대방이 조금도 망설이지 않고 단숨에 나를 가루로 만들 수도 있는 부류의 곤경이었다. 여기저기 달린 포대 덮개가 올라가는 모습을 보면서, 로켓 발사대가 준비를 마치고 모든 벽이 귀에 거슬리는 경고와 협박 소리를 흘리는 것을 들으면서, 나는 웃지 않기로 마음먹었다. 그러나 이 터무니없는 세상의 모든 것에 내재된 본질적 희극을 인지하고 있는 사람으로서, 나는 현 상황을 가늠하며 작은 미소를 억누를 수가 없었다. 어떤 측면에서는, 즉 모데란의 계획에 따르면 10번 성채 그 자체라고 할 수 있는 사람이, 내게 물러나라고 협박하는 저 경고의 본질인 사람이, 나 자신에게 다가가려다 나 자신에 의해 위기에 몰려서, 이대로 나 자신을 향해 다부지게 전진했다가는 나 자신에 의해 무로 돌아가버릴 위기에 처한 것이 아닌가. 자기 자신에 닿기도 전에 자기 자신에 의해 목숨을 잃게 될 것이라고, 본인들의 위대한 결합을 눈앞에 놓고 위협당해 물러서고 있는 것이다. 그래, 사실 제법 자주 일어나는 일일지도 모른다. 그러나 이 상황은, 적어도 잠재적으로는, 조금 다른 부류의 자살로 보였다. 그렇다고는 해도 지금 나 자신으로부터 도망쳤다가는 어딜 가든 두 번 다시 거울을 들여다보지 못하게 되는 것은 아닐까? 이를테면, 앞으로 살아가다가 여분의 물을 저장하는 저수지를 지나가다 거울처럼 차분하고 고요한 수면을 마주하게 된다면, 나는 어떻게 행동할까? 비명을 지르며 도망칠까? 고개를 돌릴까? 스위치를 내려 눈을 캄캄하게 만들까? 어디를 가도 거울을 마주할 수 없게 된다면 그걸 살아 있는 인간이라 부를 수 있는 것일까?

그래서 나는 계속 걸음을 옮겼다. 나 자신에게 다가가며, 10번 성채를 향해 나아가며, 거침없이 조금씩 '위협 경계선' 쪽으로 움직였다. 내가 접근할수록 정신없는 괴성은 커져만 갔고, 크고 높은 경고음은 차츰 잦아지더니 마침내 귀를 찌르는 기괴한 윙윙 소리로 변해버렸다. 아, 내가 지금껏 들어본 적 없는, 이 세상의 것이 아닌 것처럼 섬뜩한 기묘한 고음이었다. 참으로 내 죽음에 어울리는 음악이 아닌가! 그 소리에 고양된 나는 마침내 내 죽음과 그 죽음의 적절함을 무심하게 받아들이기에 이르렀다. 물러나라는, 발길을 돌리라는! 경고에도 개의치 않고 자신을 향해 다가가는 남자가 아닌가. 내 움직임 속의 무언가가 나를 감동시키고,

입을 굳게 다물어 우울한 최후의 미소를 머금게 하고, 나를 아, 참으로 즐겁게! 울부짖는 경고와 대포 앞으로 나서게 만들었다.

그래! 이 몸은 '위협 경계선'을 향해서, 죽음을 맞이하리라 굳게 마음먹은 채로 전진했노라. 이렇게 온전히 준비를 다시 마치려면 길고 지루한 시간을, 격렬한 울음과 끝없는 기도와 밤하늘에 울리는 소리 높인 비명과 끝없이 뱃속을 헤집는 듯한 공포를 맞이해야 할 것이다. 그래서 나는 걸음을 서두르며, 경첩과 지지대의 움직임을 **최대** 설정까지 올린 다음 죽음의 '경계선'에서 고대하던 순간을 맞이하기 위해 걸어갔다. 아 **신이시여**……. 나는 **깨달을** 준비를 마친 상태였다. 폭발 대포여 오라, 보행 인형 폭탄이여 오라, 기묘하고 새된 비명을 지르는 파멸 기계여 오라, 죽음이여 오라…… 제발 오라, **죽음이여**…….

그리고 그들이 무엇을 했는지 알고 싶나? 내 한쪽 발이 '경계선'의 영역으로 들어가자마자, 오렌지색 경계선을 건드리자마자, 내 정신은 최후의 운명을 앙금까지 전부 들이마실 준비를 마치고, 팔은 살짝 벌린 채로 최후의 **위대한 방문객**을 받아들여 포옹할 자세를 취하고, 눈과 얼굴은 과거의 습관대로 높이 들어 하늘을 향하고 있는데, **저들은** 말랑말랑한 독수리로, 밝은 고무 구체로, 밝은 깃털을 가진 작은 울새로 하늘을 채우고, 꽃으로, 사방에 꽃으로, 대포 덮개에서 피어나는 꽃으로, 발사기에서 터져 나오는 꽃으로, 흉벽에서 흘러내리는 꽃으로 나를 맞이한 것이다. 심지어 양철 꽃잎조차 아니었다. 벨벳으로 만든 꽃, 속을 채운 공단으로 만든 꽃, 온갖 부드럽고 값비싼 직물과 금으로 만든 꽃이라는 사실을, 나는 나중에야 깨달았다. **꽃이라니! 꽃이라니!** 풍선이라니! 새라니! 꽃이라니! 자! 이런 상황에서 내가 어찌했을 것 같은가?

나는 바로 그 자리에, '경계선'의 가장자리에 멍하니 서 있었다. 죽음을 맞이하려 얼굴에 띄운 바로 그 미소를 머금은 채로, 최선을 다해 취한 왕다운 자세를 유지한 채로, 꽃이, 벨벳 꽃이, 비단과 공단의 꽃이, 다른 온갖 종류의 꽃이, 떨어지고 또 떨어져 강철 인간 하나를 거의 완전히 뒤덮을 때까지. 부드럽게 나부끼며 떨어지는 꽃송이 속에서, 마침내 나는 시끄러운 경고음이 완전히 멈췄음을, 그리고 그 자리를 거의 완벽한 정적이 메웠음을 깨달았다. 나는 그런 와중에서도 그 자리에 서서 꽃잎의 형상으로 나부끼는 경의를 받아들였고, 화려한 가스 봉투들은 하늘로 날아가다가 정해진 고도에서 멈추면서, 제각기 자신의 색깔과 부피를 더해 풍선의 구름이 되어 온갖 찬란한 색깔로 하늘을 전부 뒤덮었다. 그리고 그 아래 창공에는 말랑말랑한 독수리가 날아다니고, 작은 울새들은 눈이 닿는 모든 곳에서 지저귀고 또 지저귀었다!

마침내 스피커 하나에서 소리가 울렸다. 증폭된 소리가 사방에 깔린 정적을 가르며, 음악 사이로 녹음된 목소리가 장중하고 우렁차게 울렸다. 10번 성채시여, 10번 성채에 당도하신 것을 환영합니다. 그대 자신은 그대 자신에서 가장 환영받는 이이며,

이제 그대 자신을 점유할 것이니, 우리의 위대하고 찬미받을 지도자시여, 인간이자 성채이신, 하나의 인간 성채이신, 하나의 성채 인간이신 분이시여, 영원하고 영원히 하나이며 갈라놓을 수 없는 분이시여, 신의 은총으로 다스릴 운명인 분이시여, 그 신은 곧 조물주이시며 체현된 꿈의 평원에 우뚝 솟은 거대한 신 금속 말뚝이시며 모데란이 새것이었을 때 당도하셨으니…….

다음으로 깨달은 것은, 짙은 붉은색의 끈 하나가 내가 서 있는 쪽으로 풀리며 다가오고 있다는 사실이었다. 10번 성채의 입에서, 붉고 부드러운 물질이 나를 향해 쏟아져 나와, 굴러내려, 바닥에 튕기면서, 언덕의 경사를 따라 미끄러지며 내 발치에 도달했다. 문득 딱 하는 소리가 들리더니, 굽이치며 흘러내린 붉은색의 침략자는 그대로 바닥에 딱 붙어 매끄럽게 변하기 시작했다. 그리고 마침내 그 가장자리가 내가 '위협 경계선'으로 들여놓은 한쪽 발을 건드리며 멈추었다. 얼마나 완벽하게 정확한지! 물론 이 장엄한 붉은 기계 양탄자는 나를 환영하며 붙들기 위해 나온 것이었고, 이내 나를 둘둘 말아서 집으로 데려갔다.

(훗날 나는 강철을 덧댄 의사들이 내 성채 안에 있는 양철 인간들에게 내가 완성되어 그쪽으로 가고 있다는 정보를 빛줄기로 전송했음을 알게 되었다. 달리 말하자면, 걸어 다니는 강철의 금속 왕이 다가오는지를 잘 살피고, 영예롭게 자신의 왕좌로 맞이하라고 전한 셈이었다. 괴성과 해치겠다는 위협은 자신의 성채에 처음 접근하는 주인을 향한 전통적인 장난질의 일부였다. 주인이

'경계'에 도달하면, 미리 펀치 테이프에 입력해둔 대로 끔찍하게 화려한 **환영** 인사가 고삐 풀린 듯 쏟아지며, 그대로 성채에서 흘러나와 주인을 자신의 영역으로 모셔 가는 것이었다.) 좋았어!

승리한 전투

내 손으로 커다란 주황색 스위치를 올리고 전력이 성채 건물을 휘감고 돌자, 자부심의 날이 드높이 밝았다. 깃대 탑에 불이 들어오고 창대에 매단 삼각기가 10번 성채 위로 드높이 휘날리자 우리는 당당히 준비를 시작했다. 그리고 나는 전쟁을 선포했다. 병기 인간들은 쇠 솔이 달린 발로 동력 장판에 올라서거나 걸어 다니며 전력을 충전했고, 나 자신의 금속도 웅웅거리며 끓기 시작했다. 그리고 내 살점 조각들 또한 **시작**이라는 흥분되는 영약을 억지로 받아먹었다. 왕의 자리에 등극하는 특별한 순간은 성채 인간의 일생에서 단 한 번만 일어날 수 있다. 시간이 아무리 흘러도 이와 똑같은 기분은 절대 느끼지 못할 것이다. 나는 머리 끝에 찰랑찰랑 차오를 때까지 이 순간을 만끽했다.

나는 사명감과 자부심으로 바싹 달아오른 채로 고대했다. 강대한 자들의 일원으로, 왕으로 우뚝 서다니! 과거의 패배를 생각할 때였다. 과거의 온갖 수치를 반추할 때였다. 어떤 식으로 그 모든 빚을 갚을지를 깨우칠 때였다. 총알로, 포탄으로, 충격과 망각으로. 충분히 음미하면서. 탕감하는 것이다. **그래!** 영원히 금속 인간이 되어서! 내 끈질긴 자아를 담은 몇 개의 살점 조각을 늘어트린 채로! **죽음**조차 패배시킨 자로서! 패배한 **시간**은 이제 성채에 예속되었다. 공포는 이제 사살당했다. 영겁의 시간이 흐르고 흐르는 동안 죄를 저지른 세상을 끝없이 뒤흔들 수 있을 것이다. 그 모든 탐욕을, 모든 공포를, 모든 종류의 부채를 대속하라고. 무한한 시간이 있으니 내 분노를 모두 풀어놓고 내 복수를 모두 감행할 수 있을 것이다. 그리고 그 정도의 시간이 필요할지도 모른다. 그토록 오래 걸릴지도 모른다.

두려움에 질린 살점으로 태어난 인간을 생각해보자. **생각해보자.** 1초의 시간도, 원자 하나의 움직임도, 모든 곳에서 벌어지는 모든 행동도 그 인간에게는 끔찍한 위험일 뿐이었다. 거대한 위협의 발톱을 **사방에서!** 내미는 세상에서, 흐물흐물하고 모든 면에서 취약한 그가 얼마나 겁에 질려 떨었는지. 전혀 움직일 수조차 없었다. 울부짖는 개들이, 거리를 좁히며 다가오는 자칼들이, **물러서! 네 몫은 없어!** 라고 소리 높여 외칠 것이 두려워 포상으로 손을 뻗을 수조차 없었다. 게다가 그가 더 열심히 이기려 애쓰고 효과적으로 공격하려 몸부림칠수록, 인간은 무덤이라는 완전한 패배를 향해 더 빨리 나아가게 될 뿐이었다. 승리는 존재할 수 없었다! 당시 나는 바위를 부러워했다. 돌기둥을 부러워했다. 낡은 뼈를 부러워했다. 공기 그 자체를 부러워했다. 심지어 짐승들조차 부러워했다. 죽음의 뼈 무더기에 파묻히는 패배가 얼마나 완벽한지를 깨닫지조차 못한다고 생각했기 때문이었다. 아는 것은 인간뿐이다. **그는 알았다!** 그러나 그는 자신이 방향을 이끄는 짧은 삶을 소모하여, 반드시 찾아올 재앙이라는 철문에 대고 계속해서 몸을 부딪쳐댈 뿐이었다. 갸륵하지 않냐고? 천만에! 어리석냐고? *당연하지!* 이해할 수 없는 일이다. 아무 의미 없는 일이다. 왜 그런 일을 한단 말인가?

나도 흐물흐물한 존재이던 시절에는 답을 몰랐다. 당시 내게는 공포만 있었다. 긴 공포. 짧은 공포. 중간 등급 공포. 부분적 공포. 온전한 공포. 조각난 공포. 상상한 공포. 불합리한 공포. 부당한 공포. 그 모든 종류의 공포들이.

그런데도…… 그런데도, 당시 나는 일종의 용기를 지니고 있었다. 아, 그래. 만용이기는 했다. 그것조차 없었다고 지적하지는 말기를. 밤에 잠드는 일조차도 때로는 나라는 꾸러미 속에서 찾을 수 있는 모든 용기를 그러모아야 했다. 미지의 어둠을 마주하고, 아무것도 모른 채, 침묵 속에서 잠들다니. 감각이라는 파수병이 퇴장한 시간에, 깨어 있을 때의 완벽하게 무력한 상태보다 더 무력해진다니, 온전하고 **온전한** 위협에 몸을 내맡기다니. 그런데도 나는 밤마다 그럭저럭 잠을 이루었다. 따라서 나는 매일 밤 죽음을 마주한 셈이다. 밤마다, 밤마다 매번, 나만의 작은 죽음을 계속 마주한 것이다. 당시에는 아무런 문제도 없었다고, 감히 내게 입을 놀릴 수 있는가. 깨어날 때마다, 아, 아주 잠시였지만 내가 죽지 않았다는 사실에 얼마나 안도했던가. 그런데도 당시 내가 아무런 승리를 이루지 못했으리라고 감히 내게 입을 놀릴 수 있는가! 그러나 바로 다음 순간 패배가 집요하게 따라붙었다. 낡고 슬프고 검은색의 모든 패배가, 지금까지 집적된 패배가, 나를 다시 후려쳐 승리를 앗아가고 말았다. 한때 빠르게 맥동하던 인간의 혈류가 흔들리며 쇠락하기 시작하면 이내 다음에 다가올 것이 눈앞에 떠오른다. 검은색 안감을 댄 관 속에, 장례식 날의 주빈이 되어 안치된 자신의 모습이 떠오르는 것이다. 행운의 신은 어떤 잔혹한 괴물이기에 이토록 불안정한 모략을 고안했는가? 실패하고 실패하고 또 실패하고 두려움에 몸을 떨도록 설계된 우리를, 공포스러운 낮과 두 배로 공포스러운 밤 속으로 몰아내다니? 그는 지금 어디서, 무슨 이유로 웃고 있는가?

그는 지금 어디서, 무슨 이유로 웃고 있는가? 이제는 웃지 못할 것이다, 적어도 나를 보고는! 내가 그 이유를 말해주겠다. 나는 성채의 주인으로서, 거대하고, 어떤 것도 뚫을 수 없는 갑주에 둘러싸여 있노라. 내 발치에는 포탄이 무더기로 쌓여 있으며, 나는 그 어떤 전쟁에서도 승리할 수 있노라. 내 폭발 대포들은 발사용 발판에서 몸이 달아오른 채로, 금속 사고의 속도로 날아가 완벽한 박살을 선사하기만을 기다리고 있노라. 우주 한복판에서 끊임없이 돌아가는 우리의 행성은 이제 완벽히 파괴 불가능한 존재가 되어 당당히 버티고 있으니, 우리가 플라스틱으로 표면을 감싸서 그 가운데에는 마모시킬 존재가 없고 양쪽 극에도 침식해갈 존재가 없기 때문이니라. 그리고 이제 나는 돌을, 심지어 돌기둥조차 부러워할 필요가 없으니, 동물들도 부러워하지 않으니. 나는 이제 돌보다 단단하고 동물보다 정신이 안정되었기 때문이다. **과학은 인간을 만들었다! 신금속 인간을!** 과학은 지저분한 **흙덩이** 구체에 플라스틱을 입혀 매끈하게 만들어 신금속 인간이 딛고 설 자리를 마련했노라.

그렇다! 훌륭한 과학의 계획이여, 백발의 늙은 머리를 들고 내 악수를 받아다오. 그대는 나를 무저갱에서 구해냈으니. 진득한 어둠에서, 축축한 땅속의 온갖 버러지에게서 구해냈으니. 나는 이제 **인간**이, 신금속 **인간**이 되는 영예를 얻었노라. 한때 나는 인간됨을 불명예로 여겼으니, 아무도 모를 천상이나 연기에 뒤덮인 산정의 권좌에 앉아 가혹한 빛으로 나를 감시하는 신들에게는 조롱과 비웃음과 학대의 대상일 뿐이었기 때문이다. 최후의 심판을 향해 기어가는 나를 향해서, 그들은 언제나 심판의 천칭을 휘두를 수 있었으니. 한때 내가 그 모든 것을 믿었단 말인가!? 그리고 인간의 명예를 위해 이 사실은 영원히 전해야 하리니, 이런 원시적이고 끔찍한 존재들을 신봉하고 가망 없는 확률에 희망을 걸었던 그때도, 인간은 언제나 싸움을 멈추지 않았으니! 인간의 내면에 존재하던 파괴할 수 없는 요소가 그를 구원해 이제 내가 깨우친 완벽한 승리로 이끌었도다. 신금속의 승리를, 선택받은 소수의 권능을 얻었으니, '교체'된 왕들의 안전은 온전하고 영원해졌도다! (떠나기에도 너무 두렵고, 머무르기에도 너무 두려워서, 불안정한 가운데 땅에 사로잡힌 인간은, 죽음의 끓어오르는 입가에서 싸울 용기를 원하며 공기를 한 모금 마시고는, 남은 모든 용기를 두 손에 모아 견딜 수 있는 최후가 찾아오기를 간절히 기도했다. 그리고 상당히 놀랍게도, 때로는 인간도 절망이 끈적하게 뒤덮은 가장 어두운 밤에도 작은 교전에서 승리를 거두곤 했다. 때로는 깃발을 휘날리고 트럼펫을 울리며 승자처럼 보이는 자태를 드러내기도 했다. 그리고 때로는 모든 것이 실현가능하고 그럴 가치가 있었다는 연설을 하기도 했다. 그러나 대부분의 경우 실현 가능성은 희박했고, 그럴 가치는 전혀 없었다. 그리고 저 밖에 사는 그대 쓸모없는 살점 인간들은 내 말뜻을 알 것이다. 그대들이 얻는 모든 승리는 힘겹게 얻어내더라도 일시적일 뿐이니, 애쓴 만큼도 미치지 못할 것이다. 그 모든 승리의 그림자에는 다른 어떤 문제보다 크고 이길 수 없으며 가장 결정적인 전투가 도사리고 있지 않은가. 그에 대해 거두는 모든 승리는 일시적이며, 가장 검고 검은 어둠에 둘러싸인 흐릿한 등불과도 같은 것이니. **포기하라**, 쓸모없는 살점 인간이여. **그대는** 승리할 수 없으며, 그 사실을 이미 잘 알고 있으리니. 공포에 질려 벌벌 떠는 골수 속 가장 깊은 곳에서는, 그대들은 죽음이라는 전장에서 승리할 수 없음을 이미 깨닫고 있을지니. 심지어 교황일지라도.)

그러나 이제 우리는 죽음의 전장에서 승리를 거둘 필요가 없다. 우리는 절대 그 전쟁을 겪지 않을 것이다, **절대로**. 강대한 적이 계획한 전투를 우리 손으로 미리 압도해버렸기 때문이다. **그렇다!** 우리는 모데란의 꿈이 형상을 이루어 움직이고 행동하는 존재이니. 먼 옛날 우리의 과학자들은, 맑은 눈을 가진 실험실의 위대한 왕들은, 시험관으로 자신의 이론을 시험하던 이들은, 살점의 생명과 식물의 생명이 본질적으로 견딜 수 없고, 불가능하고, 납득할 수 없고, 아마도 우리의 고향인 지구라는 구체에서는 견딜 수 없는 것이라는 사실을 깨달았다. 이 냉정하고 맑은 눈을 가진 사람들이, 과도한 칭송을 받은 온갖 다른 진보를 이룬 기술자와 일꾼과 신화 속 마법사들과 함께 세력을 키우지 못했더라면, 솔직히 나로서는 우리가 이런 업적을 이룰 수 있었을지 짐작조차 가지 않는다. 이곳 우리의 위협받고, 있음 직하지 않고, 예측할 수 없고, 거의 존재가 불가능한 우리의 구체에서는.

그러나 이제 우리는 과학 덕분에 모든 고난을 무사히 벗어났다. 한때 지저분했던 지구라는 구체는 이제 플라스틱으로 뒤덮여 완벽히 깨끗해졌고, 우리가 거의 이용하지 않아 장식에 가까워진 대기는 매달 아름다운 색채를 띤다. (아, 사랑스러운 증기 방어막이여!) 한때 쓰레기로 뒤덮였던 대양은 단단히 얼어붙었으며, 여분의 물은 먼 옛날에 우주로 날아가버렸고, 기온은 우리가 원하는 대로 계절마다 중앙이 조절하는 대로 변화 없이 고요하게 고정되었다. 그리고 새들은! 새들은 이제 색을 입힌 금속이다! 그리고 동물에는 모두 엔진이 달려 있다. 그리고 모조품 나무는 땅에 미리 뚫어놓은 구멍에서 솟아올라 설정된 시간만큼 버티는 '진짜' 잎을 피운다. **아 모데란이여!** 나뭇잎이 떨어지지 않는 땅이여. 플라스틱을 입힌 대지의 땅이여. 딱딱한 비늘로 뒤덮인 사랑스럽고 편안한 나의 고향이여.

병사 길들이기

당시 나는 성채가 '자동 행정' 테이프에 기록된 내용에 따라 스스로 작동한다는 사실을 모르고 있었다. 물론 내 주된 역할이 이웃 성채와 전쟁을 벌이고, 가끔 (필요할 때마다) 사방에 포격을 선사하고, 지배계급의 신금속 인간에게 허용된 온갖 보편적 쾌락을 만끽하고, 때로 시간이 남으면 스스로 고안한 여흥을 추구하는 것일 뿐이라는 사실도 모르고 있었다. 아니, 천만에, 이제는 왕좌에 올랐으니 새로 등극한 왕답게 **왕으로서** 행동할 생각이었다. 나는 영지에 도착하자마자 저들을 불러 모았다. 말 그대로 고개를 떨구게 만들어, 다른 무엇보다 내가 그들의 왕임을, 10번 성채에 오직 하나뿐인 **유일한** 왕임을 똑똑히 알려주려는 생각이었다. 그래!

"나의 신하들이여." 나는 아랫사람들이 모여들자, 플러기-플라기 장치를 **근엄하게** 설정으로 맞췄는데도 여전히 살짝 감정이 실린 목소리로 이렇게 말했다. "그대들이 내 공놀이에 어울려주면 나도 그대들의 공놀이에 어울려주겠노라." (신이시여! 왕이 이따위 소리를 지껄이다니.) 나는 얼른 테이프를 빼냈다. "조금 낡은 표현이로군." 나는 양해를 구하고 소리 내어 웃었다. "하 헉! 방금 건 잊어버리고, 다시 시작해보겠노라. 나의 신하들이여! 내 공놀이에 어울려주지 않으면 방망이를 휘두르겠노라." (신이시여! 아무래도 오늘은 **그런 종류**의 날이 될 모양이었다) "신하들이여! 순순히 협조하면 모든 일이 잘 풀릴 것이다. 내 말에 따르면 여기서 훌륭한 삶을 이끌 수 있을 것이며, 가끔 즐길 거리도 찾을 수 있을지 모른다. 다른 무엇보다 **복종**을 우선하도록. 규칙에 대한 존중이야말로 **가장 중요한 규칙**이다. 그리고 그대들의 왕인 나야말로 **규칙** 그 자체인 것이다!" 방금 금속 로봇이 웃는 소리가 들리지 않았나? 아니면 모여든 내 부하들이 차갑고 조용한 스위치를 가득 두른 채 작동을 중단해서, 그 기나긴 침묵의 소리가 내 귓가에 울린 것일까?

어쨌든 기계 귀에 금속 부속이 울리는 소리는 생경하기만 했고, 나는 상당히 혼란에 빠지고 어찌할 바를 모르는 상태로 계속 장광설을 이어갔다. 새로운 영도자가 **여기** 당도했음을 병사들에게 알리고 싶은 신임 사령관이 할 법한 말을 계속 입에 올리며! 이제부터는 멸사봉공의 자세로 **느슨한 소리**는 그만두고 오로지 명령에 따라 끝없이 **전진! 전진!! 전진!!!** 해야 한다고. "제

역할을 하지 못하는 사람이 내 눈에 띄면," 나는 말을 이었다. "내게 최소한 125퍼센트의 노력을 바치지 않는 사람이 보이면, 나는 그자를 적으로 간주하겠다. 만약 그 사람이, 그 작자가, 그 쥐새끼가, 내 앞에 소환당해서도 자신이 뒤처지는 합당한 이유를 대지 못한다면, 무사히 무덤으로 들어갈 수 있기를 신께 기도해야 할 것이다. 겨우 자기 한 몸 정도가 아니라, 자기 아버지와 어머니가, 아니 2500년 전의 조상들이 전부 존재하지 않았기를, 아예 태어나지 않았기를 바라게 될 것이다. 필요하다면 아담까지 거슬러 올라갈 정도로 살가죽이 벗겨지도록 매질할 테니까!"(아, 신이시여, 하찮은 금속 인간들에게 무슨 소리를 지껄인 것인지. 하지만 이미 움직이는 입을 멈출 수 없는 상태였다.)

"내 공병대에 주문해 인류 역사상 가장 세련된 염탐 기계를 장착할 것이다. 신호기와 그래프 장치와 온갖 종류의 측정 장비를 달아놓을 것이다. 그리고 이 자리에서 한 가지 분명히 경고하겠는데, 오해 말고 똑똑히 잘 들어두도록. 나는 평생 사람을 평가할 때 실수를 해본 적이 없다. 사람의 가능성, 행실, 자신을 전반적으로 어떻게 활용하는지까지 말이다. 꼭 필요한 것은 아니지만, 내가 알게 될 모든 내용을 확인하는 용도로 도입할 계획에 대해 미리 일러두도록 하겠다. '삑 하고 기록'이라고 부를 계획이다. 어떤 사람이라도 그 누구라도! 인간이 태만할 수 있는 다양한 범주 중 하나에서 태만한 태도를 보이면, 이 위대한 신생 성채에 삑 하는 큰 소리가 울려서 모두에게 경고를 보낼 것이다. 그리고 그 사람의 이름이—다들 이름이 있겠지, 적어도 형식 번호라도—어쨌든 그 사람의 호칭이 이 광대한 성채 전체에 울려 퍼질 것이다. 그의 호칭이 벽에서 벽으로, 홀에서 홀로, 천장에서 바닥으로, **모든 장소의 모든 곳에**, 죄를 범한 이름으로 끝없이 반사되며 울릴 것이다. 부디 이곳의 모든 사람이, 개별적으로, 자신의 직무에서 '삑 하고 기록'이 침묵을 지키도록 하겠다고 서약해주기를 바란다. 그러면 다들 이런 위협 없이도 자신이 수행할 직무를 되새길 수 있을 테니까. 그게 전부다. 다들 자신의 직무만 충실히 수행하면 된다. 삑 소리가 울리지 않는다 해서 포상이 있는 것은 아니다. 그저 자신이 적절한 행동을 한다는 뜻이 될 뿐이다. 내 말 이해하겠나?"

"그리고 포상도 언급해야겠지? 그쪽으로도 **대단한** 계획을 세워놓았다. 나중에, 더 나은 기회에 일러주도록 하겠다. 지금 이 자리에서 말할 수 있는 것은, 이곳에서는 허튼소리가 용납되지 않으며, 이 성채에서는 모든 일이 엄격하게 진행되리라는 사실을 잘 알아두라는 것뿐이다. 나는 이곳의 왕이고 너희들은 내 백성이다. 나는 모데란에서 가장 위대한 왕이 될 생각이니, 너희들 또한 모데란에서 가장 위대한 백성이 될 것이다. 함께 열심히 매진하자. 우리의 목표는 단순하다. 최고의 최고 중에서도 **최고**가 되는 것이야말로 우리의 목표다. 태만한 자는 용납하지 않겠다. 그런 자는 천상의 **지고**의 도움을 갈구하게 될 것이다. 내가 행복한 성채를 원할 것 같나? 천만에 그럴 리가! 행복한 성채 따위는 늙은 계집 전사들에게나 어울리지. 나는 강철로 벼린 성채를 원한다. 나는 차가운 성채를 원한다. 나는 우리 영공으로 들어오는 강철 새들이 날개깃에 와 닿는 냉기를 느끼고 서둘러 되돌아가는 그런 성채를 원한다. 나는 유약한 겁쟁이를 원하지 않는다. 그리고 나는 유약한 겁쟁이를 돌봐줄 생각은 조금도 없다. 목을 칠 것이다. 그대로 녹여버릴 것이다. 온 성채에서 가장 복종하는 사람조차 끔찍하게 운이 나쁘면 용광로에 들어가게 될지도 모른다. 이유조차 알 수 없을 것이다. 나 또한 이유를 모를 것이다. 내가 아는 것이라고는 그런 방식이 유효하다는 것뿐이다. 힘은 힘을 따른다. 그 누구도 안심하지 말도록. 모든 사람이 더 이상은 속도를 높일 수 없을 만큼 전력으로 매진하게 될 것이다. 다시 말해, 언제나 끝까지 **전력투구**하게 될 거라는 소리다. 지쳐 뒤처지는 자가 생기면, 그가 어떤 자였는지는 조금도 생각하지 않고 그대로 교체해버릴 것이다. 전체의 노력으로 도달할 **목표**야말로 **모든** 것이다. 작은 부속에는 전체에 대한 기여 외에는 **아무** 의미도 없다. 따라서 부속이란 오로지 제대로 기능하는 동안에만 의미를 가지는 것이다. **이 정도면 내 입장을 완벽하게 표명했다고 생각한다.**"

플러기-플라기의 **침묵** 버튼을 누르자니, 살점 조각의 연결 부위가 탈진 직전이고 사타구니 가장자리도 지쳐버린 것이 느껴졌다. 너무 애쓴 걸까? 그러나 진심에서 나온 연설이 '너무 애쓴 것'일 수가 있을까? 병사들의 사기가 충전되었을까? 내 연설에 감동했을까? 아무 움직임도 보이지 않는 성채에서 나를 맞아주는 것은 침묵뿐이었다. **모든 것을 의미할 수도, 아무 의미도 없을 수도 있는** 완벽한 정적만이 가득했다. 나는 걸음을 옮겨 병사 한 명을 건드렸다. 내 강철의 손에도 또렷이 전달되는 차가움에, 나는 크게 기뻐하며 백만 에이커의 얼음 평원을 떠올렸다. 다른 하나에 손을 올렸으나 마찬가지였다.

신금속 애인의 시간

성채의 주인이라면 누구나 하나는 가지고 있다. '교체'된 인간들의 땅에서, 거의 모든 장기를 신금속으로 교체하고 얼마 안 되는 살점 조각은 늘어뜨린 채 살아가는 이들의 땅에서, 그 존재들은 게임의 일부나 다름없었다. 내가 갓 부임한 성채 주인이던 시절, 신체 대부분을 신금속으로 재건하는 9개월의 병원 생활을 마치고 최신품의 엘리트 중의 엘리트로서 나왔던 시절, 마침내 나의 때가 찾아왔다. 그래서 나는 내 몫을 얻으러 밖으로 나섰다.

언제나 이상주의자인 나는 꿈속에서나 맛볼 수 있는 치유의 시간이 되리라 생각했다. 우리 모두에게. 그러나 불결한 코흘리개 꼬맹이들이 모데란제라서 더 길고 튼튼한 싸구려 담배를 입에 물고 음탕한 눈길을 사방으로 뿌리고 있는 모습을 목격하자, 절로 나는 어둑한 뒷골목에서 담배를 피우며 지저분한 울타리나 흠집 가득한 돌벽에 '섹스'라고 낙서를 휘갈기는 여드름투성이 꼬맹이들을 떠올렸다. 옛 시대의. 지저분한 농담을 내뱉는.

강철로 다시 만들어도 그런 자들은 영영 바뀌지 않는단 말인가!? 나는 해묵은 실망이 가득 널린 전장에서 생각과 희망과 희망찬 꿈을 퇴각시켜 슬픔의 평원으로 몰아넣었다. (이들이 **선택받은 자들**이었단 말인가? 이들이 전투에서 영예를 얻고 권세와 명성과 공포를 누리는 모데란 성채의 주인으로 예비되었단 말인가!?) 나는 비통함을 품고 집으로 돌아갈 뻔했다. 거의. 아주 짧고도 짧은 한순간 동안. 이내 나는 마음을 다잡고, 마치 우리의 아름다운 항성인 태양에서 비추는 듯한 빛의 인도를 받아 절망의 어둠을 벗어났다. 한 가지 생각이 내 원기를 북돋았고, 그 생각을 붙들고 있는 것만으로도 기나긴 밤에 뒤덮였던 설원에 봄이 찾아오는 것만 같은 온전한 행복이 내 마음을 가득 채웠다. 내게는 꿈이, **나의 꿈**이 있는 것이다! 다른 이들이 자신의 저열함을 붙들고 수치의 평원에서 왕이 되면 또 어떠랴. 나는 **내 꿈**을 품은 채로 빛 속으로 나아갈 것이니.

내 꿈이란 이상적인 여인, 반은 상상이고 반은 현실이며 항상 내게서 멀어지는 여인이었다. 그러나 이제 기회가 찾아온 것이다! **유일한 꿈**을 실현할 기회가! 먼 길을 오면서도 단단히 붙들어두었던 과거의 기억을 뒤적여서, 나는 신금속 애인 상점으로 구체적인 요구 사항을 적어 보냈다. 거기에 내가 온 힘을 기울이고 수많은 고통을 겪으며 안전하게 보관해왔던 사진도 덧붙였다.

모든 위험과 절망 속에서도, 심장이 부서지고, 정신이 조각나고, 심지어 세계가 파멸하고 전쟁의 불길이 타오르는 와중에도, 내가 품어온 사진을 말이다. 그리고 이제 내 꿈은 성채라는 안식처로 가지고 돌아갈 수 있는 형태로 포장되어 제공될 것이다! 남자에게 그 이상 무엇이 필요하겠는가?

신금속 애인 상점에서 시운전과 야외 시연일을 베풀기를 고대하며 벽 근처에서 꾸물거리고 있는 불량배 놈들을 뚫고 (이놈들이 성채의 주인이 될 예정이었다고!?) 나는 상점의 창문으로 다가갔다. 선원 경력이 있는 듯 살짝 물기를 머금은 사무원 형식 신금속 점원이 그곳을 지키고 있다가, 내가 건네는 카드를 보고 **영문을 모르겠다**는 듯한 표정을 지었다. "그러니까 운에 걸어보겠다는 겁니까!? 저기 다른 친구들처럼 시운전이나 선택을 해볼 생각이 없다고요!? 정말로 제가 저 안으로 들어가서 무더기 속에서 아무 꾸러미나 하나 꺼내 오길 원하는 겁니까!? 그랬다가는 어, 음, 어…… 빨간 머리가 걸릴 수도 있어요. 하하. 아니면 백금발로 깔끔하게 염색한 거나요. 가발이 나올 수도 있다고요! 으어!"

"지시 사항을 똑바로 읽어라. 카드를 똑바로 보라고." 나는 최대한 차갑게 대꾸했다. 그는 카드를 내려다보았다. 순간 그의 얼굴이 덜덜 떨리며 벌어져 열리더니, 혼란의 맴도는 길과 놀라움이 점거한 영역 사이로 순수한 공포가 비어져 나왔다. 그는 조금 정신을 차린 후에야 간신히 이렇게 말했다. "네, 물론입니다, 각하! 미리 확인하지 않아 정말로 죄송합니다, 각하. 양식이 전부 비슷하게 생겨서 말입니다, 각하. 저는 그저 섣불리……."

"가정은 금물이지. 추측도 마찬가지다. 모든 것을 확인하도록."

나는 혼란에 빠져 끓어오르는 상처에 소금과 산성용액을 끼얹어 주려는 심산으로 이렇게 쏘아붙였다.

그래서 우리는 그녀를 트럭에 싣고 집으로 돌아왔다. 사실 트럭이라기보다는 신금속 애인 배달용 밴이었지만. 운전사는 별 특징 없는 신금속 친구였는데, 잠시 멈춰서 상품에 전원을 넣어보면 어떨까 하고 유혹할 만한 설정은 완벽히 배제해놓았다는 소문이 있는 사람이었다. 혼자서 배달할 경우를 대비해서 말이다. 그를 신금속 환관이라 불러도 되겠다는 생각이 들었다. 그래, 충분히 가능할 것이다.

마침내 우리끼리만 남게 되자, 나는 그녀의 포장을 벗기는 작업에 착수했다. 서두르는 바람에 전선이 얽혀버렸다. 그리고 헐렁한 매듭을 더 꽉 조여버렸다. 매듭이 없던 곳에 매듭을 만들어버렸다. **그래!** 난생처음 천상의 열쇠를 손에 쥔 남자들이란 차분해지기 힘든 법이다. 설정은 완벽하게 **순항** 상태로 고정되어 움직이지 않는데도 불구하고, 내 심장은 옛 시대에 500그램짜리 마시멜로 부대를 커다란 나무망치로 때리는 것처럼 쿵쿵거리고 있었다. 아주 끔찍하게 아찔한 한순간은 아예 의식을 잃어버릴 것만 같았다. 그러나 살점 조각에 깃든 내 남은 모든 의지력을 끌어모아서, 나는 끈질기게 의식을 유지하며 뒤얽힌 매듭을 풀려고 씨름했다.

자, 마침내 나의 신금속 애인의 포장을 뜯어냈고, 처음으로 그녀가 온전한 나의 것이 되었으니…… 여기서는 그저 우리가 아주 훌륭한 시간을…… 처음에도…… 그리고 이후로 항상 매번 아주 훌륭한 시간을 보냈다고 말할 수밖에 없을 듯하다. 나머지는 개인적이고 사적이고 글로 적어서 남에게 보이기에는 완벽하게 부적절한 일들이니까.

그런데도, 그런데도…… 내가 아직도 가지고 있는 살점 조각들은 여전히 나를 괴롭히고, 몰아대며, 이 위대함을 글로 적으라고 종용한다. 어쨌는지 적으라고…… 공유하라고…… 진실을 조금이라도 드러내며 으스대라고…… 불운한 이들을 공정하게 대하라고…… 아무것도 숨기지 말라고…… 사랑의 위대하고 또 **위대한 순간을 이야기해서 세상을 풍요롭게 하라고. 아! 그래! 그래! 그래야 마땅하겠지!**

이제 전선은 사방에 흩어지고 둥글게 말린 덩어리가 되어 흩어지고…… 서둘러 찢어낸 종이는 한쪽에 엉망으로 쌓여 있는 채로…… 방은 엉망이지만, 그곳에 깃든 **꿈**은 실로 훌륭했으니…… 저 옛날 마음속에 품었던 꿈의 심상을 고스란히 현실에 모사해놓은, 달뜬 금발 인형이…… 과학이 만든 육신 속에, 촉촉하고 장미처럼 붉은 앙증맞은 입술에서, 조심스레 가른 틈새로 6월의 푸른 하늘이 슬쩍 엿보이는 작은 유리구슬처럼 반짝이는 푸른 눈에서, 나의 꿈이 기다리고 있었다…… 그리고 이제 그 눈은 천국에서 날아온 한 쌍의 사랑스러운 여왕처럼 나를 바라보며, 천상에서 방문한 여황제의 빛과 언어와 사랑을 말하는 사랑을 입에 담았다. 이제 한 사람 분량의 간격만이 남았다. **그래서 나는 바로 그 순간으로 진입했다.** 그녀의 옷에서 벗겨야 할 부분을 벗기고…… 내 심장은 이제 완전히 '**최대 기동**'으로 돌린 채로, 그녀의 설정은 '**나를 열렬히 사랑해주오**'로, 공장 설정으로 맞춘 채로…….

아, 신이시여! 바늘구멍으로 연을 날리는 것처럼, 여름의 폭풍 속에서 봄날의 달을 타고 설원을 달리는 것처럼, 발가락의 두 번째 관절로 귓불을 긁적이는 것처럼 느껴지지 않는가? **세상에! 그리고 세상에!** 불가능했던 모든 일이, 이제 가능해진 것인가? ……*철컥 철컥 철컥, 퓨 퓨 퓨, 쾅 쾅 쾅, 철컥 철컥 철컥, 기이잉 기이잉 기이잉, 퓨 퓨 퓨, 기이잉 기이잉 기이잉*—가능해진 것인가? 옛 시대의 메일러와 헤밍웨이가—사실 그들이 옳았던 것일까? 나는 이제 그들이 (이 모든 세상에서 아주 짧은 찰나일지라도, 나는 실제로 믿었다) *기이잉 기이잉 기이잉, 윙 윙 윙 쿵 어 쿵 윙 위이이이잉, 콰아앙, 위이이이잉,* <u>오오오 오오오오 오오오오 오오오오오오오오</u> 아…….

나는 이내 스위치를 내렸다. 마지막까지 전부 끝내자, 진실의 순간은 다시 한번 돌이킬 수 없는 시간의 모포 아래로 숨어버렸다. 그러나 이번에 내가 겪은 위대한 순간은, 진정으로 **위대한 진실의 순간**은 순수한 빛의 성에서 기록을 보관하는 관문의 어딘가에 보관되도록 청원하는 중이니, 위대한 이야기를 들려주는 순간의 기록을 안전히 보관하려 만들어진 유일한 목적의 성은 영원히 사라지지 않으리라.

그래! 그리하였던 것이다! 이것이 내가 새로운 시대의 땅에 있는 신금속 애인 상점에서 신금속 애인을 얻었던 날의 기록이니라.

그리하여 하얀 마녀의 계곡이 생겼으니

모데란이 갓 생겨나서 계획이 확고하게 자리 잡지 않았을 때, 소수의 아주 뛰어나고 특별한 아내들을 '교체'하여 성채의 주인인 남편들과 함께 성채의 영원한 삶을 공유하게 하자는 계획이 있었다. 그러나 과학의 관점에서는, 인간이라는 종의 여성이 아홉 달의 끔찍한 '교체' 수술을 견딜 수 있을 정도로 강인한지를 놓고 길고 힘겨운 논쟁이 팽팽하게 이어졌다. 마침내 호의적인 만용과 알 게 뭐냐는 관용 및 선택의 정신이 모두를 사로잡았고, 전원이 남성이고 전원이 신금속 과학자이며 수술과 살점 조각 보존의 모든 분야에 전문가인, 그리고 어쩌다 보니 전원 미혼자인 토론자들은 입을 모아 이렇게 외쳤다. "시도해보자고! 알 게 뭐야! 잃을 것도 없잖아?" 잃을 게 없다고!!?? 이봐!! 잠깐!!!

폐허가 된 멀리 변방의 땅에서 그녀는 찾아왔다. 마치 지상에 강림해 제 발로 돌아다니는 파멸처럼, 사방에 깔린 재난과 폭탄 자국과 낙진을 뚫고, 완전히 파괴된 교외 지방을 건너, 불구가 된 작은 여인은 계속해 걸음을 옮겼다. 그리고 박자를 맞춰 흥얼거리는 단 하나의 맹세가 그녀의 오랜 여정을 이끌고 있었다. "어딜 도망가겠다고. **찾아낼 거야. 나한테서는** 절대 도망칠 수 없어."

모든 면에서 성채의 주인에 걸맞는다는 인증을 받은 내가 병원을 떠나서 내 성채에 편안하게 안착하고서도 몇 달이 지난 후의 일이었다. 당시 나는 엘리트 중의 엘리트인 신금속 성채 주인답게 행동하는 법도 학습하고, 3연속 대포격전에도 두어 번 참전해 훌륭하게 반짝이는 영예도 얻었으며, 지배계급의 신금속 인간답게 일상의 쾌락을 누리는 법도 익히고, 심지어 신금속 애인 인형도 배달받은 후였다. "마음속 낡은 꿈"에서 그대로 끄집어낸 과학과 사랑의 결정체 말이다. **그런데 그 일이 벌어졌다!** 마치 초대형 폭탄처럼. 마치 복수처럼. 마치 옛 시대에, 뜨겁게 달궈진 단검으로 발가락을 잘라내고 손가락을 잘라내고 귀를 잘라내고 코를 잘라내고 턱을 잘라내고 성기를 잘라내고 도르래로 내장을 끄집어내 갈아버리고 안구는 폭발해 검게 타버린 뇌수 속으로 내려앉아 그대로 구워지고 핏물은 레이저빔 스토브에 앉힌 주전자 속에서 끓다가 끈적하게 굳어버리던 것처럼. 신이시여! 마치 지나간 시대에 세계대전의 징병 통지서를 받는 것처럼. 암 선고를 받아서 여명이 채 1년도 남지 않았다는 말을 듣는 것처럼. 아, 네, 확실합니다. 축하드립니다, 두 분! 아주 기쁘시겠군요, 하고,

면 옛날 미혼 상태에서 **임신이라는** 검사 결과를 듣는 것처럼. 그러니까 아 세상에! 이런 젠장! 아 빌어먹을 신이시여! 처럼.

"잘 지냈나." 이런 목소리가 들렸다. 옛 시대의 야간 특급 배송과 같은 부류인 트랜스메일을 타고 도착해서, 완벽한 하루를 보내던 도중인 내 화면에 갑자기 떠올랐다. 나는 방금 조금 다른 종류의 순수하고 야만적인 즐거움을 위해 신금속 새끼 고양이와 금강석 이빨 새끼 호랑이를 싸움 붙여 스릴 넘치는 쾌감을 만끽한 참이었다. 그리고 전쟁 상황실의 스피커 벽면에서 울려 퍼지는 공지 사항에 귀를 기울여서, 다음 주 화요일부터 모데란 전역에서 대전이 재개될 것이며, 이번에는 나도 참가자로 선택되었다는 사실을 알게 된 참이었다. (신금속 성채의 주인에게 있어 대단한 영예였다. 3연속 대포격전에도 두 번 참여했을 뿐이고, 점수를 얻기 위한 질책용 휘하 순시도 한 번밖에 하지 않았는데, 전쟁의 **참가자로** 발탁되다니!) 아, **내 삶이라는 정원**에 막 꽃봉오리가 맺힌 것처럼 보이지 않던가!?

그런데 "잘 지냈나"가 찾아왔다! 그날 내가 맞이한 온갖 다른 행운을 기리기 위해 신금속 애인의 쾌락을 그 위에 더하려는 순간, 그 목소리가 들린 것이다. 찍찍거리고 짹짹거리는 가내 경고의 목소리가, 나를 괴롭히는 찍찍, 짹짹 소리가 성채 모든 곳에 울려 퍼졌다. 아, 그 역겹고, 두렵고, 무례하고, 비문명적이고, 어수선한 소리는…… 내 전쟁 상황실의 스피커 벽면에서 장중하게 **부웅 위잉 부웅** 하고 울리는 경고와는 너무나도 달랐다. 게다가 저쪽은 보통 바늘탑이나 지고의 의회에서 전달하는 사소한 트집 수준의 선언이나 명령일 뿐이다. 저들이 밤낮으로 우리 시민들을 괴롭히고 사소한 불평으로 괴롭히려 노력하고 있다는 점은 어딜 봐도 분명했다.

"잘 지냈나, 10번 성채." 목소리가 다시 들렸고, 나는 신금속 애인 인형을 위해 맞춰놓은 열정 및 사랑 설정을 **마지못해** 포기하고, 의회에서 주기적으로 성채에 보내는 수리 및 보수 명령을, 또는 다음 증기 방어막의 계절에는 의회 복지 기금에 조금 더 강하고 열정을 담은 기여를 보내라는 대문자의 재촉을 받아들일 준비를 하며, 지루해 하품이 나올 지경으로 설정을 맞췄다. 그리고 내 광범위 모데란 시각의 범위를 좁혀 벽에 떠오르는 문자를 확인했다. 이런 산이 바다로 밀려나갈 일이 있나! 하늘은 망치로 내리친 달걀처럼 조각조각 무너져 내렸다! 내 신금속 껍질은 줄어들고 또 줄어들다가, 마침내 박살 나며 금속투성이 세상에 파편만을 남겼다. 나는 죽음을 맞이했다. **자네의 아내가······ 어제 저녁에 도착해서······ 수술 경과는 나쁘지 않고······ 머지않아 다시······ 팀을 이룰 수 있을 것이며······ 행운을 빈다고······.**

행운을 빈다는 부분에서 비웃는 기색이 어리지 않았나? 지고의 의회 사람들이 아주 먼 옛날 괴롭고 씁쓸하던 시대의 끔찍하게 거대한 문제를 기억하며, 비웃는 기색을 암시한 것은 아닌가? 누군가 "내가 아니라 자네라 다행이구먼, 이 불쌍한 친구야, 하하!" 하고 내 곤경을 비웃은 것은 아닌가? 방법도 이유도 짐작이

가지 않지만, 그 운명적인 찍찍 짹짹 소리가 들린 순간부터, 내가 아홉 달 동안을 마비된 채로 살았음을, 어떤 자극도 투지도 느끼지 못했음을, 그 어떤 것도 즐기지 못했음을, 신금속 좀비가 되어 차갑고 차가우며 또 차가워지고 더욱 차가워지기만을 반복했음을, 진정한 걸어 다니는 시체로서 계속 움직임이 멎어가고, 차가워져가고, 갈수록 뻣뻣하게 인생의 즐거움에 반응하지 않는 존재가 되었음을 명확히 밝혀두겠다. 그리고 그녀가 도착하자…….아 신이시여, 그녀는 결국 도착해버렸다. 그 얼음처럼 푸르고 두려운 눈을 가진 작고 강하고 끈질긴 여자가, 아홉 달의 잔혹하고 황량한 수술을 마치 해변의 여름 산들바람처럼 가뿐히 이겨낸 다음에, 내 성채를 **경영**하기 위해 찾아온 것이다! 아, 그래, 완전히 장악하기 위해서. 동반자 관계 따위는 없다. 애초에 그런 게 있었던 적이 있나? 하!

내 경우가 특별한 것은 아니었다. 모데란 전역에서, 우리 모두가 신참이고 계획이 명확하게 굳어지지 않았던 그해 봄에는, 그들이 걸어 들어왔다. 비틀대며, 때로는 넘어지며, 다시 일어나서 걸음을 옮기며, 대부분이 단 하나의 목표만, 모습을 감추고 살아남은 쥐새끼 같은 남편 놈들이 대가를 치르게 하겠다는 생각만 염두에 두고서. 그들의 마음속에서는 **나는 당신의 아내잖아**, 라는 말이 모든 것을 설명하고 정당화해주는 것만 같았다. 벗어날 수 없는 파멸이었다. 파멸로서 영원히 내려앉은 파멸이었다. 아내와 남편, 남편과 아내의 삶이라는 잿빛 황혼의 공포는 (위이아아오오오이에아아오오오오오오) 영원히 변치 않을 것이다. 심지어 세상이 끝난다 해도.

그렇다, 우리 모데란의 전우들은 그런 허튼소리를 용납하지 않았다. 우리는 다른 꿍꿍이가 있었다. 모데란은 사나이의 목표와 사나이의 관점을 가진 사나이의 나라였다. 전원을 켜고 끌 수 없는 살점 조각을 매단 여성형 강철의 존재와 영원한 삶이 양립할 수 없다는 점이 명백하게 확인되자, 우리는 그들을 모두 몰아냈다. 그토록 단순한 일이었다. 우리는 낡은 신금속 잔소리쟁이 계집 재배치 위원회를 발족했다. 우리는 그 여자들을 준비해놓은 땅으로, 벽으로 둘러싸인 하얀 마녀의 계곡으로 이주시켰다. 그곳의 벽은 실로 드높으니, 광대하고 최고 등급의 보안을 갖춘 감옥이나 다름없는 곳이었다. 부디 그곳의 경비병들이 결코 수마에 굴복하지 않기를, 그리고 장벽 주변의 순찰에 소홀하지 않기를 간절히 기원하노라. 벽으로 둘러싸인 하얀 마녀의 계곡에서 탈옥 사건이 벌어진다면, 오직 신께 매달려 자비를 애원할 수밖에 없을 터이니!

모데란의 새 인간

내 성채 통치에서 비교적 초반에 일어난 일이었다. 세계 전력 대포격전에서 두어 번 승리하고, 당대 최강의 남자로서 입지를 다진 후라, 슬슬 다른 생각이 들기 시작하던 참이었다. 나는 인생의 목적…… 아름다움…… 공공의 이익…… 그런 측면을 고려하기 시작했다.

나는 하늘이 사과처럼 황록색을 띠던 날 그를 만나러 갔다. 마치 하찮은 보통의 시민처럼, 옛 시대의 사람처럼, 자동으로 고정되는 모데란의 하늘 아래에서 자동화 보도를 타고 움직였다. 5월이었다. 모든 것이 깨어나 있었다. 모든 것이 밖으로 나와 있었다. 중앙 계절 통제국에서는 커다란 철제 스위치를 올려 다시 한 번 낡은 겨울을 물렸다. 땅속 깊은 곳의 바퀴가 돌아가며 플라스틱 눈밭 덮개가 뒤집혀 빨려 들어갔고, 봄날의 초원 덮개가 똑같이 공정하고 동등한 교환에 의해 솟아올라 그 자리를 대체했다. 우리의 위대한 모데란에서는 이렇게 계절이 수월하게 바뀐다. 쭉 정이 꽃봉오리 하나를 피우려고 어머니 자연은 얼마나 고생했는 가! 모든 것이 갈등하며 발 디딜 자리를 유지하려 안간힘을 썼 다. 얼어붙어 쓰러지거나 상대방을 쓰러트리거나, 하찮은 발악일 뿐 아무 의미도 없는…… 이제 그런 것은 전혀 필요치 않다. 이 제 우리는 네 장의 들판 깔개를 거대한 기계로 교체한다. 겨울 부 분, 봄 부분, 여름 부분, 가을 부분. 한때 어머니 자연이 열심히 애 썼던 일을, 우리는 플라스틱으로 제작한 계절을 교체하는 식으로 간단하게 해결한다.

나는 **공역 제한, 조류 방사장**이라고 적힌 장소에서 내렸다. 아 무런 내색 없이 자동 보도에서 내려서 경첩과 버팀대를 움직여 그 것이 있는 곳으로 움직여 갔을 뿐이다. 평범한 사람처럼. 관광 나 온 것처럼. 목을 빼고 기웃거리는 것처럼. 잠시 호기심이 생긴 일 반 시민처럼. 플라스틱 벌판으로 한참을 나오자 새장 경비병들이 내 앞을 막고 보안의 서를 읽어주고는, 자기네 임무를 말하고 포 박용 무기를 빼 들었다. 나는 그들에게 10번 성채의 독수리가 박 힌 위대한 인장을 보여준 다음, 쥐새끼를 내려다보는 왕의 시선 으로 바라봐주고는, 놈들의 시선이 끔찍한 상상 속에서 굳어버리 는 모습에 흡족해하며 계속 걸음을 옮겼다. 어쩌면 놈들은 자기네 강철 손자들에게 목소리 테이프를 전해줄지도 모른다. 그 끔찍한 5월의 어느 날 할아버지가 얼마나 큰 실수를 저질렀는지를, 하찮은 임무를 수행하느라 감히 왕에게 도전했는지를, 그리고…… 어떻게 간신히 목숨을 건졌는지 그 내용을 담은 테이프를.

이런 상황인데도 새들의 거처에서는 경고가 울려 퍼졌으며, 모데란 전역에서 가장 위대한 전쟁 영웅조차도 그 소리에는 조금 당황하고 말았다. 새를 보는 것조차 이토록 힘들다니! 평소에는 대리인을 보낸다. 새들에, 공공복리에, 꽃에, 증기 보호막의 색깔 변화에, 기타 온갖 계획에 연계된 하찮은 잡무에 관심이 있는 척하기 위해서, 성채의 위대한 강철 수장들은 본인이 행차하는 대신 부관을 보내는 것이다. 그런 성채 속 어릿광대들은 그저 점수밖에 신경 쓰지 않는다. 평가관의 염탐용 차량이 항상 돌아다니면서, 포격이 잦아들고 협정에 따라 전쟁이 멈추어 투석기의 탄환도 전부 내려놓은, **휴일이 찾아오면!** 사람들이 공공의 이득을 위해 무슨 일을 하는지 확인한다는 사실을 알고 있기 때문이다. 그러나 나는 스스로 원해서 이곳에 왔다. 그리고 당신이 믿거나 말거나, 나는 항상 뭔가를 추구하는 사람이다. 밤낮으로 찾아 헤매는 사람이다. 심지어 하늘이 전쟁의 포격으로 붉게 타오르는 동안에도 나는 생각을 멈추지 않는다. 내가 부드러운 사람이라거나 꽃 피우는 일에 어울리는 남자라는 소리는 아니다. 물론 겁 많은 남자도 아니다. 심지어 모두를 사랑하는 왕도 아니다. 나는 본질적으로 의심이 많아서 끊임없이 밖을 내다보며 탐색하는 남자다. 그리고 온 세상이 아름다워지며 살육과 힘과 분노가 명확한 행동으로 표출되는, 이해할 수 있는 목표로 모든 것이 집약되는 전시를 제외하면, 나는 항상 신경이 곤두서 있다.

나는 강철 발로 강철 바닥을 쿵쿵 밟으며 전진했다. 그리고 환영 벽면의 스피커 깔때기에 대고 내 목소리를 탄환처럼 난사했다. "10번 성채가 발사를 보러 왔다. 그 과정에서 혹시라도 세상을 더 이해할 수 있을까 해서다. 나는 전쟁과 연관된 것은 잘 알고 있다. 내 짐작에 따르면 상당히 제대로 알고 있으리라 생각한다!" 내 입에서 쏟아지는 겸손한 발언에 머리와 목과 얼굴의 살점 조각들이 붉게 달아오르는 것이 느껴졌다. "나는 10번 성채다." 나는 더듬거리며 말을 이었다. "드넓은 모데란에서 가장 강한 성채다. 파괴로 무수한 전쟁 기념패를 받고, 그 뛰어남으로 십자 폭탄 기장을 받은 자다. 내 그 모두를 무찔렀음이니! 때로는 평화를 받아들이기가 힘들도다. 평화가 찾아올 때에도, 새들이 날아다니고 꽃이 피어나고 나무가 다시 정원 구멍에서 솟아나올 때에도, 우리는 일종의 평화 전쟁을 수행할 수도 있지 않겠는가? 그러니까 그대가 일익을 담당하고 있는 이 소임에서도, 일종의 아름다움을 추구하는 전투 기지를 구축하여 새들을 쏘아대는 편이 더 적절하지 않겠는가? 찍찍대고 짹짹대며 날개를 퍼덕이는 새들을 날려 보내, 이미 색으로 물든 하늘에 한 줌의 색을 더하다니, 그게 무슨 의미가 있단 말인가? 새 인간이여! 그대는 모데란의 모든 구역에서 보낸 새들이 경쟁하는 대회를 열 수도 있을 것이다. 제 각기 다른 새들보다 더 오래 하늘에 떠 있으려 최선을 다해 전투하는 것이다. 그리하면 마지막까지 하늘에 남은 새가 가장 강하고 다부지며 따라서 가장 아름다운 새가 될 것이니. 어떤가? 분명 독수리나 콘도르가 승자가 되지 않겠나? 나 또한 콘도르와 같은 남자이니, 크고 강하고 거친 독수리들과 무수히 발톱을 겨루며 끔찍한 전투를 겪었노라. 그러나 내가 현재 세계 최강의 남자인 10번 성채인 만큼, 그대도 그 사실은 이미 알고 있을 것이다." 그리고 나는 플러기-플라기 장치를 조금 느슨하게 풀었다. 진짜로 너무 많이 지껄인 데다, 후회하게 될지도 모른다는 생각이 들었기 때문이었다. 게다가 나는 허풍쟁이 제안자가 아니라 방문객으로 이곳을 찾았다. 내가 현재 세계 최강의 남자라고는 해도, 평화기의 모데란을 입맛대로 개조하는 것은 내 권한 밖의 일이었다. 끔찍하게 건방진 풋내기 전투대장이라고 생각하지 않을까. 성채의 주인인 주제에 새를 발사하는 광경을 보겠답시고 홀로 어정어정 걸어와서는 제대로 된 신분 확인 절차도 거치지 않고 즉각 개선할 점을 떠벌이고 있으니 말이다. "미안하다. 그냥 울새나 딱새나, 뭐 그런 새들을 발사하는 모습이나 보여줬으면 좋겠다. 보고 나면 얌전히 내 대포가 있는 곳으로 돌아갈 테니."

솔직히 털어놓자면, 나는 언제나 그렇듯이 평화로운 임무가 거북했다. 분노와 폭발 대포를 다루는 편이 나았다. 훨씬 나았다. 항상 그랬다. 앞에서 말했듯이, 그럼에도 나는 항상 뭔가 다른 것을 원하고 있었다. 그 갈망이 나를 행동하도록 몰아붙여 구석구석 찾아 헤매게 만들었다. 심지어 지금 이 순간에도 나는 그 희망에 달아올라 있었다. 살점 조각은 뒤틀리며 기억을 떠올리고, 부들부들 떠는 살점 조각에서 동요가 옮은 강철 부속들마저 들끓고 헐떡이고 주름잡고 고함을 지르고 있었다. **그래!** 기다리는 나는 끈적한 덩어리가 되어버렸다. 현재 모데란 전역에서 가장 위대한 전투대장이 (최근 전 세계 포격전에서 파괴 업적으로 최고 전쟁 기념패를 받고 그 탁월함으로 십자 폭탄 기장을 받은 사람이) 마치 옛 시대의 노파처럼, 노파에게나 어울리는 희열을 고대하며 몸을 떨고 있었던 것이다. 그렇다, 희열을 고대한 것은 사실이다. 이 세계에 존재하는 부드러운 아름다움의 비밀을 일부라도 발견할 수 있다는 희열이었다. 그리고 지독하게 겁먹은 나는 혹시나 그 비밀이 나를 지나치게 뒤흔들지는 않을지, 그 남자를, 새들의 대장을, 평화의 임무를 수행하는 화염의 군주를, 부드러운 아름다움의 사도이자 세상의 모든 대포에 반대할 것이 분명한 자를 만나는 일을 견뎌낼 수 있을지를 염려했다. 갑자기 내 모든 행동이 서투르게만 느껴졌다. 갑자기 요새에 있는 모든 기념패가 하찮게만 느껴졌다. 이 우주에 존재하는 온갖 새들과 부드러운 아름다움의 진정한 비밀을 엿볼 수만 있다면, 내 성채를 통째로 바칠 수도 있을 것 같은 기분이 들었다. **그래!** 금속 맨발을 드러낸 채로 온갖 문제가 들끓는 세상을 거닐며, 철컹 철그렁 소리를 울리는 구세주로서, 무장도 대포도 없는 채로 설교를 베푸는 것이다. 총알과 포탄이 빗발치는 사이에서, 빛을 보고 복음을 전파하는 대장으로서 거목처럼 우뚝 서서 외치는 것이다. **"아니다! 아냐! 그런 식으로 하면 안 된다!"**

아무 의미 없는 걱정이었다. 지저분한 강철 덩어리인 짜리몽땅한 남자가, 고작해야 지역의 새 총괄 담당에나 어울리는 비굴한 표정이 가득한 작자가, 사실 몰락한 성채의 주인이며 짐작건대 성채를 다시 얻으려 모략을 꾸미고 있는 것이 분명한 남자가, 내 앞에 등장한 것이다. 그는 혼란에 빠진 얼굴로 사방을 둘러보다가, 마침내 모데란의 광역 기계 눈으로 내 모습을 발견했다. 그가 내 존재에 초점을 고정한 다음 시야를 좁혀 찬찬히 살피는 모습이, 마치 땅딸막한 철제 거위가 재빨리 고개를 이리저리 돌리는 것처럼 보였다. 그가 버튼을 누르자 꽥꽥거리는 소리가 울렸다. "잘 오셨습니다, 9번 성채여, 새 발사장에 잘 오셨습니다." 내가 손을 흔들며 항의의 목소리를 높이려 하자, 그는 시야각을 더욱 좁히더니 다시 시도했고, 이번에는 제대로 버튼을 눌렀는지 이런 소리가 흘러나왔다. "잘 오셨습니다, 10번 성채여, 새 발사장에 잘 오셨고, 실례했습니다. 그리고 9번 성채여, 감시하고 계셨다면 실례했습니다." 그러더니 그의 완전 금속 하인 중 일부가 동력장 바닥을 미끄러져 다가오더니 제대로 인사도 하지 않고 나를 밀쳐서! 내가 누군 줄 알고! 방의 앞쪽 끝에 있는 철제 원통에 밀어 넣었다. 이내 나는 내가 들어온 곳이 새 발사 관측용 원통이며, 저 멀리 펼쳐진 증기 방어막 하늘을 바라볼 수 있도록 시야가 탁 트여 있다는 사실을 깨달았다. 어쩌면 '아름다움'이 곧 모습을 드러내고 거기에 이르는 방법을 알려주는 소리가 울려 퍼질지도 모른다. 나는 구겨 넣어진 그대로 그 자리에서 기다렸다. '아름다움'이 나타나는 순간을.

이내 빠르게 펄럭이며 움직이는 검은 점의 무리가 내 관측 구역에서 멀리 떨어진 증기 방어막 위에 등장했다. "울새 발사합니다." 금속성 목소리가 완벽하게 기계적으로 말했다. "12번 구역에 울새 발사가 완료되었습니다. 다음은 딱새입니다." 그런 식으로 다양한 종류의 기계화 금속 새들이 차례대로 발사되었다. 내 관찰 구역의 시야가 화살처럼 빠르게 날아가는 까만 점으로 가득 찰 때마다 기계 목소리가 그 정체를 일러주었다. 이런 식으로 울새와 참새와 딱새에서 시작해 독수리를 지나 콘도르 발사 준비에 들어가자, 내 마음속 깊은 곳에서 분통이 터져버렸다. "지옥의 불길이여!" 나는 이렇게 소리치며 관측용 원통의 한쪽 측면을 두들겼다. "나를 당장 내보내라. 나는 선의를 품고 이곳에 왔거늘, 너희들은 내 시야를 가물가물한 점들로 가득 채우는구나. 지옥의 불길이여!"

"12번 성채를 회수합니다." 취소하는 목소리가 들렸다. "죄송합니다, 5번 성채를 회수합니다, 죄송합니다, 회수를…… 어느 성채를 회수합니까? 현재 관측 중인 성채를 회수합니다. 회수 회수……."

그래서 그들은 나를 금속 관측용 원통에서 꺼냈고, 나는 비굴한 표정의 남자를 마주했다. 나는 방금 겪은 속임수의 대가를 단단히 치르게 해줄 생각이었다. 언제나 그리 넓은 편은 아닌 내 아량은 이제 완전히 고갈되어 폭발하기 직전이었다. 나는 호통 버튼을 눌러 그대로 면전에 대고 터트렸다. "현재 모데란 최강의 사나이인 이 몸께서, 온갖 임무에도 짬을 내어―젠장, 다음번 세계 포격전을 준비해야 하는데도―공공의 이익을 위해 힘쓰고, 추가로 점수도 좀 벌면서 내게 도움이 될 지침도 얻어 가려고 여기까지 몸소 내려왔거늘. 그런데 이런 일이 벌어진단 말인가? 젠장! 너희 어리석은 금속 덩어리들은 나를 관측용 원통에 쑤셔 박고 큰 은혜라도 베푼 듯이 굴었다. 게다가 젠장, 그 시간의 절반 이상은 내가 누군지조차 기억하지 못했지. 그 모든 것을 무릅쓰면서까지 대체 내가 뭘 봤단 말인가? 점뿐이다! 울새 발사. 점이 한 줌! 참새 발사. 다시 점이 한 줌! 독수리까지도 똑같은 짓만 반복했지. **젠장!** 그냥 집에 머물면서 종이에다 열심히 점을 찍은 다음에, 그걸 내 눈앞에서 흔드는 것과 뭐가 다르단 말인가. 지옥의 불길이여! 빌어먹을! 젠장! **천둥의 저주 있으라!**"

"자, 자, 너무 그렇게 성내지 마십시오. 누구든 사소한 문제는 잔뜩 있게 마련 아닙니까. 지금 오해하는 쪽은 각하이신 것 같습니다. 각하께서는 발사의 아름다운 광경을 꿈꾸며 이곳까지 왕림하셨지요. 10번 구역을 위해서요. 각하께서 10번 구역을 위한 발사의 아름다움을 보고 싶으셨다면 12번 구역으로 가셨어야 합니다. 아름다움은 **우리가 목표로 삼은 지점에** 펼쳐지는 겁니다. 발사 지점이 아니라요. 아시겠습니까? 자, 각하께서 서둘러 여기서 나가서 이동을 시작하신다면, 콘도르가 도착하는 광경을 보실 수 있을지도 모릅니다. 12번 구역에요. 사실 총알 차량을 타고 꽁지가 빠지게 달려가실 생각이시라면, 이번에는 특별히 예외를 적용해 콘도르 발사를 몇 초 늦춰드리지요. 오로지 각하를 위해서 말입니다! 독수리 발사 직후에 가벼운 오작동이 일어났다고 꾸미겠습니다. 어떻습니까?"

"아니, 그렇게 넘어갈 일이 아니다. 나는 속았다는 생각을 떨칠 수가 없다. 누군가 내게 아름다움을 원한다면 새를 보러 가라고 일러주었다. 그런데 아무래도 뭔가 잘못 알아들은 모양이다. 지금까지 전쟁 때문에 상당히 바쁘기는 했지만."

"물론 그러셨겠지요. 그리고 전쟁을 수행하시는 분이니, 우리가 새를 가지고 하는 일이 제법 마음에 드실 겁니다. 그러니까, 모든 것이 철두철미하게 수행되어야 한다는 각하의 성미에 어울릴 거라는 말이지요. 시민들은 보통 모르는 일이지만, 우리는 아무 의미 없이 새들을 날리는 게 아닙니다. 아름다움을 위해서가 아니라는 점은 확실하지요. 사실 우리는 새를 발사할 때마다 작은 실험을 합니다. 혹시라도 새의 머리를 탄두로 교체할 필요가 생기면 무슨 일이 벌어지리라 생각하십니까?" 음흉한 웃음을 짓는 그의 눈이 번뜩였다. 그는 내 쪽을 향해, 마치 공모자에게 하는 것처럼 묘하게 손짓해 보였다.

"아! 안 된다." 나는 반사적으로, 플러기-플라기 다이얼을 거의 **고음** 쪽으로 끝까지 돌린 채로 말했다. "그건 성채의 사나이들이 할 일이지, 새들이 할 일이 아니다. 싸우는 일은 우리의 몫이다!"

"가정이라도 해보십시오." 그는 끈질기게 말을 이었다. "아주 간단하게 잘못된 계산으로, 또는 아주 복잡하고 완벽하게 옳은 계산으로, 하 하! 당신네 성채의 주인들이 정확히 같은 순간에 서로를 플라스틱 바닥에 나뒹굴게 만들었다고 해보지요. 그러니까, 진짜로 서로를 곤죽으로 만들어버렸다고 말입니다. 서로를 돌바닥에 대고 갈아버렸다고! 아무도 남지 않았다고! 그리고 정확히 동시에, 우주에서 날아온 외계 병사들이 외우주에서 날아온 대포 비행접시의 지원을 받으며 밀어닥치는 겁니다. 낡은 지구를 진짜로 속옷까지 벗겨버리려고 단단히 마음먹은 채로 말이지요, 하하. 그럴 경우라면 작은 새들을 발사해서 괴롭힐 능력이 있는 편이 유용하지 않겠습니까? 그저 여러분의 무기를 수리할 시간을 벌고 놈들이 여러분의 폭발대포에 달려들지 못하도록 방해하기 위해서라도요? 하지만 12번 구역에서 콘도르 시간을 맞추려면 얼른 달려가는 편이 좋겠군요! **지금 당장** 말입니다! 서두르라고요! 그리 오래 지연시킬 수는 없습니다. 아까 슬쩍 언급했듯이, 우리는 매번 발사할 때마다 꽤나 복잡한 기동을 연습 중이란 말입니다."

"1마이크로초도 더 지연시킬 필요 없네!" 나는 이렇게 소리쳤다. 그리고 그 자리를 떠나 내 대포가 있는 곳으로 돌아갔다. 두 번 다시는 다른 부류의 '아름다움'에 개입하려 할 필요가 없으리라 생각하면서.

반구형 거품 주택

둥그런 1인용 거주 공간인 반구형 거품 주택은, 어떻게 보면 성채만큼이나 모데란 전체 풍경의 일부라 할 수 있다. 또는 살점 조각처럼. 또는 자동 보도처럼. 반구형 거품 주택은 혜택받지 못한 지역에 건설되어, 성채 지역에 들어올 자격이 없는 무수히 많은 사람이 죽음을 맞이할 때까지 살아가는 곳이었다. 앞서 말한 것처럼, 거물들의 놀이터까지 올라갈 수 있는 것은 오직 엘리트 중의 엘리트뿐이다. 열한 겹의 육중한 강철 벽의 보호를 받으며 들어앉아, 포문의 덮개 아래에서 온갖 종류의 살인 병기를 자유자재로 휘두르며, 밤낮을 가리지 않고 성채 상공의 증기 방어막에 떠올라 있는 감시용 고깔 구체로 주변의 위험을, 주변의 전쟁을 감시하는 삶을 말하는 것이다! 아니! 모든 사람이 그런 삶을 살아갈 수 있는 것은 아니었다. 오직 젊은 남성만이, 보통 그중에서도 가장 뛰어난 남성만이 그런 기회를 손에 쥘 수 있었다. 나이든 여성, 중년 여성, 어린 여성, 장애를 입은 남성, 온갖 부류의 연약하고 지친 남성은…… 모두 이런 평범한 곳에 살았다. 모든 사람이 외따로 살아가는 반구형 주택에서, 세월이 흘러가는 모습을 지켜보며, 생명이 새어나가는 모습을 지켜보며, 언젠가 그 '끔찍한 날'을 정면으로 들이받게 되리라는 사실을 명확하게 아는 채로 살았다. 이곳의 허접쓰레기 같은 작자들은 모두 영원을 누리기 위한 수술을 받을 자격을 얻지 못했기 때문이다.

전부 낭비였다. 연약함의 비위를 맞추는 일은 모두 낭비일 뿐이다. 모데란에 성채 영역의 엘리트 중의 엘리트만 존재했더라면, 서로 거대한 대포를 쏘아대며 전쟁의 희열에 몸부림치고 짧은 휴전과 훌륭한 쾌락을 즐기는 동안에만 포격을 멈추는 이들로만 가득했더라면, 이 땅은 참으로 위대하고 쾌락이 넘치는 땅이 아니었겠는가.

그러나 '중앙'은 연약했다. 이곳의 잔혹한 중앙은…… 한때 연약했다. 살점 조각의 비율이 그 어떤 성채의 주인과도 동등하거나 그보다 뛰어났던 그 아홉 명의 낡은 허물은 (사실 그들도 승격되기 전에는 성채의 주인이었다. 나 또한 때가 되면 승격되리라 생각한다) 약한 자들이었다. 그날 그들이 L타워과 바늘탑에 틀어박혀 연기 밧줄을 씹고 또 씹었을 모습이 충분히 상상이 간다. 금테를 두르고 보석을 박은 원추형 타구에 온종일 침을 뱉는 모습도, 말다툼을 벌이다 짜증을 이기지 못해 거의 싸움에 이르는 모습도. 아홉 명의 노인, 아홉 명의 낡은 허물…… 이길 수 없는 전투에 직면한 자들의 모습이었을 것이다.

물론 살점 조각에 깃든 인간성이 이들 아홉 고위 판관들에게 사람들을 구하라고, 삶을 이어가게 해주라고, 집을 지어주라고, 그들이 받아들이고 살아남을 수 있는 한도까지 수술해주라고 일렀을 것이다. 그러나 지고의 자리에 앉은 지도자들이라면 마땅히 신금속의 강철 같은 카리스마를 발휘해 이성을 찾았어야 했다. 그리고 이성적인 해결책은 저들 모두를 죽게 만드는 것이었다. 즉시 말이다! 저들은 발전하지 못할 것이다. 저들 중에는 엘리트 중의 엘리트가 될 만큼의 수술을 받아들일 가능성이 아주 조금이라도 있는 자는 한 명도 없다. 저들은 모데란의 위대한 꿈에 들러붙은 방해물일 뿐이다. 물론 중요한 예외가 하나 있긴 하다. 어린 소년 말이다! **그래!** 그들 중 일부는 분명 성장해서 자기 차례가 오면 우리에게 도전할 것이다. 어쩌면 그 아홉 낡은 허물들도 어린 소년들 때문에 그런 결정을 내린 것일지도 모른다. 모데란이 갓 태어난 나라였을 때 지난한 논쟁 끝에 5대 4로 판결을 내린, **평민들이 살아가도록 허하라**는 결정 말이다.

한심한 결정이었다! 이성적인 나는 이렇게 생각했지만, 당시 내게는 아무런 권한도 없었다. 그리고 당시 정상의 지위에, 그러니까 성채 주인의 위치에 있던 사람들이라면 누구나 이런 권한 없는 이성적 의견을 피력했으리라 생각한다. 대체 누가 더 많은 인간을 필요로 한단 말인가? 적어도 우리가 아니라는 건 분명하다. 증오의 연맹을 구성할 사람 수도 딱 맞아떨어지며, 휴전과 쾌락을 즐길 때만 제외하고 항상 벌이는 멋들어진 전쟁의 참가 인원도 딱 적당하고, 게다가 다들 영원히 살아가도록 설계되어 있다. 이 정도면 최종 설정으로서 완벽하게 조율된 환경이 아닌가. 적어도 내 생각에는 그랬다.

그러나 판결은 내려졌으니, 우리는 감수할 수밖에 없었다. 아, 물론 바늘탑까지 행군하자거나, L타워에 포격을 시작하자거나, 기타 과격하고 무책임하게 분통을 터트리는 다양한 의견이 등장해서 토론의 대상이 되기는 했다. 그러나 결국 우리는 아무것도 행동으로 옮기지 않았다. 모데란의 꿈에는 이제 관절염으로 신음하는 노부인들, 멍청한 늙다리들, 그 미래에 아무 의미도 없는 젊은 여자들, 그 밖에도 다양한 평균 미만의 너덜너덜한 인류라는 짐짝이 얹혀버렸다. 그들이 모두 죽을 때까지. 영원한 꿈으로 상승할 수 있는 수술을 견뎌낼 만큼 육체적으로 강인하지 못한 자들이니, 당연히 결국 모두 죽을 것이다. 그러나 저 아홉 명의 낡은 인간 허물들은 저 비참한 상태를 연장하려는 심산에서 모든 사람이 자연 수명에 이르도록 살 수 있을 뿐 아니라, 견딜 수 있는 육체적 한도까지 모데란식 수술을 받아야 한다는 칙령을, 5대 4로 통과시키고 만 것이다. **뭐 이런!** 덕분에 모데란의 위대한 꿈에 떨어진 한 점의 얼룩은 앞으로 오랜 세월 우리의 발목을 붙들고 늘어지게 된 것이다.

아, 이 모든 문제를 즉석에서 해결해버릴 수 있었는데. 저 낡고 멍청한 아홉 허물들이 인간성이라는 구식 감정을 잘 달래서 더 현실적인 칙령을 내렸다면, 그리고 이런 법원 명령을 첨부했더라면. '그들에게 **고통 없는 안식을 주도록.**' 순식간에 놈들을 보내 버렸을 텐데. 아, 최소한의 계획으로 충분했을 것이다. **얼마나 아름다웠을까!** 중앙에서 부적격자라면 누구나 의무적으로 참석해야 하는 쾌락의 날을 선포하기만 하면 된다. 그리고 모데란 전역에 거대한 쾌락의 경기장을 건설하는 것이다. 서둘러서, 가장 조잡한 건축 자재만 사용해서. 일회용으로. 쾌락의 날이 되면 놈들은 수천 명씩 무리지어 원하는 경기장으로, 물론 보통 가장 가까운 곳으로 몰려들 것이다. 이 대규모 쾌락의 날 축전에는 모든 부적격자가 한 사람도 빠짐없이 참석해야 한다. 모든 평민이—침대에서 일어날 기력이 있는 사람은 물론이고, 침대를 떠나지 못하는 사람, 휠체어를 탄 사람, 절름발이, 맹인, 그 모두가, 심지어 교도소에서 끌려나온 죄수들까지도—전부 쾌락을 위해 이송되어야 한다. 그리고 동시에, 아마도 고공에 떠 있는 관찰용 기구에서 보내는 신호에 맞춰, 중앙의 강철 손가락 하나가 **고통 없는 안식**이라고 적힌 작고 화사한 주황색 버튼을 누르는 것이다. 모든 기쁨의 경기장에서, 축전을 즐기던 수천 명의 사람이, 그 순간 **퓹! 번쩍!** 하고 플라스틱에 묻은 검은 얼룩으로 변할 것이다. 그리고 얼룩 따위는 지면 유지 부대의 강철 관리인이 한번 쓸어버리면 간단히 사라질 것이다. **실로 아름답지 않은가! 그렇다!** 우리는 그런 종류의 해결책에는 능숙하다.

그러나 우리의 머리 위에 앉은 아홉 명의 낡은 머저리들은 끔찍이 망설이며 머리를 긁적이기만 했다. 살점 조각 안에서 작은 양심이 간질거릴 테니 당연히 그랬겠지. 따라서 결과적으로, 수많은 반구형 거품 주택이, 수백만의 평범한 인간이 살아가는 단독 거주 공간이, 장대하고 위대한 성채들이 도사리는 모데란의 사방 곳곳에 번져나간 것이다. 이제는 성채의 포격 범위에 들어가지 않는 곳이라면 어디든 반구 주택이 들어서 있다.

그래! 이 얼마나 한심한 낭비인가! 그 모든 시간이, 그 모든 에너지가, 그 모든 소비가…… 아, 그 모든 것을 우리 삶의 개선에, 모데란의 위대한 꿈을 진전시키는 일에, 옳은 곳에 사용할 수 있었더라면 어땠을지 상상해보라! 성채의 방어 설비를 보강하고 포격 속도를 올릴 수 있었으리라는 점에는 의심의 여지가 없다. 어쩌면 엘리트 중의 엘리트인 신금속 인간의 강철 비율을 높이고 살점 조각 비율을 줄이는 위대한 과학적 발견에 도달했을지도 모른다. 바로 이것이야말로 모데란의 위대한 꿈의 핵심이 아니던가. 그 반구형 거품 주택에 막대한 시간과 에너지와 비용과 기술력을 쏟으면서도 전혀 생각이 흔들리지 않더란 말인가!

그런데도…… 그런데도 솔직히 말하자면, 내 성채의 강철의 장벽 앞에 서 있는 나조차도, 한 가지 고백할 것이 있다. 때로 고요한 밤이 찾아올 때마다, 내 경계초소 위에 높이 뜬 감시용 고깔 구체가 계속 회전하면서도 아무것도 잡아내지 못할 때면, 모든 전투의 깃발이 창대 끝에서 힘없이 늘어져 있을 때면, 병기 인간

들이 수행할 임무도 남지 않아 금속끼리 비비며 긁적이는 소리
조차 들리지 않아서 내 성벽 안쪽이 온전히 고요해질 때면, 나는
종종 끔찍한 생각에 사로잡힌다. 나는 홀로 반구형 주택에 틀어
박혀 가사 기계의 헌신을 즐기는 이들을, 자동기계의 시중을 받
는 이들을, 제각기 시간을 상대로 이길 수 없는 싸움을 벌이는 이
들을 떠올린다. 저 바깥 어딘가 있을 나의 아버지와 어머니와 다
섯 누이를, 그들이 제각기 홀로 반구형 주택에 틀어박혀 있는 모
습을 떠올린다. 작은 두 아이를, 꼬마 소년과 꼬마 소녀를 떠올린
다. 그리고 가장 끔찍한 궁극 중에서도 궁극의 생각인…… 하얀
마녀의 계곡에 있는 그 여자를! 떠올린다. 그럴 때면 나는 한참을
서성이며 밤을 새운다. 고요한 흉벽 위에서 쿵쿵거리고 철컥거리
며 걸음을 옮기며, 내 성채에서도 가장 높은 옥상 망루에 올라 하
릴없이 계속 맴돈다. 그리고 때로는 달빛 속에서…… 이제 정복
되어 차갑고 기묘하고 끈적해진, 증기 방어막을 뚫고 들어오는
흐릿하고 창백하고 싸늘한 빛 속에서, 나는 바로 그 **질문**을 곱씹
어본다. 그리고 때로는 그 **질문**에 답하는 대신, 휴전을 일찍 끝
내고 온 성채의 대포를 가동시켜 증오의 대포격전을 개시하기도
한다. 그러나 때로는 그 **질문**에 답해버린다. 그리고 그 답은 나를
슬프게 만든다. 아주 나직한 목소리로, 나는 대답한다. 아냐. 아
냐, 아냐. 아주 나직하게. 그리고 나는 살점 조각을 두드리고, 내
몸의 연약한 부분을 할퀴어대며, 더 많은 강철 부속을 갈구한다!
그러나 답은 변하지 않는다. **아냐.** 아니, 나 또한 L타워에서 소수

의견 쪽에 표를 던지지 않았을 거야. 나 또한, 마지막에는, 평범하고 기준에 못 미치는 자들에게 시간을 주었을 거야. 제각기 맞이할 끔찍한 '최후의 날'을 생각하고 준비할 수 있는 시간을. 따라서 내 손에 맡겨졌더라도, 그 모든 것은 실패했을 것이며 위대한 꿈은 빛이 바랬을 것이다. 지금보다 강철을 늘리지 않는다면.

더 많은 강철을!

실책

　그들은 겨우내 온갖 기계장치로 가득한 기나긴 지하의 토굴 속에서 작업을 이어갔다. 이 구역에는 봄을 수리하는 기술공이 네 명 배정되어 있었다. 우주 신발을 끌고 춥고 어두운 토굴 속을 돌아다니며, 그들은 부서진 나뭇잎을 고치고, 뿌리줄기에 새순을 달고, 무쇠 꽃잎을 매만졌다. 미학 담당 중앙 위원회에서 고개만 끄덕이면 바로 구멍을 통해 솟아나서 완벽한 자동 계절을 선사할 수 있도록, 제자리에서 대기하도록 준비를 마쳤다. 그들은 이런 남자답지 못한 업무를 싫어했으며, 서로를 좋아하지도 않았다. 그러나 서로 혐오한다는 사실을 인정하고 있기 때문에, 서로 고뇌를 나누는 정도는 가능했다. 네 사람 모두 높은 직위에서 추락한 신세였으며, 그 남자는 다른 셋보다 한층 높은 곳에서 떨어졌다.

오늘, 아마 올겨울 들어 스무 번째 정도였을 텐데, 그는 다시 자신의 이야기를 풀어놓아야만 한다는 충동에 사로잡혔다. 추락한 후에 삶을 이어나가는 일이란 때때로 상당히 견디기 힘들어지기 때문이었다. 네 사람은 나뭇잎을 때우다가 잠시 일손을 멈추었고, 다른 이들은 순순히 그의 의견을 존중했다. 그가 지상에서 어떤 사람이었는지를 아직 기억하기 때문이기도 했고, 그가 이곳의 조장이기 때문이기도 했다.

"나뭇잎을 때우는 신세로 전락하다니." 그가 말했다. "수리공으로 영락하여 나무줄기나 수리하고 있다니! 아, 긱, 긱이여!" 그는 비통하게 소리쳤다. 여기서 긱이란 한 글자의 이름을 가진 신으로, 그 근원은 아무도 모르는 수수께끼로서, 고대의 천 가지 상충하는 전설 속에 휩싸여 있는 자였다. 물론 단순히 기계의 줄임말일 수도 있겠지만. "그대들도 알다시피 나는 한때 위풍당당한 인구 해결자였다." 그는 조금이나마 권위를 회복하고 이렇게 큰소리를 쳤다. 그가 가슴을 부풀리자 우주복 재킷의 밝은색 단추들이 튀어나올 듯 팽팽해졌고, 그는 반짝이는 특허품 우주 하이톱을 신은 채로 느슨한 경비병의 독특한 자세를 취했다. "내가 봉직하던 '분쇄기 통제반', 또는 그냥 '분쇄반'이라고 부르던 부대는 논란의 여지 없이 최상급의 영예를 누렸다. 이제 잠시 나뭇잎 작업을 멈추고 내 영락을 되짚어보도록 하자." 다른 이들은 동의할 수밖에 없었다. 그가 봄을 때우는 이들의 대장, 다른 말로 하면 이 지저분한 작업의 감독 대행이었으니까. 그보다는 덜 말쑥한 우주 재킷을 걸치고 더 낮은 직급에서 덜 영락한 나머지 세 사람은 부루퉁한 개처럼 서 있기만 했다. 설마 이번에도 하소연을 시작하려는 걸까? 당연히 그렇겠지!

"가을에 있었던 일이다." 그는 입을 열었다. "영락에는 실로 적기가 아니던가? 그래! 당시 나는 진급을 거듭하여 거대한 5식 분쇄기를 이끌게 되었다. 그대들 모두가 알다시피 인구를 통제하는 가장 크고 가장 훌륭한 기계였으니. 나는 성실하게 직무에 착수했고, 하급 직책에 머무는 동안에는 내가 유혹에 대해 '면역'이 되었다고 생각했다. 그러나 통제관의 직책이 내게 너무 많은 여가를 허용했던 모양이니." 그는 줄지어 선 나뭇잎을 내려다보았다. 시선이 금속 꽃받침에 머물렀다. 그리고 침묵을 지키는 세 사람 쪽으로 시선을 돌렸다. 여전히 부루퉁한 개들처럼 서 있는 모습이었지만, 그는 그들이 휴식 시간을 내심 즐긴다는 사실을 알고 있었다. "그 어디선가 나는 말랑해지고 만 것이다!" 그는 가장 진실된 고뇌를 실어 이렇게 소리쳤다.

"앞서 말했듯이 가을이었지만, 훤한 날이었다. 우리가 이 땅에서 가졌던 중에서도 가장 아름다운 자동 가을날이었으니, 응당 그해의 중앙 계절 통제국의 뛰어난 관리 능력에 찬사를 보내야 할 일이었다. 금속 기러기 떼는 완벽하게 정확한 각도로 남으로 날아가며, 테이프에 녹음된 독특한 꽥꽥 소리도 정확하게 울렸다. 나뭇잎의 채색도 실로 완벽했다. 공기 중에는 알싸한 냄새가 감돌았고, 순간 먼 옛날의 기억을 떠올린 나는 나무에 매달려 서리를 맞은 사과의 향기를 알아차렸다. 그리고 내 감각기관이 나를 속이려 든 것이 아니라면, 우리는 금속 호박밭 사이로 진군하고 있었다. 내가 꿈꾸던 것이 아니면 가을 위원회가 온 힘을 다한 모양이었으리니. 그러나 진실이 어느 쪽이든, 지금의 나는 감각기관이 거짓 자극을 받아들였고 내가 말랑해졌었다고 확신하고 있다."

나머지 세 명은 비굴한 자세로 망가진 나뭇잎을 향한 채 여전히 침묵을 지키며 서 있었다. 그조차도 그들이 잠들어버린 것은 아닌지 순간 의심할 정도였다. 그는 그들에게 달려들어 얼굴이 부서질 때까지 뺨을 후려쳐주고 싶었다. 눈을 3센티미터는 더 뽑아낸 다음에, 귀에 확성기를 꽂고 사지를 금속 꽃 모양으로 엮어서 자기 말을 듣게 만들고 싶었다. "차렷! 직급을 빼앗긴 한심한 머저리들 주제에, 귀와 눈과 두뇌를 총동원해서 네놈들과 함께 '죽음'을 맞이할 지경으로 추락한 거인에게 존경과 존중을 표하도록!"이라고 소리치고 싶었다. 그러나 잠시 후 세 사람은 아주 살짝 고개를 끄덕여서 듣고 있다는 신호를 보냈고, 그는 그 정도면 됐다고 판단했다. "우리는 뒤처지고 있었다! 저들은 너무도 빠르게 증가하고! 어쩌면 그 의무에 압박된 것일지도 모르겠구나." 그리고 그는 그 암흑과도 같았던 화창한 날을 떠올렸다.

"우리는 구역 하나를 '해결'하라는 연락을 받았다. 남서쪽의 불량 성향을 보이는 구역으로, 인구가 너무 늘어나 걸리적거리는 여분의 인간 때문에 기계를 작동시키기 힘든 지역이었다. 우리

부대가 선택된 것은 가장 훌륭한 기록을 보유했기 때문으로, 그런 유의 기록을 측정할 수 있는 유일한 방법, 즉 중앙의 육류 담당청으로 보내는 중량이 가장 많았기 때문이었다. 우리의 5식 분쇄기는 그날 커다란 풍선 구체형 바퀴를 달고 나갔다. 고무 나뭇잎 위를 걸어 다니는 고무 고양이만큼이나 소리 없는 물건이었지. 우리는, 여섯 명의 대원들은, 불량 구역으로 곧바로 쳐들어갔다. 그리고 내가 분쇄기장이었다. 결정을 내리는 것은 나였다!" 그의 납작한 우주 병사다운 복부는 새롭게 끓어오르는 고통으로 뒤틀렸고, 그가 마지막으로 읊은 네 단어에는 그 모든 잃어버린 기회, 추락한 영예, 잃어버린 모든 것을 새로이 반추하는 고통이 깃들어 있었다. "결정을 내리는 것은 나였다."

그의 이야기에 따르면, 불량 구역의 준비 작업은 (보통 그렇듯이) 이미 끝난 상태였고, 지역 정부의 호의에 따라 분쇄 처리 후보자도 미리 결정되어 있었다. 희생자들은 삭막한 플라스틱 벽에 가시 돋친 강철봉을 박아놓은 잿빛 건물에 수감되어 있었다. 사람들로 가득한 감방에는 빛의 장막이 사방에 일렁이며 사람들을 벽에 붙어 서지 못하게 만들었다. 칼날이 가득 박힌 그물망이 어디서부터 돌아가기 시작할지를 일러주고 있었기 때문이다. 기소당해서 서 있기에는 마음 편한 공간은 아니었다! 천만에! 아마도 기계에 들어갈 자들은 사람으로 북적이는 땅에서 살아갈 만큼의 공헌도가 부족한 이들인 모양이었다. 시간 절약 장비를 개발하는 식으로 자기네 생활공간의 대가를 치르지 못했기 때문에, 지역 정부는 이들을 부랑자로 간주했다. 두말할 필요도 없이, 우주복과 푸른색 우주 문장을 자랑하며 정복을 꿈꾸는 이들에게는 시간 절약 장비야말로 가장 큰 집착 대상이었다. 언제나 말문이 막히고 퇴짜를 맞으면서도, 그들은 우주의 장대한 승리를 꿈꾸며, 하찮은 시간 절약 장비로 작고 북적이는 행성을 가득 메우는 일을 계속했다.

"그러나 그날 내가 남서쪽 구역에서 맡은 임무는 실로 단순한 것이었다. 나는 분쇄기장이었고 임무 또한 평소와 마찬가지였으니. 나는 그저 병사의 검은색 부츠와 밤처럼 어두운 우주 재킷을 걸치고, 내 모든 업적과 중량 초과 달성 훈장을 별처럼 반짝이면서, 기계에서 뛰어내려 지역 고관들에게 정확하고 절도 있게 경례를 붙이기만 하면 되는 일이었다. 그러면 부하들이 알아서 업무를 수행할 것이었다. 장비를 충분히 개발하지 못해서 기소된 이들을 그대로 소시지로 만들면 되는 일이었다. 나는 명령을 중얼거릴 필요도 없을 터였다." 그는 조금도 귀 기울이지 않는 세 명의 쓸모없는 작자들을 바라보았으나, 바람과는 달리 동조하는 기색은 전혀 찾을 수 없었다. 그러나 그도 이제 신경 쓰지 않았다.

"나머지는 역사에 남았다. 이제는 다들 블롱크 휘하의 5식 분쇄기가 남서부의 불량 지역에서 꼬박 사흘 동안 공회전했다는 사실을 읽었을 테니, 모르는 사람이 없겠지. 사상 최고라 부를 만한 처형 능력을 갖추고 있으면서도, 내 휘하의 대원들은 여자처럼 서류와 기록을 뒤지면서 작업했다. 사람 하나도 분쇄하지 않고서! 그리고 그 임무의 할당 중량이 왜 과소평가되어 있는지, 다른 모든 지역의 할당량을 어떻게 재배치해야 하는지, 그리고 **지역 정부가 결정**한 목록에 실려 있지 않은 사람들을 얼마나 분쇄기로 보내야 하는지를 의논했다. 그래, 물론 너희도 알고, 읽고, 들었을 것이다! 내가, 한때 모든 분쇄기장 중에서도 가장 뛰어나서 중량 초과 달성 기장이 가슴에 번쩍이던 블롱크가, 어떤 식으로 배제당해버렸는지! 그들이 '부적절한 동요와 우유부단함'이라 부른 이유로 인하여! 아, 영혼에 사로잡힌 한순간의 실수 때문에 모든 것을 잃다니. 무슨 일이 벌어진 것인가? **긱**이여, **긱**이여! 무슨 일이 벌어진 것인가?"

그는 그보다 하찮은 직위에서 추락한 세 명의 잠든 불한당에게 달려가서 흔들어 깨웠다. 세 사람은 그들이 수리 중이던 뿌리 줄기와 금속 나뭇잎과 자동 계절의 꽃봉오리에 둘러싸인 채로, 어스름 속에서 눈을 깜빡이고 하품을 했다. 그리고 그중 한 명이 그가 기다리던 바로 그 질문을 했다. 그리고 그는 엄청난 의지력을 발휘해 녹색과 붉은색의 줄무늬가 그려지고 속에는 납을 채운 군인용 지팡이로 세 사람을 후려치고 싶은 충동을 억눌렀다. "그자들이 뭘 했는데요?"

그는 다시 그날을 반추했다. 그 가을의 암흑처럼 화창했던 그날을, 그리고 자신의 영예 또한 가을을…… 아니! 결국에는 겨울을 맞이한 날을. "거대한 5식 분쇄기가 건물의 정문 앞에 진을 쳤다. 최고의 분쇄기답게 번쩍이도록 광을 낸 위용을 자랑하며, 영예의 성문을 뚫고 들어갈 정도로 훌륭한 전공을 세우던 그 모습 그대로. 내 부하들은 분쇄기 최고 부대원에게만 허용되는 특별한 푸른색 제복을 입었고, 반짝이는 붉은색 보석으로 만든, 떨어지는 핏방울 형태의 부대 표창도 웃옷에 꽂고 있었다. 그리고 나는 목이 긴 부츠를 신고, 분쇄기장의 밤처럼 검은 제복에 금빛으로 반짝이는 효율성 기장을 달고 있었다. 내가 뭘 했느냐고!?"

"나는 그날 천천히 분쇄기장의 포탑에서 내려와 잠시 문간에 서서 가을 날씨를 살펴보다가, 자세를 바로잡아 몸을 곧추세우고, 내 영광의 순간에는 그토록 널찍했던 어깨를 제복 안에서 활짝 편 채로, 가슴과 갈비뼈는 거의 비현실적으로 보일 정도로 바싹 내밀었다. 지역 관리들은 마치 신을 영접한 것처럼 나를 바라보고 있었다. 그런데……." 자신이 저지른 그날의 일을 다시 떠올린 순간, 그의 정신은 순간 동요하며 거의 텅 빈 것처럼 먹먹해져 버렸다. 분쇄기의 기계장에게 모든 권한이 있다는 점은 명문화되어 있었지만, 그가 한 일은 분명히 해서는 안 되는 일이었다. "잠시 신처럼 그들 앞에 서서 가을의 금속을 훑어본 다음, 나는 그 순간 불필요했던 사색에 빠지며 밤처럼 검은 장갑을 두드려 털고는, 여유롭게 발판을 타고 내려가서, 계산된 냉소적인 태도로 경례를 붙이고는…… 그 자리에서 괴상하고 끔찍한 명령을 내렸던 것이다!"

그가 바라본 세 사람은 이제 완전히 잠에서 깨어나서, 크게 홉뜬 눈에 두려움을 담고 있었다. 스무 번이나 들은 터라 이야기가 끝나는 지점을 알고 있었기 때문이다. 그는 달려가서 녹색과 붉은색의 줄무늬가 그려져 있고 속에는 납을 채운 군인용 지팡이로 세 사람을 후려치기 시작했다. 그들이 예상한 대로였다. 이야기가 끝나기 직전에는 분을 이기지 못하고 항상 그런 짓을 하니까. 그가 계속 지팡이를 휘두르는 동안, 세 사람은 조금이나마 손속을 줄지도 모른다는 생각에 충직하게 질문을 반복했다. "뭘 하신 건가요? 그 괴상하고 끔찍한 명령이 대체 뭐였나요?" 그러나 그는 바로 대답하지 않았다. 움찔거리며 몸을 떠는 세 사람을 지팡이로 흠씬 두들기는 일을 몹시 즐기고 있었기 때문이다. 잠시 후 세 사람은 금속 식물의 둥치 아래에 쓰러져 널찍한 피 웅덩이 안에서 비참하게 헐떡이는 신세가 되었다. 그리고 세 사람이 입술을 달싹일 때마다 거품이 올라오는 모습을 보면, 그들이 해야 하는 대로, 역할에 맞춰서, 질문을 정확하고 충직하게 반복하고 있는 것은 분명해 보였다. "뭘 하신 건가요? 그 괴상하고 끔찍한 명령이 대체 뭐였나요?"

그리고 훌륭하게 분노를 시연해보인 다음에는 언제나 그렇듯이, 그는 얼음처럼 차갑고 냉정하게 강철처럼 차가운 지시를 내렸다. 피범벅이 되어 엎어져 있는 이들에게 자리에서 일어나서 즉각 정비 작업을 시작하라는 명령이 떨어졌다. 그리고 그는 탁자 앞으로 가서, 세 사람에게 일과 시간 이후 중앙 징벌청에 출두할 것을 명령하는 ('제복에 피얼룩을 남겼음') 적절한 명령서 형식을 채우면서, 기도문을 읊조리듯 자신의 영락에 깃든 끔찍한 진실을 입에 올렸다. "나는 한때 공정함을 원하며 **지역**의 **결정**에 의문을 제기했노라. 나는 한때 **정의**를 찾으라는 명령을 내렸노라. 나는 한때 사람을 분쇄하는 일을 망설였노라." 그러고 나서 그는 나른하게, 여유롭게, 세 사람 각자의 명령서 형식에, 중앙 징벌청에 출두해서 벌을 받아야 하는 이유 아래에 두 번씩 굵직하게 밑줄을 그었다. '적절한 이유 없이 제복에 부주의하고 과도하게 피를 묻혔음.' 그리고 그 순간, 블롱크는 자신이 치유되었음을 깨달았다. 다시 감을 잡은 것이다! 위대한 **긱**이시여, 저 위쪽 사람들이 자신의 말을 믿도록 만들 수만 있다면! 이제 다시 지상 세계로, **사나이들**의 세계로 나갈 준비가 끝난 것이다!

생존 꾸러미

    절멸을 마주하고 이토록 화려하게 생존을 준비한 생물은 이제 껏 없었다. 그해 봄, 그들이 온 세상에서 우리의 플라스틱 정원을 뚫고 올라왔다. 우리의 장벽 주변에도 그 때문에 혼란이 퍼졌고, 심지어 우리 요새 내부에도 그들이 등장했다. 마치 누군가 미리 심어놓은 것처럼.

    조기 경계선까지 나가 있는 우리 경보기들은 완전히 무력했 다. 놈들은 지하에서 등장했으니까! 알아차리려면 우리 성채의 '귀'에 의존할 수밖에 없는 이상, 처음으로 경보가 울렸을 때는 이미 '상자 머리'가 몇 미터 앞까지 들이닥쳤을 수도 있다는 소리 였다. 내 성채의 '귀'는 커다란 고깔 구체로, 고깔 내부에 수백만 개의 미소 반응 장치가 설치되어 보들보들한 느낌을 주는 물건 이었다. 이런 장치 수십 개가 내 성채의 상공에서 항상 궤도를 따라 맴돌면서, 밤낮을 가리지 않고 귀를 곤두세워 평소와 조금이라도 다른 소리가 들리면 바로 식별해낸다. 평소의 소리란 내 수발을 드는 자동 장치들이 차분히 일하면서 내는 나직한 웅웅거림이나, 항상 내 안전에 신경 쓰는 고깔 구체가 커다란 은빛 눈처럼 장엄하게 번쩍이며 날아가는 윙윙거리는 회전 소리 정도가 고작이다. 그럴 때면 경보실은 커다란 화면이 텅 빈 채로 조용히 잠들고, 확성기는 아무 소리 없이 입만 떡 벌리고 기다린다. 모든 것이 무탈할 때는 이런 느낌이다.

그러나 그날은 부수고 찢어발기는 소리가 지면 아래에서 들려온 것이다! 고깔 구체 하나가 궤도를 돌다 멈추고는 침공의 끔찍한 신호를 경보실의 스피커로 전송했다. 나는 서둘러 소집할 수 있는 모든 병기 인간을 침공이 확인된 장소로 불러 모은 다음, 엄청난 수의 보행 미사일을 즉시 출발시켰다. 하얀 마녀 로켓도 전부 끌어들여 배치하고, 투척용 폭탄 저장고 문도 활짝 열었다. 모의 전쟁을 수행하며 연습한 그대로였다. 여기에 덧붙여, 나는 멀리 산속 마지막 희망의 보루에 있는 폭파 상자로 통하는 스피커관을 열었다. 이 행동의 의미를 설명하자면 이렇다. 모든 작전을 수행했는데도 완패하는 최악의 상황이 벌어지면 나는 이 스피커관에 대고 시동 암호를 속삭일 것이고, 그러면 산속 마지막 희망의 보루에 있는 폭파 상자가 신호를 받을 것이다. 그러면 내 성채는 폭발할 것이다. 나와 내 적수, 다른 모두와 함께. 알겠는가? 나는 절대 혼자 패배할 생각은 없었다.

그 존재는 10번 장벽과 11번 장벽 사이에서, 고깔 구체가 경보를 울리는 지점의 지면을 주시하는 우리의 눈앞에서 등장했다. 마치 집의 벽면이 무너져 내리는 듯한 굉음을 울리며, 두 장벽 사이의 요새 바닥이 불쑥 솟아오르더니, 바닥면이 깨져나가면서 정방형의 금속 머리가, 그리고 뒤이어 우람한 어깨와 강철관으로 만든 듯한 양팔이 바닥의 구멍을 통해 모습을 드러냈다. 전쟁용으로 보이지는 않았지만, 저 상자 모양 머릿속에 대체 어떤 속임수가, 어떤 끔찍한 교활함과 잔혹한 의도가 깃들어 있을지 그 누가 알겠는가? 놈은 구멍 옆에 쭈그려 앉더니 안으로 손을 집어넣었다. 이내 경첩 달린 금속 막대로 만들어진 커다란 손이 뭔가를 붙들었고, 금속관으로 만든 팔과 어깨는 열심히 뭔가를 끌어당겼다. 마침내 구멍에서 나온 물건은 캡슐이었다. 일인용 소형 우주선 정도의 크기에, 생김새도 별반 다르지 않았다. 원통 형태와 우아한 외곽선이 마치 태양 로켓처럼 보였다.

내 병기 인간들은 초조하게 자리를 지켰다. 내 모든 금속 부위들은 절걱거리고 윙윙거렸고, 내 존재를 한데 이어주는 살점 조각들에서는 식은땀이 비 오듯 흘러내렸다. 성채 전체가 준비를 마쳤으니, 고갯짓 한 번이면 이 방문자와 캡슐을 단번에 박살 낼 수 있으리라는 느낌이 들었는데도, 나는 겁에 질려 있었다. 놈을 즉시 날려버리라는 명령을 내리고 싶은데도 왠지 기다려야 할 것 같은 느낌이 들었다. 어쩌면 상자 머리의 행동 때문일지도 몰랐다. 너무 단호하고, 너무나 철저하게 계획에 따르는 것처럼 움직였기 때문에, 도저히 피할 수 없을 것만 같았으니까. 흔들리지 않고 정확하게 수행하는 움직임이, 마치 운명의 일부라도 되는 것처럼 주변 상황에는 아무런 신경도 쓰지 않는 모습이, 종종 그렇듯이 오싹하면서도 눈을 뗄 수 없게 만들었다. 상자 머리는 캡슐을 완전히 구멍에서 끌어낸 다음, 그 의문의 물체를 평탄한 플라스틱 표면 위에 조심스레 내려놓았다. 그리고 다시 구멍으로 돌아가서는, 안을 들여다보며 신호를 보내는 듯했다. 나는 병기 인간 두 명을 부여잡고 몸을 지탱한 채로, 온몸을 때려대는 공포를 간신히 견뎌내고 있었다. 그리고 이어 두 번째 상자 머리가 구멍에서 기어 올라왔다. 처음 나온 상자 머리와 판에 박은 듯 똑같은 모습이었다. 그들은 내가 알아들을 수 있는 말이나 인사 따위는 전혀 나누지 않고, 즉시 캡슐 쪽으로 몸을 돌렸다. 두 상자 머리는 잠시 중심점을 가늠하더니 이내 양쪽 끝에 붙어서 서로 반대 방향으로 캡슐을 돌리기 시작했고, 이윽고 캡슐은 조심스럽게 반으로 갈라지며 열렸다. 그들은 캡슐의 앞부분 절반에서 투명한 왁스 비슷한 수지로 굳힌 원통을 꺼냈는데, 기묘한 살점색 구체에 졸아든 살점색 부속물 덩어리가 그 안에 들어 있었다. 두 상자 머리는 기묘하게 굳어 삐걱거리는 느낌으로 쉬지 않고 움직여서, 이번에는 캡슐의 뒷부분 절반에서 공구를 꺼내더니 기묘하게 졸아든 물체를 왁스 속에서 해방하려는 것처럼 원통을 깎아내기 시작했다. 흡사 옛 시대의 허수아비와 비슷한 작고 기묘하고 못생긴 덩어리와 그 부속지가 플라스틱 바닥에 놓이자, 그들은 다시 캡슐의 뒷부분 절반으로 돌아가서, 삐걱거리면서, 가차 없이, 어떻게 해도 멈출 수 없는 것처럼, 보다 작은 물건들을 꺼내기 시작했다. 여러 종류의 액체에, 펌프와 가스통에…… 그리고 허수아비 형체를 부풀리는 작업에 착수했다.

나는 인내하며 그들을 지켜봤다. 그대로 방치했다. 이젠 두렵지 않았으니까. 내 마음속 오래된 구석에서 먼 옛날 인류가 파멸의 시간을 받아들였던 때의 기억이 떠올랐다. 당시 나는 그저 폭격 속에서 끊임없이 단련되던 어린아이에 지나지 않았다. 그래, 그 '물건'들을 땅속에 심기 시작했을 때도 말이다. 하지만 기억이 났다. **그래!** 상자 머리들이 작업을 끝내자 나는 그들에게 캡슐을 다시 파묻고 플라스틱 바닥 포장을 최선을 다해 복구한 다음 떠나라고 신호를 보냈다. 나는 11번 성문을 통해서, 플라스틱으로 뒤덮인 공허한 우리의 세계로 그들을 내보냈다. 그리고 세 형체가, 두 상자 머리와 그 사이에서 영문을 모른 채 눈만 깜빡이는, 그리고 내 짐작에는 끔찍하게 겁에 질렸을 것이 분명한 기묘하게 통통한 허수아비가 멀어져가는 모습을 보며, 내 살점 조각 안쪽 깊숙한 곳에서는 눈물이 비처럼 쏟아져 내리는 기분이 들었다.

그리고 그해 봄에는 세계 모든 곳에서, 우리의 플라스틱 지구의 모든 구석에서 같은 일이 벌어졌다. 상자 머리들이 꽃처럼, 마치 봄철의 꽃처럼 헐벗은 흙을 뚫고 튀어나왔다. 물론 이제는 알뿌리 담당자들 덕분에, 미학 담당 중앙 위원회의 지시에 따라 바닥의 뚜껑 달린 구멍에서 꽃이 솟아나 활짝 피어난다. 지정된 시간에 누르기만 하면 된다. 스프링으로 만들어진 금속 줄기는 지시에 맞춰 여름이 되면 플라스틱 평원을 가득 메웠다가 가을이 되면 수그러든다.

그러나 이들은 꽃보다 훨씬 섬뜩한 존재였으니, 바로 파멸의 때를 맞이한 인간의 희망이었던 것이다. 타임캡슐 속에 갈무리되어 두 대의 튼튼한 로봇에 감싸인 채로, 땅속 깊이 틀어박혀 100년을 보내고는 로봇에 내장된 테이프의 명령에 따라 지상으로 돌아오도록 설정된 것이었다. 지구의 모든 국가에서 이런 일을 벌였다. 그러니까 로봇과 시한장치 테이프와 타임캡슐을 만들 기술력이 되는 국가라면 말이다. 그 정도의 능력이 없는 곳에서는 아마 작은 섬에서 일광욕을 하거나, 극지방이라면 눈밭을 구르거나, 정글이라면 나무 위에서 잠들었을 것이다. 자기네가 얼마나 세련되지 못한지 알지도 못하거나 신경도 쓰지 않는 채로, 자기네 종족이 끔찍한 위험에 처했다는 것도, 인류의 위대한 진보에서 자신들이 얼마나 하찮것없는지조차도 모르는 채로. 반면 진보한 국가들은, 세련된 국가들은, 캡슐을 땅속에 파묻은 다음에, 폭발 대포의 최종 점검을 끝내고, 미사일 격납고의 뚜껑을 가뿐하게 열어젖히고, 최종 선고를 내린 다음 전쟁의 새들을 하늘 높이 쏘아 올렸을 것이다. 괴성을 울리면서. **비명을 지르면서!!** '위대한 5분의 전쟁'을 위해서.

그러나 어디선가, 상당히 많은 어디선가, 실수가 일어났다. 미사일은 적의 도시에 떨어지지 않고 어디론가 날아가버렸다. 절멸의 **마지막** 순간을 알리는 목소리에 수많은 사람이 정신이 나갔다. 선장들은 미사일을 품은 자기 배를 끌고 해저로 내려가서 그 끔찍한 선택을 검토하기 시작했고, 일부는 미적거리는 쪽을 택했다. 폭탄을 투하하러 나선 유인 항공기들은 왠지 모르게 정확한 장소에 늦게 도착하거나, 이르지만 잘못된 장소에 도착했다. 그리고 전 세계의 전투 사령부에 소속된 주요 인사들은 그 끔찍한 무게에 짓눌려 조금씩이나마 무너져 내렸다. 요약하자면 세상을 5분 만에 깔끔히 멸망시키려던 엄밀하고 아름다운 청사진이 망가지고 만 것이었다. 인류는 언제나 그랬던 것처럼, 자신의 장례식에서조차 너무 늦고 불안하고 불명확하고 신용할 수 없는 존재였던 것이다. '위대한 5분의 전쟁'은 우물쭈물하는 와중에 '끔찍한 5년의 전쟁'으로 추락하고 말았고, 세상은 폭발 속에서 5년 동안 끊임없이 흔들렸다. 그리고 그 5년 덕분에 인류도 변해버렸다. 그리고 세계도 변했다. 어쩌면 그 또한 진보라 부를 수 있을지도 모른다. 하지만…… 글쎄? 그래도 다들 다음 단계로 넘어갔다고만…… 말해두도록 하자.

살점과 피는 거의 존재가 불가능해진 과거의 기억이 되었다. 대기와 바다와 토양이 모두 오염되어버렸기 때문이다. 우리는 장대한 5년 이후, 폭발에 적절하게 단련된 살점을 발견하고 인간의 몸을 '교체'했다. 심지어 최소한의 살점 조각만 남기면, 필수 장기조차 기계로 교체하거나 신금속을 덧대 영원히 버티도록 강화할 수 있었다. 정맥주사로 양분을 공급하는 것만으로도 충분히 제대로 작동했다! 작고 단단한 심장은 엔진이 되어, 길게 늘어뜨린 얇은 살점 조각에 뻗은 관 속으로 묽은 녹색의 혈액을 흘렸다. 이내 우리 몸에서는 모든 감성이 사라졌고, 원래 있었는지조차 확신할 수 없는 영혼이라는 물건은 이제 그 부존재가 명백해졌다. 그러나 공포는 남았으니, 크고 작고 **거대한** 두려움은 모두 우리를 떠나지 않은 것이다. 그렇다! 우리에게는 평범한 공포와 비정상적인 공포와 평범한 욕망과 비정상적인 욕망이 남았다. 우리는 삶을 원했다. 그리고 죽음을 두려워했다. 우리는 살인을 원했다. 그리고 살해당하는 일을 두려워했다. 우리는 스스로를 지켜냈다. 살아남은 것이다!

장대한 5년이 지난 후에는, 물론 몸을 교체할 수 있었던 이들만이 살아남았다. 그리고 우리의 행성도…… 상당히 많은 부분에 이별을 고할 수 있었다. 살점도 피도 조금밖에 남지 않은 우리에게는 이제 바다도 별로 유용할 구석이 없었으며, 공기는 더더욱 쓸모가 없었다. 우리는 화성인들에게 우주 신호를 보내서, 이제 대기의 대부분을 포기할 용의가 있으니, 그쪽으로 가져갈 우주 수송 기술만 생기면 언제든 가져가도 좋다고 일렀다. 그리고 바다도 특정 광물자원의 추출에 필요한 정도로만, 그리고 우리 체계 안에서 균형을 유지할 정도로만 남겨두고 전부 가져가도 된다고 말했다. 오염된 토양은, 언덕과 계곡과 평원은, 물론 차가운 흰색 플라스틱으로 뒤덮여버렸다. 그렇다! 이제 우리의 행성은 깨끗해졌다. 보랏빛의 오염된 공기와 계속 얼리고 있는 흑록색의 독성 바다만 제외하고.

그래서 올해 온 세계에 흘러넘치는, 두 대의 로봇 사이에서 걸어가는 통통한 허수아비들의 정체가 뭐냐고? 아이다! **생존한 아이다!** 우리 모두는 그해 봄에 땅속에서 튀어나온 그 아이들을 기억했다. 선택받은 수백만 명의 아이들의 피를 뽑아내고, 가사 상태로 만들고, 왁스 안에 봉인해서 기묘한 씨앗처럼 만들었던 일을 기억했다. 아주 먼 옛날, 인간이 파멸의 때를 받아들였을 때의 일이었다. 그러나 오랜 세월이 흐르는 동안, 우리는 공포와 경계심에 사로잡혀 그들을 잊고 살았다. 그들을 구하려 시도했으나 결실을 맺지 못했다. 그들의 살점은 폭발에 충분히 단련되지 못했다. 우리의 프로그램에 끼워 넣을 수 없었다. 그들은 로봇들을 대동한 채로 우리의 하얀 대지를 떠돌아다녔다. 끔찍한 땅에 두 번 태어난 아이들은 혼란에 빠진 채로, 자신의 시대에서 한 세기를 비껴간 채로, 죽음의 손길이 도달할 때까지 멈추지 않고 떠돌았다. 그리고 이제 기괴한 한 쌍의 로봇들만 남아 세상을 배회한다. 그리고 때로는, 오래전 금속 두뇌에 단단히 박아 넣은 명령에 따라서, 아이의 온전한 해골을 품은 채로 아주 멀리까지 돌아다니기도 한다. 그러다 그들은 이내 혼란에 빠진다. 머지않아 끝날 것이다. 그들의 두뇌에 새겨 넣은 금속 천공 또한 머지않아 망가질 테니까. 그리고 우리에게는 우리 자신의 공포와 깊은 사색밖에 남지 않을 것이다. 제각기 자기 성채의 성벽 속에 틀어박힌 채로, 초조하게 서로를 주시하며, 반쯤은 이웃이 기습해 자기 목숨을 앗아갈 것이라 기대하면서도, 결국 우리의 마지막 운명은 머나먼 다른 은하계에서 찾아올 압도적인 물량의 우주 공습이라는 것을 '알고' 있는 채로. 하지만 우리는 살아 있다. **살아 있다고!** 그리고 인류의 생존에 온 힘을 다하고 있다. 그 어떤 대가를 치르더라도.

신금속

우리는 그 물질을 신금속이라고, 때로는 신금속 강철이라고 불렀다. 마법사의 꿈이 현실에서 이루어진 것일까? 순수한 마법이 진짜 현실로 변한 것일까? 아니면 처음부터 끝까지 과학의 힘이었을까? 나는 세 가지 모두가 어느 정도는 진실이라 생각하지만, 그래도 대부분은, 그래! 온전한 과학의 힘이라고 생각한다. 신금속은 우리의 신이었다. 모데란의 위대한 꿈을 현실에 이룩하기 위한 궁극의 물질이 바로 신금속, 그리고 플라스틱이었다. 그러나 플라스틱은 마법이 아니다. 플라스틱은 평범하다. 플라스틱은 언제나 근간에서 열심히 일하는 일꾼일 뿐이다. 우리의 동그란 지구를 멸균되어 아름답고 질긴 뿌연 회색의 거죽으로 뒤덮어 우리가 딛고 설 수 있게 만들어주었을 뿐이다.

그러나 신금속은 우리 자신이었다. 우리 몸의 대부분을 이루는 물질, 시간을 뒷전으로 몰아낸 우리의 꿈이 살아 움직이는 물질이었다. 시간의 큰 낫을 부러뜨린 물질, 시간이 고개를 숙이고 백기를 들고 고요한 항복의 평원에서 죽기 직전까지 얻어맞게 만든 물질이었다. 그래! 신금속 인간이여, 시간의 노인을 걷어차 보려무나! 신금속은 살아 있는 살점처럼 굴하지 않을 것이다. 천만의 말씀! 우리의 힘과 내구성은 살점의 부재와 수많은 '교체' 부속에서 오는 것이니만큼 정말 다행스러운 일이었다. 신금속 강철에는 이런 멋지고 훌륭한 성질이 있었다. 주요한 엔진 부품, 즉 우리가 존재할 수 있도록 만드는 장기인 폐, 심장, 크고 작은 소화기관, 간장, 신장, 기타 등등에서는, 신금속은 살점과 엉겨붙어 우리의 온갖 부속을 '교체'해주었다. 우리의 형체를 유지해주고 인간으로서 존재할 수 있도록 연결해주는 최소한의 살점 조각만 제외하고 말이다. 우리를 존재할 수 있게 해주는, 살점 조각과 신금속 껍질에 둘러싸인 힘 좋은 엔진 부품들은, 당시의 용법에 따르자면 단순한 이식 기관이라고 부를 수 있는 것들이었다. 그러나 이들은 영구히 작동하는 신금속 엔진이었다. 신축성 좋은 신형 금속 폐, 교환기가 달린 쿵쿵대는 심장, 증기 흡수 장치가 달린 신장, 기타 등등. 팔다리와 손발도 신금속이었지만, 함유된 신금속 강철의 비율이 달랐다. 팔을 절컥절컥 움직여 휘두를 때마다, 강철 발에 신은 강철 부츠로 플라스틱 지면을 디딜 때면, 털컥 털크렁 털크렁 털컹 털컥 털컹 소리를 내면서 걸음을 옮길 때면, 그 누구도 그 무엇도 우리의 앞길을 방해하지 않는다. 이야!

신금속 인간이야말로 위대한 꿈을 현실에 이룩하는 궁극의 물질이 아니겠는가.

그렇다, 우리는 모두 병기 인간이 될 수도 있었다. 그것도 아주 손쉽게. 인간처럼 생겼고 인간처럼 걷고 말하지만 결국에는 금속 괴물일 뿐인, 필수적이고 우리 계획에도 유용하지만 결국 무의미한 금속 도구일 뿐인 존재가 될 수도 있었다. 그들 또한 나름대로 훌륭하기는 하다. 침략전에서는 효율적이고 용맹하며, 공성전에서는 완강하고 인정사정을 보지 않으며, 수적으로 열세이거나 원거리 포격 한복판에 내몰린 상황에서도 도주하거나 희망을 잃지 않는다. 접근전에 돌입해 포위당한 채로 두들겨 맞는 상황에서도 훌륭히 자기 자리를 지킨다. 그렇다! 우리의 훌륭한 병기 인간들은 참으로 대단한 신금속 괴물인 것이다.

하지만 우리는 **인간**이었다! 그리고 신금속 괴물과 신금속 인간 사이에는 우주를 집어삼키는 심연처럼 깊은 간극과 차이점이 존재했다. 우리의 아름다운 전쟁 계획이 전 세계에서 실행에 옮겨지고 뚜렷한 실체를 갖춘 채 높이 울려 퍼졌을 때도—하얀 마녀의 로켓이 발사되고, 엄청난 폭탄이 웅장하게 떨어지고, 잔해조차 잔해로 만드는 병기들이 궤도에 돌입하고, 사방에서 유도미사일과 기타 온갖 전쟁을 만끽하게 만드는 무기들이 아름답게 작동하는 동안에도—우리는 뭘 하는지를 명확하게 알고 있었다. 우리는 살아남았고, 느꼈고, 그 모든 감정에 반응했다. 그러나 병기 인간들은 그럴 수 없었다. 병기 인간은 그저 학살에 몰두하는 차가운 물건으로서, 학살극을 보면서도 돌처럼 무심했다. 그리고 성채를 파괴하여 무너뜨리는 순간에도 따스한 인간의 감정 따위는 전혀 개입시키지 않았다. 하! 너희 병기 인간은 신금속 괴물일 뿐이다. 영혼이라고는 티끌만큼도 없는 놈들 같으니라고!

그래, 우리 모두가 과학의 힘을 빌면 아주 손쉽게 기계 인간이 될 수 있었겠지만, 우리 몸에 장착된 엔진이 우리 대신 말하고 웃음 짓고 욕설을 뱉을 수 있었겠지만, 우리 대신 인간의 온갖 몸짓을 따라 하고 스스로를 수리하고 완전히 새로운 동족을 만들 수 있었겠지만, 그걸로 대체 무엇을 증명할 수 있었겠는가? 물론 인간이 아주 영리하고 섬세한 과학기술을 발전시켰다는 증명은 될 수 있을 것이다. 그래, 아주 확실하게!

하지만 우리는 그런 방식을 원하지 않았다. 하늘을 향해 주먹을 치켜들고, 거친 눈으로 망치를 휘둘러 우리의 기반이 될 지구를 굴종시키면서도, 그런 방식은 원하지 않았다. 신께 맹세코, 우리는 인간으로서 온갖 노력과 교활함을 발휘하여 신을 속박할 것이다. 신이 고개를 숙이는 모습을, 이렇게 울부짖는 모습을 볼 것이다. "내 자식들이 나를 초월했구나! 내가 잠들어 있는 동안에 내 자식들이 신의 모든 능력을 자신의 손으로 옮겨버렸구나. 그 존재의 영원함과 시간을 뛰어넘는 힘까지도! 내 과업은 이로써 끝났도다."

망치와 인간에 관하여

나는 항상 하나를 몸에 지니고 다녔다. 크기별로 여럿 가지고 있었다. 전쟁의 일상에 맞춰 만든 물건은 한 번에 두 개씩 가지고 다녔다. 허리춤 양쪽에 하나씩, 마치 옛 총잡이들의 권총처럼 적당히 늘어뜨려서 손쉽게 뽑을 수 있도록. 철컥 찰칵 철그락 철컥거리며 무도한 플라스틱 벌판을 걸어 다니며 팔을 휘저을 때면, 강철 손가락 끄트머리가 간신히 닿을 정도였다. 반면 조금 우호적인 작은 물건도 있었다. 아마 옛 시대였다면 일요일 정장에 어울리는 크기라고 말했을 것이다. 나는 제법 눈에 띄지 않는 작은 물건을 일요일 정장용 강철 허리띠에 매달고 다녔다. 그래도 필요하다면, 그리고 제대로 휘두른다면, 신체의 한 부분을 도려낼 수 있는 물건이었다. 그러니까, 평범한 사람 얼굴의 절반 정도 크기의 조각을. 물론 짐작하겠지만 심각한 분쟁에서 쓸 만한 물건은 아니다. 하지만 일요일의 산책에는 이 정도면 충분하다는 생각이었다. 그리고 언젠가는 언급할 수밖에 없는 물건인 내 전쟁용 망치가 등장한다. 공격과 방어를 모두 소화하는 특수 장비로, 필요에 따라 분해해서 여분의 부속을 부착하고 조율 및 장착할 수 있는 물건이다. 나는 이 물건을 특수 궤도 수레에 싣고 다녔는데, 우리는 그 수레를 옛 시대의 병기 수송차를 따라 망치 수송차라고 불렀다. 그리고 위험 지역을 통과할 때면 병기 인간을 열 명씩 붙였다. 휴전 기간에도!

그래! 말해두겠는데, 사람들은 내 '망치'를 경원한다. 심지어 일요일에도 그들("내 친구들")은 보통 다른 언덕 꼭대기나 기타 충분하게 거리를 벌린 장소에서 손을 흔든다. 그리고 보통 그러자마자 바로 자리를 뜬다.

그게 바로 내가 원하는 바이다. 더 나을 수는 없을 것이다. 그래! 전부 망치 덕분이다.

그리고 때론 일종의 축하를 하고 싶은 마음에 내 모든 망치를 한데 쌓기도 한다. 성채를 비우고 구석구석 남은 망치가 없는지 샅샅이 살핀 다음, 내 병기 인간들이 망치를 들고 들어와 수천 개의 망치를 내려놓아 사랑스러운 오렌지색의 무더기를 만든다. 그리고 대형 한 방 미사일들이 발사대 위에서 천천히 느긋하게 돌아가고, 내 지배력과 위험을 설파하는 온갖 다른 공포스러운 병장기들이 휴전을 맞아 잠들어 있는 동안, 나는 망치 무더기 주변을 돌면서 춤을 춘다. 경쾌하지만 필요한 만큼은 장중하게, 훌륭한 신금속 인간의 춤을.

왜 망치냐고? 왜 축하하냐고? 두 가지 이유가 있다. 어쩌면 더 많을지도 모르지만. 첫 번째, 그리고 아마도 가장 즐거운 이유는…… 선명한 주황색의 망치들을 전부 꺼내서 잘 보이게 쌓아놓고 그 주변을 춤추며 돌아다니면, 내 모든 병기 인간들이 모여 열심히 닦은 망치를 검사받으려고 정렬해두면, 모든 이웃 성채에서 이 행동을 상징적인 준비 과정이라 생각하고, 마치 옛 시대의 위대한 인디언 대족장이 머리 가죽을 수확하러 나가기에 앞서 얼굴에 물감을 칠하고 전쟁의 춤을 추는 것처럼 여기고 몸을 떨 것이 분명하기 때문이다.

그렇다! 다른 이유도 있다. 내게 있어 날이 달린 망치란 꽤나 상징적인 물건이다. 인간을 오늘날의 **위대한 정점**에 올려놓은 위대한 진보의 많은 부분을 상징하기 때문이다. 날이 달린 망치의 자르고 두들기는 능력은 나만의 특별한 상징이기도 하다. 그게 없었다면 얼마나 많은 것을 영원히 포기해야 했을지. 망치가 없었더라면! 우리는 꼭대기에 이르는 과정에서 얼마나 많이 자르고 두들겼던가? (그리고 끼워 맞췄던가?) **만세!** 자르고 두들기고 끼워 맞추는 공구들이여, 과거의 패배를 걷어차 다오. 승리를 견인한 것은 그대들이다!

그리고 **정점**에 도달하면 무슨 일이 벌어지나? 우리는 그곳에 앉아서 강철의 뒷굽으로 온 세상을 걷어찬다. **정점**에서 우리는 으르렁거리며 위협한다. 와서 해치워보라고 도발한다. 그들을 처리할 계획을 꾸민다. 어차피 모든 것은 갈등이다. 사나이의 삶의 본질은 오로지 갈등일 뿐이다. 내 삶의 본질은 오로지 갈등일 뿐이다. 가장 하찮것없는 생명이 '되기' 위한 가장 작은 꿈틀거림조차도, 그 꿈틀거리는 존재에게 있어서는 우주 전체에 대해 가장 큰 도전을 던지는 행위다. 그 꿈틀거리는 존재는 자리에서 벗어나 주변 환경의 시공간을 스스로 가로지르겠다는, 익숙한 주변 환경의 안정성과 불안정성을 거스르겠다는 마음을 품은 것이다. 심지어 나무조차도, 아니 하늘을 향해 발버둥치는 가장 작디작은 식물조차도 그런 행동을 하는 셈이다. 다른 말로 하자면, 새롭고 **매우 기괴한** 힘이, 자신만의 일정한 법칙에 맞춰 부글거리고 뒤틀리고 꼬이고 변화하는 온 우주의 죽은 존재들 사이로 들어간 것이다. 생명이란 진정한 무법자이자 우주를 무대로 날뛰는 하룻강아지이며, 그 때문에 끊임없이 물질 사멸의 법칙이라는 무시무시한 보안관을 피해 다녀야 한다. 죽음이라는 우주의 법칙에 따라 질서와 무질서를 강요하는, 이런 **매우 기괴한** 사고가 벌어질 것이라 미처 예측하지 못했던 경관을 말이다.

따라서 우리는(우리가 보유한 훌륭한 과학자들인 그들은), **매우 기괴한** 사고(생명)가 최고로 발전된 상태(인간)를 가져다가 궁극의 내구성을, 즉 신금속 인간의 영원한 내구성을 선사한 것이다. **그렇다!** 우리는(그들은), 저 과학자들은, 정확하게 때맞춰 성공한 것이다. **매우 기괴한** 사고(생명)가 살점으로서 도달할 수 있는 궁극의 발전(인간)에 도달한 순간 영원히 고정시킬 수 있도록, 그 위대한 역사적인 순간에 최고의 거인들이 연구실에서 대기하고 있었다니 얼마나 운 좋은 일이었는가. **만세!** 훌륭한 과학의 계획이여, 부디 내 절을 받아주기를. 선량한 구원자들이여, 그대들이 우리를 승리로 이끌었도다.

조금 따분할지도 모르지만, 일어난 일은 다음과 같다. 살점 인간은 자신의 둥그런 지구에서 정상에 올랐고, 순식간에 미끄러져 망각 속으로 사라질 일만 남았었다. 온갖 조짐이 가득했다. 인간에게 안 좋은 일이 벌어지리라 예언하는 수많은 깃발이 내걸리고, **출발** 신호만 내리면 그대로 **고꾸라질** 예정이었다. 종말을 향해서. 살점 인간은 정점에 있었다. 살점 인간으로서 올라갈 수 있는 가장 높은 곳에 도달했고, 머지않아 굴러떨어질 것이 분명했다. 그러나 행운이 따라서, 하얀 실험복을 입고 백발을 나부끼는 용맹하고 선량한 자들이 등장했다. 진보의 우람한 어깨와 근육질의 허벅지를 자랑하는 실험실의 거인들이 등장한 것이다. (**실제로는** 쭈글쭈글하고 기분 나쁜 눈빛에 성마르고 음모를 꾸미는, 작달막한 남자일 때가 가끔 있다고, 아니 사실 상당히 많은 수가. 뭐 그렇다고 해서 문제될 것이 있겠는가?!) 지금까지 인간의 발전 중 상당수를, 이제 죽음을, 시간이 끝나기를, 자신과 고향 행성을 파괴하기를 기다리는 그 자리까지 인간이 기어오르게 해준 이들이 나타난 것이다. 이 위대하고 선량한 실험실의 거인들은 진보의 위대한 마지막 단계에 이른 인간과 그들이 살아가는 동그란 지구를 함께 얼려버렸다. 신금속 인간을 만들어 플라스틱을 입힌 지구의, 한때 인간의 무작위적이고 비효율적이었던 고향 행성의 수많은 성채를 다스리는 주인으로 세운 것이다. 살점이 신금속으로 교체되었고 (몇 점의 살점 조각들이 남았을 뿐이나, 머지않아 이조차 없앨 수 있을지도 모른다) 뼈를 제거한 자리에는 신금속 막대와 경첩과 강철판이 들어갔으며 (쉬운 일이었다!) 모든 장기는 과학의 효율적인 제어로 영원히 움직이는 엔진과 훌륭한 저장 공간이 되었다. **만세!** 똑똑히 보이지 않는가?! 우리의 과학자들은 생명 인간(**매우 기괴한** 사고에서 탄생한 인간)을 생명 없는 원소의 인간으로, 영원에 대적할 수 있는 인간으로 만든 것이다. 그러나 인간은 죽은 것이 아니다. 아! 절대 아니지! 살아 있으니까! 지구 시대의 온갖 뛰어난 과학 덕분에, 누구의 기대도 만족시킬 수 있을 정도로 제대로 작동했다. **만세!** 과학이여, 정당한 갈채를 받으라! 그대는 **매우 기괴한** 사고로 탄생한 인간에게 태초부터 예비되어 있었던 운명을 부여했노라.

신조차 그대의 성공과 다재다능함에 충격을 받아 입을 다물지 못하리라. 배짱은 두말할 필요도 없고. 그리고 만약 신이 지나치게 실망하거나 불쾌해한다면, 나는 그대가 신조차 묵살할 수 있으리라 상상한다. 하늘에서 그대로 지워버리고, 플러그를 뽑아버리는 것이다. 그런 다음에는 인간에게 두뇌 냄비를 만들어주었을 때 사용한 뛰어난 화학 변성 능력과 막대와 금속판을 사용해서, 그대만의 맞춤 신을 만들어낼 수 있을 것이다. 그러나 다른 신이 필요한 사람이 대체 누가 있단 말인가? '우리의 신'이, 모데란이 갓 태어난 땅이었을 무렵 체현된 꿈의 평원에 세워진 거대한 신 금속 말뚝이 있는데? 이제 우리 모두가 신금속의 신이다! 또는 그 일부분이다. 나는 낙관론에 휩싸여 발뒤축을 들고 서 있고, 이 제 모든 별을 만질 수 있다. 우리는 성공했다. 그대 선량하고 지 친 늙은이들이, 멈추지 않고 과학 지식의 경주에 매진하던 이들 이, 날카로운 칼날처럼 벼린 정신을 휘두르던 이들이, 예리한 군 주들이, 실험실 기술자들이! 내 '생명'(하찮은 살점의 약점)에 죽 음을 선사한 것에, 나는 그대들에게 깊은 감사를 표한다. 그리고 내 정수를 강철 속에서 부활시켰다는 사실에 칭송을 보낸다. 그 대들은 인간의 본질을—전사로서의 인간을—보존했으니, 이제 우리는 영원토록 그 사실이 지니는 가치를 증명해보일 것이다. **우리는 싸울 것이다!** 우리는 서로 싸울 것이다. 거친 괴물을 만들 어내고 풀어놓은 다음, 우리에게 허락된 모든 공간에서 그 괴물 들과 싸울 것이다. 엔진, 그리고 프로그램된 단호한 사고가 우리 를 움직일 것이다. 우리는 대적할 만한 온갖 종류의 드래곤을 만 들어낸 다음, 그 모두를 극복할 것이다. 위협보다 정복 쪽의 프로 그램을 조금 더 엄밀하게 설계할 테니까. 하지만 주로 우리는 서 로 싸울 것이다. 서로, 그리고 진정으로 지치지 않는 적수인 자기 자신과도.

아 과학이여! 아 인간이여! 아 우리 삶 속의 생명인 **영원한 투 쟁이여**. 적어도 모데란에서는…

성채

성채에는…… 그 강철 지붕 아래에는 우리의 모든 존재 의미가 깃들어 있다. 그곳이야말로 우리의 신금속 정신이 완결되는 곳이다. 때로 나는 성채를 순회하며, 그저 내 손에 들어온 힘을, 그리고 성채와 내가 함께 이루는 파괴할 수 없는 존재감을 만끽한다. 나의 성채는 꼭대기에서 지반까지 모든 부분이 강철로, 콘크리트와 신금속 강철로 이루어진 경이로운 존재다. 그것은 보호다. 그것은 위협이다. 그것은 "나를 짓밟지 마"이면서 동시에 "너는 **확실하게** 짓밟아주겠어!"이다. 그 안에 들어가서 소유하고 있지 않다면, 성채는 믿을 수 없다. 들어간 다음에야 비로소 신뢰할 수 있게 된다. 그런 다음에야 비로소 순회를 즐길 수 있다. 꼭대기에서 내려가며, 지상에서 올라가며.

그대는 아마 모르고 있겠지만, 내 성채는 벽을 쌓아 만든 무수한 원통의 꼭대기마다 고깔을 씌운 형태다. 고깔의 꼭대기에는 장대가 멀리멀리 끝없이 솟아올라 있다. 그래, 한때는 다들 천국이 있으리라 생각했으나 이제는 아닌, 단 한 번도 있었던 적이 없는 천상에 닿을 듯이! 장대 끝에는 내 무수한 깃발이 도전처럼, 턱을 쑥 내미는 것처럼, 위협처럼, 허풍처럼, 위업처럼 줄지어 달려 있다. 깃발이란 그 모든 것이며, 동시에 그 이상이다. 석탄처럼 검은 바탕에 번뜩이고 반짝이고 빛나는 10이라는 숫자가 적혀 있는 세모꼴 깃발이다. 그리고 때로는 그 모든 깃발이 인공 바람을 맞아 하늘에 펄럭이고 나부끼며 장관을 이룬다!

번뜩이고 반짝이고 빛나는 숫자 10이 장식된 채로 나부끼는 세모꼴 깃발을 제외하면 남는 것은 하나뿐이다. 바로 선명한 주황색의, 커다란 날이 달린, 잔혹한 전쟁용 망치다. 세상을 힘차게 두들기며, 두들기는 동시에 도려내버리는 도구이기 때문이다.

2064년 또는 그 언저리에서

처음 경보기에 그의 모습이 잡혔을 때, 그는 저지대 지방에서 느릿하게 움직이는 훌쩍 큰 점 하나에 지나지 않았다. 그러나 그는 끈질기고 거침없이 다가오더니, 마침내 지친 듯 찌푸린 얼굴로 내 강철을 덧댄 성문을 바라보며 걸음을 멈췄다. 피막을 입힌 그의 얼굴에 한낮의 태양빛이 반사되어 반짝였다.

무기 확인대와 오염 정화기에서 깨끗하다는 신호를 보내자, 나는 성문을 하나씩 열어 그를 맞이했다. 그리고 문득 그의 심장과 숨결 봉투를 움직이는 기계장치 일부가 고스란히 드러나 있다는 사실을 깨달았다. 그의 상부 외피의 절반 이상을 너덜너덜해진 살점과 뜯겨 나간 금속이 뒤덮고 있었다. 마치 갑작스러운 사고를 만나 커다란 발톱에 뜯겨 나간 것처럼 보였다. 아니, 어쩌면 고통스러운 세월을 견디다가 광인처럼 자기 몸을 헤집어놨을 가능성이 더 클지도 모른다고, 나는 생각했다.

"그대 다쳤지 않은가!" 슬픔이 어린 녹슨 눈을 보면서, 나는 순간 끓어오르는 동정심을 이기지 못하고 충동적으로 소리쳤다.

"아니오!" 그는 짊어지고 다니던 작은 이젤을 내려놓으며 말했다. "그대가 생각하는 방식으로 다친 것은 아니오. 심장은 아직 제대로 움직이고, 가슴의 덮개가 벗겨지긴 했으나 톱니 장치는 조금도 느려지지 않았으니. 그러나 나는 깊은 상처를 입었소. 오랜 세월을 찾아 헤맸는데도 결국 찾아내지 못했으니, 그 흘러간 시간이 매일 내게 죽음을 선사한다오." 그리고 그는 구부정한 어깨를 기울여 머리를 앞으로 숙였다. 나 또한 그에 대해 아는 바가 있었기에. 그가 힘겨운 짐을 지고 있다는 사실을 깨달을 수 있었다. 그는 말을 이었다. "우리는 제각기 '꿈'에 대한 자신만의 관점을 찾아 헤매는 신세요. 제각기 자신만의 제한된 방식으로, 자신의 '궁극'을 찾아 저마다 다른 정도의 시간을 사용하는 셈이지. 나는 그런 일에 거의 모든 시간을 쏟아부었고, 이제 내 시간도 이 세계의 시간도 황혼에 접어드는 듯하오. 아마 그래서 그대의 눈에 비친 내가, 실제로 그렇지는 않았더라도 서두르는 것처럼 보인 것일 테지. 나는 경첩과 지지대를 거의 최고 한도로 움직이고 있었소. 아, 나는 이번에도 격정에 휩싸여 꿈을 찾는 길에 올랐던 거요. 그리하여 이곳까지 온 것이고."

"그러나 그대는 대체 왜," 나는 더듬거리며 물었다. "한낱 예술가일 뿐일진대, 진정한 단호함이 도사리는 성채에, 어딜 봐도 강

함을 추구하는 이곳에 무슨 이유로 발을 들인 것인가? 아마 지나
가는 길이었겠지?"

"아니오!" 그는 고개를 번쩍 들었고, 동시에 낡은 어깨가 꼿꼿
이 서면서 수염을 이루는 흰색 금속 스프링도 부르르 떨렸다. 목
의 스프링 장치로 올라앉은 그의 머리가 양옆으로 돌아갔다. "아
니오, 지나가는 길이었던 것이 아니오. 인간이라면 어디로 가고
어딜 바라봐도 그저 지나치는 길일 뿐이라는 보다 넓은 의미를
제외하면 말이오. 그러나 나는 여기가 내 목표 지점이라 생각하
고 있소. 이토록 오래 찾아 헤맸으니, 여기가 옳은 목적지라 이제
는 돌아다닐 필요가 없기만을 바라고 있소."

"그…… 그건 이해가 안 되는군." 상황을 제대로 이해하지 못
하는 데다 놀란 상태였기 때문에, 나는 의도한 이상으로 몸을 떨
고 있었다. 나는 반사적으로 전진 배치된 병기 인간들을 바라보
며 근처에 서 있는 강철 경비병 쪽으로 슬쩍 몸을 움직였다. "여
기는 예술가 공동체가 아니네." 나는 내뱉듯 말했다. "늙은 화가
의 요양원도 아니고. 이곳은 제대로 돌아가는 성채일세. 그리고
우리는 망가진 '꿈의 구도자'를 기꺼이 받아들이는 곳이 아니네.
내가 몸소 불친절하게 굴어야 할 일은 생기지 않았으면 좋겠는
데."

그는 내 말을 거의 전부 무시했다. "저지대 지방 전역에는 가
장 훌륭한 무장 성채의 소문이 무성하다오. 마녀의 계곡 근처, 강
철 개들이 지키는 플라스틱의 땅에 있다고 하더군. 떠도는 소문

에 따르면, 그 성채에 사는 남자야말로 신공정 땅의 신공정 인간으로 교체되고 금속을 덧대고 살점은 필멸의 인간에게 허용되는 최소한으로만 남기고 전부 벗겨낸 이라고 하오. 그 남자는 고요한 평화 속에서 달이 흘러가고 해가 흘러가고 수십 년이 흘러가는 동안에도, 가족이나 친구나 적들의 영향을 받지 않고 매일을 살아가면서, 위대한 자아를 완성하며 진정한 삶을 누린다고 들었소. 수많은 보안장치와, 성벽과, '발견'의 해인 올해 2064년에 인간을 섬기고 품어주는 온갖 훌륭한 과학 장비에 둘러싸여서, 마치 훌륭한 견과류처럼, 거대한 껍질에 들어앉은 커다란 씨앗처럼, 매일 새로운 의미를 습득하며 영글어간다고 들었소. 나는 평생 공포에 휩쓸린 세상을 정신없이 돌아다녔으나, 그런 아름다운 평온을 목격하지도, '삶의 의미'를 찾아내지도 못했소. 죽기 전에는 반드시 이루어야 하는 일인데!"

그는 말을 이었다. "그래, 나는 떠돌이였소. 길을 잃고 목표를 찾아 헤매는 떠돌이 말이오. 이런 떠돌이는 종종 절대 목표에 도달하지 못하지. 존재하기에는 너무 휘황찬란한 꿈을 선택해서 그걸 찾아 헤매니까." 그는 자신의 신축성 있는 코에서 풀려나온 작은 금속 조각을 파냈다. "그래, 저들은 나를 교체하긴 했소. 나를 합금으로 만들고, 마지막에는 거의 기계로 된 금속 심장을 넣어주기도 했지. 아마 그대나 그대의 위대한 주인의 심장만큼이나 무탈하고 부드럽게 작동할 거요. 그러나 나는 무기와 성벽 뒤에 숨어서 온갖 훌륭한 장비들과 함께 사는 삶에는 만족할 수가 없었소. 간단하게 말하자면, 신공정 사회의 안정성 속에서 내 자리를 찾지 못했다는 거요. 항상 마음속 어딘가에서 허기에 몸부림치는 느낌이 들었지.

나는 항상 절망의 무저갱 언저리에 바투 선 채로 서둘러 헛된 꿈을 좇고 있는 것만 같았는데, 그대의 위대한 주인은 분명 '진정한 가치'를 명확하게 파악한 채로, 조금도 힘들이지 않고 우아하게 '위대한 꿈'의 옥좌에서 평온으로 미끄러져 들어간 것 아니오. 나는 세상에 업적을 남기고 싶었다오. 걸작을 좇으며 굶주렸지. 삶의 의미를, 타인과 나의 정수를 표현하는 일에 그 오랜 세월 동안 실패만 거듭하면서 계속 의문에 시달렸다오. 그래서 나는 탐색의 방향을 살짝 바꾸기로 마음먹고, 단 한 폭의 초상화로 마무리하기 위해 찾아온 것이오. 그대의 위대하고 차분한 주인이 옥좌에 앉은 모습을! 바로 이곳, 그분의 성채에서!"

수척한 그가 몸을 떠는 모습을 보면서, 녹슨 금속이 경직할 때마다 울리는 삐걱대는 비명을 들으면서, 나는 아까보다 세 배는 바짝 긴장했다. 그리고 세월의 흐름에 시달려 전부 쭈그러들고 말라빠진 그의 살점 조각들이 눈에 들어왔다. 경첩 관절에서는 오래된 윤활유의 악취가 풍겼고, 기름 목욕으로 금속 껍질의 광택을 되찾아주는 것도 필요해 보였다. 우리의 가장 위대한 꿈과 질문을 입에 담기에는 부적절한 견본이지 않은가. 나는 최대로 경멸을 담아 생각을 이었다. 이 냄새 나는 부랑자가, 농노 로봇 주제에, 휘하에 단 하나의 성벽도 병기 인간도 없으면서, 이젤과 붓을 짊어지고 비척이며 시골길을 따라 걸어와서, 자신의 궁극과 진정한 의미를 입에 담는단 말이지. 감히 자신에게 그런 질문과 추측을 할 권리가 있는 것처럼! 그러나 그의 녹슨 눈이 모든 것을 꿰뚫을 듯한 비애를 품고 내 눈과 마주치자, 나는 공포가 아니라, 묘하게 물기가 차오르는 기분이 내 살점 조각 속에서 흘러넘치는 느낌을 받았다. "어쩌면 정맥주사가 부족한 것일지도 모르겠군." 나는 이렇게 말했다. "어쩌면 음식에 굶주린 것일지도 모르잖나." 나는 주삿바늘과 살점 조각에 양분을 공급하는 특수한 액체 한 컵을 가지고 돌아왔다. 이곳 모데란에서 개조하는 이들조차도, 금속과 금속 사이에 작은 살점 조각을, 필멸성의 작은 부분을 남길 수밖에 없었으니까.

돌아와보니 그는 바닥에 누워 있었다. 그대로 두면 흥미로운 형태의 고철 무더기가 될 법한 모습이었다. 손가락을 활짝 벌린 손으로 얼굴을 감싸고 있는 모습에, 만약 손가락 사이에서 한 쌍의 갈색 불꽃처럼 번득이는 눈이 아니었더라면 그대로 '존재를 다했으리라'고 생각했을 것이다. 그는 녹슨 스프링에 힘을 가해 벌떡 일어나 앉았다. "식사를 원하는 것이 아니오. 나는 정말로 제법 건강하고 튼튼하니까. 그저 꿈을 발견할 때가, 여정의 끝에 이를 때가 다가오니, 꿈의 주머니가 슬쩍 꿈틀거리고 생각의 상자가 비좁아진 것이 느껴졌기 때문이오. 오, 신이여! 오, 신이여! 마치 내 정신의 잔이 가득 차오르는 느낌이오. 이토록 심장이 거칠게 뛰기를 얼마나 고대해왔는지 모르겠소. 눈의 톱니바퀴 바로 아래서 욱신거리는 맥박 때문에 환상의 날개가 보일 지경이구려. 이런 장대한 환희가 목전으로 다가오면 갑자기 지치고 죽음이 바싹 다가온 기분이 드는 법이라오. 그래서 자리에 누운 것이오."

그는 온몸의 관절을 단번에 움직여 몸을 쭉 펴고 자리에서 꼿꼿이 일어섰다. 나는 그 모습에 어쩐지 '거대 달력'에서 봄이 찾아오면 계절 통제국의 누군가가 '녹색 것들'의 스위치를 올렸을 때 일어나는 온갖 일들이 떠올랐다. "나를 그분께 데려다주시오." 그는 소리쳤다. "이제 얼마 남지 않았소. 내 수명은 물론이고, 플라스틱 껍데기에 뒤덮인 세계에서 자동 나무가 솟아오를 날도 얼마 남지 않았단 말이오. 이제 시간 낭비는 그만두시오. 그대의 위대한 주인께, 거대하고 단호한 견과류처럼, 훌륭한 씨앗처럼, 지구 최고의 열매처럼 살아가는 분께, 성벽과 경비병과 대포의 껍질에 둘러싸여 성숙해가는 분께 안내해주시오. 내가 그분의 의미를 기록하겠소. 끊임없이 다가오는 재앙을 마주하며 그토록 훌륭히 적응하고 그토록 두려움 없이 차분할 수 있는 분의 얼굴에는 분명 내가 추구하던 아름다움이 깃들어 있을 거요."

불운하게도, 그 시점에서 나는 종종 나를 엄습하는 공황에 사로잡혔다. 특정 톱니바퀴가 돌아가고, 구멍이 활짝 열리며, 내 마음은 그대로 비겁한 두려움에 사로잡혔다. 그가 위대하고 차분한 얼굴 앞으로 인도되기를 기다리며 서 있는 동안, 나는 완전히 공포에 떠는 이들의 영역으로, 내 개인적인 두려움의 나라로 넘어가버렸다. 상황을 파악하지 못하고 지켜보는 그의 앞에서, 나는 비통의 순환 과정에 들어섰고, 여기에 이른 이상 상황을 통제할 수는 없었다. 나는 격렬하게 몸을 떨었다. 금속 부위는 철컹거리며 윙윙 울려댔다. 얼굴의 금속은 끔찍하게 수척해지고, 뒤틀리고 짓눌린 금속이 끽끽대는 고음으로 신음하기 시작했다. 나와 내 성채에 우연히 닥칠 수 있는 온갖 재난이 머릿속에서 떠나지를 않았다. 장치에서 평소처럼 웅웅 소리가 울리고 있으니 나를 훌륭히 섬겨온 놀라운 기계장치들이 제대로 작동하고 있다는 뜻이겠지만, 앞으로 얼마나 그럴지 확신할 수 있는가? 1천 킬로미터 떨어진 곳에서 톱니바퀴 하나가 망가지면, 회전축이 망가져서 수십억 개 가상의 양동이가 셀 수도 없이 많은 동력 물방울을 회전날 위에, 수천 개의 회전날 위에 흘리면, 빛은 깜빡이기 시작할 것이고, 훌륭한 웅웅 소리는 단속적인 소음으로 변할 것이며, 내 성채는 허리가 굽은 늙은 병자처럼 기침을 뱉고 숨을 쉬려 애쓰며 허우적거리게 될 것이다. 그리고 태양도! 이 모든 것을 베푸는 태양은 어떨까? 태양이 전부 타서 사라진다면! 태양이 하늘에서 떨어진다면! 더 거대한 태양이 저 너머에서 불길을 뿜으며 날아와 트림을 뱉고, 나의 태양은 멀리 날아가버린다면? 아니면 거대한 보아뱀처럼 입을 벌리고, 불타는 작은 알이라도 된 양 한입에 집어삼켜버린다면. 두렵다, 두렵다, **두렵도다!** 내밀한 비통의 순환을 겪으며, 머나먼 공포의 왕국에서, 나는 모든 두려움을 떠올렸다. 근거 있는 두려움, 근거 없는 두려움, 낡은 두려움, 새로운 두려움, 지금껏 그 어떤 인간도 떠올리지 못했을 두려움까지.

습격이 시작된다면! 온갖 위험으로 가득한 머나먼 화성에서 우주 공격이 가해지는 것이다! 정체불명의 기묘한 금속 부식 질병이, 아무도 모르는 채로 내 경첩 관절에 몇 년 동안 잠복해 있었다면! 나는 조각조각 쪼개진 채로 혼돈에 빠졌다. 갑자기. 이성을 지닌 인간이 두려움 말고 다른 무엇을 가질 수 있겠는가? 무엇을? **무엇을?**

　얼마간 평정을 되찾고, 어떻게든 정신을 더듬어 내 작고 튼튼한 성채 건물을 찾아내고 나니, 눈앞의 남자가 기다리며 나를 주시하는 모습이 보였다. 문득 망치로 거대한 강철관을 때리는 소리가 귓가에 울렸다. 내 필멸의 조각들에서 끝없는 수치심이 파도처럼 밀려오며 차올랐다. 나는 두 명의 강철 인간을 붙들고, 대리석 평판 사이에 굳건히 서 있는 강철 기둥에 발을 지탱했다. 그리고 간신히 마음을 다잡으며 그의 강렬한 눈빛을 마주했다. "여기에는 오로지 나뿐, 다른 자는 아무도 없네. 내 맹세하지." 나는 마침내 입을 열고 말했다. "내가 이곳의 주인이니까. 당신이 그릴 사람은 나뿐이란 말이네! 내 고요의 옥좌로 함께 가겠나?"

　시간으로 측정하기에는 너무 격렬한 한순간이 흘러갔고, 그의 찌그러진 머리에 달린 갈색 안구는 순식간에 빛을 잃었다. 얼굴의 강철은 주름지며 끼익거렸고, 하얀 수염 가닥은 마치 거센 바람이 스치고 지나가는 것처럼 떨렸다. 나는 사람의 철제 얼굴에서 마지막 꿈이 죽어버리는 모습을 그대로 바라보고만 있었다. 나로서는 아무것도 할 수 없다는 사실을 절절히 느끼면서. "유감입니다." 그의 목소리는 헤아릴 수도 없이 먼 곳에서 울리는 듯했다. 그리고 나는 그가 우리 둘 모두에게 얼마나 유감인지를 어느 정도 공감할 수 있었다.

잠시 후 그는 떠났다. 사용하지 않은 텅 빈 이젤을, 이제는 더 큰 절망을 품고 부여잡은 모습으로. 모든 발사대와 성벽을 지나서, 그의 뒷모습을 추적하는 무기들을 지나서. 나는 문득 여정의 마지막에 도달한 위대한 꿈을 지켜보는 느낌을 받았다. 그는 강철 경비견이 가득한 플라스틱 계곡으로 비틀거리며 나아갔고, 나는 성채 건물 깊숙이 틀어박혀 차분함의 목욕을 했다. 그리고 나중에는 내 살점과 강철의 껍데기 전체에서 다시 시작된 떨림을 가라앉히기 위해, 신형 신경 조각 광선을 시험해보기도 했다. 훗날 나는 그가 계곡 경계 부근에서 분장한 신금속 경비견의 행렬을 만났다는 소식을 전해 들었다. 개들은 하나같이 '의미의 구도자에게 보내는 선물'이라고 적힌 플라스틱 뼈다귀를 물고 있었다고 한다. 물론 마녀의 궁전에서 보내는 잔악한 조롱이었을 테고, 하얀 계곡이 갑자기 거대한 어릿광대 얼굴 모양 풍선과 인자한 웃음 인사 소리 포탄을 쏘아대며 생기로 넘치기 시작한 것도 바로 이 때문이었던 것이다. 가장행렬의 경비견들은 톱니 장치와 머리에 든 천공 카드의 명령에 완벽하게 복종하여, 예술가가 뼈다귀를 살피는 동안 얌전히 뒤로 물러섰다. 물론 지정된 방식으로 다루지 않았으니 폭발물이 설치된 뼈다귀는 그의 손에서 그대로 폭발해버렸고, 그의 심장과 물감과 텅 빈 이젤은, 그리고 금속 껍질과 얼마 남지 않은 살점 조각들은, 하얀 마녀의 계곡 상공에서 펼쳐지는 인자한 웃음 인사와 커다란 풍선 어릿광대들의 축제에 아주 잠시 합류하게 되었다.

그의 진지했던 모습을, 그리고 격렬했던 시도를 생각하면, 심지어 내가 보기에도 가장 불만족스러운 최후라 칭할 수 있을 법했다.

모데란의 참회일

계절이 처음 바뀌는 날 중앙에서 보낸 공문이 도착했다. **연례 참회일 공지—눈물을 지참할 것.**

4월로 접어들고 얼마 지나지 않았을 무렵, 우리는 요새의 성벽에서 벗어나 녹색 플라스틱이 깔린 행진 광장으로 나섰다. 모든 위대한 성채의 주인들이 모여들어 장중한 행렬을 이루었다. 그날 증기 방어막은 하얀색 바탕에 가느다란 붉은색 줄무늬가 온 하늘을 수놓고 있었다. 우리는 그 붉은색을 보며 고대의 핏빛을 떠올렸다. 이제 우리의 피는 묽은 녹색이며, 영원히 쉬지 않는 심장의 박동에 따라 우리 살점 조각으로 밀려들어 양분을 제공하고, 게다가 신금속 합금으로 '교체'된 장기와 살점을 금속에 연결하는 경첩 부위에서도 윤활유 역할을 한다. 그러나 우리 중 일부는 아직 붉은 피를 기억하고 있었다.

그날의 기이한 증기 방어막 아래에는 기이한 무리가 몰려들었다. 중앙에서 보낸 양철 새들이 인조 하늘을 가득 메우고, 우리가 지나갈 때마다 정원 구멍에서 솟아오른 나무들이 밝은 녹색의 양철 나뭇잎을 활짝 피웠다. 우리는 철컥 찰각 철그락 철컥거리며 반짝이는 플라스틱 위로 걸음을 옮기며, 동쪽으로 비척비척 행군해갔다. 원래라면 오와 열을 맞춰야 했으므로 때론 2열 종대를 대충이나마 유지하기도 했지만, 우리 위대한 성채 주인들의 행렬은 그보다는 멈추고 엉기다가 서둘러 뛰어가는 경우가 더 많았다. 바닥 상태가 나쁘기도 했고, 걷는 일에 그리 익숙하지 않기도 했으니까. 때론 중앙에서 매년 이런 일을 시키는 이유가, 우리에게 굴욕을 주어 성채의 소중함을 다시 일깨우기 위한 것이 아닐까 하는 생각도 들었다. 우리 위대한 이들도 성채가 없으면 아무것도 아니라고 일러주려는 심산에서.

나는 10번 성채였으므로, 대열이 잡힐 때마다 9번 성채의 옆에서 걷게 되었다. 9번 성채는 평소 내게서 가장 가까운 곳에 자리한 적수였으므로, 우호적으로 함께 걷고 있자니, 신금속 손에는 눈물이 달그랑거리는 작은 비닐봉지를 들고 서로 강철 팔꿈치를 부딪치고 있자니, 자못 묘한 기분이 들었다. 그는 나보다 키가 컸지만 그리 우람한 체구는 아니었고, 살점 조각 하나가 덜렁여서 순수한 증오가 끓어오른 한순간, 나는 여기서 싸움이 일어나면 맨손으로 놈을 그대로 쓰러뜨릴 수 있으리라는 확신이 들었다. 물론 우스꽝스러운 생각이기는 했다. 모데란의 우리는 그런 식으로 전쟁을 수행하지 않으니까. 전쟁이란 언제나 조작판에 기대앉아 발사대를 조작하고, 보행 인형 폭탄이 진군하는 모습을 지켜보고, '정직한 제이크' 지대지 로켓이 비명을 울리며 솟구쳐서 정확하게 목표물에 내려앉으며 모든 것을 파괴하는 끔찍하게 높은 비명을 듣는 일이었다. 따라서 그 순간이 지나가고 끔찍하게 그를 싫어하지도, 맨손으로 그를 쓰러뜨리고 싶지도 않게 되자, 나는 이렇게 말을 걸었다. "잘 지내셨나, 9번 성채여. 다음 주의 전쟁에서는 그대를 위한 놀라움을 예비해놓았네. 내 연구원 부대가 제법 성과를 거두었으니, 그 뭐랄까……." 나는 일부러 말을 끝맺지 않았고, 그는 찌푸린 얼굴을 내 쪽으로 돌렸다. 한가운데 달린 큼직한 살점 조각 코 때문에 한층 흉측해 보이는 얼굴이었는데, 굳이 살점으로 남겨둔 것을 보니 나름 가문의 상징인 모양이었다. 우리 대부분은 먼 옛날에 신금속 합금 코로 교체하는 쪽을 택했는데, 보통 생김새도 더 낫고 더 효율적이며 내부 청소라는 문제에서도 해방될 수 있기 때문이었다. "참회의 날에 그대의 눈물 봉지가 그토록 왜소한 이유가 그것이었나." 그는 조롱하듯 목소리를 높여 말했다. "참회의 주간이 찾아왔는데 눈물을 만들지 않고 폭발 대포나 준비하고 있었다니!"

"내 눈물 봉지의 크기는 실로 적절하니." 내가 대꾸했다. "그대가 알다시피 내 모든 것은 적절하기 때문일세. 그리고 점수를 매기는 분야에서는 단순히 적절한 수준을 넘었다고 할 수 있을지니."

그는 고개를 돌리더니 분노를 억누르지 못하고 증기를 뿜어댔다. 내 말에 틀린 구석이 없기 때문이었다. 나는 우리 구역에서 잔혹한 주인으로 이름을 날렸으며, 내 성채가 '전쟁의 서'에 주요 전쟁의 승자로서 이름을 올린 횟수는 우리 구역의 다른 어떤 성채보다도 많았다. 나는 매년 내 성채의 숫자와 해당 연도가 금으로 새겨진 전쟁 훈장을 받았다. 나는 걸음을 옮기며 가장 최근의 훈장을 가볍게 흔들어 보였다. 그리고 아무것도 아닌 혼잣말처럼 이렇게 지껄였다. "다음 주일세. 다음 주야!"

이내 우리는 거친 땅으로 내려오며 뒤엉킨 성채 주인들 사이에 발이 붙들렸다. 다들 기계처럼 정확하게 걸으려고 경첩 관절을 한계 이상으로 놀렸지만, 우리의 살점 조각과 강철 부위는 하나같이 걷는 용도가 아니라 전쟁 상황실에 앉아서 발사기 버튼을 누르는 용도로 만들어졌으므로, 애초에 움직이는 것 자체가 쉽지 않을 수밖에 없었다. 대열이 다시 전진을 시작할 즈음에는 2번 성채가 내 옆에서 함께 걷고 있었다.

2번 성채는 매우 젊은 주인이었다. 모데란에서는 어차피 별로 중요한 일은 아니었지만, 살점 조각 비율을 확보해서 성채를 배정받는 데도 10년이 넘게 걸린 사람이었다. 그러나 한동안 그와 나는 제법 괜찮은 전쟁을 벌였고, 그는 장래가 유망한 주인으로 전쟁의 서에 기록되었다. 우리는 서로 키와 덩치가 비슷했고, 나는 그의 솔직한 표정과 견고한 증오를 품고 모든 것을 바라보는 한 쌍의 광역 설정 신금속 눈이 마음에 들었다. 믿음직한 사내였다. 그러나 우리 시대에 필수적인 수준 이상으로 그를 증오하지는 않는데도 불구하고, 나는 그를 슬쩍 찔러봐야겠다고 마음을 먹었다. 즐길 거리가 필요했으니까. "잘 지내셨나, 2번 성채여." 나는 입을 열었다. "다음 주에는 내 신형 폭발 대포가 전선에 나설 걸세. 분쇄 측면에서는 실로 혁신을 가져올 물건이라 할 수 있지. 내 연구원 부대가 제법 성과를 거두었으니, 그 뭐랄까……." 나는 그가 생각을 곱씹으며 걸음을 옮기는 모습을 바라보며, 잠시 말을 멈추었다. "어디 보자." 나는 곰곰이 생각하는 척하다 이렇게 말했다. "혹시라도, 아니 확실하군. 저들이 그대와 나를 전면전 상대로 배정하지 않았던가. 다음 주에."

그는 널찍하게 붙은 훌륭한 눈을 내 쪽으로 돌리며, 단조로운 목소리로 말했다. "알고 있소. 전쟁을 하겠지. 다음 주에."

"그래, 전쟁을 벌여야지." 그리고 나는 날카로운 강철 팔꿈치로 그의 가슴팍 살점 조각을 자못 친근하게 찌르며 말했다. "그대는 별로 잃을 것도 없을 것이니. 그대는 젊은 성채이고 딱히 전통이랄 것도 없지 않은가. 저들이 그대를 나와 내 신형 폭발 대포 앞에 배정한 것은, 아마도 그대의 성채 터를 평탄하게 다듬어 저들이 원하는 나무 전시관을 세우기 위해서가 아니겠는가."

"저들이 내 성채 터에 나무를 심을 구멍을 내고 있을 때쯤이면, 그대의 성벽은 오래전에 사라져 먼지로서도 기억되지 않을 거요." 그리고 그는 한동안 자신의 신금속 눈으로 나를 정면으로 바라보았다. "어울릴 만한 자이리라 생각했건만. 전쟁이든 뭐든 함께 즐길 수 있으리라고. 내가 속았던 모양이오. 하지만 내가 고안한 새로운 침공 교리를 적용하면……." 그는 말을 끝맺지 않았다. 우리는 침묵 속에서 동방을 향해 비틀비틀 걸음을 옮겼다. 나는 이 친구가 마음에 들었다.

의식을 치를 장소에 도착하자, 내 옆에는 20번 성채가 자리를 잡았다. 전쟁 기록이 간신히 봐줄 수 있을 정도인 나이 많은 남자였다. 시간이 별로 없었기 때문에, 나는 서둘러 내 신형 폭발 대포를 들먹이며 완벽한 위협을 충실히 가해주었다. 이내 의식이 시작되었고, 언제나 그렇듯 끔찍하도록 굴욕적이었다. 다른 어느 성채의 주인보다도 살점 조각의 비율이 10퍼센트는 적다고 알려진, 검은 로브를 걸친 키 작고 뾰족한 얼굴의 남자가 자리에서 일어나 오늘 하늘에 붉은 줄무늬가 그려져 있는 이유를, 붉은 피가 무엇인지를, 우리가 붉은 피를 가지지 않아서 얼마나 다행인지를, 그리고 우리가 사랑과 그에 따른 온갖 불확실성이 인간의 사고를 지배하려 애쓰던 위태로운 시기를 어떻게 헤쳐 나왔는지에 대한 길고 지루한 설명을 늘어놓았다. 다음에는 거의 몇 시간을 이어지는 듯한 증오의 음악 녹음을 들을 뿐이었다. 검은 로브의 남자는 테이프를 교체하는 동안 진정한 한 해의 시작인 봄을 일깨우는 것이 우리의 의무이며, 그를 위해서는 진짜 제대로 끝내주는 포격을 퍼부어야 한다는 장광설을 늘어놓았다.

증오 음악의 공격적인 마지막 음정이 붉은 줄무늬가 그려진 증기 방어막 속으로 잦아들고, 광대한 반원형 극장에 부자연스러운 침묵이 내려앉자, 이제 우리의 굴욕을 가장 신실하게 표현할 때가 되었다. 한 줄로 중앙 연단 앞으로 나아가서, 그곳에 있는 높직한 검은 그릇에 우리의 눈물을 바칠 차례였다. 우리는 지난해의 포격 순위의 역순으로 줄지어 나아갔고, 덕분에 나는 자랑스럽게도 우리의 모든 굴욕을 통틀어 마지막에 위치하게 되었다. 위대한 성과로 전쟁 훈장을 받은 사람은 오로지 나뿐이었으니. 과거에 이룩한 모든 영광 덕분에 홀로 단상에 서게 되는 순간은 진실로 감탄스럽고 자부심 넘치는 것이었으며, 내 눈물 봉지를 털어 넣는 순간은 인간으로서 최고의 지위에 오른 나조차도 완벽하지 못했음을 상징하는 것이었다. 우리 성채에서 정확한 규격에 맞춰 제작한 눈물은 가장 깊은 굴욕감의 표현으로서, 우리가 행하지 못한 의무, 우리가 발사하지 못한 폭발 대포, 우리가 성공하지 못한 침공에 대한 일종의 참회였다.

내 마지막 눈물이 그릇 안으로 떨어지자, 황홀경에 빠진 채로 반대편 벽면의 조종기 앞에 서 있던 뾰족한 얼굴의 남자가 버튼 하나를 눌렀다. 그러자 진정으로 웅장하게 믿음직스럽고 증오스러운 어둑한 그림자 하나가 천천히 검은 그릇 속에서 일어나기 시작했다. 마치 우리가 바친 참회의 눈물이 끔찍한 타락을 겪어 태어난 것처럼. 그리고 두 번째 버튼을 누르자 그림자는 폭발과 함께 박살 나며 하늘 높이, 하얀 바탕에 붉은색 줄무늬가 그려진 증기 방어막으로 솟구쳐 올랐다. 우리들의 솟아오르는 희망과 더 나은 증오자가 되겠다는 신실함을 뜻하는 것이었다. 언제나 그렇듯이, 이야말로 우리의 굴욕과 참회를 의미하는 지고의 순간이었다. 우리의 죄가 사해질 가능성과 전쟁에 깃든 웅대한 가치를 나타내는 희망의 빛이었다. 이제 오늘의 남은 행사는 거처까지 걸어가는 힘들고 성가신 여정뿐이었다. 의식이 전부 끝났으니, 원하는 대로 대열에서 빠져나가도 무관했다.

돌아가는 길에 나는 나름 계획을 짜서 여기까지 오는 동안 함께 걷지 못한 거의 모든 성채 주인들과 한 번씩 어울렸다. 무심하게 전쟁 훈장을 흔들면서 별일 아니라는 듯이 내 신형 폭발 대포(사실 처음부터 없던 물건이다)에 대한 이야기를 흘리고, 서로를 적으로 마주하게 될 닥쳐오는 전쟁에 대한 이야기를 나누었다. 일부는 살점 조각과 그들의 '교체' 부품을 눈에 띌 정도로 부르르 떨었고, 다른 이들은 코웃음 치며 자기네가 개발 중인 신형 폭발 대포와 침공 및 성벽 격파 교리에 대해 말해주었다. 나는 우리 모두가 허풍을 떨고 있다고 확신했다. 그러나 그날에는 서로 위협을 교환하는 것도 나쁘지 않은 일 같았다. 나는 이번 눈물의 참회일이 전반적으로 상당히 성공적이었으며, 봄철의 전쟁 개시일로서도 실로 훌륭했다는 생각이 들었다.

성채 안의 기묘한 그림자

그날 성채에서는 평소처럼 부산스러운 하루가 펼쳐질 예정이었다. 적어도 스위치 조작판 앞에 앉아서 하루의 전반부 일정이 그래프 형태로 벽에 그려지는 동안에는, 나도 그렇게 생각했다. 나는 '특별한 걱정거리'를 잘라낼 몇 명의 '소년'을 하층 구역으로 보내놓은 상태였고, 나머지는 '교체'를 받을 예정이라 수술 일정을 잡아놓아야 했다. 살점을 썰어내고 신금속 합금으로 만든 '교체' 장기를 붙이는 수술이었다. 그리고 이미 '교체' 공정을 끝마치고 '특별한 걱정거리'를 잘라내고 충분한 시간이 지나 또렷하게 생각할 수 있게 된 이들은 모데란 중심부로 당장 출발할 수 있도록 짐을 꾸려야 했다.

혹시나 궁금할지 몰라 말해두는 거지만, 내가 성채를 '옛 시대'의 '머나먼 땅'에서 건너온 운 좋은 피난자들의 훈련 및 '교체'용

거점으로 사용하는 이유는 의무감이 아니라 순전히 그 일에 따르는 즐거움 때문이었다. 도덕의 손길에서 탈주해서 그들의 모든 살점과 피를 바쳐 쾌락과 자동기관의 영원함을 갈구하게 된 이들에 대해서는, 나는 즉시 프로그램을 실행시켰다. 나는 허튼소리 따위는 조금도 용납하지 않는 사람이므로, 형체를 유지하는 데 필요한 최소한의 살점 조각만 제외하고 전신이 신금속 합금으로 '교체'되리라는 사실도 즉시 통보했다. (내가 보기에 우리 모데란의 모든 행위와 인내의 원칙은 위대한 '교체' 프로그램에 집약되어 있는 듯하다. 나로서는 다른 방식은 떠올릴 수도 없다.) 양심의 경향성이 존재하거나, 옛 시대의 삶의 모래톱에 처박힌 검은 닻처럼 그들의 정신을 끌어당기는 도덕관념의 정신적 장애물을 가진 상태로 도착하는 이들의 경우에는, 그대로 특별한 걱정거리 및 구호 과정에 투입시켜서 명료하게 사고할 수 있도록 만들어준다. 다른 말로 하자면, 머나먼 땅에서 찾아온 살점 덩어리에 도덕이나 떠들어대는 게으름뱅이를 데려다가 늘씬하고 완전무결한 시민으로 바꾸어준다는 말이다. '당장 출발' 가방을 들고 모데란 중심부로 들어가 프로그램의 일원이 될 수 있도록.

오전이 반쯤 흘러갔을 때, 나는 긴장을 탁 풀고 느긋하게 계기판 앞에 앉아서, 여전히 벽 위에 펼쳐지는 오늘 하루의 일정을 바라보고 있었다. 신축성 좋은 신금속 폐로 공기를 조금 들이마신 다음, 완벽한 만족을 담아 잔숨을 뱉었다. 꿈틀거리는 게으름뱅이를 잡아다가 프로그램에 어울리는 늘씬하고 완전무결한 시민으로 바꾸는 일은 힘들지만 충분히 그만한 가치가 있었다. 모데란에 들어와서 정신에 엉겨 붙은 도덕의 손길과 모래톱에 견고히 박힌 양심의 닻에서 탈출할 수 있다니, 그 얼마나 쾌락으로 가득한 일인가. 그리고 이런 식으로 프로그램에 공헌할 수 있다니, 양심에서 해방되고 도덕을 말끔히 씻어내어 최선을 다해 성벽을 부수거나 이웃의 머리를 망치로 내리칠 수 있게 된 내 수하들을 쾌락의 땅 중심부로 보낼 수 있다니, 내 쪽에서도 쾌락이라는 부산물이 발생하지 않겠는가.

그러나 성채의 주인은 일만 하고 살 수는 없는 법이다. 천만에! 성채의 주인 또한 매일 쾌락을 누리지 못하면 양심을 절제하고 방어기제를 파괴하는 일에 도덕의 방해 없이 매진할 수 없는 법이다. 내 일과표를 구성하는 부채꼴 중에서 '느긋하고 특별한 쾌락 시간'에 불이 들어오자, 나는 즉시 선택 가능한 활동의 목록을 머릿속으로 가늠해보았다. 느긋한 시간의 유희로는 신금속 새끼 고양이와 금강석 이빨 새끼 호랑이를 다시 붙여보는 것도 나쁘지 않을 듯했다. 대개는 상당히 즐거운 싸움이 되니까! 아니면 새 이웃의 성벽을 한 조각 부순 다음, 그와 책상 위의 싸움에 돌입해서 내 성채의 모든 '제한적' 파괴 버튼을 하나씩 올리면서, 끔찍한 비명으로 대기를 가득 채우고 다리 달린 미사일들이 그의 해자를 향해 달려가도록 만들 수도 있었다. 얼마나 즐거울까! 아니면 침대 밑에서 '조각상 여인'을 끄집어낼 수도 있다. 금발에 푸른 눈을 가진 아름다운 조각상 여인을, 바로 내 침대 밑에서!!!

여러 쾌락 중에서 마지막이 최고의 선택이라는 결정에 도달하자, 내 살점 조각을 흐르는 묽은 녹색의 피가 진득해지며 노랫소리를 흘리기 시작했다. 내 새로운 신금속 애인인 푸른 눈에 금발의 아름다운 조각상 여인을, 그녀의 곡선과 경첩을 마음속에 그릴 때마다 항상 일어나는 일이었다. 그러나 바로 그 순간, 지금껏 오랫동안 성공적으로 파괴를 피하게 해준 본능적 조심성 때문에, 나는 화면 쪽으로 시선을 돌렸다. 일단 푸른 눈빛을 가진 아가씨와 함께하여 그녀의 생명 스위치를 켜고 나면, 아예 일상으로는 돌아올 수 없게 되기 때문이었다. 심지어 내 성채가 위험해지더라도, 일단 내 묽은 녹색의 피가 진득해지고 그녀가 나를 푸른 눈으로, 그 푸른 금속 눈으로! 바라보기 시작하면, 나는 멈출 수 없을 것이 분명했다.

하지만 빌어먹을, 아, 궁극의 거대한 파괴여, 쾌락을 말살하는 짜증 나는 공격이여! 즐거움에 돌입하기 전에 마지막으로 둘러본 관찰 화면에 접근하는 존재가 잡혔다. 머나먼 땅의 평원은 어딜 봐도 고요하고 안전했다. 하얀 마녀의 계곡은 아무런 움직임도 없이 고요히 잠들어 있었고, 철과 플라스틱으로 만들어진 건물들에서 끊임없이 하늘로 솟아오르는 거품의 행렬에도 변한 구석은 전혀 없었다. 그러나 어리석은 인간의 회랑에는! 그곳에 형체 하나가 피어올랐으니! 내가 아름다운 조각상 여인을 완전히 마음에서 밀어내고 엄격한 생존의 임무에 매진하는 동안에도, 그것은 계속 다가왔다. 나는 모든 무기의 스위치를 경계 준비 상태로 올리고, 병기 인간들에게 대기하라는 지시를 내렸다. 그리고 몸을 떨면서 서 있었다. 열한 개의 성벽에 둘러싸인 채로, 내 안의 작은 부분이 겁에 질려 죽음을 맞이했다. 나를 노리고 다가오는 존재를 볼 때마다 항상 그러듯이.

어렴풋한 형체였다. 화면 위에서 걸음을 옮기고 있었다. 화면 위에서 춤추고 있었다. 때로는 형체 자체를 유지하려고 안간힘을 쓰는 것처럼 보였다. 나는 다이얼을 돌려 초점을 조율했다. 형체를 명확하게 잡으려 애썼다. 입체적으로 모습을 판별하려 했다. 그는 춤추며, 사라지며, 다시 등장하며 다가왔다. 하얀 마녀의 계곡과 푸른 안개에 휩싸인 머나먼 평원 사이의 비좁은 회랑을 따라 계속 다가오고 있었다. 내 살점 조각에서는 식은땀이 비 오듯 쏟아졌다. 경보기는 켜졌다 꺼지기를 반복했고, 병기 인간들은 머뭇거리느라 온몸을 떨면서 서 있었고, 내 손이 닿는 모든 물건은 뎅그렁거리고 철컹거리며 울렸다. 상황을 깨달은 내 피는 끔찍할 정도로 묽어졌다. 무슨 대가를 치르더라도 자기 몸을 지키겠다는 지독한 열망에 사로잡힌 덕분에, 설령 푸른 눈의 아가씨가 어떻게든 자기 힘으로 침대에서 일어나 생명 스위치를 온전히 켜고 내게 키스했더라도, 내 몸은 오래된 무덤처럼 차갑게 굳어 있었으리라 확신할 수 있었다. 그러나 내 성채와 열한 겹의 성벽은 모두 건재했다. 드높고 강고하고 두터운 성벽은 밀려오는 위협 한복판에서 무쇠와 석축으로 지은 거대한 병기고처럼 버티고 서 있었다.

그의 모습이 완전히 사라졌다. 나는 주변을 훑어보았다. 조율 다이얼을 끝에서 끝까지 반복해 돌렸다. 최종 예비용 안테나를 풍선에 달아 하늘 높이 올려 보냈다. 모든 것을 시도했다. 그러나 그는 그곳에 없었다. 마침내 나는 알고 있는 모든 해결책을 실행에 옮겼다. 내 '소년'들이, 그중 일부가, 작은 '당장 출발'용 짐 꾸러미를 들고 밖에 나가 있었다. 모데란 중앙부의 자기네 자리를 찾아가는 중이었다. 나는 그 사실을 알고 있었다. 그러나 나는 결국 내가 아는 모든 해결책을 실행에 옮겼다. 그리고 내가 진정한 나 자신일 때는, 정상적이고 제대로 생각할 수 있을 때는, 위험을 예방하기 위해 이 정도의 행동은 충분히 할 수 있다. 설령 내 금발에 푸른 눈의 사랑스러운 조각상 아가씨가 저 밖에 서서, 내 폭발 대포 대표의 총구 앞에서 자신의 온갖 매력을 흩뿌리고 있더라도, 생명 스위치를 완전히 켜놓고 있더라도, 달라질 일은 없었다. 내게는 항상 생존이 우선이고 쾌락은 나중이니까.

나는 강철과 납으로 만든 두툼한 벽에 둘러싸인 작은 방으로 달려가서, 고무 완충재와 코르크와 벨벳을 덧댄 벽에 둘러싸인 채로, 커다란 주황색 스위치를 올렸다. 물론 그로써 모든 것이 끝장났다. 밖에 나가 있는 내 '소년'들, 새들, 풀과 나무, 쉴 곳 없는 플라스틱 평원을 헤매는 돌연변이들, 계절 통제국에서 휴전 동안의 황량한 풍경을 달래려고 활짝 피우는 금속 스프링에 달린 '들꽃'까지……. 반경 150킬로미터가 넘는 영역의 모든 것이 깔끔히 파괴되어 쓸려나갔다. 물론 성채와 하얀 마녀 계곡의 장벽 뒤에 있는 것들만 제외하고. 무기의 충격을 줄이려고 강철 손가락으로 귀를 막고 몸을 던졌던 코르크와 벨벳을 댄 소파에서 일어나서 일상 구역으로 나오면서, 나는 엄청난 희열에 사로잡혔다. 나는 항상 전체 포격 이후에는 마음이 들뜨곤 했다. 내게는 스스로의 보호를 위해 통제할 수 있는 강대한 힘을 풀어놓는다는 행위가, 모든 적수와 다른 남자들로부터 자신을 지키기 위한 행위가, 사나이의 궁극적이고 위대한 업적으로 보였기 때문이다. 사나이로서 다른 무엇을 바랄 수……?

바로 그 순간, 눈앞에 놈의 모습이 보였다! 내 꼬마 박살 미사일의 조종 장치 앞에 서서, 사정거리가 제한된 경량형 병기지만 거의 완벽한 파괴를 선사할 수 있는 바로 그 무기(근처의 가장 강한 이웃들을 상대할 때 사용하곤 했다)의 제어판을 굽어보며 서 있었다. 그러나 놈이 보는 것은 거기 달린 온갖 다이얼이 아니었다. 놈은…… 흠, 혹시 옛 시절에, 특별히 고약한 순간을 보낸 다음에 거울이 양쪽으로 줄지어 선 비좁은 통로를 지나가본 적이 있는가? 그런 경험이 있다면 짐작이 갈 것이다. 놈은 나를 보고 있었다! 묘하게 생긴 눈알을 굴리며, 평가하듯, 주시하듯, 마치 나를 비난하듯. 나는 그를 마주 바라보다가, 그의 얼굴을 정면에서 살펴보다가, 문득 한 가지를 깨달았다. 살점 조각이 죽어간다는 신호를 보낼 때와 마찬가지로, 그 무엇으로도 그를 해결할 수 없으리라는 사실이었다. 나는 '거대한 굉음'을, 버튼을 누르면 내 성채 전체를 끔찍한 소음으로 가득 채우는 무기를 떠올렸다.

나는 '달콤한 노래'를, 스위치를 올리면 천사의 달콤한 목소리를 붙든 것처럼 들리는 소리가 흘러나오는 병기를 떠올렸다. 나는 '최후의 단어'를 떠올렸다. 성채에서 가장 내밀한 방의 천장과 바닥과 벽에 숨겨진 구멍에다 비밀의 단어를 말하면, 멀리 산속 마지막 희망의 보루에 있는 폭파 상자에 신호가 갈 것이고, 내 성채는 날아가버릴 것이다!!! 그러나 나는 이 모든 선택을 기각했다.

"들리나!?"

그는 아무 말도 하지 않았다. 여전히 나를 바라보며, 주시하며, 더 가까이 다가올 뿐이었다.

"거기 일렁이는 작은 형체 말이다." 나는 새된 소리를 내질렀다. 문득 지금 상황을 깨달았기 때문에. "너는 인간의 어리석음의 회랑을 벗어났다!"

그가 슬쩍 웃었다는 느낌이 들었다. 아무 말도 하지 않았다는 것은 확신할 수 있었다. 그러나 그는 움직였다. 조금씩 가까워져서, 마침내 나를 만질 수 있을 정도로 다가왔다.

"어떻게 그 모든 포화를 뚫고 여기까지 온 거지? 벽마저 지나쳐서? 경비병과 온갖 방어 장치까지?" 이제 내 비명에는 죽기 직전의 공포만이 아니라 엄청난 호기심도 담겨 있었다. 문득 끓어오르듯 딸랑거리는 웃음소리가 들린 것 같았다. 아니면 내 몸의 금속이 공포를 이기지 못해 덜컹거리는 소리였을지도 모르지만. "넌 대체 누구냐?" 나는 울부짖었다.

그는 대답 대신 웃음을 흘리며 험악하고 단호한 눈으로 나를 주시했다. 그러자 내 온몸이 갑자기 살점 조각과 공명하듯 떨리기 시작했고, 나는 두뇌의 통제권을 잃은 채로 자리에 쓰러져 버렸다. 정신의 제어권을 조금이나마 되찾고 눈을 떠보니, 내 가슴을 타고 앉아서, 힘차게 피스톤 운동을 하는 내 심장의 움직임에 맞춰 오르내리고 있는 그의 모습이 보였다. 그리고 작은 신금속 딱정벌레처럼 찍찍대는 목소리 여럿이 처음에는 멀리서, 그리고 조금 더 가까워지며 말하는 것이 들렸다. "나는 네 양심이야. 네 양심이야. **네 양심이라고.** 날 두고 온 줄만 알았겠지. 인간의 어리석음의 회랑에, **모데란으로 가는 도중에 말이야.**" 그 목소리에 너무도 겁에 질린 나는 펄쩍 자리에서 일어났고, 흐릿한 형체는 한쪽 벽으로 날아갔다. 그는 반듯이 착지하더니 나를 정면으로 주시했다. 나를 향하는 눈길을 돌리지 않았다.

"잠깐 기다려." 나는 이렇게 말했다. 두뇌에 살점 조각이 붙은 부분과 접합 부위의 뿌리가 너무 욱신거려서, 그리 오래 버틸 수 없을 게 분명했기 때문이다. "거래를 하자. 네가 내 양심이라고 했지. 좋아. 모데란에 도착하고 이토록 오랜 시간이 지났는데 갑자기 나타났다니 절반도 믿을 수 없지만, 일단 좋아. 그리고 나는 마음에 들지 않는 건 뭐든 죽일 수 있어. **알고 있다고.** 나는 분명히⋯⋯." 그는 여전히 웃음을 머금고 서 있었다. "좋아." 나는 다급하게 말을 이었다. "그대로 얌전히 묶여서 침대 밑으로 들어가준다면 여기 머물게 해주지. 필요할 때만 너를 꺼내 쓰겠어. 조각상 아가씨한테 하는 것처럼. 그리고 네가 필요할 때는 영영 찾아오지 않을 거야." 나는 입속으로 중얼거렸다. "영영. 절대로."

나는 그가 동의했다고 생각했다. 쇠사슬과 굵직한 전선으로 뭔가를 묶었던 기억이 난다. 그런 다음에는 그대로 며칠 동안 쓰러져 있었던 듯하다. 그동안 성채는 자동으로 돌아갔다. 내가 잠들어 있을 땐…… 언제나 그렇듯이.

곱씹어보면, 실제로 뭔가 일어나기나 했던 건지도 거의 확신을 할 수가 없다.

가끔 그곳에 누군가 있어서 나를 지켜보고 평가하는 기분이 들기는 한다. 그러면 그 묘하고 터무니없는 감정이 찾아온다. 마치 이웃의 성벽을 박살 내는 일도, 신금속 새끼 고양이와 금강석 이빨 새끼 호랑이의 불편한 상황을 즐기는 일도, 전부 사실은 내가 원하던 것이 아니라는 느낌이 드는 것이다. 그리고 그를 침대 아래에 밀어 넣겠다는 합의를 이끌어낸 이후로, 나는 지금껏 푸른 눈의 아가씨를 홀로 내버려두었다. 그녀를 끔찍하게 갈망하면서도. 우리가 결혼하지 않았다는 사실에서는 벗어날 도리가 없었으니까.

그러던 어느 날, 눈을 감고 명쾌하게 생각을 정리하고 있자니, 나는 그 모든 것이 기묘한 꿈일 뿐이었다는 사실을 '깨닫게' 되었다. 그가 전력 포격에서 살아남아 내 모든 경비병과 방어 장치를 뚫고 들어왔을 리가 없었다. 모데란의 삶의 방식이 안전하고 올바르다는 사실을 다시금 깨닫고 안도하자, 피의 묽음이 사라지는 느낌과 함께 나는 다시 내 임무를 생각할 수 있게 되었다. 그리고 즐거움도! 나는 사랑하는 여인이 누워 있는 침대 아래로 달려가서 경첩을 움직여 무릎을 꿇었고, 살점 조각에서 흘러넘치는 열의가 신금속 부속까지도 함께 덜컹거리게 만들었다. 그러나 그녀를 내 쪽으로 끌어당겨서 거친 숨을 몰아쉬며 그녀의 생명 스위치를 찾아 정신없이 더듬거리고 있을 때, 어안이 벙벙해지는 깨달음이, 명백한 현실이 내 머리를 때렸다. 나의 조각상 여인이, 나의 금발 푸른 눈 아가씨가, 내 사랑하는 이가, 방법은 모르겠지만 스스로를 구속해놓았던 것이다. 쇠사슬과 굵직한 전선으로……. 그리고 나와 꼬마 박살 미사일 사이에 일렁이는 존재가 나타나더니, 웃으며 말하기 시작했다. 마치 신금속 딱정벌레처럼, 멀리서 들려오는 것처럼……. "나는 네 양심이야, 네 양심이라고……."

그래, '최후의 단어'를 쓸 때라고, 궁극의 대비 수단이자 최종 포격을 사용할 때라고 할 수도 있을 것이다. 다른 방법으로 처리할 수 없다면. 이 성채 내부에 기묘한 형체가 도사리고 있는 상황을 도저히 참고 넘길 수가 없다. 양심을 가지고 살게 되느니, 차라리 그 전에 비밀 단어를 읊조릴 것이다! 산속 마지막 희망의 보루에 있는 폭파 상자에 가동 신호를 보낼 것이다. 내 성채도, 나도, 그도, 모든 것을, 측량할 길 없는 하늘로 영원히 사라지도록 날려버릴 것이다. 내 성채와 내 쾌락과 함께 영원히 살기를 꿈꾸던 바로 이 내가 말이다.

일상으로의 귀환

　불명예라니! 불명예를 얻은 성채라니! 잿빛의 방어막이 하늘을 뒤덮은 아침, 나는 목구멍에서 풍겨오는 녹슨 황동의 뒷맛과 거칠게 뛰는 심장박동을 느끼며 딱딱한 침대 위에서 기억을 되짚었다. 한 가지 말해두자면, 나는 몸을 자동으로 일으켜주는 다양한 조종간이 달린 내 침대에 그대로 누워 있었다. 쉬고 있는 나는 신처럼 위엄 넘치는 모습은 아니다. 차라리 과거의 골동품 갑옷에, 거기다 두껍게 자른 베이컨을 붙이고 교량 틀에 묶어서 침대 위에 올린 쪽에 가까울 것이다. 그래, 모데란의 우리는 걸어다니는 강철 껍데기에 살점을 둘러 연결한 모습이다. 그리고 우리는 전쟁과 흠씬 때려주는 일만을 생각한다. 우리가 추구하는 두 가지 목표가 바로 그것이다. 영원히 살면서, 내면의 진정한 악덕을 체현하는 것이다.

그리고 이제부터 내가 해야 할 일은…… 지고의 법정을 마주하고 자신의 불명예스러운 처신에 대해, 내가 저지른 일탈에 관해 설명하는 것이었다. 아, 저들이 정면공격을 감행하며 공정하게 처신한다면 잠시 정도는, 아니 어쩌면 영원히 버틸 수 있을지도 모른다. 내 성채의 열한 겹 강철 성벽 뒤에 틀어박혀서 성채를 영구 포격 상태로 설정해놓는 것이다. 그러면 미사일이 발사되고, 보행 인형 폭탄이 걸어가고, '정직한 제이크' 로켓과 기묘한 비명을 울리는 고고도 박살 대포가 포격을 계속해서, 시간이 끝없이 흐르는 동안 법정 놈들과 온갖 다른 작자들이 다가오지 못하게 만들 수 있을 것이다. 그러나 나도 잘 알고 있듯이, 저들은 정정당당하게 공격해오지 않을 것이다. 사실 저들은 공격이라 부를 만한 공격은 아예 하지도 않을 것이다. 바로 그게 짜증이 솟구치는 점이었다. 내가 그 모든 살상 능력을 간직한 채로 틀어박혀, 내 전쟁 상황실에서 커다란 주황색 버튼을 누르려고 준비하고 있다고 해보자. 그러면 법정의 판관들은, 의회의 의원들은, 무슨 짓을 벌일까? 가볍게 암시만 줄 것이다. L타워의 대단하신 집무실마다 들어앉아, 책상 앞에 앉아서 가장 경관이 좋은 창문을 내다보고만 있을 것이다. 바늘탑에서, 너무 크고 높이 솟아서 지붕의 깃대가 증기 방어막을 꿰뚫을 지경인 그곳에서 말이다. 그들은 이야기를 교환하고, 큼지막한 연기 밧줄을 씹으며, 다이아몬드가 점점이 박힌 금제 타구에 침을 뱉고, 신합금 이빨을 드러내고 웃음 지으면서, 내 영지에서 나무가 솟아오르지 못하게 하는 정도의 조치만 취할 것이다. 아니면 나무들은 서 있게 해 주면서, 양철 새들이 내려와 앉아 노래 부르는 일을 허용하지 않을지도 모른다. 그리고 나무와 새에 손대지 않는다면, 꽃은 어떨까? 어쩌면 중앙 사람들에게 영향력을 행사해 내 꽃을 꺼버릴지도 모른다. 그럼 내가 어떤 몰골이 될까? 주변 수 킬로미터 안에서, 포탄이 날아다니고 쌓이는 와중에서도, 금속 스프링 줄기마다 공포를 누그러뜨릴 어여쁜 꽃이 피어나지 않는 성채는 오직 나밖에 없을 것이다. 내가 어떤 몰골이 될까? 어떤 기분이 들까? 어쩌면 특별한 암시를 담은 선전물 폭격기를 이쪽으로 파견할지도 모른다. 이를테면 이런 교묘한 내용을 담은 선전물을 뿌리는 것이다. **10번 성채는 이번 증기 방어막 기간에도 올바른 시민 판정을 받는 일에 실패했다. 10번 성채는 증기 방어막 5회분 동안 지체 상태였다. 10번 성채에 부디 일상으로 귀환할 것을 촉구한다.** 그저 이뿐인 것이다. 자, 나는 10번 성채가 누군지 안다. 10번 성채는 나다. 그리고 한때는 몰랐을지라도, 이제 나는 증기 방어막이 뭔지를 안다. 증기 방어막 하나의 기간은 1개월이다. 모데란에서 달은 저마다 다른 증기 방어막으로 표시되며, 나는 이를 의문 없이 받아들인다. 예를 들자면 5월은 녹색이고, 10월은 밝은 주황색이다. 지금 이곳을 뒤덮은 회색은 3월이다. 말해두겠는데, 매우 우울하고 위협의 가능성으로 가득한 달이다.

그래서 내가 선전물로 폭격을 당했다고 해보자. 그리고 저들은 일단 선전물을 떨어트리기 시작하면 한 가지 선전물로 끝내는 법이 없다. 뭐, 어차피 보통 열두 종류쯤은 되기도 한다. 그래서 어느 아침에 내 조종간 달린 침대에 누워서, 내 몸을 걸고 들어 올리는 온갖 장치들을 가지고 놀고 있는데, 내 양철 병사 열 명이 제각기 선전물을 하나씩 손에 들고 나를 둘러싸버린 것이다. 다들 침울한 척 행동하고 있었지만, 사실은 자기네 상관이 문제의 구렁텅이에 빠졌다는 사실이 정말로 행복하고 기쁜 모양이었다. 그래서 나는 그들이 건네준 암시가 적힌 종이쪽을 받아 들고 그대로 구겨서 열두 장의 구겨진 선전물 공을 만든 다음, 그 열두 장의 구겨진 암시용 선전물 공을 두 대의 꼬마 박살 미사일 조종기 쪽으로 던져버렸다. 내가 누굴 속였던가? 그럴 리가. 저 양철 병사들은 자기네 상관이 그릇된 행동을 저지르면 바로 알 수밖에 없다. 10번 성채가 일을 벌이기 시작하면 모를 리가 없다.

잿빛의 3월 아침에 조종간 달린 침대에 누워 과거를 반추하던 나는, 결국 일상으로 되돌아가는 것이야말로 나 자신과 부하들을 위한 의무라는 결론을 내렸다. 분명 중앙이나 바늘탑의 L타워에 틀어박힌 작자들에 대한 의무는 아니었다. 큼지막한 연기 밧줄을 씹고 다이아몬드가 점점이 박힌 타구에 가래나 뱉으며 경치를 감상하고 있는, 신의 일부인 척하는 사기꾼들에게는 그런 대접을 해줄 이유가 없으니까.

그래서 그 잿빛 3월의 아침, 그로부터 한참이 흐른 후에야 조종간 침대에서 일어난 나는 홀로 바늘탑으로 길을 떠났다. 아무도 대동하지 않은 이유를 미리 밝혀두자면, 외부 세계와 대치할 때는 오로지 나만이 10번 성채이기 때문이었다. 살점 조각과 제대로 된 두뇌를 가진 존재는 나 하나뿐이었다. 심지어 나의 금발 푸른 눈 아가씨, 내 진정으로 사랑스러운 여인, 내 온전한 애인, 나의 연인 인형조차도, 현재의 내 모든 딜레마와 미래의 내 모든 염려의 근원인 그녀조차도, 살점 조각은 가지고 있지 않았다. 그녀는 단순히 사랑스러운 강철 조각에 지나지 않았다. 심지어 그녀의 생명 스위치를 완전히 켜고 달콤한 사랑을 나눌 때조차도. 그러나 그녀가 한번은 내가 선을 넘도록 만들었다는 점은 인정해야겠다. 너무도 혼란에 빠져서 다른 온갖 권력을 거역하고, 내게 달린 저급한 살점 조각 하나를 그녀에게 선사한 다음 (맹세하건대 진짜로 실행에 옮길 생각이었다) 그녀의 생명 스위치를 켜짐으로 고정해서 내 성채의 영원한 여왕으로, 내 아내로 삼으려고 한 것이다! 그랬다가는 성채 주인들의 공동체에서 추방당했으리라는 점에는 의심의 여지가 없었다. 그리고 아마도 나와 권력자들 사이에 끔찍한 전쟁이 계속되었을 것이다. 뭐, 어쨌든 벌어지지 않은 일이다. 실행에 옮길 생각이기는 했으나 너무 오래 기다렸다. 그녀가 애원하는 동안에는 미적거렸다. 그녀가 애걸하는 동안에는 침묵을 지켰다. 그리고 이젠 너무 늦어버렸다. 그녀는 떠나버렸으니까. 어디로 갔는지는 나도 모르겠다. 증기 방어막이 갈색이던 어느 날, 나는 사랑을 나누고는 부주의하게 그녀의 생명 스위치를 켜놓은 채로 방치했고, 그녀는 떠나버렸다. 아무도 모를 방법으로 열한 겹의 성벽을 넘어버렸다. 아마도 그 양철 병사가 도움을 주었을 것이다. 아니, 논점을 벗어나지는 않겠다. 그녀는 떠나버렸다. 차라리 그편이 나았을지도 모르겠다. 그녀가 초래한 온갖 불길한 사건은 잿빛 녹색의 구름이 되어 여전히 내 머리 위를 뒤덮고 있다. 그리고 나는 상황을 바로잡아야 한다.

그래서 아까 말한 대로, 나는 홀로 바늘탑을 올랐다. 나는 선임 병기 인간이고 명목상 부사령관이며 내가 자리를 비우면 성채를 지휘하는 슬래그 모르그번에게 가서, 하루 낮밤을 꼬박 기다리고 그때까지 내가 돌아오지 않으면 맞이하러 나오라는 명령을 내렸다. 돌연변이로 들끓는 플라스틱 평원에서는 무슨 일이 벌어질지 모르기 때문이었다. 사실 최근에 전력 포격으로 초토화시켰으니 아무 일도 없을 가능성이 크긴 하지만. (설마 병기 인간에게 운을 건다는 말인가? 하고 묻고 싶을지도 모르겠다. 그러나 그대가 생각하는 바와는 조금 다르다. 그가 성채 주인의 공동체에서 인정받아 왕이 되려면 내 살점 조각이 필요하다. 내 살점 조각은 곧 그의 희망이다. 그렇다, 그는 내가 살았든 죽었든 구하러 오긴 할 것이다. 그 점만은 분명했다.)

열한 개의 성문이 열리고 나는 성채를 나섰다. 그리고 쉴 곳 없는 플라스틱 벌판 위를 뒤뚱거리며, 철컥 찰각 철그락 철컥거리며 걸어갔다. 자신의 성채를 나선 성채의 인간으로서, 열심히 움직여도 경첩을 놀리느라 느릴 수밖에 없는 걸음으로, 마치 먼 옛날에 알에서 갓 깨어 나온 새끼 새처럼 무력하고 무방비하게 움직였다. 혹시 당신은 내가 하늘을 뒤덮는 미사일의 원호 아래에서 움직이거나, 강철 호위병들을 거느리고 보행 폭발물을 좌우에 대동한 채로 사방을 위협하며 걸어갔어야 한다고 생각할지도 모른다. 그러나 그런 생각이야말로 그대가 오늘날의 가장 위대한 땅인 모데란에서 우리가 행동하는 방식을 완벽하게, 거의 가망이 없을 정도로 오해하고 있다는 방증일 뿐이다. 성채를 벗어난 나는 세력으로 간주되지 않는다. 이웃들은 나를 고려의 대상으로 여기지 않는다. 내가 성채를 떠날 때 지니고 가는 지위란 그저 초월적인 권력을, 이를테면 법정이나 의회 사람들을 상대할 때 필요한 것일 뿐이다. 다른 이들에게 10번 성채란 언제나 열한 겹의 강철 성벽 안에 도사리며 무시무시한 무기들을 지휘하는 사람을 일컫는 말이다.

내 부관인 수석 병기 인간에게는, 내가 주인 없는 플라스틱 구역을 걸어가는 동안에 무분별한 판단이나 흥분 때문에 전쟁을 벌이지 말라고 일러두었다. 그리고 그가 의도적으로 전쟁 계획을 꾸밀 리가 없다는 사실은 확신하고 있었다. 미사일 하나만 떨어져도 나는 깨끗이 분해되어 살점 조각 하나 남기지 못하고 사라질 것이며, 내 살점 조각이야말로 그가 병기 인간을 초월한 존재가 될 수 있는 유일한 희망이었기 때문이다. 물론 그 희망이란 헛되고, 무모하고, 공허한 것이기는 했다. 그러나 세상의 온갖 힘은 묘한 식으로 균형을 이루기 때문에, 때론 야심이 배신을 방지하기도 하는 법이다. 그리고 모데란에서도 일부 법칙은 음울할 정도로 보편적으로 작용한다.

그래서 나는 덮개에 도착했다. 그리고 내가 진정으로 두려워하던 사건, 이를테면 인접한 두 개 성채가 감정이나 계획에 따라 전쟁을 벌이는 바람에 무고한 희생자로서 십자포화에 휘말려버리는 따위의 일은 벌어지지 않았다. 제국 전역을 뒤덮는 덮개에 도착하면, 거기서부터는 소형 터널 자동차를 타고 수도로 가야 한다. 스위치를 걷어차자 덮개가 천천히 열렸고, 나는 계단을 내려가 압출 튜브 안에 서 있는 작은 검은색 차량에 들어갔다. 기본 방향을 수도로, 정확한 목표 지점을 NB125로 맞추자, 나는 엄청난 속도로 수천 킬로미터의 검은 터널 속으로 빨려들어갔다. 그리고 하늘을 찌를 듯 솟은 바늘탑의 NB-125번 방의 바로 앞에 있는 착지대 위로 부드럽게 굴러떨어졌다.

문이 소리 없이 열리고 작은 검열 인간이 나를 바라보았다. 내가 의회 사람들을 만나기 전에 신변을 검사한다는, 사소하고 거의 쓸모없는 임무를 수행하는 기계였다. 연기 밧줄이나 씹고, 다이아몬드를 박은 순금 타구에 무심하게 가래침을 겨냥하며, 늘어져서 신이 된 척이나 하는 작자들을 보호하려고 말이다. 내가 그의 검사 작업을 거의 쓸모없다고 말하는 이유는, 우리는 그런 식으로 게임을 치르는 일이 없기 때문이었다. 이를테면 바늘탑의 고관들을 보러 갈 때 폭발 대포를 가져가는 사람은 아무도 없다. 우리는 얼굴을 찌푸리고 두려움에 몸을 떨면서 저들을 방문한다. 저들이 우리가 훌륭한 시민이 아니었으며 증기 보호막이 일정 횟수 바뀔 동안 일상 상태로 돌아오지 못했다고 선언하면, 그걸로 모든 것이 끝나버리니까. 그렇게 되면 조건이 내걸리기를 희망하는 것 외에는 할 수 있는 일이 없다. 그들을 바늘탑이라는 집합적 명칭으로 부르게 된 이유는, 나 자신과도 연관된 문제니 직접 설명하기는 적절치 않을 듯하다.

내가 저지른 임무 방기에 배정된 바늘탑은 큰 키에 슬픈 눈을 가진 FIP Z-U라는 이름의 신의 조각이었다. 그의 신금속 합금 '교체' 얼굴에 뚫린 무수한 구멍에서, 뻣뻣하고 슬픈 느낌의 진짜 갈색 콧수염이 자라나 있었다. 나를 슬쩍 기웃거리는 신금속 눈알은 뿌연 푸른색이었다. 여기서 말해두겠는데, 바늘탑 FIP Z-U가 나를 바라보는 느낌은 마치 옛 시대의 때밀이 솔 위에 얹힌 목욕물의 거품 두 개가 나를 바라보는 것과 비슷했다. 그 우울하고 냉정한 눈 속에 떠다니는 들쭉날쭉한 금속 가루의 입자들은, 마치 그 안에 품은 위협과 진정한 위험을 강조하는 것처럼 보였다. "10번 성채여!" 그는 신과 파멸, 양쪽이 함께 깃든 것처럼 들리는 목소리로 말했다.

"네, **각하**." 나는 이렇게 말하면서도 끔찍하게 쿵쿵 피스톤을 울려대는 심장을 혐오했다. 차갑고 시큼한 땀을 흘려대는 내 살점 조각들을 혐오했다.

"10번 성채여, 그대의 전쟁 기록은 참으로 슬프고 비참하게 방치된 모습이지 않소. 보자, 이웃과 한 번도 전쟁을 벌이지 않고 일주일을 보낸 것이 대체 몇 번이오? 게다가 이쪽에서는 성채 내부의 정보도 신형 첩보 광선을 이용해서 매일 수집하는데, 나는 해당 기법의 정확도를 불신할 이유가 전혀 없다고 확신하고 있소. 이 정보에 따르면 내부에서도 용인되는 기준에 전혀 미치지 못한 모양인데." 그는 차갑고 흐릿한 한 쌍의 푸른 점으로 흔들림 없이 나를 바라보았다. 그리고 옛 시대의 이사회 회장이 누렸을 영예의 열 배는 될 법한 장중한 위엄을 담아 금속을 입힌 목청을 울린 다음, 거친 목소리로 말을 이었다. "진실의 시대를 살아가는 교양인으로서, 전쟁이 가늠자이며 파괴가 업적이고 그에 따라 포상이 내려지는 시대의 인간으로서, 자신의 임무에 소홀한 이유를 해명할 생각이 있소? 아니면…… 참회라든가?"

나는 마른침을 삼켰다. 그리고 심장을 차분하게 조율하려 애썼다. 나는 내 기록을 깨끗이 만들고 정상 상태로 복귀할 계획을 열심히 설명하기 시작했다. 청사진 단계의 전쟁 방침을 설명하면서, 일부는 준비가 끝나서 필요하다면 내일이라도 실행할 수 있다고 덧붙였다. 그리고 주변의 열 개 성채를 끌어들여 나를 대적하는 하나의 거대한 갈등 구도를 만드는 교묘한 계획도 장황하게 늘어놓으며, 내가 그 가운데에 자리 잡고 있으니 충분히 가능할 것이라고 설명했다. 이들은 나를 향해 포격하면서도 서로 싸우면서 전쟁 점수를 벌어들일 것이고, 결과적으로 우리 구역의 전투 영광의 총합은 증가할 게 분명하다는 것이었다. 게다가 나는 지난 여섯 달 동안의 변칙적인 상황을 벌충하는 정도로 만족하지 않고 더 큰 일을 벌일 생각이었다. 나는 흐릿하게 죽어 있던 그의 슬픈 눈이 살짝 반짝이는 것을 눈치챘다. 그리고 문득, 그의 심장이 열정적인 증오와 파괴의 가능성을 잠재한 사나이를 볼 때만 즐거움을 느낀다는 사실을 깨달았다.

"그렇다면 외치 쪽으로는 정비할 시간을 더 주도록 하겠소." 그는 깔끔하고 군더더기 없이, 마치 상대방의 방어를 어디로든 뚫고 들어갈 수 있는 전사처럼 말했다. "그럼 내정은 어떻소?"

나는 그가 머지않아 이 질문을 던지리라 짐작하고 있었다. 보통 내가 능력을 발휘하는 분야는 내정 쪽이었기 때문이다. 사실 내 업적이 퇴보하기 전까지만 해도, 나는 내정 분야의 고약함 기록에서 우리 구역의 최고 점수에 접근하는 중이었다. 나는 창의적인 사람이라서 항상 새로운 방법을 떠올릴 수 있었으니까. 그런 와중에 그 끔찍한 퇴보가 찾아왔다.

이제 내 마음은 평정을 찾았다. 나는 신금속 허파를 수축하며 차분히 숨 쉬고 있었다. 그가 듣고 싶은 말은 잘 알고 있었고, 이제 그 말을 입 밖에 낼 준비도 마쳤다. 나는 입을 열었다. "**각하,** 내정 면에서는 10번 성채형 후방 지원을 거의 즉시 재개할 생각입니다. 상당한 성과를 보인다는 점이 과거에 증명된 방법 말입니다." 그는 고개를 끄덕였고, 나는 말을 이었다. "혹시 각하께서 기억하실지는 모르겠지만, 이 계획에서는 매일이 경쟁으로 구성됩니다. 제 '백성'들은 아침부터 저녁까지, 그리고 한밤중에 이르기까지 서로에게 고약하게 굴게 됩니다. 제가 고안한 거의 완전무결한 채점 체계에 따라서, 고약함 점수가 가장 높은 사람은 성채에서 밤을 새면서 온갖 고약한 짓을 마음대로 벌일 수 있을 뿐 아니라, 점수가 더 높은 자가 나타날 때까지 일과 시간의 고약함 담당자로 임명됩니다. **각하**, 제가 확인했듯이, 이 방식은 서로에게 고약하게 굴도록 만드는 데 놀라울 정도로 효과적입니다. 단순히 자연적인 성정에 의해 유도되는 것뿐이 아니라, 추가로 포상을 받을 수 있다는 동기를 제공해주니까요. 물론 훈장을 뿌릴 겁니다. 그리고 저 자신에게도 고약하게 굴 생각입니다. 내적으로요."

그의 눈에는 명확한 행복과 기쁨이 떠올라 있었다. 물이 들어찬 공허처럼 보이는 구체 속에서, 깔쭉깔쭉한 금속 밥이 정신없이 휘돌았다. "10번 성채여." 그가 말했다. "우리는 한때 그대에게 상당한 기대를 품었소. 그리고 이제는 온갖 끔찍하고 훌륭한 계획으로 그 기대의 불씨를 거의 되살려놓았지. 그러나 결정을 내리기 전에, 그대의 훌륭한 기록이 무슨 일로 그토록 엉망이 되었는지를 알려줄 수 있겠소? 아무래도 알 것도 같지만, 그대도 알고 있는지를 확인해야 할 것 같아서 말이오."

"**각하**, 그녀는 이미 떠났고 그녀의 어리석고 슬픈 사랑의 속삭임도……." 그러자 그는 고개를 끄덕였다. 아주 살짝 끄덕였을 뿐이지만, 가장 중요한 목의 살점 조각이 단호하고 빠르고 힘 있게 움직이는 모습이 내 눈에 들어왔다. 신의 조각인 FIP Z-U는 진실로 이해하고 다시 내게 기대를 품게 된 것이었다.

"그럼 물러가도 좋소. 행운을 빌지. 나는 진실로 그대의 성채를 빼앗고 그대의 살점 조각을 다른 이에게 하사하고 싶지 않았소.

한때 그렇게 위대한 기록을 세웠고, 이제는 진정으로 대단한 가학성을 품고 있는 것이 분명하니 말이오. 내 눈에는 똑똑히 보이는군." 그는 다시 고개를 끄덕이며, 슬쩍 목을 움직이는 그 묵례를 해 보였다. 나는 그것이 승인을 의미한다는 사실을 잘 알고 있었다.

그래서 나는 신의 일부를 떠나 터널 자동차를 불렀다. 그리고 순식간에 강철이 깔린 터널을 타고 동쪽으로 천 킬로미터 이상을 이동해서 덮개로 돌아왔다. 그리고 도중에 작은 역의 편안한 대기실에서 잠시 휴식을 취했다. 지난 여러 증기 방어막이 지나가던 동안보다 훨씬 여유롭고 편안한 휴식이었다. 잠시 시간이 흐른 후 나는 휴대용 살점 조각 급식기를 꺼내 정맥주사로 양분을 공급했다. 덮개에서 나섰을 때는 이미 한밤중이 되어 증기 방어막이 물러나서 달 없는 먹먹한 하늘이 드러났고, 차갑게 빛나는 별들은 잔인하고 진정으로 위대한 모데란의 성채 주인이 되는 방법을 내게 끝없이 일러주는 것만 같았다. 온 정신과 두뇌를 쏟아 집중할 수 있다면, 나는 분명 해낼 수 있을 것이다. 나는 FIPZ-U의 기대에 부응하겠다고 맹세했다. 두 번 다시 수도에 사는 신의 조각들이 내게 실망해서 살점 조각을 다른 이들에게 부여하겠다고 마음먹을 일은 벌이지 않을 것이다. 천 명의 요부들이 천 가지 신금속 애인의 형상으로 다가오더라도—심지어 그녀가 돌아와서 사랑을 속삭이더라도—나는 길을 벗어나지 않을 것이다. 이제 나는 고약함과 잔혹함의 길에만 매진할 터이니.

걷고 말하며 신경 안 쓰는 남자

의회의 사람들과, 특히 FIP Z-U와 약속한 후로, 세월은 내 앞에서 춤추듯, 음악을 연주하듯, 마치 고약한 꿈처럼 흘러갔다.

특별히 기분이 좋았던 어느 날이 떠오른다. 커다란 근심거리들은 사라지고 허공에는 광택이 일렁이던 날이었다. 8월의 파리한 백색 증기 방어막을 뚫고 들어온 햇살이 우리 플라스틱 정원 바닥에 그대로 부딪쳤다. 나는 잠시 즐길 여흥을, 쾌락을, 여름 스포츠를 고르려 애쓰고 있었다. 항상 나를 보좌하며 찍찍거리고 반짝이고 깜빡이는 똑똑한 내 일정 기계에 입력해야 했기 때문이다.

그러나 누가 알았겠는가? 청명한 새벽이 밝아오고, 모든 근심이 졸아들어 잠들어버리고, 부드러운 햇살과 양철 새들이 은빛 나무 위에서 노니는 동안에도…… 누가 알았겠는가? 세상을 떠도는 구름이, 대지를 걸어 다니는 폭풍이 존재한다는 것을. 앞길을 가로막는 자가 등장하면 설사 그게 전능한 신일지라도 그 면전에 망치를 휘두를 수 있는, 불만으로 가득한 자들이 존재한다는 것을.

그는 그런 사람이었다.

대량의 신금속이 이쪽으로 다가온다는 사실은 이미 알고 있었다. 내 경보기가 거의 끊임없이 불평을 흘려대고 있었으니까. 위험한 금속 덩어리보다 조금 더 부드러운 삑삑거리는 경보음, 즉 살점 조각 감지음은 거의 울리지 않았다. 어쩌면 나보다 금속 함량이 높다는 뜻일지도 모르므로, 나는 그를 질투하기 시작했다. 두렵게 여기지는 않았다고 생각한다. 성채의 온갖 대포와 기타 뛰어난 살상 능력을 갖춘 병기들이 내 명령만 기다리는 상황이었으니까. 그러나 나는 일반적으로 공포에서 우러나오는 영예로운 방식으로 그를 맞이했다. 평소에는 군대나, 나를 무찌르기 위해 적들이 파견하는 새로운 침공 병기나, 정상이 아니라고 확신하는 자들에게만 사용하는 방식이었다. 나는 그를 주시 대상으로 지정하고 시야를 확대하라는 신호를 보냈다. 그리고 어떻게 보면, 그런 행동으로서, 나는 아직 한참 멀리 있을 때부터 그를 외경과 전율의 존재로 간주한 셈이었다.

그러나 딱히 해될 것은 없었다. 아직 한참 멀리 있을 때부터, 그는 **분명히** 외경과 전율을 불러오는 존재였기 때문이다. 그래! 진짜로. 그의 머리는 인간의 머리보다는 망치 대가리에 가까운 모양새였고, 꾸준히 이쪽으로 다가오면서 때때로 고개를 숙이고 바닥을 때리는 것처럼 보였다. 햇빛에 반짝이는 거대한 형체가, 서두르지도 않고, 머뭇거리지도 않으며, 그저 끈질기게 바닥을 때리고, 때리고, 때리는 행동을 반복하면서 다가오는 것이었다. 그러나 어차피 머지않아 알게 될 일이었다. 머지않아 그의 발길을 붙들고 성문을 열지 닫아걸지를 정할 때가 찾아올 것이기 때문이었다. 신의 선택을 받은 자일지 사탄의 오른팔일지는 아직알 도리가 없었지만, 어차피 나와 내 요새에 이토록 가까이 왔는데 판단을 내리지 않고 보낼 수는 없는 일이었다. 주황색 신호탄을 쏘아 올리고 경고 전단지를 열심히 살포했으니, 이미 돌아설기회는 한참 전에 흘려버린 것이나 다름없었다. 이곳 성채들이우뚝 솟은 지방에서는 보통 접근 경고로 간주되는 행동들이었으니까. 어쨌든 이런 경고를 완벽히 무시하는 작자는 눈앞의 망치머리 인간이 처음이었다. 인간? 글쎄……? 누가 알 수 있겠는가?

모든 표준적인 경고 행위는 존재하지도 않는 것처럼 가뿐히무시되었다. 인사말이 그에게 들렸는지는 알 도리가 없었지만, 어쨌든 그쪽에서는 노골적으로 외면해버렸다. 그는 계속 걸음을옮겨 성문에 바짝 다가왔다. 내가 그런 행동을 용인한 이유는 근접 거리에서 자세히 살펴보고 싶었기 때문이고, 병기와 검역 보고를 살펴보니 완전히 깨끗한 것이 분명했다. 그러나 그는 닫힌성문 앞에 도달해서도 걸음을 멈추지 않았다. 꾸준히 발을 놀리고 머리로 쿵, 쿵, 쿵 두드리는 행동을 반복했다. **미쳤군**! 글쎄,

나는 그렇게 생각했다.

　나는 **느리게**에 불이 들어온 채로 **개문** 버튼을 눌러 천천히 성
문을 열었고, 그는 텅 빈 광장으로 걸어 들어왔다. 그는 강철제
은신 관찰석 안에 쭈그리고 서 있는, 그러나 만약을 대비해 한쪽
발은 문밖으로 빼놓고 있는 내 쪽으로 다가오더니, 내 존재를 감
지했는지 그가 선택한 방향에서 몇 도 정도 슬쩍 고개를 틀었다.

　"주인인가?" 거칠고 낮은 목소리였다. 그리고 여전히 움직이고
있었다.

　"그렇다. 그리고 당장 멈추도록!"

　놀랍게도 그는 걸음을 멈추었다. 머리로 바닥을 두드리는 동
작 가운데서 꼿꼿이 멈추어 서더니, 내 쪽을 향할 때까지 몸을 돌
렸다. "지나갈 뿐이오. 내가 걷는 땅에 피해를 입힐 생각은 없소.
나는 타인의 생명권을 존중하니까. 그러나 기본적으로는 경로를
벗어나지는 않을 예정이오. 내 임무? 그런 것이 있다면 말이지
만…… 글쎄, 아마도 매우 파악하기 힘들 거요."

　나는 대꾸했다. "나는 10번 성채의 주인이다. 이 드넓은 땅에서
가장 뛰어난 전투 실적을 올린 요새다. 그대가 신호탄과 전단지
살포를 깡그리 무시하고 전진할 수 있었던 것은 내가 그리 선택
했기 때문이었다. 그대가 땅을 두드리며 성문을 통과한 것도 내
선택 덕분이었다. 그대가 포격에 노출되지 않고 접근 경고선을
지나온 것 자체가 어떻게 보면 내 선택 때문이었다. 그대가 오해
하지 않았으면 좋겠으나……."

"내가 신을 발견한 것이라면, 여기가 내 여정의 종착점이 되리니!" 그는 단단한 허리에 느슨하게 달려 있는 양철 허리띠로 손을 뻗더니, 나로서는 따라할 수조차 없는 빠른 동작으로 거대한 검은색 망치를 양손에 빼 들었다. 그 망치가 내 금속과 살점 조각과 뼈를 부수며 파고드는 느낌이 얼굴에 생생하게 느껴질 정도였다. 다음 순간, 묘하게도 그는 웃기 시작했다. 유쾌함이라고는 조금도 느껴지지 않는, 귀를 의심하게 만드는 갈라진 소리가 울렸다. 그는 양철 허리띠에 다시 두 개의 망치를 꽂았고, 나는 그 모습이 마치 두 개의 검은색 물음표처럼 보인다는 생각을 지울 수 없었다. "신을 찾는 일은 거의 포기했소." 그리고 그는 다시 웃음을 터뜨렸다. "하지만 장난이나 익살은 이제 됐으니, 신에 대해서는 언급을 삼가길 바라오. 내가 기나긴 여정을 마저 수행할 수 있도록 금속으로 넘어온 것은 오로지 그 때문이니까."

"당신은 혹시 무쇠 목사인가?" 내가 물었다. "가끔 가다 고대의 신앙을 소리 높여 외치는 자인가? 세상에 구원이 찾아오리라 울부짖는?" 장대한 여정을 계속하는 그런 자들이 내 성채를 지나쳐 갈 때면 나는 그들이 머물 공간을 제공해주며, 그들의 필요를 만족시킬 준비도 해놓고 있었다. 그러나 그의 강철 손이 고개를 숙인 맹금류로 변했다가 뱀의 머리로 변하는 모습을 보면서, 나는 너무 지나치게 받아들인 것이 아닌가 하는 생각을 떨칠 수 없었다. 그는 허리춤에 달린 망치 위에 손을 가볍게 올려놓았다.

"선생." 그가 입을 열었다. "내가 당신의 성채에 도달한 것은 선택했기 때문이 아니오. 손님으로서 초대받은 것은 더더욱 아니지. 하지만 그렇다고 해서 조롱의 대상이 될 생각은 없소. 문을 연 것은 그대요. 내가 청한 것이 아니오. 그대가 성문을 닫아놓았다면, 나는 여전히 발길 가는 대로 머리로 성문을 두드리고 있었을 거요. 잠시 후에는 망치를 사용했을 테고. 언젠가 저 아래 지역에서 절벽에 발이 붙들려 꼬박 1년을 두드려댔던 때가 있었소. 1년이 지나니 절벽이 무너지기 시작했고, 나는 계속 걸음을 옮겼지. 내게는 조금도 상관없는 일이오. 여기서 성채를 두드리든, 저지대 지역의 산등성이 절벽을 두드리든, 아니면 휑히 뚫린 증기 방어막 아래에서 자유롭게 걸음을 옮기든. 그저 시간에 지칠 때까지 시간을 견뎌낸 다음, 내게 동력을 제공하는 손잡이를 돌려 끌 생각이오. 내게는 신앙 따위는 조금도 없고, 존재 이유 따위도 전혀 아는 바 없소. 그저 혹시라도 신의 얼굴을, 또는 그 얼굴의 일부분이라도 발견하게 된다면, 양쪽 망치를 최대한 빠르고 강하게 휘둘러 그 얼굴을 두드리도록 프로그램되어 있을 뿐이오. 이 모든 일에는 이유가 있으며, 그 이유는 25년에 한 번씩 온전히 설명하도록 되어 있소." 그는 신금속 목에 걸려 흔들리는 화려한 시간 측정기를 살펴보았고, 나는 그 장치에 해와 달과 날짜와 시각이 그려져 있는 모습을 알아봤다. 그 모든 시간이 마지막 1초까지 서로 뒤얽힌 채로, 복잡한 달력과 돌아가는 붉은색 시곗바늘로 표시되어 있었다. 금속이 웃음을 지을 수 있다면……. 그래, 그는 마치 대놓고 히죽거리듯 웃음을 지었다. "그 위대한 공연을

1년 6주 5일하고 째깍거리며 돌아가는 몇 초, 느릿하게 돌아가는 몇 분, 힘겹게 움직이는 몇 시간의 조합만큼의 차이로 놓친 모양이구려." 그는 말했다.

"여기서 노숙하면서 입을 열 때가 오기를 기다리는 것은 어떠한가. 그러면 나도 그대의 이야기를 들을 수 있을 터이니." 내가 이렇게 말한 것은 유머감각이 아직 남아 있으며, 한쪽 발을 안전하게 강철 관찰석의 문밖으로 빼놓고 있었기 때문이었다.

"누군가 물어본다면, 그저 해답을 찾은 이를 보았다고만 말하시오." 그가 말했다. "걷고 말하고 신경 안 쓰는 남자를, 손길을 벗어난 자를 본 적이 있다고만 말하시오. 쉽지 않은 일이었소. 오랜 시간과 계획이 필요했소. 그러나 나는 마침내 그곳에 도달했으니, 우리 안에 내재된 고통, 삶과 죽음이라는 인간의 곤경에 대한 해법을 찾아낸 것이오."

마침내 그는 이렇게 실로 엄청난 선언을 부려놓았다.

"그렇소! 나 걷고 말하고 신경 안 쓰는 인간은 밤마다 온전한 휴식을 취하오. 그저 기둥이든, 강둑이든, 나무든, 낡은 미사일 발사대 건물이든, 어디에든 기대어 스위치를 끄면서 적절한 아침 시간에 다시 깨어나도록 프로그램만 해놓는 것이오. 그리고 내게는 언제나 최고의 선택을 내릴 수 있다는 확신이 있소. 나 걷고 말하고 신경 안 쓰는 인간은, 언제든 결정만 내리면, 밤에 스위치를 끄면서 아침에 깨어날 시간을 프로그램하지 않을 수 있는 거요. 그러면 모든 것이 끝나리니……. **온전히 끝나리니!**"

"잠깐 기다려라!" 나는 말을 끊을 수밖에 없었다. "하지만 인류의 역사에서 실제로 그 선택을, 아침이 되어 깨어나지 않겠다는 선택을 누릴 수 없었던 인간이 존재하기는 하는가? 스스로 맞이하는 죽음이란 생명보다 아주 조금 젊은 개념일 뿐이지 않은가. 아니면 내가 어딘가 잘못 생각한 것인가?"

"그렇소!" 그는 조롱하듯 울부짖었다. "그대는 거의 전부 잘못 생각했소. 나 걸고 말하고 신경 안 쓰는 인간은 완전히 무심하다는 점에서 다른 것이오. 나는 길고 느린 과정을 거치며 신을 앞질렀소. 나는 수천 개의 수술대에 누워서, 수많은 날을 보내고 수많은 기다림을 겪었소. 한때 나였던 살점과 한때 나였던 영혼은 이제 수천 개의 폐기물 양동이에 담긴 채 실려 갔고, 이제 수많은 강물과 수많은 소각장 불길 속에 흩어져버렸소. 이제 나는 전신이 '교체'되었소. 심장도, 두뇌도, 혈액도, 신경도, 모든 것이…… 전부 금속이고, 자동으로 움직이고, 프로그램되어 있는 거요. 대단하지 않소! 그리고 한 가지 알려주겠소. 이제 나는 밤에도 절대 꿈을 꾸지 않는다오. 내가 어떻게 꿈을 꿀 수 있겠소? 온전히 작동을 정지해버리는데. 하!"

말이 되는 소리였다. 나는 그의 계획을 이해하기 시작했다. 우리 나머지 신금속 인간들은, 얼마 남지 않은 살점 조각을 늘어트리고 살아가는 자들은, 단순히 영원히 사는 것만으로 인간의 곤경에서, 덧없는 생명의 고뇌와 끝나지 않는 죽음에 대한 공포에서 벗어나려 계획을 꾸민 것이다. 우리는 마주하는 것을 피하는 식으로 이 힘겨운 문제를 해결했다. **그랬다!** 하지만 나는 영원한 삶이 얼마나 지루할 수 있는지를 진심으로 깨달아가는 참이었다. 그런데 이자는, 스스로 걷고 말하고 신경 안 쓰는 인간이라 칭하는 자는, 우리의 방법론을 완벽히 앞지르는 새롭고 반짝이는 계획을 제시한 것이다! 인간의 모든 생각과 행동과 욕구를 프로그램해서 천천히 금속으로 변하는 것이다! 그래, 그의 계획이라면 분명 위대한 수수께끼와 위대한 공포를 논리적이고 과학적인 방식으로 풀었다 할 수 있을 것이다. 살점 육신과 영혼을 조금씩 제거해서 이제 완전히 사라지게 만들었으니, 그에 의존할 필요도 구원을 줄 필요도 없을 것이다. 그리고 그가 죄를 저질렀다 할 수 있는 자가 있겠는가? 그가 자살을 한 셈인가? 천만에! 그는 단순히 자신을 변화시켰을 뿐이다. 그리고 모든 것에 질려서 마지막으로 스위치를 내릴 때가 찾아오면, 다음 날을 프로그램하지 않을 때가 오면, 그때는 그가 자살을 저질렀다고 말할 수 있을까? 금속에 자살을 저질렀다는 혐의를 씌울 수는 없으리라 생각한다. 적어도 논리적으로는.

너무도 온화하고 자신감 넘치는 모습으로 서 있는, 망치 손잡이에 뱀 머리 모양의 손을 올리고 있는 그의 모습을 보고 있자니, 문득 한 가지 의문이 떠올랐다. "그렇다면, 그대가 '절대적 문제'를 해결하도록 용인한 것이 바로 신일진대, 그대는 어찌하여 그 한 쌍의 망치로 신의 얼굴을 후려치려는 것이오? 그 얼굴을 전체든 일부든 대면하게 된다면 말이오."

그는 한동안 그저 나를 바라보기만 했다. 그리고 금속이 증오할 수 있다면, 나는 그가 증오하고 있었다고 생각한다. 그는 한 쌍의 검은색 망치를 빼 들고, 제각기 단단히 주변을 위협하는 모습으로 버티고 섰다. 그 모든 금속성 허세와 완벽하게 단호한 눈빛에도 불구하고, 입을 열자 흘러나오는 목소리는 흡사 노인처럼 들렸다. "저들이 내 머리를 새로 만들었다 해도 지성은 사라지지 않았소. 내 생각 또한 금속이지만 제대로 작동한다오. 처음 우리에게 곤경을 선사한 자가 누구인지를 내가 모를 것 같소? 모를 리가 있겠소!? 그리고 신이 나를 변화하도록 허용했다면, 그 사실이 곧 나를 되돌려놓을 수도 있다는 경고가 되지 않겠소. 신께 맹세코, 나는 죽는 순간까지 싸울 거요. 이 망치가 전부 닳아 없어지고 이 팔이 전부 금속 조각이 되더라도, 그가 나를 인간으로 되돌려놓기 전에 싸우다 죽을 거란 말이오!"

그리고 그는 나를 떠났다. 성채 광장의 도보 출구로 향하는 길을 두드리면서 걸음을 옮겼다. 그가 맞은편에 도착하자, 나는 그가 떠날 수 있도록 성문을 열었다. 그는 여전히 바닥을 두드리면서, 계속 걸음을 옮겼다. 자신의 종말을 향해서. 그가 종말을 맞이할 장소를 아는 이가…… 대체 또 누가 있겠는가?

제2부　모데란의 일상생활

영원을 마주하며

자기 나름대로 영원을 마주하는 이들에게 다양한 수단이, 또는 단 하나의 절대 실패하지 않는 큼지막한 수단이 필요하다는 사실은, 우리 대부분이 알고 있었으리라 생각한다. 시간은 잔뜩 있었다. 말 그대로 영원토록! 물론 우리에게는 신금속 애인도, 싸움을 벌일 금강석 이빨 새끼 호랑이와 신금속 새끼 고양이도 있었고, 정원 구멍에서 솟아 나와 서로 주도권을 다투는 검투나무도, 모데란의 강철 새들(새 머리 대신 탄두를 달 수 있는)도 있었고, 계속 색이 변하는 증기 방어막과 기타 정신을 사로잡고 다양한 쾌락의 시간을 즐길 수 있도록 해주는 여가 현상들도 있었다.

그러나 오랜 세월을 버티려면 일용할 양식처럼 즐길 여흥거리도 필요한 법이다. 계속 계속 계속 같은 일을 하거나 지켜보거나 수를 세거나 이룩하거나 사랑을 나누더라도 여전히 신선하게 느껴지고 보상이 되는 일거리가 필요하다. 신금속 애인도 나쁘지는 않다. 가벼운 운동으로서는 완벽하며, 가장 차갑고 금속스러운 상황에서도 일말의 쾌락과 근사한 진득함을 제공해주니까. 다양한 설정이 가능하므로 계속 조율을 반복하여 그 어떤 남자의 취향에도 맞출 수 있다. 크기, 신체 수치, 모발의 색, 전반적인 몸가짐과 총체적인 사랑의 기술까지 취향대로 다양하게 변경 가능하다. 그리고 최고 호화 사양 특수 제작 신금속 애인을 생각하면……. **우우우우 우우우우 와우 와우 와우 와우이이이!!!!!!**

그래도, 나는 양철 깡통과 사랑을 나누는 일이, 설령 그 양철 깡통이 아무리 훌륭하고 다재다능하며 재기가 넘치더라도, 그 자체만으로 한 남자가 영원을 견딜 거리가 될 수 있다고는 생각하지 않는다. 우리는 마침내 영원을 견딜 수 있는 유일한 일거리가 전쟁이라는, 계속되는 전면전이라는 결론에 도달했다. 서로의 완벽한 파괴를 계획하며, 동시에 무슨 수를 쓰더라도 자신의 신금속 동체를 지킬 반격 수단을 개발하는 것이야말로 인간이라는 짐승을 신에 가깝게 만드는 인간의 행위다. 모두가 알고 있듯이, 신은 파괴적이며 동시에 창조적이다. 파괴에 대해서는 우리는 항상 상당한 능력을 자랑했다. 그리고 뭐든 영원한 것을 수월하고 자신감 있게 다룰 수 있는 이들은 오직 신뿐이다. 따라서 우리는 신으로서 파괴하고 창조해야 하는 것이다.

그래! 우리는 거대한 강철과 콘크리트의 보루에 틀어박혀 신의 삶을 누렸다. 우리는 벼락을 던지며 우리 자신을 제외한 다른 모든 것들을 파괴하는 일에 엄청난 즐거움을 느끼며 탐닉했다. 신금속 벼룩의 값어치만큼이라도 이웃 사람을 찍어 누르고 우리의 주도권을 확장할 수 있다면, 우리는 뭐든 할 수 있었다. 심지어 우리 자신의 성채가 그 과정에서 심한 피해를 입는다 해도 상관없었다. 그리고 창조적인 행위를 위해, 우리는 휴전 기간을 가지며 그동안 모든 것을 강화하고 재건했다.

사실 강철 인간인 우리는 과거 인간의 본질의 연장선상에 놓인 존재일 수밖에 없다. 그러니까, 인간의 본질이 확장되었다고 말하고 싶은 것이다. 평범한 인간의 본질은 예전에도 지금도 앞으로도, "나는 이 우주에서 가장 위대하며 가장 자격 있는 존재이며 어딜 가든 우대받아 마땅하다"일 것이다. 이는 총체적으로 진실이며 개인 수준에서도 진실이다. 평범한 인간이라면 아무리 하찮은 존재라도, 상승할 수 있는 가장 작고 작은 기회만 보여도 그 순간 자신을 승자로 간주하기 시작한다. 그의 포부는 절대 **절대** 한계 없이 치솟을 것이며 절대 **절대** 경계 없이 확장될 것이다. 온 우주가 온전히 그만이 소유할 수 있는 호박 덩어리가 될 것이다. 인간이란 많은 면에서 끔찍하고 비열하며 부도덕한 존재다. 그러나 인정하자, 인간도 분명 한 가지 미덕은 품고 있으니. 인간은 무슨 일이 벌어져도 끔찍하고, 부패하고, 비열하고, 진정으로 사악한 자신을 최후의 순간까지 유지할 것이다. 말하자면 그 온전한 악성이 보장되어 있다는 점에서 신뢰할 만하다고 할 수 있다. 그리고 바로 그 때문에 인간은 신의 성질을 가진다.

권위의 가장 깊숙한 방에서

내 성채 건물의 정확한 수학적 중심에는 공처럼 둥근 신금속 제 방이 틀어박혀 있다. 그리고 그 구형 장소의 정확한 수학적 중심에는 엉덩이가 푹신한 내 의자의, 권위와 편안한 휴식을 보장하는 옥좌의 무게중심이 위치한다. 벽을 이루는 둥근 방의 껍질은, 반짝이는 신금속 구체의 껍질은, 너무 완벽한 구형을 이루고 있어서 그 안에 응당 포함될 완벽한 원의 수를 생각하면 절로 흡족해질 정도였다. 아니, 단순히 포함되는 정도가 아니다. 구형 방을 부분으로 잘게 나누어도 수많은 원이 나올 테니까. 때때로 나는 며칠이고 거의 최면에 빠진 상태로 옥좌에 앉아서 이 거대한 강철 양파에 들어가는, 그를 구성하고 분할하는 완벽한 원을 '헤아리는' 상상을 하곤 했다. 물론 모데란 인간의 두뇌에도 부하가 걸리는 일이기는 했다. 모데란 인간의 두뇌는 옛 시대의 컴퓨터 수십억 대와 같은 수준으로 연마되어 있으며, 그 수십억 대의 컴퓨터가 제각기 서로를 보완해서 옛 시대의 컴퓨터와 비교조차 할 수 없으며 평범한 정신으로서는 상상조차 할 수 없는 능력을 가지는데도 말이다. 그런데도 나는 구형 방 안에 가득할 것이 분명한 완벽한 원의 수를 '헤아릴' 수가 없었다.

때로는 이야말로 인간이 창조된 가장 지고의 이유가 아닐까 하는 생각도 들었다. 영원을 사는 인간으로서 무엇에도 해를 입지 않는 존재가 되어서, 양파 같은 자기 세상의 가장 깊숙한 곳에, 성채 한가운데의 텅 빈 구체에 들어앉아, 자아의 권위와 명상으로 가득한 가장 깊은 곳의 양파 방이 몇 겹으로 이루어졌는지를 헤아리는 것이 말이다. 이곳 빛나는 구형 방을 이루는 모든 원 하나하나는 우리의 안전을 담보하는 요소이며, 우리의 '승리'를, 우리가 '위대한 과학'의 계획을 통해 한때 **우리 자신**이던 모든 부적절함을 완전히 극복했음을 상징하는 것이기 때문이다. 그렇다! 그리고 껍질의 수는 무한하지 않았다. 무한에 가깝기는 해도, 극도로 가깝기는 해도, 무한하지는 않았다. 컴퓨터 수십억 대의 능력을 품은 내 두뇌를 보조할 적절한 도구 또는 도구들만 있으면, 분명 원의 개수 정도는 헤아릴 수 있을 것이다. 아무리 서로 교차하고 꼬이고 뒤얽히고 서로가 구체 방의 다른 원들의 일부분이 되더라도. 원의 개수에도 한도가 존재하므로, 사다리의 도움을 받으면(또는 나를 붙들어줄 양철 인간이나. 가끔은 인간 피라미드를 만들어 나를 꼭대기로 올려야겠지만) 그 모든 것을 마음에 흡족해질 때까지 만지고 어루만질 수 있었다. 그런 다음에는 내 경첩과 지지대를 움직여서, 아직 마음에 남은 온기를 강철 손으로 감싸 쥐고 밖으로 '뛰쳐나가', 양철 인간을 쌓거나 사다리를 확장해서 내 강철의 마음으로 구체의 외부를 느껴볼 수도 있었다. 그래, 물론 상당히 힘든 등반이긴 하겠지만. 그러나 나는 구체를 속박한 것이다! 구체에는 내부와 외부가 존재했다. 즉 내 손안에 들어오는 사물이라는 뜻이다. 따라서 원의 개수는 헤아릴 수 있을 것이 분명했다. 헤아리는 일의 진정한 어려움을 생각하면 거의 내 머리가 어질어질해지기는 하지만.

이 구형 벽을 구성하는 거대한 원은, 명석한 두뇌로 진심으로 생각해보자면 그 수가 제법 상당히 많다. 그리고 그렇게 형상화한 원은 저마다 그 귀찮은 원자라는 것들로 가득하다. 게다가 원자 자체도 끝이 아니다(적어도 내가 보기에는, 그 귀찮은 원자 하나하나의 내부에 병력을 갖춘 성채가, 흡사 우리 10번 성채와 마찬가지로 전쟁을 준비하고 수행하는 '꼬마' 양철 인간들까지 완벽히 갖추어져 있어도 이상하지 않을 듯하다. 심지어 성채 주인의 정신조차 혼란스럽게 만드는 모습이기는 하지만, 그래도 상상할 수는 있다. 가끔은). 이런 원자 하나마다 상당한 수의 원이 들어 있는 것이다. 그리고 이 모든 일에 성공했더라도—**옷훗 훼이이오오!**—아직 작업이 끝났다고 생각하면 곤란하다. 권위의 가장 깊숙한 방에는, 내 주변과 엉덩이가 푹신한 옥좌 아래의 공간조차 온전한 빈 공간이 아니기 때문이다. 그 안에는 일반적인 대기가, 헤아릴 수 있는 존재로 가득한 기체가 차 있다. 따라서 기체 입자에 들어 있는 모든 온전한 원형 또한 방을 구성하는 커다란 원의 수에 덧붙여야 하며, 텅 비었다고 하기는 힘든 이 공간의 모든 공기도 계산에 들어가야 한다. 그러나 헌신적으로 전념할 수 있는 사람이라면 분명 할 수 있는 일이다. 그리고 나는 전념할 줄 아는 신금속 인간인 것이다! 이 문제는 무한한 것이 아니다. 앞서 말했듯이, 내부의 벽면을 '느낄' 수 있기 때문이다. 그리고 외부의 벽면도 '느낄' 수 있기 때문이다. 이런 식으로 크기를 확정할 수 있는 존재는 측정도 가능할 수밖에 없다. 온전히 수를 헤아리면서 정신에 기록할 수 있는 것이다.

그래서 그대는 내가 권위의 가장 깊숙한 방에 틀어박혀, 엉덩이가 푹신한 옥좌에 앉아서, 차가운 기름 그릇처럼 평온하게 때론 며칠에 걸친 시간을 보내리라고, 심장은 휴식 상태로 놓고 두뇌는 **최대**로 가동하면서 '보편적이고 심원한 난제'를 탐구하리라 생각하는가? 내 문제는 한두 가지가 아니다! 우리에게는 온갖 문제가, 겹치는 문제가, 서로 뒤얽힌 문제가, 복잡하게 엮인 문제가 가득하다. 그리고 솔직히 말하자면, 이런 원을 헤아리는 문제 따위는 **진정한 문제**의 시작이라고도 부를 수 없다.

진정한 문제

진정한 문제는 바로 이것이다. 우리가 영원히 버틸 수 있을까? 이는 우리 모데란의 꿈이다. 모데란의 원대한 꿈, 영원히 계속되는 꿈이다. 경첩 관절이 견뎌줄까? 아, 물론, 경첩 관절은 버텨낼 것이다. 신금속으로 구성된 신체는 전부 버텨낼 것이다. 폐는 영원히 숨을 뿜어낼 테고, 심장은 수 세기가 지나도, 새로운 천 년이 수없이 지나도 꾸준히 생명을 품고 박동할 것이다…… **영원히**. 이런 장기들은 대체할 수 있음에도 불구하고 영원히 존재하며 작동할 것이다. 그래, 혹시라도 영원히 존재하고 작동할 수 없는 장기가 발견된다 할지라도 (언제나 오차의 가능성은 존재하므로 무시할 수는 없는 일이다) 사방에 들어선 온갖 창고에는 모든 신금속 인간들에게 충분한 예비 부품이 가득 들어차 있다. 예를 들어 모데란의 영원한 인간이 심장의 작동에 이상이 생긴다면, 그저 펌프를 교체하기만 하면 모든 것이 해결된다. 그리고 해당 구역을 담당하는 순환계 문제 담당관이 머지않아 새 부품을 끼우고 덮개를 닫은 다음에, 공식 직인을 찍어주고 어마어마한 액수의 청구서를 중앙 보건국으로 보낼 것이다.

나는 심지어 살점 조각조차도 신금속 합금을 덧대어 영원히 유지되도록 만들 수 있으리라 생각한다. 아니, 적어도 그렇게 믿을 수밖에 없다. 어떻게 보면 우리가 가진 것이라곤 살점 조각밖에 없기 때문이다. 어쩌면 이 조각들이야말로 우리가 치료할 수 없는 작은 흠결, 결국 우리를 끌어내려 현실을 명확히 직시하게 만드는 존재일지도 모른다. 그러나 우리는 그렇지 않으리라 믿어야 한다. 홀로 있을 때면 나는 가끔 내 살점 조각들을 바라본다. 그리고 나는 거의 모든 시간을 홀로 보낸다. 나는 왕이며(왕의 위대한 임무는 장중한 고독을 누리는 것이다), 옛 시대의 온갖 사건들이 저 물렁한 덩어리 속에서 일어났으며 심지어 지금까지도 일어나고 있다는 소리를, 그 모든 것이 살점 조각 안에 암시되어 있다는 주장을 도저히 믿을 수가, 그래, **믿을 수가 없기** 때문이다. 분명 기적이다. **마법**이다. 사악한 마법이다! 그리고 내가 그런 덩어리로만 이루어진 존재로서 살았다는 생각을 하면······ 기적으로써 걷고, 마법으로써 말하고, 모든 날의 모든 초의 모든 부분마저도 사악한 마법의 행위였다는 생각을 하면. 위이오오오오! 위이오오오오!! 위이오오오오!!! 내가 첫날 정오까지 살아남았다는 것도 놀라운 일이다. 참으로 놀라운······.

우리는 정맥주사용 용액의 발전에도 노력을 기울여야 한다. 살점 조각에 양분을 공급하는 유일한 수단이니까. 계속 실험을 반복하여 살점 조각을 줄일 방법을 발견해야 한다. (살점 조각은 어떻게 보자면 우리의 신적인 면모라 할 수 있지만, 우리는 신적인 면모를 잘라내어 더욱 신적인 존재가 되도록 노력해야 한다. 사실 모순처럼 들리기는 한다. 그러나 위대한 과학의 계획을 품은 모데란의 인간이라면 이해할 것이다. **그래!** 그리고 이는 절대 모순이 아니다. 천만에!) 우리는 소유한 살점 조각을 다스릴 더 나은 방법을 밤낮을 가리지 않고 찾아 헤매야 한다. 살점 조각의 위생 문제는 주요한 과학의 분야로 간주되어야 한다. 건강 우울증은 영예로운 증상으로 인정받아야 한다. 이젠 경멸을 품고 손가락질하며 "하, 건강 우울증이라니!"라고 말해서는 안 된다. 건강에 대한 걱정은 지금처럼 일부 신경증 환자들이 겪는 집착이 아니라, 모든 사람의 두 번째 직무로 국가 차원에서 지정되어야 한다(첫 번째 직무는 전쟁이니까). 온전하고 헌신적인 건강에 대한 걱정이야말로, 우리가 깨어 있는 모든 시간 동안 살점 조각에 도사린 위험을 온전히 인지하고 제대로 우려할 수 있는 유일한 수단이기 때문이다. 단순히 안절부절못하며 생각만으로 걱정해서는 곤란하다. 단호하고 직접적인 물리적 걱정으로서, 내장 뒤틀기 버튼을 몸소 눌러서라도 이 불확실한 세상을 마주하며 진지하게 숙고할 필요가 있다. 우리는 항상 살점 조각을 만지작거리게 될 것이다. 밤낮을 가리지 않고 두드리거나 꼬집어보면서 잘못된 곳이 없는지를 확인하게 될 것이다. 혹시라도 어딘가 잘 못되었다면!? 어쩌면 이웃을 불러 서로의 공포와 주장을 입증하려 애쓸지도 모른다. 밤낮을 가리지 않고 서로의 살점 조각을 확인하면서, 건전한 확인을 통해 결점을 드러날지도 모른다고 생각할 것이다. 이런 요청은 언제나 의무적으로 받아들여야 한다. 법령을 제정해서, 자신의 상태를 파악하려고 살점 조각을 확인해달라는 이웃의 요청을 거부하는 행위를 중범죄로 만들어야 한다. (또는 그런 요청이 들어오지 않아도 찾아가서 자발적으로 확인해주겠다고 말해야 한다. 훌륭한 이웃으로서 무보수로 봉사해야 한다.) 가장 끔찍하고 장대한 전쟁이 펼쳐지는 와중이라도, 온갖 잿더미 미사일이 허공에서 목표를 노리고 날아다니는 동안에도, 하얀 마녀 로켓들이 전면에 나와 발사되는 동안에도, 인형 폭탄이 다부지게 목표를 향해 일직선으로 아장아장 걸어가는 동안에도, 이웃 성채의 대장이 잠시 살점 조각을 점검해달라고 들르는 일은 자연스럽게 여겨져야 한다. 우리는 함께 이 모든 일에 참여하고 있다는 사실을, 그것도 그 무엇도 **그 어떤 것도** 서로의 살점 조각을 논리적 의학적 과학적 그리고 이웃의 의무로서 보호하는 일을 막아서는 안 될 정도로 한몸이라는 사실을 깨달아야 한다. 우리가 건강에 대한 걱정에서는 **단일한 세계를** 이루어야 한다고 말해도, 사태의 심각성을 설명하기에는 부족하다. 우리는 단순한 걱정꾼 이상이 되어야 한다. 살점 조각의 문제에 있어서는 아낌없이 경보를 울려야 한다. 살점 조각의 약점을 드러낼 가능성이 있다면 모든 유행에 뛰어들어야 한다. 이런 극단적인 행위를 통해서만 우리는 가장 소중한, 그리고 애석하지만 가장 연약한 소유물을 지키고 간직할 수 있을 것이다.

아, 그래! 모데란 사람이 아닌 자들에게는 이런 상황이 상당히 비정상적으로 보일지도 모르겠다. 우리는 말하자면, 전 우주를 대상으로 죽을 때까지 싸우는 전면전을 펼치고 있다. 온갖 화포와 폭발물을 사용하여 서로를 죽이려 최선을 다한다. 그러나 서로의 신적인 부분을 점검하려고 휴전까지 기다릴 수는 없다. 어쩌면 전체 포격 시간이 격렬하게 진행되는 와중에도, 내 왼쪽에 있는 이웃 성채의 주인이 황급히 열한 번째의 최외곽 성벽까지 달려 나오는 모습을 보게 될지도 모른다. 그가 '서두르며' 내게 느릿하게 다가오는, 경첩과 지지대를 움직이느라 느릿느릿 다가오는 모습이 보일 것이다. 나는 그의 요새에 대한 포격을 단 한 순간도 멈추지 않을 것이다. 그와 그 뒤의 성벽까지 걸어가서 날려버릴 보행 인형 폭탄 또한 단 한 대도 물리지 않을 것이다. 그리고 그 또한 기대하지 않을 것이다. 그런 행동을 하면 그는 분명 엄청나게, 그 이상일 수 없을 정도로, 수치에 휩싸일 테니까. 전쟁은 비장하고 필연적으로 계속되어야 하니까. 그러나 기나긴 삶 또한 우리의 지향점이다. 이 또한 저급한 인간들에게는 모순으로 보일지 모른다. 그러나 모데란의 인간에게는 그렇지 않다. **그래, 천만에!** 마치 진보 그 자체만큼이나 논리적이지 않은가.

그리고 어느 화창한 휴전일에, 동쪽의 이웃 성채가 자기는 팬

찮고 기분도 문제없다는 내용을 빛줄기로 전송해온다고 해도, 나는 그 정도로 도망치게 두지 않을 것이다. 나는 곧바로 이런 질문을 전송해줄 것이다. 어떻게 그렇게 확신할 수 있나, 자네!? 그런 다음에는 온갖 다양한 증상의 실례를, 아마 그 혼자서는 절대 떠올릴 수 없었을 것들을, 남김없이 전송해줄 것이다. 아마 그의 강철 의료진은 그가 결코 그런 증상을 앓을 리 없다고 생각하겠지만, 일부분 또는 전체를 훑어보다 보면 자신이 느낌만큼 건강하지는 않거나, 심지어 아예 안 좋은 상태라고 생각하게 될지도 모르니까.

놀이 친구

7월의 어느 월요일, 꼬마 소녀는 이른 시간부터 커다란 상자를 끌어안고 그의 창문 아래에 와 있었다. 그날의 증기 방어막은 분홍색이었다. 사실 7월의 어느 날이더라도, 중앙 증기 방어막 통제국과 증기 일광 절약 담당자들이 지정한 대로 모두 같은 색이었을 것이다. 기온은 실내와 실외 모두 쾌적한 섭씨 21도로 맞춰져 있었고, 그는 여느 때와 마찬가지로 공식에 몰두하고 있었다.

"내 꼬마 놀이 친구가 왔어요. 내 꼬마 누이예요! 와서 좀 봐주세요." 그녀가 소리쳤다.

플라스틱과 무쇠-x로 '교체'한 다리를 가진 그는 엉덩이가 푹신한 의자에서 일어나 문간으로 나섰다. "무슨 터무니없는 소리냐?" 그는 금속 안개가 뿌옇게 끼고 지친 몸을 덜컹거리며 말했다. "낮잠이라도 자러 가지 그러냐? 아니면 목스하고 얌전히 놀던가?" 목스는 그녀가 교체 받을 수 있는 나이가 될 때까지 다른 이들과 떨어져 사는 빨간 플라스틱 오두막에 함께 머물면서 그녀를 어머니처럼 돌봐주는 무쇠 인간이었다.

"내 꼬마 친구가 왔다고요!" 꼬마 소녀는 소리쳤다. "내가 주문했거든요. 그런데 오늘 왔어요. 우편으로요."

그는 금빛 인장이 박힌 손등으로 눈을 문질렀다. 그는 금속의 영역으로 생각을 돌리려 애썼다. 진보된 시대의 인간으로서, 그는 올데란에서 넘어온 이후 수많은 무쇠-x 합금과 몇 개의 금빛 인장이 찍힌 '교체' 부속을 몸에 달았다. 더 강인한 몸을 위해서, 육신으로서의 자신이 불사성을 정복하도록 만들기 위해서. 그러나 이제는 금속의 자신이 빠른 속도로 주된 자신이 되어가고 있었으며, 때론 이렇게 살점 조각을 완전히 억눌러서 하찮은 일상의 일과에 집중하기가 힘들어질 때도 있었다. 그는 고차원의 미개척 영역에서 명민하고 부지런한 사냥개처럼 공식의 냄새를 추적하는 일을 했다. 그러나 그에게 남은 단 하나의 가족인 꼬마 소녀를 상대할 때는, 때론 평범한 말로 대화하는 것조차 힘들다는 생각이 들었다. "천천히 말해다오." 그는 이렇게 애원했다.

소녀는 숨을 깊이 들이쉬었다. 공기를 잔뜩 들이마신 가슴이 살점과 뼈의 승리를 선언하듯 부풀어 올랐다. 이내 소녀는 갈색 눈을 반짝이며 말했다. "저는 홀로 자라면 안 되거든요. 제가 세상에 마지막 남은 꼬마 소녀일지라도요. '교체'될 나이를 기다리는 동안에는 함께 있을 친구가 필요하고, 그 친구가 방금 우편으로 도착했어요, 아빠. 그리고 아빠는 친구를 조립하는 일을 도와주셔야 해요. 함께 놀고 싶으니까요. 이름은 벌써 붙여놨어요. 꼬마 슬로츠예요."

슬로츠의 구성품은 상자 하나 분량의 슬롯이 달린 금속 부품, 전선 몇 조각, 전원 기판, 제법 많은 양의 테이프, 머리 하나, 흰색 플라스틱으로 만든 다양한 곡선 부품, 거의 살점처럼 보이는 몇몇 부속과 인쇄된 사용 설명서 등이었다. 슬로츠는 잡동사니 무더기였다. 동시에 고독과 영원과 평온에 투신한, 동료도 없이 보편적 심원한 난제에 매진하는 남자를 기다리는 두통이었다. 그런 슬로츠는 조립되지 않은 상태로도 50만 달러를 현찰로 요구했다. 여기서 현찰이란 꼬마 살점 인간의 즐거움 담당 위원회에서 제공하는 상품권이기는 하지만.

그는 관절을 덜컹거리고 금속끼리 긁히는 소리를 내며 텅 빈 잿빛 마당에 무릎을 꿇고 앉았다. 슬로츠가 든 상자를 살피는 그의 살점 조각이 잔뜩 찌푸려졌다. 상자를 열자 따스하게 굳은 얼굴이 그를 바라보며 웃음 지었다. 아홉 살 소녀의 얼굴도, 또는 훨씬 나이 많은 여인의 얼굴도 될 수 있는 수수께끼의 플라스틱 얼굴이 진품 머리카락 한가운데 들어앉아 있었다. 기계장치 입이 열리더니, 말랑말랑한 입술 안에서 아름답게 만들어진 하얀 치아가 반짝였다. "나한테 잘해주지 않으면 그 커다란 발을 물어뜯어버릴 거예요." 아름답고 매혹적인 머리가 즉시 위협의 말을 뱉어냈다. 기계적이지만 즐거운 느낌으로. 다음 순간 시끄러운 소리가 울렸다. "테이프를 교체해주십시오. 테이프를 교체해주십시오……."

그는 방금 양동이로 퍼낸 끓어오르는 태양을 분홍빛 증기 방어막을 뚫고 가져와서 그대로 그의 살점에 쏟아버린 것처럼 깜짝 놀라 뛰어올랐다. 그리고 그가 뛰어오른 덕분에, 슬로츠의 온갖 부속과 그녀가 배송되어 온 상자는 잿빛 정원에 그대로 흩어져버렸다. 그러나 웃음을 머금으며 흩어진 부속 한가운데 나뒹구는 머리에게는 이런 경우에 필요한 테이프도 준비되어 있었다. "손가락이 미끄러운 늙고 차가운 홀아비에, 멍청한 바보 소녀로군요." 머리는 이렇게 말하더니, 약 5분 동안 플라스틱이 깔린 정원을 통통 튀어 돌아다니며 소리쳐댔다. "한심해, 한심해……. 끔찍해, 끔찍해……. 도와줘, 도와줘!" 그러다 머리는 매우 사무적인 태도로 굴러다니며 모든 부속을 주워 모아 자기 슬롯에 끼워댔고, 이내 키 크고 늘씬하고 잘생긴 금속과 하얀 플라스틱으로 만든 여성이 되어, 7월의 분홍빛 증기 방어막 아래에서 서늘한 장밋빛으로 빛나며 당당하게 서서 웃음 지었다. "좋아요, 그래서 소견들은 어디 있죠?" 그녀는 가볍게 허리를 굽히고는 자신이 배송되어온 상자의 하얀 나일론 안감을 뜯어냈다. 그리고 눈처럼 하얀 안감을 자기 몸에 두르며, 곳곳에 달라붙거나 늘어져서 매끈한 플라스틱 곡선이 돋보이도록 만들었다. "소견들을 즐겁게 해주는 일은 항상 만족스럽지요."

"소견?" 꼬마 소녀가 말했다. 여전히 방금 눈앞에서 펼쳐진 광경에 감탄하고 살짝 어안이 벙벙해진 상태였다. "그게 무슨 말이야, 소견?"

"내 반래쪽 벙별이요. 그러니까 남가한테 여가가 있듯……. 젠장! 테이프에 오류가 났잖아." 그녀는 짜증 섞인 표정을 지었다. 그러고는 깨끗한 새 테이프를 끼우고 목쉰 소리로 말을 이었다. "그러니까 소년들은 어디 있냐는 거예요? 반대쪽 성별요. 성인 남자한테 여자가 있듯이요. 나는 소녀니까요!" 그녀는 웃음을 지었다.

"내가 '교체' 준비가 끝날 때까지 꼬마 놀이 친구가 되어줘." 자신을 굽어보는 흰칠한 금속과 플라스틱의 여성을 향해서, 단순하고 사랑을 담뿍 담은 목소리로 꼬마 소녀가 말했다. "마분지 옷 갈아입히기 놀이가 잔뜩 있거든. 너도 하나 줄게. 갈아입을 옷도 두 장 줄게. 오늘은 그거 하고 놀자!" 꼬마 소녀의 얼굴은 아름다운 호의와 열심히 두근거리는 심장박동에 힘입어 행복으로 빛났다. "그리고 내 광선 스프레이로 색도 칠하게 해줄게. 그러니까, 엉망으로 하지 않겠다고 심장에 걸고 약속해준다면 말이야."

슬로츠는 차가운 눈으로 꼬마 소녀를 바라보았다. 혐오와 따분함과 연민이 섞인 조롱이 눈빛마다 가득했다. "너는 다 큰 다음에 오렴!" 이런 경우에 맞는 테이프가 재생되며 날선 목소리가 흘러나왔다. "아무래도 나는 너희 아버지랑 놀러온 모양이니까 말이야." 꼬마 소녀는 거의 울음을 터트리기 직전이었다.

그러나 그 아버지는 생각이 달랐다. 그는 얼른 이런 곁가지 행위는 끝내고 꼬마 소녀를 집으로 데려다주고 엉덩이가 푹신한 의자에 앉아 공식을 반추하고 싶었다. 그래서 그는 슬로츠가 떠들면서 스스로 조립되는 광경에서 받은 충격을 회복한 후, 과학적이고 의욕적으로 사용 설명서를 읽기 시작했다. 그는 이런 인형이 처음 등장한 지도 최소한 10년은 지났으며, 착상 자체는 훨씬 오래되었다는 사실을 떠올렸고, 그 사실이 모든 것이 괜찮아질 것이라는 확신에 도움을 주었다. 설명서의 **주의 사항** 항목에 도착하자, 그는 재빨리 그들 쪽으로 다가가서 슬로츠의 한쪽 팔을 잡고는, 다리에 달린 긴 부속을 빼내고 **꼬마 소녀 놀이 친구 동료** 눈금까지 올려서 고정시켰다. 설명서에는 이렇게 적혀 있다. "공장에서 출고될 때는 가장 다재다능하고 수요가 많은 **성인 여성 사랑친구 여흥**으로 설정되어 있습니다. 하지만 **꼬마 소녀 놀이친구 동료** 설정으로도 괜찮게 작동합니다. 다리의 긴 부속을 제거한 다음 단단히 고정해주십시오." 그리고 이제 꼬마 소녀의 크기로 줄어든 슬로츠는 자신의 새로운 키와 지위에 맞춰 바쁘게 옷을 다시 감기 시작했다. 그리고 그녀는 이 경우에 맞는 테이프를 사용해서, 어딘가 살짝 심드렁하게 들리는 목소리로 말했다. "가서 옷 입히기 인형 놀이 하자. 그리고 맞아, 네 광선 스프레이로 색칠도 해보고 싶어. 네가 허락해준다면."

그래서 꼬마 소녀와 꼬마 슬로츠는 팔짱을 낀 채로 잿빛 플라스틱 정원을 가로질러 꼬마 소녀의 빨간 오두막으로 들어갔다. 그리고 사색을 원하는 아버지는 다리의 긴 부속을 단단히 한쪽

겨드랑이에 낀 채로, 최대한 서둘러 엉덩이가 푹신한 의자와 커다란 책상이 있는 곳으로 돌아갔다. 그러나 그가 혹시라도 그럴지 모른다고 걱정했던 것처럼, 그는 이제 보편적이고 심원한 난제에 대해서는 생각을 할 수가 없었다. 그래! 이제 다른 문제가 생긴 것이다. 그의 톱니바퀴가 온전하고 냉정하고 매끄럽게 돌아가게 만들려면, 사방의 둔덕에 부딪치며 튀어 오르는 이 심장을 진정시키려면, 다른 문제부터 우선 해결해야만 했다. 아, 대체 왜 이런 일이 벌어질 수밖에 없었던 것일까? 꼬마 소녀는 대체 왜 무쇠 인간 목스만으로 만족하지 못하고 그 한심한 인형 놀이 친구를 주문한 것일까? 그러나 언제나 끈질긴 싸움꾼이었던 아버지는 문제를 회피하지 않았다. 심장이 아직 예전처럼 매끄럽고 믿음직하게 돌아가지 않는데도, 그는 바로 문제를 부여잡았다. 그리고 이내 해결에 착수했으나, 문제는 그의 정신이 이제 살점 부류에게나 어울리는 질문에는 그리 도움이 되지 못한다는 것이었다. 그러나 결정을 내려야만 한다. 그래! 자기가 쓸 인형을 주문할 것인지, 아니면 그냥 저 인형만 가지고, 꼬마 소녀가 잠들어 있는 동안 다리 길이를 늘였다 줄였다 할 것인지를.

남편의 몫

그가 자리에서 일어난 것은 희망찬 4월의 어느 날이었다. 그 아름답고 비 내리는 달에는 증기 방어막도 꺼져 있었고, 밝은 태양이 모데란을 비추자 무쇠와 플라스틱으로 가득한 그곳에도 천국의 손길이 깃들었다. 붉은색과 노란색과 자주색의 진짜 꽃 몇 송이가 플라스틱 정원의 가장자리에서 꽃을 피웠다. 잔뿌리를 뻗은 잔디가 정원과 들판을 뒤덮은 잿빛 포장재의 이음매와 갈라진 틈을 뚫고 고개를 내밀었다. 그 외에도 얼마나 많은 새싹과 구근과 풀잎이 모데란의 강철 같은 잿빛의 지각을 뚫고, 햇빛을 갈구하며 고개를 내밀었을까!

사랑하는 이를 꿈꾸는 젊은이처럼, 공작 깃털로 짠 양탄자를 밟으며 장밋빛 내음 속으로 걸음을 옮기는 옛 시대의 사람처럼, 상상 속의 그는 그렇게 석판처럼 잿빛인 정원을 가로질렀다. 그러나 실제로는 그의 무쇠 발이 덜컹 덜컥 탁 타락 철컹 철컥 탁 소리를 내며 플라스틱을 디딜 뿐이었고, 은빛 관절은 자기 나름 대로 그의 다급한 요청에 응했다.

환한 부활주일의 해 뜰 녘에 길을 떠난 그는, 높은 휘파람 세 소절로 집의 문을 열고 의기양양하게 집을 나섰다. 크리스마스에 건넸던 약속을 기억하고 있었기 때문이었다. 정오쯤 되자 그는 열심히 걸어 그녀에게 거의 절반쯤 다가갔다. 오후 내내 정원을 가로지르는 동안, 그의 마음은 경쾌하고 새들의 노랫소리만큼 희 망찼지만, 움직임은 '교체'된 금속 부품 때문에 족쇄를 찬 듯 느 리기만 했다. "부활절이 올 때쯤이면 걷지 못하게 될지도 몰라." 그는 크리스마스에 이렇게 말했던 것을 떠올렸다. 그리고 그녀 는, 그의 아내는, 그때 그를 보자고 약속했다. 그녀의 집에서. 부 활절이 되면 조금 이야기를 나누자고. 존이 시간을 맞춰 끝내준 다면. 존이 누구냐고? 존은 그녀의 플라스틱 인간이었다.

얼굴에 달린 살점 조각에서, 그의 다급한 필요 때문에, 서두름 때문에, 힘겨운 노력 때문에, 땀이 솟았다. 그에게 달린 모든 살 점에서 피로가 솟아나서, 마치 납으로 만든 커다란 손처럼 그를 뒤쪽으로, 아래쪽으로 당기기 시작했다. 그러나 그의 '교체'된 예 리한 눈과 과학적이고 무심한 두뇌는 그가 전진하고 있다는 사 실을 명확하게 인지했다. 정원의 접합부가 꾸준히 그의 옆으로 지나가고 있었으니까. 아니, 그가 온 힘을 다해 그 위를 건너가고 있었으니까. 만약 그녀가 다시 만나줄 생각이라면, 정기적으로 그를 다시 만나줄 생각이라면, 이 정원에 자동보도를 설치해야겠다는 생각이 들었다. 그는 얼굴에 달린 살점 조각을 손으로 훔쳤다. 그리고 지금 그녀는 걸을 수 있을지를 생각하다가, 그 생각을 애써 지웠다. 몇 년 동안 그녀가 하얀 플라스틱 침대에 비스듬히 기대거나 앉아 있는 모습밖에 보지 못했으니까. 그는 기대 누운 그녀의 모습을 떠올렸다. 그녀가 걸친 나일론 직조 가운의 깊은 부드러움을, 춤추며 끊임없이 변하는 광택을 떠올렸다. 그리고 그녀의 다리를…… 세상에서 가장 아름다운 다리의 기준에 정확하게 맞을 정도로만, 정확히 필요한 부위만 '교체'한 다리를 떠올렸다. 고급스러운 태양 나일론에 감싸인 모습을, 그리고 그녀가 종종 앉던 자세를, 수줍음을 머금고 침대 끝에서 달랑거리던 다리를, 우윳빛 유리로 만든 슬리퍼로 장식된 작은 발을, 무수한 다이아몬드로 반짝이고 찰랑거리는 길고 늘씬한 구두 굽을 떠올렸다. 때론 옛 시대의 희귀한 새의 깃털로 엮은 작은 분홍빛 또는 붉은빛의 구체를, 양쪽 슬리퍼에 장식으로 덧대기도 했다. 스트랩이 달린 신발이라면 신금실을 엮어 사용했다. 흰빛이나 노란빛이나 초록빛이 어리는 금색으로.

그는 온 힘을 다해 정원을 건너서, 마침내 오후 아주 늦은 시간이 되어서야 그녀의 침실 창문 아래에 도착했다. 그리고 정원을 다시 가로질러 도망치고 싶다는, 내면의 차갑고 축축한 금속성 소망을 애써 억눌렀다. 자신이 온 길을 따라서, 엉덩이가 푹신한 의자와 사색 작업으로, 공식으로, 즐겁고 불가해하고 명징한 보편적이고 심원한 난제로. 여전히 그의 것인 살점의 뜨거운 갈망이, 빠른 속도로 진심이 되어가는 차가운 금속의 소망을 억눌렀다. 그리고 그는 매우 정확하게 작동하는 '교체'된 눈을 억지로 잿빛 정원에서 들어 올려 그녀의 창문 안을 훔쳐보았다. 이해와 의심을 반복하며 누더기가 될 정도로 곱씹었던 질문이 살점 속에 감돌자, 샛노란 공포가, 황금의 쓴맛이(그의 후두는 암을 방지하기 위해 도금되어 있었다), 그의 목구멍 안에 악취처럼 감돌았다. 존은 시간을 맞춘 것일까? 그녀가 대화를 나눠줄까? 기억하고 있을까?

그녀의 모습이 보였다! 매우 정확하게 작동하는 그의 눈이 그녀를 발견했다. 그는 금속을 댄 손으로 집의 벽을 붙들었다. 하얀 침대의 하얀 레이스 커버 위에 누운 그녀의 모습이 보였다. 하얀 드레스의 치마는 활짝 펼쳐져 완벽한 반달 모양의 곡선을 그렸다. 반달은 검은 나일론 스타킹을 신은 그녀의 무릎 위를 가로질러서, 침대의 양쪽 가장자리 정확히 가운데에서 꼭짓점을 만들었다. 수많은 다이아몬드가 반짝이는 굽이 높은 유리 슬리퍼까지 완벽하게 차려입은 모습이었다. 녹금색 금박과 사슬이 달린 작은 모자는 푸른 눈 한쪽을 가리듯 매력적으로 비스듬하게 기울었다. 가슴은 딸기 모양의 정상에 이르는 두 개의 봉긋한 언덕처럼 보였고, 그 사이의 계곡은 좁아졌다 넓어지고, 다시 좁아졌다 넓어지며 바라보는 사람을 미치도록 달뜨게 만들었다.

"마블린!" 그는 소리쳤다. "아, 마블린!"

그녀는 마치 게으른 신금속 고양이처럼 나른하게 기지개를 켰다. 모든 준비를 마치고 창문의 위쪽 절반으로 밖을 내다보는 그녀의 얼굴에는, 근엄하고 매우 오만한, 지루한 표정이 떠올라 있었다. 그리고 어리둥절한 기색도. 그는 다시 그녀를 불렀다.

"나 여기 있어요, 존." 그녀가 말했다. "어디 있는 거예요, 존? 서둘러요, 존. 평소보다 더 아프네요."

그의 손이 벽에서 미끄러졌다. 거의 떨어질 뻔했다. 온갖 금속의 소음이 귓가에 울리고, 온갖 금속의 맛이 목구멍에서 맴돌았다. 모든 공기가 불길로 터져나가며 매캐한 냄새를 풍기는 것만 같았다. 그의 눈에 존이 들어왔다. 훤칠한 키의 플라스틱 존이 그녀의 침실 문을 열고 들어왔고, 그 손에는 자루가 긴 유리 빗자루가 들려 있었다. 따스하고 향수를 뿌리고 보석을 잔뜩 박은 빗자루였다. 플라스틱 존은 한동안 경첩 관절을 삐걱대며 방 안을 돌아다니면서, 빗자루를 문지르고 쓰다듬고 따끈한 액체를 그 위에 칠했다. 그리고 조심스레 그녀 위로 올라섰다. 그는 물건을 고정하느라 한동안 더듬거리며 만지작거렸다. 불이 붙은 것처럼 다급하게, 제대로 장착하느라 상당한 시간을 소비했다. 그리고 그 작업이 끝나자, 존은 그녀의 유리 슬리퍼를 벗겼다. 그러고는 꿇어앉아 그녀 발바닥을 유리 자루로 격렬하게 문지르기 시작했다. 잠시 후 그녀가 만족에 겨운 신음을 흘리자, 그는 일어나서 서둘러 다른 방으로 향했다. 그리고 여덟 개의 작은 유리 막대를 가지고 들어와서는, 즉시 그녀의 발가락 사이마다 끼운 다음 부드럽게 톱질하듯 앞뒤로 흔들기 시작했다. "훨씬 낫네, 존." 그녀가 중얼거렸다. "정말 도움이 된다니까, 존. 나한테 어찌나 잘해주는지, 존. 아무래도 조금 자야겠어."

"**마블린!**" 그러자 그는 소리쳤다. 수개월 동안 쌓여온 좌절감과 눈앞의 플라스틱 인간에게 느끼는 질투가 계속 내면에 쌓이다가, 마침내 엄청난 고함의 형태로 터져 나왔다. 그녀는 슬쩍 고개를 돌려 창문의 아래쪽 절반을 내다봤고, 존은 계속해서 그녀의 발가락을 부드럽게 매만졌다. 그녀는 그를, 자신의 남편을, 벽에 매달려 있는 모습을 알아챘다. 그리고 적어도 그녀의 표정에서는, 남편이 벽에 매달려 있다는 사실이 뭐든 의미를 가진다는 기색은 조금도 찾아볼 수 없었다. "존이 아직 안 끝났는데." 그녀가 말했다. "앞으로 한참 동안 내 발가락을 활성화시키는 작업을 계속할 거라서. 어쨌든 부활절에 얼굴은 봤으니까, 다시 시도해보는 건 어떨까? 핼러윈은 어때?"

그는 손을 놓치고 플라스틱 정원에 엉덩방아를 찧었다. 그리고 기어서 집을 빙 돌아 그녀에게 보이지 않는 집 뒤편까지 가서는, 힘겹게 자리에서 일어났다. 그리고 덜컹 덜컥 탁 타락 철컹 철컥 탁 하면서, 다시 강철처럼 잿빛인 정원을 가로질러 집으로 돌아가기 시작했다. 약간의 살점과 상당히 많은 신금속 신합금 '교체' 부속으로 구성된, 만약 모데란의 희망과 약속이 진실이라면 영원히 살 운명인 이는, 비참하게 걸음을 옮겼다. 자정쯤 되어 계절국의 양철 인간이 비를 내리는 제어 버튼을 눌렀고, 하늘에서 쏟아져 내리는 차가운 빗줄기가 상황을 더 비참하게 만들었다. 차갑게 식고 흠뻑 젖고 실망으로 욱신거리는 채로, 그는 월요일 새벽이 되어서야 자기 집에 도착했다. 그는 즉시 수많은 공식과 즐겁고 불가해하고 명징한 보편적 심원한 난제가 기다리고 있는 엉덩이가 푹신한 의자에 앉아서 작업으로 돌아갔다. 어떻게든, 제발, 어떻게든, 계속 바쁘게 일하며 살점 조각들이 그녀를 잊도록 만들어야 하니까. 적어도 핼러윈까지는.

온전한 아버지

얼음처럼 환히 빛나는 플라스틱 들판 너머에서 그녀의 모습이 보였다. 신금속 손을 자랑하면서 신나서 아장아장 걸어오고 있었다. 그의 살점 조각 깊은 곳에서 사랑의 눈물이 솟아오르려 애쓰는 것이 느껴졌다. 그러나 당연하지만 불가능한 일이었다. 그의 눈알은 신금속으로 만들어진 것이었기 때문이다.

"우리 꼬마 아가씨! 벌써 이렇게 훌쩍 컸구나!" 그가 말했다.

"처음 한 거니까, 가서 아버지한테 보여드려야 한다고 어머니가 그러셨어요." 그녀가 말했다.

그녀는 이제 네 살 반이었다. 그는 그녀를 바라보았다. 네 살 반이라니. "훌쩍 컸구나. 우리 막내 꼬마 아가씨!" 그렇다, 그들은 생체 자궁 껍질을 보관한 곳에서 4년 반 전에 그녀를 데려왔다. 어느 날, 반구형 거품 주택에 사는 그녀와 자신의 성채에서 사색을 즐기는 그는, 다중 투영기를 사용한 원격 회의로 어쩌면 막내를 가지는 것도 그리 나쁘지는 않을 것이라는 결정을 내렸다. 손위의 열 명의 아이는 모두 괜찮게 성장했다. 다섯 명의 튼튼한 소년과 다섯 명의 소녀는 이제 각자의 집에서 '교체'를 향해 나아가며, 저마다 보편적이고 심원한 난제를 사색하고 있었다. 그렇다, 그의 아래쪽 그곳을 '교체'하고 자궁 껍질을 생산 시설에서 빼내어 파괴하거나, 또는 아내가 원한다면 기념품으로 돌려주기 전에 마지막 아이를 가지기로 한 것이다. 그의 기억에 따르면 화창한 5월이었다. 그날 그는 마지막 꾸러미를 들고 긴 유리 회랑을 지나서 포육 담당관에게 배아를 건넸다. 아내가 계속 다중 투영기 안에서 따라왔기 때문에 그는 혼자라고 느끼지는 않았다. 포육 담당관이 "어느 쪽으로?"라고 묻자 장래의 아버지는 "소녀요"라고 대답했고, 열한 번째 아이라는 사실이 딱히 비밀은 아니었기 때문에 그들은 서로 농담을 나누었다. 그리고 아내의 화상도 웃고 있었기 때문에, 그녀 또한 그곳에 있는 것처럼 느껴졌다. "형벌을 아주 즐기시는 모양이오." 담당관은 이렇게 말했고, 가슴 벅찬 미래의 아버지는 "그렇지요!"라고 대꾸했다. 잠시 후에 "활기찬 가족에는 아이가 반드시 필요하니까요!"라고 덧붙이기는 했지만. 포육 담당관도 동의했고, 아내는 더욱 활짝 웃었다.

자궁 작업을 하는 장소에 도달하자 머지않아 그녀도 도착했다. 빛줄기를 사용해서 그의 옆에 자신의 영상을 보내는 방식으로. 서늘하고 청결하고 거의 공기가 없는 자궁의 방에서는 빛줄기 영상이 너무도 선명해서 거의 그녀와 손을 잡을 수 있을 것처럼 느껴졌다. 따라서 그 기적과도 같은 작업이 이루어지는 동안에도 그는 전혀 혼자라고 느끼지 않았다. 이야말로 최고의 수태 방식이라는 주장을 부인할 수 있는 사람이 있을까? 그와 아내의 선명하고 웃음 짓는 영상과 아내의 자궁과 배아 꾸러미가 함께하고, 능률적이고 몸의 대부분이 플라스틱인 담당자가 모든 것을 주재하며 필요한 부분을 적절히 조절해주는데?

그러나 이젠 5년이 넘는 시간이 흘렀다. 시간이란 정말로 로켓처럼 날아간다! 그리고 이제 꼬마 소녀가 찾아왔다. "잘 있었니, 우리 꼬마 소녀." 네 살 반이 된 아이가 정신없이 인사말을 늘어놓는 동안 그는 과거의 추억을, 다른 아이들이 신금속 부속을 자랑하려고 어머니의 집에서 여기까지 하얀 벌판을 가로질러 오던 기억을 떠올렸다. 그리고 그들 모두가 첫 '교체'를 얼마나 자랑스럽게 여겼는지도. "정말로 훌쩍 컸구나! 우리 꼬마 소년!"이나 "우리 꼬마 소녀들!"이라고, 아이들이 차례가 되어 찾아올 때마다 그는 이 말을 반복했다. 그리고 우주선이나 보편적이고 심원한 난제에 대한 최신 이야기를 나누곤 했다. 물론 아이들이 제대로 이해하지 못한다는 것은 알고 있었지만, 그에게 할 이야기라곤 그것뿐이었다. 그리고 다른 무엇보다, 그는 관심을 보여서 온전한 아버지가 되고 싶었다. 그리고 대화가 지루해지기 시작하면—이를테면, 한 5분쯤 후에—그들이 그를 지겨워하고 그가 그들에게 지치게 되면, 그들은 다시 아장아장 정원을 건너 어머니의 집으로 향하곤 했다. 그러나 새로 얻은 신체가 기꺼운 그들의 걸음은 언제나 당당했다. 그러고 나면 다시 찾아와서 귀찮게 굴 때까지는 보통 1년 정도가 걸렸다. 재조립 담당자들에게서 주요 부속을 '교체'한 후였다. 이후로는 완전히 아이들로부터 벗어나 엉덩이가 푹신한 의자에서 사색에만 모든 시간을 쏟을 수 있었다. 그래, 아이들의 어머니가 보육용 반구 주택에서 애 보기 버튼을 눌러 자동 장치로 아이들을 키우는 동안, 그는 들판 다섯 개만큼 떨어져 있는 사색의 성에서 홀로 앉아 있는 것이다.

꼬마 소녀가 그를 올려다보았다. 아름다운 살점의 얼굴 안에서 파란 눈이 열의를 품고 그를 응시했다. 그리고 그의 표면에서 다시 눈물이 흘러나오려 안간힘을 쓰자, 그는 서둘러 신형 우주선을 떠올리며 눈물이 시도를 멈추도록 애썼다. 이 얼마나 짜증스럽고 하찮은 불편함인지. "꼬마 소녀야." 그는 말했다. "그런 식으로 나를 바라보기를 관두든가, 아니면 당장 여길 떠나서 썩 꺼지도록 해라."

"아빠! 어머니가 앞으로 1년 정도는 아빠를 만나러 올 수 없을 거라고 하셨어요. 재조립 담당자들이 제 발을 교체할 때까지요. 하지만 아빠는 진짜 아빠니까, 그게 너무 길다고 생각하지 않으세요? 나는 아빠를 만나고 싶은데!"

"아니." 그는 무의식적으로 대꾸했다. "1년이라. 대충 그 정도면 되겠구나. 아마 네 '교체' 프로그램이 그런 식으로 계획된 거겠지. 흔한 일이란다."

"하지만 아빠는 아빠여야 하는 거잖아요." 그녀는 거의 즉시 터트리듯 쏘아댔다. "프로그램을 계속 듣고 있었는데요."

쾅! 그가 사색에 잠긴 동안 살짝 들고 있던, 엉덩이가 푹신한 의자의 두 다리가 바닥을 때렸다. 그가 철컥이고 달칵거리고 땀을 흘리면서 자리에서 벌떡 일어섰기 때문이었다. **"프로그램을 듣고 있었다고?!"** 문득 그는 아내가 어떤 식으로 자신을 배신했는지를 깨달았다. 그를 괴롭힐 마지막 기회로서, 그녀는 꼬마 소녀의 교육 방침을 놓고 장난을 친 것이었다. 낡은 육아 버튼을 눌러서, 그녀가 사랑, 단란함, 가족의 식탁 따위 고대의 헛소리에 귀를 기울이게 만든 것이었다. "꼬마 소녀야!" 그는 숨을 헐떡이면서, 오늘만은 우주선이나, 붉은 은하의 문제나, 화성 원조 계획의 우주 시험을 이야기하지 않으리라는 점을 깨달았다. "꼬마 소녀야, 내 말 잘 들어야 한다. 내가 한 말을 꼭 기억하거라. 네 어린 정신에 내 말을 단단히 새겨 넣어야 한다. 네 미래가 여기에 달려 있을지도 모르니까."

"먼 옛날에는, 모든 사람이 너희 어머니가 그 버려진 보육원의 낡은 교육용 튜브에서 들려주던 그대로의 삶을 이어가던 공포의 시대가 있었단다. 사람들은 연달아 붙은 방에서 함께 살았지. 온 가족이 단순히 서로의 존재를 감지하는 정도가 아니라 서로를 바라보고 냄새를 맡고 피부로 느낄 수 있도록 함께 살았던 거란다. 그 때문에 성격에는 기만이 섞이고, 인성은 뒤틀리게 자라났지. 붙어 살면서 서로를 왜곡시킨 나머지 걸어 다니는 모순 덩어리라는 악몽이 되어버렸단다. 심지어 식사도 함께했지. 사색의 힘 덕분에 너는 본 적도 없는 음식들을 말이다. 온갖 음식을 함께 섭취했단다. 때론 큼지막한 덩어리로 나오기 때문에 입으로 물어 뜯고 자기 힘으로 씹어 삼켜야 할 지경이었지. 오늘날에는 아무도 그럴 시간이 없단다. 모든 심력을 그러모아 보편적이고 심원한 사색에 매진해야 하는데, 대체 누가 그럴 힘이 있겠니? 그리고 이걸 꼭 기억해야 한다. **그들은 평생 연약한 살점을 두르고 매일을 버텨야 했단다!**"

꼬마 소녀는 강철 손가락으로 눈가를 문지르고 있었다. 가늠할 수 없고 완벽하게 역겨운 이유 때문에, 내면 깊은 곳에서 사랑의 눈물이 솟아오르며 다시 그를 당황하게 만들려고 시도했다. "정말 멋있게 들렸는걸요. 아빠들은 자기 꼬마 소녀를 사랑한댔어요. 그리고 때론 크리스마스가 되면…… 사랑이 뭐예요? 무슨 뜻인가요?"

쾅쾅쿵! 그는 버튼을 눌러 크고 **웅장한** 소음을 불러왔다. 지금 이 상황은 하위 등급의 '궁극의 긴급사태'였기 때문이었다. 그의 플라스틱 성채 전체가 그를 따라 우르릉대며, 옛 시대의 천둥과 해안포대와 야포가 함께 울부짖을 때보다도 더 끔찍한 소리를 만들어냈다. 거의 모든 대기를 화성 원조 계획 쪽으로 쏘아 보내기 전에 났던 소리 말이다. 크고 **웅장한** 소음이 멈추고 그에 덧붙은 온갖 굉음을 진정시키고 나니, 작은 소녀는 그저 제자리에서, 강철 손가락으로 귀를 막고 겁에 질린 채 서 있을 뿐이었다. "사랑이라고!" 나직하게 외치는 그의 목소리에는 최대한 완벽한 효과를 불러올 수 있도록 공포가 가득 들어차 있었다. "그 단어는 두 번 다시 안 듣기로 하겠다. 고약하고 구제 불능인 단어야. 네 입에서 그 단어가 다시 나오는 게 들리면, 펄펄 끓는 납으로 네 입을 헹구어주겠다."

"자, 그럼 계속해볼까. 내가 조금 전에 암시한 대로, 과거에는 함께 사는 것, 끔찍한 덩어리 음식을 직접 씹어야 하는 것, 그리고 언제나 살점을 두르고 뛰어다녀야 한다는 것 등의 끔찍한 공포가 존재했단다. 금속으로 교체될 희망 따위는 아예 없거나, 매우 희박한 상태로 말이지!" 그는 자신의 말이 단단히 박히도록 하려는 심산에 갑자기 훌쩍 그녀 쪽으로 뛰어 건너갔다. 그녀 근처에 강철 발을 디디며, 끔찍하게 날카롭게 그녀의 볼을 꼬집으며 동시에 반대쪽 강철 손톱으로는 그녀의 옆구리를 찔렀다. 상처가 날 정도는 아니었지만 고통은 충분히 느낄 정도였다. 소녀가 비명과 고함을 지르는 모습을 바라보며, 그는 냉정한 투로 말을 이었다. "알겠니, 꼬마 소녀야. 옛 시대에는 희망이라고는 단하나도 없었단다. 언제나 살점에 붙들린 채로, 벗어날 가망 따위는 조금도 없이 살았지. 그리고 이런 끔찍한 꼬집기와 옆구리 찌르기를 서로 온종일 저지르고 있었을 거란다! 피가 사방에 흘렀겠지! 비명도 그렇고. 아, 끔찍하구나! 하지만 너 꼬마 소녀는, 언젠가 몸의 거의 전부를, 자신을 붙들어줄 최소한의 살점 조각만 남기고 신금속 합금으로 바꿀 수 있다는 희망이 있지 않니. 그리고 살점 조각은 거의 아무도 꼬집거나 찌르지 못하도록 가리거나 숨길 수가 있지. 게다가 또 누가 알겠니. 요즘 여권운동이 발전해가는 모습을 보면, 너도 언젠가 거의 내 것만큼이나 훌륭한 성체의 주인이 될 수 있을지도 모르지. 너를 도와줄 온갖 병기 인간과 경보기를 대동하고, 온갖 꼬집고 찌르는 자들로부터 거의 안전하게 살 수 있게 될 거다. 성채가 있으면 멀리서 그대로 날려버리면 되니까. 그리고 우리 완벽하고 즐거움이 넘치는 자동화의 시대에는, 거의 누구든 자동 장치의 시중을 받으며 편안하게 보편적이고 심원한 난제에 대한 사색에 잠길 수 있단다. 어차피 방문 따위는 아무도 안 하잖니? 아주 잠시지만, 새로 보여줄 것이 생겨서 아빠를 찾아다니는 꼬마 소녀들을 제외하면 말이다."

그는 꼬마 소녀가 자기 말의 속뜻을 알아들었으리라고, 그래서 울부짖기를 멈추고 다시 자신의 새 손을 보여준 다음, 그대로 자기 어머니가 사는 반구형 거품 주택으로 꽁무니를 빼리라고 생각했다. 그러나 꼬마 소녀는 달랐다! 그녀는 울부짖기를 멈추고, 물기 어린 푸른 눈을 몇 번 훔치고는 그를 똑바로 바라봤다. "나는 아빠랑 오래 이야기하고 싶었어요. 그러면 아빠가 저를 집까지 바래다줄 수밖에 없을 테니까요. 그때쯤이면 사방이 어두워질 테고, 저는 혼자서는 너무 **무서워서** 어두운 플라스틱 벌판을 가로지를 수 없을 테니까요. 게다가 아빠도 그쪽으로 건너가서 버튼 누르는 일을 좀 도와줘야 해요. 엄마는 온갖 보육용 버튼을 혼자 누르느라 질려버릴 지경이라고 그러셨어요."

아, 공포여! 재앙이여! 근심이여! 절망이여! 비탄이여! 꼬마 소
녀들은 얼마나 끔찍한 재앙인지, 하고 그는 생각했다. "나는 **보육
용 버튼 따위는 누를 줄 모른다.**" 그는 서둘러 소리쳤다. "게다가
우리가 동의한 바에 따르면, 내가 포육 담당관한테 배아를 가져
다주면, 너희 어머니가 보육용 버튼을 누르고 너를 양육하는 일
을 도맡겠다고 했단다. 게다가 지금은 말이다, 최근 붉은 은하계
에서 긴급사태가 발생하고 화성 원조 계획의 실행이 기묘하게
어긋나는 상황이라 우리 모두 함께 명징하게 사색해야만 한단
다. 미안하구나, 하지만 여긴 내가 할 일이 아주 많거든. 너는 그
냥 어두워지기 전에 얼른 돌아가거라. 네 어머니가 보육용 버튼
은 혼자서 알아서 할 게다. 우주의 위대한 사색을 아이 하나 때문
에 미뤄둘 수 없는 법이거든."

소녀는 그가 다른 아이들을 만날 때도 끔찍하게 싫어했던 식
으로 투정을 부리기 시작했다. 그녀는 바닥에 몸을 던졌다. 쪼그
려 앉아 뛰어다녔다. 새로 만든 강철 손으로 반대쪽 손에 그림을
그려댔다. 옷을 벗기 시작했다. 그리고 그러는 동안 계속해서 "아
빠가 필요해요! 아빠가 필요해요!" 하고 소리쳐댔다. 끔찍하고
사악한 꼬마 살점 짐승 같으니, 그런 당황스러운 감정을 있는 그
대로 드러내 보이다니. 그러나 결국 그는 낡은 일회용 우주 작업
복을 차려입고 어머니가 사는 곳을 향해 얼음처럼 환한 플라스
틱 정원을 건너는 신세가 되었다. 그리고 꼬마 소녀는 그의 곁에
서 깔깔 웃으며 폴짝폴짝 뛰면서 따라갔다. "아빠가 보육용 버튼

을 눌러준대요, 아빠가 버튼을 눌러준대요." 그리고 그는 머리 위저 멀리 어딘가, 자욱한 짙푸른 어둠 속 어딘가를 떠올리며, 자신이 붉은 은하계의 문제와 화성 원조 계획의 실행을 방치하고 있음을, 자신의 정신 능력을 쏟지 않고 있음을 절감했다. 그런 온갖 궁극의 문제를 생각하며, 그리고 자기 곁에서 무지하게 살점에 지배당하는 꼬마 소녀를 바라보며, 그는 어딘가 거의 잊어버린 살점 조각의 깊숙한 곳에서 눈물이 스며 나오는 것을 느꼈다. 그리고 그 눈물은 수많은 렌즈를 뚫고 나와서, 어딘가 멀리 안쪽에 흐릿하게 맺히며 그의 광역 기계 안구의 놀라운 정밀성을 거의 무효화시켜버렸다. 앞을 똑바로 볼 수 없게 된, 아니 실은 한동안 시야가 거의 검게 변해버린 그는, 꼬마 소녀의 강철 손을 꼭붙들었다. 그녀도 손을 굳게 맞잡았고, 그는 눈물로 장님이 된 채로 그녀와 함께 매끄러운 정원 위로 걸음을 옮겼다. 다가오는 저녁의 어스름 속에서.

그녀는 끔찍했나?

조기 경계선에서 그녀의 존재를 알려왔을 때, 그녀는 아직 한참 떨어진 곳에 있었다. 일반적으로 적성 존재를 탐지하는 최외곽인 어느 플라스틱 언덕 위에, 기껏해야 점 하나로 보일 뿐이었다. 나는 다가오는 그녀의 모습을, 여기까지 먼 길을 걸어오는 그녀의 모습을 꾸준히 눈으로 좇았다. 어린 여자아이처럼 주변을 두리번거리며, 가녀린 손에는 뭔가를 안고 있는 모습을. '꼬마 소녀가 더욱 작은 천사를 품에 안고 우리 문 앞으로 오는 모양이로군.' 이렇게 생각하던 나는, 그녀가 성문을 흔들기 시작하자 정신이 번쩍 들었다. 그리고 모든 발사기가 외부 성벽을 조준할 때까지 계속 무기 스위치를 올려댔다.

"암호를 대라! 어서!" 나는 이렇게 소리치면서, 그녀가 올바른 암호를 대기를 진심으로 기원했다. 그러지 못하면 발사기의 버튼을 눌러야 할 테니까. 그리고 그녀가 마녀가 개발했다는 소문이 있는, 플라스틱 계곡의 거대한 연구소에서 만들어낸 지상 보행 미사일이 아니기를 빌었다. 어쩌면 나를 높은 하늘로 날려 보내 바람 속으로 흩어버릴 위장 보행 인형 폭탄이 아닐지도 모른다. 진짜로 비밀 암호를 잊어버린 꼬마 소녀일지도 모른다.

"나팔꽃이 예쁘게 활짝 피었어요." 그녀는 혀짤배기소리로, 마치 작은 압정처럼 날카롭게 말했다. 그리고 그녀의 크디큰 눈은 분명 진짜였고, 문득 그 안에 깃든 사랑이 내비치는 듯했다. 우리 꼬마 소녀가 분명했다!

"10번 성문 앞으로 와서 신원을 확인받도록!" 나는 안도하며 스위치를 올려 외벽의 열한 번째 성문을 열었다. 내가 성문을 하나씩 열 때마다 그녀는 성벽을 지나 들어왔다. "오염 정화 대기." 그녀가 놀이용 우주복을 입어 빵빵한 모습으로 끝에서 세 번째 성문 앞에 서자, 나는 대형 확성기로 이렇게 지시했다. 그녀는 어린 여자아이답게 즐겁게 몸을 흔들고 있었다. 아빠를 보러 가는 길이니까. 그러나 경계를 늦추면 안 된다. 속임수와 함정일지도 모른다. 딸이 끝에서 두 번째 성문을 통과할 때, 나는 모든 검사 장치와 정화 장치를 투입하고, 무기로 그녀의 움직임을 쫓았다. 그녀가 마지막 성문 앞에 서자 나는 물었다. "통과 서류를 가지고 왔니? 마녀가 서류를 써주던?"

"마녀 몰래 빠져나와서 그대로 자동 보도에 올라탔는걸요." 그녀는 이렇게 말하고 깔깔 웃었다. 마음에 드는 소리였다. 마녀란

내 아내다. 열두 개의 플라스틱 언덕 너머에 살고 있으며, 가끔 들어오는 보고에 의하면 열두 명이 넘는 플라스틱 남자를 데리고 산다고 한다. 하지만 내가 온갖 발사기나 관찰용 성벽을 갖춘 것은 마녀 때문만은 아니었다. 마녀는 내 문제의 일부일 뿐이다. 사실 온 세상이 이런 상황이니, 이제는 가장 작은 문제일 뿐이었다. 그녀는 플라스틱 남자들을 데리고 하얀 마녀의 계곡에 살며, 나하고는 어쩌다 한 번씩만 얼굴을 마주한다. 가끔은 크리스마스에 복합 영상기로 얼어붙은 인사말을 나누기도 한다. "그쪽에도 메리 크리스마스!" 때론 핼러윈을 맞이해 내 사랑의 징표로 낡은 빗자루를 보내기도 한다. 그리고 한번은, 상당히 최근의 부활절이었는데, 분홍색 태양이 얼음 같은 플라스틱 언덕을 비추는 순간, 양쪽 모두 성벽 밖에 서서 휴대용 확대 영상기로 서로의 성채를 엿보다가 눈이 마주치기도 했다. 나는 어쩌다 그런 일이 벌어졌는지 결국 설명할 수 없었다. 내 렌즈로 그녀의 렌즈를 정확하게 들여다본 순간, 그리고 그녀의 새로운 파란색 안구를 마주한 순간, 나는 온 세상 사람들의 얼음처럼 차가운 분노를 떠올리고 순식간에 10년은 늙어버렸다. 그런 상황에서 성채의 외곽 성벽에 2.4미터 두께의 사격진지를 달아놓고 강철 병사들을 대기시키는 상황이 뭐가 이상하겠는가? 따라서 내가 지면 미사일을, 보행 인형 폭탄을, 그리고 하얀 마녀 로켓의 섬광을 두려워하는 것은 별로 이상한 일이 아니다. 그에 맞서려면 경계를 늦추지 말고 손에 넣을 수 있는 모든 무기를 동원해야 하기 때문이다. 그러나 그녀는 먼 옛날 다른 세상에서, 내 아이들을, 아들과 딸을 가졌다. 아들은 이제 플라스틱 남자들 쪽으로 완전히 넘어가서 주로 우주 장난감을 가지고 놀기만 한다. 그리고 아빠를 보러 오는 일은 거의 없다. 나로부터, 자기 아빠로부터 떨어져 있으면서도 만족하는 것이다.

그러나 내가 말했듯이, 이제 위협은 마녀만이 아니었다. 심지어 이제는 주된 위협으로 간주하지도 않았다. 그녀는 그저 말파리처럼 귀찮을 뿐이다. 더 멀리 보이는 언덕 너머에는 집념이 강한 적들이 가득하다. 그리고 시간도 있다……. 내가 궁극에 도달하기 전에 내 살점 조각들을 가로채려 애쓰는 시간 말이다.

"안녕, 꼬마 소녀야." 정화 장치는 그녀가 깨끗하다는 보고를 올렸다. 무기 검사에서도 아무것도 탐지되지 않는다는 보고가 올라왔다. 본인에 대해서는 **신뢰할 수 있음**, 그리고 그녀가 손에 든 물건에 대해서는 흐릿한 **조건부 확인**이었다. 그녀가 더욱 작은 천사를 들고 있는 모습을 보았기 때문에, 감수할 만한 위험이라 여기기로 했다. 어린 소녀가 우주 인형을 들고 있을 뿐이니까. 나는 그들을 들여보냈다. 그리고 그녀는 이제 내 앞에 섰다. 우리 세 살 먹은 아기 천사는 아직 자신의 살점과 뼈와 혈액으로 구성되어 있었다. 단 하나, 강철로 교체한 치아만 빼고. 그녀가 아직 어리기 때문에, 모데란의 개조 담당자들도 치아 정도가 한계였다. 12세까지 무사히 살아남으면 사지를 전부 금속으로 바꾸게 될 것이다. 그리고 어쩌면 그때쯤이면 일부 장기에도 금속판을 덧대게 될지도 모른다. (나는 신체의 92.5퍼센트가 영원히 망가지지 않을 합금으로 만들어져 있다!) "잘 지냈니, 꼬마 소녀야?"

그녀는 즐겁게 깔깔 웃으며 혀짤배기소리로 말했다. "아빠랑 같이 살려고 왔어요. 마녀한테서 도망쳤거든요. 아빠한텐 사랑이 필요해요!"

"그건 안 돼!" 나는 깜짝 놀라고 완전히 충격에 휩싸였다. 엉덩이가 푹신한 의자에서 벌떡 일어나 온몸을 떨기 시작했다. 모든 살점 조각에서 식은땀이 쏟아져 내렸다. 저들이 교체한 금속 부품들은 전부 쿨렁거리고 윙윙거렸다. 어린 여자아이가 나하고 같이 산다고! 그럼 내 사색은 어떻게 되는 거지? 내 작업은? 나를 따라서 석벽이 전부 환한 핏빛으로 빛나는 원시 대기의 방으로 들어오지는 않을까……? 쇠사슬에 달린 2톤짜리 검고 묵직한 금속 구체가 움직일 때면 어떤 모습인지 보고 싶어서 하얀 순수의 방으로 들어오지는 않을까? 내 살점 조각에 정맥주사로 복합 액체식을 먹일 때마다, 자기도 같이 하겠다고 나서서 당황스러운 상황을 연출하지는 않을까? 그리고 혹시라도, 어느 운 나쁜 날에, 나도 모르게 100만 거울의 관으로 홀로 들어가버리지는 않을까? 내가 반짝이는 황량한 장관 속에서 자신의 진정한 모습을 찾아 헤매는 그곳에?

"꼬마 소녀야." 나는 소리치며 뭐든 손 닿는 것을 붙들었다. 그리고 내 곁에 서 있던 두 명의 병기 인간으로 무릎을 지탱해서, 거의 쿨렁거리지도 윙윙거리지도 않게 만들었다. "꼬마 소녀야,

내가 손가락을 놀리기만 하면 네게 무슨 일을 할 수 있는지 알고 있느냐? 여기가 갑주만이 아니라 병기도 가득한 곳이라는 것을 알고 있느냐? 네가 내 발을 붙들거나 몸을 묶는다 해도, 자동 병기 인간에게 가볍게 신호만 보내면 너를 말끔히 처리할 수 있다는 것은 알고 있느냐? 그리고 꼬마 소녀야, 궁극의 위기가 닥쳐오면, 모든 수단을 동원했는데도 패배를 피할 수 없다면, 나는 천장에 달린 수많은 관 중 하나에 대고 특정 구절을 읊을 거란다. 그러면 이곳 성벽으로부터 멀리 떨어진 산속에 숨겨놓은 성채에서 연쇄반응이 일어나겠지. 그러면 이 모든 것이 날아가버릴 거다! 거기까지 가도 너는 이길 수 없다는 말이다!" 나는 근처에 서 있는 병기 인간에게 기대서 몸을 떨고 있었다. 그러지 않으려고 안간힘을 쓰고 있는데도, 두 개의 강철 기둥을 붙잡은 손에서는 찰랑거리는 소리가 울렸다. 그런데도 이 끔찍한 꼬마 괴물은 그대로 제자리에 서서 놀이용 우주복을 입은 조그만 소녀의 모습을 하고 신나게 웃어대고 있는 것이었다. 한 쌍의 푸른 눈을 조롱하듯 반짝이며, 여전히 더욱 작은 천사로밖에 보이지 않는 물건을 끌어안고 있었다. "넌 이길 수 없다, 꼬마 소녀야!" 살점 조각에서 흘러나온 땀이 바닥으로 뚝뚝 떨어졌다.

"나를 원하지 않는 거예요?"

"너와 살 수는 없다. 밀어붙이려 하지 마라. 내 깊은 사색에 방해가 될 거다. 네가 주변에 있으면 나는 완전히 다른 사람이 될 거다. 궁극에 이르는 길을 발견할 수 없을 거야!" 문득 내가 거의 비명을 지르고 있다는 사실을 깨달았다.

"그럼 갈게요. 아빠한테는 사랑이 필요할 줄 알았어요."

"사랑이라고!!! 안 돼, 방문 정도면 괜찮다. 너는 직계가족이니까, 나를 해칠 물건을 가져오지만 않는다면 10분 정도는 아무 문제 없어. 하지만 사랑은…… 귀찮을뿐더러 너무 비현실적이구나. 그리고 자칫하면 내가 적을 경계하는 일을 잊을지도 모른다."

"그럼 난 갈게요!"아랫입술을 비죽 내민 모습을 보니, 자기 마음이 상했다고 생각하는 것이 분명했다. 아니면 연기일 수도 있고. 어린 소녀들의 경우에는 판단하기가 힘들었다.

"네가 와줘서 기쁘구나."목소리가 조금 뻣뻣하게 나온 것은 아닐지 걱정이 되었다. 나는 이럴 때마다 쉽사리 긴장을 풀지 못한다. 그러나 이번 방문이 막바지를 향해가는 모습이 뻔히 보였기 때문인지, 이제 철컹거리는 소리는 더는 울리지 않았다. "자, 그럼 꼭 가야 한다면……." 나는 다시 입을 열었다. "마녀도 아마 걱정하고 있을 것 아니냐. 나중에 또 휴전 기간이 되면, 어쩌면…… 네가 다시 와준다면……."

그리고 그녀는 떠났다. 그 모든 성문을 통과해서, 움직임을 추적하는 무기들의 배웅을 받으며. 그리고 나는 그녀가 계속 뒤를 돌아보고 있다는 사실을 깨달았다. 그러나 그녀의 눈에 눈물은 보이지 않았고, 나는 강철 이빨을 드러낸 소녀의 얼굴에 사악한 미소 비슷한 것이 보인다는 사실에 의문을 품었다. 그러다 문득 그 아이가 푹신하고 둥그런 우주 인형을, 더욱 작은 천사를 바닥에 놓고 갔다는 사실을 발견했다. 나는 그걸 얼른 집어서 가져다 주려는 생각에 몸을 숙였다.

내가 더욱 작은 천사를 건드리는 순간, 양팔 모두 어깨까지 날 아가버렸다. 그리고 거인의 손이 나를 번쩍 들어 열 개의 방을 꿰 뚫을 정도로 세게 던져버린 것만 같았다. 폭탄을 심은 것이다! 하 지만 심하게 다친 것은 아니었다. 간신히 정신을 차리고 보니, 꼬 마 소녀는 자동 보도를 타고 내 쪽의 마지막 플라스틱 언덕을 넘 어가고 있었다. 그녀는 마지막 언덕 꼭대기에서 몸을 돌려 손을 흔들고, 놀이용 우주복의 탱글탱글한 팔을 내 방향으로 마구 휘 저은 다음 마녀의 계곡 쪽으로 내려갔다. 문득 발사기로 곧장 그 녀를 날려버렸어야 했다는 생각이 들었다. 죽은 아빠가 있는 방 향으로 마지막 인사를 건네는 것이 분명하다는 생각이 들었기 때문이다. 그러나 나는 팔이 망가진 상태라 버튼을 누를 수 없었 고, 게다가 더욱 작은 천사에 폭탄을 설치한 사람이 꼬마 소녀라 고 확신할 방법이 있겠는가?

어쩌면 거의 전부 마녀의 계획이었을지도 모른다. 어깨 둥치 가 검게 그슬린 채로 누워 헐떡이는 동안, 그녀의 계곡 쪽에서는 우렁찬 악단의 연주에 맞춰 깃발이 휘날리고, 공중에서는 승리의 축포가 터져댔기 때문이다.

게다가 내게는 다른 적들도 있다. 고약하고 집념으로 똘똘 뭉 친 적들이 뿌연 공기 속에서 날갯짓을 하며, 멀리 갈색의 땅에서 나를 주시하고 있다. 위험으로 가득한 뿔과 발톱과 이빨을 날카롭게 갈고 닦으며, 뱀처럼 비늘 덮인 꼬리를 휘두르며, 나를 내리쳐 그대로 끝장낼 기회만 엿보고 있다! 아, 그래! 내일은 발사대에 더 바짝 붙어 서서, 언덕을 살피는 감시 장비를 다시 두 배 늘릴 방안을 찾아봐야겠다.

과거에의 일별

　모든 것이 자동화된 신공정의 땅에 이처럼 여가 시간이 많지 않았더라면, 그리고 빠르고 값비싼 컨베이어 도로인 자동 보도가 왕국 곳곳에 깔려 있지 않았더라면, 사람들이 걸어서 순례의 행렬에 참여하는 모습은 자못 부적절해 보였을 것이다. 무더운 7월, 적갈색의 증기 방어막 아래에서, 그들은 마치 옛 시대에 밀밭을 향해 몰려가는 메뚜기 떼처럼, 한데 모여 정원과 벌판을 가로질렀다. 철컥철컥 찰그락찰그락 철컥철컥하고 수많은 이들이 함께 발을 굴렀고, 마침내 플라스틱을 때리는 금속의 소리는 불길한 굉음이 되어 쉬지 않고 울렸다.

　7월 중순의 그날 아침에는 소문이 순식간에 퍼져나갔다. 두 시간도 지나지 않아서 그 흥미로운 물건의 도착 소식이 알려졌고, 얼마 지나지 않아 거의 모든 사람이 그쪽을 향해 걸음을 옮기기 시작했다. 녹색 위원회의 요청에 따라, 올데란의 비행사들이 그 날 이른 새벽에 항공기로 수송해온 것이었다. 그들은 어둠의 장막 아래에서 세계를 가로지르는 공기의 회랑을 타고, 고대 습속 담당청 건물의 정문 앞에 도착했다. 그들은 조심스레 올데란의 기후 조절 함선에서 완충재를 덧댄 상자 속으로 그것을 옮겼다. 그리고 특별히 준비한, 고대 습속 담당청 건물 앞의 검은 플라스틱 연단에 놓인 전시용 유리 구체 안에 가져다놓았다. 녹색 위원회는 장중하게 버튼을 눌러 이 땅의 모든 그림 벽에 광고를 띄우고는, 이번 주를 이 기묘한 물건의 기념 주간으로 선포했다.

호기심 가득한 이들이 무쇠가 플라스틱에 부딪치는 기묘한 굉음을 울리면서 정원과 벌판을 건너 고대 습속 담당청 건물로 몰려들었다. 그리고 신공정의 땅의 주민인 금속을 덧댄 강대한 이들이 수런대는 소리가 들려왔다. 몸의 대부분이 무쇠-x라는 제법 낡은 합금으로 '교체'된 어느 강건한 숙녀가 신형 금빛 인장 합금으로 가득한 젊은 여인에게 뭐라 말하고 있었다. 그녀의 증조할아버지의 증조할아버지 때로부터 전해져 내려온 이야기에 따르면, 그때 할아버지는 지금 보게 될 그런 작은 괴물 도구를 가지고 있었으며, 그것도 제법 꾸준히 사용해왔다는 것이었다.

"그 정도로 최근까지 말이야! 상상이 되니!" 그녀는 철제 목구멍을 끽끽대고 울리며 말했다. 먼 옛날에 후두암에 걸리지 않도록 무쇠-x 합금을 덧대놓은 물건이었다. 그녀는 세상 사방의 모든 여성들과 마찬가지로, 다른 여성에게 논란의 여지가 있는 정보를 전달할 때의 보편적인 호의를 드러내며 말을 이었다.

"적어도 우리가 조사해본 범위 내에서는, 우리는 그쪽 방면으로는 타오르는 불꽃처럼 완벽하게 깨끗해요." 다른 여성이 다소 오만하지만 정답게 대꾸했다. "물론 어찌됐든 직접 보고는 싫지만요. 아시겠지만 아주 머나먼 제 조상 중에서도, 아마도 우주 시대에 살았던 사람들은, 저런 물건을 소유하고 그에 의존해 살았을 거예요. *얼마나 끔찍한지!*"

"글쎄, 우리 조상님은 자기 물건이 엄청나게 도움을 줬다고 하더구나. 어딜 가든 꼭 가지고 다니고, 항상 애용했다지." 무쇠-x의 숙녀는 먼 옛날의 집안사람들을 옹호하기 위해 이렇게 말했다. "하지만 내 생각에는 다른 사람들처럼 '교체'를 해버리는 편이 나았을 것 같아. 문제는 너무 자주 이 땅을 떠나서 우주군에 속해 있던 분이라는 거였지. 화성에서 100만 비행접시의 전투에도 참가하셨고, 금성에서 그 끔찍한 보라색 먼지의 장막으로 우리 병사들의 진군을 막았을 때도 계셨댔어. 아무래도 교체할 시간이 없으셨겠지. 그리고 언젠가 한번은, 온갖 전쟁이나 다른 장소들에서 경험한 것들 때문에, 어차피 영원히 살 마음은 없다고 말씀하기까지 하셨다는 거야. 아마 금성의 그 끔찍한 보라색 장막 때문이겠지. 그런 말을 하는 사람이 있다니 상상이나 가니?"

다른 여성은 물론 상상조차 할 수 없었기 때문에, 금빛 인장이 찍힌 자신의 후두를 적절하게 울리고 딸각이고 덜컥거리며 그런 의견을 피력했다.

"그래도 사람들이 이곳 신공정의 땅에서 우리처럼 온갖 부속을 지니기 전에 있었던 일이긴 하니까." 무쇠-x 쪽의 여성은 여전히 자기 조상을 옹호하면서 말을 이었다. "아름답고 위생적인, 색이 변하는 플라스틱이 깔려 있지 않은 정원을 상상해보렴. 모든 사람이 홀로 살아가는 반구형 주택도 없다고 말이야. 버튼만 누르면 정원의 구멍에서 일제히 피어올라서 금속의 꽃밭을 이루는 만능 데이지가 개발되기 전이었다고 생각해보렴. 우리 조상님은 아마도 오늘날 우리가 당연한 것으로 받아들이는 아름다운 금속 꽃을 본 적조차 없으셨을 거야. 그리고 당장 오늘 밤에라도 빛줄기를 쏴서 신호만 보내면 내 음악 감상용 석실로 불러올 수 있는, 양철 만돌린 연주자나 그 훌륭한 플라스틱 삼중창 악단도 본 적이 없으셨겠지. 방에서 나와 있으면 호흡하는 공기도 제대로 조절되지 않았을 테고, 그조차도 9할은 향기가 첨가되지 않았을 거야. 밤마다 파노라마를 제공해주는 형상 인간도, 우리가 심심할 때마다 즐기는 색채 던지기도 모르셨겠지. 우리가 사는 이 아름다운 세계를 만들어주는 색색의 증기 방어막도 모르셨을 테고. 언제나 파란 하늘에 끔찍한 노란 태양만 떠 있고, 그렇지 않으면 구름 낀 잿빛 하늘뿐이었겠지. 으으! 심지어 섹스 기계도 없었겠지! 그분께는 우리가 가진 온갖 것들이 없었다는 사실을 기억해야 해. 그러면 이해할 수도 있단다."

"아, 그렇죠." 상대방 여인은 길동무를 달래고 싶은 마음에 얼른 동의했다. "그리고 부인의 조상님 생전에는 사람들도 영생에 대해서 별로 관심이 없었을 거 아녜요. 아마도요. '교체'를 겨우 시작하던 때였겠죠. 글쎄, 제 생각에는 50퍼센트 이상의 '교체'는 세상 누구도 요청조차 않았을 것 같네요. 설령 했다고 해도 전쟁에서 부상당했거나 자가 파손으로 엉망으로 붙여놓은 정도겠죠. 과학적이지도 않았을 테고요. 하지만 부인과 저를 보세요. 부인은 90퍼센트 정도 되셨죠? 전부 과학적이고요!"

"91퍼센트야." 그녀의 길동무는 거짓말을 했다. "그리고 살점에 손쉽게 달라붙는다는 그 신형 고속 봉인 합금이 있으면 비율을 더 올릴 수도 있겠지. 하지만 살점 조각과 인간의 피가 9퍼센트밖에 남지 않은 지금조차도 내가 죽을 확률이 그리 높다는 생각은 안 든단다."

"저도 그렇게 생각해요." 상대방 여성도 동의했다. "물론 저는 92.5퍼센트고, 내일 당장 새로 시술을 받을 생각이지만요!" (그녀의 말 또한 거짓이었다!)

두 사람은 입을 다물고 철컥철컥 찰그락찰그락 철컥철컥거리며, 거대한 인파의 일부가 되어 고대 습속 담당청을 향해 걸음을 옮겼다. 그들은 한나절을 꼬박 걸었고, 아주 늦은 오후가 되어서야 선두가 건물의 바깥쪽 문에 도착했다. 고대 습속의 이해 증진 협회에서 나온 직원들이 사람들을 한 줄로 세워 들여보냈다. 사람들은 모조 이끼와 양철 담쟁이가 두껍게 뒤덮은 출입구를 통해 들어갔다. 그리고 작고 동그란, 완전히 투명한 유리구슬이 골동품인 검은 벨벳 덮개 위에 놓여 있는 모습을 목격했다. 그리고 신공정의 땅에 사는 호기심 많은 사람들은 저마다 유리구슬을, 그리고 그 안의 기묘한 거주자를 몇 초 정도씩 살펴볼 수 있었다. 그 존재는 세심하게 설정한 인공 환경 속에서 생명을 유지하며, 아마 100년쯤 전에는 의미가 있었겠지만 이제는 아무 의미도 없는 노동을 부지런히 계속했다. 고대 습속의 이해 증진 협회 사람들은 다음 주쯤에 이 구식 전시품을 대여해준 데 감사하는 편지를 보낼 생각이었다. 그리고 올데란에 보낼 상당한 액수의 수표도 첨부될 것이다. 올데란, 그 독실하고 괴상한 사람들이 살점과 과거의 방식에 매달려 살아가는, 산과 바다에 둘러싸인 작은 나라로 말이다.

두 여자는 나란히 서서 이 기묘하고 낡은, 그러나 다부지게 박동을 반복하는 그 작은 존재를 바라보았다. 문득 무쇠-x 숙녀는 이 기묘한 전시회의 해설 팸플릿을 읽기 시작했다. "오늘 이 괴물을 관람하고 나면, 우리는 고대의 조상들에 대해 깊은 연민을 품지 않을 수 없을 것입니다. 그렇게 먼 옛날에 태어나서 이런 물건을 흔한 요소로서 품고 살아야 했다니 참으로 엄청난 불운이 아닙니까. 특이한 돌연변이의 예외가 아니라 누구나 진지하게 위험을 마주해야 했던 것입니다. 마음 약하고 망설임이 심하며, 감상적이고 불안하며, 죽기 직전까지 거의 모든 시간을 겁에 질려 보내며 쉽사리 감상에 빠진 것도 당연한 일입니다. 연약한 심장을 가졌던 그들을 용서하도록 합시다. 이 작은 괴물이 *기분이 나쁠* 때마다, 그들이 감내해야 했던 꿈틀거리는 공포를, 불안을, 위험을, 죽음을! 생각해보십시오."

"그러네요!" 금빛 인장 부속을 가진 그녀의 길동무가 숨을 들이쉬었다.

그리고 마음속에서 흘러넘치는 선의와 동료애 때문에, 그리고 서로가 행운으로 한데 묶인 사이라는 사실을 새삼 깨달으며, 그들은 바로 그곳에서, 늦은 오후인데도, 하루를 시작하는 이른 아침에나 사용하는 '아침의 선서'를 암송하기로 마음먹었다. 두 사람은 함께 목소리를 높였다. "오늘부터 앞으로 영원히, 저는 우리의 형상을 본따 세운 위대한 강철과 플라스틱의 우상에, 붉은색과 노란색의 인공위성에 실려 우리 세계를 돌고 있는 그에게 진심으로 감사를 표할 것을 맹세합니다. 강철과 플라스틱으로 만들어진, 영원히 망가지지 않는, 우리의 심장에 걸고 굳게 다짐합니다!"

교육적 여행

두 사람은 축제일을 맞이한 기분으로 모데란의 플라스틱 들판과 정원을 가로질렀다. 찰칵 찰크락 척 철컥 척 하는 그들의 걸음걸이에서는 서커스와 소풍과 옛 세상의 마지막 수업 날 분위기가 흘렀다. 그들은 고대 습속의 이해 증진 협회에서 모데란 영역의 북서쪽 구석에 세웠다는 기막힌 새 쇼핑 구역으로 가는 중이었다.

오늘은 당일치기 여행이므로, 즐거운 소풍이므로, 두 사람은 인파로 북적이는 자동 보도에 연연하지 않기로 마음먹었다. 그들은 열심히 걸어 낮게 솟은 플라스틱 둔덕 꼭대기에 올라서서, 완만한 비탈 아래로 펼쳐진 네온의 도시를 내려다보았다. 6월의 드높은 푸른색 증기 방어막 아래, 화살표가 이곳저곳을 가리키고, 네온 도시 곳곳에서 점들이 춤추고, 긴 선이 출렁이고, 짧은 선이 신선한 공기 아래 바쁘게 위아래를 오가고, 네모와 다이아몬드와 동그라미가 생겨났다 사라졌다 다시 생겨나기를 반복했다. 수많은 커피 캔이 허공에 양철의 자태를 활짝 피웠고, 붉은색과 노란색과 푸른색이 티백의 윤곽을 감쌌으며, 수많은 생명보험 광고는 커다란 활자체로 허공에 적혔다가 지워졌다 다시 적히기를 반복하며 갈수록 밝은 색채로 변하다가, 마침내 눈이 휴식을 애원할 정도로 환하게 빛나기 시작했다. 시원한 다이어트 콜라를 정신없이 선전하면서 춤추는 갈색 점들과 물결치는 회색 선이, 그리고 그 옆에서 반석처럼 안심할 수 있는 장례 물품을 선전하는 근처 장의사의 광고가, 그런 휴식을 선사해주었다. 온갖 종류의 의상, 전동 잔디깎이, 거주용 트레일러, 신형 자동차, 장난감 기관총, 묘석, 의료보험, 운동 안내서, 기타 **반드시** 팔아야 하는 수십 수백 가지의 다른 물건은 언급할 필요조차 없었다.

소풍을 나온 두 명의 모데란인은 훤칠한 키에 여윈 몸매의 노부인이었다. 많은 수의 무쇠-x와 소수의 금빛 인장이 박힌 '교체' 부품을 가진 그녀들은 마치 마법에 홀린 것처럼 네온 도시로 이어지는 완만한 비탈길에 못박혀 서 있었다. 한동안 그들은 말조차 하지 못하고 그저 바라보며 경탄할 수밖에 없었다. 그러다 더 훤칠하고 여윈, 주로 무쇠-x로 구성되었으나 금빛 인장 '교체' 부품도 한두 개 가진 쪽이, 자신의 플러기-플라기 버튼을 누르고는 높고 절제된 플러기-플라기 목소리로 말했다. "안내서는 가지고 있니, 엠?"

"물론이지, 루." 다른 쪽이 정말로 흥분에 겨운 목소리 버튼의 목소리로 말했다. "정말 너무 대단하지 않니? **흥미진진해라!**"

그래서 그들은 네온이 반짝이는 도시를 향해 덜컹거리며 내려갔으나, 마중 나온 사람은 아무도 없었다. "그냥 들어가면 된다는 걸까?" 그들은 영문을 모르는 채로 서로에게 물었다. "입장하는 곳이 있을 줄 알았는데. 위원회도." 두 사람 모두 그렇게 생각했다. 엠은 안내서를 뒤적였다. "이 책에 따르면, '쇼핑 구역에서는 자신의 반구형 거품 주택에서 정화 공기 욕조를 이용해 차분하게 목욕을 즐길 때처럼 자유롭고 마음 편하게 이것저것을 느껴봐도 됩니다. 물건을 사라고 강요하거나 압박하는 일은 **절대** 없을 것이며, 거짓된 거래를 시도하는 이들도 없을 것입니다'라네." 책을 낭독하는 엠의 얼굴 위로 상점의 네온사인이 단아하게 뛰어다니며 선을 긋고 이리저리 오가며 춤췄다. "'은행에 들러서 이곳에서 반드시 필요한 재정적 도움을 받아보시길 바랍니다.'"

네온 도시의 첫 번째 거리 첫 번째 블록에는 오래된 건물이 서 있었다. 콘크리트와 옛 시대에 만든 철로 지은, 두꺼운 벽을 가진 상자 모양의 건물이었다. 옅은 파란색 네온 관으로 만든 간판에 따르면, 그곳이 **제일 국립은행 투자신탁**인 모양이었다. 그리고 그 옆에서 춤추는 환한 붉은색 네온 튜브는 어딜 봐도 제정신으로는 받아들일 수 없는 자산액 숫자를 띄우고 있었다. 루와 엠은 춤추는 숫자에 깜짝 놀라며, 플러기-플라기를 놀려 **제일 국립은행**에서는 자산이라는 것이 분명 제대로 돌아가는 모양이라고

숙덕거렸다.

그들은 서늘하고 청결하지만 어딘가 퀴퀴한 느낌이 드는 공간으로 들어갔다. 과거에는 제일 국립은행 같은 장소에서 종종 느낄 수 있는 감각이었다. 그리고 두 사람은 말쑥하고, 능률적이고, 얼굴에 미소를 띤 작은 제로인간을 발견했다. 이번 전시를 위해 특별히 올데란에서 임대해온 은행원이었다. 엠은 열심히 철컥거리며 따라오는 루를 대동한 채로, 그가 앉아 있는 창구 쪽으로 걸음을 옮겼다. 창구 건너편에 완벽한 제로 상태로 앉아 있는 은행원은 조용히 제로 미소를 지으며, 셔츠 소매를 슬쩍 만지작거리고 훌륭하게 마감된 손가락으로 살짝 접수대를 두드렸다. 힘겹게 복도를 가로질러 자신에게 걸어오는 노부인의 모습을 바라보는 은행원들이 언제나 하는 동작 그대로였다. 그럼에도 불구하고, 그는 전반적으로 늙은 예금자나 늙은 출금자를 차분히 기다리도록 조율되어 있는 것으로 보였다. 따라서 아무 문제도 없었다.

길고 힘겨운 철컥거리기가 끝나고, 엠과 루는 창구에 도달했다. "재정 문제로 상담과 조언을 청하고 싶은데요." 엠은 안내서의 내용을 읊었다. "시내에서 쇼핑 여행을 즐기는 데 적절한 계획이 혹시 있을까요? 그리고 우리가 여러분의 광고 불빛과 문구를 접하고 대처하는 것이 처음이라는 점도 잊지 말아주세요." 제로 인간의 얼굴에서는 웃음기가 사라졌다. 그는 재정 조언에 능숙한 사람이었고, 게다가 이미 거물 노부인 두 명에게 조언하는 대형 은행의 부행장처럼 행동하고 있었다. 마치 옛 시대의 벌레가 현관의 점박이 식물에 올라앉은 것을 발견한 것처럼, 끔찍한 혐오를 담은 눈으로 두 금속 숙녀를 바라보았다. 두 사람을 한동안 냉정하게 바라보고, 세심하게 숨겨놓은 종이 위에 아무 의미 없는 평행선과 상당히 과장된 X 자를 그리며 능률적으로 계산하는 흉내를 낸 다음에, 은행원은 불길한 미소를 머금었다. "각자 담보를 잡히고 당좌예금 계좌를 개설해서 5억 달러씩 넣어두면 어떻겠습니까?"

"우린 담보물이 없는걸요." 엠은 안내서를 그대로 읊었다. "우리는 방금 상부 모데란에서 내려왔어요. 여기 올데란의 일부를 옮겨놓은 옛 구역에서 교육적인 쇼핑 투어를 즐기고 싶을 뿐이랍니다." 이번에는 작은 은행원도 조금 더 진실된 미소를 지었다. 자신이 연기할 부분이 끝났기 때문이었다. 그는 두 사람에게 두 장의 백지수표를 건네면서, 자신이 고향 올데란에서 즐겁게 골프나 즐기고 있었으면 좋았으리라는 생각을 했다. "행운을 빌지요. 과소비는 금물입니다!" 작은 은행원은 열심히 철컥거리며 멀어지는 엠과 루의 등에 대고 소리쳤다.

거리로 나오니 때는 이미 정오였고, 살점 증권 중개인, 살점 싸구려 잡화상, 살점 변호사, 살점 타이피스트, 기타 올데란에 흔한 다양한 부류의 사무직 인간들이 햄버거 가게를 바쁘게 들락거리고, 카페테리아에 줄지어 서고, 뭐든 서둘러 끝내서 그들의 30분짜리 점심'시간'에 살짝 쇼핑을 하려고 애쓰고 있었다. 매일 겪는 소화불량과 훗날 찾아올 심각한 심장마비를 조금이라도 벌충하려는 생각일 것이다! "세상에, 저게 뭐람!" 루는 엠에게 말했다. "저들이 대체 뭘 하는 걸까?" 엠은 안내서를 뒤적이더니 내용을 읽었다. "정오의 혼잡 시간에 맞출 수 있다면, 살점 인간들이 식사하는 모습을 관찰할 수 있습니다." 루와 엠은 이 말에 따라 '체인점'의 뿌연 창문을 들여다보고는, 사람들이 크고 통통한 햄버거를 과격하게 베어 물고, 프렌치프라이 접시에서 갈색 막대를 우아하게 집어 드는 모습을 목격했다. "세상에, 저게 뭐람!" 루는 퍼뜩 놀란 기색으로 엠에게 말했다.

어느새 하루의 중심점이 가까워졌기 때문에, 두 사람은 자신들도 뭔가를 섭취해야 한다는 사실을 떠올렸다. 그들은 서둘러 주변을, 그리고 서로의 얼굴을 바라보았다. "안내서 있잖아, 안내서." 루우는 다급하게 말했다.

"맞아, 그렇지." 조금 차분해진 엠이 대답했다. "안내서에 나올 거야…… '하루의 절반이 다가와서 윤활유와 정맥주사가 필요한 때가 되면, 곳곳에 있는 휴게소 중 하나를 찾아가면 됩니다. 휴게소는 모데란 방식대로 여성 출신용은 FE, 남성 출신용은 MA라고 적혀 있습니다. 토템 가방을 놓고 오신 분들을 위해서 모든 장비가 구비되어 있습니다.'"

"내 건 가져왔어. 깨끗하다는 게 확실하잖아." 루가 앞질러 말했다.

"나도 공용품은 별로더라." 엠도 자기 토템 가방을 흔들면서 동의하고는, 함께 *철컥거리며* FE라고 적힌 장소를 찾아 나섰다.

이내 그들은 휴게소에 들어가서 각자 작은 윤활유 병을 꺼내어 금속 부품에 기름칠을 했다. 관절 부위에는 특히 넉넉히 발라주었다. "할 일이 이게 전부라면 정말 좋을 텐데." 루가 한숨을 쉬었다. 그러나 그럴 수는 없었다. 이제 '교체' 부품들을 연결해 붙이는 살점 조각에 양분을 공급하는 복잡한 작업을 수행할 차례였다. 일단 알약 여러 개와 잘게 부스러트린 과자 조각, 크고 작은 캡슐에 든 여러 종류의 곡물, 다양한 크기와 색깔의 약병에서 흘린 액체 방울을 물에 녹이고 섞어야 했다. 다음에는 시험관과 바늘과 수용액 단지를 준비한다. 루가 먼저 살점 조각에 양분을 공급하기로 했다. 그녀는 벽에서 검은색 강철판을 빼내어 완전히 수평으로 고정한 다음 그 위에 누웠고, 엠은 양분을 담은 바늘을 그녀의 살점 조각마다 하나씩 찔러 넣어 '식사'를 시켜주었다. 루는 식사를 하는 동안 죽은 것처럼 누워 있었다. 모데란에서는 이것이 올바른 '식사' 자세였다. 루의 '식사'가 끝나자, 그녀는 활기차게 일어나서 엠에게 '식사'를 시켜주었다. 필요하다면 혼자서도 '식사'를 못 할 것 없었지만, 오늘은 쇼핑도 해야 하니 서로 협력해서 시간을 절약할 생각이었다.

휴게소를 나선 두 사람은 거리가 조금 조용해졌다는 사실을 깨달았다. 바쁘게 일하는 올데란의 사람들은 자기네 햄버거와 자기네 감자튀김을 꿀떡 삼키고, 자기네 콜라와 커피를 들이켠 다음, 30분의 점심 '시간'에서 얼마 안 되는 쇼핑 시간을 빼내 즐긴 다음에 (뭔가를, 아주 작은 것이라도, 저 모든 광고판의 유혹으로 인한 고통을 줄이기 위해 사들인 다음에) 경쾌하게 자기네들의 도전적이고 자극적인 일거리로 서둘러 달려가버린 것이었다. 그랬다!

루와 엠은 네온 도시에서 쇼핑을 하며 돌아다녔다. 물론 그들에게 필요하거나 어떻게든 사용할 만한 물건은 하나도 없었지만, 구매욕을 불러일으키는 작업은 너무도 미묘하고 공격적이고 매혹적이고 친근하고 완벽하게 효과가 뛰어나서, 두 명의 선량한 신금속 노부인은 구매 방지용 안전 밧줄에서 거의 완전히 풀려나 그대로 휩쓸려버렸다. 그들은 전동 잔디깎이와 쓰레기통과 팬티거들과 나일론 스타킹과 생명보험과 부활절 모자와 크리스마스카드와 핼러윈 호박과 새장에 든 새들과 남성용 정장과 최신식 여성 위생 용품과 보조 기구들을 구입했다. 어떤 식으로든 사용할 리 없을 훌륭한 음식과 음료수와 피임용 알약은 두말할 필요도 없을 것이다.

네온 도시에서 철저하게 교육적이고 완벽하게 자극적인 하루를 보낸 이후, 지쳤지만 즐거운 루와 엠은 **철컥거리며** 다시 모데란의 집으로 돌아갔다. 그때까지 사들인 물건은 외벽 성문 근처에 있는, 오로지 그 일만을 위해 사용되는 건물에 두고 왔다. "세상에, 저게 뭐람!" 루는 엠을 돌아보며 말했다. "나도 내 눈으로 보지 않았으면 절대 믿지 못했을 거야." 엠도 동의했다.

검은 고양이의 계절

검은 고양이의 계절이 드리우고 호박 등이 반짝일 때가 되자, 그녀는 창문 아래에 서서 큰 소리로 그를 불렀다. 상처투성이인 팔로는 길고 가는 상자를 다섯 개나 끌어안고 있었다. 강철의 흐릿한 그림자가, 어딘가 나룻배와 비슷한 물체를 들고는 울타리 근처에서 어른거렸다.

"아빠." 그녀가 소리쳤다. "제가 뭘 가져왔는지 좀 나와서 보세요. 이거 말고도 잔뜩 있어요. 저기 '편안한 기나긴 휴식' 안에 말이에요. 그리고 얼마나 더 있을지, 전부 합치면 얼마나 될지 생각해보세요. 얼마나 더 있을지…… 나와서 좀 보세요!"

그는 물론 그녀의 상자 다섯 개가 아무것도 아니라는 사실을 잘 알고 있었다. 적어도 당신이 뭔가를 하기에는…… 그래, 할 수 없다는 것을. 그리고 당연하게도 목스는 편안한 기나긴 휴식에서 꺼내온 **물건들**을 들고 있을 것이다. 절대 그러지 말라고 단단히 금지했는데…….

그는 요즘 대부분의 시간을 보내는 둥근 밑판의 의자에서, 편안한 안락의자에서, 부드러운 흔들의자에서 일어섰다. 그는 아이 하나 딸린 홀아비가 된 후로 보편적 심원한 난제를, 온 세상의 질문을 사색하며 고요한 겨울을 보냈다. 그는 보정기를 목구멍에 밀어 넣고 두드리며, 암을 예방하려고 금을 입혀놓은 목구멍 곳곳을 조금 편하게 만들려고 애썼다. 그러고는 준비해놓은 테이프를 틀고 힘겹게 입을 놀리며 말했다. "다팔린! 쇳덩이 목스를 데리고 편안한 기나긴 휴식에 가선 안 된다고 말했을 텐데. 저 녀석이 계속 **뭔가**를 가져오잖나! 내가 '멍청한 하인'으로 교체해서 설정해놔도, 어떻게든 '인간'으로 설정을 바꾼 다음에 **뭔가**를 가져온단 말이다. 너 혼자라면 1년 365일, 앞으로 25년 동안 매일 나가서 뭔가를 가져다 그 스타킹 상자에 담아 돌아오더라도 아무 상관없다. 거기서 찾아낸 것도 원하는 대로 가져와도 돼. 하지만 목스가 가져오는 큼직하고 지저분하고 축축한 **물건들**은 안 된다. 잘 알겠지?"

"그리고 목스!" 목스는 나룻배처럼 생긴 크고 뭉툭한 발을 움직여 느릿느릿 걸어왔다. 한쪽 팔에는 커다란 상자를 들고, 마치 간절히 원하는 물건이 그 안에 있는 것처럼 번쩍 내밀었다. 그가 바로 상자를 받아 들지 않자, 목스는 큰 소리를 내며 상자를 바닥에 내려놓고는, 팔을 쭉 몸 안으로 빨아들여서 강철 손이 어깻죽지에 나뭇잎처럼 달랑거리게 만든 다음, 기묘한 자세로 어깨를 으쓱해 보였다. 그리고 평소처럼 손을 파닥거리고 전등 눈을 번갈아 반짝이며 인사했다. "아양 부리는 건 관둬라. 목스, 인간 스위치를 당장 끄고 멍청한 하인 대체 설정으로 돌려라. **지금 당장!**" 그는 순순히 명령에 따랐다. "그리고 방금 거의 내 발등에 떨어트릴 뻔한 저 지저분한 물건을 주워 들어라." 그는 그렇게 했다. "그럼 당장 '편안한 기나긴 휴식'으로 돌아가! 그리고 제대로 돌려놔라! 네가 파헤쳤다는 것을 아무도 모르게 원래대로 만들어라."

그들은 검은 크림 같은 밤의 어둠 속으로 사라졌다. 그리고 이제 그는 소리치느라 목이 잔뜩 지쳤고 다팔린에게 돌아오라고 소리칠 테이프도 없었기 때문에, 두 사람은, 무쇠 생각 테이프 사색가와 꼬마 소녀는, 그림자조차 없는 짙은 어둠을 헤치고 들어갔다. 달도 없는 하늘에는 금방이라도 늦은 10월의 비를 뿌릴 듯한 구름이 짙게 깔렸다. 소녀는 다팔린이었다. 기묘한 기계와 기묘한 돌연변이가 모데란의 플라스틱 위를 정처 없이 돌아다니며, 스위치와 분노를 만지작거리며 살아가는 시대를, 괴물의 시대를 살아가는 그의 딸 다팔린이었다. 미덕 따위는 오래전에 사라져 시도조차 해볼 수 없는 시대인데도, 그는 테이프로 움직이는 철제 사색가를 차악 정도로 여기고 그의 딸과 함께 마음껏 봄날을 즐기게 방치했다. 이런 끔찍한 시대에도, 젖어서 힘없이 늘어진 하늘만큼이나 넓고 두껍고 높이 쌓인 절망에 대적할 경험을 쌓게 해줄 심산에서. 그는 그녀에게 아무것도 가르치지 않으려 애썼다. 머지않아 '교체'를 받을 만큼 성장하면 그녀의 살점은 위대한 수술 속에서 한 조각씩 금속과 플라스틱으로 바뀌어갈 것이고, 남은 부분에는 정맥주사로 영양을 공급하게 될 것이다. 그러나 지금은 어미 없는 아이가 스타킹 상자를 들고 철제 생각 테이프 사색가를 따라 밤의 깊은 어둠 속으로 들어가도록 방치하기로 하자. 이렇게 최선을 다해 외로움과 여러 어른의 문제에 대처하면서 시간을 보내야 마침내 강인하고 단호하게 아무런 충격 없이 '교체'를 받아 생존력을 갖춘 여성이 될 수 있는 것이다!

'편안한 기나긴 휴식'은 공동묘지였다. 그녀가 돌아올 때쯤에는, 그녀를 맞이하러 나갈 수 있을 정도로 둥근 밑판의 의자에서 오래 떠나보는 것도 나쁘지 않을지 모른다. 그녀의 스타킹 상자를 하나 받아 들고 안을 들여다보며, 관심이 있는 척해보는 것도 괜찮을 것이다. 그리고 이번 한 번만은, 스타킹 상자의 길쭉하고 공허한 어둠 속에서 파닥거리며 빛을 뿌리는 반딧불을 발견하는 것도 괜찮을 것이다. 그러면 그는 아버지다운 테이프를 재생시켜, 암을 방지하기 위해 도금한 금빛 목청을 뻣뻣하게 울리면서, "세상에 다팔린, 정말 멋지구나! 이렇게 어두운 한밤중에 공동묘지에서 평범하게 뛰노는 꼬마 아이처럼 열심히 반딧불을 잡고 다녔다니. 내가 일러준 그대로 말이다. 작은 불꽃에만 의지해서 어둠 속을 헤매다니. 정말 훌륭하구나! 게다가 그 작은 팔에 화상을 입고 쓸려서 상처가 가득한데도, 그걸 상자에 넣어서 나한테까지, 네 아빠한테까지 가져오다니. 정말 멋지고 훌륭하고 대단하구나…….”

그는 그때를 대비해서 미리 발성 테이프를 설정해놓는 편이 나을 것이라는 결론을 내렸다. 테이프의 계획을 옮겨놓은 테이프를 준비해서, 암을 막아주는 도금이 있어도 부드럽게 말이 나올 수 있도록 만드는 것이다. 때론 갑작스러운 사태가 벌어지면, 잘못된 테이프를 꽂거나 준비를 끝마치지 못하면, 또는 상황이 변해버리면, 그의 입에서는 상황과 동떨어진 터무니없는 해설이 흘러나오거나, 아예 상상조차 할 수 없을 정도로 괴상한 말이 나오곤 한다. 모든 상황을 미리 대비할 수 있는 것도 아니며, 필요한 대사도 항상 바뀌기 때문이다. 상황이 그렇게 변하는 일이 그에게는 부당하게 느껴졌지만, 어차피 막을 도리는 없었다. 그리고 전반적으로 말할 때마다 조심하고 말하는 양을 줄여야 하는 상황인데도, 그는 갈수록 큰 소리로, 더 많이 말하곤 했다. 희망을 품고 계획을 세우고, 검댕 같은 질병에 대적하려 금을 입힌 연통을 타고 계속 말이 흘러나오게 방치했다. 사실 애원이나 다름없었다.

밤을 뚫고 철제 발의 굉음이 울리고, 그 사이로 작은 소녀의 신발이 **찰박거리는** 소리가 들리자, 그는 자신의 괴물 목청을 시험 삼아 작동시켜보았다. 그가 내뱉는 단어는 거칠게 덩어리져 한때 부드럽게 생각을 전달할 수 있었던 금도금한 연통을 때려 댔다. “안녕.” 그의 목청이 어둠 속에서 큰 소리로 울렸다. 이내 시야에 어둑한 형체들이 보이기 시작했다. 플라스틱 배나무 옆에 불룩 튀어나와 있는 네모꼴의 덩치 큰 형체는 목스가 분명했다. 그녀는 훨씬 작고 늘씬한 덩어리의 모습으로, 그녀의 철제 친구와 살짝 거리를 두고 있었다. 그는 서둘러 딸을 향해 뛰어가기 시작했다. 입으로는 그가 준비한 말을 내뱉으려고 안간힘을 쓰면서. "세상에 다팔린, 정말 멋지고 멋지고 멋지구나……. 이렇게 어두운 한밤중에……."

그녀는 스타킹 상자 하나를 그쪽으로 들이밀었다. 그리고 얼음처럼 차갑고 황량한 한순간, 그녀의 눈은 바로 그 순간 그의 지붕 꼭대기에서 회전하던 빛줄기를 받아 그의 눈 속 심연을 들여다보았다. 다른 지붕들에서 나온 빛줄기도 그와 함께 정원 위를 지그재그로 수놓으며, 그와 그녀의 머리 꼭대기를 빛과 짙은 어둠이 번갈아 가로지르게 만들었다. 목스는 경첩 팔을 어깨구멍에 넣었다 뺐다 하면서 흔들고 서 있었다. 소녀는 돌조각처럼 조용하고 꼿꼿하게 서 있었다.

그의 손에 들린 스타킹 상자는 묵직했다. 파닥이는 느낌이 전해지지도 않았다. 들어찬 어둠 속에서 반짝이는 불빛도 없었다. 그는 지붕 꼭대기의 빛줄기가 다시 찾아오기를 기다리며, 빛이 지나가리라 짐작한 위치로 상자를 들어 올렸다. 빛줄기가 지나가는 순간, 뭔가 허옇고 차갑고 죽은 눈처럼 보이는 물건이 상자 안에 보였다. 다팔린은 붕대 속에서 뒤틀리고 상처로 가득한 손을 쭉 뻗은 채로, 마치 좌대처럼 움직임 없이 기다렸다. 목스는 아직도 팔을 잔뜩 뻗었다 줄였다를 반복하고 있었다. 그리고 기묘하게도, 목소리가 금도금한 부분을 쓸고 지나갈 때와는 다른 느낌으로, 목청의 다른 부분이 욱신거리기 시작했다.

그는 빛줄기가 상자 안의 허연 물건을 다시 스쳐 갈 때까지 기다렸다. 그리고 얼어붙은 안개에 휩싸인 듯한 기분으로, 온몸의 살점 조각이 떨리는 느낌 속에서, 그 물건의 정체를 깨달았다. 세 번째 빛줄기가 다가오자 그는 상자를 높이 치켜들고, 목스가 뜯어낸 깔쭉깔쭉한 자국을 확인했다. 편하고 기나긴 휴식에서, 지금까지 5년 동안 꽃과 천사의 조각을 짊어진 묘석 아래서 쉬고 있던 바로 그곳에 붙어 있던 자국이었다. 네 번째로 빛줄기가 휩쓸고 지나가자, 그는 온 힘을 다해 자신이 서 있는 철판 위에 그것을 내던졌다. 하얀 물체는 산산이 부서지며 수많은 지붕에서 웅웅거리며 돌아가는 빛줄기를 받아 반짝였고, 과거의 고통 때문에 목청이 끔찍하게 쓰라려진 그는 미리 준비한 대화를 끝마칠 수가 없었다. 그리고 하얀 눈동자가, 매끄럽고 흐릿하고 차가운 별처럼 빛나는 시선이…… 차갑게 그를 노려봤다. 그리고 쇳덩어리 목스가, 갑자기 팔을 늘였다 줄였다 하는 한심한 짓거리를 관두고, 허리에 달린 커다란 경첩을 움직여 그대로 몸을 숙여서는 땅바닥에서 그 **물건**을 들어 올렸다. "어머니예요!" 다팔린은 축하하듯 환호성을 울렸다. "아빠가 목스의 스위치를 하인 설정으로 돌렸잖아요. 그래서 바로 하라고 시켰어요. 어머니를 찾아낸 거예요!"

그는 조용히 천사의 하얀 가루 위로 쓰러졌고, 쇳덩어리 목스와 겁에 질린 소녀는 다시 공동묘지에 드리운 암흑 속으로 조용히 빠져들어갔다. 진득한 어둠 속으로. 아빠가 자기들의 행동에 별로 기뻐하지 않는다고 생각하면서.

때론 기쁨을 가눌 수 없으니

여전히 가족과 뒤얽혀 살아가는 고난을 겪는 사람들을 떠올릴 때면, 살점을 짊어지고 고통에 시달리는 자들을 생각할 때면, 때론 강철로 이루어진 내 몸에 기쁨을 가눌 수 없어 웃음이 터지곤 한다. 내 커다란 강철 손으로 박자를 맞추고, 내 묵직한 신금속 발을 쿵쿵 구르다가, 결국 지쳐서 내 마음속의 거대한 신금속 화덕에 커다란 강철 통나무를 던져 넣는다. 그리고 엉덩이가 푹신한 의자에 앉아 행복한 생각의 만족감을 기록한 테이프를 만끽한다…….

그러나 언제나 이렇게 손쉽고 훌륭했던 것은 아니다. **천만에!** 여기서 털어놓겠다……. 내가 '교체'되기 전 올데란에서 겪은 냉혹하고 비극적인 시절을 입에 올리겠다. 회전과 순환이 다시 한 번 정해진 대로 이루어지고, 궤도는 누가 보아도 완벽하게 고정된 것으로 보였으니, 모든 것이 푸르고 금빛이고 녹색인 때가, 봄이 다시 찾아왔던 때였다. 나는 베이지색 애완 불도그를 데리고 산책하다가 부드럽고 걸쭉하게 불어오는 바람으로, 떠다니는 씨앗과 꽃잎과 낡은 꽃눈 껍질을, 그리고 당연하게도 향수를 공중에 흩뿌리는 바람 안으로 걸음을 옮겼다. 그리고 끔찍하게도, 그래 끔찍하게도, 정확하게 시간을 맞춰 우연한 만남에 휘말렸다. 그렇다! 단 1분만 빠르거나 늦었더라면, 단 1분만! 그랬다면 낡은 지구의 고통은 커다란 두 개의 심장 분량만큼 덜해졌을 텐데. 우리에겐 영원처럼 많고 많은 시간 중에서 단 1분이면, 단 60초만 있으면 충분했다. 그러나 장난질을 좋아하는 사랑의 신은 그 1분을 거부해버렸다.

그래서 나는 만남이 예정된 교차로로 걸어 들어갔다. 우리의 삶은 그곳에서 교차했다. 갑자기 내 베이지색 애완 불도그가 으르렁거리더니, 잔뜩 흥분해서 주변 땅바닥을 긁어대기 시작했다. 그렇다, 우리의 만남이 찾아온 것이다. 그러나 나는 아직 눈치채지 못한 채로, 평소처럼 보편적이고 심원한 난제를, 온 세상의 질문을 사색하고 있었다. 내 반짝이는 수많은 우주선을 걸쭉한 바람에 실어 날려서 우주 너머의 화성 원조 계획을 실행하도록 보내고 있었다. 천상의 수많은 백색 은하계들은 항성의 연맹에 합류했다. 나는 새로운 항성이 합류한 빛의 성벽을 움직이며, 어둠의 세력에 최후의 일격을 가할 기회를 노리고 있었다. 그래, 꿈꾸고 있었다는 소리다. 그런 와중에 실체가 있는 현실인, 그러나 요즘 세상에서는 터무니없이 비실용적인 존재인, 늙은 베이지색 불도그가 바닥에 누워 신음을 흘리고 그르렁거리고 낑낑대기 시작한 것이다. 지독하게 흥분해서, 잔뜩 달뜬 상태로. 그래, 반대편의 보라색 보석이 박힌 목줄의 땅바닥 쪽 끝에는 작은 프랑스 개가 묶여 있었다. 머리는 푸들답게 다듬고, 목에는 리본을 잔뜩 매달고, 온몸에서는 향수 냄새를 풍기면서. 내 불도그가 끙끙대고 그르렁거리는 의도가 아주 명확하게 이해되는 순간이었다. 그래, 그래, 개치고는 아주 훌륭하고 듬직한 여성이었기 때문이다. 그래! 그리고 보랏빛으로 반짝이는 목줄의 반대쪽 끄트머리는 비스듬히 사선을 그리며 하늘로 향하다, 너무도 작고 하얗고 섬세한 손으로 연결됐다. 왼손에 반지는 하나도 없었고. 자, 뭐라 해야 할까? 그저 이렇게 말하도록 하자. 작은 프랑스 개의 자수정이 박힌 목줄을 쥐고 서 있던, 모든 고아한 천상의 꿈을 모아 만든 푸른빛과 금빛의 여신이, 걸쭉한 바람과 내 쪽을 향해 고개를 돌리고 서 있었다고. 그리고 나는 모종의 희열에 사로잡혀 주저앉은 덩치 크고 늙은 보스턴 불도그를 묶은 사슬을 늘어트린 채로, 꿈에 겨워 무력하고 몽롱하게 서 있었다고. 그리고 내 불도그는 보도 위에 주저앉은 채로, 숨을 거칠게 몰아쉬고 혀를 철벅거리며 (개들의 머리가 어떻게 돌아가는지는 뻔히 보이니까) 그 아담한 프랑스 푸들을 생각하고 있었다고.

하지만 그토록 오래전에 올데란에 살았던 내가, 살점에 시달리고 꿈에 짓눌리고 머릿속은 엉망이고 정신은 헝클어져 있던 내가, 과연 어떻게 보라색 보석이 박힌 목줄의 천상 쪽 끄트머리와 어울리게 된 것일까? 때론 어땠는지 설명하고픈 유혹에 시달린다. 그 비극적이고 아름답던 순간, 어떻게 하늘이 거대한 블루 다이아몬드 조각이 되어 떨어져 내렸는지를, 씨앗 솜털이 떠다니는 부드럽고 걸쭉한 공기를 타고 내 마음속으로 세 가지 바람이 불어닥쳐 소용돌이를 이루었는지를, 100만 개의 태양이 터지는 목소리가 가장 대단하고 **위대한** 쾌락을 노래했는지를. 그리고 다른 때는 그대들을 향해 내 둥그런 강철 눈알을 흔들면서, 내 신금속 만능 날씨 무릎관절을 굽혔다 폈다를 반복하면서, 내 신금속 손을 놀려 100개의 신금속 거품 구체로 동시에 저글링을 하면서, 금으로 도금한 혀를 그대들 한 사람 한 사람마다 빼물어주면서, 내 음성 조합기의 플러기-플라기 버튼을 눌러서 큰 소리로 **떠벌리고 싶어진다!!!**

그러나 그저 푸른 눈이 그런 식으로 마주치는 순간이 있었다고만 해두자. 바로 그 순간 때문에 작은 공간이 열렸으며, 그 공간이 세상에서 유일하게 가치 있는 곳이었다고만 해두자. 때는 봄이었고, 그곳에 서 있던 나는 젊으며 꿈 때문에 무력한 자였으니. 그리고 왼손에 반지가 없는 그녀는 온갖 푸른색과 금색과 하얀색을 내뿜으며, 그녀의 값비싼 색조와 향기로 꽃들조차 앞지르며 서 있었으니.

그 이후로는, 그저 모든 군단이 진격하고, 모든 배가 돛을 올리고, 하늘이 비행기로 가득 차버렸다고 해두자. 우리는 그날의 끔찍한 만남 이후 사랑을 조금도 감추지 않았다. 그해의 우리는 살점의 존재였음을, 온갖 꿈에 시달리던 살점이었음을 기억하자. 우리는 평소보다 더한 열정을 품고 서로를 파괴하기 위해 진격해 들어갔다. 우리의 열정은 그 계절의 올데란에서 가장 위대하고 비할 바 없는 것이었으니. 적어도 우리는 그렇게 생각했다. 하지만 이런 전쟁에는 승자가 없는 법이다. 언제나 그렇지 않던가?

사랑이라는 고통스러운 시련에 시달리며 한참의 시간을 보낸 후, 마침내 내가 질리는 날이 찾아왔다. 몇 달에 걸친 추구가, 심장의 고동이, 의심이, 불타버린 희망이, 막대에 매달아 불쑥 내밀었다 조금씩 거부하는 포상이……. 그 모든 끔찍한 작업을 더는 견딜 수가 없어졌다. 우리 둘 다 그 사실을 알고 있었다. 그녀는 나를 불쌍히 여겨 공장 다섯 채와 사유 진입로와 자동차 열 대와 열차를 통째로 가진 사업가와 결혼했다. 그리고 주어진 기회를 잘 알고 진보의 바람이 기우는 방향을 감지한 나는, 남은 모든 기력을 소모하고 최대한 빠르게 움직여 포병 부대에 입대하여 그때 막 일어나는 중이던 세계대전에 나가 싸웠다. 랜드리에서 대패하고 과거 우리들의 세계가 종말을 맞이하자, 나는 폭탄 자국에서, 사방 천지에 널린 옛 시대의 잔해에서 벗어나서, 그대로 내 형체를 유지할 최소한의 살점 조각만 남기고 몸을 전부 갈아치워버렸다. 단순히 사랑에 물렁해진 조직만 제거한 것이 아니다. 그보다 한참을 더 나아가서 건강한 조직까지 잘라내 '교체'하며 시험한 결과, 마침내 거의 92.5퍼센트가 신금속 강철로 바뀐 것이다. 나는 이토록 **강인해진** 것이다!

　그녀와 공장주는 오래전에 죽어버렸다고만 해두자. 그들의 살점스러운 삶의 방식조차 이제는 진보의 물결에 거의 따라잡혀버렸고, 그들의 땅은 꾸준히 성장하는, 장대하게 밀려오는, 위대한 신공정의 땅의 침공을 맞이해 변형되었다. 그의 공장은 창고로 개조되었다. 이제 그곳에는 인간의 부속을 보관한다. 신공정의 초기에 이곳에 들어온 나는 예전에는 범접할 엄두조차 내지 못했던 위대한 산꼭대기에 올랐다. 나는 경외를 불러일으키는 강대한 존재다. 최신식 메가톤급 폭탄을 장착한 내 폭발 대포는 전쟁의 때가 찾아오면 이 세상과 근처 인간들의 머리 위로 화산을 뒤집어 떨어뜨릴 수 있다. 그리고 평화의 때에는, 상태가 괜찮은 신공정 신금속 인간들이 기름 장난을 즐기는 장소인 투명한 무색 기름 웅덩이 근처에서, 엉덩이가 푹신한 해변용 의자에 앉아 휴식을 취하곤 한다.

　나는 이제 버처라는 이름의 신금속 개를 키운다. 가끔 활성화시킬 때마다 세상을 물어뜯어 개가 먹기 좋은 크기로 조각낼 태세를 취하는 녀석이다. 그러나 나는 보통 녀석을 차갑고 꿈쩍도 않는 모습으로 벽에 기대 세워놓는다. 그러면 녀석은 그저 발사대에 전원이 **꺼진** 채로 누워 있는 과거의 기념품일 뿐이다.

　그러면 사랑은? 위대한 신공정의 땅에서는 사랑 때문에 부대낄 필요가 없고, 단순히 쾌락을 위해 관심을 돌릴 때를 제외하면 거의 사용조차 하지 않는다. 그리고 쾌락이 지겨워지면, 그 지겨워진 쾌락을 어떻게 처리할지도 아주 잘 알고 있다. 우리는 쾌락을 불태운다. 우리는 반짝이는 신공정 아가씨들, 윤기가 흐르는 금속 실 머리카락을 가진 다재다능하고 매력적인 신금속 애인들의 생명 스위치를 꺼버린다. 그래도 우리를 괴롭히는 형체가 남아 있으면, 그래도 달콤하고 괴롭고 꿈속 존재처럼 보이는 미소가 강철 위에 남아 있으면, 우리는 화염방사기의 불꽃으로 허공을 가득 채운다. 적이라도 되는 것처럼 토막 내고, 플러기-플라기 버튼을 누르고, 신금속 만능 날씨 무릎관절을 열심히 접었다 폈다 하며 웃고 또 웃는다……. 그들이 불타는 동안에. 그리고 아까 말했듯이, 나는 때때로 기쁨을 가눌 수 없다……. 내가 강철의 존재라는 사실에……. **그래!**

기억하기

그리하여 전투의 해가 끝나고 가을이 찾아왔다. 마침내. 양철 새들은 주황색 증기 방어막 아래 우짖으며 남으로 날아갔고, 인공 달은 눈부시고 찬란하게 우리의 대지 위로 떠올랐다. 나무들은 다시 접혀 정원 구멍으로 들어갔고, 중앙에서 보낸 커다란 가방들이 공중으로 올라왔다. 낙엽으로 가득한 커다란 갈색 가방이 하늘 높이 둥둥 떠다니며, 계절국에서 스위치만 누르면 우리 머리 위로 가짜 가을을 쏟아내려 대기하고 있었다. 그 갈색 가방 자체도, 내용물을 쏟아내어 납작해진 다음에는, 가장 큰 낙엽처럼 지상으로 팔랑팔랑 떨어져 내릴 것이다. 그리고 아마도 양철 인간이나 머지않아 사라질 인간이나 흐릿한 눈으로 플라스틱 위를 정처없이 방황하는 돌연변이 인간에게 발견될 것이다.

흩날리는 인공 눈과 수정 속에서 겨울이 나부끼듯 지나갔다.

그리고 언제나 열심히 일하는 계절국 사람들은, 내가 보기에는 고상한 취향의 경계를 훌쩍 뛰어넘은 행동을 벌여서, 한참 예전으로 거슬러 올라가 우리에게 크리스마스를 선사했다. 단순한 일이지만 상당한 노력이 필요했을 테고, 내 느낌으로는 영 좋은 취향은 아닌 듯했다. 12월인데 평범한 나무에 녹색 플라스틱 피막을 입혀서 정원 구멍에 꼿꼿이 세운 다음, 후광을 단 괴상한 별을 올려놓다니. 그런 걸 누가 좋아하겠는가? 아, 대체 누가 신경이나 쓰겠는가?

그러다 다시 봄이 찾아왔다. 그리고 나는 얼마나 많은 것을 잃었는지를 깨달았다. 여름의 마지막 자투리 시간, 가을 내내, 눈발이 흩날리는 겨울 내내, 내 성채는 자동 설정으로 돌아가고 있었고, 나 자신은 언제나 내 욕구를 정확하게 만족시켜주는 자동 장치들에 둘러싸인 채로, 엉덩이가 푹신한 의자에 앉아서 흘러가는 달을 방관하며 중앙의 익살을 관전하고 있었던 것이다. 심지어 지루하게 여기지도 않았다. 감탄하지도 않았다. 내 피를 최저 설정으로 맞추고 살점 조각은 휴면 상태였으므로, 내 '교체'된 신금속 부속들만큼이나 고요하게 그 긴긴 시간을 보낼 수 있었던 것이다.

그러나 봄이 찾아왔다. 봄에는 뭔든 일어나게 마련이다. 세계가 다시 동요하기 시작하며 잠들어 있던 것들이 차가운 똬리를 풀고 일어나서, 땅 위로 미끄러지듯 기어 나와 반짝이는 눈으로 바라본다. 혹시라도 양철 인간 하나가 내가 잠들어 있는 동안 심장 스위치를 슬쩍 건드린 것은 아닐까? 확신할 수는 없는 일이긴 하다. 바로 이전 달까지만 해도 나는 납으로 만든 차가운 공처럼 차분히 앉아서 보편적 심원한 난제를 반추하고 있었다. 내 심장은 나를 영원히 살게 하는 모데란의 박자에 맞춰서 느리지만 꾸준히 박동했고, 내 세계는 둥둥 떠다닐 수 있는 고요한 시간의 바다일 뿐이었다. 그런데 달이 바뀌자 갑자기 거친 파도 속에 내던져지고, 심장은 격한 음악처럼 달음질치고, 묽은 녹색 피가 내 목구멍의 관으로 차올라 숨이 막히게 만든 것이다. 나는 그녀를 생각하고 있었다! 그리고 그녀가 나를 떠났던 그 여름날도.

아니, 여름밤이었던가? 그녀가 떠나간 후로는 상태가 영 엉망이었다. 아니면 자존심 때문일까? 누가 알 수 있겠는가. 이런 부류의 일에서 서로가 서로에게 어떤 의미를 가질지를?

때론 몸소 이 땅을 다스릴 권좌에 오르리라 생각하기도 한다. 안될 게 뭔가? 내 병기 인간 중에서 과학자를 세울 것이다. 양철인간 중에서도. 이 성채를 온갖 실험이 진행되는 거대한 연구실로 만들 것이다. 우리는 다른 모든 궁극의 대응 무기를 장난감 솜털 폭탄으로 보이게 할 궁극의 대응 무기를 고안할 것이다. 스위치를 올리고 내리는 생각만 해도 모든 지역을 초토화시킬 수 있는 폭발 대포를 고안할 것이다. 그런 다음에 나는 중앙에다 선포할 것이다. "중앙이여, 그대들이 내게 힘겨운 시간을 선사하는 것도 이것으로 마지막이다. 이제부터 봄은 없을 것이다. 마찬가지로 여름 또한 없을 것이다. 알겠나?" 잘 알아듣는 편이 신상에 이로울 것이다. 그런 다음에 나는 자비로운 위정자로 군림할 것이다. 우리 모두가 가을과 겨울만 만끽하게 될 것이다. 봄과 여름은 완전히 죽었으니까. 영원히 사라졌으니까. 왠지 내가 제대로 설명하지 못했다는 생각이 든다. 사실 타인에게는 언제나 그럴 수밖에 없는 것이 아니던가?

다른 때는 뱀을 만들겠다는 생각을 한다. 설계도는 있다. 내 성채를 통째로 거대한 녹색 플라스틱 뱀 공장으로 바꾸기만 하면 된다. 그리고 이 황막한 땅 곳곳을 기어 다니도록 풀어놓는 것이다. 뱀이라! 완벽한 상징이다. 내가 온 세상에 선포하는 외침으로서 이보다 훌륭할 수가 있을까? 그리고 특별한 한 마리는 그녀의 머리 위 지붕에 올라앉도록 몸소 훈련시킬 것이다. 그녀가 그와 함께 앉아 있는 곳에.

이런 온갖 허튼소리를 들었으니, 여러분은 내가 고약한 인간이라 여길지도 모르겠다. 아니면 질투에 몸부림치는 인간이나. 그런 것은…… 아니다, 전혀 아니다. 나는 그저 그녀의 어리석음에 분통이 터지고, 이 세상의 슬픈 톱니바퀴가 한 바퀴를 회전해서 봄이 찾아올 때마다 내 심장 상자의 차갑게 식은 구역에서 꿈틀거리며 몸을 뒤트는 수수께끼의 존재에 상처를 입을 뿐이다. 내가 이렇게 분노하는 것은 대부분 그녀의 어리석음 때문이라 생각한다. 생각해보라, 그토록 나보다 열등한 작자 때문에 나를 떠나다니! 여기서는 내 말을 믿어야 한다. 반드시, 반드시…….

내가 그녀를 제대로 대우하지 않은 것은 아니다. 그녀는 내 신금속 애인으로서 행복하게 수개월을 보냈다. 그리고 나는 그런 부류의 일이 언제나 그렇듯이, 그녀가 나를 사랑하는 법을 학습했다고 여겼다. 그녀를 비난할 생각은 없다. 적어도 그녀의 어리석음에서 연유한 일은 아니었다. 그러나 여자가 항상 그렇듯이, 그녀는 갈수록 더 많은 것을, 갈수록 더 많은 시간을 원했다. 그러니까 내 말은, 그녀는 내 삶을 공유하고, 심지어 성채를 경영하는 일을 돕거나, 어쩌면 직접 경영하고 싶어 했다는 것이다! 자기 생명 스위치를 켜두기를 원했다! 그러나 나는 어린아이를 대할 때처럼, 사랑을 나눌 때만 생명 스위치를 켜두는 편이 나은 이유를 차분하게 그녀에게 설명했다. 사랑을 나누지 않을 때면 스위치를 끄고 침대 밑으로 들어가서 강철 조각이나 낡은 플라스틱 신발처럼 쉬고 있는 편이, 내가 그녀에 대한 갈망에 몸이 달아오를 때까지 기다리는 편이 훨씬 낫다고 말이다. 그리고 이런 상황을 바꿨다가는 보편적 심원한 사색에 매진하는 내 정신력이 감소하는 결과로 이어질 거라고, 나는 그녀에게 설명하고 또 설명했다. 그리고 그녀가 이해했다고 여겼다.

그런데 어느 날…… 여름이었다. 탐스러운 꽃이 사방에 활짝 피어나고, 모조품 아기 울새들이 보드라운 날개를 파닥이며 방금 배운 노래를 수줍게 지저귀던 날이었다. 그날 나는 부주의했다. 아마 다 끝난 다음에 그녀의 생명 스위치를 켜놓고 떠났던 모양이다. 힘겨운 사색에 빠져 있던 날이었다. 바깥세계에서 화성 원조 계획의 실행에 끔찍한 재앙이 일어났고, 붉은 은하는 다시 문제를 일으키고 있었다. 아마 그녀의 생명 스위치를 켜놓았던 듯하다. 아니면 양철 인간 하나가…… 아니, 지나치게 의심하지는 말자. 심지어 아직까지도, 나는 저들의 눈을 바라볼 때마다 그 안에 죄가 가득한 느낌을 받는다. 때론 저들 모두가, 내가 사색에 잠겨 등을 돌릴 때마다 그녀와 사랑을 나누던 것은 아닐까 하는 의심도 든다. 그리고 이런 생각을 할 때면, 내 살점 조각 속의 녹색 피가 너무도 뜨겁게 끓어올라서, 내가 할 수 있는 일이라고는 단순히 기분을 풀기 위해서 최대 전체 포격으로 근처를 초토화시키지 않으려고 안간힘을 쓰는 것뿐이다.

그러나 결과적으로, 그녀는 내가 사색실에서 바쁘게 사색에 몰두하던 그날 내 곁을 떠났다. 저들이 내 성채의 열한 겹의 강철 성벽을 넘도록 도왔으리라는 것은 알고 있다. 분명 그랬을 것이다. 나는 아직도 반역을 저지른 하수인들에게 내릴 적절한 처벌을 궁리하고 있다. 그러나 그 어떤 처벌도 그들에게 어울릴 만큼 크다는 생각이 들지 않는다. 누군지 발견하기만 하면……. 아, 복수를 향한 열망이 계속 커져만 간다. 나를 압도해버린다.

그리고 그녀를 찾아낸다면! 반드시 그리할 것이니! 그때까지 내 복수 일정표가 완성되기를 바랄 뿐이다. 내 '소년'들은 지금도 열등한 주인들이 다스리는 이웃 성채에 잠입하고 있다. 그 열등한 주인 중 어떤 자가 그녀의 어리석음의 근원인지를 파악하려는 것이다. 그리고 나는 그녀를 찾아낼 것이다!

하지만 여러분에게 고백하건대, 내게도 희망이 있다. 가슴 아픈 봄이 되었는데도, 슬픈 세상의 톱니바퀴가 최저점에 이르렀는데도, 내게는 희망이 있다. 그녀가 돌아오리라는 희망? 천만에, 그럴 리가. 그녀가 성채 밖에서 발견되리라는 희망이다. 어쩌면 쉴 곳 없는 플라스틱 위를 떠돌며, 내 이름을 중얼거리고 있을지도 모른다. 어쩌면 나무가 나오는 정원의 구멍 안에서 '살고' 있을지도 모른다. 내가 그녀에게 "얼른 돌아와!" 하고 외치리라 기대하면서.

하지만 내가 그녀를 받아들일까? 내가 그녀를 받아들일 수 있을까? 내가 바라보는 모든 눈 속에 죄가 보인다. 녹색의 피가 목까지 차오른다. 그리고 그것을 알게 될 때까지, 나는 계속 뱀을 떠올리게 될 것이다. 그러나 누가 알 수 있을까? 그런 일에 대해서? 그러니 지금은 내 처벌 일정만 그대로 진행할 뿐이다. 그리고 그녀를 찾으면……. 그래, 분명 찾게 될 테니까! 그저 내 일정에 부족한 부분이 없기만을 빌 뿐이다. 서둘러 새로운 기계를 완성할 것이다. 그리고 그녀의 생명 스위치를 켜놓을 것이다! 내 신형 기계가 그녀의 '생명'을 원자가 곤죽이 될 때까지 때려 부수는 동안, 그녀가 '생명'을 누리도록 해줄 것이다. 그런 어리석음은—그래, 어리석음이야말로 가장 끔찍한 성질이 아니던가?—특히 나와 비교해서 다른 자를 선택할 정도의 어리석음은…… 흠씬 때려 부숴줄 필요가 있으니까.

어느 꼬마 소녀의 모데란식 크리스마스

징글벨의 계절이 찾아온 어느 날, 꼬마 소녀가 하얀 정원을 가로질러 찾아왔다. 발가락 사이마다 꼬질꼬질한 눈이 끼다가 뭉치기 시작했기 때문에, 이제는 한 쌍의 눈사람 밑동처럼 보였다. 옷이랄 것은 아무것도 걸치지 않았으므로 빼꼼 튀어나온 엉덩이가 불긋하고 푸릇하게 얼어 있었고, 작은 보석 같은 무릎은 백골처럼 새하얬다. 소녀는 뻣뻣해진 열 개의 손가락을 반짝 올리며 소리쳤다. "아빠! 내 집에 문제가 생겼어요! 와서 봐주세요!" 살짝 혀짤배기소리가 섞인 데다 어른처럼 명확한 발음도 아니었다. 네 살이 된 지 얼마 안 되었기 때문일 것이다.

그는 고약한 꿈에 3분의 1쯤 잠겨 있는 사람처럼 몸을 돌렸다. 그리고 지겨운 시선을 그녀 쪽으로 돌렸다. 빌어먹을 애새끼 같으니, 하고 그는 생각했다. "목스가 이번에는 또 무슨 짓을 저지른 거야?" 그는 이렇게 중얼거리며, 문이 열리게 만드는 짤막한 가락을 읊었다. 그리고 자신을 향해 다가오는 소녀를 바라보다, 문득 눈 뭉치가 되어버린 소녀의 발에 시선이 머물렀다. 눈이 녹기 시작하며 그의 널찍한 사색실의 녹색 양탄자 위에 깊은 계곡을 파고 있었다. 홍수에 휩쓸린 풀밭처럼, 그녀의 발에서 구불구불한 운하가 뻗어 나오기 시작했다. 그리고 그 풀밭 여기저기에는 구겨진 종이 뭉치가 점점이 박혀 뒹굴고 있었다. 골프공처럼 던져놓은 그의 시험 계획과 공식들이었다.

이럴 때마다 항상 그의 시야를 가로막는 악몽의 쳇덩어리 벌판에서 간신히 돌아온 그는, 눈앞에 닥친 당황스러운 광경을 어떻게든 이해해보려 애썼다. 빌어먹을 꼬맹이 같으니, 대체 왜 발도 닦지 않은 거야. 아직도 몸이 전부 살점과 뼈와 피로, 자기 살덩이로 되어 있으면서, 발조차 닦지 않다니. 눈이 녹고 있잖아!

그는 그녀에게 가까이 오라고 손짓했다. "꼬마 소녀야." 그리고 지친 기색을 담아 양철이 단조롭게 울리는 목소리로 말을 시작했다. 암을 예방하려고 후두부를 전부 금으로 때워버렸기 때문에 다른 소리는 나올 수가 없었다. "찬찬히 말해봐라, 꼬마 소녀야. 왜 너희 플라스틱 집에 조금 더 머무를 수 없었던 게냐? 왜 쳇덩어리 목스를 사용하지 않은 게냐? 왜 나한테 와서 귀찮게 구는 거지? 찬찬히 말해보려무나."

"아빠!" 그녀는 소리치면서 그가 끔찍하게 싫어하는, 화나서 위아래로 방방 뛰는 동작을 시작했다. "우리 집으로 좀 와보라니까요, 아빠 바보 코딱지. 고칠 게 있다고요."

그래서 그들은 널찍한 하얀 정원을 건너 소녀의 집으로 향했다. 어머니의 집을 지나, 꼬마 소년의 집을 지나, 소녀는 따갑게 시린 눈밭에서 발가벗은 채로 비척비척 걸음을 옮겼고, 그는 기묘하게 뻣뻣한 관절을 놀려 성큼성큼 걸음을 옮겼다. 그러나 그는 불처럼 빨간 단열 작업복을 편안히 차려입고, 훌륭한 검은 가죽 하이톱을 신고 있었다. 소녀의 집에 도착한 그는 문을 향해 정확한 음정으로 세 번 휘파람을 불었다. 문이 벽으로 빨려 들어갔고, 쇳덩어리 목스는 쇠로 된 자기 팔을 어깨 속으로 전부 집어넣어 손만 대롱대롱 매달았다. 그의 인사 방식이었다. 그는 전구 눈으로 추파를 던지며 인사용 신호를 반짝였다.

"내가 함께 오지 않았으면 어쨌을 거냐? 문 여는 호루라기도 안 가져오다니 말이다." 소녀의 아버지가 말했다. 그러자 그녀의 머리에 있는 평범한 구멍에서 정확한 음정의 휘파람 소리가 흘러나왔고, 육중한 문은 부드럽게 벽에서 밀려나와 깔끔하게 닫혀 버렸다. 이제 화려한 붉은 양탄자 위에 크리스마스트리가 서 있는 방 안에는 그들만 남았다. 아버지와, 발가벗은 꼬마 소녀와, 쇳덩어리 목스만. 그리고 그녀는 앞니 사이에 호루라기를 물고는 장난꾸러기 꼬마 악마처럼 아빠를 바라보고 웃음 지었다. "계속 가지고 있었거든요." 소녀는 이렇게 말하며 호루라기를 양탄자의 붉은 풀숲 속으로 떨어트렸다.

그녀는 발에서 녹아내리는 눈 뭉치를 쓸어내고서는, 열기가 솟아나는 벽의 긴 틈에 얼음처럼 차가운 엉덩이를 가져다 댔다. 남쪽 섬나라의 여름처럼 부드럽고 향내 나는 공기가 뿜어져 나오며, 그녀의 무릎은 다시 원래 색으로 돌아오고, 엉덩이도 다양한 종류의 차가운 색조를 벗어던졌다. 꼬마 소녀의 엉덩이는 이내 가장 사랑스러운 갓난아기의 분홍색으로 변했고, 그녀는 살점과 뼈와 피로 이루어진 꼬마 우량아답게—적어도 아직은—당당하게 서서 천장 근처 어딘가를 가리켰다. "별요! 별이 떨어졌어요." 그리고 그는 소녀가 트리 쪽을 가리키고 있다는 사실을 깨달았다.

"무슨 별 말이냐?" 그는 지난 몇 년 동안 자신의 정신을 뒤덮어 온, 금속 냄새 풍기는 안개를 헤치며 이렇게 입을 열었다. 그리고 다음 순간 깨달았다. 이런 젠장, 크리스마스트리를 말하는 거잖아. 그리고 그는 믿을 수 없다는 듯 물었다. "그러니까 저딴 일로 나를 귀찮게 하려고, 저 널찍한 정원을 건너왔다는 거냐? 목스도 있는데……."

"목스는 안 돼요." 소녀가 끼어들었다. "계속 부탁하고 또 부탁했는데도 안 들어준다고요. 15일부터 떨어져 있었다고요. 그 바보 같은 학생들이 제트기를 타고 빨리 집에 가려다 규칙을 어겼을 때 집이 된통 흔들렸잖아요. 쾅! 하니까 별이 떨어져버렸어요. 저렇게요. 그런데 목스는 부탁을 해도 바보짓만 하고 있단 말이에요. 그냥 팔을 떨면서 저렇게 바싹 집어넣고 눈짓만 한다니까요. 제가 보기에는 엄청 한심하다고요."

"그럼 너희 어머니는?"

"일주일 전에 놀러 갔을 때 부탁해봤죠. 근데 너무 바쁘고 지쳤대요. 엄마가 어떤지 알잖아요. 맨날 그 플라스틱 남자가 붙어서 엄마가 아프다고 말하는 부속을 문지르고 있다고요. 그리고 뭐든 조금만 놀라도 바로 침대로 뛰어오르고요. 때론 그 남자가 엄마랑 사랑에 빠졌단 생각도 들어요. 사랑이 뭐예요?"

"*뭐야?!* 사랑이 뭐냐고? 내가 아느냐고 되물어야 할 상황인데? 사랑은…… 분명 플라스틱 하늘을 뒤덮는 무쇠 천장은 아니겠지만……. 그래도…… 아, 됐다! *젠장!* 너희 어머니네 별은 어떠냐?"

"*반짝반짝 작은 별, 아름답게 빛나네. 동쪽 하늘에서도, 하늘에 엄마가 뜬 것처럼.* 다이아몬드를 광고하는 프로그램에서는 이러던데요."

"제대로 답이나 해라. 너희 어머니네 별은 어떠냐?"

"제가 마지막으로 봤을 때는 높은 데서 엄청 반짝이고 있었어요. 그래봤자죠. 엄마는 자기 별을 올려다본 적도 없을 거예요. 그 플라스틱 남자가……."

"그럼 꼬마 소년의 별은 어떻지?"

"흐으음, 꼬마 오빠요! 우리가 올리고 나서 일주일도 지나지 않아서 쳐서 떨어트려버렸죠. 자기 우주 튜브의 꽁무니에 딱 어울리는 물건이랬어요. 꼬마 오빠가 얼마나 우주를 좋아하는지 알잖아요."

"그래서 떨어진 건 네 별밖에 없다는 거지. 어머니 거는 아직도 달려 있지만 쳐다볼 시간이 없고, 꼬마 소년은 우주를 위해서 직접 떨어트렸고. 네 별은 그냥 떨어졌고."

"아빠, 아빠 별은 어디 있어요?"

그는 소녀를 바라보며 생각했다. 꼬마 소녀들은 이렇다니까. 언제나 감성 덩어리지. 게다가 교활하게 계략도 꾸미고. "내 별은 너그올한테 넣어놓으라고 시켰다. 트리와 함께 어딘가 상자에 처박혀 있겠지. 내 심원한 사색을 방해해서 말이다. 그래서 크리스마스트리 말인데, 미안하지만 심원한 사색에는 방을 완전히 비우는 쪽이 낫더구나."

순간 그는 소녀가 훌쩍이기 시작하리라 생각했다. 그를 바라보는 그렁그렁한 눈을 보니, 얼굴이 당장이라도 형상을 잃고 일그러지며 울음 섞인 불평을 내뱉을 것만 같았다. 그러나 그녀는 꾹 참고 버텨내며 조금 굳은 눈으로 그를 바라보았고, 그는 말을 이었다. "그래, 저 빌어먹을 별은 내가 다시 달아주마. 저기 의자 좀 끌고 와라. 그런 다음에 바로 내 집으로 돌아가야겠다." (너무 오래 함께 있으면 위험하다. 지나치게 구식이기도 하고. 게다가 그녀가 갑자기 찾아왔을 때, 그는 제대로 된 공식을 도출하기 직전이었다.) 그래서 그는 소녀가 끌고 온 의자에 올라서서, 성에가 내린 것처럼 반짝이는 유리 별을 다시 철제 천장의 고리에 걸었다. 그런 다음 이리저리 움직여서 녹색 플라스틱 나무에 달린 것과 거의 구별할 수 없도록 자리를 잡았다. 그리고 그는 문을 향해 휘파람을 불었다.

그가 열린 문틈으로 빠져나가려는 순간, 뭔가 쑥 나오더니 그의 불처럼 빨간 작업복 바짓가랑이를 잡아당겼다. 젠장! 또 소녀였다. "또 뭐냐?" 그가 물었다.

"아빠!" 소녀는 새된 소리를 울렸다. "있잖아요, 아빠! 저기, 우리 함께 엄마 집이랑 꼬마 오빠네 집에 들러보는 건 어때요? 크리스마스잖아요. 아빠도 빨간 옷을 차려입었고요. 크리스마스는 아주 특별한 날 아니에요? 프로그램에서 그러는데……."

"아니다. 아주 특별한 날은 절대 아니야. 하지만 네가 원한다면―그리고 원하는 대로 해주지 않으면 난리를 피울 테니까―가자꾸나." 그래서 소녀가 녹색 눈옷을 차려입은 다음, 먼 옛날 크리스마스의 상징처럼 보이는 두 사람은 함께 하얀 정원을 헤치고 걸어갔다. 먼저 도착한 곳은 얼마 전에 다섯 살이 된 꼬마 소년의 집이었다.

온갖 근력 훈련에 비타민 복용에 푸짐한 아침 식사 등으로 단련되어 모든 면에서 건장한 육체를 획득한 꼬마 소년은, 감압복 차림으로 등장해서 대체 왜 이렇게 이른 아침부터 방문하는 터무니없는 짓을 벌이는지를 물었다. 그리고 자신의 쇳덩어리 인간인 너그오프가 자기 집을 훌륭히 돌보고 있으니 신경 쓰지 않아도 된다고 덧붙였다. 그리고 소년은 어딜 봐도 탄탄한 근육을 움직여 걸어가서는, 별을 두들겨 만든 신형 제트 튜브 부속을 보여주었다. 어머니의 집으로 가는 길에, 꼬마 소녀는 아무래도 꼬마 소년이 너무 로켓과 제트기와 우주만 생각하는 것 같다고 말했다. 그리고 아버지는 그렇게 생각하지 않느냐고 물었다. 아버지는 그럴지도 모른다고 어정쩡하게 동의했지만, 솔직히 알 수가 없었다. 로켓과 제트기와 우주에 대해 지나치게 생각하다니, 그런 게 가능하기는 할까?

함께 정원을 가로질러 어머니네 집으로 가는 동안, 그녀는 눈을 차올리고 깔깔거리며 큰 소리로 웃고 프로그램에서 들은 시시한 농담을 던져댔다. 거의 평범한 여자아이처럼. 아버지는 흔적 없는 하얀 눈밭과 잿빛 하늘을 뚱하니 바라보며 방향을 찾으면서, 터무니없이 이른 시간부터 걸어 다니느라 관절의 은제 부속이 쑤시기 시작한다고, 게다가 아침 강장제도 복용하지 못했다고 생각하고 있었다. 사실 아버지는 거의 대부분이 금속이었다. 살점으로 남은 곳은 아직 안전하게 교체하는 방법을 찾아내지 못한 부분뿐이었다. 그는 계속 우울한 기분으로 열심히 걸음을 옮기며, 보편적이고 심원한 난제를 사색할 때 사용하는 엉덩이가 푹신한 사색용 의자에 앉아 있었으면 정말 좋겠다는 생각을 했다.

도착해보니 어머니는 플라스틱 남자로부터 플라스틱 마사지를 받고 있었다. 어머니를 대하는 플라스틱 남자의 태도는 분명 어딘가 어색했다. 혹시라도 진짜로 온전한 기계가 아니라, 부속을 조금씩 교체해나가다가 어느 시점에서 인간이 사라지고 어느 시점에서 로봇 플라스틱이 시작되었는지를 판별할 수 없게 된, 그런 남자인 것은 아닐까? 아버지는 0.5초 정도 걱정하다 그대로 외면해버렸다. 설령 그렇다 해도 달라질 것이 무엇인가? 놈이 어머니한테 뭘 할 수 있겠는가? 설령 한다고 해도, 그게 무슨 상관일까? 어머니도 이제 신체의 거의 대부분이 신합금이 되었는데.

꼬마 소녀는 훌륭한 살점 허파를 잔뜩 부풀렸다가 **메리 크리스마스!** 하고 크게 소리쳤고, 어머니는 회전 고리 부속을 장착한 것처럼 허리만 돌려 두 사람을 향했다. 그리고 아버지는 당황스러움이 가득 담긴 금속성 헛기침을 울렸다.

"꼬마 소녀의 생각이었어." 그는 중얼거렸다. "정말 미안해, 마블린. 목스가 이 아이의 프로그램을 제대로 살피지 않았던 모양이야. 올해 내내 크리스마스트리를 달라고 조르더니, 이젠 가족을 하나씩 방문해야 한다잖아. 미안해, 마블린." 그는 다시 헛기침을 했다. "정말 구식이지."

어머니는 이제 거의 '교체'된 또렷한 푸른 눈으로 그를 노려보았다. 최대한 빨리 플라스틱 남자와 마사지를 즐기고 싶은 것이 분명해 보였다. "그래서?" 그녀가 물었다.

"그게 다야." 그는 중얼거렸다. "꼬마 소녀가 볼일이 끝났으면 갈게." 바로 그 순간 왠지 모를 하찮은 이유로—이후로도 그는 이유를 설명할 수가 없었다. 그가 온전히 '교체'되지 않았기 때문이라는 변명 외에는—하찮은 말이 입에서 튀어나왔다. 앞으로 몇 개월 후의 그에게 의무를 지우는 말이었다. "혹시 당신, 아니 그러니까 부디, 아니 그러니까 혹시 내가 말이야." 그는 더듬거렸다. "혹시 내가 몇 분 정도 당신을 보러 와도 될까? 부활절 즈음에? 서로 집을 들르려면 정원을 건너야 하잖아. 내가 완전히 '교체'되면 걷지 못하게 될지도 몰라." 애원하는 자신이 혐오스러웠다.

그녀는 나른하게 왼손을 들어 올리더니, 기막히게 아름다운 '교체'된 플라스틱 손가락을 허공에서 흔들었다. 반지마다 박힌 '현대적인' 다이아몬드에서 찬연한 빛살이 일렁이며 쏟아져 나왔다. "안 될 건 없겠지?" 그녀는 포기한 듯 말했다. "나빠질 것도 없으니까? 존이 시간을 맞춰 끝내주기만 한다면……." 존은 그녀의 플라스틱 남자였다. "부활절 즈음에 잠깐 대화를 나눠보는 것도 괜찮겠네."

그렇게 모든 용무가 끝났고, 두 사람은 다시 정원으로 나서게 되었다. "내가 다시 바래다줄 필요는 없겠지? 호루라기 챙겨왔을 테니까?" 그가 말했다.

"아뇨. 빨간 양탄자에 떨어트렸거든요. 방금 그게 떠올랐네요. 소리가 들렸거든요. 젖은 데 떨어져서 첨벙 소리가 났어요. 눈덩이가 녹느라 젖었거든요. 아무래도 아빠네 집에 가야겠네요!"

이 빌어먹을 꼬마 소녀 같으니, 라고 그는 생각했다. 정말 교활하다니까. 항상 계략을 꾸미지. 그는 크리스마스만 지나면 최대한 빨리 '교체'를 시작해야겠다고 마음먹었다.

그는 서둘러 말문을 열었다. "내 집에는 흥미로운 물건은 아무것도 없다. 내 엉덩이 의자와 너그올 뿐이지." 니그-내그에 대해서는 굳이 털어놓을 필요 없을 것이다. 그러니까, 온전히 금속은 아니며 지독하게 필요해지기 전까지는 침대 밑에 보관해놓는 동상 여인 말이다. 세상에는 딸에게 털어놓아선 안 되는 일이 있는 법이다. 적어도 훨씬 나이를 먹거나 전신을 '교체'하는 길에 완벽히 접어들기 전까지는. "앞으로 어떻게 할지를 일러주마." 그가 말했다. "너를 집까지 바래다주고, 문에 휘파람을 불어서 목스 곁으로 가도록 해주겠다. 별도 제자리에 달았고 다 끝났으니까. 제법 대단한 크리스마스를 보낸 셈 아니냐!"

그래서 두 사람은 무쇠처럼 차가운 눈밭을 뚫고 소녀의 집으로 향했다. 순식간에 구름이 가득 몰려와 하늘이 어둑해지고 있었다. 그리고 그녀 집의 문이 열리자마자, 그는 너무 안도한 나머지 그만 몸을 숙이고 소녀의 정수리에 입을 맞춰주었다. 심지어 플라스틱 출입구로 들어가는 그녀의 통통한 살점 엉덩이를 다정하게 두드려주기까지 했다. 소녀가 사라지자, 그는 잠시 그녀의 집 바깥에서 멍하니 생각에 잠겨 서 있었다. 마치 좋은 꿈의 첫 3분의 1을 경험하는 노인처럼, 그는 고개를 주억거리며 그 자리에 서 있었다. 아마도 '교체'되기 이전 시절에 벌어졌던 일을 떠올리면서, 무쇠의 내구성을 얻기 위해 계산하지 못한 막대한 비용을 치르지 않았더라면 어떤 일이 벌어졌을지를 생각하고 있었을 것이다.

그가 멍하니 생각에 잠겨 서 있는 동안, 강하고 가느다란 빛줄기가 갑자기 그를 습격했다. 동쪽에서, 해안가 공항에서 날아오는 빛이었다. 빛은 그대로 어둑한 하늘을 뚫고 그를 향해서, 점차

속도를 올리며 날아왔다. 이내 증기 방어막이 찢어지는 굉음을 울리며 주변의 모든 지역이 숨을 죽였다. 뒤편에서 돌아오라며 소리치고 애원하는 꼬마 소녀의 목소리가 울렸다. 별이 쇠고리에서 또 떨어져 나온 것이 뻔했다. 돌아보지 않아도 알 수 있었다. 마치 자기 소굴을 확보하고 싶은 겁에 질린 괴물처럼, 그는 금속 발을 한층 깊이 박으며 정원을 가로질러 집으로 돌아가기 시작했다. 엉덩이가 푹신한 의자에 앉아 휴식을 취하고 싶어 견딜 수 없어서, 보편적이고 심원한 난제를 더욱 깊이 사색하려는 욕망에 몸이 달아오른 채로.

강하고 가느다란 빛줄기는 조금도 흔들리지 않은 채 계속 하늘을 날아갔다. 마치 도주하는 별 조각처럼, 다른 곳에 있는 다른 누군가를 위해 급히 서둘러 날아가는 것처럼.

먼 땅에서 찾아온 살점 인간

경보기가 불쾌한 소음을 울렸을 때, 나는 막 생쥐들의 꼬리를 발버둥 판자에 못으로 박는 경쾌한 작업을 끝내고, 얼마나 행복해야 행복하다 칭할 수 있을지를 생각하며, 엉덩이가 푹신한 의자에서 일어나 신금속 고양이를 데리러 가던 참이었다. 나는 바로 온갖 무기 버튼이 가득 달린 벽을 메운 화면 앞으로 달려갔다. 그리고 엿보기 관찰경의 범위를 최대로 맞추고 밖을 내다보며, 푸른 플라스틱 언덕을 사방으로 훑었다. 그러자 그 남자가, 그 형체가, 조금 구부정한 자세의 존재가 다가오는 모습이 보였다. 지금 내게 가장 위험한 하얀 마녀의 계곡이 아니라, 머나먼 너른 평원 쪽에서 오고 있었다. 지난 다섯 시대 동안 단 한 명의 방문객도 찾아오지 않은 곳이었다.

그가 얼마나 슬픈 모습이었는지. 아, 얼마나 슬펐던지! 힘겹고 구부정한 작은 남자는, 타박타박, 저벅저벅, 한 발짝씩 느릿느릿 걸음을 옮겨 다가오면서도 극도로 긴장해서 조심하는 기색이 역력했다. 마치 앉아 있는 새에게 다가가는 것처럼 걸음마다 주의를 기울이고 있었다. 그를 바라보고 있는 것만으로도 몸이 근질거리기 시작했다. 무릇 걸음이란 큼지막한 보폭으로, 최대한 멀리까지 발을 뻗어서, 허리춤에 단 강철 무기를 절그렁거리고 기타 가죽에 감싼 여러 무기를 덜렁거리면서 세상에 반역하듯 성큼성큼 힘차게 나아가야 하거늘! 그리고 그 뒤에는 철퇴와 도끼를 가득 실은 마차가 따르고 있어야 마땅하다. 솔직히 말하자면 나 자신도 그런 식으로 외출하지는 않는다. 나는 '교체'된 인간의 땅인 모데란의 사람이므로. 게다가 다른 이들보다 조금 심하게 다리를 저는 편이라, 철컥 찰칵 철그락 철컥거리며 플라스틱 정원을 걸을 때도 느릿하고 굼뜨게 움직인다. 사실 별로 걸을 일도 없기는 하지만. 경첩에 아직 오류가 있는 탓이다. 당신이 알지 모르겠지만, 나는 초기에 탄생한 최초의 모데란인 중 하나이기 때문이다. 그러나 나는 여전히 기억한다. 내 살점 조각을 흐르는 묽은 녹색의 피가 걸음이 어떠해야 하는지를 일러주고 있다. 철퇴를 쥐고 성큼 나아가 적의 머리를 두들겨야 하는 것이다. 쇠 장화 아래 밟혀 부서지는 뼈와 체액과 물컹한 핏빛 덩어리 따위는 너무 하찮아서 슬쩍 눈길을 줄 가치조차 없는 것이다.

그러나 이 작자는! 흠. 그는 백합처럼 다가왔다. 그래, 종 모양의 꽃을 고이 숙인 하얀 백합처럼. 애초에 내 경보기가 그에 반응한 이유가 궁금할 정도였다. 아니, 이건 아니지. 내 경보기가 그에 반응한 이유는 잘 알고 있다. 경보기는 내 성채로 다가오는 어떤 움직임에도 반응하니까. 그리고 때론 백합조차도……. "검역을 기다려라!" 그는 이제 내 외부 성벽에 도달해서 심사 성문 앞에 섰고, 나는 검역기와 무기 탐지기에 그를 철저히 검사하라는 명령을 내렸다. 사실을 말하자면 두 개의 커다란 금속 손이 벽에서 튀어나와 그를 붙들어 심사를 받도록 성문 정면에 고정시켰으니, 내 "검역을 기다려라!"라는 호통은 그저 예의상의 허튼소리일 뿐이었다. 아무 문제 없다는 오염 및 무기 소지 검역 보고서가 올라오자, 나는 버튼을 눌러 열한 개의 강철 벽에 달린 성문을 전부 활짝 열고 터벅터벅 걸어오는 백합 남자를 맞이했다.

"안녕하시오, 잘 오셨소, 머나먼 너른 땅에서 찾아온 기이한 여행자여."

그는 말랑한 누더기 신발을 신은 채로 몸을 떨며 걸음을 멈췄다. 마치 힘들게 한 걸음씩 터벅거리던 발걸음을 멈추기가 상당히 힘든 것처럼 보였다. "초조한 것처럼 보여도 부디 용서해주십시오." 그는 이렇게 말하더니 푸르고 둥그런 살점 눈으로 나를 바라보며, 둥글게 깎은 붉은 수염을 매만졌다. 그리고 나는 그가 이런 장기에 '교체'를 전혀 허용하지 않았다는 사실에, 그런 부분의 살점 부속을 붙들고 있다는 점에 깜짝 놀랐다. 이성이 날아가버린 한순간이긴 했지만 그가 진짜 심장을 가지고 있으리라 믿을 정도였다. 그러나 이내 나는 정신을 차렸다. 아니, 이렇게 오랜 시간이 지났는데, 그것도 모데란에 그런 자가 있을 리 없지 않은가. 그는 말을 이었다. "발이 쉽사리 멈추지를 않는군요. 진정하게 만들려면 시간이 좀 걸립니다. 그러니까 마침내 여기 도착했는데도, 내 몸에는 실제로 여기 왔다는 사실을 믿지 못하는 부분이 있다는 겁니다. 마음은 그렇다고 말하지요! 그런데 이 불쌍한 다리는 아직 더 걸어가야 한다고 생각하는 겁니다. 하지만 이미 도착했는걸요!"

"도착했다라." 나는 그의 말을 따라 하고는 의문에 빠졌다. 이젠 뭘 하려고? 무슨 일을 벌이려고? 나는 꼬리를 못으로 박아버린 생쥐들과 나를 기다리는 신품 고양이를 떠올리고, 나만의 쾌락으로 얼른 돌아가고 싶어 몸이 달아올랐다. 하지만 그래도 방문객은 방문객이고, 이럴 때면 주인이 희생양이 되어야 하는 법이다. "식사는 하셨소? 정맥주사는 맞았소?"

"식사는 했습니다." 그는 눈을 묘하게 크게 뜨고 나를 바라봤다. "정맥주사는 안 맞았지만요."

나는 매 순간 조금씩 더 거북해졌다. 그는 가느다란 다리를 조금씩 진동하면서, 그 푸른 살점 구체로 내 쪽을 힐끔거리며 서 있었다. 마치 내가 반응하기를 기다리는 것 같았다. "이곳에 도착한 겁니다!" 그는 다시 이렇게 말했고, 나는 어떻게 대꾸해야 할지 짐작도 못한 채 "그렇소"라고만 말하고, 덧붙이듯 슬쩍 질문해보았다. "내게 그대의 여행에 대해서, 시련과 고난에 대해서 말해주고 싶은 거요?"

그러자 그는 장황한 설명을 시작했다. 대부분은 지루하고 이해하기 어려운 내용으로, 그가 어쩌다 거의 아무런 근거도 없는 희망을 품기 시작했는지, 어떻게 그 추구를 멈추지 않았는지, '배우지아'산맥에서 거의 희망이 꺾일 뻔했는지, 앞길에 기다리는 뭔가가, 무쇠 장벽의 깨진 틈새로 들어오는 빛줄기처럼 희망을 향해 계속 노력하게 했는지 등이었다. "벽을 넘어서 이제 그 모든 것을, 모든 빛을 얻게 된 겁니다. 벽을 넘었으니까요!" 그는 이렇게 말하고는, 이제 내가 반응할 때라는 듯 물끄러미 바라봤다.

"어쩌다 배우지아산맥에서 거의 꺾일 뻔한 거요?"

"어쩌다 배우지아산맥에서 거의 꺾일 뻔했냐고요!? 배우지아산맥을 넘으려 시도해본 적 없습니까?" 나는 그렇다고 인정할 수밖에 없었다. "배우지아산맥을 넘으려 시도한 적도 없다면……." 그는 격하게 몸을 떨기 시작했다. 수많은 말보다 훨씬 알기 쉽고 선명한 반응이었다. "다른 이들은 전부 어디 있습니까?" 떨림이 조금 잦아들자, 그는 이렇게 물었다.

"다른 이들? 무슨 소리를 하는 거요?"

"아, 그래요. 분명 여기 잔뜩 모여들어 있겠지요. 목록에 이름을 올리고 한참을 기다려야 할 테지요." 그의 하얀 백합 같은 얼굴에 환한 웃음이 떠올랐다. "아, 다들 웃음방에 있겠군요. 그런 거였어요. 제 말이 맞지요?"

내 커다란 강철 손가락이 그를 박살내고 작은 벌레처럼 즙을 짜고 싶어서 근질거리기 시작했다. 너무 부드럽고 너무 맹목적으로 애원하는 모습이, 무쇠 철퇴와 팔을 휘두르며 옮기는 걸음걸이와는 너무도 상반되는 모습이, 내 마음속의 뭔가를 건드렸다. 나는 퉁명스럽게 내뱉었다. "여기는 웃음방 따위는 없소. 이름을 올릴 목록 따위도 없고."

무너지고 싶지 않았는지 그는 다시 그 순수한 작은 미소를 지었다. "기다릴 필요도 없다니, 정말 대단한 기계로군요. 대체 얼마나 크기에! 온갖 기계들을 거쳐서, 바로 여기에, **절대 기계**에 도달한 겁니다. 마침내요!"

살점 발가락을 그대로 드러낸 채로 납 구슬처럼 방방 뛰는 모습이라니! 지금 내 눈앞에 있는 자는 과연 무엇인가? 광인인가? 아니면 그저 집을 떠나 길을 잃은 미아일 뿐인가? "선생, 그대가 무엇을 추구하는지 나로서는 짐작조차 할 수가 없구려. 여기는 내 집이오. 성벽으로 위험을 밖에 가두는 곳이오. 성벽으로 둘러싸여 즐거움을 추구하는 곳이오. 내 식의 즐거움 말이오. 여기는 성채요."

마지막 단어를 입에 올리자마자, 그의 창백해진 얼굴에 달린 푸른 눈이 아래를 향했다. 머리도 뒤따라 추락하려는 것처럼 푹 수그러졌다. 그리고 그를 완전히 둘러싸고 있는, 두껍지만 눈에는 보이지 않는 구름의 장막 속에서, 그는 충격에 입을 쩍 벌렸다.

"성채라고요! 여기까지 왔는데 있는 게 성채라고요! 성채에 '행복 기계'가 있을 리가 없지요. 그럴 리가 없어요. 아, 나는 그것 때문에, 그것에 대한 희망 때문에 여기까지 왔습니다. 이야기를 들었어요. 안개가 자욱하고 위험하고 기이한 배우지아산맥을 넘을 때도, 축축한 날개를 가진 거대한 우울함의 사도들이 내게 덤벼들어 부리로 때려눕힐 때도, 나는 자리에서 일어나 계속 걸음을 옮겼어요. 그리고 비가 그치고 음울했던 어느 운 나쁜 아침에는, 잠에서 깨어나보니 긴 엄니와 우툴두툴한 피부를 가진 비탄이여썩물러가라들이 허옇게 저를 둘러싸고 있기도 했지요. 아, 차라리 잠든 척하며, 저들이 나를 찢어발기고 죽음으로 내 영혼함을 여는 것을 받아들이는 편이 훨씬 쉬웠을 텐데. 하지만 저는! 자리에서 일어났어요. 예언을 기억했으니까요. 망토로 몸을 감싸고 걸음을 옮겼습니다. 계속 걸었어요. 합죽이 입으로 나를 바라보는 자들을 버리고 왔습니다. 내 목적지만 생각하면서요. 그런데 이제…… 그게 꿈이라니요! 속은 거라니요! 나를 당신의 '행복 기계'로 데려가주십시오!"

그는 흥분해 이성을 잃어가고 있었다. 아름다움과 진실과 사랑에 가늠쇠를 맞춘 기계에 앉아서 행복해지고 싶다고 횡설수설해댔다. 망가져가고 있었다. 나는 다시 한번 그의 용기를 북돋워야 한다는 사실을 깨달았다. 그를 내 성벽 밖으로 몰아내기 위해서. "선생, 그대는 분명 모든 희망이 사라져서, 먹구름이 드리우고 태양의 빛이 사라지고 비에 젖은 잿빛 새벽이 찾아올 때의 기분을 알고 있을 거요. 그대는 분명 적들의 단도에서 쇳소리가 울릴 때도 재앙에 단호히 맞섰던 사람이라 내 진실로 믿으며, 그대는 오로지 그대가 품은 덕성에만 의지해 여기까지 도달했으니 말이오. 그대에게는 건너편 전장에서 그대를 위해 모여드는 군세도 없고, 바다 건너 먼 나라에서 그대를 위해 자금을 모으는 삼촌도 없소. 어쩌면 배우지아산맥에서 아빠를 찾아 달려오는 아이들조차 없을지도 모르지. 그리고 죽음이 찾아온다 해도 시신을 가져가고 태양을 바라보며 눈물지을 아내조차 없을 거요. 그러나 그대는 이 모든 것에 거역하고, 어떻게든 조여오는 재앙의 굴레에서 벗어나 계속 걸음을 옮겼소. 당신에게 경의를 바치는 바요. 내게 당신이 원하는 그것이 없다니 진심으로 사과하겠소. 그리고 내 사고방식에 의하면, 살점을 입은 채로 아마도 존재하지 않을 순수한 그 무엇을 찾아 사방을 돌아다니는 그대는 일종의 광대일 뿐이겠지만, 그래도 버튼을 눌러 다시 성문을 열고 그대가 앞으로 내디디는 발걸음에 행운을 빌어주겠소. 어쩌면 저 너머 어디선가, 수많은 산맥을 넘고 황막한 광야를 지나면, 그대가 비통하게 찾아 울부짖던 '행복 기계'를 발견할 수 있을지도 모르지." 수많은 산맥을 언급할 때 몸을 떨기는 했지만, 그는 순순히 성문을 통해 밖으로 나갔다.

그리고 그 방향으로 여정을 계속한들 아무것도 찾을 수 없으리란 사실을 잘 알고 있으면서도, 나는 그를 온전히 잊을 수가 없었다. 저런 존재가, 분명 위대한 업적을 이루기에는 모든 면에서 부적합한 존재가, 불가능할 정도로 위대하고 궁극적인 업적, 즉 행복을 찾아 나서게 된 이유는 대체 무엇이었을까? 게다가 아름다움과 진실과 사랑에 가늠쇠를 맞춘 마법의 기계가 행복을 절로 나눠줄 것이라 생각하다니, 얼마나 기묘한 희망인가. 그것도 기나긴 여정의 끝에 기다리는 휘황찬란한 장소에서.

그의 말을 듣고 있으면 행복이 백합처럼 가냘픈 것들에서 찾아온다고 생각하게 된다. 얼마나 괴상한 생각인가. 힘은 곧 쾌락이다. 강함은 곧 즐거움이다. 신뢰할 수 있는 것은 화면이 달린 두툼한 벽과 경보기뿐이다. 그러나 가끔은, 그 살점 범벅인 작은 남자를 떠올리고 그가 어디 있을지 상상해보는 일을 억누를 수가 없다.

그리고 온갖 다양한 액체를 정맥주사로 살점 조각에 먹이며 편히 쉬고 있을 때면, 신금속 합금의 도움으로 말 그대로 영원히 살 수 있다는 것을 알면서도, 모호한 불안이 엄습해서 내 삶을 평가하려 시도하게 된다. 내게 복종하는 온갖 기계들이 요새 아래에서 웅웅거리며 제대로 돌아가고 있으니…… 그렇다, 나는 온전하고 자족하는 사람이다. 그리고 이런 고요한 자족 이상을 원하게 되면, 나는 밖을 슬쩍 내다보며 이웃의 성벽이나 경보기 하나를 파괴할 수도 있다. 그러면 우리는 한동안 성채에 들어앉은 채로 활기차게 전투를 벌이면서, 일종의 환희에 사로잡혀 서로를 향해 파괴 버튼을 눌러댈 것이다. 아니면 그냥 집에 틀어박혀 나만의 사소한 가학적 즐거움을 고안할 수도 있다. 그리고 그 살점 인간이 진실과 아름다움과 사랑이라는 조건을 달았다는 사실을 고려한다면, 나는 세상 어디를 가도 '행복 기계'를 찾을 수 없으리라 장담할 수 있다. 절대 없으리라 거의 확신할 수 있다.

제3부 종말의 전조

카멜롯 모데란에서 찾아온 사나이

    그들의 일원이 찾아왔다! 소문으로 들은 적은 있으나, 진실이라고는 절반조차 믿지 않았는데. 그러나 그는 커다란 금속 말을 몰아서 그대로 내 경보기 앞으로 다가왔다. 머나먼 과거의 시간에서 솟아난 것처럼, 기묘한 중세의 형상을 두른 채로. 그 모든 금속이 한데 부딪치며 울리는 절그렁거리는 소음을 대동하고서, 그는 행진하듯 느리고 당당하게 다가왔다. 아니면 장례의 사열처럼 슬픔으로 가득한 것일까? 진입로를 따라 들려오는, 내 성채의 모든 이들의 귓가에 우레처럼 울리는, 느릿하게 올라갔던 발굽이 진입로를 두드리는 다각 다가닥 다각, 다각 다가닥 다각 소리만으로, 대체 누가 분간할 수 있었을까? 거짓일지도 모른다. 온갖 속임수를 동원한 것일지도 모른다. 어쩌면 진짜로 그들의 일원일지도 모른다.

나는 성채 전체를 경계 태세로 돌렸다. 만일의 사태에 대비해, 우리는 모든 병기 인간을 자리에 배치하고 모든 발사기를 장전하고 조준했다. 당연한 소리지만, 검문 초소의 오염 및 무기 검사에서 나쁜 결과가 나온다면, 우리는 안부 인사조차 없이 그대로 그를 날려버릴 것이었다. 그러나 그는 별다른 문제 없이 검열을 통과했다. 신금속 치아만큼이나 깨끗했다. 우리와 그 사이의 남은 거리가 완전히 사라지고 거대한 금속 말이 내 성채의 열한 개 성벽을 통과해 들어와서, 내가 강철제 엿보기 상자 속에서 기다리며 서 있는 마지막 원형 광장에 말을 세우자, 나는 지금껏 짐작만 했던 사실을 확인할 수 있었다. 아니, 짐작을 뛰어넘었다고 해야 할지도 모르겠다. 나는 그 온갖 이야기를 반쯤만 믿으면서 들었으니까.

그래, 그는 붉은 장미 창기병단 소속이었다. 그 기묘함으로 이름난 에볼온더코스트Evol-on-the-Coast, 우리가 조소를 섞어 흔히 카멜롯 모데란이라 부르는 땅에서 온 자였다. 그러나 저 남자가 저렇게 단호한 눈빛에 심각한 표정인 이유는 짐작조차 가지 않았다. 게다가 왜 자기 심장을 강철 장갑으로 부여잡고, 출혈 없는 상처에 고통받는 것처럼 보이는 것일까? 에볼의 마상 창 시합에서 패배를 맛본 걸까? 아니면 먼 땅의 전장에서 기사도에 반하는 행동을 해버린 걸까?

"안녕하시오." 나는 엿보기 상자 속에서 말을 걸었다. "그리고 환영하오, 에볼에서 온 기수여. 혹시라도 이곳에서 정비를 마치고 발사 스위치의 계곡에 결투라도 청하러 갈 생각이오?" 나로서는 느슨하고 조잡한 농담이라 생각하며 던진 질문이었다. 모데란의 성채 인간에게만 주어진 모종의 방법에 따라, 나는 에볼이 과거의 땅이라는 것을, 그리고 소문의 절반만 사실이라 해도 괴짜들이 모여 나름의 로맨스를 계속 일구며 살아가는 한심한 작은 영지일 뿐이라는 것을 알고 있었기 때문이다. 그리고 그런 일이 허용된 이유는 물론, 그들이 나머지 세상과 거리를 두고 사는 한은 우리의 사색에 아무런 해도 끼칠 수 없기 때문이었다. 그러나 갑주를 걸치고 발사 스위치 계곡의 현실 속으로 말을 달려 들어가다니, 하. 가능하다면 이런 광경을 상상해보길 바란다. 지금 남부에서는 단 한 번 끓여서 정화하는 것만으로 모든 모데란인의 10주기분 정맥주사를 제작할 수 있는 초대형 태양열 조리기를 건설 중이다. 거기에 살점 조각을 한 움큼 던져 넣으면 무슨 일이 벌어질까. 그 모습을 상상할 수 있었다면, 4천 제곱미터의 면적에 빼곡히 들어찬 온갖 무기 속으로, 발사기의 스위치 하나로 일제히 가동되는 플라스틱 지옥의 계곡으로, 에볼의 창기병들이 일제히 돌진해 들어가는 광경도 충분히 상상할 수 있을 것이다. 에볼에서 찾아온 괴상한 기수는 발사 스위치 계곡으로 들어갈 준비를 하는 것이냐는 내 질문에 대답하지 않았다. 심지어 웃음조차 짓지 않았다. 그는 그대로 앉아 있고, 말은 그대로 서 있을 뿐이었다. 서로 대조되는 번쩍이는 두 형체가, 이 위대한 현실성의 시대에는 도무지 어울리지 않는 모습으로, 내 성채 한복판에 들어와 꿈쩍 않고 서 있는 것이었다.

아무래도 그를 화나게 만든 것 같다는 생각이 들었다. "내 사과하겠소." 나는 입을 열었다. "발사 스위치 계곡에 도전한다는 내 조악한 농담은 용서해주길 바라오. 동력을 끄든, 착지하든, 하마하든, 그런 물건에서 내릴 때 필요한 일을 해준다면 내 '소년' 하나를 불러서 필요한 곳에 기름을 치고 이가 빠진 발굽을 갈아낼 수 있도록 해주겠소. 그대는 나와 함께 정맥주사를 맞으며 환담을 나누는 것이 어떻겠소."

기수의 몸속에서 톱니 돌아가는 소리가 들렸다. 그는 이내 시선을 움직이며 말하기 시작했다. "나는 하찮은 대화를 나누러 온 것이 아니오. 그리고 내 말에 기름을 치거나 발굽을 갈려고 온 것도 아니오. 게다가 모든 것이 무탈하다면 발사 스위치 계곡에 도전하지도 않을 거요. 그러나 잊지 마시오, 내 지금껏 지나쳐 온 모든 땅에서는 내 창끝의 날카로움을 충분히 느꼈다는 사실을! 그러나 이 모든 무훈담은 다른 기회를 기다려야 할 것이오. 지금 이 순간 내 심장은 내 몸을 떠나 있으니." 톱니 돌아가는 소리가 멈추었고, 그는 입을 닫으며 심장을 들어 올렸다. "이 안쪽이 너무 아프구려." 다시 약하게 톱니 돌아가는 소리가 들렸다. "도저히 견딜 수 없을 정도요."

사나이로서 이런 일을 겪어야 하다니! 사나이로서 이런 소리를 들어야 하다니! 아, 세상에는 오로지 상상에서 연유한 문제가 얼마나 많은가! 이제 그가 두렵지 않았기 때문에, 나는 엿보기 상자에서 나왔다. 그에게 필요한 것은 아무래도 더 큰 현실을 인정하는 방법인 듯했다. 아마 한두 가지의 꿈을 놓치거나, 마상 창시합에서 실수를 저지르거나, 아니면 다른 하찮은 문제 때문에 심장에 통증을 느끼는 것이 분명했다. 어쩌면 그가 연모하는 귀부인의 생명 스위치가 망가져 꺼짐으로 고정된 채로, 그에게 허락을 내리지 않는 것일지도 모른다. 하지만 그런 일에 애를 태운다는 것 자체가…… 오직 에볼에서만 있을 수 있는 일이었다. "혹시라도 그대의 행복을 좀먹는 일이 무엇인지, 대체 어떤 거대한 드래곤이 뿜어내는 연기와 화염이 그대의 장밋빛 달빛에 물든 마을을 휘젓고 있는지, 대체 어떤 기이한 마녀의 삭풍이 그대의 그럴싸한 외모를 매연에 물들게 하는지 내게 알려줄 수 있겠소?" 나는 그를 기쁘게 하려는 마음에, 온 힘을 끌어모아 기사답고 아름다운 대화를 시도했다. 그러나 아무래도 실패한 모양인지, 그는 도리어 성난 것처럼 보였다. 나는 그가 언제라도 그 거대한 금속 말을 움직여서 내 성벽을 훌쩍 뛰어넘을지 모른다고 생각했다. 그러나 그 대신, 그는 비참하게 자기 심장이 들어앉은 곳을 만지작거렸다. 내가 보기에는 조금이라도 편하게 만들려는 듯했다. 그러고는 죽음에 사로잡힌 경멸하는 눈빛으로 나를 찬찬히 뜯어보았다.

그는 톱니 돌아가는 소리를 격렬하게 울리며 입을 열었다. "그녀를 입에 올릴 때는 좀먹는다거나 마녀의 행위나 구름 같은 단어를 사용하지 말도록 하시오. 그대가 공경하는 태도를 취한다

면 내 마땅히 감사를 표할 것이나, 그렇지 않으면 백만 개의 지옥
이 불타는 것처럼 고통스럽다 해도 내 심장을 집어넣고 누가 진
정한 성채의 소유자인지를 이 자리에서 정할 터이니!" 나는 너무
당황해서 반응하지 못했다. 심지어 웃지도 못했다. 그러니까 저
작자는 이 땅에서 자기에게 승산이 있다고 진심으로 생각하는
것이다! 하지만 나는 분노하지 않았다. 절망한 이에게 대체 누가
분노할 수 있겠는가?

"그래서 여자 문제라는 거요? 아니, 그러니까 그대의 귀부인
이…… 그녀가 더 강인한 기사를 택한 것이오?"

그는 고개를 떨구었다. 그리고 말 등에 앉은 채로 허리를 숙이
고 한참 동안 땅바닥을 살폈다. 마치 어딘가 떨어져 있을 긍정의
대답을 찾으려는 듯이. 그가 다시 허리를 세우는 것을 보며, 나는
그가 머리 위를 뒤덮은 육중한 하늘을 족히 몇 센티쯤 밀어 올린
것 같다고 생각했다. "내 나라에서는 여인과 남자는 함께 움직이
도록 되어 있소. 남자에게는 그만의 박동이 없으니, 여인의 심장
이 박자를 맞춰 뛰어주어야 하는 것이오. 그렇지 않으면 진정한
남자가 될 수 없으니. 아, 한때 나와 사랑하는 라니레는 심장의
설정을 함께 맞추어 서로의 힘을 배가해주는 사이였소. 마상 시
합에 나갈 때는 그녀의 박자가 내게 흘러 들어오고, 그녀의 심장
톱니가 내 것에 맞물리고, 그녀의 밸브가 나와 함께 여닫히는 것
을 느낄 수 있었소. 마침내 우리의 땅에 위대한 금빛 기사에 맞설
이는 아무도 남지 않았소. 당시 그녀는 금빛과 푸른빛이었으니,

나는 그에 맞춰 금빛 갑옷과 그녀의 푸른 레이스 리본을 달았고, 트론서 또한 금빛 말이었소. 에볼온더코스트 전토에서 우리 셋은 위대함 그 자체나 다름없었소. 금빛과 푸른빛의 라니레와 나와 트론서가 말이오."

그는 말을 멈추었다. 그리고 톱니 도는 소리는 거슬리는 신음으로 잦아들다 이윽고 멎어버렸다. 나는 그를 바라보면서도, 웃음을 터뜨려야 할지 아니면 내 눈에 눈물을 불러오려 애쓰는 살점 조각 깊숙한 곳의 근질거리고 뜨거운 느낌에 굴복해야 할지를 정할 수가 없었다. 이제 모데란의 성정을 가진 나로서는 로맨스 때문에 고통받을 일은 전혀 없었으며, 위대한 현실을 연구하는 사색 시간이야말로 가장 즐거운 것이었다. 그런데도…… 그런데도…… 가끔씩, 끔찍하게 두려운 가끔씩, 어딘가 고약한 기분이 내 신금속 두뇌로 뚫고 들어와서는 내 신금속 '교체' 부품으로 영원히 살 수 있다고 확신하지 못하게 될 때까지 이곳저곳을 들쑤신다. 이럴 때면 나는 이제 아예 흥미를 잃어야 마땅할 질문에 사로잡히게 된다. "금빛 기사에게 패배를 선사한 위대한 기사가 대체 누구였던 거요? 그의 귀부인은 얼마나 아름다웠던 거요? 그리고 그 또한 상당히 대단한 말에 올랐음은 분명하겠구려. 그대의 트론서보다 뛰어났다면 분명 강철제 드래곤 같은 종마였을 터이니!"

"그는 위대한 기사가 아니었소." 그가 대답했다. "그에게는 아름다운 귀부인도 없었소. 그리고 그가 커다란 흑마에 타고 있었더라면…… 그래, 분명 다른 무엇보다 환상적인 광경이었을 테지. 그러나 내가 나섰던 그 어떤 전장에서도, 그가 나와 맞서지 않았던 때는 없었소. 창을 맞대려 말을 달릴 때마다 그는 항상 내 창끝이 닿는 곳에, 또는 내 곁에 있었소. 그리고 심지어 위대한 언약을 이루기 직전의 내 침상 속에도, 굳건히 뛰는 심장을 느끼고 그녀의 심장으로부터 힘을 끌어오는 순간에도, 그는 바로 내 창문 밖에서 질투에 사로잡힌 들개처럼 나를 주시하고 있었소. 그리고 우리가 함께 트론서에 오를 때에도, 그는, 그 괴물은, 우리를 지켜보고 있었소. 창을 겨루는 모습을 지켜보고 있었소."

나는 그의 격한 태도에 사로잡힌 채로 중얼거렸다. "기사치고는 제법 괴이하게 행동하는 작자구려."

"그는 진정한 기사가 아니었소!" 그는 소리를 질렀다. "그는 비열한 개였소. 날이 저문 다음에 몰래 죽음을 선사하는 비열한 검은 쥐새끼였소. 우리가 정상에 오르자 그자의 질투도 가장 거세게 타올랐소. 아, 그리고 그는 우리를 배신하고 공격해 들어왔소. 그리고 마침내 나의 사랑하는 라니레를 데려갔소. 그리고 이제는 나를 노리고 있소."

나는 모데란의 이름 모를 해변에서 귀부인을 잔혹하게 유린하는 공포스러운 괴물을 떠올리고 겁에 질려 말했다. "그가 그대의 귀부인을 데려갔는데, 그대 금빛의 기사는 여기서 나와 수다나 떨고 있단 말이오!?"

그는 바로 대답하지 않았다. 그의 얼굴에 들러붙은 살점 조각에는 고통스러운 주름이 가득했고, 그는 자기 심장의 설정을 끝에서 끝까지 돌려보고 있었다. "아직 아니로군." 그는 혼잣말처럼 중얼거렸다. "아직은 아니야. 영영 안 되겠지. 아무 소용도 없어." 문득 그는 나를 돌아봤고, 나는 그가 고뇌의 구렁텅이에 사로잡혔음을 깨달았다. 모든 생명이 빠져나간 눈 속에 깃든 지나치게 깊은 어둠이, 그의 두뇌까지도 빨아들이고 있었던 것이다. "위대한 기사들의 이야기를 들려주시오." 그가 울부짖었다. "불길과 그림자로 우리를 가늠하는 태양의 이야기를 들려주시오. 하늘에 휘몰아치는 끝없는 모래 알갱이의 폭풍 이야기를 들려주시오. 쏟아지는 눈송이를 세어본 적 있소? 최근에? 라니레! 라니레! 라니레……. 최근 그녀를 본 적 있소? 나는 볼 수가 없소! 오직 크나큰 고통에 휩싸인 그녀의 심장을 느낄 수 있을 뿐이오."

그리고 그는 말에서 굴러떨어졌고, 나는 어쩌면 그가 죽어서 뒹구는 것일지도 모른다는 생각을 했다. 그러나 그는 죽지 않았고, 그가 심한 곤경에 빠져 있다는 사실을 알고 있는 나는, 그 치욕스러운 고통을 모른 척하기로 마음먹었다. 내 정원에서 구르기를 멈추고 일어나 다시 트론서에 오르자, 그는 다시 완벽한 기사로 돌아왔다. "그대가 이곳을 다스리는 규범에 비추어 내 행동이 수치스러웠다면 부디 용서해주길 바라오. 말에서 떨어지는 내 모습이 상당히 해이해 보였겠지만, 기실 온전히 조악한 행위는 아니었으리라 믿고 싶소. 그러나 사랑하는 이를 위해 온 마음을 바쳐 낙마해 뒹구는 것은 선량한 자존심의 발로였을 뿐이오. 어찌면 말 위에 높이 자리 잡은 이들도 떠나기 전에 적어도 한 번씩은 낙마할 필요가 있지는 않을지 모르겠구려. 그러니 부디 이제 수치라는 단어는 입에 올리지 말아주기를 부탁드리오."

그의 입이 허공을 붙들려는 덫의 아가리처럼 굳게 닫혔고, 나는 그 끔찍한 침묵에 귀를 기울이며 그가 두 번 다시는 톱니 소리를 울리며 입을 열지 않을지도 모른다고 생각했다. 그러나 이내 그는 거의 경쾌한 태도로 입을 열었다. 그러나 그의 목소리는 마치 천년 전에 패배한 전쟁을 세세하게 논의하는 것처럼 태연하기만 했다.

"그러니까, 그녀의 심장 일부가 시간의 흐름에 따라 망가져버린 거요. 그리고 수리를 받으니 그녀의 심장 가동 범위의 설정이 달라져서, 마침내 내 심장과 일치하지 않을 정도로 멀어졌소. 우리는 이제 서로를 보완할 수 없게 되었고, 시도할 때마다 오로지 끔찍한 고통만을 느낄 뿐이오. 내 조국에서 심장은 평생 단 한 번만 조율할 수 있다오. 바로 우리가 젊었을 때, 살점 심장을 모데란에 필요한 신금속 심장으로 '교체'해서 위대한 삶을 얻게 될 때 말이오. 그 이후로 새로운 심장의 한쪽 또는 양쪽에 변형이 일어나면, 그렇게 어긋난 심장은 진정한 기적이 일어나지 않으면 다시 맞아 들어갈 수 없소. 과거에는 나와 라니레가 그런 기적을 이룰 수 있으리라 생각했던 적도 있었소. 하지만…… 아무래도 아닌 모양이오. 나는 여기 발사 스위치 계곡의 언저리에서 잠시 길을 멈추고, 한 번 더 시도해볼 생각이었소. 오늘이 다시 그녀를 조율하는 날이었기 때문이오. 마지막으로. 이제 심장 수리공이 작업을 마쳤을 시간이 훌쩍 지났고, 나는 방금 심장 설정을 끝에서 끝까지 돌려보았소. 그리고 오로지 고통만을 느꼈다오."

나는 그가 다시 말에서 떨어져 바닥을 구르리라 반쯤 기대하고 있었다. 그러나 그런 일은 벌어지지 않았다. 그는 무례한 새들에 시달리는 동상처럼 용맹하고 뻣뻣하게 버텨냈다. 잠시 후, 그의 입가 경첩이 꼬마 박살 미사일 스위치를 올릴 때처럼 딱 하고 열리더니, 그의 목소리가 다시 태엽 소리와 함께 울렸다. "나는 언제고 어떻게든 끝이 찾아오리라 생각해왔소. 모든 위대함, 모든 사랑, 모든 사물이 쓸려나가는 백사장처럼 여겨졌소. 그리고 우리는 그곳에서, 차가운 종말의 바다에 몸을 담근 채로 대양의 폭풍 속으로 휘말려 들어가 깎이고 채찍질을 당하는 거요. 그러나 아무리 질릴 정도로 말을 달리고 고통에 시달렸더라도, 나는 계속 나아갈 거요. 내 말을 몰아 종말까지 헤엄칠 거요……. 두뇌가 다시 달아오르는군! 성문을 여시오! 이제 그대를 귀찮게 하지 않을 테니. 라니레! 라니레가 이젠 없으니! 이젠 전진할 뿐이로다!"

나는 머리와 거창을 곧추세우고 트론서를 몰아 떠나는 그의 모습을 지켜보았다. 그런 부류의 사람이라면 당연히 해야만 하는 행동을 할 것이 분명했다. 그리고 솔직히 털어놓자면, 당당하게 전력으로, 그러나 너무도 무모하게, 발사 스위치 계곡으로 돌격해 들어가는 그의 모습을 바라보며, 나는 설명할 길 없는 원초적인 자부심에 몸서리쳤다. 그리고 계곡의 상공 높은 곳에, 아주 잠깐이지만 선명하게 말과 그 무모한 기수의 모습이 떠오르자, 그들이 창공을 향해 창끝을 겨눈 모습이 떠오르자, 그가 어떤 식으로든 승리했다는 사실을, 그로서는 승리를 거두었다는 사실을 깨닫게 되었다.

재회

그를 마지막으로 본 것은 매일, 매분, 매초, 시간이 나를 향해 쏟아져 내려오던 시절이었다……. 아주아주 오래전이었다. 당시 우리는 둘 다 살점이었고 그는 나보다 강했다. 살점으로서도 강하고, 의지력도 강했다. 그리고 신념과 정신도 나보다 단호했다. 당시 그는 살점을 다그쳐 전투에서 승리하는 길을, 영혼의 힘으로 정복하는 길을 꿈꾸었다. 그리고 마침내 거리로 나가서 환한 미소들이 고이 날개를 접고 내려앉게 만드는 길을, 금이 분명한 하프의 현을 축복받은 손으로 매만지는 길을 꿈꾸었다. 그래, 그는 커다란 종이 방패를 들고, 말씀 속에 약속을 품은 채로 길을 떠났다. 그리고 나는 싫어! 하고 말했고, 한때 가까웠던 우리는 헤어져버렸다.

그와 헤어지는 일은 고통스러웠다. 우리는 가까운 사이였으니까. 친구보다 훨씬 가까운 사이였으니까. 차라리 함께 폭격을 당하고 어떻게든 살아남은 전우에 가까웠을 것이다. 그렇다, 우리는 함께 폭격을 당하고 어떻게든 살아남았다. 어린 시절의 공포라는 끔찍한 폭격을 말이다. 그리고 우리는 그 폭격에 다르게 대처했다. 그는 신앙과 자립심을 키우고 약속을 신뢰했다. 증명될 수 없으나 그의 말에 따르면 확실히 있는, 분명히 존재하는 것을 믿으며 강해졌다. 반면 나는 질문하는 자가 되었다. 심하게 동요한 내게는 직접 만질 수 있는 것이 필요했다. 아주 하찮은 위협의 암시만 등장해도, 나는 무례한 공포의 면상을 후려갈길 둥근 강철 망치 쪽으로 손을 뻗을 뿐, 아름다운 시절을 입에 담지는 않았다. 그래서 한때 제법 비슷했던 우리는 상당히 달라졌다. 우리의 삶은 다른 궤적을 그리기 시작했다.

나는 몸의 대부분을 '교체'하려고 신공정의 땅을 찾았고, 그는 커다란 종이 방패와 말씀으로 무장한 채 뭇 영혼을 구제하려는 연단 위의 기나긴 전투에 투신했다. 이제 이토록 오랜 시간이 흐른 후 그를 다시 마주하게 되니—얼마나 대조적인 모습인가!—특정한 종류의 두려움이 가득 차올랐다. 그러나 실수일 리가 없었다. 살점 돌연변이도 아니고, 걸어 다니는 식물도 아니고, 위장한 병기도 아니었다. 보이는 그대로였다. 두렵게도. 그가 경보기에 잡히자마자…….

그래서 나는 뜨겁고 차가운 빛줄기로 차분함의 목욕을 했다. 작게 울리는 소음의 음량을 높였다. 다이얼을 돌려 성채의 벽면에서 용맹한 무훈시가 울리게 만들고, 지금 어떻게든 나를 도와줄 수 있는 온갖 구절을 곱씹었다. 그리고 정신 속의 온갖 고상한 단어들과 용기의 설정을 **시도**에 맞췄다. 나는 내내 알고 있었다. 내가 요새의 가장 깊은 구석에 박혀서 떨고 있더라도, 언젠가 그가 찾아오리라는 것을. 심지어 두려움에 철저하게 준비한 강철제 엿보기 상자 속으로도. 나아가 내가 최고의 승전보를 올리는 순간에도, 내 거대한 전쟁 대포가 수많은 요새를 뒤흔들고 내 성채가 모든 적으로부터 승리를 거두는 동안에도, 나는 그렇게 채찍처럼 내리치는 두려움을 상대해야 했다. 잠시 방문할 생각이었다고 말하며, 차분한 눈으로 나를 바라보며 평가하겠지. 그래, 내내 알고 있었다.

그가 도착하면 무슨 말을 해야 할까? 신공정의 땅의 산물인 광역 기계 눈을 어떻게 설정해야 그런 차분한 시선을 되돌려줄 수 있을까? 우리의 플라스틱으로 뒤덮인 대지를 폄하하는 논리에 반박하려면 어떤 테이프를 사용해야 할까? 그가 빤히 보이는 곳에서 나를 향해 다가오는 동안에는 날려버리지 않을 것이다. 경보기는 삑 삑 삑 하고, 먼 옛날 잠을 이루지 못하던 밤마다 수도꼭지에서 떨어지던 물방울처럼 꾸준히 부드러운 살점의 경보음을 울려댈 것이다. 삑 삑 삑 하고. 아니, 날려버리지 않을 것이다. 물론 할 수는 있지만. 아주 손쉬운 일이지만.

왜 하지 않겠다는 걸까? 그를 날려버리면 적어도 그 순간의 두려움의 채찍질에서는 해방될 텐데도. 수많은 채찍질 중에서 하나만 취소시켜도, 그만큼 나머지를 상대하며 단련할 시간을 벌 수 있을 것이다. 작은 대포 하나만 쏘면 되는 일이다. 강철 엄지로 스위치 하나만 튕기면 끝나는 일이다. 그러면 삑 삑 삑 소리는 내 경보기의 감지 영역에서 완전히 사라지고, 내 기억에서도 지워질 것이다. **사라질 거라고! 하지만 진짜로 그렇게 될까? 천만에**, 적어도 내 기억에서는 사라지지 않을 것이다. 내가 **기억**을 뜯어내어 완전히 폐기하지 않는 한은. 그리고 그런 일은 할 수 없다. **안 될 일이다!** 너무 많은 것이 달려 있다. 이 휘황찬란한 땅과 그로부터 얻어낼 막대한 이득은, 신공정의 땅 전체는, 기억에 의존해 세워진 곳이다. 그렇지 않던가? **그렇다!** 모든 신공정은 과거로부터, 기억하는 온갖 것들로부터의 도주 과정이고, 그 안에는 기억 자체로부터의 도망이라는 뜻이 내포되어 있다. 아니, 내 정신 자체인 보관용 테이프에서 **기억**만 끄집어내 내버릴 수는 없다. 그래서 나는 기억하며, 수많은 두려움을 품고 살았다.

그리고 죽음을 제외하면, 이야말로 두려움 중에서도 으뜸가는 칠흑의 군주라고 할 수 있다. 발버둥 치는 나를 질질 끌고 가면서, 내면부터 무너트리고, 강철의 알맹이를 비워 약화시키며, 승전의 침상에서도 비명의 테이프가 울리고 겁쟁이의 시간이 계속되도록 만드는 것이다. 그 최고의 두려움이란 바로 **의심**이다. 자신의 가치에 대한 의심, 신금속 강철의 모험이라는 선택에 대한 의심, 이제 와서 비교를 견딜 수 있을까 하는 의심…… 의심 의심 **의심!** 왜 한참 전에 그를 죽여버리지 않은 것일까? 그 가늠자를,

기준이 될 수 있는 자를?

그래, 예전에는 기회가 있었다. 예전에는 기회가 있었다고 믿는다. 내가 나 자신을 죽였을 때 그를 깨끗이 죽여버렸더라면, 흐물흐물하고 살점에 짓눌려 있던 나를 죽이고 강철 부속을 얻으려 신공정의 땅으로 왔을 때, 그때는 가능했을지도 모른다. 아니면 애초에 왜 그를 데리고 왔겠는가? 그래, 이유가 있기는 했다. **이유**랄 것들이. 결정을 내리기에 딱 좋은 어느 경쾌한 날에, 위대한 성취의 날에, 산을 통째로 뽑아 바다로 던져버리지 않은 것은 무엇 때문일까? 그래, **이유**는 분명 있었다!

이제 벽에서 쏟아지는 시구절도 별로 도움이 되지 않는다. 온갖 고결한 영혼의 언어를 들이밀어도 공포에 잔뜩 구겨지고 부서져 사방에 널린 나의 파편을 다시 짜 맞출 수는 없다. 뜨겁고 차가운 빛줄기의 차분함의 목욕도 과거 겪었던 모든 실패보다 더 끔찍하게 실패해버렸다. 나는 강철 손바닥을 내려다보았다. 땀으로 축축해진 느낌이 들었기 때문이다. 하지만 우스꽝스러운 일 아닌가? 강철 손바닥이 식은땀을 흘리다니!? 아니, 우스꽝스럽다 할 수 있나? 이야말로 궁극의 두려움인데. 단 하나만, **단 하나만** 제외하고……

그래서 그가 나를 어떻게 찾아낸 걸까? 나는 깃발 버튼을 전부 누르고, 소음 스위치를 전부 올리고, 무용수들도 가동시켰다. 수많은 풍선을 장갑을 입힌 지붕 위로, 대포 덮개를 통해 올려보냈다. 화창한 하늘을 말랑말랑한 독수리로 가득 채웠다. 무지개색 공기를 풀어 그에게 휴일 분위기를 마련해주었다. 그는 특별한 사람이니까. 그리고 그 북적거리는 축제 분위기 속에서, 그는 강철제 엿보기 상자 속에서 겁에 질린 채로 밖을 내다보고 있는, 가느다란 한 쌍의 광역 눈알을 발견했다.

"슬픔은 슬픔으로!" 그는 내 눈을 향해 다가오며 이렇게 말했다. 공포와 온몸이 떨리는 머뭇거림 때문에 발생한 눈부신 아지랑이 속에서, 아름다운 살점의 형체가 나를 향해 다가왔다. 게다가 그래! 그는 옷 따위는 걸치고 있지 않았다. 아무래도 정문을 전부 활짝 열어놓았던 모양이다. 그러나 내가 그를 똑바로 바라볼 수 없다는 사실을, 이토록 명확하게 알려줄 생각은 조금도 없었다. 아, 때로 이렇게 당황할 때마다, 내 개인적인 두려움의 나라에 틀어박힐 때마다, 나는 영웅에 미치지 못하는 존재로 졸아들어버린다. "슬픔은 슬픔으로." 그는 다시 이렇게 말하며 천천히, 상자의 눈 구멍 쪽으로 다가왔다. 어쩐지 슬퍼 보이는 모습으로.

아름다운 남자였다. 게다가 무슨 불로의 기적을 일으켰는지 내가 곁을 떠났을 때보다 그리 나이를 먹지 않은 것처럼 보였다. 아주아주 오래전의 일이었는데. 그는 여러 면에서 강철 쪽으로 넘어오기 전의 나처럼 보였다. 그래, 사실 우리는 한때 외양조차 상당히 비슷했으니까. 혹시 신금속 강철 모험 이전의 내 모습을 복제한 것은 아닐까? 강철 북을 계속 두드려대는 것처럼 머리가 지끈거리는 이유는 대체 뭘까!

그를 맞이하러 밖으로 나가는데, 내 양쪽 신금속 귓가에서 동시에 거칠고 공허한 소리가 울렸다. 그러나 내 시선은 그의 차분한 모습에 사로잡혀 있었다. "슬픔은 슬픔으로?" 내가 이렇게 말하자, 그는 대답했다. "그렇지! 그리고 의심도." 그리고 갑자기, 기묘하게도, 우리 사이에 놓여 있던 모든 거리감이 사라져버렸고, 우리는 아무 말 없이 함께 서서 눈물을 떨구었다. 그는 어둑한 무저갱 같은 눈빛으로 진짜 눈물을 흘리는 것처럼 보였고, 나는 신공정 시대에 어울리는 기계 눈물 봉지를 내 광역 기계 눈에 붙였다. 그러나 그 재회의 날, 내 고통과 깊은 괴로움은 분명 그보다 덜하지 않았다. 나는 조심스레 금속 팔을 움직여 그를 부드럽게 끌어안았다. 때로 허공을 끌어안던 바로 그 동작으로. 나를 끌어안는 그의 몸은 내 신금속 껍질의 육중한 두께와 무게 때문에 느낄 수 없었다. 그러나 우리는 조금도 줄어들지 않는 눈물을 흘리며, 울먹임 속에서 대화를 계속했다. 화려하고 쾌청한 하늘 아래서, 축제일의 소음과 격렬한 무용수들의 움직임 속에서. 내가 쾌활한 척하려고 돌아가게 설정해놓은 그 모든 것들 속에서.

그렇게 연단에서 그 남자가 찾아왔다! 영혼을 모으는 이가, 빛을 갈구하라 외치는 이가. 오로지 눈물만을 건네러 왔다는 말은 과연 진실이었을까? 나는 그가 긴 설교와 어쩌면 강철로 돌아선 행위에 대한 거친 책망을 대동하고 찾아오리라 생각했었다. 그리고 분명 기나긴 여정의 시작점에는 온갖 말들이 있었으리라. 그러나 우리는 그곳에서 한동안 함께 울기만 했다. 완전히 헤어졌던 동료 선원들처럼, 아무 말도 하지 않으며. 그러다 그는 이

내 이곳을 떠났고, 내 성채의 가장자리까지 도착해서 마지막 활짝 열린 성문을 지나기 전에, 나를 돌아보며 입술을 움직여 "형제여!"라는 형태를 만들었다. 청력 설정을 **아주 높음**으로 맞춰놓은 상태였지만, 아무 소리도 들리지 않았다고 장담할 수 있다. 그러나 나도 그를 향해 같은 단어를 만들었고, 다음 순간 그는 떠나버렸다. 아름다운 살점 형체가, 벌거벗은 채로, 쉴 곳 없는 플라스틱 위를 성큼성큼 걸어갔다. 아니, 혹시 거울상은 아니었을까? 하늘에 거꾸로 매달려 있는 쪽이 실체였던 것은 아닐까?

나는 무용수 몇 명에 추가로 전원을 넣은 다음, 새 풍선을 지붕에서 올려보내고 큰 소음을 **최대-최대** 음량으로 맞췄다. 그리고 나만을 위한 고요의 영역에서, 온갖 소음과 강철 무용수들의 혼란에 둘러싸인 가운데에서, 나는 문득 거의 200년이 지났다는 사실을 떠올렸다. 설교자를, 거대한 종이 방패에 온 힘을 쏟은 내 쌍둥이 형제를 만난 지도 200년이라는 강철의 시대가 흘러간 것이다. 대체 그가 전쟁을 어떻게 버텨낸 걸까? 이제 플라스틱으로 뒤덮인 정원을 알몸으로 걷고 있는 이유가 무엇일까? 그리고 신앙의 사람인 그가, 의심에 휩쓸린 고약한 영혼들의 평원에서 온갖 변화를 무릅쓰고 기나긴 전쟁을 계속했던 군주인 그가, 내게 눈물만을 전해주러 온 이유가 무엇일까? 슬픔은 슬픔으로? 내 몰골이 참으로 유감이라고, 내 온갖 신금속 부속들은 그저 그가 눈물을 쏟게 만드는 수도꼭지일 뿐이라고 말하고 싶었던 것일까? 아니면 그의 길이든 내 길이든, 전부 슬픔과 의심으로 이어질 뿐이라고 말하려던 것일까? 내 형제도 사실은, 그 거대한 종이 방패의 그늘 아래에서 그림자 외에는 아무것도 찾아내지 못한 것일까? 모든 영혼을 위한 결말에 이르기 직전에 종이 방패를 바위에 기대어놓고 잠시 휴식을 취하는데, 고약한 사탄이 그 방패를 붙들고 웃으며 달아나버린 것은 아닐까?

그의 말은 너무도 불명확했다…….

그러나 종종 내게 일어나는 대로, 이내 낮은 계곡에서 날아든 강인한 기운이 나를 고양시켰다. 공포는 다시 전투의 깃발을 높이 휘날리고, 의심은 긴 창끝을 허공에 내지르며 일어섰다. 조금 전까지만 해도 제대로 서 있기도 힘들었던 후들거리는 무릎은 이제 용맹하게 나를 앞으로 내몰았다. **그래!** 우리는 휴일 분위기를 전부 꺼트리고 스위치를 눌러 강철 무용수들도 집어넣었다. 대포 덮개가 내려가며 축제의 종막을 알리고 말랑말랑한 셀로판 독수리들은 무지갯빛 하늘에서 떨어져 내렸고, 이내 그 하늘조차도 어둠으로 잦아들었다. 우리가 살아 있는 한, 우리가 존재하는 한, 계속 연기하며 게임을 진행해야 하니까. **그래!** 우리는 그렇게 했다. 거의 아무런 경고도 없이, 우리는 주변 모든 성채에 전쟁을 선포했다. 그리고 머지않아 가혹한 재앙이 펼쳐지고, 치열한 경쟁의 요구와 살육에 필요한 온갖 진짜 문제들이 등장하자, 의심이나 유령이나 공포가 들어앉을 자리는 조금도 남지 않았다.

경고

그래, 저 밖에 그들이 있었다. 우리가 가장 깊숙한 방에 숨어서, 침대 밑에 머리를 파묻고, 땅속에서 솟아나는 나무와 노래하는 양철 울새들과 정원 구멍에서 흘러나오는 봄날을 생각하고 있어도, 저 밖에는 분명 그들이 있었다. 어쩌면 언제나 있었을지도 모른다. 우리는 전쟁을 멈출 때마다 그들이 하늘에 띄우는 화면을 볼 수 있었다. 그들이 투사하는 위협이 하늘을 아찔하게 가로지르는 모습을, 날개 달린 광채를 볼 수 있었다. 그리고 그들이 깃발 아래…… 아, 그 부드러움을 상징하는 깃발 아래…… 저들의 갑주를 모으고 있다는 것을 알 수 있었다…….

어느 봄날, 노인 한 명이 위협의 땅에서 성채의 고장으로 찾아왔다. 모데란 사람이었기 때문에, 철컥 찰칵 철그락 철컥거리며 느릿하게 쉴 곳 없는 플라스틱을 가로질러, 경첩과 지지대를 움직이며 다가왔다. 얼굴에 매달린 살점 조각에는 회색 수염을 길게 길렀고, 걸음에 맞춰 삐걱거리며 흔들어대는 팔은 마치 대낫을 휘두르는 것만 같았다. 나는 옛 시대의 시간의 노인을 떠올렸다. 그러나 모데란에 시간의 노인 따위는 없다. 모데란의 우리는 영원히 버티도록 설계된, 시간에서 벗어난 존재이기 때문이다!

수염을 기른 남자가 돌아왔을 때 우리는 휴전의 시간을 누리던 중이었다. 그는 모두의 포격이 멈춘 가운데 4월의 땅으로 걸어 들어왔다. 보행 인형 폭탄은 자기네 발사기에 사뿐히 올라탄 채로 기다렸고, 미사일은 발사대에 얌전히 움츠렸고, 하얀 마녀 로켓도 전쟁 상황실에서 커다란 주황색 스위치를 **올려줄** 이가 아무도 없어 그림 속 죽음처럼 얌전히 침묵할 수밖에 없었다. 그 남자를 기억하는 이는 별로 많지 않았다. 먼 옛날 그 또한 성채의 주인이었으나, 권력자들과 이런저런 사소한 의견 불일치를 겪은 후 그의 성채는 포격에 날아가버렸고, 저들은 그 자리에 나무를 심었다. 그리고 그에게는 선택지가 주어졌다. 추방을 택할 것인지, 아니면 그의 살점 조각을 다른 이에게 수여한다는, 실질적으로 죽음이나 다름없는 운명을 택할 것인지. 추방을 선택한 그는 짧은 휴전 기간 동안 밤을 틈타 도주했고, 이후 모데란의 땅은 그를 잊고 살았다.

우리는 봄철의 휴전이 지속되는 내내 그의 움직임을 주시했다. 그는 밤낮을 가리지 않고 우리의 포격 범위를 가로지르며 걸음을 옮겼고, 경보기는 그의 모습에 소리를 울리지 않았다. 모데란에서도 이는 불길한 일에 속했다. 때론 밤의 적막을 뚫고 플라스틱을 밟는 작고 둔중한 소리나 경첩 관절이 움직이는 날카로운 철컹 소리가 울리기도 했다. 발사대의 배치를 개선하거나 인형을 무장시키느라 늦은 시간까지 잠들지 못하던 성채 인간은, 그 소리를 듣고 그 조용한 자가 경보기의 경계선을 넘어 근처까지 들어왔다는 사실을 알 수 있었다. 아무도 그에게 살점 조각의 굶주림을 채울 정맥주사를 권하지 않았다. 아무도 그에게 신경 쓰지 않았다. 우리에게 있어 추방자는 영원히 추방자일 뿐이었다. 그는 존재하지 않는 자였다. 게다가 휴전이 풀리고 다시 바쁘고 행복하게 전쟁에 매달리게 되면, 그 작자는 발사대가 처음 불을 뿜는 것과 함께 흔적조차 없이 소멸될 것이다. 굳이 걱정할 필요가 있겠는가?

그러나 한낮에, 그리 두껍지 않은 증기 방어막 아래서 그가 성채 근처까지 다가와 기웃거릴 때면…… 그에게선 분명 뭔가가 느껴졌다! 물론 부분적으로는 죽은 자가 돌아왔다는 사실에 감상적으로 매혹되었기 때문일 것이다. 추방자가 추방을 깬 모습을 보면서, 죽은 자와 추방자에게 깊은 동질감을 느끼면서도, 그런 동질감을 아주 조금이라도 나눌 수도, 나눌 생각도 없었기 때문이었다. 모데란에서는 안 될 일이다!

그러다 봄철의 휴전이 풀리기까지 얼마 남지 않은, 증기 방어막이 보랏빛이던 어느 날, 강철 손이 부들부들 떨리고 살점 조각은 쑤셔오고 걸쭉한 증오를 목구멍까지 꽉 채워 올리며 전쟁을 준비하려 애쓰던 어느 날, 그의 철컹거리는 소리가 근처에서 들려왔다. 그가 내 성벽 안으로 들어오는 허가를 요청하는 동안, 내 경보기는 열심히 근접 경보를 울려댔다. 내 화면에는 수척하고 망가지고 녹슨 그의 모습이 등장했다. 추방당해 존재하지 않으므로 주의를 기울일 필요도 없는 자였다. 그런데도—그런데도—죽은 자가 전갈을 들고 찾아오면, 아니 그저 바라보기만 하더라도, 그를 정면에서 거부할 수 있는 사람이 있겠는가? 나는 검역과 무기 탐지기에 평소대로 절차를 수행하라는 명령을 내렸고, 그가 깨끗하다는 점이 확인되자 열한 개의 강철 성벽에 달린 성문의 스위치를 올려 진입을 허용했다.

그는 수염을 허리에 두른 채 내 앞에 섰다. 얼굴 조각이 뒤엉켜 혼돈을 이루더니, 마침내 그의 입이 열리며 말소리가 흘러나왔다. "나는 딱히 뭔가를 얻어내고자 하는 의도에서 그대를 찾아온 것이 아니오. 나는 한때 내 성채였던 곳에 있었소. 나는 이제 새들과 플라스틱 개들을 위한 공원이 된 그곳에서, '자라는' 양철 나무들 사이에 누워 있었소. 그곳이 여전히 번영하는 성채이고 내가 그 안에 있었다면, 머지않아 개전할 위대한 봄철의 전쟁에 참여할 수 있었다면 얼마나 행복했을지. 그러나 이는 단순한 나만의 생각일 뿐이겠지. 추방자는 영원히 추방자일 뿐이며, 그대도 알다시피 돌아오는 길이란 없으니." 그는 잠시 고개를 수그렸고, 나는 "자, 자"라거나, 기타 실제로 아무런 할 말이 없고 모두가 그 사실을 알 때마다 하는 말을 입에 올렸다. 그에게 살점 조각의 굶주림을 달랠 정맥주사를 권할까 생각도 했다. 안됐다고, 유감이라고 말해줄까 하는 생각도 들었다. 그러나 실제로는 거의 아무것도 하지 않고, 거의 아무 말도 하지 않았다. 마침내 그가 고개를 번쩍 들자, 그의 얼굴 조각들은 다시 폭풍우에 휘말리듯 뒤섞여버렸다.

"나는 무엇을 얻어내고자 손을 내밀러 온 것이 아니오." 그는 소리쳤다. "처음에는 그저 너무 늦기 전에 옛날에 노닐던 장소를 다시 찾아보려는 생각이었소. 휴전 기간 동안 심장을 도려내는 비통함을 만끽한 다음, 천천히 남쪽으로 내려가 그대들이 포화를 퍼붓기 전에 방랑자들의 나라로 들어갈 생각이었소. 그러나 이토록 잘 정비된 증오와 완벽히 계획된 전쟁으로 가득한 즐거운 회색 영역을 다시 마주하니, 과거의 충성이 다시 끓어올랐다오. 내가 애걸하려 그대의 성채를 찾은 것은 그대가 최고의 부류에 속해 마땅한, 어쩌면 다른 누구보다도 뛰어난 기록을 가지고 있기 때문이오. 혹시라도 그대에게 경고를 할 수 있다면, 우리가 모범으로 이끌어 전통을 수호할 수 있을지도 모르기 때문이라오."

나는 내 성채에 대한 호의적인 평가에 감사를 표하고, 어쩌면 다른 성채들도 거의 비슷하게 훌륭할지도 모른다고 겸손하게 대답했다. 그는 거의 울부짖듯 말을 이었다. "북방과 남방과 동방과 서방에 가득한 저 화면들을 보지 못했소? 날개에, 역겹고 으스스하게 춤추는 웃는 얼굴에, 저 위협적인 아기 천사의 미소에, 후광에 증기 방어막이 비추지 않는 햇살 인간 따위가 떠오르는? 언덕 너머에서 어떤 자들이 모여들고 있는지 모르는 거요? 끔찍한 위협이 너무도 뻔뻔하게 모습을 드러내고 있지 않소?"

"소문은 들었소." 나는 대답했다. "소식이 퍼져나가고, 경보가 내려오고, 내 눈으로 목격했소. 설령 그렇다고 해도, 우리가 뭘 할 수 있겠소? 우리는 이곳에서 성채의 삶을 누리면서, 이웃과 친구의 행동을 완벽히 예측할 수 있을 때 증오가 얼마나 대단한 효력을 보이는지, 깔끔한 포격이 얼마나 효율적인지를 증명하는 데 온 힘을 쏟고 있소. 먼저 공격하거나 방어를 올리지 않으면 뒤통수에 미사일을 맞는다는 사실을 말이오. 그런데도 항상 누군가—어떤 세력이—현실을 구슬려서, 증명되었고 증명될 것들을 추측해야 하는 꿈과 같은 것으로 바꾸려 들지. 가장 명확한 진실에 꽃 한 송이를, 십자가를, 광휘를 두른 별을 올린 다음, 그걸 사랑이라고 부르는 거요. 그게 무슨 뜻인지는 모르겠지만. 하지만 우리는 이곳에서 날카로운 눈으로 사방을 주시하며 언제나 서로에게 포격을 퍼붓고 있소. 심각한 위기가 찾아오면, 언제든 지금껏 쌓아온 살육의 노하우를 침략군을 향해 남김없이 쏟아낼 수 있을 거요."

"친우여, 내 친우여." 그가 말했다. "그들이 무엇을 할 수 있는지, 어떤 끔찍한 행위를 저지를 수 있는지, 그대는 짐작도 못 하오. 얼마나 역겨운지! 얼마나 끔찍한지! 나는 그들의 나라 변방에서 그들 사이에 섞여 살았소. 추방당해 조국을 잃은 나는 그곳까지 갔다오. 그리고 깨우쳤소." 순간 망령처럼 수척한 얼굴에 박힌 그의 두 눈에 공포가 깃들었다. 신축성 있는 구멍이 크게 열리고, 광역 모데란 시각을 갖춘 강철 구체가 찰칵거리며 휙휙 움직였다. 옛 시대였다면 아이들이 저지른 모든 재앙을 마주하고 아주 극적인 잔해 무더기에 주저앉은 사람의 얼굴에 비견할 수 있으리라. "저들은 무슨 일이 벌어져도 멈추지 않을 거요!" 그는 울부짖었다. "휴전 기간 동안에는 자기네 슬로건을 높이 쳐들고 들어올 거요. 총력 포격전을 벌이는 동안에도 노래를 부르며 타박타박 언덕을 넘어올 거요. 밤에도, 증기 방어막이 드높은 한낮에도, 언제나 경쾌한 걸음으로 들어올 거요. 곧 알게 될 거요. 저들은 가는 곳마다 치명적인, 계획된 무질서를 퍼트릴 거요. 정면에서는 수없이 싸움을 벌이며 지연전을 이어나가면서, 배후에서 질서를 흩뜨리고 시선을 돌리는 기습 공격을 감행할 거요. 고개를 돌리면 그대로 바늘을 찔러 넣고 금속 연화제를 주사할 거요. 그럼 그대는 어떻게 되겠소? 확고한 증오를 담은 그 훌륭한 강철 심장은 물렁물렁한 논객이 되어버릴 거요. 딛고 설 자리를 모르면 아예 설 수조차 없는 거요. 그대는 계속 뛰어오르고 자세를 바꾸면서 끊임없이 흔들리는 자가 될 거요. 위선자가 될 거란 말이오!"

그의 얼굴은 공포로 뒤덮인 가면이 되었다. 수염이 부르르 떨렸다. 그의 정체 모를 실패가 심각한 정직성 금속 진동 증세를 유발한 모양이었다. 그의 훌륭한 강철 입이 뻥 뚫린 회색 구멍처럼 벌어졌고, 그의 외침에 따라 날카로운 신금속 치아가 춤추며 번득였다. "심지어 몸을 숙여 정맥주사에 진실 용액까지 섞을 것이란 말이오. 저들의 진실 말이오. 나라면 차라리, 차라리 포격에…… 정정당당한 포격에 몸을 내맡기겠소."

그는 이내 진정했다. 휘날리던 수염은 가슴팍에 고요하게 내려앉았다. 그리고 조금 전까지 일렁이다 차분해진 얼굴을 보고 있자니, 문득 옛 시대에 폭풍에 시달리다 간신히 벗어난 바다 또는 하늘이 떠올랐다. "그럼 나는 가야겠소. 그대들의 훌륭한 포격이 시작되기 전에 이곳을 떠나 남쪽으로, 방랑자들의 나라로 들어갈 생각이오. 지금 나는 끔찍이 늙었지만, 어쩌면 젊었을 때도 그대들의 위대한 증오의 동맹에 어울리지 않아 추방당한 것일지도 모르지. 그러나 내게 모데란은 돌아올 곳으로, 상처 입을 곳으로, 심장을 저미는 즐거운 곳으로 남아 있을 거요. 내가 근거 없는 희망을 품은 것이 아니었으면 좋겠소. 그대들에게 제때에 적절한 경고를 보냈다고 생각하니 말이오. 이젠 떠나야 할 것 같소. 몸이 달아오른 성채에서 휴전을 일찍 깨트려서 십자포화에 휘말리게 될지도 모르니 말이오."

그는 이제 완전히 폭풍에서 벗어난 얼굴로, 잠시 내 눈을 똑바로 들여다보았다. 그리고 아주 잠시, 나는 그에게 병기 인간의 지위를 제공하고 싶다는 유혹에 사로잡혔다. 어쩌면 그의 살점 조각에 금속판을 덧대고, 거의 완전히 신금속 합금으로 만들어서, 적어도 권력자들이 내년 병기 인간 점검에서 넘어가줄 정도로 개조하면 가능할지도 모른다는 생각이 들었다. 그러나 나는 그 기회를 넘겨버렸다. 어쩌면 그게 최선이었을지도 모르겠다. 아마 그도 받아들이지 않았을 것이다.

이내 그는 열한 겹의 강철 성벽을 넘어서 쉴 곳 없는 플라스틱 위로 떠났다. 철컥 찰칵 철그락 철컥거리며, 경첩과 지지대를 움직이며, 방랑자들의 나라를 향해 느릿느릿 남쪽으로 움직였다. 일부 몸이 달아오른 성채에서는 실제로 휴전을 일찍 깨트렸다. 그러나 나는 그가 무사히 넘어갔기를 기원하고, 그랬으리라 믿는다. 우리 대부분은 마지막 순간까지 최대한 준비해서, 다음 날 공식적으로 휴전이 끝났을 때 더 훌륭한 포격 개시! 명령을 내리고 싶었으니까. 그리고 내가 기억하는 다른 어떤 때보다 날카로운 포격이 이어지자, 나는 그의 공포가 전부 근거 없는 것일지도 모른다는 생각이 들었다. 저들이 심장의 상징과 연대감의 증거와 미소의 군대를 언덕 너머에서 모으고 있다고 해도, 그게 무슨 소용이란 말인가? 위대한 성전과 우정의 동맹을 계획하고 있다고 해도, 그게 어쨌단 말인가? 이곳 모데란의 우리는 증오의 방벽을 단단히 세우고 있다. 우리는 삶의 방식을 깨우쳤다. 그리고 저들이 연약한 밸런타인의 철학이나 하얀 이빨을 드러내는 웃음의 슬로건보다 더 훌륭한 것을 들고 오지 못한다면, 저들 찬송과 미소로 무장한 전사들 쪽에는 아예 승산이 없을 것이다. 사거리에 들어오자마자 그대로 포격할 테니까. 저들의 침투 요원을 도려내서 가느다란 살점 리본으로 만들어버릴 테니까. 저들의 첩자를 보자마자 즉각 처형해버릴 테니까. 우리는 온 힘을 다해서, 시간 그 자체가 늙어 스러질 때까지 저들을 격퇴할 것이다!

이런 기수를 본 사람 있나요?

내 성채의 가장 바깥을 둘러싼 열한 번째 성벽 밖에서, 나는 차가운 납으로 만든 구체처럼 차분하게 앉아 있었다. 심장 설정도 최저로 낮춰서, 휴면 상태에 들어간 묽은 녹색 혈액이 간신히 살점 조각 속 혈관을 씻어내듯 움직일 뿐이었다. 그리고 내 광역 모데란 시각은 기본 감지 설정으로 돌려놓은 채로, 쉴 곳 없는 플라스틱 벌판과 7월 중순의 적갈색 증기 방어막을 훑었다. 아무 생각도 하지 않으면서. 아무것도 기대하지 않으면서. 전쟁 사이의 시간이라 휴식을 취하면서도, 언제나 그렇듯이 적절한 경계를 유지하며. 이곳의 우리가 언제나 그렇듯이…….

그가 말을 달리는 모습을 보자 뜨거움과 차가움을, 그리고 차가움과 뜨거움을 동시에 뒤집어쓴 것처럼 정신이 번쩍 들었다. 내 엉덩이가 푹신한 의자도 앞다리 두 개를 쿵 하고 찧으며 굉음

을 울렸고, 그 소리는 내가 열한 번째 성벽에 의자를 기울여 기대
놓고 휴식을 취하던 곳에서 시작해 허공을 뚫고 울려 퍼졌다. 내
왼쪽으로 열 번째 되는 언덕 위에 그의 모습이 처음 나타난 순간,
그의 말은 분명 언덕 위를 가득 채우고 있었다. 차라리 살점 조각
에 알싸한 맛이 깃들게 하는 펀치 정맥주사를 맞는 중이었더라
면, 내가 술에 취했으리라 생각하며 넘어갈 수 있었을 것이다. 흐
릿한 시야 속에서 태어나 적갈색 증기 방어막에 맺힌 신기루일
것이라고. 그러나 나는 완전히 제정신이었고, 증기는 7월 중순다
운 평소의 모습에서 조금도 변하지 않았다.

　이제야 경보기가 소음을 울리기 시작했다. 통상의 신중한 모
데란식 절차에 따르자면, 사전 계획대로 성채 안으로 퇴각할 때
였다. 위험을 감지한 모데란 남자답게 경첩과 지지대를 움직여
서, 엉덩이가 푹신한 의자를 끌고 성벽 안으로 들어가 발사기 앞
에 앉아야 할 때였다. 그러나 때론 온갖 단호한 계획에 둘러싸인
모데란인조차도…… 어리벙벙하게 멍하니 시간을 죽일 때가 있
는 법이다. 눈앞의 광경이 나를 사로잡았고, 기수가 가볍게 말을
몰아 내게 다가왔다. 말도 기수도 있을 수 없는 곳인데도. 기수는
고삐를 잡아 천천히 머뭇거리듯 말을 멈추었고, 나는 문득 그 거
대한 말이 앞을 보지 못한다는 사실을 깨달았다. 아니, 단순히 눈
이 먼 것이 아니었다. 아예 눈이랄 것이 없었다. 뻥 뚫린 둥그런
붉은 구멍의 아래쪽 절반에, 말라붙거나 말라붙는 중인 흘러내린
피가 붉은 막대처럼 엉겨 붙어 있었다. 나는 특히 그 가냘픈 핏줄

기가 모데란의 차가운 산들바람에 흔들리는 모습에 주목했다. 그리고 그 말이 바람에 굳건히 몸을 세우고 흥분한 듯 콧바람을 울리는 모습에도 시선을 주었다. 순간 이 말이 내 성벽을 보지 못하고 그대로 정면으로 걸어가 들이받을지도 모른다는, 그리고 아무일도 없는 것처럼 걸음을 멈추지 않고 성큼성큼 벽을 뚫고 지나갈지도 모른다는, 서늘하고 기묘한 느낌이 나를 사로잡았다. 물론 단순한 느낌일 뿐이지만, 머릿속을 떠나지 않았다.

눈앞의 기수는 모데란의 인간이 아니었다. 바로 알아볼 수 있었다. 살점 조각을 이어 붙인 봉합선은 아예 보이지 않았다. 그의 몸에 강철이라고는 없었으니까. 그 또한 자신의 말과 마찬가지로 완전히 살점으로만 이루어져 있었다. 요즘에는 상당히 보기 드문 형상이었다. 게다가 돌연변이처럼 보이는 구석도 없었다. 그의 말은 아마도 돌연변이겠지만. 적어도 열심히 옛 시대의 기억을 떠올리려 애쓰던 내가 보기에는, 그는 모든 면에서 전혀 '교체'되지 않은 살점 인간으로 보였다. 살점 조각을 이어 붙이지도 않고, 강철의 팔이나 '교체'된 사람들이 걷는 데 필요한 경첩 혹은 지지대도 없었던 것이다. 하지만 왜? 그리고 왜 하필 여기에?

그의 손에 갑자기 옛 시대의 테니스공 정도 크기의, 보석처럼 반짝이는 구체 두 개가 나타났다. 나는 그걸 어디서 어떻게 꺼냈는지 짐작조차 할 수 없었다. "우리가 저 도시에 진입하면, 그는 더 이상 눈멀지 않을 것이다." 그는 이렇게 말하며 자신의 늙은 말 쪽으로 손짓했다. "내 말에 눈이 필요할 때를 대비해 이것들을 기름에 감싸 간직해두었으니."

내 턱이 열심히 딱딱거리며 움직이는 것이 느껴지는데도, 소리는 전혀 나오지 않았다. 나는 멍하니 그를 바라보며 침만 꿀꺽 삼켰다. "우리는 눈먼 평원을 가로질러, 끝없이 계속되는 청결하고 쉴 곳 없는 플라스틱 벌판을 건너왔소. 그리고 기묘한 금속 새가 하늘 높이 떠올라 우리의 느릿한 발걸음을 꾸준히 따랐소. 나는 그 새가 양철 독수리라고 생각했소. 그리고 이곳 요새의 땅 어딘가에 둥지를 틀고 있으리라 생각했소."

그는 나를 노려보며 답을 요구했다. "금속 탐지조가 있기는 하오만." 나는 대답했다.

"전쟁의 새인 거요? 인간을 먹기도 하오?"

"이곳에서는 모든 존재가 전쟁을 위해 존재하오. 그러나 인간을 먹지는 않소."

"참으로 다행스러운 답이로군. 이 몸은 양철 독수리에게 뜯어 먹히기를 원치 않으니. 탐지는 내 걱정할 바가 아니오."

"우리 전쟁을 위해 탐지하는 것뿐이오." 내가 말했다. "그대는 우리의 일원이 아니니, 우리도 그대를 괘념치 않을 것이오. 그러나 휴전이 끝나면 그대와 그대의 말은 포격에 휘말리게 될 것이오. 여기 요새의 땅에서, 우리의 관심사는 오로지 전쟁뿐이니. 이곳은 그대들과 같은 연약한 살점 인간과 거대하고 눈먼 고깃덩이 말이 머물 곳이 아니오. 이토록 무례하게 말할 생각은 없었소만."

"그대가 지금 내게 떠나라 청하는 것이라면, 언어를 낭비하는 것이라 말해주겠소. 그리고 시간도. 나는 여기 거대한 말에 종속된 신세요. 그의 움직임은 미리 계획할 수 있는 것이 아니며, 또한 멈출 수도 없소. 마땅히 그대에게 미리 일렀어야 하는 일인즉, 나 또한 지나치게 무례할 생각은 없었소. 물론 비우호적으로 굴생각도 없소."

살펴보니 그가 말에 묶여 있다는 것은 사실이었다. 오래되어 얼룩덜룩한 밧줄 두 벌이, 연결되지 않고 제각기 말의 배를 둘러 기수를 묶어두고 있었다. 무릎 위쪽으로 매듭이 보였다.

"누가…… 누가 그대를 이렇게 결박해놓은 것이오?"

"수많은 것들이, 그리고 전통이 그리하였다고 답하리다. 그러나 내 무릎 위에 밧줄을 두르고 매듭을 지은 것은 스스로의 선택에 따라 움직인 내 손이었소. 그렇게 생각하고자 마음먹으면 각각의 밧줄은 양심이 되리니. 그대가 비유를 좋아한다면 내가 묶인 이 말은 의무라 여길 수 있을 것이오. 그럴 마음이 없다면 그저 눈먼 말에 오른 채 눈먼 평원으로 말을 몰아야 하는 남자로 여겨주길 바라오. 그래서 이곳이 요새의 땅이란 말이오! 이 땅에 사는 그대들은 이런 대화를 전혀 모른단 말이오?"

"우리는 이 시대를 맞이한 이후 그런 식의 대화를 나누어본 적이 없소. 그대의 말은 하나같이 살점의 대화와 살점의 생각처럼 들리는구려. 우리는 '교체'된 자들이오. 우리의 천성은 증오와 전쟁이오. 작은 기계장치들이 우리를 시중들지. 이곳 모데란은 완벽하게 현대화된 땅이오. 우리는 영원히 살도록 '교체'되었기 때문에 천국과 흥정을 벌일 필요가 없소. 우리 자신이 곧 영원이기 때문이오. 내 보기에는 이 모든 것들 덕분에 그대가 말하는 양심이나 의무는 완전히 그 의미가 사라진 듯하오. 감정이나 심장박동이나 추측 따위에 지나치게 의존해야 하는 개념들이지. 이곳의 우리는 그 모든 것들을 하찮게 여긴다오."

그는 훗날 말의 눈이 될 구체들을 안장 양쪽에 달린 길쭉한 가죽 주머니에 넣은 다음, 엄격하고 차분한 눈으로 나를 주시했다. 나는 강철의 눈으로 그의 살점 눈을 마주 보며 조금도 물러서지 않았다. "내 말이 때론 얼마나 핼쑥해 보이는지 일러줘야 하겠소. 몇 세기 동안 이 짐승은 뼈마디가 드러나 보이는 모습이었소. 그러나 이제 살지고 튼튼한 짐승이 되었으며, 내가 그 위에 묶여 있소. 그 또한 언제라도 눈을 가질 수 있으나 지금은 내가 그의 눈이 되고, 그는 내 다리가 되어주고 있소. 머지않아 우리가 환한 진상에 도달하리라는 것이 뼈에 사무치게 느껴지오. 고백하건대 지금 나는 조금 어둑한 속에서 말을 몰고 있으나, 항상 징표를 찾아 사방을 두리번거리고 있은즉, 아무것도 보이지 않으니 그저 전진할 뿐이오. 내가 아는 것은 그뿐이오. 그러나 내 자신 있게 말하니, 머지않아 별이 떠올라 이정표가 되어줄 것이오."

"별처럼 포탄이 쏟아지고 커다란 미사일이 솟구치고 인형 폭탄이 걸어 다니기 시작할 거요. 내 경고하리다." 나는 이렇게 대꾸했다. "그리고 그대의 시야가 명징한지 아닌지는 내 전혀 걱정할 바가 아니오. 그러나 내가 그대라면, 선택할 수 있을 때 서둘러 이곳을 뜨겠소. 내게 남은 얼마 안 되는 살점 조각이 그대에게 이렇게 말하라고 강요하고 있소. 그 종용이 온전히 만족스러운지는 확신할 수 없지만 말이오. 그리고 그대가 토의를 시작했으니 부연하자면, 나는 강철인 지금이 가장 행복하오. 전쟁 상황실에 들어앉아 커다란 주황색 전쟁 스위치를 올리고 발사기의 버튼을 눌러댈 때가 가장 행복하다오. 아니면 이리 말해볼까. 그럴 때면 불행하거나 걱정되거나 질문을 던지게 되지 않는다오. 나는 그 정도면 만족할 수 있소."

"눈먼 의무의 말에 두 겹의 양심이라는 밧줄로 묶여 있는 이 몸에게는 정략적인 합의로만 보이는구려. 그렇다면 그대들의 싸움이란 임시변통의 가짜일 뿐이지 않소? 목적도 없이, 그저 시간을 때우기 위한 것이 아니오?"

"나는 싸움에 걸맞도록 만들어진 존재요. 그리고 그대가 나를 동요시킨다면, 내 직접 그대의 말을 날려버리겠소. 내가 고개를 끄덕이기만 하면 그대로 수행될 거요."

"날려보시오." 그는 이렇게 말하며, 강철처럼 차가운 살점 눈으로 나를 바라보았다. 그대로 나를 내려다보았다. 나는 수치와 깊은 숙고에 빠져 고개를 떨구었다. 귓가에는 그의 목소리가 계속 울리는 듯했다. "터져나간 그의 조각마다 새롭고 더욱 거대한 말이 자라날 것이며, 기수가 그의 등에 묶인 채 등장할 것이니." 나는 그 말에 대꾸하려 고개를 번쩍 들었으나, 나와 7월 중순의 적

갈색 증기 방어막 사이에는 누구도, 아무것도, 심지어 그림자 하나도, 나뭇잎 한 장도, 새나 바람에 휘날리는 구름조차도 존재하지 않았다. 내 경보기는 소음을 울려 휴전이 해제될 것이라는 소식을 알렸고, 내 병기 인간들은 전투 위치로 달려가서 기괴하게 메마른 느낌의, 서두르는 금속의 소리로 성벽 안을 가득 메웠다. 나는 즉시 말과 구제 불능의 기수보다, 또는 양심과 의무를 논하는 신기루보다 더 중요한 일이 눈앞에 있다는 사실을 깨달았다.

이후 뒤따른 전쟁에서는 엄청난 성공을 거두었다고만 말해두겠다. 풀려난 인형 폭탄들은 정확하게 희생양을 찾아 움직였고, 하얀 마녀 로켓은 강철로 뒤덮인 모데란에서 시야가 닿는 한계까지 번득였고, 고고도에서 굉음을 울리는 박살박살 미사일도 더할 나위 없이 훌륭했다. 그러나 다음 휴전 기간이 찾아오자, 나는 도저히 기다리지 못하고 화상 통화를 이용해 주변의 모든 성채들에 거대한 눈먼 말과 거기 올라탄 기수를 본 적이 있느냐는 질문을 돌렸다. 그들의 부정적인 대답과, 화상 통화 화면에 떠오른 수수께끼 같고, 기묘하고, 눈을 피하는 따위의 온갖 반응을 보면서, 나는 그 괴상한 말과 기수에 대해서는 다시 묻지 않는 편이 좋으리라는 결론을 내렸다.

살육의 유예

대체 어떤 터무니없는 문제가 일어난 것인가? 어쩌면 우리 모두에게 터무니없이 거대한, 어쩌면 돌이킬 수 없을 오류가 일어났음을 암시하는 것은 아닐까? 모데란 그 자체에서 말이다. 무슨 이유에서 이 땅의 필수적인 원칙을 어겨서, 그래, **위반해서!** 우리의 위대한 꿈을 짓밟아버렸단 말인가? 어제까지만 해도 그는 분명 우리의 일원이었다. 으르렁거리고, 웃음 짓고, 쾌락을 찾아 헤매고, 공포에 질려 강철제 엿보기 상자에 숨는 자였다. 전쟁을 준비하고, 우리를 침략하려는 계획을 실행에 옮기고, 하루 일과를 수행하고, 언제나 도사린 재앙이나 언제나 가능한 승리를 곁눈질하는 자였다. 모든 면에서 이 시대의 '올바른' 사나이다운 자였다. 그러나 오늘은! 오늘은!!!???

우리 모두는 첫 포격 직후에 그 사실을 발견했다. 또는 적어도 의심하기 시작했다. 두 번째와 세 번째 포격이 이어지자 화면을 들여다보는 우리 모두의 마음속에 공포가 스며들기 시작했다. 쏟아지는 무수한 살육 병기들의 사이에 구멍이 보였다. 포화의 굉음 속에 빈 공간이 있었다. 모든 곳에 불균형이 느껴졌다. 그토록 완벽한 전쟁을 설계했는데도! 우리는 약한 성채들을 배제해서 완벽한 사각형의 전장을 설정했다. 큰 성채들은 질서 정연하게 줄지어 늘어서고, 네 귀퉁이에는 최고로 강한 성채(나도 그중 하나였다)들이 배치되었다. 이들 모두가 좌우대칭을 이루는 대량학살을, 최고조의 살육을 선사할 예정이었다. 애송이 전쟁은 끝내고 제대로 된 전쟁을 시작할 때였다. 그리고 이번에는 전 세계의 살상 능력이 거의 다 동원될 예정이었다.

성채의 지휘관이자 학살의 대원수에게 주어진 권리로, 나는 전투를 중단시키고 우리의 포화에 구멍이 뚫린 이유를 확인하러 직접 나섰다. 다른 성채 주인들도 빛줄기를 쏘아 보냈고, 심지어 영상을 투사하는 이들도 있었다. 상당히 드문 경우라 다들 상황이 궁금했기 때문이다. 그러나 그들은 협상 자리에는 빛줄기나 영상만 보내고 정작 본인은 꿈쩍도 안 하고, 바쁘고 용맹하게 성채에 틀어박혀 시간을 보냈다. 다들 전쟁이 재개되었을 때 전투 실적을 올리려고 준비하는 것이 분명했다. 물론 이 기회를 이용해 내 지위를 빼앗을 생각일 것이다. 그러나 이 또한 지도자가 짊어져야 하는 십자가인즉, 나는 고결하게, 악의 따위는 조금도 품지 않은 채로 그들의 수작을 용인할 생각이었다. 기회가 주어진다면 나 또한 저들처럼 행동하지 않았겠는가. **똑같은 일을 저지르지 않았겠는가!**

어제까지만 해도 눈앞의 금속 인간은 과학의 놀라운 걸작이었다. 그러나 오늘은…… 양쪽 광역 기계 눈은 멀리멀리 떨어진 허공을 바라보고 있었다. 아니, 머리 구멍들을 덮는 무쇠 가리개가 내려와 있었으니, 아주 가까운 허공을 바라보고 있었다고 해야 할지도 모르겠다. 바짝 엎드리고 싶을 때마다, 그는 눈의 중심 부속을 가리는 무쇠 대문을 굳게 닫아걸고 집에 아무도 없다고, 아무도 만날 생각이 없다고 말하곤 했다……. 그러나 이 사나이는 거의 언제나 집에 있었다. 집에서 살고, 집에서 쾌락을 누리고, 집에서 증오하는, 단순하고 개방적인 사람이었으니까. 세상에 대해 문을 닫아거는 고약한 부류가 아니었다. 선량하고, 믿음직하고, 덩치 큰 남자였다. 아주 조금이라도 살육의 필요성이 생기면 즉시 자신의 성채를 전면전 태세로 전환시키는 남자였다. "전군 준비!"라는 함성과 함께 모든 로켓을, 모든 폭탄을, 모든 보행 미사일과 파멸의 신호탄을 세상에 풀어놓을 때까지 총력을 기울이는 남자였다. 그런데…… 오늘 그는 폐광물 집적소와 살점 조각 안치소로 변해 있었다.

포문 덮개 바로 아래에 그가 누워 있었다. 반쯤 웃으면서, 무쇠 얼굴에 서늘한 죽음의 비웃음을 띄고, 한쪽 무쇠 손으로는 기묘한 낯짝의 토템을 그러쥐고 있었다. 내 눈에는 별로 중요하지 않은 부두 인형처럼 보였지만, 어쩌면 그에게는 완벽한 행운을 불러오는 부적일지도 모른다. 전쟁이 잘 풀리던 시절을, 그에게 전부 **훌륭하던** 시절을 떠올리게 해주는 행복의 징표일지도 모른다. 이웃의 배를 깔끔하게 따버리며 **승리하던** 시절을! 반대쪽 손은 기묘하고 꼴사납게 한쪽으로 늘어져 총이 있는 방향으로 뻗어 있었고, 나는 그 모습에 그가 순식간에 기습당했으리라 짐작했다. 무쇠 손가락들은 활짝 벌린 채로 하늘을 향해 뻗어 있었다. 마치 뭔가를 쥐려 하거나, 자신을 보호하려 하거나, 뭔가를 간절히 받아들이려는 듯했다. 나로서는 그저 추측할 뿐이었다. 그 순간이 어떨지, 대체 누가 알겠는가? **마침내 찾아오는 그 순간에 대해서 대체 누가 알겠는가?**

　머나먼 과거에 항상 그랬던 것처럼, 그리고 아마 시대에 뒤처진 구석 영역, 살점으로 더럽혀진 미개한 지방에서는 아직도 그러고 있을 것처럼, 우리는 이 완벽하게 끔찍한 현실 앞에서 한동안 결정을 내리지 못하고 미적거렸다. 다른 이들도 이 최종 파국이 펼쳐진 자리에 모두 함께 있는 셈이긴 했지만, 실제 물질의 육신을 끌고 온 것은 나뿐이었다. 그러나 그들의 빛줄기와 영상은 너무도 선명해서 이 자리에서 모든 것을 결정할 수 있을 것처럼 보였다. 사실 적절한 일이었다. 저들은 다들 있어야 할 자리에, 자기네 집에 있었으니까. 나도 그랬어야 했다. 저들에게 기회를 주었으니 뒤이을 더 큰 전투를 준비해야 했다. 그러나 지금 당장의 문제는 자연적인 원인으로 사망한 것으로 보이는(모데란에서는 완전히 사라진 일이었다), 그래서 우리 모두의 위대한 꿈의 근간을 파괴한 저 남자를 어떻게 처리하느냐였다. 그렇다! 늘어트린 살점 조각 몇 점을 제외하고 신체의 대부분을 신금속으로 교체한 우리는, 이제 죽음을 통제하게 된 것이 아니었던가? 글쎄, 그러리라 꿈꾼 것은 분명했다. 자부심이나 장난기 때문에 우리 자신을 비롯한 수백만 명의 사람을 학살하는 것이야 언제든 가능했지만, 이런 식으로 한밤중의 도둑처럼 꾸준히 다가오는 죽음은! 어둠 속에서 강도처럼 느릿느릿 기어오며 무너뜨리는 종류의 죽음은 완전히 극복한 것이 아니었던가? 생명의 관을 타고 뒷문으로 해가 흘러갈 때마다 접근하다, 마침내 어둠이 찾아오면 지휘권을 쥐고 폭발처럼 새로운 소식을 알리는, "**자연적인 원인에 의힌 죽음**"은? 그런 구식의, 진기하고 사나이답지 못한 부류의 죽음은…… **터무니없는 일이었다!**

"**내가 집으로 데려가겠소!**" 나는 이렇게 말했다. 얼마나 충동적인 발언이었던가. 얼마나 따르기 힘든 충동이었던가! "내가 고칠 수 있을지도 모르잖소." 이렇게 말하자마자, 내 신금속 머리의 여러 구멍 주변으로 차가운 잿빛 수치심이 밀려 올라오는 느낌이 들었다. 귀의 통로에도, 콧구멍의 터널에도, 눈의 중심 부속에도. 내 머리의 모든 살점 조각이 반응하고 있었다. 한 인간이 다른 인간의 영혼을 향해 "내가 고칠 수 있을지도 모르잖소"라고 말하다니 얼마나 괴상하게 들리는가! 나는 문득 말을 뱉었다. "낫게 만들 수 있을지도 모르잖소. 노력해보겠소."

내가 의사였냐고? 천만에, 나는 의사가 아니었다. 신금속 인간을 정비하는 기술이, 금속 상처를 수리하거나 살점 조각의 굶주림을 해결하는 일에서 다른 이들보다 뛰어났냐고? 물론 그렇지도 않았다. 우리 중 하나가 무참히 쓰러져 두 번 다시 일어날 수 없게 된 모습을 보면서, 종말의 꼬챙이에 꿰여 널브러진 모습을 보면서, 무쇠 입술에 차가운 죽음의 서리가 짙게 엉기고 한 쌍의 광역 신공정 눈이 아무것도 보지 못하는 시선을 천국으로, 지옥으로, 무로 돌리는 모습을 보면서, 거대한 어둠이 나를 붙드는 감정을 느꼈냐고? 그래, 물론 그랬다. 그래, 물론 그런 느낌이었다.

그래서 다른 이들은 미심쩍은 투로 내게 일주일의 유예를 주었다. 활기찬 빛줄기와 영상들이 즉석에서 대회의를 구성해 투표하여, 일주일 동안의 완벽한 중단을, 유예를 선언한 것이다! 물론 일부는 몸이 달아 견딜 수 없었는데, 젊은이들이라는 점을 생각하면 당연한 일이었다. 젊은이들은 사격에도, 발사에도, 전면 포격에도 열정적으로 임하기 마련이니까.

집으로 돌아온 나는 그의 몸에 몰래 엔진을 장착할 방법을 생각했다…… 교활하게……. 한밤중이 되어 엿보는 빛줄기를 전부 차단한 다음에, 납 커튼을 사방에 드리운 다음에, 그와 나 단둘이서 성채 깊은 곳의, 내 가장 내밀한 교정실에 틀어박히는 것이다. 재빠른 이가 죽은 이를 마주하는 것이다. 매력적인 해결책이었다. 물론 충분히 가능한 일이었다. 그리 어렵지도 않을 것이다. 아주 간단하게 끝낼 수 있을 테고, 그는 다시 걷기 시작할 것이다. 눈으로도 다시 볼 수 있을 것이다. 그리고 물론, 우리에게 말할 수도 있을 것이다. 자신의 성채와 합류해 전쟁을 계속할 수도 있을 것이다! 그러나 실제로는, 그는 인간의 성질이라고는 조금도 남지 않은 병기 인간에 지나지 않을 것이다. 나는 그 사실을 알고 있을 것이다. **안 된다!** 그에게, 그들에게, 우리 중 누구에게도 그 정도의 거짓을 선사할 수는 없었다. 물론 그들에게야 데스마스크를 뒤집어쓴 위대하고 어리석은 꿈을 계속 꾸는 편이 최선일지도 모른다. 그러나 나는 그의 묽은 체액만으로, 그 자신의 살점 조각만으로 그에게 동력을 부여해 일으키고 싶었다. 자연스럽게 자리에서 일어나도록, 모든 증오와 인간의 욕구를 되찾도록, 웃음과 위협과 앓는 소리와 신음과 생명이 깃든 대화를, 즐거움과 불만을 되찾아서 다시 인간의 영역으로 돌아와 차가운 무無라는 거대한 어둠에 맞서 싸우도록 만들고 싶었다. 나는 그런 것을 원했다.

내 꿈은 고상하고 예쁘장하게 흘러갔다…… 머릿속에서만. 수많은 생각이 모여들어 꽃봉오리와 꽃송이로 가득한 희망의 정원이 되었다. 그러나 그는 계속…… **결국에는**…….

한동안은 내 머리도 따라가고 있었다. 몇 시간이, 며칠이 지났는지는 모르겠다. 그러나 그들이 허용한 일주일의 끝이 다가올 때쯤, 그들은 결국 쉴 곳 없는 플라스틱 벌판에서 나를 발견했다. 나는 그를 무쇠 바퀴가 달린 작은 수레에, 무쇠 바퀴가 달린 작은 다용도 수레에, 내 병기 인간들이 종종 쾅쾅 대포 포탄을 발사기로 나를 때 사용하는 수레에 어떻게든 그를 욱여넣었다. 그리고 빛줄기와 영상으로 나타난 그들은 내게 질문을 던졌다. 어디로? 어디로 가는 거요? "간다고…… **간다고?**" 나는 수백만 개의 이해하지 못한 질문을 품고 그들을 바라봤다. "**간다고!?**" 나는 울부짖었다. 그리고 우리의 머리 위를 뒤덮은 쇳빛 반구로 시선을 돌렸다. 마침내 도망칠 수 없어진, 무한한 감옥의 벽을, 잿빛이며 잿빛이고 잿빛인 하늘을, 시간이 무한하게 늘어지는 숨 막히는 암흑을. "**간다고???!!!**" 나는 비명을 지르며, 도착할 수 있는 항구를 찾아 나 자신의 흐릿한 생각 속을 최대한 깊이 헤집어보았다. "**간다고???!!!**"

그들은 친절했다. 이건 말해둬야겠다. 그들은 친절했다. 나는 그들의 손에 있었다. 마침내 사로잡힌 셈이었고, 그들도 알고 있었다. 그러나 그들은 상황을 이용하지 않았고, 나는 이 점에서는 그들에게 영예를 돌릴 생각이다. 어쩌면 내 광증을 용인해준 이유가, 내가 그들의 몫까지 대신 싸워주고 있다는 사실을 알았기 때문일지도 모르겠다. 그리고 나 혼자만의 생각이기는 하지만, 나는 그들도 우리가 완전히 패배했다는 점을 깨달았으리라 생각한다. 그러나 그들은 다른 식으로 나를 설득했다. 용맹하게 일렁이는 얼굴과 빛줄기들이 패배는 없었다고, 끔찍하고 설명하기 힘든 사고가 일어났을지는 몰라도 패배는 없었다고, 우리는 약해진 것이 아니라고 달래주었다.

나는 조금 멋쩍은 기분으로 다시 그를 데리고 돌아왔다. 평범한 무쇠바퀴 수레에, 성채에서 종종 **쾅쾅** 대포 포탄을 발사 장치까지 나를 때 사용하던 수레에, 한때 위풍당당한 성채의 주인이었던 존재를, 무쇠로 만든 독불장군이었던 자를, 최신식 최후의 기술로 정제된 남자를, 자연사가 아니라 **삶**을 위하여 탄생한 인간을! 그리고 원한다면 전 세계에 장대한 전쟁을 일으켜 위풍당당하고 끔찍한 죽음을 선사할 수 있는 사나이를 싣고 돌아왔다. 그는 엉망으로 널브러져 있었다. 처음부터 수레에 담기에는 너무 덩치가 컸다. 팔다리는 전부 옆으로 튀어나오고 일부는 애석하게도 땅에 질질 끌렸다. 나는 격렬하게 경첩과 지지대를 움직였다. 서두르는 신금속 '교체' 인간답게 철컥 찰칵 철그락 철컥거리며 어색하게 움직였다. 한때 인간이었던 죽은 금속과 살점 조각 무더기를 끌고서, 쉴 곳 없는 벌판을 가로질러, 결정을 내려야 하는 곳으로 향했다. 빛줄기들은 우리를 따라왔다. 자기네 모습을 본뜬 형상들이 양치기처럼 우리를 인도했다. 아마 상당히 볼 만한 광경이었을 것이다.

이윽고 최선의 방책을 선택할 때가 찾아왔다. 수많은 질문이 쏟아졌다. 이 남자의 몸을 온전히 보존한 채로 훌륭한 구식 장례식을 치러주어야 할까? 구식 죽음에 맞춰 기도나 그런 온갖 것들까지 곁들여서? 아니면 위대한 전사자들에게 하듯이, 그의 살점 조각을 회수해서 다른 성채의 주인에게 사용하라고 건네야 할까? 기나긴 전투에 살점 조각이 닳아 해지면 여분으로 사용할 수 있도록 말이다. 후자를 선택한다면 우리는 그의 은퇴를—죽음이 아니다, 은퇴일 뿐!—축하할 것이다. 해당 성채의 주인이 불참한 상황에서, 오로지 영예롭게 그를 기리는 은퇴식을 가질 것이다. 그리고 **물론**! 이런 예식에는 기도나 천국의 약속은 등장하지 않을 것이다. 그리고 우리는 이 작은 예식에서 그의 금속 부분을 녹여서 체현된 꿈의 위대한 플라스틱 평원으로 보낼 것이다. 그의 신이자 우리의 신인 존재와 하나가 될 수 있도록. 모데란이 새로운 땅이었을 때 우리의 길잡이별로서 세웠던 거대한 신금속 말뚝에 합류하도록.

당시 나는 조용히 널브러져 있는, 그 운명이 너무도 명백한 형체를 마주하며, 우리가 그를 어떻게 처리하든 결국 별 차이는 없으리라고 생각했다. 모데란 방식으로 한다면 녹인 그의 금속 껍질은 위대한 중심축에 합류하게 될 것이다. 자라나고 살아 있으며 우리에게 말을 거는 거대한 말뚝 말이다. 위대한 플라스틱 평원에 우뚝 솟아 있는 실체를 가진 신이니, 나름 고려할 만한 요소였다. 또는 우리가 투표에서 그의 금속 껍질에 엔진을 장착하자고 결정을 내린다면, 그대로 하찮은 병기 인간으로 존재를 이어갈 수도 있을 것이다. 아무 의미도, 그 어떤 의미도 없이 흥겹게 움직이는 잡동사니로서. 만약 우리가 괴상하고 고색창연한 천국의 약속 방식을 택한다면, 제대로 된 매장과 기도와 그의 육체에서 뭔가 깨어날 것이라는, 안개나 공기보다 훨씬 가벼우며 그렇게 연약한 존재인데도 영원할 것이라는 약속을 덧붙인다면······ 글쎄, 개인적으로는 그가 길쭉한 집에 육중한 몸을 뉘인 채로, 아무것도 보지 못하는 눈으로 움직이지 못하는 자신의 발가락을 영원히 바라보고 있게 되리라 생각한다.

"이대체 무슨 의미가 있단 말인가?" 나는 끔찍한 광란에 휩싸여 비명을 지르면서 다시 광기 어린 고함에 휩쓸려버렸다. "이 남자는 완전히 떠났는데, 가버렸는데! 그때가 찾아오면 우리 모두 그렇게 될 터인데. 신앙도 어리석은 꿈도 아무 소용이 없을 터인데." 그러나 그들은 다시 나를 설득하기 시작했다. 자기네들의 빛줄기를 내 앞으로 쏟아내며 열심히 주절거리고, 일부는 자기네 영상을 내보내 손짓발짓을 하면서, 진정으로 위대한 성채의 주인인 내가 고작 자연사를 마주했다는 이유로 꺾이고 퇴락하는 것이 얼마나 부적절한 일인지를 강조하려 했다. 이곳은 모데란인데. 공식적으로 자연사라는 것이 존재하지 않는 땅인데. 마침내 나는 승복했다. 그들의 압력에 무너져 설득당하고 말았다.

사실을 털어놓자면, 당시의 나는 죄책감을 느끼기 시작했다. 단순히 내가 심연을, 그 존재가 너무나도 분명한 무를 들여다봤다는 이유로, 이 무쇠의 의지를 가진 선량한 자들을, 대포를 쏘고 미사일을 발사하고 화력을 퍼붓고 싶어 안달이 난 이들의 발목을 잡아도 되겠는가? 나는 이렇게 자문했다. 내게는 그럴 권리가 없었다! 저들은 눈앞의 목표에 들떠서 몸이 달아 있는데, 저 모든 선량한 이들이 대전투를, 살육의 마라톤을 원하고 있는데, 전 세계적인 야단법석에 합류해 서로에게 경쟁하듯 죽음을 던져대려고 준비하고 있는데. 내가 못마땅한 얼굴로 이 모든 것의 결말에는 아무것도 없다고…… 그저 명확하고 공허한 침묵만이 기다리고 있다고 선언할 이유가 있겠는가? 나는 소리쳤다. "이자는 아마도 부주의한 행동을 저질렀을 것이다. 그리고 게임에 참여할 때의 규칙을 준수하지 않았을 것이다. 정맥주사를 적절히 공급하지 않았을지도 모른다. 살점 조각이 굶주렸을 것이다. 아니면 모데란의 위생 수칙을 준수하지 않아서, 금속과 살점 조각이 맞닿는 부분에 곰팡이가 슬고 쇠약해졌을지도 모른다. 이자가 녹슨다고 해서 우리가 상관할 이유가 있겠는가? 부주의하고, 의욕도 없고, 아무런 가치도 없는 공동체의 일원 때문에 우리의 중요한 핵심 가치를 희생해야겠는가? 아니면 우리의 경쟁을 중단하거나? 그럴 수는 없다! 우리는 이자를 낡은 시대의 예배당에 수납해놓을 것이다. 전쟁이 끝날 때까지 지하 묘실에 처박아둘 것이다. 모든 것을 저버리고 싸움을 포기한 무능한 자를 어떻게 처리할지는 전부 끝난 다음에 의논할 것이다." 그러자 빛줄기와 영상들에서는 환호성이 쏟아졌다. 내게는 포격이 연이어 쏟아지는 것처럼 느껴졌지만.

그러나 나를 향한 거센 포격이 쏟아지는 것과 동시에, 젊고 활기차고 하찮은 성채의 주인 하나가, 아주 멀리서 이 광경을 지켜보며 귀를 기울이던 자가, 경첩과 지지대를 활기차게 움직이며 가까이 다가와서는, 무릎 관절을 두어 번 굽혀보더니 자기 영상을 담은 빛줄기를 쏘아 보냈다. 그리고 불을 뿜듯이 내 제안을 너무도 완벽하게 앞서는 고발을 내뱉었다. 나로서도 인정할 수밖에 없었다. "무능한 자여!" 그는 소리쳤다. "상처 하나 없지 않은가.

자신의 죽음을 정당화할 창상 하나도 눈에 띄지 않는구나! **무능하다! 무능하다!! 무능하도다!!!** 만약 이자가 전쟁의 상처에 죽었다면, 성채가 전부 우그러지고, 포신이 늘어지고 발사대가 무력화되었다면…… 잔해 위에서 으르렁거리며 우리 모두를, 아니 모든 것을! 금속으로 만든 맨주먹으로 해치우려 했다면…… **칭송해야** 마땅할 것이다!! 그러나 이 쓸모도, 계략도, 배짱도, 증오도 잃어버린 낙오자는, 모든 증오를 잃고 웃음을 지으며 노파처럼 죽음을 맞이한 작자는…… 한심할 뿐이니!"

그리고 꼬마 대장의 빛줄기는, 그의 영상은, 우리에게 자기 말을 똑똑히 들으라고 간청하듯 양손을 높이 들었다. 그리고 이제 열정은 조금 사그라들었지만, 대신 자신의 모든 물질과 존재를 여기에 걸었다는 듯한 목소리로 말을 이었다. "이자는 규칙에 따라 살지 않았소. 이 도적은, 이 실패자는, 이 입에 담기조차 끔찍한 오점은, 우리의 꿈을 도적질하고 **무로** 돌아가기를, 끔찍한 시간의 물결에 떠밀려 죽음을 맞이하기를 소망했소. 이자는 우리의 진정한 일원이 아니오. 예전부터 우리의 일원이었을 리가 없소. 따라서 이자를 연맹에서 추방할 것을 청원하오. 이자는 영원히 우리와 함께할 수 없을 것이오! 이자의 형상을 불에 태우고 그 이름을 천상의 별들 앞에서 찢어발겨야 하오. 그리고 확실히 하는 차원에서, 이자를 지하의 거대한 영점 조율기에 던져 넣어야 할 것이오. 그대들도 모두 알고 있을 것이오. 북쪽에서 새로 만든, 성채를 통째로 삼켜 단 5초면 먼지보다도 고운 가루로 만들 수 있는 기계 말이오. 그러고 나면 우리의 정신을 올바르게 조율하는 일만 남을 것이오. 그라는 작자가 아예 존재하지 않았다는 사실에 맞춰서 말이오. 그러면 우리의 꿈은, 죽음을 정복한다는 성스러운 꿈은, 살점 조각과 신금속과 정맥주사를 통해 영원한 삶을 누린다는 계획은, 다시 온전해질 것이오. 언제나 그랬던 것처럼, 부족한 부분을 기워 완벽해질 것이오! 그리고 그대들 또한, 나 자신은 참여할 자격을 얻지 못한 위대한 전쟁을 재개할 수 있을 것이오. 나는 그 전쟁을 지켜보며 매 순간 새로운 것을 배우고 죽음의 무게를 담은 모든 포격에 전율할 것이오. 그리하여 언젠가 무쇠의 초청장이 배부되고 강대한 기계 트럼펫이 세상에서 가장 달콤한 음악을 울리면, 그때는 어쩌면…….”

꼬마 대장을 향해 격렬한 찬탄을 담은 환호성이 끊임없이 쏟아졌다. 그의 명석하고 현명한 제안이 모데란의 자연사라는 딜레마를 완벽히 해결해주었으니까. 그렇다, 우리를 이토록 당황하게 만든 이 게으름뱅이를 교정해야 한다. 사실상 아예 존재하지 않았던 것으로 교정해야 한다. 투표로 추방할 것이다. 그의 형상을 불에 태우고 온 우주의 지고한 천상이 지켜보는 앞에서 그 이름을 찢어발겨야 한다. 그리고 확실히 하는 차원에서, 원하지 않거나 가치 없는 것들을 가루로 만들어버리는 지하 기계에, 우리가 제작한 기계에 던져 분쇄해버려야 한다. **그래!** 잘했다, 꼬마 대장!

그래서 우리는 이 현명한 꼬마 대장에게, 사실 오랫동안 계급 상승을 꿈꿔온 자에게, 오는 수요일, 즉 내일부터 시작될 전쟁에 그도 참전하게 되었으니! 전쟁을 준비하라는 공지를 담은 빛줄기를 전송했다. 그리하여 위대한 꿈을 거의 무너뜨릴 뻔했던 재앙은 결국 우리 중 하나에게 쾌락을 제공하게 되었다. 어쩐지 조금 주저하는 기색이 보이기는 했지만. 어쨌든 우리 목록의 새로운 참전자는 나머지 우리들에게 거의 피해조차 입히지 못했을 것이었고, 우리의 전쟁은 지금까지 목격한 다른 모든 전쟁만큼이나 성공적이었다. 그리고 우리 모두를 굽어살피는 장대한 진실에 대한 경의로서 기록을 바로잡아두자면, 나는 훌륭히 회복하여 사람들 사이에 퍼지기 시작하던 의심을 완벽히 격퇴하는 데 성공했다. 즉, 너무 많은 세월을 보낸 나 또한 위대한 영접 조율기에 들어가야 하는 것이 아니겠느냐는 의심을 말이다. 끝없는 참사와 무너져내린 성채들 사이에서, 나는 다시 한번 승자로 우뚝 섰고, 겹겹이 쌓인 위대한 전사자들 사이로 걸어나가 최대한 겸허히 내 포상을 받아들였다. "가장 효율적인 전사", "가장 용맹한 전투원", "범접할 수 없을 정도로 가장 뛰어난 대전략가", 그리고 가장 뛰어난 수훈이라 할 수 있는 "온 세상을 자신의 지고한 의지에 굴복시키기 위해 단호하고 아무런 의문도 없이 모든 수단을 동원하여 흔들리지도 타협하지도 않고 대량 학살을 벌인 자"까지.

꽃의 기적

그해 모데란에서는 옛날 방식의 3월을 보내기로 했다. 중앙에서는 기후 조절기를 끄고 거대한 구체가 원하는 대로 굴러가도록 방치했다. 어느 휴전 기간, 나는 내 요새 바깥에 자리 잡고 앉아서 몰려오는 폭풍을 즐기고 있었다. 강풍이 내 강철 겨드랑이 경첩을 감싸고 휘몰아치다 내 신금속 코를 흥겹게 두드렸고, 그 모든 소리가 한데 모이자 내 양철 귀 축에는 봄노래만큼이나 흥겹게 들렸다. 그러다 문득 잠들었을 가능성도 있겠지만, 나 자신은 그랬으리라고는 생각하지 않는다. 퍼뜩 놀라기는 했지만, 잠에서 깨어났다기보다는 의식에서 더 첨예한 의식으로 깨어난 쪽에 가까울 것이었다. 특히 풍차처럼 생긴 것이 바람을 등지고 걸어오는 모습을 본 상황이니……!

그는 풍차의 보폭으로 내 쪽으로 걸어왔다. 낡은 풍차가 헐거워진 낡은 토대에서 일어나 바람을 타고 걸어오는 모습을 상상하면 짐작이 될 것이다. 그러나 거리가 가까워지자, 나는 그가 풍차가 아니라는 사실을 깨달았다. 그저 키 큰 남자가 커다란 신금속 팔 막대를 휘두르며 '교체된' 살점 조각 인간답게 힘겹고 어정거리는 걸음걸이로, 철컥 찰칵 철그락 철컥거리며 쉴 곳 없는 여정을 재촉하고 있을 뿐이었다.

그날은 용기가 조금이나마 남아 있는 상태였기 때문에, 나는 즉시 겁에 질려 성채의 성벽 쪽으로 달려가지 않았다. 대신 그대로 앉아서 그를 지켜보며, 그 움직임이 얼마나 격렬한지, 팔을 얼마나 정신없이 휘두르는지, 여행길로 이끄는 발걸음이 얼마나 힘겨운지를 생각하고 있었다. 잠시 후 그는 갈림길에 이르러 비틀거리며 강철 발로 박자를 맞추면서 행상인처럼 손을 퍼덕였다. 그리고 내가 보기에는 이내 결정을 내린 듯했다. 그 결정이란 Y 자 갈림길에서 보이는 가장 위대한 건물을, 드높은 천상에 손끝이 이르는 거대한 강철 성채를, 탐조등 빛살을 손가락처럼 펼쳐 사방을 감싸는, 경첩을 움직여 강철로 만든 주황색 겉껍질이 벗겨지면 그 안에서 수많은 발사대가 번쩍이는, 언제든 가볍게 포문을 열고 포신을 드러낼 채비를 갖춘 건물을, 다름 아닌 내 성채를! 지나가겠다는 것이었다.

그는 내 성채로 이어지는 위대한 플라스틱의 길을 따라오며 휘파람을 불었다. 묘한 일이었다. 아주 높음까지 올린 보조 장치로 멀리서부터 그 소리를 들은 나는, 그 노래가 교회 느낌이라는 사실을 깨달았다. 그것도 신의 이름으로 적에게 죽음의 철퇴를 내리는 부류의 교회식 군가조차 아니었다. 그보다는 터무니없고 불가능하고 절대 있을 수 없는 양보를 원하며 인간에게 애원하고, 탄원하고, 애걸하는 송가에 가까웠다. 그리고 당연하게도 끔찍하게 거북스러웠다. 그러나 아무리 휴전 기간이라고는 해도, 내 대포 앞에서 뭐든 휘파람을 불면서 걸음을 옮길 수 있다니, 그것만으로도 내 논리로는 이해할 수 없을 정도로 당황스러운 일이었고, 나는 눈앞의 광경을 거의 믿을 수가 없었다. 내 기대에는 저주와 음울한 표정과 비탄의 신음 쪽이 훨씬 들어맞았을 것이다. 그러나 그는 휘파람 부는 자였다. 미소 짓는 자였다. 게다가 손에는 작은 꽃다발을 들고 있었다! 그가 아직 멀리 떨어져 있을 때부터, 나는 중거리-X 휴대용 망원경으로 그 사실을 확인해 알고 있었다. 성채의 땅에서 작은 꽃다발을 들고 다니는 작자가 있다니?! 차라리 언제든 뽑아 들 수 있도록 허리춤에 레이저 총을 차고 있거나, 가슴판 아래 고약한 속임수를 감추고 있거나, 엄지 안의 비밀 공간에 강철도 녹여버리는 산성 용액을 숨기고 있다가 낯선 이들의 눈에 구멍을 뚫거나, 아니면 붙들린 상태에서도 상대방을 반토막낼 수 있도록 쐐기꼴의 망치를 숨기고 있다면 이해가 될 것이다. 작은 꽃다발이라니! 그래, 물론 얌전히 믿어줄 생각은 없었지만!

뒤늦게 찾아온 신중함 덕분에 마침내 두뇌가 통제권을 넘겨받았고, 나는 그대로 성채의 성벽 쪽으로 돌아서기 시작했다. 느린 대응에 욕설을 퍼부으며, 우리는 확인용 탐사기를 내보내고, 최신식 감시경을 배치하고, 신형 스캔 탐지기를 세밀한 수색으로 설정하고, 그가 가지고 있을지도 모르는 모든 능력을 확인하고, 우리 성채에 가득한 모든 무기 체계를 경계로 돌려 당장 발사할 수 있게 만든 다음, 병기 인간 몇 명의 휴가계를 취소했다. 어차피 마을의 여성 로봇 일꾼들하고 너무 많은 시간을 보내는 자들이었다. 우연히 알게 된 일이지만. 여기에 추가로, 용기가 불러일으킨 암울한 충동이 휘몰아쳐오는 바람에, 나는 엿보기용 강철 상자 쪽으로 달려갔다. 만약 그가 강철 수선화 속에 속임수를 파묻은 채로 내게 다가올 생각이라면…… 나는 무력한 노파처럼 회색 머리를 길게 늘어트리고 폭탄 인형의 망토나 뜨다가 당하지는 않을 것이다. **절대로!**

그러나 절차에 따라 충실히 검사해본 결과, 꽃다발은 무해한 물건이었다. 강철로 만든 작은 파란색 제비꽃에, 계절과는 그리 어울리지 않는, 양철로 만든 장미 꽃봉오리에, 신금속으로 만들고 색이 살짝 바랜 듬성듬성한 수선화 두어 송이 정도였다. 그러나 상황을 고려해보면 다양한 취향에 맞아떨어지고 충분히 보기 좋은 꽃다발이었다. 약간의 감상 때문에 그대로 받아 들 수도 있을 물건이었지만, 아무리 머리를 쥐어짜도 지금 당장 받을 상 따위는 없었고, 질투가 흘러넘치는 마을 위원회 사람들도 꽃이든 뭐든 선물 따위를 내게 보낼 리가 없었다. 어쩌면 성소에 가서 봉납용 촛불에 태워 바람에 날려 보낼 생각일지도 모르지만, 그의 걸음으로 보면 크리스마스쯤은 되어야 도착할 것이 분명했다. 하지만 풍차처럼 생긴 인간이 꽃을 봉납용 촛불 위로 날려 보내려고 1년을 소비해서 성소까지 걸어가지 못할 이유는 또 뭐란 말인가? 크리스마스이브쯤이면 외곽에 도착해서 야영을 할 수 있을 테고, 자정을 알리는 열두 번째의 종소리가 울리는 순간에 정확하게 시간을 맞춰서 뛰어들면서, 깜짝 놀란 양초지기의 발치에 금속 꽃을 한 움큼 뿌릴지도 모른다. 어쩌면 양초지기한테 **"생일 선물입니다!"**라고 소리치고 싶은 걸지도 모른다. 무슨 의미가 있을지는 짐작도 안 가지만. 1년을 소비하기에는 최악의 방식이라 할 수 있을 것이다. **실로 그랬다!**

    강철제 엿보기 상자의 틈새로 보고서가 들어왔다. 그리고 검역에서 위험 요소는 전혀 확인할 수 없었으므로, 나는 직인과 봉인이 딸린 3중 확인 명령서를 내려보내 성문을 느린 설정으로 열도록 만들었다. 그가 엿보기 상자에서 보이는 곳까지, 그러나 아직 널찍한 성채 광장에서 한참 떨어진 곳에 도착하자, 나는 그에게 멈출 것을 권했다. 그는 내 쪽을 돌아보더니, 자신의 꽃다발을 뱅글 휘둘러 무지갯빛 색채를 뿌리고는, 그대로 웃음을 머금으며 내 쪽으로 다가왔다. 번쩍이는 팔을 빙빙 돌리고, 강철과 양철의 꽃송이들로 차가운 3월의 공기를 후려치면서. 나는 엿보기 상자의 보안 체계를 작동시켰다. 3중 자물쇠가 잠기는 모습을 보면서, 나는 다시금 **내게** 심각한 위협이 될 수 있는 온갖 것들을 떠올렸다. 최악의 위기였다! 게다가 꽃다발은 계속 걸어왔다! 도저히 멈출 수 없었다! 나는 이미 그를 파멸시키기 위해 숨겨놓은 함정을 발동해야겠다고 속으로 굳게 마음먹고 있었다. 패배냐 공멸이냐, 라는 해묵은 질문이 다시 떠올랐지만, 위대한 성채의 주인 된 자로서 강철과 양철로 만든 꽃다발을 든 작자에게 당할 생각은 조금도 없었다. 내 모든 보안 장비가 그가 무해하다고 보고했고 아직 밖에 있기도 했지만, 저 끔찍하도록 사악한 꽃다발의 앙증맞은 꽃잎과 수술과 줄기마다 지독한 산성 용액을 숨겨 들여왔을 가능성을 완벽히 배제할 수는 없지 않겠는가? 그렇다면 저 작자는 내 눈에 산성 물질을 뿌릴 것이다. 강철제 엿보기 상자의 엿보기용 틈새를 정확하게 겨냥해서. 오……!

그러나 사악한 폭발성 산성 용액이 내 눈을 때려서 눈알을 후벼 파는 고통이 거의 실제로 느껴질 정도가 되었을 때, 그는 걸음을 멈추었다. 완벽하게 마지막 순간에서야! 그의 강철 발가락이 최후의 경계선에 아슬아슬하게 닿아 있었다. 직각으로 방향을 틀지 않고 그 방향으로 그대로 걸었다면 특정 장치에 이르게 되었을 텐데. 보안상의 이유로 명확히 정체를 밝힐 수는 없지만, 5초면 뭐든 먼지보다 고운 가루로 갈아버릴 수 있는 장치가 그곳에 있었다. 그래, 나는 그가 성채 광장의 특정 장소에 들어오면 그대로 땅을 꺼트릴 수 있었다.

"당신에게 꽃을 바칩니다." 내가 끔찍하도록 폭력적인 행위를 저지를 뻔한 순간에서 빠져나오려 애쓰는 동안, 그가 이렇게 말했다. 여기서 말해두겠는데, 나는 이런 폭력에 익숙하지 못하다.

그리고 때론 모든 성채의 주인 중에서 가장 강하고 용맹하다는 평가조차도 터무니없는 허풍일 뿐이라는 생각마저 든다. 이 정도의 평가를 받은 사람이라면 손쉽게, 이를테면 한 손을 뒤로 묶은 채로도 그런 일을 저지를 수 있어야 한다. 거의 그쪽으로 마음을 쓰지 않고도, 아침 식사를 하는 것처럼, 주황색 정맥주사를 찔러 넣는 것처럼. (당신도 알고 있겠지만, 이곳 모데란에서 우리 신금속 살점 조각 인간들은 액체 형태로 식사를 한다. 살점 조각용 특수 양분을 주사하는 식으로.) 평민의 군세는 달걀 수프 식전에, 강대한 이들은 토스트 주스에 곁들여, 그리고 첩자와 여성 게릴라들은 정맥주사 차와 함께 씻어 내리는 것이다. 차분히 제자리에 앉아서, 가볍게 버튼을 두드려서, 모든 적을 분쇄하고 분쇄하고 분쇄하는 것이다.

아, 물론 나도 전부 저지른 일이다. 당연하지만 할 수밖에 없었다. 나는 포로로 잡은 병력 전체를 지하로 내려보냈다. 꽁무니를 쫓아다니던 어리석은 민간인 소녀까지 남김없이, 전부 내 비밀 절단 분쇄기에 먹였다. 그리고 그 가루를 커다란 편지봉투에 담아서 적국의 재상에게 돌려보냈다. '그대의 군대를 반송합니다. 우편 요금 절감을 위해 부피를 줄였습니다' 따위의 영리한 꼬리표를 달 때도 있었지만, 보통은 그냥 '인간 가루 : 쓸모없었음'이라고만 적고 커다란 우편용 봉투에 정확한 주소를 끄적거리는 정도로 끝냈다. 그리고 당연하게도, 우편 및 배송료는 언제나 나중에 그쪽으로 청구했다. 인간의 약점을 드러내는 것이기에 실로 애석하기는 하지만, 그쪽에서 돈을 지불하는 경우는 매우 드물었다. 그런 낙후된 국가들은 애석하게도 패배를 겪을 때마다 상당한 명예를, 거의 모든 명예를, 실추시키는 짓을 저지르기 마련이었다. 그러나 아까 내가 지적하려 했던 것처럼, 나는 이런 일을 저지를 때마다 끔찍한 내적 갈등에 시달렸다. 내 힘을 최대한 집중하지 않으면 반드시 필요한 옳은 일을 수행할 수가 없었다. 따라서 나는 종종 내가 이런 위대한 행위에 걸맞지 않은 사람이라는 생각을 한다. 그럼에도 나는 지금까지 버텨왔다. 그리고 솔직히 말해, 내가 지금까지 잘해왔다는 사실은 누구도 부정할 수 없을 것이다.

"당신에게 꽃을 바칩니다." 아니, 내가 기대한 것과는 달리, 낡아서 기름에 푹 절여야 하는 풍차의 거칠고 긁히는 목소리는 아니었다. 부드러운 비단결 같은 기도의 목소리였다. 친구가 되고자 하는 기도였다. 그러나 그 안에 어떤 배신을 숨겨놓았을지 모른다고, 나는 다시 마음을 다잡았다.

이제 나는 끔찍한 행위를 저지르는 끔찍한 심연에서 돌아왔다. 다시 밝은 낮과 신선한 공기와 내 눈앞의 남자를 마주하게 되었다. 죽음에서 돌아와 있었다. 즉…… 그래, 나는 그 끔찍하게 두려운 행위를 저지를 때마다 조금씩 죽어버리기 때문이었다. 그러나 이제 나는 교활하고, 영리하고, 날카롭고, 의심 많고, 구변 좋은 사람으로 돌아왔다. 일상을 영위할 수 있는 수준의 인간이 되었다. 이제 그의 본심을 떠볼 때였다.

나는 3중 자물쇠를 해제하는 버튼을 누른 다음, 내 엿보기 상자의 문을 아주 살짝 밀어 열고 그 틈새로 내다보며, 조금 더 개방적인 태도로 물었다. "마을의 위원회에서 온 건가? 내 평가를 끝내고, 그 업적을 기릴 특별한 징표를 건네야 마땅하다고 결정한 건가? 마침내 제정신이 든 건가?"

그의 신금속 머리와 얼굴의 살점 조각이 융합된 부분에 살짝 찌푸리는 기색이 스쳐 지나갔다. 그가 신금속 팔을 휘두르는 모습을 보자, 그가 바닥의 선을, 파괴의 경계선을, 아주 조금만 더 넘었더라면 좋았으리라는 생각이 들었다. 양심의 가책을 느끼더라도 저 표정과 경멸 어린 팔 휘두르는 동작을 그대로 칼날과 분쇄기에 내맡겨 고운 가루로 만들어버렸으면 좋았으리라고. 그러나 물론 나는 그런 일을 하지 않았다. 호기심 때문에, 그리고 공정하고자 하는 열망 때문에, 나는 그의 행위를 용인했다. "총포를 휘둘러 거칠고 고약한 행위를 저지르는 이들은 언제나 보상을 원하지요." 그가 입을 열었다. "그러나 저는 더 큰 목표를 가지고 있습니다. '당신에게 꽃을 바칩니다'라는 제 말은, 당신에게 제 꽃의 정수를 바친다는 뜻이었습니다. 당신에게 실제로 바치는 것은 이 꽃다발이 아니니까요. 당신이 주의를 기울였다면 이미 깨달았겠지만, 이 꽃은 제 한쪽 손이랍니다!"

자, 이 말에는 나도 충격을 받았다. 왠지 몰라도, 그가 손 대신 내장식 신금속 단검이나 총을 달고 있다고 밝히는 것보다도 이쪽이 더 충격적일 것만 같았다. 최대한 훌륭한 강철 손을 달고 다녀야 하는 세상에서 일부러 자신의 힘을 절반으로 줄이다니, 대체 왜 그런 짓을 하는 걸까? "그거 일종의 형벌인가?" 나는 이렇게 물었다. "용기와 투지의 세계에서 영원히 수치로 남을 비겁한 행위를 저질러서, 그 대가로 한쪽 손을 자르고 그 자리에 작은 꽃더미를 달아놓은 건가? 하."

그는 얼굴의 모든 살점 조각과 강철에 지독한 경멸을 담고서 나를 바라보았고, 그 모습에 내 신중한 용기는 당장이라도 막대를 당겨 바닥을 꺼지게 만들고 싶다는 충동에 거의 밀려나버렸다. 그러나 당연하지만, 나는 그를 떨어트리지 않았다. 그가 입을 열었고, 나는 그의 말을 그대로 경청했다. "그래서 당신은 조종간을 잡을 수 있는 손을, 버튼을 누르도록 설계된 손가락을, 그리고 강철 양심을 긁어 생채기를 낼 수 있는 손톱을 가지고 있지요. 물론 양심이라는 것은 아예 없을지도 모르지만 말입니다. 그래도 저는 당신한테 양심이 있으리라 생각해요! 그래서 제가 여기 온 겁니다. 제가 걷는 이유이기도 하고요. 그리고 저는, 필요하다면 총구가 저를 겨누고 있더라도 그대로 걸음을 옮길 겁니다. 당연히 할 수밖에 없지요. 제 임무는! 당신의 양심이, 그리고 다른 비슷한 모든 것들이 깨어나서, 세상의 모든 대포를 커다란 화분으로 만들도록 하는 것이니까요. 제가 농담을 한다고 생각하시는군요. 아, 이런 세상에서 이런 목표는 농담으로 보일 수밖에 없겠지요." 그는 이렇게 말을 맺더니 갑자기 바닥으로 몸을 던졌다. 나는 그런 행동은 아예 예상조차 못 하고 있었다. 그는 내 앞의 바닥에 거의 납작 엎드려서는, 꽃이 핀 손으로 바닥 판을 두드리기 시작했다. 그가 하나 둘 셋, 하나 둘 셋 하고, 거의 홀릴 것만 같은 정신 나간 박자로 바닥을 두드리자 봄철 제비꽃의 푸른색과, 계절에 맞지 않는 장미 봉오리의 짙은 붉은색과, 망가진 수선화의 노란색이 그 움직임에 따라 허공에서 반짝이며 색채의 작은 원호를 그렸다.

두드리기를 끝마친 그는 지친 듯 바닥에 엎드렸다. 한때 아름다웠으나 이제 박살 나버린 손은 내 쪽으로 쭉 뻗은 채였고, 가슴은 신공정 표준 영구 폐의 박자에 맞춰 오르내렸다. 모든 면에서 흥미롭지만 낡은 폐기물 더미처럼 보이는 모습이었다. 나는 무심하게 그 모습을 바라보며 생각했다. 그의 부서진 손이 제법 내 쪽으로 멀리 뻗어 나왔는데도, 가장 멀리 떨어진 수선화 조각조차도 경계선을 넘어오지 않았다고. 나는 긴장을 풀고 호흡을 고르면서도 질문을 하나 던지지 않을 수 없었다. "자네 매년 얼마나 많은 수의 꽃다발을 이런 식으로 소모하는 건가?"

그가 땅에서 몸을 일으키는 모습은, 마치 오래 묵어 쓰러진 흙터투성이 해바라기가 마법의 햇빛을 쬐어 다시 자리에서 일어서는 것만 같았다. 그의 몸과 그 주변에 광휘가 번쩍였고, 나는 그가 특수 효과용 스위치를 가지고 있으리라 추측했다. 그는 자비로운 인간의 순수하게 자비로운 미소를 띠고 내 쪽을 바라보았다. "단 하나도 소모하지 않았습니다. 신께서 저를 돌보시니, 그분께서 주재하시는 온갖 기적을 생각하면 제가 이런 일을 할 때마다 금속 손이 다시 자라난다는 사실 정도는 당신께도 그리 놀랍지 않을 겁니다. 그리고 당신이 이걸 읽어준다면, 그리고 때론 이걸 가지고 놀아준다면―어쩌면 다음 휴전 기간에, 또는 이번 휴전 기간에라도―어쩌면 올해에는 당신에게 다시 귀찮게 굴지 않을지도 모릅니다." 그리고 그는 가슴판 아래의 수납 공간에서 흔하고 평범한 읽을거리를 꺼냈다. 꽃이 대포보다 낫고, 사랑이 증오보다 낫고, 사람을 괴롭히는 폭탄으로 가득한 성채보다 서로에 대한 이해를 추구해야 한다는 매우 수상쩍은 주장으로 가득한 따분한 소책자였다. 게다가 우리가 너무 고약하게 굴었기 때문에 신이 벌하러 내려오리라는 흔해빠진 약속도 있었다.

그래, 물론 전부 예전에 본 적 있는 내용이었지만, 그래도 나는 받아 든 소책자를 힐끔거리며 감사 인사를 건넸다. 그리고 가지고 놀 것들도⋯⋯ 내게는 딱히 더 나을 것도 없어 보였다. 대부분은 평범한 교리의 파편으로, 평소처럼 '저들은 자기들이 무얼 행하는지 모르나이다' 자세로 매달린 깡마르고 수염 기른 남자나 (볼 때마다 대체 왜 저기에 얌전히 매달렸는지, 적어도 근육이 전부 뜯겨나가 피투성이가 될 때까지, 적어도 뽑힌 눈알이 언덕을 굴러 내려오고 창대며 나무 위에 창자가 널릴 때까지 싸우지 않았는지가 궁금해진다) 성스러운 어린아이의 모습 따위였다. (그걸 보면 세상에 그만큼 신경을 썼다면, 곁에 망치를 두고 잠들지 않을 만큼 세상을 믿었다면, 결국 사지가 못 박힌 것도 당연하다는 생각이 절로 든다.) 그리고 실에 꿴 검은 구슬도 있었는데, 그는 내가 자기 말을 너무 가볍게 여기지 않았으면 좋겠다고, 그 물건은 가지고 장난치는 용도가 아니라 손에 쥐고 만지작거리는 용도라고, 구슬을 하나씩 어루만지며 당연하게도 자비로운 마음으로 내밀한 소망을 생각하는 것이라고 설명해주었다. 나는 그 모든 물건에 감사를 표하고 예의 바르게 행동했다. 내면 깊숙이 박힌 모종의 갈망이 이런 것들에 희망을 품으라고 종용하고, 그의 강철 같은 시선에도 어딘가 가볍게 여기기 힘든 구석이 있었기 때문이다.

그러나 나의 이성은 이 모든 것을 비웃으라고 속삭였다. 작은 인형들과 구슬을 그에게 내던지라고, 소책자를 흩뿌려 작은 눈보라를 만들라고, 그리고 내 시간을 빼앗은 대가로 돌바닥에 떨어트려 내 거대한 분쇄기에서 이 세상의 진실을 배우도록 만들라고. 그러나 나는 타협하는 쪽을 택했다. 그의 공연이 흥미로웠다고 말했다. 그가 별문제 없이 손을 수리해줄 금속 장인을 찾기를 바란다고 말하고, 그래, 물론 다음 성채의 광장까지 순식간에 도달할 수 있기도 빌어주었다.

그는 내 쪽을 향하며 제법 오래 고개를 숙이고 있었다. 어깨가 움찔거리며 떨리는 모습을 보면서, 나는 그가 진짜로 어깨가 떨릴 정도로 흐느끼며 기도를 하는 것인지, 그에게는 비극적이고 거의 모든 희망이 사라진 것으로 보일 게 분명한, 강철이 일상을 지배하는 세계의 죄를 사하여 주기를 애원하고 있는 것일지를 생각했다. (이런 몽상가들은, 소책자 제작자들은, 구슬 상인들은,

그런 강철의 일상을 좋아하지 않는다. 차라리 언젠가 찾아올 그 날에 대해 말하는 쪽을 택한다.) 혹시라도 내가 그의 감정을 상하게 해서 진짜로 흐느끼고 있는 것은 아닐까? 그가 다시 고개를 들자, 천천히, 아주 천천히, 그의 꽃다발 손을 들자, 그래! 그래! 그 손은…… 다시 온전해져 있었다! 완벽하게 수리되었다! 전혀, 아주 전혀 깨지지 않은 모습이었다. **부서지지 않았다!** 그리고 그가 곧은 시선으로 나를 똑바로 주시하자, 나는 갑자기 그 눈빛에서 진실되고 진실된 눈으로 나를 바라보는 사랑에 빠진 신금속 뱀을 떠올렸다. 그리고 그는 경계선을 넘어 발을 옮겼다. 거침없이 금지된 선을 넘어왔다. 그러나 나는 그대로 서서 아무것도 하지 않았다. 그 시선 아래에서는 아무것도 할 수가 없었다.

온몸의 살점 조각이 엉겨 붙었다. 양손이 거인조차도 절대 들수 없는 한 쌍의 거대한 망치처럼 무거웠다. 그리고 그는 계속 다가왔다. 선을 넘어서도 여전히 움직이고 있었다. 눈을 마주한 채로 기적의 꽃다발을 눈높이까지 들어 올리며 천천히 몸을 돌리고 있었다. 오…… 오……. 내 호흡 공간의 가장 밑바닥 주머니에서부터 올라오는 끔찍한 비명이었을지도 모르겠다. 내가 아는 것이라고는 이내 나는 도저히 견딜 수 없게 되었고, 그가 강철 엿보기 상자에 손이 닿을 거리까지 다가오기 한참 전에 내가 서둘러 나갔으며, 느리고 느리지만 서둘러서, '교체'된 살점 조각 인간들의 느린 서두름으로, 최선을 다해 그에게 달려갔다는 사실이다. 그리고 우리 사이의 간극을 메우기 위해 열심히 애쓰다 마침내 그를 만나게 되자, 나는 그의 거칠고 아름다운 꽃잎을 끌어안으며 계속해서 외치고 또 외쳤다. "기적이다! 기적이야! **기적이다!**" 그리고 그는 지혜로운 눈으로, 사랑에 빠진 뱀처럼 나를 바라보며, 아무 말도 하지 않았다. 그러나 잠시 후, 내가 간신히 정신을 차리고 손에서 꽃을 놓자, 그는 축복을 건네고는 천천히 물러났다. 다시 선 너머로 돌아갔다. 그곳에서 그는 가벼운 설교를 진행했다. 내게 신의 진실된 모습을 목격하는 희열을 안겨줄 수 있어 얼마나 기쁜지를 설명하고, 앞으로 내가 그 없이는 살아갈 수 없게 되기를 기원했다. 그리고 그는 신의 원하는 바가 어떻게 진실되게 이루어지는지를 설명한 다음, 그래도 더 나은 결과를 얻기 위해서는 때론 꽃의 손을 가진 이를 신이 필요한 다음 장소에 보내기 위해 도움이 필요할 때가 있다고 말했다. 다른 말로 하자면, 돈이 든다는 것이었다. 그러니 조금이라도, **절대로!** 그에게 돈을 바치라는 말이 아니라, 도움을 주려면 필요한 도움을 조금이라도 받을 수 있겠느냐는 것이었다.

물론 나는 내 보물 창고의 문을 열고 상당한 양의 선물을 베풀었고, 추가로 병기 인간 한 명에게 아주 특별하고 귀중한 핏빛 붉은 보석까지 가져오라고 시켰다. 그리고 그에게, 자비로운 이에게, 내게 너무도 소중한 날이었던 오늘을 영원히 기리기 위해 꽃다발에 박아주기를 청했다. "아니, 안 되지요!" 그는 이렇게 말하면서도 귀중한 보석을 받아서, (그의 말로는) 힘겨울 때를 대비해 다른 보물들과 함께 가슴판 아래에 넣었다. 그제야 나는 한 가지 기묘한 점을 발견했으나, 사실 별로 충격을 받지는 않았다. 돈과 보석을 받아 챙기는 그의 손은 아직도 거의 전부 살점이었던 것이다. 아름답고 육감적인 형태의, 거의 전부 살점인 손이었다. 부드러운 형제를 부드럽게 붙들고 보듬어줄 것만 같은, 항상 기도하는…… **기도하는 손이었다!**

그리고 그는 성채 광장을 떠났다. 그리고 나는 그대로 무너져 수많은 날을 아름다운 천상의 꿈에 시달리며 보내기 직전에, 마지막 명령으로, 모든 성문을 열어서 이 경이로운 기적의 사람이 경이로운 기적의 여정을 계속할 수 있도록 하라고 말했다.

물론 머지않아 나는 깨달았다. 꿈으로 가득한 기나긴 잠에서 깨어난 지 30분 만에, 충분히 휴식을 취해 다시 세상으로 돌아올 준비가 되었기 때문에, 전부 어떻게 된 일인지를 깨달은 것이다! **전부 어떻게 된 일인지를!** 처음에 나는 분통을 터트리며 이웃 성채에 빛줄기를 보내 경고할까 생각했다. 꽃다발 손을 가진 사나이의 걸음을 생각해보면 머지않아 그쪽에 등장할 것이 분명했으니까. 그러나 이내 나는 **아니**, 그러지 않겠다고, 이웃 성채도 당하게 놔두자고 마음먹었다. 아마 그에게는 교훈이 될 것이다. 그리고 언젠가 이렇게 되리라 생각하지 않았던가? 그러나 나는 제시간에 자기 힘만으로 진실을 알아차리는 사람이 등장하기를, 낡은 풍차 모양의 꽃다발 손 사나이가 진지하게 기도하는 것처럼 보일 때, 세상의 죄를 사하여 달라고 어깨를 움찔거리는 것처럼 보일 때, 그가 사실 가슴판 아래 품고 다니던 짐 속에서 새것을 꺼내어 바꿔 끼웠을 뿐이라는 사실을 알아차리는 사람이 등장하기를 간절히 고대하고 있다. 그래!! 그 손재주 좋은 살점 손으로 꽃다발을 갈아 끼웠을 뿐이라는 사실을!

모데란의 막간극

모데란에서 진정한 전쟁의 막간은 그리 흔치 않지만, 이번에는 진짜로 정전 기간이었다. 북부의 성채 한두 개가 오작동을 일으켜서―탄약 수급용 벨트가 망가진 모양이었다―우리 전원은 저들에게 다시 포격전에 참여할 기회를 주기 위해 하루 정도 전쟁을 멈추기로 했다. 그러나 착각은 금물이다. 이건 옛 시대에나 어울리는 순백의 백합 같은 정정당당함의 발로도, 이웃 성채를 사랑하라는 식의 위선도 아니었다. 차라리 상식에 따른 현실과의 무모한 타협에 가까웠다. 전쟁이 크고 훌륭해질수록 거대한 증오를 품고 영예를 누릴 가능성도 커지기 때문이었다. 그렇게 단순한 일이었다.

어쨌든 전쟁의 막간이 찾아오면, 나는 성채의 가장 외곽인 열한 번째 성벽 밖으로 나가서 묘한 일을 벌이곤 한다. 엄밀히 진실을 말하자면, 엉덩이가 푹신한 의자를 내놓고 앉아서 7월의 적갈색 증기 방어막을 뚫고 들어오는 흐릿한 여름의 태양을 만끽하며, 수석 병기 인간에게 이런저런 지시를 내리는 것이 거의 전부이기는 하지만. 우연찮게도 그 또한 열한 번째 성벽까지 나와서, 우리의 요새인 10번 성채가 **전쟁의 으뜸, 증오의 으뜸, 적에게 주는 공포의 으뜸**임을 선포하는 기념판을 닦는 중이었다.

일이 지루해지고 있었다. 그러니까 내 말은, 전쟁의 막간마다 이렇게 앉아서 빈둥대며 기념판을 닦으라고 지시하고 흐릿한 장막을 뚫고 들어오는 여름 햇빛을 맞으며 조는 일이 지루해졌다는 뜻이다. 단순한 지루함 때문에, 그리고 뭔가 즐길 거리가 필요했기 때문에, 나는 자리에서 일어나서 납을 박은 신금속 지팡이로 내 병기 인간에게 매타작을 선사할 준비를 하고 있었다. 그가 작업을 완벽하게 수행하지 못했기 때문이 아니라, 그저 뭔가 할 일이 필요했기 때문이었다. 하지만 나는 이내 이 어리석으며 아마도 아무 의미 없을, 그러나 나름의 즐거움이 깃들어 있을 행위를 멈추게 되었다. 내 왼쪽으로 아홉 번째 언덕에 뭔가 움직이는 모습이 눈에 들어왔기 때문이다. 나는 서둘러 광역 모데란 시각으로 그 위치를 정확하게 짚은 다음, 작은 휴대용 망원 투사기를 눈에 대고 형체 하나를 발견했다.

확대해보니 그래, 형체인 것은 분명했다! 움직임을 보이는 존재라는 것은 즉시 판별할 수 있었다. 사람인가? 동물인가? 걸어다니는 채소인가? 그래, 모데란의 쉴 곳 없는 플라스틱 위를 돌아다니는 온갖 돌연변이들에게 실로 어울리는 호칭이 아닌가? 그가 내 앞에 서 있는 모습을 보니 거북스러운 느낌이 들었다. 묘하게도 어쩐지 죄책감이, 그리고 수치심이 느껴졌다. 너무도 구부정하고 뒤틀리고 살점으로 일그러진 모습이었기 때문이다. 아, 저들은 대체 왜 우리 성채 주인들처럼 최소한의 살점 조각으로 몸을 이어붙인 채, 금속으로 단단하고 번쩍이며 청결하게 존재할 수 없는 것일까? 그리하면 우리 모데란의 주인들처럼, 아주 질서정연하고 증오로 행복한 삶을 누릴 수 있는데. 영광스럽게 강철처럼 번쩍이며, 얼마 안 되는 살점 조각을 늘어트리고 거의 모든 육신을 훌륭한 신금속 합금으로 바꾼 존재가 될 수 있는데. 그러나 생각해보면, 언제나 저급한 자들은 필요한 것일지도 모른다. 우리가 짓밟으며 걸음을 옮길 수 있는 벌레 같은 자들이……. 나는 대화를 시도해보기로 마음먹었다. 이대로 저 작자의 살점 안구 시선을 감수하며 멀거니 앉아 있을 수는 없었기 때문이다. "우리는 지금 정전 중이네." 나는 싹싹하게 말을 걸었다. "북방의 강대한 성채 두 곳이 망가져서 잠시 쉬기로 결정을 내렸지."

그는 아무 말도 하지 않았다. 그는 열한 번째 성벽의 영예 기념판을, 그리고 자부심으로 가득한 글자들을 닦고 있는 병기 인간을 바라보았다. "그냥 시간이 남아서 하는 작업일 뿐이야." 나는 이렇게 말했다. "게다가 병기 인간이 일하는 동안 나는 여기서 흐릿한 햇빛을 받으며 졸 수도 있지 않겠나. 하지만 슬슬 지루해지는군. 자네가 오기 전에, 나는 자리에서 일어나서 납을 박은 신금속 지팡이로 저 친구를 두드리려던 참이었다네. 물론 저 친구는 전부 신금속 합금으로 만든 금속 인간이며, 일도 제대로 하고, 아마 때리는 것조차 느끼지 못하겠지만 말이야. 하지만 사람에게는 할 일이 필요한 법이거든. 어쩌면 자네도 알아차렸을지 모르겠지만, 모데란에서 성채의 주인은 진짜 일은 절대 하면 안 된다네. 법령에 어긋나는 짓이니까." 나는 슬쩍 웃었지만, 어쩐지 내 살점 조각에서, 그리고 살점 조각과 접합된 부위의 가장자리를 따라서 초조한 기색이 전해져왔다. 이자는 왜 그런 식으로 나를 바라봤을까? 게다가 이런 하찮은 생명 조각의 시선이 내게 영향을 주는 이유는 무엇일까?

말은 할 수 있으려나? 할 수 있었다. 파랗고 말랑말랑한 입술이 열리고, 누르께한 분홍색의 연골질 고깃덩이가 날고기처럼 붉은색인 입안에서 철벅거리는 소리를 내며 위아래로 움직였다. 고기와 공기가 펼치는 어쩐지 천박한 공연이 끝나자, 나는 그가 "얼마 전에 간소하게 아들의 장례식을 치렀습니다. 임시변통으로 만든 장례 도구로 플라스틱을 깨서 간신히 시간 안에 껍질 아래 묻었습니다. 정말로 서둘렀습니다. 당신이 그리 오래 휴전을 유지할 수 없다는 점은 알고 있었습니다. 그래서 감사를 표하러 온 것입니다"라고 말했다는 사실을 깨달았다.

나는 이 기묘한 언사에 슬쩍 고개를 저으며 몸을 돌리다가, 서둘러 정신을 차리고 별일 아니라는 듯 강철 손을 흔들었다. "감사 인사는 잘 받았네. 장식용으로 강철 꽃이 필요하다면 하나 가져가게나."

그는 헐거운 살점 기관들을 일제히 부르르 떨었다. 그리고 그의 부족에서는 직설적인 것이라 여길 법한 말투로 이렇게 말했다. "나는 감사를 표하러 온 것이지, 조롱당하러 온 게 아닙니다." 이제 그의 눈빛에는 의아함과 의심이 감돌기 시작했다.

문득 나는 이 상황 전체가 터무니없어지고 있다는 사실을 깨달았다. 나는, 전쟁의 막간을 맞은 모데란의 인간은, 여기 내 성채의 가장 바깥쪽 성벽 밖에 앉아서 내 일에만 신경 쓰며 전쟁이 재개되기를 기다리고 있는데, 갑자기 그 존재 자체도 모르고 있던 감성 덩어리 같은 낯선 작자가 왼쪽 아홉 번째 언덕에서부터 서둘러 달려와서는, 장례식을 치르게 해줘서 고맙다고 말한 것이 아닌가. "장례식은 잘 치렀나?" 나는 이렇게 운을 뗐다. 그러면서 옛 시대에는 그런 것을 어떻게 처리했는지를 떠올리려 열심히 머리를 굴렸다. "문상객이 1킬로미터쯤 늘어섰나? 음악도…… 많았겠지? 꽃도…… 사방에 가득했을 테고?"

"우리뿐이었습니다." 그는 말했다. "나하고 그 아이의 어머니요. 그리고 우리 아들이 있었지요. 우리는 최대한 서둘렀습니다. 한창 바쁠 때니 그리 시간을 오래 낼 수 없다는 점은 잘 알고 있었습니다. 우리는 당신의 행동에…… 우리가 예를 갖추어 아이를 보낼 수 있게 해준 것에 감사를 표합니다."

예를 갖춰? 아니, 그건 또 무슨 기묘한 단어란 말인가? 예를 갖추다니 그게 무슨 뜻이지? "예를 갖춰서?" 나는 이렇게 물었다.

"아시잖습니까. 의식 말입니다! 잠시 기도를 올릴 시간은 있었습니다. 우리는 아들이 행복한 집에서 영원히 살 수 있기를 기도했습니다."

"내 말 좀 듣게." 나는 이미 상황에 조금 질린 채로 입을 열었다. "나는 이런 문제를 논의할 만큼 옛 시대를 제대로 기억하지 못한다네. 이미 절반이 넘게 잊어버렸지. 그러나 자네 불쌍한 살점 돌연변이들은 죽은 이를 묻은 다음에 그들이 다시 일어나서 제습한 공기 방울보다 스물다섯 배는 가벼운 존재로서 살아가리라 생각하던가, 대충 그런 것이었지? 하지만 그런 행동은 상당 부분 운에 의존하는 것 아닌가? 자네들도 조금 정신을 차리고 우리 모데란의 주인들처럼 해보는 것이 어떤가? 아직 젊고 활력이 있을 때 수술을 받아서 쓸모없는 살점은 전부 제거해버리고, 스스로를 전부 신금속 합금의 '교체 부속'으로 '교체'해서 영원한 삶을 누리란 말이네. 우리가 발명한 이 꿀처럼 달콤하고 순수한 추출물을 정맥주사로 맞으면서 말이야. 정말 간단하다네. 자네도 버텨낼 수 있을 거야. 우리는 무얼 손에 넣었는지, 어떻게 살지를 아주 잘 알고 있다네……. 그럼 이제 좀 실례해도 되겠나. 지금 막 경보기를 통해 도착한 보고에 의하면, 전쟁을 멈추게 만들었던 성채들이 수리를 끝낸 모양이야. 그들 때문에 포격을 멈췄으니, 이제 증오의 시간을 벌충하려면 진짜로 서둘러야 한다네. 이번 포격은 자네가 지금껏 본 것보다 조금 더 격렬할지도 몰라."

내 말이 막바지에 이르자, 그의 눈빛에 떠올라 있던 의아함과 의심이 살점이 무겁게 달린 얼굴 전체로 기묘하게 번져나갔다. "당신들이 전쟁을 멈춘 게…… 진짜로 북방의 성채 두 곳에 문제가 생겼기 때문이라는 거군요? 그렇다면 당신도…… 당신도 진짜로 우리가 아들을 묻고 예를 갖춰 보낼 수 있도록 그렇게 한 것이 아니라는 거군요?!" 차가운 생각이 그의 몸을 둘러싼 모양이었다. 그는 바로 그곳에서, 플라스틱을 딛고 선 채로, 몸이 줄어들고 쪼그라들어 몇 센티는 작아진 것처럼 보였다. 나는 이들 살점 존재들이 감정이나 심장박동을 주체하지 못할 때마다 얼마나 힘겨운 일을 겪는지를 다시금 목격하고 내심 감탄했다. 그리고 사색에 잠겨 '교체'된 가슴을 두드리면서, 이렇게 차분하고 침착한 상태를 유지할 수 있다는 사실에 감사를 올렸다. 새 인공위성으로 가득해서 아름다운 천상에 높이 떠오른 철제 행운의 별을 향해서. 그리고 나는 다시 입을 열었다. "머지않아 다시 포격이 시작될 걸세. 지금은 포격 재개의 초읽기에 들어가서 전선을 정리하는 중이라네. 자네도 알겠지만, 우리는 공정하게 시작하려 애쓰거든. 성채마다 제각기 포를 발사하며 가장 효율적으로 탄약을 사용하려 노력하는 것은 첫 포격 이후부터라네."

그는 농담하는 기색을 찾고 싶은지 한참 동안 나를 바라보았다. 잠시 후, 그는 살점 존재들이 엄청난 슬픔과 엄청난 체념을 드러낼 때 사용하는 듯한 어조로 말했다. "그래요, 아무래도 정말로 우리가 아들을 묻고 예를 차려 보낼 수 있도록 멈춘 건 아닌 모양이로군요. 정말로 북방의 성채들에 문제가 생겼기 때문이었어요. 이제야 알겠습니다. 전혀 진실하지도 훌륭하지도 않은 것에서 진실하고 훌륭한 것을 읽어낸 것뿐이었군요. 그런데…… 나는 우리가 예를 차릴 수 있게 해준 것에 감사하려고…… 아무 의미도 없이 여기까지……."

나 또한 살짝 고개를 주억거렸을지도 모르겠다. 안 그랬을 수도 있지만. 어느새 나도 목소리에 주의를 쏟기 시작했기 때문이다. 경보기에서 대포격 준비가 끝났으니 모든 성채의 주인들은 전쟁 상황실의 스위치 패널 앞에서 자리를 잡으라는 소리가 들렸다. "좋았어!" 딱히 들을 사람이나 존재가 있는 것은 아니었지만, 나는 이렇게 소리쳤다. "시간당 증오 점수를 벌충하려면 지금부터 온종일 탄두를 두 배로 발사해야겠군."

내 병기 인간에게 엉덩이가 푹신한 의자를 잊지 말라고 손짓하며, 몸을 돌려 자리를 뜨려고 하는 순간, 서둘러 전쟁 상황실로 돌아가서 대포격을 재개하려는 순간, 차가운 소리가 내 강철을 통해 울렸다. 플라스틱 위에서 소리 높게 끙끙대는 저건 대체 무엇이란 말인가? 문득 내 눈에 그가 들어왔다. 작고 어리석은 살점 인간이었다. 그는 감정의 통제를 잃고 자리에 쓰러져서는, 진짜 눈물을 흘리며 엉엉 울고 있었다. "자, 괜찮아. 겁먹지 말게." 나는 이렇게 말하며 서둘러 몸을 돌렸다. "몸을 숙이고 낮은 지대로만 이동하게. 언덕에는 절반 이상 올라가지 말고, 서둘러 움직이면 돼. 할 수 있을 거야. 첫 포격은 언덕 정상만 때리거든."

그러나 내가 성벽을 통과해서 병기 인간에게 모든 안전장치를 올리라고 지시할 때까지도, 그 작은 살점 친구는 그대로 플라스틱 위에 엎어진 채 엉엉 울고 있었다. 자리를 벗어나 목숨을 건지려는 노력은 조금도 하지 않은 채로! 다음 순간, 갑자기 동쪽의 이웃 성채가 비열한 이른 포격을 감행해서 그 하찮은 살점 머저리를 팬케이크처럼 납작하게 만들어버렸다. 사실 팬케이크보다도 훨씬 납작해졌다. 정말로 위험한 물건인 뜀박질 폭탄을 사용했기 때문이다. 물론 그는 그대로 증발해서 하늘로 날아가 바람에 사방으로 흩어졌겠지만, 설령 그러지 않았더라도 그대로 지구의 내핵에 도달할 정도로 짓눌러버릴 수도 있는 물건이었으니까. 그리고 나는 그 폭탄이 내 성채에 미치지 못해서 다행이라 생각했다. 그러나 연기가 올라오는, 이제는 아무것도 남지 않은 널찍한 자국을 보자, 조금 전까지도 훌륭한 플라스틱 바닥 깔개가 깔려 있던 지역을 보자, 나는 다시 전쟁이 재개되었다는 사실에 희열을 감출 수가 없었다. 살점 머저리를 위해서는 굳이 눈물을 꺼낼 마음조차 들지 않았다. 그리고 내가 무슨 생각을 해도, 발사용 버튼을 두드리러 전쟁 상황실로 달려가는 내 심장의 고동을 진정시킬 수는 없었다.

최종 결론

강철은 없앨 수 있다. 손쉽게. 그냥 옆에 내려놓으면 된다. 금속은 방구석이나 길가 배수로에 차곡차곡 쌓아놓기에 딱 좋은 물질이다. 아니면 녹일 수도 있다. 그러니까, 모든 것이 **끝나면** 말이다. 우리의 신금속 합금 '교체 부속'은 참으로 훌륭한 약속을 건네지 않았던가……. 영원히 살 수 있다니. 세상에!!!

영원한 삶이었다. 우리의 고약한 진짜 모습 그대로. 이 약속이 얼마나 훌륭하게 들렸던지. 얼마나 대단한 계획으로 보였던지! 하지만 전쟁 상황실의 계기판 스위치 앞에 나른하게 앉아서, 자기 요새를 '지속 폭격' 상태로 설정한 채 몇 주쯤 지내본 적이 있는가? **투캉 투캉 투캉.** 정말로 질린다. 정말로 지친다. 대체 왜 이런 짓을 하는지, 무슨 의미가 있는지를 자문하게 된다. 그러나 잠깐이라도 멈추면…… 아주 잠시 쉬는 것만으로도 전면 항복의 소식이 퍼져나갈 것이다. 내가 백기를 올렸다는, 죽었다는, 성벽이 무너졌다는, 요새는 박살 나서 가루만 남았다는 소식이 전해질 것이다. 그런데 어째야겠는가? 아무리 세월이 흐르고 흐르고 흘러도 요새 안에서 다리를 뻗은 채로 전체 계획에 따를 수밖에. 저들이 전쟁을 원하면 얌전히 전쟁을 할 뿐이다. 저들이 잠시 평화를 원하면 백기를 올리고 잠시 행복한 휴식을 취할 뿐이다. 이를 드러내고 환히 웃으며 계절의 흐름을 주시하고 시간이 흐르기를 기다릴 뿐이다. 어쨌든 시간은 아주 많으니까. 여기 모데란에는.

어느 날 아침, 이를테면 6월의 어느 수요일이라 해보자. 증기 방어막이 옛적의 푸른 하늘을 기리며 푸르게 빛나고, 로켓이 구릉 구릉 구릉 소리를 내며 날아가고, 보행 인형 폭탄들이 모든 적을 향해 일제히 밀려가고, '정직한 제이크'가 목표물을 노리고 정확하게 날아가는 날…… 그러니까, 완벽한 전쟁이 벌어지는 날을 상상해보자. 그리고? 그런 와중에 갑자기 심장의 설정 박동 수가 훅 치솟으며, 시나 비가를 읊으며 이웃에게 사랑을 전해주고 함께 서정시나 한두 편 쓰지 않겠느냐고 권하고 싶어진다면, 또는 이웃에게 사랑을 전해주고 이 전쟁이 얼마나 잘못된 것인지를 말해주고 싶어진다면 어떻겠는가. 이 사회에서 그런 일을 할 수 있을까? 모데란에서! 감히! 게다가 과연 어느 쪽이 **진실**일까? 시일까 전쟁일까? 이웃에게 잘못된 일이라 일러주는 쪽일까, 아니면 그의 불쌍한 녹색 혈액이 플라스틱 위로 튀기는 모습을 이빨을 드러내고 웃으며 지켜보는 쪽일까?

그러나 내가 이런 **진실-목적**이라는 크나큰 문제를 어떻게 처리하기로 했는지 말하기 전에, 나 또한 달콤한 열매를 이미 맛보았다는 사실을 털어놓겠다. 나는 수많은 증기 방어막이 흘러가는 동안 최고의 전사였다. (한 번의 증기 방어막은 모데란에서 한 달을 의미한다. 아직 그대가 모를 경우를 고려해 일러주는 것이니) 나는 모데란에서 오랜 세월을 보내며 저들을 모두 외통수로 몰아넣기도 하고, 로켓의 아름다운 궤적으로 하늘을 수놓기도 했다. 공공의 이익에 앞장서기도 했다. 악의를 품은 성채에 힘겹게 대항하는 약한 성채를 도와본 적도 있다. 거만한 자에게 몰려들어 나무를 심을 폐허로 만들어버린 적도 있었다. (이제 우리의 행복한 법규를 어긴 강대한 성채들이 있던 자리에는 훌륭한 금속 공원이 '자라나서' 수풀의 빛으로 반짝이고 있다.) 나는 멀리 떨어진 구식 삶의 땅에서 도망쳐 온 수많은 소년을 몸소 훈련시켜, 프로그램을 따르는 늘씬하고 깔끔한 시민으로 만들기도 했다. 들러붙은 양심이라는 찌꺼기와 윤리적인 지식을 제거해서 쾌락을 받아들일 준비를 끝마쳐준 것이다. 기계장치의 축일에는 찬송가를 부르고, 바늘탑과 법원과 의회의 사람들, 온 사방에 편재한 신의 파편들을 향해 기도를 올리기도 했다. 그리고 참회일이 찾아오면 신금속으로 만든 손에 고행용 눈물이 담긴 작은 비닐봉투를 들고, 가장 최근에 받은 전쟁 훈장을 목에 건 채로, 전투의 맞수들과 나란히 **철컥 찰칵 철그락 철컥**거리며 쉴 곳 없는 플라스틱 위를 행진해서 행사에 참가하고 참회를 바쳤다. 나조차도 다른 모든 인간과 마찬가지로 완벽하지 못했기에. 그래, 싸울 때마다 승리를 거두기는 했지만, 나처럼 수월하게 승리하는 이가 아무도 없기는 했지만, 조금 더 노력했더라면 더 많은 승리를 거둘 수도 있지 않았겠는가?

그러면 이제 고백을 하나 하겠다. (수치스럽지는 않다, 나는 진리를 추구했으니.) 전장에서 그 모든 위업을 거두었는데도 불구하고, 나는 동시에 사랑하는 자이기도 했다. 아, 그래. 평범한 일이 아니란 것은 알고 있다. 내가 당신을 어떤 식으로든 동요케 했음은 짐작하고 있다. 그러나 나는 진실을…… 온전한 진실을 내놓으려 한다. 모든 성채의 주인 중에서도 가장 위대한 나는, 수많은 전쟁 훈장 상자를 차곡차곡 쌓아놓은 나는, 지금 궁극의 결정을 눈앞에 두고 감히 고백한다. 나는 불합리하고 신뢰할 수 없는 단어인 '사랑'을 알고 느꼈던 이들 중 하나다. 나는 분명 죄인이나 그 사실을 유감스럽게 여기지 않는다. 수치를 느끼지도 않는다. 이곳 강철의 골조를 두른 땅에서, 플라스틱이 무쇠와 콘크리트를 뒤덮은 신금속의 땅에서, 우리가 힘을 연마하고 방어 수단을 궁리하는 땅에서, 오직 증오만이 믿을 수 있고 최후의 진실이라는 고결한 신조에 모든 것을 바친 땅에서, 나는 연인이었던 것이다! 마치 자랑하는 것처럼 들리는군. 어쩌면 진짜 자랑일지도 모르겠다.

처음에는 쾌락으로 시작했다. 일러두건대, 모데란에서 쾌락은 전적으로 용인된다. 우리는 쾌락을 위해, 쾌락과 전쟁을 위해 살아간다. 그리고 당연하게도 전쟁이란 어찌 보면 궁극의 쾌락이라 할 수 있다. 그러나 쾌락이 사랑으로 변질되는 순간, 그는 위험한 영역에 발을 들인 셈이다. 사랑하는 자는 명료하게 생각하지 못하고 더듬거리게 된다. 어쩌면 명료했던 과거의, 증오야말로 의지할 수 있는 유일한 감정이라는 사실을 알고 있을 때의 날카롭고 정확한 결단력조차 사라질지도 모른다. 어쩌면 타락에 이르는 마지막 순간에는, 나의 위대함이 내 일시적인 파멸을 초래한 것일지도 모른다.

워윙턴의 시상식 대축제장에서 모든 것이 시작되었다. 내가 동시에 두 가지 훈장을 받은 것은 그 해가 처음이었다. 하나는 십자 미사일 훈장이고, 다른 하나는 열한 겹의 성벽 훈장이었다. 십자 미사일 훈장은 내가 그해 모데란에서 최고의 폭격 실적을 거두었기에 받은 것이었다. 저항하는 요새를 누구보다 많이 철저하게 파괴해 나무를 심을 공간을 마련했고, 영예로운 전쟁의 규율을 준수한 명징하고 진실된 성채들에도 치명적인 피해 없이 미사일을 가장 많이 발사해 괴롭혔기 때문이었다. 열한 겹의 성벽 훈장은 내 종복들이 서로에게 고약하게 굴도록 만드는 창의적인 계획을 세워서 단위당 증오 점수에서 최고점을 올렸기 때문에 받은 것이었다. 그렇다, 그곳에서 나는 외치에도 내치에도 최고의 자리에 올라, 모데란 전역에 고약함의 달인으로 이름을 떨친 것이다. 자극적인 명성이었다. 가슴을 부풀리고 허리를 꼿꼿이 세울 만한 사나이의 업적이었다.

그래서 나는 그날 훈장을 받으러 워싱턴에 갔다. 내 이름이 호명되자, 나는 호화로운 영예의 만찬장에서 일어나 당당하게 앞으로 걸어 나갔다. 철컥 찰칵 철그락 철컥거리며 비틀비틀 느릿하게 연단으로 향했다. 경첩과 지지대를 움직여서 걸어야 하는 우리들은 느릴 수밖에 없다. 그러나 웃는 이들은 아무도 없었다. 그곳의 모든 사람이 강철 인간이었으니까. 우리가 무쇠 같은 견고함을 위해 치른 희생이었으니까. '교체'의 길을 택하고 신금속 부속을 받아들이고 살점 조각을 늘어트렸을 때, 잔혹한 현실의 신에게 바친 공물이었으니까. 단 한 번이라도 훌쩍 다리를 옮길 수 있었더라면, 단 1분이라도 강철 막대로 만든 다리에 젊고 탄탄한 살점을 붙이고, 진짜 발로 번쩍이는 군화를 신고 성큼성큼 걸어갈 수 있었더라면.

질투로 불타오르는 성채의 주인들이 저린 가슴을 부여잡고 기다리는 앞에서, 나는 마침내 연단에 도달했다. 나는 그곳에 서서 살짝 조롱하듯 관절을 떨어 보인 다음, '교체'된 다리를 정렬하고 최대한 꼿꼿이 서서, 신금속 폐에 공기를 가득 채우고, 영예로운 증오하는 얼굴들을 내려다보았다. 이내 갈채가 울려 퍼졌다. 강철의 손이 다른 강철의 손을 때리는 소리가, 영예의 포격이, 울리고 또 울렸다. 바깥의 공원에서는 축하의 미사일이 발사되었다. 그래, 앞서 말했듯이, 나는 분명 달콤함도 충분히 즐겼다.

그날 단상에 올라 두 개의 훈장을 받은 나는 특별한 일을 겪었다. 그리고 그 일은 결국 나의 일시적인 몰락으로 이어졌다. 내가 가슴을 부풀리고 몸을 곧추세우고 가슴에 훈장이 달리기를 기다리는 동안, 누군가 숙녀들의 스위치를 올렸다. 그러니까 내 말은, 시상식의 주빈이 나한테 훈장을 달아주는 동안, 무대 보조 역할을 하는 하인형 금속 인간 하나가 자리에서 일어나서, 연단을 빙돌아가 우리의 무대 영역을 장식하던 모든 신금속 여인들의 생명 스위치를 **올렸다**는 뜻이다. 평소라면 아무 의미도 없었을 것이다. 우리 모데란인은 평소 그런 충동을 미적지근한 정도로밖에 느끼지 못하며, 우리에게는 더 고결한 부류의 의무가 잔뜩 있기 때문이다. 여인이란 아마 1년에 한두 번 정도, 약간 다른 쾌락을 맛보려고 찾는 존재일 뿐이었다. 하지만 그 외에는 그저…… 한심할 뿐이다! 그러나 오늘 밤의 나는 사실을 인정한다. 그런 사소한 일로도 우리의 삶은 뒤틀리고 어긋나고 뒤얽힐 수도, 그리고 충만해질 수도 있는 것이다. 내 훈장이 금빛으로 번득이는 가운데, 나는 매혹적인 여인과 눈이 마주쳤다. 청금빛의 천상에 깃든 꿈꾸는 광기에 나는 충격을 받았고, 그 눈을 멍하니 바라보는 내내 심장은 거칠게 고동쳤다. 행사가 진행되어 그들이 내게 모든 것을 바치며 찬사를 늘어놓는 시점에 이르자…… 내가 얼마나 위대한지, 사람들이 나를 얼마나 자랑스럽게 여기는지에 대한 허튼소리에, 훈장을 두 개나 받은 놀라운 모범에 얼마나 큰 빚을 졌는지 따위를 떠들어대자, 나는 진정하려 애쓰면서, 두방망이질하는 가슴을 억누르고, 자못 태연하고 가벼운 태도로 한쪽을 가리키며 말했다. "저기 파란 눈에 금발의 작은 여자도 끼워주시죠. 제 수집품 중에 마침 딱 맞는 자리가 있군요." 그래서 내가 집으로 떠날 채비를 하는 동안, 그들은 내 전쟁 차량에 숙녀들을 가득 채웠다. 그리고 나는 그들을 전부 녹여버렸다. 단 **하나만** 제외하고!

그러나 내 **유일했던** 여인은! 그 수많은 세월을 견뎌내고 최종 결정을 눈앞에 두고 있는데도, 영예의 달콤함을 맛보았던 단조로운 시간을 뒤로하고 있는데도, 여전히 그녀의 모습이 눈앞에 아른거린다. 단아하고 금빛이고 푸른빛의……. 어떻게 그런 모습을 빚어냈는지, 어떻게 그토록 유연하게 움직이는 관절을 만들어낸 것인지! 그녀를 집으로 데려와서 오랫동안 즐거이 감상하다 수집품 사이에 세우고 잊어버렸다면…… 그랬다면 모든 것이 안전했을 것이다. 또는 그녀의 기계적 구조를 자세히 살피다 끝냈다면, 리벳과 용접한 관절을 문질러보다가 그대로 토치로 녹여버렸더라면. 무슨 해를 끼칠 수 있었겠는가? 그러나 아니, 나는 그런 신중한 결정을 내릴 수 없었다. 내게는 불가능했다!

그러나 당시 나는 모데란에서도 젊은 축에 속했다. 어쩌면 두 개의 훈장 덕분에 워윙턴의 화려한 예식을 만끽하고 돌아온 터라, 그날 밤에는 자아가 비대해져 있었을지도 모르겠다. 어쩌면 영웅의 연회석상의 펀치-정맥주사에 들어간 양념이, 그런 음료에 익숙지 않았던 내 살점 조각에 오래 남아 있었을지도 모르겠다. 아니면 그저 내 심장 상자 안에 오래 죽은 채로 있던 뭔가가 다시 살아나서 나를 당황하게 만들 때가 찾아온 것뿐일지도 모른다. 어쨌든 나는 그녀를 집으로 데려와서 오랫동안 감상하다가 수집품 사이에 세워놓지 않았다. 무도회의 남자들과 금속 끈을 매단 처녀들과 내게 즐거움을 가져다주는 온갖 다른 기이한 예술품 사이에 세워놓며 끝낸 것이 아니었다. 물론 그녀의 리벳과 용접 흔적을 충분히 어루만진 다음 그대로 녹여서 금속 덩어리로 만들어버리지도 않았다! 아, 어찌 그리 끔찍한 일을. 두 개의 훈장을 받았으나 분별력을 잃어버린 자여. 나는 그녀의 생명 스위치를 **올린** 것이다! 그러자 내 찬란한 금발의 아가씨가, 내 사랑하는 이가, 내 연인이, **유일한** 그녀가 다시 찾아온 것이다! 나는 즉시 깨달았다. 그 순간부터 내게는 어떤 것도 완전히 똑같을 수 없으리라는 사실을.

그러나 우리 사랑의 장밋빛 노래를 낱낱이 암송해서 당신을 지루하게 만들지는 않겠다. 물론 누군가에게 읊어줄 수 있다면 참으로 기쁘겠으나! 그 내용을 읽는 당신은 흥미를 잃을지도 모른다. 그에 걸맞은 단어란 존재할 수 없으며 가까운 단어조차도 제대로 고를 수 없으니. 이제 내 성채에 무슨 일이 벌어졌는지를 설명할 테니, 필요하면 부디 행간을 읽어주길 바란다.

훈장을 두 개나 받는 대단한 업적을 이룩했으니, 내 요새는, 10번 성채는, 모데란 전역에 화려하게 공포를 꽃피우리라는 기대를 받았다. 누구도 그렇지 않을 것이라 믿지 않았다. 어쨌든 당시 나는 (모데란 기준으로) 젊었고, 전쟁과 증오의 세계는 젊은 사나이와 그의 성채에게 실로 온갖 기회로 가득하다고들 생각했기 때문이다. 마지막에는 우리의 행운을 비는 이들의 온갖 희망을 만족시켜주기는 했지만, 그건…… 그래, 마지막에야 벌어진 일이었다. 워윙턴 축전이 끝난 직후에는, 내 마차에 숙녀들을 가득 싣고 돌아와서 내 유일한! 그녀를 제외한 전부를 녹여버린 순간부터, 10번 성채는 온전한 암흑기에 접어들기 시작했다. 불명예스러운 일 아니냐고? 당연한 소리를! 내 미사일은 발사대에 앉은 채로 곰팡이가 슬어가고, 보행 인형 폭탄은 걸음을 옮기지 않고, 적들의 탄두가 내 성벽에 만든 구멍에서는 차가운 바람이 소용돌이쳤다. 그러나 내가 꾸물거리던 성채 가장 깊숙한 곳의 방은 따스했다. 그래, 따스했다! 수석 병기 인간은 내 문에 문양이 새겨질 정도로 밤낮으로 두드리며 전투의 피해를 보고하고, 우리 성벽이 벌집이 되어가고 있다고 전했다. "지옥의 이름으로, 이제 발포해도 되겠습니까?" 그는 소리쳤다. "발포? 발포!? 무슨 발포?" 나는 사랑에 따뜻하게 휘감겨 멍해진 채로 이렇게 되묻고는, 다시 내 신금속 애인의 입술로 돌아가서 손잡이 침대를 작동시켜 끝없는 황홀함을 불러왔다. 그리고 내 발포 명령을 얻어내지 못한 수석 병기 인간은 손을 털어대며 고함을 쳤다. 하지만 내가 어찌 그럴 수 있었겠는가? 전쟁의 발포 명령을 내리다니! 오직 나만을 위한 거대한 불길이 침대 위에서 타오르고 있는데. 사랑이라는 커다란 화톳불이.

그러나 물론 마지막 순간에는 나도 정신을 차렸다. 모든 것은 시간이 지나면 시들해지게 마련이고, 신금속 애인이 가져다주는 쾌락조차도 여기서 벗어나지 못한다. 그리고 스위치가 켜진 그녀가 사랑일지라도, 달콤한 연인일지라도, 심장에 대폭발을 일으키는 존재일지라도, 그 사실은 변하지 않는다. 나는 영예를 원했다. 모데란에서 영예를 얻으려면 인형 폭탄을 출발시키고, '정직한 제이크'가 괴성을 울리며 날아가게 만들고, 박살박살 미사일이 고고도에서 끔찍한 비명을 지르며 날아가 원거리의 목표물을 정확하게 명중시켜야 한다. 마침내 그녀의 생명 스위치를 **내린**날, 나는 정신이 나간 것처럼 돌아다녔다. 온갖 곳에 동시에 모습을 드러내며, 한쪽에서는 성벽을 보수하라는 명령을 내리고, 한쪽에서는 미사일을 발사하고 다른 한쪽에서는 인형 폭탄의 탄두를 더 폭발력이 강한 것으로 교체했다. 그날 나는 성채 안에서만, 뒤뚱거리는 종종걸음으로 수 킬로미터를 움직였고, 세상은 전쟁을 맞이해 몸을 떨었다. 그렇다, 10번 성채가 다시금 참전해 목록에 이름을 올린 것이다. 그저 그해에는 엉망진창이었던 처음 몇 달을 벌충할 수 있을 정도의 점수를 벌어들여 다시 워윙턴의 번쩍이는 영웅들의 연회석에 참석해 미사일 십자 훈장을 받았다는 정도만 말해두도록 하겠다. 내부의 고약함에 수여하는 열한 겹의 성벽 훈장은 그해에는 받을 수 없었다. 그리고 나의 **유일한** 사랑이 떠날 때까지는 계속 내 손길을 피해 가기만 했다. 그러나 훗날 나는 그 또한 만회하는 데 성공했다.

어쩌면 지금쯤 당신은 내가 앞서 언급했던 최후의 결정을 눈앞에 두고 이러는 이유가, 그리고 모데란 전역에서 가장 위대하며 영예로운 남자인데도 그런 결정을 내리려 하는 이유가 궁금해졌을지도 모르겠다. 돌려 말하고 싶지 않으니 그저 그만둘 생각이라고, 더 넓은 전장을 추구하려 한다고만 말하겠다. 일시적이었으면 좋겠지만 영원할 수도 있을 것이다. 왜? 아마도—아니, 아마도가 아니지—내가 떠나려는 이유를 나조차 명확하게 알지 못하기 때문이다. 그리고 당연한 소리지만, 추측은 여기서 끝내야 한다. 그러나 뭔가가 여전히 나를 괴롭히고 있다. 내가 가장 아는 바가 적은 것에 대해 잔뜩 말하라고 종용한다. 도저히 거역할 수 없는 충동이다. 반드시 해야 하는 일이 분명하다.

처음부터 헷갈리지 않도록 그만둔다는 소리가 무슨 뜻인지 말해두겠다. 진짜로 **끝내기**를 원하는 것이다. **죽음**을 말하는 것이다! 아, 우리가 처음 '교체'라는 기술을 발견했을 때는, 신금속 합금으로 육신에 위대함을 부여하고, 얼마 안 되는 살점 조각들만 남겨서 생존한다는, 어쩌면 영원히 살 수도 있을 방법을 발견했을 때는, 실로 훌륭해 보이지 않았던가. 우리의 꿈속 세상이 영원히 울리는 달콤한 최면의 노래처럼 눈앞에 열리지 않았던가. 영예를 얻을 기회가 눈앞에 펼쳐지지 않았던가. 폭격을 계속할 기회도, 폭격의 기술을 끝없이 발전시킬 기회도. 그래, 우리는 그 지점을 지나쳤다고 생각한다. 우리는 폭격의 기술을 발전시켰다. 그리고 영예도 마찬가지다. 나는 수많은 영예를 얻어냈다. 그러나 우리가 이렇게 대화를 계속하며 수백만 개의 단어를 곱씹는다고 해서, 문제의 핵심을 폭격할 방법이 떠오르겠는가? 무슨 말을 하고 싶은 거냐고? 단순히 지쳤다고 할 수도 있을 것이다. 그러나 육체적으로 지친 것은 아니다. 신금속 합금은 지치는 법이 없으니까. 영예를 너무 많이 맛보았다고도, 이제 온갖 업적으로 빵빵하게 부풀어 오르고 이제 정복할 세계도 남지 않았다고도 말할 수 있을 것이다. 이쪽이 보다 진실에 가깝겠지만, 그래도 정확한 답은 아니다. 적어도 마지막 부분은 그렇다. 아직 정복할 세상은, 또는 정복당할 세상은, 또는 벽에 뚫린 쥐구멍으로 재빨리 들어가는 신금속 쥐처럼 조용히 숨어 들어갈 세상은, 여전히 남아 있으니까. 세상은……

나는 스스로의 '결정'에 따라 그를 마주하기로 마음먹었다. 그대들에게 털어놓는 편이 나을지도 모르겠다. 모데란 최고의 남자가 모데란에서 가장 먼저 무너지는 자가 된다니? 이 얼마나! 역설적인가! 끔찍한 아이러니인가! 그러나 내 살점 조각에도 세월이 쌓였고, 세월이 아무리 흘러가도 영예는 끝없이 찾아오고, 폭격도 끝없이 계속된다. 우리 땅에서 증오라는 진실이 아름답게 흘러가고 있는데도, 마지막 그것은 아직 눈에 보이지도 않는다. 그게 뭐냐고? 목적이냐고? **목적이다**! 그것을 발견해야 한다. 알아야만 한다.

내 손으로—그리고 **내** 결정에 따라—나 자신을 분해할 것이다. 내게는 신뢰하는 하인이 하나 있다. 그대들은 모르는 사람이다. 가장 비밀스러운 머나먼 곳의 상자 안에 간직하고 있다. 내가 신호를 보내면 그는 찾아올 것이다. 한밤중에 그 머나먼 장소에서 비밀 터널을 통해, 낡고 아무도 기억하지 못하는 토굴을 따라서, 바닥 문을 열고 올라올 것이다. 그리고 내가 마지막 리벳을 뽑는 작업을 도와줄 것이다. 어쩌면 내 몸을 분해하다가―누가 알겠는가?―장난을 좀 칠지도 모른다. 어쩌면 정맥주사로 마지막 축배를 들지도 모른다. 그런 다음에 우리는…… 아, 신이시여, 아니다, 그는 홀로 작업하게 될 것이다. 그 생각을 억누르려 애써도 비탄이 사라지지 않는구나. 그는 홀로 내 몸을 벽 한쪽에 차곡차곡 쌓을 것이다! 내 살점 조각들은 예외다. 살점 조각은 그날 밤 그가 가지고 사라질 것이다. 보존액에 절인 채로, 바닥의 비밀 문과 음침한 길고 긴 터널을 통해 '나'를 (내 살점을) 그 자신과 함께 상자 속에 보관하러 돌아갈 것이다. 내가 미리 준비해서 테이프에 입력한 명령에 따라서. 이렇게 나는 떠날 것이다. 내가 **어떤 식으로** 떠나게 될지 그 어떤 이가, 그 어떤 존재가 알겠는가? 마지막 남은 살점 조각이 떨어져나가는 순간일지, 마지막 신경섬유와 마지막 리벳이 풀려나가는 순간일지. 그 순간 내가 **어디로** 떠나게 될지 아는 사람이, 존재가 있겠는가?

그러나 나는 떠나야 한다. 우리의 **목적**을 찾기 위해서. 오랜 세월이 나를 이런 결정으로 이끌었다. 떠나 있기로 계획한 동안, 내 성채는 휴면시켜놓을 생각이다. 휴전 점수는 충분히 모아서 수많은 백기의 형태로 축적해놓았다. 나는 모데란 최고의 폭격 전문가이며 전쟁 점수에서도 한참을 앞서 있으니, 당장 시급하게 전쟁을 치를 필요는 없다.

내가 돌아오게 될까? 계획상으로는 그렇다. 돌아와서 여러분 모두에게 내 여행에 대해 알려줄 생각이다. 내가 돌아오지 않는다면? 저 밖에서 발이 묶여버린다면, 무산된 정적에, 끝없이 우레처럼 울리는 목소리에, 이해할 수 없는, 생각만 해도 끔찍한, 공간을 메우는 고요 중의 고요에 사로잡혀버린다면? 그럴 가능성도 충분한 만큼 주선을 해놓았다. 일정 시간이 지나면, 내가 미리 준비해놓은 테이프에서 명령한 대로, 내 작은 하인이 멀리 떨어진 비밀 상자에서 돌아올 것이다. 그때쯤에는 나 또한 돌아와서 나를, 내 육신을, 다시 조립하는 그를 도와줄 수 있으리라 생각하고 있다. 그러나 그때까지 돌아오지 못한다면, 결국 영원히 돌아오지 못하게 될 뿐이다. 그렇게 된다면 내 살점 조각은 내 수석 병기 인간에게 전달될 것이다. 물론 구성을 바꿔서. 그는 내가 될 수 없으며 내가 되어서도 안 되기 때문이다. 그리고 10번 성채는 이전과 거의 다름없는 모습으로 새로운 포격의 시대에 돌입할 것이다.

이제 '최후의 결정'이 진정한 최후의 결정이라는 사실을 잘 알게 되었을 것이다. 위험이 크기는 해도 판돈 또한 더할 나위 없이 거대하다. 나는 지금까지 쌓은 영예를 걸고 자발적으로 이런 선택을 내렸다. 나는 **진실**을 추구했고, 나를 위한 진실이 모데란 성채들의 섬세하고 투명한 증오뿐 아니라 신금속 애인들의 훌륭하고 뜨거운 사랑 속에도 존재한다는 사실을 오래전 아주 젊은 시절에 발견했다. 나는 이제 한 단계 높은 **목적**을 추구하려 한다. 포격 속에서도, 쾌락과 사랑과 증오와 모데란의 삶에서도 **목적**을 온전히 찾아내지 못했으므로, 이제 선을 넘어가서 찾아다닐 생각이다. 내 여행에 행운의 미소가 깃들기를. 그래, 우리 모두에게 행운이 따르기를!

머뭇거리며 기다리며

결국 떠나지 못했다…….

나는 공포에 사로잡힌 채로, '최후의 결정'이라는 꿈을 실행에 옮길 때를 기다렸다. 낡은 무덤이, 검은 관이, 하얀 묘비가, 내 기억 속에서 1000킬로미터에 걸쳐 늘어섰다. 그런 것만 같았다. 수십 세대에 이르는 죽음을 두려워하던 평범한 조상들이 내 묽은 녹색 혈액 속에서 가지 마! **가지 말라고!** 하며 끝없이 소리쳐댔다. 살점 조각들은 뒤틀리며 기억을 더듬고, 공포에 부들거리며 졸아들고, 공황에 빠져 내 신금속 껍질 위를 오르내릴 뿐 당당하게 나서지 못했다. **그렇다!** 위대한 10번 성채로서는 참으로 한심한 모습이기는 하지만, 마지막으로 최선을 다해서 분석을 하는 내내 나는 겁에 질려 있었다. 살점 조각과 신금속과 정맥주사의 힘을 빌려 '최강의 적'을 물리쳤는데, 이제 다시 그에게 돌아가서 나를 영원히 영원토록 사로잡을 기회를 내 손으로 건네는 셈이 아닌가?

모든 위대한 승리와, 모든 훌륭한 영예와, 내 위대하고 **위대한 사랑조차도**…… 최후의 순간에 직면하자 결국 모든 의미를 잃었다. 모두 먼지 구덩이에 내던져버리니, 모든 것이 먼지로 변했다! 이젠 아무것도 없다. 내겐 아무것도 남지 않았다. 내 최후의 결정은 실로 훌륭했다. 하지만…….

가장 개인적이고 개인적인 나 자신의 진실을 직시하니, 영원히 돌이킬 수 없는 황량한 길을 걷게 되리라는 생각을 하니, 내가 '최후의 전쟁'을 갈망한다는 사실을 깨닫게 된 것이다! 다시 한 번 거하게 포격전을 벌이고 신나게 살육전을 벌여서 필멸자로서의 강인함과 존재감을 새로 증명해 보이고 싶어진 것이다! 나의 모든 적수가, 다른 모든 사나이들이, 이번 전쟁에서는 전장의 연기로 스러져버리기를. 하늘 높이 날아오르는 인간의 파편이 다시 한번, 이번에는 그 어느 때보다 화려하게 허공을 가득 메우기를. 단 한 번, 단 한 번만 더, 전쟁을 벌여 '지구의 인간'으로서 나의 '최후의 승리'를 마무리 지을 수 있기를. 그리고 나면 나를 배신할 사람이 아무도 남지 않을 테니, 마지막 목표를, 목적을 향해 선을 넘을 수 있지 않겠는가……. **신이시여**…….

나는 결국 떠나지 못했다……. 해가 지나고 지나고 또 지날 때마다 흔들리기는 했지만. 모데란의 위대한 중앙 계절 통제국이 계속 새 계절을 시작하는 동안에도, 변화의 북이 울려서 한 계절을 몰아내고 다른 계절을 불러오는 동안에도. 전쟁이 일어나고 일어나고 또 일어나는 동안에도 내 이름은 위대한 전사의 목록에서 사라지지 않았고, 나는 수많은 동시대의 사람들과 마찬가지로 주기적으로 모데란의 땅을 수놓는 전쟁과 휴전을 끊임없이 겪어왔다. 아, 우리 손으로 의미를 찾을 수도 있었는데…….

시작이 없는 최후의 날에 그들은
영혼을 어떻게 처리하였나

나른한 초여름의 어느 월요일, 전향轉向이 시작되었다. 모데란의 저급한 금속성 인간(금속인)이 영혼을 발견한 것이다. 아니, 엄밀히 말하자면 영혼의 한 조각일 뿐이었지만. 아마 딱히 최고급 영혼도 아니었을 것이다. 모데란에서 제법 오래 분실된 채로 나뒹굴고 있었으니까. 그래도 영혼은 영혼이었고, 이에 다른 사람들도 수색을 시작했다. 그들은 플라스틱 평원의 덮개를 들추고, 무쇠 배나무 아래를 살피고, 강철 팬지가 올라오는 정원의 구멍 근처를 뒤적였다. 그리고 어쩌면 상상일지도 모르지만, 가끔가다 다른 영혼 조각이 등장하곤 했다. 사실 찾아내기에는, 심지어 상상만 해도 흥분되는 것들이기는 했다. 이 땅의 복잡한 얼개를 움직이는 철제 송전탑이며 정확하게 빙빙 돌아가는 바퀴들이며 번쩍이는 정밀한 괴물 톱니바퀴 따위로 가득한 땅에서, 영혼이란 형체도 없고 너무나 동떨어진 물건이기 때문이었다.

그들은 온종일 자기네가 발견한 영혼 조각을 가지고 놀았다. 허공으로 던졌다 받기도 하고, 한동안 소맷부리에 매달고 다니기도 했다. 또는 단춧구멍에 잘 간직한 다음 계속 생각하며 들여다보고 또 들여다보기도 했다. 영혼을 발견하지 못한 다른 금속인들은 거대한 공기 조절 시스템에 의해 정확한 습도와 정확한 기온과 정확한 향기로 조절되는 반짝이는 녹색 공기를 헤치고, 영혼을 발견한 이들에게 다가가서 구경하곤 했다. 그리고 그런 금속인들이 보기에는 크게 이상한 구석은 없었다. 그저 이웃 일부가 자기네 반구형 거품 주택의 앞에 나와 앉아서, 건전하게 조절되는 대기 속으로 손을 휘두르며 기묘한 방식으로 허공을 손에 쥐려 애쓰고 있을 뿐이었다.

그러나 설령 조각일 뿐이라도, 영혼이란 발견한 이의 마음을 지독하게 사로잡는 물건이었다. 이웃에게 다가가서 대체 왜 아무 의미도 없이 허공을 때리고 목표도 없이 두드리고 활기차게 뛰어오르는지를 물어본 영혼 없는 금속인들은 이내 영혼의 조각을 찾았다는 답변을 듣게 되었고, 그런 금속인들은 당연하지만 "하? 영혼이 뭔데? 그리고 그런 걸 발견했다고 해서 뭐가 달라지는데?"라고 되묻곤 했다. 그러나 영혼의 조각을 발견한 금속인은 그 순간 복음을 영접한 것처럼 모든 것을 깨닫고, 다른 모든 이에게 영혼에 대해 설파하고 다녔다. 특히 그 중요성에 대해서는 뚜렷하게 목소리를 높였다.

물론 이런 흥미로운 소식은 빠른 속도로 퍼져나가기 마련이다. 그리고 맑은 백색 수도의 바늘탑에, 가장 맑은 녹색의 위원회가 생각을 곱씹으며 앉아 있는 곳에 그 소식이 도달한 순간, 회의장은 경악으로 가득 찼다. 위원회의 위원들은 전부 '교체'된 자들이었으며, 물론 은퇴한 성채 주인들이기도 했다. 존재를 이어주는 아주 작은 살점 조각 외에는 전부 금속으로 이루어진 이들이었다. 금속 두뇌 냄비의 녹색 액체에 잠긴 지나치게 비대한 두뇌에 양분을 공급할 때도 살점 조각은 필요했다. 살점 조각이 가장 작고 피는 가장 맑은 이들이었기 때문에, 그리고 영혼과는 가장 거리가 먼 이들이었기 때문에, 그들은 당연하게도 탁월할 수밖에 없었다. 그러나 그들은 옛 기록을 통해 영혼이 뭔지를 알고 있었다. 그리고 영원히 계속되도록 설계된 엄밀하고 기계적이고 매우 자동적인 땅에서, 그런 흥미롭고 형체 없는 것들이 얼마나 위험할 수 있는지도 잘 알고 있었다. 따라서 그들은 계획을 세웠다. 대응책을 마련했다. 여흥 총력전을 발동하라! 그들은 이렇게 소리쳤다.

위원회는 온갖 버튼을 두드렸다. 전향에 대해 총력전을 선포하는 버튼이었다. 모데란이라 불리는 땅의 경계에 쌓인 수백만 개의 새 '상자'에서, 여흥 총력전용 새들이 날아올랐다. 새들은 푸른 기름이 든 폭탄 봉투와 분홍색 모래가 든 폭탄 자루로 금속 인들을 폭격하기 시작했다. 울부짖는 주둥이에서는 비명과 붉은 액체가 터져 나왔고, 날개의 광택을 번쩍이며 라임 바닐라색 하늘로 점점 더 높이 올라가는, 그리고 단단히 편대를 짜서 꽃 모양을 이루는 모습은 누가 봐도 실로 장관이었다. 탁 트인 하늘에서 이런 공연이 이루어지는 동안, 멀리 지상에서는 양철 만돌린 인간들이 정원으로 나와 열정적으로 연주를 해댔다. 그들은 양철의 목소리로 전진-전진-전진의 노래를 부르며 황동의 선율로 노력-노력-노력의 선율을 연주했다. 양철 로봇들이 형제-형제로서 함께 일하는, 영원히 살 수 있는 강인한 국가에 대한 음악이었다. 향수 인간들은 반구형 거품주택이 늘어선 거리와 골목을 달려가면서, 모데란의 모든 정원과 평야를 가로지르면서, 가장 자극적인 향기를, 지금껏 조합해낸 중에서도 가장 달콤한 냄새를 퍼트렸다. 형상 인간들은 전무후무할 정도로 다양하고 즐거운 파노라마로 하늘을 가득 채워서, 여전히 사람들에게 열심히 푸른 기름 봉투와 분홍색 모래 자루를 투척하는 새들의 머리 위로 형상의 장막을 드리웠다. 그리고 거짓 사랑을 퍼트리기 위해서, 묽은 위원회의 어떤 손이 꽃이라고 적힌 버튼을 눌렀다. 그러자 훅 하는 커다란 소리와 함께, 수많은 양철 꽃송이가 홍수처럼 정원의 구멍을 통해 올라와서 화려한 금속 꽃잎을 마구 흔들기 시작했다. 양철의 동지들이 영혼 따위는 잊어버리고 형제-형제로서 한데 뭉쳐야 한다고 소리치고 있는 양철 만돌린 연주자의 발아래에서. 그리고 가짜 태양이 형상 인간의 작품과 꽃 모양 편대를 유지하는 새들 위로 기분 좋은 빛의 가루를 뿌렸다. 그러나 이 모든 일은 전혀 소용이 없었다. 금속인들은 여전히 자기네가 찾아낸 영혼 조각에 매달릴 뿐 관심을 돌리지 않았다. 그리고 그들은 열차를 만들었다. 영혼에 감동한 자들이 탑승할, 제트엔진으로 움직이는 10량짜리 열차였다.

남쪽에서 거대한 열차가 도착했다. 제트엔진으로 움직이는 유선형 고속 열차였다. 그러나 그 열차에는 묘한 화물이 실려 있다. 10량의 거대한 순백색 열차는 계속 기적을 울리며 이 땅을 가로질렀다. 가장 맑은 녹색의 중앙 위원회에서는 다가오는 파멸의 열차로부터 주의를 돌리기 위해, 다시 방송으로 금속인들의 비위를 맞추는 다급한 호소를 시작했다. 그러나 그 열차는 희망의 열차이기도 했다.

1등급 금속인인 스탤로그 블렝이, 영혼을 잃어버린 오랜 세월 동안 공기 조절 장치 일개 블록의 감독관으로 일하던 살점 로봇이 힘겹게 열차에 올랐다. "우리 스스로를 얼마나 소모해왔는지!" 그는 소리쳤다. "소위 '발견'이라는 것들에 속아서 얼마나 혹사당해왔는지." 그는 자신의 '교체' 부속을 하나 뜯어내 양철 손가락으로 높이 들어 올렸다. '교체' 합금이 살점과 접합되어 있던 곳에서 녹색 피가 흘러내렸다. "영원한 삶이라는 형벌 때문에!" 스탤로그 블렝은 말했다. "적어도 맑은 위원회 작자들은 그렇게 생각하겠지. 하. 하. 내가 지금껏 영혼 없이 살아온 그 수많은 세월을 삶이라 부를 수 있다면 말이야. 나는 지금까지 저 양철 공기 흡입기가 자연스러운 공기를 결점으로 간주하고 걸러내도록 감독하는 일을 했지. 온몸의 금속 관절에 기름을 쳐서, 파이프렌치를 들고 양철 공기 거름기 사이를 돌아다닐 때 삐걱대는 소리가 나지 않게 만드는 것이 내 즐거움이었고. 그리고 정맥주사를 찔러 넣어서, 온몸의 불쌍한 살점 기관들에 복합 액체를 공급하는 것이 내 식사였지. 끔찍하게 비인간적이었던 이 모든 세월을 삶이라고 부를 수 있다면…….” 그는 거의 비명에 가까울 정도로 소리를 높이다가, 분통을 터트리며 자신의 몸을 해체해버렸다.

금속을 떨쳐낸 스탤로그 블렝이 선두의 엔진에 앉아 고함을 지르는 소리를 들으며, 금속인들은 차갑고 하얀 수도로 영혼의 열차를 몰았다. 그들은 가장 묽은 녹색의 차갑고 하얀 수도에 도착해, 얼음처럼 삭막한 정부 궁전의 바늘탑 앞에 영혼 기차를 한나절 내내 세워두었다. 날이 저물 때가 되어, 오그라들며 차갑게 식어가는 태양이 마지막 남은 라임 바닐라빛 하늘을 타고 내려가자, 스탤로그 블렝은 무쇠 신발을 움직여 의사당 건물 지상층의 가장 높고 텅 빈 문으로 다가갔다. 그의 몸에 남은 금속 기관들이 불길하게 덜컹거렸다. 살점 조각의 녹색 피가 귀의 양철 부속 주변을 맴돌며 불길하게 웅웅거렸다. “안녕하신가, 수도의 여러분.” 그는 가장 큰 문의 공허에 대고 소리쳤다. “안녕하신가, 위원회 여러분.” 그의 외침은 마치 오래전에 그의 몸에서 빼냈던 속이 빈 모루를 두드리는 것처럼 들렸다. 그 목소리는 의사당 건물의 텅 빈 첨탑 꼭대기까지 울려 퍼졌다. 스탤로그 블렝의 목소리는 아주 오래전에, ‘발견’에 따라, 암을 예방하기 위해 무쇠를 덧대어버렸기 때문이었다.

높다란 문이 천천히 열렸다. 그곳에 서 있으리라 짐작했던 '거인'은 얼마나 큰지, 평균 신장에 도달하려면 발꿈치를 들어야 할 정도였다. 심부름꾼의 뒤에는, 반사경 속에, 몇 층이나 한참 높은 장소에, 양철 두뇌 냄비를 정렬하는 가장 맑은 녹색 위원회의 위원들이 앉아 있었다. "당신들의 수장을 보러 왔소!" 스텔로그 블렝이 소리쳤다.

의장이 앉는 한층 높은 단상에서, 영예로운 자리에서 그가 일어났다. 순간 저물어가는 녹색 별 조각이 그의 몸에서 떨어져 나오는 것만 같았다. 그 주변에서 에메랄드빛 섬광이 멀겋게 비추었다. 이 사람이 바로 맑은 녹색 중에서도 가장 맑은 자인 것이다! 그는 아무 말도 하지 않고, 덜걱거리는 금속을 그대로 드러낸 채로, 층층이 쌓인 단상의 가장 아래에 있는 스텔로그 블렝에게 반사경으로 자신의 모습을 투사했다.

"우리는 한때 저버렸던 영혼을 들고 이곳에 왔소." 스텔로그 블렝은 설명하기 시작했다. "우리가 가장 희망하는 바는, 그동안 마모된 영혼과 온 세상을 치료하는 기나긴 작업을 시작할 수 있도록 그대들이 즉시 이곳을 떠나는 것이오. 그대들이 이곳에 머무른다 해도, 우리는 조금도 망설이지 않고 결정을 내릴 거요. 영혼의 기차로 이 건물을 들이받아 그대들을 박살 내버리겠다고! 영혼의 힘으로! 그러니 선택하시오."

맑은 녹색 중에서도 가장 맑은 자는 아무 말도 하지 않았다. 사실 들었다는 기색도 보이지 않았다. 단지 저 멀리 높은 곳에서,

양철 두뇌 냄비들이 가볍게 서로 부딪치는 녹음된 소리가 울리고, 커다란 반사경 속에서 녹색의 차갑고 온전히 사악한 눈빛을 잠깐 번득였을 뿐이었다. 그리고 스탤로그 블렝은 저들의 양철 두뇌 싸개 속에서 자신의 통첩이 접수되었음을 알았다. "그대들이 떠나도록 오늘 자정까지만 기다리겠소." 속이 텅 빈 모루 같은 목소리는 이렇게 말하고 물러났다.

스탤로그 블렝은 무쇠 신발을 철컹거리며 열차에서 기다리는 강인한 영혼을 가진 동료들에게로 돌아왔다. "그는 분명히 들었소." 스탤로그 블렝이 말했다. "대장 묽은묽은 인간이 들었소. 커다란 반사경에서 눈이 빛났으니, 잠깐이지만 녹색으로 차갑고 아주 사악하게 번득였으니, 들은 것은 분명하오. 그자가 다른 이들에게 말을 전할 것이고, 저들의 벽에 달라붙은 모든 손길을 보면 분명 물러날 것이오. 저들은 전부 사라져야만 하오!" 10량의 영혼 열차를 가득 메운 영혼이 강인한 사람들이 일제히 환호성을 울렸다. 잠시 후, 스탤로그 블렝은 뿌옇게 녹슨 손을 들어 정숙을 요청했다. "그럼 이제 다시 우리 자신으로, 훌륭한 영혼을 가진 자신으로 돌아가는 일을 시작할 때요. 열심히 노력하고 열심히 기도하며 우리의 영혼이 깃들 훌륭한 집을 찾아주도록 하시오. 이런 강철의 시대이니 끔찍한 사투를 벌여야겠지만. 그리고 어쩌면 천만 년 동안 열심히 노력하면, 우리도 이 세상도 과거 잘못된 '발견' 때문에 저버렸던 바로 그 모습으로 돌아갈 수 있을지도 모르오. 적어도 희망은 남아 있는 셈이오. 우리는 다시 영혼을 찾았으니……."

그리고 모든 열차에서 다시 환호성이 울렸다…….

다음 날 아주 이른 시각에, 단단히 결심을 굳힌 새들이 다시 하늘로 날아올랐다. 이번에는 최종 평결에 적합한 물체들이 날개마다 가득 달려 있었다. 열차는 상상할 수 있는 가장 흐릿한 연기만을 남기고 하늘 높이 날아올랐다. 평결을 정통으로 얻어맞았기 때문이었다. 본보기로서 수많은 거품형 반구 주택이 파괴되어 바닥의 얼룩으로만 남았고, 이 어리석고 슬픈 영혼의 이야기는 모데란에서 두 번 다시 들을 수 없게 되었다.

종말의 이야기

그날 세상의 종말은 하찮은 일에서 시작되었다. 청록색의 드 높은 여름 하늘 아래서, 아무것도 아닌 것처럼…….

종말이 시작된 바로 그 순간 내가 뭘 하고 있었는지가 명확히 기억난다. 심지어 무슨 생각을 하고 있었는지도 떠오른다. 여름 휴전의 때였다. 우리는 그해 봄의 대전쟁을 막 완료해서, 달콤하 게 행복하면서도 다들 지친 상태였다. 수많은 영예를 획득하고, 수많은 성채가 무너져 돌무더기가 되고, 수많은 포문이 늘어지 고, 성곽 이곳저곳이 수리가 필요하다고 울부짖고 있었다. 그러 나 그 마지막 여름에 우리는 모두 충만했다. 살아남은 이들은, 증 오의 행복이 머리끝까지 차오른 채로, 쾌락의 계획과 성채 내부 의 비열함 점수를 얻을 계획을 세우고 있었다. 그래! 여름의 휴전 기간이었으니까!!

그러던 와중 멀리 북쪽에 쿵쿵 폭탄이 떨어졌다. 그 기묘하고 메마른 소리가 탐지기를 통해 내 귀에도 똑똑히 들렸다. 나는 즉시 그 쿵쿵 폭탄이 목표물로 허용되지 않은 곳에 떨어졌다는 사실을 깨달았다. 게다가 모데란에서는 휴전 기간에 그런 물건을 날리면 안 된다. 휴전 동안에는 절대로. 그리고 내 영상 화면에 가득한 저 작고 기묘한 *반짝이는* 점들은 대체 뭐란 말인가? 얇은 신금속이 부서진 파편이나 덩어리를 나타내는 것이었지만, 그럴 리가 없었다. 제정신을 가진 모데란 사람이라면 얇은 금속 물체에 쿵쿵 폭탄을 떨어트릴 리가 없다. 쿵쿵 폭탄은 최고 중에서도 최고의 폭발력을 가지고 있어서 가장 묵직한 파괴가 필요할 때나 쓰는 물건이다. 성채를 때리거나, 땅속 깊숙이 박힌 콘크리트와 신금속 강철로 만든 벙커를 부술 때나 써야 한다.

추측이 필요한 지점이 상당히 많을 것이다. 마지막으로 남은 작은 플라스틱 산에 올라와서 다시 생각을 곱씹으면서, 내 마음속 영구 테이프에 이 최후의 기록을 남기면서, 살점 돌연변이 인간들이 한때 위대했던 우리의 땅을 다시 처음 시작했던 모습으로 뜯어 발기는 모습을 보고 있자니, 이제는 나도 확신을 할 수가 없다. 그저 추측만 해볼 뿐이다. 사실 나는 단순한 사고였을 것이라고 생각한다. 폭탄에 미친 성채의 주인이 기나긴 봄의 전쟁기가 끝난 것을 축하한답시고, 남은 쿵쿵 폭탄을 멀리 허공에 쏴버린 것이라 생각한다. 이번 전쟁은 초여름이 찾아올 때까지 늘어졌으니까. 그리고 이 쿵쿵 폭탄을 쏘는 발사용 새총을 너무 오래

당겼던 것이다. (드문 일은 아니지만 보통은 전쟁 도중에나 일어난다. 전쟁 중에 누가 그런 일에 신경을 쓰겠는가?) 그래서 평범한 폭탄이 그렸을 아름다운 탄도 대신에, 이 폭탄은 완전히 경로를 벗어나서, 사실 딱히 경로랄 것도 없이, 이웃의 양철 꽃밭 위로 떨어져 내린 것이다. 그리고 그 꽃밭에는 그에게 성채보다 더 귀중한 것이 있었을 것이다……. 그래, 전부 소문과 추측일 뿐이다. 그러나 세계사를 살펴보면 주도면밀한 계획보다 단순한 사고여야 훨씬 잘 들어맞는 경우가 제법 많은 편이다. 그리고 나는 이번에도 그런 일이 일어났으리라 생각한다.

나는 우리 모두의 운명을 결정지은 일련의 짧은 순간에 무슨 일이 벌어졌는지를 생생하게 기억한다. 경보 전화기에서 정신없이 횡설수설하던 소리를 기억한다. 무슨 말인지 알아들을 수는 없었지만, 증오로 가득한 경고라기보다는 차라리 사과처럼, 또는 이해를 종용하는 것처럼 들렸다는 점을 기억한다. "용서해, **얼른 용서하고 여름의 휴전이나 즐기자고.**" 정신없는 상황이었는데도, 맨 처음의 몇 초 동안 이렇게 생각했던 것을 기억한다. 물론 당시 나는 방금 얼마나 장대한 규모의 위반이 벌어졌는지는 추측조차 하지 못하고 있었다. 그리고 내게 주어진 단서는 내 영상 화면에 난데없이 등장한 기묘한 *반짝이는* 점들뿐이었던 것이다.

당연하게도 위반의 대상이 된 성채는 반격했다. 즐거운 여름 휴전기라고 해도, 바로 오른쪽이나 왼쪽이나 앞이나 뒤의 성채가 쿵쿵 폭탄을 던지는 행위를 용납할 수는 없었다. 즉각적이고 명확한 보복은 계절을 막론하고 정당한 것이었다. 보복은 더없이 진지한 맞대응을 불러왔지만, 그 극초반의 짧은 시간까지는, 우리는 모든 것을 국지전으로 끝낼 수 있었다. 벌겋게 달아오른 성질머리 고약한 성채들이 휴전 기간에 전면전을 벌이는 모습을, 그저 확장 화면에 띄워놓고 감상만 하고 있었어도 충분했을 것이다. 그러나 우리는 행동이 필요한 순간에 행동하지 않았다. 우리 모두의 정치력이 바닥을 친 날이라고만 말해두겠다. 우리는 기회를 저버렸다. 우리는 신금속 애인과 놀아났다. 신금속 새끼 고양이를 쓰다듬으며, 무관심의 카드를 차곡차곡 쌓고 펀치 정맥주사를 '마셨다'. 세상을 구하고 있어야 할 시간에.

수많은 협정이 준수되고 준수되고 또 준수되었다. 아, 저 북방의 자들은 그 협정이라는 것을 얼마나 철저하게 지키는지! 그리고 전쟁은 빠르게 남쪽으로 번져왔다. 5분 만에 우리는 모두 전쟁에 휘말렸고, 모데란은 모든 것이 밀물처럼 밀려들었다는 사실을 간신히 깨우쳤다. (이 점은 말해두겠다. 한참 남쪽 끝에 있었던 나는 마지막 순간에서야 포격전에 끼어들었다. 하지만 솔직하게 말하자면, 언제나 모든 면에서 그렇듯이, 정치력의 문제가 아니었다고 인정하기는 망설여진다. 그녀는 어디 있을까? 아, 내가 세상을 구했어야 하는 운명의 결정적 순간에 서로 희롱하고 있던 그녀는, 이제 어떤 그을린 금속 덩어리가 되어 머나먼 땅을 굴러다니고 있을까? 하지만 이건 분명히 해두겠다. 생명 스위치를 완전히 **켜고** 격렬한 열정으로 설정을 맞춘 상태였기 때문에,

그날 그녀는 아주 훌륭했다. 이 세상과 모든 사랑을 걸고 말하건 대……. 짐작이 가는가?)

그 전쟁으로 우리의 세계는 파국을, **파멸**을 맞이했다. **종말**이 었다. 시작은 하찮고 별일도 아닌, 그리고 내가 보기에는 사고가 분명한 이유에서, 잘못된 장소에 떨어진 한 발의 쿵쿵 폭탄이었 다. 그게 순식간에 자라나 대재앙으로 변한 것이다. 우리의 사라 진 세계에 마지막 남은 구석까지 도망친 지금 와서 생각하면, 그 런 사고가 이렇게 끔찍한 파멸로 자라난 이유를 이해할 수가 없 다. 우리는 영광된 과거에도 수많은 전쟁을 치렀고, 수많은 사상 자와 영예라는 부산물을 남기며 헤쳐 나왔다. 그럴 때도 우리 성 채는 부분적으로만 무너져 내렸을 뿐이다. 그런데 이번에는, 고 작 10분 만에 모데란 전체가 사라진 것이다.

최종 전쟁의 압박이 상당히 거센 와중에도, 우리 대부분은 서 둘러 생각을 정리하고 이럴 때를 대비한 계획을 실행시켜서, 제 법 이른 시간에 가족부터 처리했다. 가장 훌륭한 판단이었다 할 수 있을 것이다. 나는 깊은 갈등 속에서 내면의 토론을 거친 다 음, 하얀 마녀의 계곡에 조준해놓은 쿵쿵 폭탄의 발사 스위치를 눌렀다. 내 아내가 마지막 남은 플라스틱 부하들과 함께 살며 꿍 꿍이를 꾸미는 곳 말이다. 꼬마 소년과 꼬마 소녀가 사는 땅으로 보내는 자비의 폭탄은 이미 발사한 후였다. '교체'될 때를 기다리 며 그들이 머물던 땅은 그들과 함께 부서져 허공으로 날아가 바 람을 타고 흩어졌다. 이렇게 자비로운 종말을 선사한 다음, 우리는 전쟁에 뛰어들었다.

포격의 극치라 할 만한 포격이었다. 비행경로에도 걸음걸이에도 궁극의 증오가 깃들었다. 어떤 비판도 달게 받아들이겠지만, 우리가 이 세상을 단순한 태도뿐 아니라 장비에도 증오가 깃들 수 있는 지고의 발전 상태로 이끌었다는 점만은 분명한 사실이었다. 그리하지 않으면 태도란 단순히 공허한 꿈이나 몸짓으로 끝나버리기 때문이다. 그리고 나는, 마지막 정맥주사가 남는 순간까지도, 심지어 살점 조각이 곪어 죽고 나 자신은 몇 개의 묘하게 생긴 금속 조각만 남아 지나가던 살점 돌연변이의 지저분하고 허세 어린 수집품에 들어가게 되더라도, 그 아름다운 순간을 영원토록 기억할 것이다. 이 세계는 그런 순간을 두 번 다시 맞이하지 못할 것이다. 온 세상을 뒤덮은 대기가 거의 하나의 온전한 폭발의 층을 이루다니. 날아가는 로켓을 다른 형제 로켓이 때려서 함께 엄청난 폭발을 일으켰다. 이런 공중 충돌을 버티면서 그대로 목표물로 날아갈 수 있도록 만들어진 강력한 쿵쿵 폭탄은 허공에서 서로를 밀치며 힘을 겨뤘다. 보행 인형 폭탄들은, 평지의 길을 따라 전진해서 목표물과 파괴의 랑데부를 이루도록 설계된 마법 같은 공포의 병기들은, 플라스틱 위에서 뒤엉켜 서로 싸우기 시작했다. 일부는 안전하게 벗어나 프로그래밍된 목표물을 찾아내고 섬멸하는 작전을 수행했다. 다른 일부는 꽉 막힌 도로 위에서 통행권을 놓고 다부지게 다투다 자신의 공포를 전부 소진하고 사방으로 주먹을 휘두르기 시작했다. 증기 방어막의 약탈품 무더기 모양 구름에 올라앉아 있었을 강대한 전쟁의 신은, 그날 분명 생애 최고의 공연을 맛보았을 것이다. (옛 시대의 모든 과시적인 화력과 파괴를―폭격기가 하늘을 뒤덮은 드레스덴, 소이탄에 휩쓸린 도쿄, 리틀보이를 맞은 히로시마까지―그 모두를 하나의 거대한 화염과 폭격으로 뭉뚱그리더라도, 이 전쟁에 비하면 병든 반딧불의 앞발질 정도밖에는 되지 않을 것이다. 그래! 우리는 그날 진정 제대로 폭격을 쏟아부었다!) 그러나 그날 우리에게는 그 어떤 신도 없었으리라 확신할 수 있다. 그저 8월의 독에 물든 고약한 청록색 증기 방어막이 순식간에 사라지며 과거의 하늘이 드러났고, 세상이 자폭하는 모습을 무심하게 바라보는 것은 그 끝없고 끔찍하고 눈 닿는 데까지 가득한 하늘밖에 없었으니까.

그리고 마지막 순간이 찾아와 게임이 완전히 끝났음을 깨닫자, 나는 마침내 내 **최고** 중에서도 **최고**의 **궁극 병기**로 생각을 돌렸다. 바로 **할배 쿵쿵 폭탄**이었다. 너무 끔찍한 무기라서, 그런 물건을 내 신금속 손바닥 위에 올려놓고 있다는 깨달음을 견디는 데만도 뇌의 설정을 전면적으로 냉정하고 무모한 사고로 바꿔야 하는 물건이었다. 사실 휘하의 공병대가 '문제의 최종 해결책'으로서 개발한 것도 상당히 최근의 일이었고, 나는 이 물건을 나중에 필요해지면 **기습적으로** 사용할 수 있도록 엄중히 보관해놓았다. 아니면 그저 정복을 위한 도구로 사용하거나. 당시에는 고민 중이었다. 그러나 이제 고민은 끝난 모양이었다. **할배**를 사용할 수밖에 없는 순간이 되었으니까. 여전히 내 목적은 이 세상을 조금이라도 남긴 채 살아남는 것이었다. 물론 남는 것은 내 성채뿐일 테고, 그 정도로도 충분히 충격적인 일은 분명했지만, 그래도 그곳에서 재건을 시작할 수는 있을 것이다. 그래서 나는 버튼을 눌러 내 위대한 성채의 깊숙한 지하 발사 장치에 도사리고 있던 그 물건을, 할배 쿵쿵 폭탄을, 평범한 쿵쿵 폭탄에서 너무 많이 개선되어서 비교 자체가 어불성설인 물건을 불러올렸다. 굳이 비교하자면 산 위에 옛 시대의 깃털 하나를 떨어트리는 것과 다른 산 하나를 떨어트리는 것 정도로 차이가 날 것이다. 짐작이 가는가?

할배 쿵쿵 폭탄의 비밀을 엄중히 지키기 위해서, 나는 그 물건을—온 세상에 그런 무기는 분명 단 하나뿐이리라 생각했기 때문에—내 위대한 방어 및 공격 시설의 정중앙 최심부에 숨겨놓았다. 물론 발사하는 순간 내 성채의 바닥이 전부 산산조각 나고, 어쩌면 천장도 완전히 날아가버릴 것이라는 점은 잘 알고 있었다. 그러나 기밀을 완벽하게 유지하여 그 힘의 유일한 소유자로 남기 위해 그 정도는 감수할 수 있었다. 그래! 거의 모든 것을 내놓을 수도 있었다. 발사 버튼을 누르는 순간이야말로 머리가 어질어질하게 흥분되는 때일 수밖에 없었다. 신금속 심장은 딱히 설정을 수동으로 변경하지 않았는데도 지금껏 들어본 적 없는 쿵쿵 쾅쾅 소리를 울리기 시작했다. 세상이 내 손에 들어오리라! 엄지로 발사 버튼을 튕겨 올리는 순간, 내 뇌와 심장은 함께 이렇게 생각했다.

그래서 어떻게 됐냐고? **무슨 일이 벌어졌냐고?** 세상을 가졌다가 가질 수 없게 되었다. **무슨 일이 벌어졌냐고!?** 이해를 갈구하지는 않겠다. 공감을 갈구하지는 않겠다. 아 신이시여, 신 또는 신들이시여, 그러지는 않겠다. 그러나 여기 테이프에 기록으로 남기기는 해야겠다. **무슨 일이 벌어졌느냐고?**

쿵쿵 폭탄을 발사한 바로 그 순간, 나는 깨달았다. 그래, 아주 절절히 깨달았다! 모든 지붕이 동시에 날아가며 하늘을 가득 메웠으니까. 아무리 사악한 언어로도 이런 사악한 행위를 묘사하기에는 부족하리라. 세상의 모든 언어를 동원해도 설명할 수 없으리라. 그러나 테이프에 기록을 남겨야 하는 나로서는 시도라도 해볼 수밖에 없다. 좀도둑놈들이, 묵인하고, 속임수를 쓰고, 부정하고, 거짓말투성이에, 불성실하고, 명예라고는 모르고, 저열하며 **저열하고**, 살점에 신음하는 저 하찮고 사악한 신금속 성채의 주인들이, 내 물건을 훔쳐 간 것이다. 대체 어떻게? 아 신 또는 신들이여, 아니 누구든, 언젠가 어디선가 판결이나 최종 심판을 내릴 생각이 있으시다면, 제발 저들을 지금 이 순간에 심판해주소서! 가장 묵직한 정의의 굴레 아래 저들의 기억 장치를 갈아버리고, 저들이 펼친 선행이 있다면 그건 그저 가장 잔혹한 괴물 같은 농담으로서 본성에 어긋나는 행위였을 뿐이라고 치부해주소서. 아, 언어의 한계여! 가장 강한 말로 기소장을 작성해도 너무 약할 뿐이니, 저들의 악행의 극히 일부의 1000분의 1만큼도 저들을 깎아내릴 수 없으리라. 그러나 존재하리라는 암시만 있어도 충분하니, 모든 재판정에 호소하도록 하자. 저 모든 사악한 성채 주인들의, 이제는 죽어버린 살점 유령들을, 앞으로 찾아올 모든 우주를 가로질러 영원히 추적할 수 있으리라는 아주 약간의 희망이라도 있다면. 가장 추운 땅의 눈 덮인 산속의 얼어붙은 계곡에서, 몰아치는 차가운 바람처럼 물어볼 수 있다면. 마치 옛 시대의 양심처럼, "영예로운 10번 성채에서 **대체 어떻게 할배 쿵쿵 폭탄의 비밀을 훔쳐낸 것이냐?**"라고 물을 수 있다면. (10번 성채는 나였다.)

그래, 찾아올 다음 세상에서. 저들이 저지른 짓이다. 할배 폭탄과 함께 내 지붕이 날아간 순간, 그리고 거의 동시에 다른 모든 지붕이 허공으로 날아오른 모습을 본 순간, 나는 깨달았다. 저들은 내 비밀을 훔친 것뿐만 아니라, 끝까지 끔찍하도록 사악하게, 내 발사 순간까지 탐지할 장비를 설치한다는 사악한 짓을 저지른 것이다. 아, 잠들어 있다가 그대로 당할 뻔하지 않았는가. 저들이 먼저 발사했더라면? 전율에 말문이 막히지 않는가? 인간이기를 포기한 끔찍한 자들이여!

내가 눈 깜빡일 찰나만큼 먼저 발사했기 때문에 살아남은 것이라고, 나는 믿는다. 다른 어떤 설명으로도 부족하다. 그것이 아니라면 아주 순수하고 온전한 행운과 기적에 지나지 않을 터인데, 그대도 알겠지만 나는 양쪽 모두 믿지 않는다. 내가 신봉하는 것은 장비와 충분한 화력과 상대방 성채를 향한 선제공격뿐이다. 그러나 이렇게 살아남았다 해도, 최후의 성채 주인으로 생존했다

해도, 그게 무슨 의미가 있는가? 내 세상은 사라졌다. 전부 파괴되어 잔해만 남았다. 심지어 내 성채조차도, 지금껏 만들어진 가장 세련된 무기인 할배 쿵쿵 폭탄에 끝장나버렸다.

이제 몇 시간이면 폐허 위로 울음소리를 높이며 꼬마 살점 돌연변이들이 어디선가 등장할 것이다. 놈들은 지금껏 어디에 있었던 걸까? 그래, 놈들이 존재한다는 정도는 다들 알고 있었다. 심지어 모데란의 빛나는 전성기에도 소수의 살점 돌연변이는 항상 주변을 돌아다녔다. 플라스틱 위를 어정거리다가, 깊은 구멍에 몸을 숨기거나, 우리 플라스틱을 덮은 벌판의 갈라진 틈에 틀어박혀 살았다. 우리 중에서는 종종 저들을 성채에 받아들여 웃음거리나 여흥으로 삼는 이들도 있었다. 모데란의 훌륭한 기계 목소리 상자와 손에 쥔 플러기-플라기 버튼을 이용해 소통하는 대신 힉힉거리는 소리를 내는 구멍으로 터무니없는 소리를 지껄이는 광경을 보며 즐겼던 것이다. 그러나 우리 중에서 놈들을 진지하게 받아들이거나, 놈들이 어떻게 사는지에 신경 쓰는 자는 없었던 모양이다. 적어도 나는 분명 그랬다. 이 세상의 번쩍이는 주인 된 존재인 나는, 드높은 신금속과 강철 '교체 부속' 비율을 자랑하며, 얼마 안 되는 살점 조각을 늘어트린 영예로운 존재로서, 그런 지저분하고, 부드럽고, 연약한 생물들에게 쏟을 시간이 없었던 것이다.

그런데 이제는 사방에서 돌연변이들이 쏟아져 나오고 있다. 모든 것을 **무**로 되돌리며 밀려들고 있다. 그저 존재만으로도 참혹한 살육을 벌이면서, 우리의 꿈을 빛나는 모데란의 첫날에 이룩한 것만도 못한 과거의 암흑 속으로 끌고 들어가고 있다. 아마도 이 마지막 남은 플라스틱 산에서 저들의 모습을 지켜보는 것이야말로 나에게 내려진 형벌일 것이다. (내가 형벌을 받아야 하는 이유는 짐작조차 할 수 없지만.) 내가, 위대하고 **위대한** 성채의 주인 중에서 마지막까지 남은 가장 위대한 (그리고 한때 온갖 신금속 강철 '교체' 부품으로 강대했던) 존재가, 세상에 존재했던 가장 고상한 존재가…… 끝없이 밀려오고 또 밀려오는 사악한 살점들의 물결 앞에 쓰러지다니…….

아니, 잠깐! 저들이 내게 남은 온전히 노출된 작은 성채에, 내 작은 플라스틱 산에 도달하기 전에, 그리고 이제 멈출 수 없는 무자비한 관성으로 괴성을 울리며 이곳을 찢어발기기 전에, 마지막 한 가지 사실만은 이 테이프에 확실히 기록해두도록 하겠다. 만약 이 세상에, 내 이웃들 사이에 명예가 존재했다면, 저들이 내 전쟁의 비밀을 몰래 훔친다는 사악한 행위를 저지르지 않았더라면, 하찮고 무용한 자기네 목숨을 구하려 하지 않았더라면, 나는 전쟁에서 승리했을 것이다. 그랬다면 내 성채는 온전히 남았을 것이고, 저기 몰려오는 연약한 존재들은 아무것도 아니었을 것이다. 원하기만 하면 언제든 깊은 구멍 속으로 몰아넣고 플라스틱 틈새에 일제 포격을 퍼부을 수 있었을 테니까. 그랬다면 저들은 내 사형 집행인이 아니라, 내 어릿광대이자 여흥으로 남았을 것이다. 아, 저들은 있어 마땅한 자리에 남았을 것이다. 따라서 저들의 악성이 내 운명을 봉인한 셈이다. 특히 전쟁 기밀을 훔쳐 가는 이웃 도둑놈들이.

한 가지가 더 있다. 마침내 내 정신이 맑아지고 모든 것을 반추할 수 있게 되었으니 말인데, 처음 쿵쿵 폭탄이 떨어진 양철 꽃밭에는 대체 뭐가 있었던 걸까? 그 성채의 주인이 성채 자체보다 더 소중하게 여긴 것은 대체 무엇이었을까? 웃지 말라, 웃지 말고 들어라! 나는 그의 신금속 애인이 양철 꽃밭에서 가벼운 여름 산책을 즐기고 있었으리라 생각한다. 그 주인이 쾌락을 원하며 불러들이기 전에 말이다. 그렇다면 내 영상 화면에 표시된 삑삑거리는 점들도 설명이 된다. 신금속의 작은 파편이라면 그런 식으로 보일 것이다. 양철 꽃의 파편은 아예 인식하지도 못할 테고.

떠날 때가 된 모양이다. 이제 산의 밑둥이 흔들리기 시작했으니까. 이 테이프가 무사히 살아남는다면, 그리고 먼 훗날 이 테이프를 되살릴 만큼 세련된 기계를 만들 수 있는 존재들이 등장한다면, 여기에 모데란이 종말을 맞이한 이유에 대한 내 추측을 남기는 것도 의미가 있으리라 생각한다. 온 세상의 무도한 악성과 좀도둑질 때문이었을까? 아니면 화단을 거닐지 말고 주인의 웅장한 침실에서 자신에게 주어진 직무를 수행했어야 마땅할 여자를 탓해야 할지도 모르겠다. 만약 당신이 비교적 단순한 정신의 소유자라면, 이런 참사가 결국 언젠가는 벌어질 일이었다고, 다들 엄청난 화력을 보유하고 있었으니 필연적인 결과였다고 생각할지도 모르겠다. 그러나 여기서 나는 단호하게 **아니!** 아니라고 말하겠다. 그래, 마지막 순간까지 부인할 것이다. 내 이웃들이 정정당당하게 싸웠더라면! 그랬다면 나는 **할배 쿵쿵 폭탄**으로 안전하게 우위에 설 수 있었을 테고, 특별한 성채가 되었을 테고, 저들을 비교적 안전하게 파괴해서 먼 하늘로 날려 바람을 타고 흩날리게 만들 수 있었을 테고, 따라서 나는 전쟁에서 승리하여 **온 세상을** 구할 수 있었을 것이다!

제4부 종말 이후의 외전

언제나 조금씩

　나는 엉덩이가 푹신한 의자와 장기적 전망에 대한 점검을 내팽개치고 심원한 사색실을 저버렸다. 팔다리는 벽 옆에 차곡차곡 쌓아두었다. 그리고 침대에 드러누워 문제를 곱씹었다. 심장박동의 설정은 휴식에 맞추고, 뇌는 최대 설정으로 작동시키며, 금속 주전자처럼, 또는 팔다리가 떨어진 골동품 갑옷처럼, 조종간 달린 침대에 누워서 과거를 회상했다. 그래, 그때 시작된 일이었다. 그 6월의 수요일에. 그때였다! 조종간 침대에 누워 과거를 회상하니, 그제야 모든 것이 선명하게 떠올랐다.

　우리는 천 년을 후퇴해버렸다. 작은 구름 때문에. 10세기 분량의 진보가 갈기갈기 찢어졌다. 어느 여름날 우리의 확신은 그대로 뜯겨 나갔다. 마치 옛 시대의 암 선고처럼. 아, 그런 선고가 얼마나 끔찍했는지 잊지 말도록 하자. 강인한 사나이의 용기조차도 빨려 나간다. 두려움이 정신을 좀먹는다. 무엇을 할지도 모르게 된다. 사고가 재구성되고, 자존심이 사라지고, 확신은 산산이 부서진다. 떠난다고? 무엇을? 뼛속에, 자신의 떨리는 뼛속에 틀어박혀 두려워하는 인간을 남기고 떠나게 된다. 남은 삶을 연 단위로, 남은 기회를 초 단위로 잘게 쪼개어, 기괴하고 참혹하게 배급량을 헤아리게 된다. 달음박질하고, 울부짖고, 비명을 지르고, 소리치고, 괴성을 울리게 된다. **도와달라고!** 그리고 도움은, 원조는, 심지어 도움의 희망조차도, 전혀 찾아오지 않는다. 우리는 이제 그렇게 된 것이다. 암에 걸린 것과 다를 바 없는 상황인 것이다. 이곳은 모데란인데도. 믿어라. 내 말을 믿어야 한다!

지금 상황을 이해하려면 우리가 금속인이라는 사실부터 이해해야 한다. 먼 옛날 '발견'을 통해 우리는 놀라운 신금속 합금을 우리 살점과 접합시키고, 우리 형체를 잡아주고 인간으로서의 존재를 유지할 수 있게 해주는 최소한의 살점 조각만을 남기고 전부 '교체'해버렸다. 이리하여 우리는 금속이자 인간인 인간이 되었다. 그리고 과거를 돌이켜보면, 그것이야말로 가장 중요한 부분이었던 듯하다. 우리의 내구성은 강철보다 견고해졌지만, 그럼에도 증오하고 기쁨을 누리는 능력에서는 그대로 인간이었다. 금속 인간인 셈이다! 그래, 이보다 더 나아질 수가 있겠는가? 우리의 내장은 금속성을 내뱉는 작은 내연기관이자 화학적 변화를 품는 작은 저장고가 되었다. 예를 들어, 내 심장을 보자. 내 심장은 심장 측정기 설정에 맞춰 깔끔하게 박동을 울리는 튼튼한 전동기가 되었다. 폐를 보자. 내 폐는 수명에 한계가 없는 (것으로 되어 있는) 우렁찬 금속 아코디언이 되었다. 이런 기관은 영원히 존재하고 작동할 것이다. 신금속 부속들은 전부 마찬가지다. 그리고 살점 조각에는 정맥주사로 영양을 공급하면 된다. 이런 자부심이 어찌 추락을 불러오지 않을 수 있겠는가?

그리고 자부심이 추락하면, 그걸 어떻게 다시 주워 들 것인가? 흐늘흐늘한 누더기 인간에 빳빳하게 풀을 먹여 일으켜 세우려면 어떻게 해야 하는가? 엉망으로 뒤엉킨 존재에 어떤 강철 뼈대를 세워줘야 하는가? 분명 방법이 있을 것이다. 그러나 지금 우리는 두려워 움츠릴 뿐이다. 두려워 움츠린다.

여기 조종간 침대에 누워 있는, 팔다리를 깔끔하게 벽 옆에 쌓아놓은 내 경우를 생각해보자. (나는 웅크릴 때면 정말로 제대로 웅크린다. 최대한 무력한 덩어리가 되어 누워 있다. 물론 한 가지는 인정해야겠다. 내가 겁에 질려 몸을 떨 때면, 딱딱한 껍질로 덮인 내 손발은, 강철 손가락과 강철 발가락이 달린 손발은, 끔찍하게 무서운 짤랑거리는 소리를 낸다. 게다가 가끔 무릎끼리 부딪치며 절그렁거릴 때면, 아직 내 몸에 뼈가 남아 있어 서로 부딪치며 살점을 떨구고 드러난 슬개골끼리 공포를 선도하는 타악기처럼 부딪치며 절걱거리는 것처럼 느껴진다. 안 돼! 나는 겁에 질릴 때마다 내 용맹을 배신하고 떨릴 가능성이 있는 부속들을 전부 벗어 던진다. 그리고 딱딱한 침대에 고철 덩어리처럼 누워서 회상에 빠진다.) 방법이 있을지도 모른다.

한때 모데란의 우리가 어땠는지를 생각해보자. 이 구름이 몰려와서 우리를 천 년 전의 암흑 속으로 몰아넣기 전에 말이다. 우리는 고도로 자동화된 성채에서, 다양한 기계의 능숙한 보조를 받으며 저마다 작은 군주처럼 군림했다. 그리고 당대의 증오의 연맹에서 저마다 지위를 차지하고 해가 뜰 때부터 질 때까지, 심지어 밤늦은 시간까지도 전쟁을 벌였다. 전쟁 상황실의 스위치 조작판을 부여잡은 채로 모데란에서 거의 계속 이어지는 대포격전에 참가했다. 그리고 종종 휴전이 찾아와 대포격전이 미심쩍은 가짜 휴식에 들어가면, 우리는 온갖 쾌락을 계획했다. 개인 스포츠 및 오락실에서 금강석 이빨 호랑이 새끼와 사나운 신금속 새끼 고양이를 싸우게 만들기도 했다. 또는 무릎을 꿇고 앉아서 조종간 침대 아래로 손을 뻗어 신금속 애인을 끌어내기도 했다. 대부분의 성채 주인이 쾌락의 다양성을 위해 하나쯤은 가지고 있었으니까. 그녀의 생명 스위치를 완전히 올리면, 우리 심장의 스위치는 퍼뜩 젖혀져 제정신이 아닌 수준으로 뛰기 시작했다! 그리고 우리의 묽은 녹색 혈액은 서둘러 그 욕구를 정신없이 퍼 날랐고, 머지않아 전쟁 생각은 뒷전으로 밀려나버리곤 했다. 아, 완전하게! 그러나 요점만 말하자면, 구름이 찾아오기 전의 모데란에는 시간적 다급함이란 존재하지 않았다는 것이다. 대포격전이든 휴전과 쾌락의 시간이든, 우리는 성대하고 여유롭게 치렀다. 옛 시대의 살점 인간처럼 매 찰나를 헤아릴 필요가 없음을 알고 있었으니까.

그러나 지금의 불쌍한 우리 모습을 보자. 우리는 옛적의 농토로 되돌아와서, 허연 수염을 기른 노인의 대낫을 기다리고 있는 신세다. 우리는 무덤을 생각하고 우리의 집을 관으로 간주한다. 맨땅에 흙이 볼록하게 솟아오른 광경을 볼 때마다 공포에 질려 몸을 떤다. 그리고 우리의 풍경 대부분을 뒤덮고 있는 잿빛의 청결한 플라스틱 깔개를 볼 때마다, 우리는 머지않아, 구름에 반쯤 먹혀서 꿈이 좌절되었기 때문에, 저걸 깨고 안으로 들어가게 되리라 생각한다. 죽어서 고향으로 돌아가는 것이다. 이제 우리는 다시 옛날식으로 시간을 작은 단위로 분해한다. 그런 식으로 생각한다. 우리는 우울한 뺄셈을 수행하고 남은 숫자를 헤아리며 공포에 질린다. 곱하고 더하기를 계속해도 같은 속삭임이 계속 들려온다. 죽음이 가까웠다고. **죽음이 더 가까워졌다고……**.

그 때문에 내가 오늘 아침부터 차가운 쇳덩이처럼 침대에 누워 있는 것이다. 나는 생각 중이다. **생각 중이다.** 나를 찾아 헤매는 위험과 위협을 경계하며 한쪽 귀를 쫑긋 세운 채로, 방법을 생각하려 애쓰는 중이다. 내 두뇌 속에서 수많은 방법을 계속 추적해온 덕분에, 이제는 내 머릿속이 경주로로 가득하고 모든 경주로가 원을 그리며, 석탄처럼 검은 자동차를 탄 작은 빨간 악마가 그 위를 전력으로 질주하고 있다. 그리고 그 악마는 대개 얼굴을 음울하게 찌푸리고 있다. 그러나 가끔 속도를 늦추고 상냥하게 웃으며 새하얀 이빨을 드러내고 "안녕!"이라고 말하기도 한다. 그래, 그게 전부다. 하지만 나는 그의 진심을 알 것 같다는 생각이

든다.

그럴 때마다 나는 조종간 침대에서 구르고 발버둥을 치면서, 내 병기 인간 하나가 시중을 들러 올 때까지 기다린다. "내 팔다리를 가져와라." 나는 이렇게 소리친다. "내 손을 끼워라. 내일 전장으로 타고 나갈 하얀 총알다트에 안장을 올려라. 모든 발사대를 최고의 상태로 유지해라. 만전의 준비 태세를 갖추었는지 확인해라." 그리고 그 모든 것이 완료되면, 나는 침대에서 기어 나온다. 전투대장다운 꼿꼿한 강철의 걸음걸이로, 절컥 잘칵 절그락거리며 경첩과 지지대를 움직인다. 그리고 때로는 음흉하게 행동하기도 한다. 내 양철 병사들을 때리고 걷어차기도 한다. 또는 그들이 가장 좋아하는 기름에 적신 걸레로 문지르고 쓰다듬어주기도 한다. 때론 저주를 내뱉으며 미친 것처럼 성채 안을 돌아다니기도 한다. 부드럽고 달콤한 노래를 부르기도 한다. 내 두뇌를 돌리며 광기가 어떤 결과를 불러올지를 계산한다. 내 안의 모든 증오를 모아서 하늘을 후려칠 수도 있을 것이다. 아니면 한때 반짝였던 내 검에 이제는 허무함이 깃든 것도 그 때문은 아닐까?

그리고 이내 나는 전쟁 상황실에 도착한다. 대포격전이 벌어지고 있으면 격렬하게 포를 쏘아댄다. 이어지는 발사의 충격에 내 장벽이 떨리다 무너질 만큼 격렬하게 버튼을 눌러댄다. 전쟁이 없으면, 나는 주변 모든 성채에 포격을 실시해서 새로 전쟁을 일으킨다. 이내 모든 것을 집어삼키는 구름이라는 똑같은 위협을 맞이한 우리 모두는, 함께 그렇게 앉아서, 아름답게 로켓을 발사하고, 폭발의 불꽃으로 하늘을 수놓고, 서로에게 전력 포화를 퍼부으며 온 세상을 벌벌 떨게 만든다.

승리하거나 패배하는 사람은 아무도 없다. 시간이 흐르고 휴전을 선포하는 신호탄이 타오른다. 여흥이 끝나고 짧고 초조한 평화가 찾아온다. 그리고 우리는 계속해서, 한때 당당했고 무적이었으며 (우리 생각에는) 영원했던 신금속 모데란의 주민인 우리를 농담거리로 만들어버리는, 그 끔찍한 위협을 다시 마주하러 나선다.

위협이라고? 구름이라고? 우리의 꿈의 실체를 백일하에 드러내고, 강철로 덧댄 모데란에서 영원히 살아가겠다는 우리의 꿈을 조롱거리로 만든 그 드래곤의 정체가 뭐냐고? 글쎄, 우리를 파먹어 들어가는 존재는 엄밀하게 말하자면 시간 그 자체, 낡아간다는 개념 그 자체는 아니다. 심지어 옛 시대에도 정확하게 그 자체였던 적은 없었다. 항상 다른 것들이 존재했다. 질병이나 사고나 단순한 노화나. 물론 노화는 그 자체만으로 특수한 질병이라 할 수 있을지도 모른다. 또는 가장 끔찍하고 잔혹한 사고라고 할 수 있을지도 모른다. 그러나 우리의 위협은 특별하고 너무나 '정당해' 보였다. 일어날 수밖에 없을 것 같았다. 그러니까 내 말은, 우리의 땅과 같은 곳에서만 등장할 수 있으므로, 그런 일이 우리에게 벌어지는 것이 너무 '당연해' 보였다는 것이다. 그 위협을 적출하지 않는 이상, 우리는 백만 년 안에 온전한 파멸을 맞이할 것이다. 그리고 지금 우리의 상태를 고려하면, 나는 적출에 성공할 가능성이 적다고밖에 말할 수 없다. 뭔가 조치를 취하지 않는다면, 그때는 내 성채의 골조조차도 남지 않게 될 것이다. 우리의 땅에는 모든 것을 먹어치우는 구름이 떠돌아다니고 있다. 영원을 야금야금 갉아먹는 시간과 같다고 생각해보자. 강철 막대를 야금야금 잠식해 들어가는 녹과 같다고 생각해보자. 우리는 영원하리라 생각했지만, 그렇게 먹혀가는 강철 막대일 수도 있는 것이다. 우리에게도 한계가 있기 때문이다. 어쩌면 문제를 직시하고 대놓고 말하고 싶지 않기 때문에 애매하게 말하는 것일지도 모르겠다. 옛 시대의 사람이 "그게, 여기 뼈가 조금 썩어가고 있어서, 이런저런 쪽으로 내 생존 확률이 줄어들고 있는 모양이야"라거나 "점심시간에 폐에 폐결핵균이 조금 들어갔어. 내가 선의에서 집으로 들인 보균자 가족이……"라고 말하는 모습을 상상할 수 있겠는가? 무슨 말인지 알겠는가?

하지만 이런 장황한 변설은 그만두도록 하자. 주변을 맴도는 짓은 이제 충분하니, 마음을 다잡고 명확하게 선언할 때다. **우리는 모든 금속을 먹어치우는 신금속 섭식자에게 잡아먹히고 있다.** 지금까지 존재했던 모든 돌연변이 중에서도 가장 괴이한 놈들이다. 이제 이해가 될 것이다. 우리의 수치를 털어놓았으니까. 놈들은 상어의 주둥이를 가진 작은 입자처럼 생겼으며, 구름을 이루어 몰려다닌다. 놈들이 처음으로 나를 찾아온 것은 6월의 어느 수요일이었다. 금속 꽃밭 위로, 옛 시대의 습기를 머금은 연기처럼, 기묘한 구름이 꺼멓게 몰려들어 둥실둥실 떠 있었다. 다른 놈들은 더 높은 곳에서 옛 시대의 독수리처럼 하늘을 선회하고 있었다. 놈들은 이내 나를 덮쳤고, 작은 입자가 온몸에 가득 들러붙었다. 놈들 수백만 마리가 복작이며 뭉치면 연필로 찍은 점 정도의 크기가 된다. 놈들은 이렇게 뭉쳐 내게 달려들었다. 너무 열의에 넘치게 내려앉는 바람에 충격이 느껴질 정도였다. 그런 다음에는 순식간에 흩어지며, 이제 우리 모두가 너무나 잘 알게 된 아주 얇은 검은색 막을 이루었다. 휴전의 첫날, 내가 성채 바깥으로 나가 엉덩이가 폭신한 의자에 앉아 사색을 즐기는 동안, 놈들은 나를 덮치고는 내 몸의 위아래 사방으로 퍼져버렸다. (이웃 성채의 전쟁용 비밀 병기가 아니란 것은 확신할 수 있었다. 우리 위대한 증오의 연맹에는 반드시 준수해야 할 규약이 존재하기 때문이다.) 이내 놈들은 바위 위로 구르는 아주 작은 모래 알갱이 정도의 소리를 내며 다시 이륙했고, 놈들이 다시 한데 모이기 시작하자 나는 커다란 확대경을 가져왔다. 엄청난 배율로 확대하자 놈들이, 작디작은 생물들이, 검은 기류를 만들어 물러나는 모습이 보였다. 당시에는 모르고 있었지만, 이후 나는 예전보다 조금 작아지고 말았다. 놈들이 나를 소화시켜버렸기 때문이다! 이제 놈들은 잠시 쾌락의 비행을 즐기러 물러갔으나…… 머지않아 날아다니는 검은 약탈자들이, 살아 있으며 계속 불어나는 짐승들이, 우리를 찾아와 녹처럼 잠식해버릴 것이다!

그리고 이제 모데란의 우리는 계속 파먹혀 들어가는 중이다. 우리도, 우리의 성채도, 검은 구름이 허공을 맴돌다 착지하면 야금야금 파먹혀 금속밥만 남을 것이다. 우리가 연기조차도 들어올 수 없도록 성채를 단단히 걸어 잠그고 안에 들어앉아 있으면, 놈들은 지붕 위에 앉아서 만찬을 즐길 것이다. 따라서 어차피 결과는 똑같은 셈이다. 우리도 우리의 성채도 끝장날 뿐이다. 머지않아 저 돌연변이의 군집은, 금속 먹이를 향한 채워지지 않는 갈망으로 가득한 작디작은 존재들은, 우리를 마지막 한 조각까지 해치워버릴 것이다. 살점 조각만 남기고 우리와 우리의 성채를 전부 먹어치운 다음, 마지막 쾌락의 비행에 들어가서 마지막 남은 신금속 인간의 마지막 남은 금속과 마지막 성채의 마지막 금속을 해치울 것이다. 한때 위대했던 모데란의 마지막을 소화해버릴 것이다. 그런 다음에는 아마 놈들도 죽을 것이라 생각한다. 날아서 다른 금속의 땅으로, 다른 행성으로, 다른 어딘가로 날아가서 그들의 끔찍한 욕구를 채울 수 없는 한은. 이제 어떻게 된 것인지 알겠는가……?

농담

어떻게 보면 사상 최고의 날이라 할 수 있었을 것이다. 단순히 말해, 죽은 사람이 돌아오기로 예정된 날이었다. 그것도 자가 최면으로 무아지경에 빠진, 교령회交靈會 같은 유의 영매가 등장하는 속임수도 아니었다. 종교적 예언에 따른 것도 아니었다. 현실적이고 과학적인 귀환이 될 예정이었다.

네 군데의 머나먼 땅에서 상자가 날아들 예정이었다. (셋은 이미 여기 도착했다. 네 번째 상자만 제트 튜브를 타고 도착하면 끝이었다.) 그는 이런 지시를 내렸다. "네 귀퉁이로. 나를 이 땅의 네 귀퉁이로 보내어 10년 동안 분리되어 죽은 상태로 방치하게. 그리고 10년이 지난 다음 여기 대의회에서 나를 재조립하도록. 내가 재조립되는 모습을 똑똑히 보게! 돌아올 때면 그대들에게 할 이야기가 정말 많을 거야. 내 어둠의 땅에서 돌아올지니. *하!*"

10년 전 그날, 그들은 그의 제안을 열렬하게 수용했다. 그가 겁에 질려 그 훌륭한 제안을 철회하기 전에, 네 개의 청동 상자에 보관할 수 있도록 해체하는 작업을 준비했다. 사지와 외피는 쉬울 터였다. 대부분 경첩이 달린 금속일 뿐이었으니까. 그가 가지고 있던 얼마 안 되는 살점 조각 또한, 힘들기는 해도 금속 골격에 접합하는 역할을 하는 융합 유사 살점과 분리해낼 수 있었다. 그의 살점 조각에서 수 킬로미터의 혈관 속을 흐르며 생명을 불어넣는 묽은 녹색 혈액은, 세심하게 뽑아내서 두툼한 냉각 병에 보존하면 될 것이었다. 필요하다면 천 년이 넘도록 묽은 녹색 혈액 그대로 보관할 수도 있었다. 금속과 살점 조각의 남자에게 남은 심장과 폐와 기타 온갖 장기도 (전부 정밀 제작된 영구 장기들이었다) 마찬가지로 적합한 용기에 안전하게 보관할 수 있었다. 이 모든 부속이 세 개의 청동 상자에 동등하게 분할되었다. 네 번째 청동 상자는 가장 특별한 부속을 위해 남겨놓아야만 했다. 그 특별한 부속이란 바로 두뇌였다. 보호자이자, 수호자이자, 공급자이자—무슨 단어가 가장 적절하려나?—인간 존재의 본질이 머무는 곳 말이다.

오늘날의 진보된 인간들 사이에서는, 인간의 두뇌는 화학, 기계공학, 수학, 전기역학에 관해 깨우친 모든 지식이 융합되어 만들어진 과학의 결정체다. 신의 개입으로 창조되었으리라 믿는 원래 인류의 두뇌를 제외하면, 다른 무엇도, 진실로 다른 무엇도, 그 세련됨에 크고 작은 차이는 있더라도 진보된 인간이라면 누구나 가지고 있는 두뇌와는 비교조차 할 수 없다. 자, 물론 모든 진보된 인간이 대단한 두뇌를 가지고 있다고 말하려는 것은 아니다. 그럴 리가 없지! 모든 사람이 대단한 두뇌를 가질 필요는 없다. 대단한 두뇌는 명확하게 설정된 조건을 만족시킨 이들에게 수여되는 물건이다(물론 수여식은 병원 수술실에서 이루어진다). 기본적으로는 '학교'에서 수술에 매번 빠르게 적응하고 그 진보로 더 정교한 진보를 준비해서, 고차원적인 분야의 가치를 인정받은 이들이 수여의 대상이 된다. 단 모든 사람이 기회를 얻었다고는 말하지 않겠다. 실제로 얻지 못한 사람들이 있으니까! 이런 종류의 특혜는 전반적으로 이 모든 일이 시작되었을 때 두뇌 재구축의 중심에 있었던 가문들의 손에 맡겨져 있으며, 그들은 (자연스럽게도) 이제 아들과 딸을 (요즘은 살점 조각의 정자 은행부터 시작해 거의 완제품 형태로 생산된다) 두뇌 상점에 보내 수술을 받는다. 당연하지만 이 또한 계급의 문제다.

이런 모든 일에서 살짝 벗어나 있는, 진보된 인간 중에서도 하등한 이들은, 엘리트들을 위해 바닥을 쓸던 (비유적으로 말이다) 자기네 빗자루에 기대선 채로 (진짜가 아니다!) 그 광경을 지켜보며, 어쩌면 조금 질투를 느끼고 기분이 상했을지도 모르겠다. 그러나 보통 이런 하등 인간들은 온종일 플라스틱 평원의 반구형 거품 주택에 들어앉아 대단한 두뇌들이 만들어낸 기술적 결과물을 누리며 하루하루를 사는 것에 만족했다. 그리고 두뇌 진보가 유용하고 실용적이고 안전하다는 사실이 검증되면, 결국에는 모든 하등 인간들을 불러올려 필요한 수술을 해주곤 했다. 그러니 실제로는 진보된 인간 중 가장 저급한 자들조차도 세상에서 가장 대단한 두뇌보다 네다섯 번의 수술 정도만 뒤떨어져 있을 뿐이었다. 그러나 어떤 면에서 네다섯 번이면 상당한 차이라고 할 수도 있다. 그래! 그리고 이 땅에는 다른 어느 곳의 누구보다도 수술 한 번만큼 앞서 있는 위대한 두뇌가 단 한 명 존재한다. (아, 그래, 언제든 차등이 존재할 수밖에 없다는 건 당연한 듯하다. 그렇지 않으면 존재 자체가 수지맞는 일이 아닐 테니까.)

이런 여행길에 오르겠다고 자원한 사람은 당대의 가장 대단한 두뇌를 가진 사람이었다. 그가 흘린 단서에 따르면, 아무래도 죽음을 탐구하고 싶은 모양이었다. 매년 가장 대단한 두뇌를 가진 인간이 자신으로부터 세 단계 이상 떨어지지 않은 자들을 불러모으는, 두뇌들의 대회의에서 벌어진 일이었다. 그리고 매우 특별한 문제 때문에 그날은 4인회 전원이 참석했다. 그들은 1급 가문 출신으로, 자기 힘으로 최고점까지 사다리의 마지막 단만 남겨둔 지점에 올라선 강대하고 강압적인 사나이들이었다. 그해의 대회의가 끝날 즈음이 되어, 오직 최고의 4인과 유일한 존재만 즐길 수 있는 마지막 회합이 열렸다. 음악은 귀를 울리고 무희들은 훌륭했다. 완벽한 형상의 금속 처녀들이 최고의 4인과 유일한 이를 만족시키는 방식으로 옷가지를 벗어 던졌다. 그리고 어쩌면 살점 조각의 정맥주사에도 안전한 용량 이상으로 알싸한 성분을 탔을지도 모르겠다. 마침내 위대한 두뇌의 눈 속 꼬마전구에 명백한 광기의 빛이 번쩍이는 때가 찾아왔다. 그의 금속 주먹이 오직 4인회와 그에게만 착석이 허용된 거대한 탁자를 쾅 하고 내리쳤다. "내가 하겠네!" 그는 이렇게 말했다. "내가 하겠네!" 어쩌면 음악과 무희에, 옷가지를 벗어 던지는 움직임과 알싸한 정맥주사에 너무 취한 것일지도 모르겠다. 아니면 진보의 특정 지점에 이르면, 우리 모두가 항상 품고 있는 죽음에 대한 갈망이 거의 통제할 수 없을 정도로 불어나는 것일지도 모른다. 그러나 나는 그렇게 생각하지 않는다. 아니, 거의 알고 있다. 그런 온갖 것들보다는 훨씬 저급한 것이었음이 분명했다. 나는 그가 아주 오랫동안 숙고하고 계획을 꾸몄으리라 생각한다. 그리고 그 방식까지 세세하게 지정하고, 심지어 자신의 경첩 달린 가슴판 아래 수납공간에서 청사진과 지시 서류를 꺼내기까지 했으니, 순간적인 충동으로 이런 훌륭한 제안을 한 것은 아니었으리라 생각한다. 숙고를 거친 것이 분명했다!

최고의 4인은 처음에는 이 독특한 제안에 말을 잃었다. 당연하다면 당연하게도, 대회의에서 지도자가 자기 몸을 토막 내어 10년 동안 죽어 있게 만들겠다는 계획에 동의하는 경우는 상당히 드물었기 때문이다. 어마어마한 기회이기는 했고, 그 부산물 또한 군침이 도는 것이었으며(당연하지만 정신적으로 말이다. 금속 입에는 물기조차 없었으니까), 게다가 그가 실제로 죽음이라는 수수께끼를 해결한다면 얼마나 대단한 일이겠는가? 그들의 지도자만큼 취해 있지는 않았던 4인회는 쿡쿡거리기 시작하다가 이내 큰 소리로 웃음을 터트렸다. 그리고 그의 손을 붙들고 위아래로 흔들고 축하의 의미에서 등을 철썩철썩 때렸다. 다들 흥겨움을 가장하면서 지도자의 등에 붙은 살점 조각에 알싸한 정맥주사를 조금 더 찔러 넣는 기술을 시연해 보인 모양이었다. 그가 완전히 취해 쓰러지자, 그들은 그가 생각을 바꿀 수 없을 정도로 충분히 부속을 제거했다. 그런 다음 필요한 주선을 마치고 그를 네 개의 커다란 상자에 담아 사방으로 보냈다. "우리 지도자의 소망은 곧 법이나 다름없으니." 그들은 한목소리로 이렇게 말한 다음, 함께 *"하 하!"* 하고 큰 소리로 웃었다.

인간의 본성은 변하지 않는 법이니, 그가 떠나 있는 동안 수술 횟수에서 한참을 앞서버리는 것이야말로 그들의 계획이었음을 굳이 설명해야 할까? 네 명 모두 제각기 어떻게든 다른 셋을 따돌리고 진정한 최고급 두뇌를 만들어내려는 계획을 꾸미고 있었음을 굳이 설명해야 할까? 10년 동안 이 땅에 어떤 혼돈이 펼쳐졌을지 능히 짐작이 가지 않는가?

이제 그 10년이 끝났다. 철저한 계획과 (진심의) 헌신으로 만들어진 영원히 존재하는 인간들의 땅에서, 10년 정도의 세월은 흐릿한 물안개처럼 순식간에 사라져버린다. 세 대의 로켓이 들어왔고 세 개의 청동 상자가 연단 위에 놓였다. 가장 중요한 네 번째 상자는 여전히 저 바깥 어딘가에 있었다. 멀 수도, 가까울 수도 있을 것이다. 대체 누가 알 수 있겠는가? 어쩌면 머나먼 땅의 사소한 재앙에 휩쓸려서 존재 자체가 소멸되었을 수도 있을 것이다. 당연하지만 위대한 4인은 수술로 서로를 어떻게 앞지를지 계획을 꾸미느라 너무 바빠서 (그러고도 결국 교착상태에 빠져버렸다. 전원이 세 번의 수술을 받았으니까) 청동 상자를 감시하는 것조차 힘들었던 것이다. 그들의 명예를 위해 말해두자면, 네 사람은 분명 지도자가 정맥주사 속의 독주에 의식을 잃는 행운을 맞이하기 전에 가슴판 아래 수납공간에서 꺼낸 지시 사항을 문자 하나까지 충실히 이행하여 세상의 네 귀퉁이로 상자를 보냈다. 그러나 일단 보낸 후로는, 상자에 대해 완전히 잊어버렸던 것이다.

네 번째 상자의 도착을 기다리며 하릴없이 시간이 흘러가는 동안, 최고의 4인은 초조한 4인으로 변하기 시작했다. 그들은 온갖 것들을 걱정하고 있었다. 물론 과거의 지도자가 죽음의 땅에서 알아낸 내용 따위는 제대로 된 걱정 축에도 들지 못했다. 과거의 지도자? 당연한 소리! 이제 와서 다시 지도자가 될 수는 없지 않겠는가? 남은 사람들이 그보다 두 번의 두뇌 수술을 앞서 있는데! 공모하는 4인이 걱정하는 것은 단 두 가지뿐이었다. 그 소식을 어떻게 전할 것인가, 그리고 그를 어떻게 처리할 것인가? 그들은 강철 손가락으로 강철 탁자를 초조하게 두드리며 기다렸다. 알싸한 정맥주사도 몸에 좋은 허용량을 훌쩍 넘겼다. 문득 한 가지 발상이, 위험하고 불온한 생각이 그들의 머릿속에 떠올랐다.

마침내 여덟 개의 꼬마전구가 암묵적인 동의로 반짝이는 때가 찾아왔다. 다들 서로의 생각을 읽었다. *"만약 그 네 번째 상자가 도착한다고 해도."* 그들은 한목소리로 말했다.

"그를 재조립할 필요가 있겠나?"

그 정도로 간단한 일이었다. 그들은 한때 지도자였으나 이제는 아닌 자를 재조립하기 위해 소집했던 모든 기술자를 돌려보냈다. 당신이라면—적어도 나는 그랬다—위대한 4인이 사람이 죽으면 어디로 가는지를 알아낼 수 있다는 가능성에 호기심과 흥미가 동해서라도 과거의 지도자를 재조립했으리라 생각했을지 모른다. 적어도 그의 진술을 들을 때까지는. 죽음에 대한 증언이 있다면 일단 전부 들은 다음, 그대로 제압해버렸어도 되는 일이었다. 그렇지 않은가? 게다가 어차피 수술에서도 한참을 앞서 있지 않은가? 대체 무엇을 두려워한단 말인가? 그러나 내 생각에 저들은 삶이라는 작업에 너무 깊이 취해 있었던 듯하다. 기술자들을 전부 집으로 돌려보내고 바닥판을 들어내 세 개의 청동 상자를 안전하게 감춘 다음, 그들은 해묵은 딱딱한 눈초리로 서로를 흘깃거리기 시작했다. 그 광경을 본 사람이라면 누구나 두뇌 수술에서 우위를 점하기 위한 수단 방법을 가리지 않는 경쟁이 시작되었다는 사실을 깨달았을 것이다. 그리고 지난 10년을 겪은 이들이라면 누구나, 혼돈이 줄어들기는커녕 다시 세상을 뒤덮으리라는 사실을 깨달았을 것이다.

그들은 웅장한 대회의장에서 벗어날 때까지도 우정을 유지할 수 없었다. 아니 우정이 남은 척조차 할 수 없었다. 얼른 자기 구역으로 돌아가 상대방을 향한 음모를 꾸며 승리를 쟁취하고 싶어 끔찍하게 서두르고 있었다. 사실 그들이 떠나기 직전에, 제트 튜브 역의 어둑한 강철 나무 그늘에서 인사를 건네는 목소리가 들려오지 않았더라면, 그렇게 되었을 것이다. 그림자 속에서 금속 상자를 든 훤칠한 남자가 걸어 나왔다. 그는 네 사람을 향해 흥겹게 말했다. "아직 자정이 아니잖나! 시간은 맞췄군. 오스트라니아 서쪽을 지날 때 해명할 수 없는 이유로 튜브 압력이 조금 떨어져서 말이야. 다들 이리 돌아오게. 할 이야기가 아주 많거든. 하, 이 금속 상자는 텅 비었다네. 단순한 기념품일 뿐이지!"

네 사람이 아마도 조금 수치심을 느끼며 세 번째 상자를 바닥판 아래에서 꺼내는 동안, 그는 10년 동안 받은 다섯 번째의 두뇌 수술을 끔찍한 의학적 묘사까지 곁들여 설명했다. "그래, 아주 즐거운 10년이었다네. 사실 자네들 4인회에 국가를 경영하는 고위 행정 업무를 전부 맡겨두고 휴가를 즐기고 온 셈이었지. 자네들이 잘 해왔으면 좋겠군. 어차피 곧 내 눈으로 확인하게 되겠지만 말이야. 그리고 지난 10년을 보낼 준비는 미리 충분히 해놨다네. 자네들이 개의치 않았으면 좋겠는데. 요즘은 거의 세상 어디서나 혈액이나 예비 부품을 구할 수 있거든. 살점 조각도 그렇고. 살점 조각에 먹일 정맥주사도 그렇고. 유일하게 대체할 수 없는 내 두뇌는, 자네들도 깨달았겠지만 직접 가져갔다네. 기술력이 놀랍도록 진보된 오스트라니아 경계초소로 말이야. 자네들이 내 지시대로 그리로 보내준 모양이더군. 고맙네!"

"죽음?? *그래!* 나름 괜찮은 농담이기는 했지? 하지만 자네들 진심으로 내가, 영원의 땅에서 영원히 견뎌야 하는 이들의 위대한 지도자가, 그런 탐구에 진심으로 몰두하리라고 생각한 건가? 그래도 어쩌면 그 짧은 순간 동안은…… 그랬을지도 모르지! 그러고 보니 전부 기억이 나는데 말이야. 10년 전 대회의장에서 내 정신이 끊겼을 때 말인데. 어떤 사람들이 열심히 내 팔을 위아래로 흔들고, 바늘을 숨긴 손으로 열심히 내 등짝을 때려댔던 것 같거든. 그리고 거의 외설적으로 보일 정도로 요란하고 흥겹게 웃어젖히더란 말이지. 농담 같았나!? 내 죽음이―아니 그 어떤 죽음이라도―농담으로 느낄 수가 있나!? 뭐, 자네들이 그 문제를 탐구할 수 있는 가장 적절하고 교양 있는 방법을 하나 알고 있는데 말이야."

왕에게 두 개의 태양을

다시 봄이 찾아왔다. 4월의 증기 방어막은 햇사과의 흐릿한 녹색을 머금었다. 날카로운 통증과 그리움의 눈물이 내 살점 조각을 갉아먹는 느낌이, 또는 수많은 눈물이 모여들어 내 마음에 빗줄기를 선사하려는 느낌이 들었다. 내 신금속 강철에 내리꽂혀 말랑말랑하게 만들려고 애썼다. 순식간에 성채의 공기가 너무 갑갑하고 너무 무겁게 느껴졌다. 그리고 소각장에 던져 넣은 낡은 황동 문고리 같은 냄새가 나기 시작했다. 그래! 봄이란 그런 계절이니까! 항상 주의를 기울여야 한다. 무쇠 같은 자제력과 의심을 멈추지 않는 정신을 전략으로 삼아야 한다. 배신을, 스스로의 배신을 경계해야 한다. 그리고 어쩌면 나만 그런 것이 아닐지도 모른다. 다른 성채의 주인들도 권위의 골방 가장 깊은 곳에 틀어박혀서, 뒤틀리며 봄날을 기억하는 살점 조각들과 소리 없는 전투를 벌이고 있을지도 모른다…….

"전원 집합!" 나는 이렇게 말을 꺼냈다. 소리 높여 명령했다. 시
끄러운 확성기의 버튼을 눌렀다. "비상사태다!" 그러자 그들은 내
가 훈련시킨 대로 어정대고 겅중대며 열심히 모여들었다. 신금속
다리를 직접 놀려 움직이니, 경첩과 지지대를 서둘러 놀리니, 그
럴 수밖에 없었다. 우리의 속도란! 그래, 저들은 짜낼 수 있는 모
든 속도와 철컹거림을 기울여 대회의장으로 모여들었다. 수많은
병기 인간, 몇 명 안 되는 하인, 그리고 가끔 유희 삼아 성채에 들
이는 한두 명 정도의 돌연변이(조그만 살점 덩어리지만 온몸에
양철을 입혀놓았다)까지. (양철 안에는 끔찍하게 부드럽고 연약
한 살점 덩어리가 있다. 번쩍이며 단단하고 우아한 우리 성채의
사람들과는, 신금속 강철로 육신을 교체하고 늘어트린 몇 개의
살점 조각만으로 신과 같은 자태를 묶어 유지하는 우리와는, 비
교할 수조차 없는 자들이다.)

그들이 대회의장으로 '달려'오는 동안, 나는 요새 최심부 권위
의 방에 놓인 엉덩이가 푹신한 옥좌에서 일어섰다. 나 또한 제시
간에 도착하기 위해, 저들과 마찬가지로 경첩과 지지대를 절겅대
면서 열심히 움직였다. 그래, 신금속 강철로 몸이 교체된 이들은,
가장 평범한 부랑아부터 왕에 이르기까지, 모두가 동물적인 우아
한 걸음걸이를 포기할 수밖에 없다. 그러나 모퉁이를 들이받거나
발이 꼬여 바닥에 나동그라지거나 전투 중에 날아온 금속 조각
에 맞아도, 우리는 이제 다치지도 부서지지도 않는다. 피도 흘리

지 않는다. 이제 우리는 현실 세계의 매타작을 받아도 아예 신경조차 쓰지 않는다. 마치 우리를 때리는 끔찍한 망치가 부드럽고 두툼한 벨벳 장갑에 싸여 있는 것처럼 말이다. 그렇다. 우리는 몇 가지를 얻고 몇 가지를 잃었다. 시간이라는 오랜 숙적에게 패배를 안겨주기 위해서, 우리는 필수적인 몇 가지 손실을 대가로 치르고 장기적인 이득을 얻었다. 바로 우리의 살점 부분을 잘라냄으로써.

내가 비척비척 단상으로 올라가는 동안, 부하들은 전부 모여 기다리고 있었다. 왕의 입장을 위해 모두가 경외를 담아 숨을 죽이고 침묵을 지켰다. 나는 완벽한 불가능을 정면에서 공격해 들어가리라는 암시를 주었고, 그들은 그 암시를 알아들었다. 그러나 이번의 주문은 비교적 온건한 것이었다. 말로 하니 그리 온건하게 들리지 않았지만. 나는 감정에 북받쳐 있었다. 나는 광채로 번쩍이는 그들의 왕이 무엇을 원하는지를 알려주었다. 말 그대로 고함치면서. 그러나 이렇게 오랜 시간이 지나고 되새겨봐도, 당시 내 요구는 그렇게 힘든 것은 분명 아니었다.

"1에이커를 마련해라!" 나는 소리쳤다. "1에이커의 흙을!" 모든 병기 인간과 하인들의 얼굴에는 불신과 경악이 떠올랐다. "봄이라는 계절 중에서도 가장 온화한 때가 찾아왔으니, 그곳에 작물을 심고 재배하겠다. 내 살점 조각 깊숙한 곳에서 농사를 향한 갈망이 자라나고, 펼쳐지고, 꽃을 피우고 있노라. 한때 새로 틔운 잎과 줄기로 신록을 이루던 계절이 아니던가. 그러나 이제 우리가 맞이한 위대한 강철의 시대에 새로 태어나는 것은 아무것도 없고, 모든 것이 만들어질 뿐이다. 생명을 품고 햇사과의 초록색으로 빛나는 것은 증기 방어막뿐이고, 다른 모든 것은 차가운 강철이 아니던가. 아, 물론 우리가 획득한 정밀함은 줄지어 자라난 강철의 꽃이며, 스위치를 누르면 구멍에서 솟아난 우람한 나무에서 활짝 펼치는 가짜 나뭇잎은 분명 전부 아름답기 그지없다. 그리고 항상 완벽한 초록색으로 솟아나는, 플라스틱으로 미리 만들어 거꾸로 뒤집어 준비해놓는 영원불멸의 훌륭한 양탄자도 물론 대단하다! 이 모든 것이 스위치만 돌리면 솟아나오다니. 그러나 내 마음속 텅 빈 우물에는 어쩐지 허기가 남는구나. 살점 조각이 뒤틀리며 기억하고 있노라. 그러니 1에이커의 토양을 만들도록 하라!"

병기 인간들과 하인들의 얼굴에서는 여전히 불신의 표정이 떠나지 않았다. 수군거림이 방 안을 이리저리 오가고, 한숨이 퀴퀴한 리본처럼 흘러 다니며 나부꼈다. 그리고 마침내 수석 병기 인간인 슬래그 모그본이 입을 열었다. 항상 음울하고 효율적이며, 한때 그 자신도 성채의 주인이며 '교체'된 인간이었고, 이제는 단 하나 남은 살점 조각을 채소 절임용 단지에 담아 살려두고 있는 자였다.

"참으로 훌륭하시며 일종의 왕이라 칭해 마땅한 우리의 대장께 경의를 표하며 한 말씀 드리겠습니다. 1에이커의 토양을 마련하기란 이제 작은 얼음 들통에 태양을 담아 건네드리는 것만큼 이나 불가능합니다. 하지 않겠다는 뜻은 아닙니다, 각하. 저희는 작은 얼음 들통에 태양을 담아 그대로 건네드리려 최선을 다할 것입니다. 그러나 때론 달성할 수 없는 일도 있는 법입니다, 각 하. 그런 일을 향한 열망이 아무리 크더라도, 또한 아무리 위대하 고 수많은 영예를 가진 사람이 요구하더라도 말입니다."

"1에이커의 토양이다!" 나는 되풀이해 소리쳤다. "핑계 따위는 항상 눈앞의 과업을 과장하는 늙은 여자 전사들이나 대는 것이 다. 이곳에 늙은 여자 전사가 있나? 아, 없으리라 생각했지. 남은 흙은 수백만 에이커는 될 것이며, 우리의 영원히 작동하는 기계 눈알에 보이는 곳에만도 상당한 양이 있다. 그런데 너희들의 왕 을 위해 그중에서 1에이커를 확보하는 일을, 감히 작은 얼음 들 통에 태양을 담아 와서 발치에 부려놓는 것에 비한단 말인가? 그 작은 폭발 대포를 빼 들어라! 지구상에서 가장 위대한 성채가, 그 주인의 봄철 농사에 필요한 농사용 흙 정도의 하찮은 요청조차 수행하지 못해 주춤거린단 말이냐. 지금 우리의 토양이 다양한 위생적 이유로 수십 센티미터 두께의 플라스틱 아래 묻혀 있다 는 정도는 나도 알고 있다. 게다가 그 위에는 콘크리트를 충분히 두르고, 때론 강철로 덮어놓기도 했지. 물론 '그들'이 토양을 채 굴하고, 능욕하고, 독을 퍼트리고, '그들'의 욕망으로 완전히 유린 한 후에, 모든 토양을 숨겨버린 것은 사실이다. 그러나 작은 휴대 용 폭발 대포를 꺼내 들면 될 일 아닌가! 우리 위대한 성채……

다른 모든 성채에 끔찍한 공포와 수치와 전율을 선사하는 우리의 힘이라면 언덕 한두 개 정도는 날려버릴 수 있지 않은가. 수십 센티미터 두께의 플라스틱도, 콘크리트도, 그리고 필요하다면 강철로 만든 암반조차도 관통할 수 있잖은가! 우리 마음에 드는 토양을 찾아낼 수 있겠냐고? 황폐해진 토양도 플라스틱의 담요 아래, 푹신한 콘크리트 아래, 때로는 강철에 감싸인 채로 오랜 세월을 보내면서 회복되지 않았겠는가? 토양도 깨끗해지지 않았겠는가? 병든 지구도 감미로움을 되찾지 않았겠는가? 내 말을 잘 들어라." 나는 이렇게 말하며 다리 지지대를 올려 커다란 이들 중에서도 가장 커다란 이가 되고, 목의 작은 버튼을 눌러 목소리에 더욱 설득력을 실었다. "모든 것을 의심하기 시작하면 대체 무엇을 이룩할 수 있겠는가? 우리가 어떤 운명을 맞게 되겠는가? 우리가 언제나 생각 이상의 행동을 하지 않았더라면, 우리는 여전히 명청한 털북숭이로 남아 꼬리로 나무에 매달려 있지 않겠는가? 고깃덩이 몸의 살점투성이 유인원으로 남아 아무것도 모르고 아무것도 아닌 존재이지 않겠는가? 다들 소형 폭발 대포를 빼 들어라. 나를 위해 언덕을 분쇄하라! 그러나 폭발은 일으키지 말도록. 하늘 높이 날려 바람을 타고 흩어지게 만들지는 말아라. 그저 내게 1에이커의 흙을 가져다줄 정도면 된다!"

그래서 사과처럼 초록색인 4월의 그날, 우리는 언덕에 대한 전쟁을 준비했다. 임무 달성을 위해 10번 성채의 모든 살상력이 필요하다고 할지라도, 설령 플라스틱 언덕에 전면전을 선포하게 되더라도, 나는 개의치 않았을 것이다. 그러나 나는 작은 휴대용 폭발 대포면 충분하리라 생각하고 그렇게 명령을 내렸다. 의심에 휩싸여 계속 퀴퀴한 한숨을 뿜어내는 내 병기 인간들도 결국 복종할 수밖에 없었다. 당연하게도!

이내 우리는 전쟁을 준비하는 것처럼 벌판으로 나섰다. 궁극의 휴대용 파괴 병기를 측면과 후면에 장착한, 기어 다니는 탈것에 탑승한 채였다. 그리고 나는 왕보다는 신에 가까워진 기분이 들었다. (어쨌든 증기 방어막이 햇사과처럼 초록색인 달에 1에이커의 토양을 만들어낸 왕이 대체 얼마나 되겠는가?) 조금 내키지 않는 기색이기는 했지만, 슬래그 모그본이 이끄는 병기 인간들은 소규모 폭발 대포 공격 계획과 침공에 따른 모든 문제를 능숙하게 처리했다. 그야말로 모데란의 모든 병기 인간 중에서도 가장 두려움의 대상이 될 만한 자였다. 나는 모그본이 그저 언덕이고자 하는 것 외에는 아무런 목적도 없는 언덕에 공격을 감행하는 행위가 자신에게는 너무 하찮다고 여기는 것이 아닌가 의심했다. 그러나 사납고 강인한 자도 때론 수치를 맛볼 필요가 있을지도 모른다. 하찮고 부끄러운 사소한 임무를 처리하면서 본분을 다시 깨닫고 현실을 돌아볼 수 있도록 말이다.

나는 봄날의 금속 꽃이 핀 작은 나뭇가지를 들고 나와서, 언덕을 향해 진군하는 내내 경쾌한 콧노래를 흥얼거렸다. 중앙 계절국에서 제조한 양철과 은으로 만든 봄날의 새들이, 조류 통제소에서 스위치를 올려 날려 보내는 새들이, 사방으로 날아다니며 슛슛거리는 제트엔진으로 하늘을 가득 메우고 날카로운 금속성으로 지저귀었다. 아, 봄날이여!

우리는 언덕에 공격을 개시했다. 접근해서 사격을 시작했다. 이내 큼지막한 틈이 생겼다! 우리는 언덕을 그대로 무너트렸다. 폭발 대포를 발사해 플라스틱과 콘크리트와 강철을 관통했다. 어떻게 보면 거대한 새알의 껍질 세 겹을 부수고 벗겨내는 것과 흡사했다. 그래서 우리는 세 겹의 껍질 안에서 무엇을 발견했을까?

방울뱀이 돌아온 것인가? 우리의 작은 언덕에 감금해버린 윙윙거리는 죽음이 그동안 살아남은 것인가? 장비가 경고음을 울리기 시작하자, 우리는 서둘러 병든 흙에서 퍼져 나오는 병독으로부터 물러섰다. 오염되고 망가진 땅은 아직도 회복되는 도중이었던 것이다.

우리는 다른 언덕으로 이동했다. 그리고 폭발 대포를 발사해 깎아냈다. 온갖 측정기를 들이대자 다시 끔찍한 경고음이 들려왔다. 우리는 음울하게 언덕에서 다음 언덕으로 움직여 갔다. 오후가 거의 저물어갈 때가 되어서야, 나는 모든 자존심을 포기하고 자리에서 일어나서 나를 조롱하는 것처럼 보이는 허공에 대고, 녹색 하늘에 대고 소리쳤다. "들통 두 개를 채울 좋은 흙을 다오! 들통 두 개의 훌륭한 흙이면 만족하겠다!"

어딘가 있을 신의 귀에 들어간 것일까? 글쎄, 그런 것을 믿을 이유가 뭐가 있을까?

그들이 내 앞에 서 있었다. 두 명의 작달막한 살점 돌연변이 인간이, 일그러진 형체에, 어깨는 축 늘어지고 허리가 망가진 것처럼 보이는 자들이, 얼굴과 손은 화상을 입었는지 우둘투둘한 자들이, 내 앞에 서 있었다. 그러나 그들은 웃고 있었다. 모든 자존심을 바닥에 내던진 어릿광대 왕을 보면서 미소를 짓고 있었다. 그리고 한 사람이 하나씩, 작은 들통 두 개에 담은 흙을 내밀었다.

아, 신이시여…….

그래서 우리는 집으로 향했다. 이제는 광대가 된 왕이 이끄는 모든 살상력이, 소중한 흙이 든 들통 두 개를 마치 다이아몬드가 박힌 금붙이로 가득한 보석 상자처럼 소중히 싣고서, 햇사과처럼 초록색인 봄날의 공기를 뚫고 귀환했다. (그들이 어디서 흙을 얻었을지는 묻지 말라. 어딘가 아무도 모르는 언덕 아래일까, 아무도 모르는 어둑한 틈새일까, 깊은 지하에 이르는 갱도일까? 들통 두 개 분량의 오염되지 않은 순수한 흙은, 우리의 모든 장비가 회유하는 가운데에서도 우울하게 침묵만을 지켰다. 우리의 감지기가 흙이 뭔가를 말해줄지도, 오염의 기운을 설파할지도 모른다는 생각에 근처를 얼쩡거리거나 깊숙이 안으로 파고들어도, 삑 소리나 달칵 소리 한 번도 울리지 않았다.)

그래, 나는 그해 봄에 해바라기를 심었다. 들통 두 개에 담긴 순수하고 감미로운 흙에서 두 개의 태양을 키워내고 싶었다. 해바라기는 싹을 틔우고 튼튼하게 자라났다. 유월이 되자 성채의 성벽 높은 곳에서 꽃을 피워서, 두 개의 금빛 점처럼 바람에 흔들렸다. 7월 중순의 어느 날, 슬래그 모그본이 꽃을 보러 찾아왔다. 그는 성채의 성벽 위에서 내 옆에 꼿꼿이 서 있었다. 하나 남은 살점 조각은 내장형 절임 단지의 용액 안에 무사히 살려놓은 채로, 언제나 그렇듯이 뾰로통한 모습으로.

나는 도저히 참지 못하고 이렇게 말했다. "그대의 왕이 태양을 원하는 것처럼 보이면, 그냥 명령에 복종하도록 하라. 알겠나?"

선한 전쟁

'선한 전쟁'이라니, 나쁘지 않은 생각이었다. 이 말은 해야겠다. 온 세상에 널린 L타워의 주름살투성이 꼬마 머저리들이, 그러니까 우리의 정부 고관들이 (한물간 고관들이! 호) 이번만은 제대로 일을 처리한 모양이었다. 언제나 상상력과 기백을 발휘하여 통치하는 것이야말로 그들의 임무니까. 호! 보통 저들의 상상력과 기백이란 옛 시대의 쓰레기통이나 퇴비 더미 수준일 뿐이지만.

그런데 이번에는 저들이 '선한 전쟁'을 벌일 것이라 말한 것이다. 최근의 '지저분한 전쟁'이 세상을 더럽힌 직후의 일이었다. 저들 정부 고관들은 그걸 구경하고 판결을 내리는 일이 너무 즐겁고 재미있었기 때문에, 이번에는 더 큰 즐거움과 재미를 이끌어내려는 심산에서 우리 모두를 선한 전쟁에 몰아넣기로 마음먹은 것이다. 오로지 자기네를 위해서. 그래서 저들은 규칙을 정하고 계획을 세웠다. 그리고 그걸 공식 문건으로 작성해서, 증기 방어막 위에 긴 목록으로 공포해서 우리 모두에게 구속력을 발휘한 것이다. 그렇다, 공식 문건이었다. 하늘에 검은 공간을 마련하고, 거기에 색을 입힌 글자들이 빛나며 춤추게 만들어서 우리한테 상황을 알려주는 공식 문건이다. 우리는 제각기 신금속 성채 내부의 작은 하늘 반구 기록 공간에다가 그 규칙을 옮겨 적어 언제든 참고할 수 있도록 조치한 다음, 즉시 전쟁 준비에 돌입했다.

나는 언제나 그렇듯 경쟁력 있고 유능했다. 다른 이들도 마찬가지였다. 이야말로 인간의 본질이 아니겠는가? *그래!* 특히 차가운 강철 건물에 들어앉은 오늘날의 신인류에게는, 거의 모든 육신을 신금속으로 교체하고 얼마 안 되는 살점 조각을 늘어트린 오늘날의 인간에게는 더욱 그럴 것이다. 나는 전쟁 위원회를 데려오라고 지시했다. 내 성채 지하실의 먼지 구덩이(전쟁 수행 방식에서 조언이 필요 없게 된 지도 한참이 지났으므로) 속에서 저마다 자물쇠 달린 상자 속에 수납되어 있던 그들이 도착했고, 우리는 회의를 준비했다. 나는 그들을 모두 작동시킨 다음 (물론 전부 강철 인간이다. 특수한 전문 기능이 내장된 병기 인간일 뿐이다) 그들의 *사고* 회로를 전부 *작전*으로 설정하고, 이내 열심히 매달리기 시작했다. 우리는 온종일 그곳에 앉아서 침중하게 생각을 곱씹었다. 그리고 회의가 전부 끝날 때쯤에는 나름 그럴싸한 작업에 착수했다. 적어도 나는 그러기를 기대했다. 나는 모든 전쟁에 이기고 싶은 사람이라, 이번 전쟁에서도 이기고 싶었다. 지금 여기서 선언하고 앞으로도 반복하겠지만, 지는 것은 내 취향이 아니다. *때를 막론하고!* 언급만 해도 내 무쇠 위장이 뒤틀리고 엉키는 것만 같다. 내 깃발에 박힌 별들은 푸른빛으로 졸아들고, 독수리들은 떨어져 내린다. 속이 뒤집힌다! *패배를 생각하는 것만으로도 나는 비명을 지르게 된다! 견딜 수가 없으니까!*

우리 계획의 요지는 아직 아무 계획도 없다는 것이었다. 내가 휘하에 두고 있는 값비싼 위원회 놈들은 회로를 열심히 돌려도 "올데란에 사람을 보낼 것. 올데란과 접촉할 것. 올데란에서 '선함'이 무엇인지 적절한 착상을 얻을 것"이라고만 말했다. 비싼 주제에 돈값도 못 하는 것들 같으니라고. 지하실 먼지 구덩이의 잠긴 상자 속에 처박혀서 계속 *잠만 자던* 주제에. *그래!* 그러니까 '선함'이 뭔지를 배우기 위해서, 살점 인간들이 여전히 돌아다니는, 육지와 거친 바다에 둘러싸인 작은 나라로 돌아가라는 소리지. 밸런타인과 주일학교로 돌아가라는 소리다. 교회식으로 생각하는 목사들을 만나보라는 것이다. 반짇고리를 품고 앉은 자그마한 노부인이나 장난감 앞에서 깔깔대는 아이들을 붙들고서 '선함'을 추적해 우리에게 이득이 되는 방식으로 재갈을 물릴 방법을 질문하라는 것이다. 교도소에서 다음 차례로 집행될 사형수를 붙들고서 기회를 얻을 수 있다면, 한 번 더 기회가 생긴다면 얼마나 선하게 살지를 물어보라는 것이다. 쥐꼬리만 한 봉급을 받고 *(하)* 초과 근무에 시달리는(호) 교육자들을 찾아가 '선함'이라는 단어를 행동으로 옮기려고 어떻게 행동했는지를 물어보라는 것이다. 지하실에서 담배를 태우거나, 쉬는 시간에 거짓말을 늘어놓거나, 기타 여러 고약한 행동을 저지르는 자들을 붙들고 그들이 설교한 바를 행동으로 옮겼는지, 실제로 진심이었는지 따위를 물어보라는 것이다. 호! 그래, 묻고 또 물어보라는 것이다.

이래도 아무것도 얻어내지 못한다면, 나는 저 작전 입안자 놈들을 녹여버릴 생각이었다. 위원회를 통째로, 한 놈도 빠트리지 않고. 나는 그렇게 맹세했다. 선함에 대한 정보가 필요한 상황에서 잘못된 조언에 휘둘릴 수는 없었다. *천만의 말씀!* 나는 옳은 길만을 원했다. 하! 우리는 그런 자들이다.

그 주가 끝나기 전에 올데란에서 단단히 봉한 작은 꾸러미가 하나 도착했다. 특별 배송으로, 등기에 보험까지 들어놓은 우편물이었다. 우리는 서둘러 그걸 읽어 내려가며 단서를 찾으려 애썼다. '너그러우라.' 이런 말이 적혀 있었다. '좋은 일이 찾아오면 진심으로 맞이하라.' '인색하지 말라.' '누구의 말이더라도 선함이 좋지 않다는 말은 받아들이지 말라.' '폭풍이 몰아치는 날에 아끼기만 해서는 아무도 승리하지 못한다. 모두 베풀어라.'

'선함은 *가장 큰* 재산이다.' '많이 베풀수록 많이 보답받는다.' '선함이야말로 마지막 승리자이니, 패배와 불행한 때를 헤아리는 마지막 중재자이자, 공정한 복수자라.' '웃어라! 웃을 수 없다면 미소라도 지어라. 이것이 선함의 시작이다!' '고통스러우면 계속 그 고통에 꽃을 꽂아라.' '커다란 꽃다발이 최고죠!' '밸런타인으

로 얻어낼 수 없는 상대라면 진심으로 전력투구하지 말아라.' '짙
은 어둠이 내리덮일 때도, 차가운 바람이 네 비바람에 시달린 문
간을 감쌀 때도, 선하게 행동하고 용맹하게 웃도록 하라, 선량한
갤러해드여.' '옳은 식으로 소비하기만 한다면, 선의는 온 세상을
움직일 수 있다. *언제나!*" 이런 내용이 단단히 봉한 125쪽 내내
이어졌던 것이다! 상상이 가는가!

　그래! 우리가 손에 쥔 것은 옛날 주일학교 격언들과 기독교 청
년 동맹의 경구들뿐이었다. 나는 위원회를 다시 소집해서 내 감
상을 직설적으로 들려주었다. 내가 건넨 가장 친절한 말은 다음
과 같았다. "이봐, 지금 우리는 전쟁을 준비하는 거지, 홍보 문건
경진 대회나 착한어린이상에 응모하는 게 아니거든. 당장 시작하
라고! 용광로가 배가 고픈 모양인데, 지금 메뉴의 맨 위에 올라
있는 건 네놈들이라고. 얼른 작전 계획을 내놓든가, 아니면 얌전
히 녹아버리란 말이다!"

　다들 정신없이 버튼을 놀리기 시작했다. 계획과 사고에서 사
고와 계획으로, 계속 반복해서 양쪽 사이를 오가는 모습이 보였
다. 그리고 계속 재점검하고 위아래로 움직이며 번쩍이는 버튼들
을 켰다 껐다 켰다 껐다 하면서, 내 위대한 작전 위원회의 전원이
열심히 움직이기 시작했다. 불빛이 춤추고, 푸른 불꽃이 번쩍이
고, 회로가 생기 넘치게 바쁘게 돌아가고, 내 부하들은 열심히 프
로그램을 최대로 돌려댔다. 그래서 선한 전쟁의 개략적인 초안이
잡히자, 그들은 계속 *개선과 개선과 개선*을 반복했다. 멍청한 작

자들은 아니었다. 제대로 방향을 잡기만 한다면, 세상의 그 어떤 자동 전쟁 작전 위원회만큼이나 영리하게 작업할 수 있었다. 게다가 지금은 선천적으로 영리할 뿐 아니라 자신들의 존재 자체를 걸고 싸우는 상황이었다. 뜨거운 용광로 속에서 녹고 싶지는 않은 모양이었으니까. 그렇다고 누가 비난할 수 있겠는가?

나는 언제나 모든 면에서 공평하고자 하는 사람이다. 따라서 내 작전 위원회에 공평하고픈 마음에서 말하자면, 그들이 고안한 대전략은, 버튼을 정신없이 두드리고 회로에서 푸른 불꽃을 튀기며 만들어낸 계획은, 올데란에서 보내온 125쪽 분량의 단단히 봉한 서류에 적힌 온갖 소박한 내용을 기반으로 한 것이었다. 이게 좋은 일일지 나쁜 일일지는 짐작조차 할 수 없었지만, 나는 *위이이아이아이아오오오이아이우우!* 하고 소리쳤다. 내가 아는 온 우주를 뒤져도 *선함*에 대한 화사한 말을 늘어놓는 일에서는 올데란의 살점 머저리들보다 뛰어난 자들은 찾을 수 없을 것이다. *사기꾼! 위선자 놈들!* 선량함에서조차 미숙한 놈들. 이럴 줄 알았어야 했는데. 나도 아주 먼 옛날에 그곳에서 왔으니까. 신께서 우리를 도우시길!

그러나 이제 눈앞의 전쟁을 위한 작전 계획은 마련된 셈이었고, 그게 가장 중요했다. 그리고 단 하나를 제외한 다른 모든 성채도 나름의 작전 계획을 마련했다. 내심 내 계획을 제외하고는 전부 좋은 계획은 아니기를 바랐지만, 그래도 계획을 세워 싸울 의지를 피력했다는 점은 마음에 들었다. *그래.* 나는 경쟁력이 있다. 사나이란 그런 존재 아닌가? 사나이의 정수란 경쟁력, 전투력, 무슨 대가를 치러서도 승리하고자 하는 마음가짐, "미안 친구, 자네도 알겠지만 내가 최고거든"이라는 마음가짐이 아니던가? 그렇지 않은가?

그렇게 우리 모두는 제각기 작전 계획을 세웠다. 빈곤한 구역의 한쪽 구석에 깊숙이 틀어박힌 작고 허름한 요새 하나만 제외하고. 들려오는 이야기에 따르면 지금껏 단 한 번도 전쟁에 승리한 적이 없는 작자라고 하는데, 이제는 성채가 너무 황폐하고 완전히 혼란해져서 폐허로밖에 보이지 않을 지경이라는 소문까지 돌았다. 포신은 전부 축 처져 있고, 벽에는 벌집처럼 숭숭 구멍이 뚫려 있으며, 경보기도 괜찮은 상태라고는 할 수 없을 지경이라는 것이었다. 게다가 그가 이번 선한 전쟁에서는 빠지고 싶다고, 도저히 *참가할* 기분이 들지 않는다고 애걸했다는 이야기까지 들려왔다. 승패를 가르는 선택권이라는 야심 찬 책무는 아예 포기하고, 그저 참관자로서만 머물고 싶다는 것이었다. 좋아, 만약 그 소문이 사실이라면 (그리고 인류 가족의 일원으로서 수치심에 얼굴 살점 조각들이 달아오르고 따끔거리기 시작하는 상황이니, 그렇지 않기만을 빌 수밖에 없었다) 그는 분명 인류 협회에서 한참 전에 쫓겨났어야 마땅하다고, 나는 생각했다. 단순히 모데란만이 아니라, 연맹 전체에서 말이다. 나는 그에게 영점 조절기를 사용하는 일에 쌍수를 들어 찬성할 용의가 있었다. 북방에 있다는, 거의 순식간에 군대 하나를 통째로 갈아서 먼지보다 고운 가루로 만들어버릴 수 있는 기계 말이다. 그래! 혹시나 해서 일러두자면, 그를 향한 내 경멸은 거의 한계를 모를 지경이었다. 낙오자여! 전사도 아닌 자여! 전쟁 기피자여! 위험 회피자여! 겁쟁이여! 인간조차 아닌 작자여!

그러나 모든 업적을 포기한 한심한 작자에게 손댈 시간은 없었다. *전쟁이 계속되고 있었으니까!* 모두가 2주의 준비 기간 동안 작전을 입안하고 바쁘게 움직였다. 제각기 소중한 청사진을 부여잡은 채로 포문을 열 때만을 기다렸다. 그리고 이내 그 순간이 찾아왔다. 얼마나 대단한 전쟁이었는지! 그대는 짐작조차 못 할 것이다. 전투가 일어나야 할 한복판에, 다들 리본을 가득 매단 평화의 바구니를 던져댔다. 모두가 대형 확성기의 음량을 높이 올려 웃음소리를 퍼트렸다. 성채의 주인들은 자기 사진을 하늘로 가득 올려 보낸 다음, 그 사진들에 빛줄기를 발사해서 웃음 짓게 만들었다. 꽃을 매달고 꽃을 그린 빈 폭탄들이 허공으로 발사되어 둥실둥실 떠다녔다. 풍선 폭탄 아래에는 작은 기계 새들이 들어앉은 새장이 달려 있었고, 그 새들은 기계장치의 작동에 따라 선한 전쟁의 선함을 노래했다. 얼마나 대단한 전쟁이었는지! 그리고 모든 것들 위로 계속해서 꽃이 쏟아져 내렸다. 자, 이런 전쟁에서 어떻게 승리할 수 있겠는가? 모든 것이 *부드러운데!* 어떻게 하면 우위를 점할 수 있나? 부드러움에서 앞서려면 뭘 해야 하지? 나는 선함을 위한 대전략으로 전부 대비했다고 생각했다. 그러나 선한 전쟁에서는 모두가 항상 친절하게 싸웠다. 싸우면서도 친절했다. 웃고, 미소 짓고, 격려를 건넸다. 등을 두드려주었다. 혼란스럽지 않은가? 이 세계의 사나이들은 종종 이런 일마저 감내해야 하는 것이다! 이런 일조차 꾹 참고 승자로 남아야 하는 것이다. 그리고 그대도 알다시피! 내 목적은 무슨 수를 써서라도 승자로 남는 것이었다. 믿어도 좋다.

그리고 작은 계획도 하나 있었다. 황금을 덧댄 전쟁 작전 위원회가 꾸민 선한 전쟁 대전략에 따라서, 정면으로 발동시켜 단번에 치고 나가려는 계획이었다. 그리고 미리 선언해두겠는데, 그 계획 덕분에 모든 전쟁이 멈췄다. 그래, 제대로 멈췄다. 나는 전 세계 자동 연결 선언실로 향했다. 이런저런 스위치를 올리면 온 세상으로 내 영상을 투사해서, 원하는 곳이면 어디든, 그래, 하늘의 모든 빈 공간에 내 모습을 찍어낼 수 있는 곳이었다. 거기서 나는 모든 이들을 향해 요란하게 소리쳤다. 진심으로 이걸로 끝장낼 생각이었다. 내 훌륭한 발상에 내 최고의 선명한 미소를 곁들여서, 그들의 시야 모든 곳에 단단히 박아줄 생각이었다. (아주 드물고 드문 상황에서는! 인간의 모든 사고와 순간이 단 하나의 위대한 접점에서 교차하며, 한 인간의 사고와 순간을 유일한 사건으로 만들어주기도 한다. 그러면 다른 모든 고난에도 불구하고 그 인간으로부터 모든 한계에 도전하는 위대하고 훌륭한 여행이 시작된다. 심지어 모든 것들의 모든 한계성에까지 도전하는.) 나는 내가 벌일 사건이야말로 우리의 전쟁에 진정한 가치를 부여하리라 생각했다(그리고 아직도 그렇게 생각한다). 그리고 우연찮게도 나는 그 과정에서 전쟁의 승자가 될 예정이었다.

그러면 그 광경이 어떠했을지 상상해보라. 모데란 세상의 하늘 전역에 내 사진이 떠오르고, 전 세계 자동 연결 선언실에서 소리치는 내 목소리가 웃고 또 웃는 사진들을 통해 울려 퍼졌으니. 나는 모든 곳의 모든 사람들에게 이런 기막힌 제안을 했던 것이다! "내 말을 들으라, 모든 이들이여! 귀를 열고 똑똑히 들으라! 나는 온 우주에 존재하는 모든 인간이 나만큼이나 선하고 가치 있는 자들이라는 의견에 동의하며 진심으로 그렇게 믿는다. 그리고 나는 세계 영구 시계 기준으로 정확하게 10분 동안 이 신념을 유지할 것이다. 또는 그대들이 원한다면 다른 기준이라도 상관없다. 10분이다." 그래, 저질러버렸다! 이 정도면 인간의 상호 관계 문제를 일으키는 주된 요인인, 인간의 자아라는 해묵은 개념에 호소할 수 있을 것이다. 모래 분사로 제대로 씻어내서 방어막 너머로 돌려보낼 수 있을 것이다. 그리고 우연찮게도, 덕분에 나는 선량한 전쟁에서 승리하게 될 것이다. 이 선언이야말로 궁극의 전략이 아니겠는가. 그리고 저들에게 털어놓았으니 쇼는 분명히 끝날 터였다. 실제로 그랬다. 모두가 내 터무니없이 거대한 선언에 충격을 받아, 제각기 생각 버튼을 눌러 **최대 사고**를 시작했다. 그리고 나는 꼬박 10분 동안 그대로 서 있었다. 이렇게 다급한 상황에서는 엄청나게 긴 10분이, 내 영구 방송기로 전 세계에 중계되었다. 나는 사진을 띄운 채로, 그들에게 말한 것처럼 그 사실을 그대로 믿으며 서 있었다. (누구나 성스럽게 여기고 소중히 지키는) 성채의 명예 규약에 따라서, 온 세상의 모든 사람이 선하고 가치 있는 존재라는 믿음을 10분 동안 준수하면서.

그럼 이제 비참한 이야기를 하나 하겠다. 지금 여기서만 말하고 다시는 입에 담지 않을 것이다. 도저히 할 수가 없으니까. 그 10분 동안, 사나이로서 내 자존심과 자긍심은 화려하게 꾸민 코끼리 행렬에 끼어든 지저분한 벌레만큼 졸아들었다. 옛 시대 이야기다. 그것도 아주 작고, 깡마르고, 짤막하고, 하찮고, 역겨운 벌레 수준으로. 그러나 그 시간이 끝나자, 나는 전쟁에서 승리했다는 사실을 실감했다. 그리고 그거면 충분했다. 뭐든 해서라도 이기면 되는 거냐고? 그렇다! 이기기만 하면 된다. 그리고 전쟁은 끝났다. 리본으로 가득한 광주리는 하늘에서 사라졌다. 풍선 폭탄도 발사대로 돌아갔다. 이 이상 뭘 할 수 있었겠는가?

내가 한 짓을 어떻게 앞설 수 있겠는가? 경쟁심을 포기하고 우정을 담아 손을 활짝 펼치고 온 세계의 동지애를 완성했는데? 물론 "모든 사람이 나보다 낫다"고 선언할 수는 있을 것이다. 그러나 그런 수준의 경건함을 억지로 꾸미고 공허한 거짓으로 치장해봤자, *사방에서* 비웃음 기계를 잔뜩 불러오는 효과밖에 얻지 못할 것이다. 아니, 나는 인간에게 허용된 믿을 수 있는 최외곽의 경계선까지 나가서, 지구가 정지한 10분 동안 거기 머물다 돌아온 셈이었다. 그동안 세계는 숨을 죽였다. 그 선을 넘으면? 넘어봤자 갈 곳이 없다. 나와 경쟁하던 모든 성채의 주인들은 그 사실을 알아차렸는지 즉시 전쟁을 끝냈다. *그래!* 이제 남은 일이라고는 점수를 계산하고 훈장을 부여하는 일뿐이었다. *바로 내게!*

그런데 말이다! 무슨 일이 벌어졌는지 알겠는가! 어떻게 됐는지? 내가 겪은 모든 분노에도 불구하고, 모든 실망에도 불구하고, 모든 정의의 옆구리에 창을 꽂아 피 흘려 쓰러지게 만들듯이, 모독하고, 살해하고, 발각되고, 황량한 고독 속에 버려두듯이…… 모든 정의가 땅에 떨어지고 젖고 차갑게 식고 퍼렇게 달뜨게 만들듯이, 무슨 일이 벌어졌는지 짐작이 가는가? 그 모든 정의가 나의 편인데, 모든 것이 *끝났다*……. 무슨 뜻인지 알겠는가? *나는 전쟁에서 승리하지 못했다. 졌다고!! 그 전쟁에서!!*

나는 그 결정에 항소했다. 불의에 푸념했다. 밤에는 작전 입안 위원회 놈들을 일렬로 세워두고 걸어찼다. 정오에는 벽을 향해 울부짖었다. 성채들을 규합해서 어느 우울한 날에 온 세상의 L타워들을 단번에 무너트리겠다고 위협했다. 너무 성이 나서 입에서 강철을 뱉었다. 무쇠 숨줄에서 떨어져 나온 쇳조각이 분노에 떠는 내 신금속 입술 주변에 성에처럼 들러붙었다. 내 노여움은 그 정도로 심했다.

선한 전쟁을 훌륭하게 수행하려고 그토록 노력하고 마지막에는 10분 동안 최고의 수치를 받아들였는데도, 여전히 승자의 자리에 오를 수 없었다니. 말도 안 돼! 저들은…… 아, 대체 내 입으로 어떻게 이 말을 할 수 있단 말인가? 다른 자의 승리에 대해 말하려 하면 길고 깊은 고통이 타오른다……. 저들은 그 하찮은, 빈약한, 아무것도 아닌, 아무것도 이룩하지 못하는, 낙오자에게, 포기자에게, 아무 행동도 않고 잠들어 있던 자에게, 체념자에게, 입에 담기도 힘든 저열한 자에게, 아무것도 하지 않았던 자에게…… 아무것도 하지 않았기 때문에…… 저들은…… 그 작자는.

아! 아! 아직도 떠올리려 애쓸 때마다…… 두뇌가 어질거린다……. 나는 요새를 지속 포격 상태로 설정해서, 절대 멈추지 말고 세상을 쉰다섯 번 파괴하도록 프로그래밍해놓고, 그대로 침대로 들어가 잠들었다. 그리고 내가 아주 조금이라도 패전을 받아들일 때까지, 요새는 열다섯 번의 세계 대포격전에서 자동 최대 절멸 포격을 연이어 퍼부었다.

영원을 겨냥한 땅에서

그해 10월의 증기 방어막은 기본적으로는 갈색이면서도, 때론 거의 금빛으로 반짝이고 때론 거의 회색이나 암회색에 가까웠다. 사실 10월의 증기 방어막이란 보통 이런 색이지만, 이번 가을에는 어딘가 불길하게 다른 느낌이 있었다. 어딘가 어울리지 않는, 이곳 영원을 겨냥한 땅과는 완전히 동떨어진, 먹구름 같은 우울함이, 종막을 내리는 느낌이, 모든 것이 끝나서 마지막으로 하얀 겨울 풍경으로 들어가는 느낌이 들었다. (아 그래, 영원을 겨냥한 땅에도 겨울이 찾아오기는 한다. 하늘을 제어한다는 따뜻한 증기 방어막이 가득 깔려 있는데도 불구하고.)

그리고 정부에서 양철 만들린 인간을 나라 전체의 정원마다 풀어 연주하도록 설정했는데도, 그리고 모든 행복 색깔 분사기를 사방에서 가동해서 기본적으로 갈색인 하늘에 여흥용 색채를 덧씌웠는데도, 그리고 세상의 모든 향기로 분무기를 가득 채운 향수 인간들이 플라스틱 벌판과 도시의 정원마다 향기를 잔뜩 뿌리며 돌아다녔는데도, 그리고 밤이 되어 증기 방어막이 저물면 형상 인간들이 단조롭지만 이젠 조금 쌀쌀한 10월의 밤하늘에다 화려한 패턴의 파노라마를 투사했는데도, 그런 느낌이 사라질 기미는 조금도 없었다. 그들을 거북하게 만든 그 존재는 여전히 자신의 평결을 무시무시하게 과시하며 그곳에 있었다.

의회가 행동을 요구하는 충직한 제안에 귀를 기울이려 모였다. 의회의 가운데 근처에 바위처럼 앉아 있던 스텔로그 블렝이, 어딘가 금속 안개에 둘러싸인 듯 멍하지만 그들의 요구에 응할 만큼은 정신이 있는 모습으로, 금과 은과 무쇠로 만든 '교체' 다리를 절그렁대며 일어나 의회의 사람들을 마주하고 끔찍한 질문을 던졌다. 뒤이어 그들은 온 힘을 다해서 그를 향해, 그리고 서로를 향해 질문을 던져댔다. "이게 우리가 그토록 오래 기다리며 두려워하던 최고점이란 말인가? 우리가 거의 듣도 보도 못한 비용을 소모해서 최대 여흥의 새들을 만들고 장비를 장착하고 보수하며 대비해왔던 최종 파국에 준하는 상황이란 말인가? 지금 새들을 날려 공포에 질린 사람들의 주의를 끌어야 하는 것인가?"

논쟁으로 가득한 격렬한 토의가 닷새 동안 이어졌다. 그러는 동안 사람들은 정원마다 돌아다니는 마법의 존재들로부터, 색깔 분사기나 향수 인간이나 10월 밤의 암청색 하늘에 펼쳐지는 패턴 영상에서 최대한 편안함과 여흥을 끌어내며 버텼다. 중앙 제어국에서는 스위치를 올리고 팬지꽃을 피워 올리는 버튼을 눌렀다. 그러자 드넓은 땅 곳곳에, 플라스틱 정원마다, 모든 가을의 평원에서, 정원의 구멍을 통해 꽃들이 껑충 솟아나서 용수철 금속 줄기에 달린 5월의 조각을 흔들어댔다. 지금은 우울한 10월인데도. 그리고 그러는 와중에도, 영원을 겨냥한 땅의 중심 중에서도 중심인 땅에는, 끔찍한 현실이 자리 잡고 있었다. 그래, 고집 센 재크 할아버지의 움막에 드러누운 채로 모두를 조롱하고 있었다.

의회에서는 토의가 이어졌고, 새들의 사용을 지지하는 쪽이든 반대하는 쪽이든, 모든 연사가 이 기회를 빌려 새들이 선사할 수 있는 최대 효용을 지루할 정도로 묘사하는 일에 시간을 낭비했다. 한 의원은 각오의 평원의 변방에 있는 거대한 '새장'에서 그들을 풀어놓을 새 인간의 모습에, 그날 증기 방어막이 띨 특별한 갈색에, 2백만 개의 거대한 은빛 날개가 동시에 서치라이트의 인도를 따라 건물 위를 고요히 날아가는 순간 펼쳐질 눈이 멀듯한 장관까지 모두 열심히 설명했다. 그리고 신호를 내리기만 하면 순수한 힘을 담아 박자를 맞춰 날개를 퍼덕이며 갈색 가을 하늘로 날아가며 연출할 눈을 뗄 수 없는 풍경까지도. 한 5백 미터 상공까지 날아올라서, 동시에 입을 열고, 밝은 빛깔의 액체를 입에서 뿜어 증기 방어막 위에 사람의 형체를 그릴 것이다. 그리고 한때 모든 상상을 뛰어넘는 괴기한 색으로 여겨졌던 피보다 붉은 선홍색으로. 모든 감각을 오싹하게 만드는 소음이 이어질 것이다. 백만 마리 새들의 목구멍에서 날카롭고 거슬리는 특수한 울음이 터져 나올 것이다. 그리고 새들을 구경하러 나온 사람들 머리 위로 작은 갈색 기름 봉투를 투하하기 시작할 것이다. 기름 폭격이 끝나면 더욱 격렬한 폭격이 이어질 것이다. 모래 봉지와 함께 중앙 청소국에서 매일 모아들인 온갖 검댕과 가루를 깔끔하게 포장한 가루 검댕 폭탄을 투하할 것이다. 그리고 모래 폭탄과 가루 검댕 폭탄을 마지막 하나까지 투하하고 나면 고요하고 냉엄한 침묵의 순간이 찾아올 것이고, 다음 순간 테이프를 교체한 새들이 일제히 행복한 축하곡과 춤곡을 부르기 시작할 것이다. 영원을 겨냥한 나라의 불운한 사람들은, 행복한 가락에 이끌려 자기네가 거주하는 쾌락의 도시에서 거리마다 뛰어오르며 춤추기 시작할 것이다. 하늘에서 뚝뚝 떨어지는 기름을 맞으며 완벽히 주의를 돌릴 것이다. 모래와 기타 굵은 가루들은 조용히 그들 몸을 뒤덮고, 금속 관절로 스며들어 살점 조각과 '교체' 부품 사이의 벌어진 틈새를 메울 것이다. 한 가지 알아둘 것은, 평소에는 영원을 겨냥한 땅에는 이런 사람들이 없다는 것이다. 언제나 '한 발을 먼저' 내딛는 과학이 밤낮을 가리지 않고 열심히 일하며 이들에게 영원을 선사하려 애쓰고 있기 때문이다. 그들은 '교체'를 통해 영원히 버티도록 설계된 이들이다. 이것이 대단한 업적이 아니라고, 가능한 일이 아니라고 말할 수 있는 사람이 누가 있겠는가? 마지막 중에서도 마지막의 살점 조각조차 신금속으로 대체되는 날이 찾아올 터인데? 그들의 과학자들은 가능하다고 말했다. *가능하다고!* 그리고 시간은, 마지막 남은 조정자는, 그렇게 건방지고 불가능한 꿈에, 그렇게 거만한 포부에 얼마나 잔혹한 철퇴를 선사할 수 있는지를 아직 보여주지 않았다.

공상에 사로잡힌 의원의 말에 따르면, 사람들이 황홀함에 사로잡혀 5분 동안 열정적으로 춤추고 나면, 의회에서는 짤막한 선언문을 발표할 것이었다. 다시 용기를 품고, 집으로 가서, 기름과 가루를 최대한 깨끗이 닦아내고 국가의 영광을 위해 영원한 일상생활을 다시 재개하라는 선언을 말이다. 선언이 끝날 즈음에는, 가볍게 덧붙이듯이, 오늘의 뉴스에서 가장 좋은 부분만 골라 방송할 것이었다. 치밀하고 교활하게 연구에서 성과를 거두었다는 암시를 건넬 것이었다. 조바심칠 필요 없다고, 재크 할아버지의 집에서는 모든 일이 정상적으로 돌아가고 있다고.

일부 의원들은 그 의원이 묘사하는 최대 여흥 계획에 키득거리며 웃고 싶은 기분이 들었다. 그러나 눈앞의 문제가 워낙 중대하기 때문인지, 실제로 키득거리는 이는 아무도 없었다. 그러나 결국에는, 모든 토의가 끝나고 나니, 최대 여흥의 새들을 이용하는 계획은 아슬아슬한 차이로 기각되었다. 새들은 화려한 여정에 나서지 못한 채, 각오의 평원의 거대한 '새장'에서 얌전히 발사대에 앉아 기다리기만 했다.

사람들이 재크의 집에서 벌어지는 끔찍한 상황에 겁을 먹지 않도록 보호하기 위해서는, 결국 완전히 다른 대응책이 선택되었다. 중앙 의회에서는 필요한 모든 조치를 취했다. 예를 들어 이제멋대로에 고집 세고 국가 전체의 계획과 계산을 완전히 어그러트린 노인의 집 주변의 모든 들판과 정원을 정부 관리 구역으로 지정한다거나. 이 제한구역의 경계를 따라서 거대한 태양경과 반사 장치가 설치되었다. 증기가 없어서 해가 빛날 수 있는 날이면, 열기와 광선이 새로 지정된 정부 관리 구역을 둘러싸서 아무도 그쪽을 볼 수 없게 만드는 장치였다. 밤이나 해가 뜨도록 허용되지 않은 낮이라면, 조금이라도 주의를 기울여 바라보면 두 번다시 아무것도 볼 수 없게 될 정도의 강력한 광원이 빛날 예정이었다. 눈에 '교체'되지 않은 부분이 남아 있다면 그대로 꺼멓게 타서 조직이 죽어버릴 정도였다. 그러나 문제의 근본을 공격하려 하는 사람은 아무도 없었다. 차갑고 가혹한 진실이 남아 있었기 때문이다. 중앙 의회조차도, 거대한 금속 두뇌 냄비 안에서 녹색 액체를 찰랑거리며 탐색을 그치지 않는 이들조차도, 냉엄하고 명백하게 외통수에 몰려 있었기 때문이다. 어떻게 해도 재크 할아버지가 그들에게서 앗아간 그것을 되찾을 방법은 없었다. 그들에게도, 그들의 나라에게도.

시간을 끌기 위해서, 의회에서는 매일 재크 할아버지 쪽에 아무 문제도 없다는 방송을 내보냈다. 반사 장치나 태양경이나 눈을 태울 정도로 강렬한 광원은 모두 영웅을 향한 헌사라고, 영원한 찬사일 뿐이라고 설명했다. 그는 '최초'의 존재로 그려졌다. 인류 역사에서 처음으로 전신 교체 인증을 받아서, 물질의 삶을 영원히 이어나갈 운명을 얻은 사람이었다. 이어 할아버지를 거의 완벽하게 모사한 등신대 동상이 플라스틱의 땅 전역에 세워지기 시작했다.

이쯤에서 뉴스를 타고 단서가 흘러나오기 시작했다. 의회의 최종 해결책이 아귀가 맞아들어가고 있다는 미묘한 암시였다. 적어도 재크 할아버지 문제에서 최종 해결책이 존재할 가능성이 있다면 말이다. 가장 완곡한 방식으로, 가장 아슬아슬하게 스치고 지나가는 방법으로, 어쩌면 재크 할아버지가 여행을 떠날 수 있다는 이야기가 완전히 말도 안 되는 것은 아니라는, 어쩌면 그럴 가능성이 있기는 할지도 모른다는 암시가 흘러나왔다. 언제라도. *그래!* 은하계에서 빈번해지는 요청을 받아들여 다른 종족을 만나러 갈지도 모른다는 것이다. 그리고 자기 자신이라는, 모든 신체를 신금속으로 교체한 영원한 인간이라는 놀라운 현실을 직접 보여주려고 아주 오랜 시간을 쓸지도 모른다는 것이다. 혹시라도 정말로 떠날 때가 찾아온다면, 그는 번쩍이는 신형 우주정을 이용할 것이다. 다른 무엇보다 번쩍이고 훌륭하고 빠른 최신식 우주정 말이다. *그래!*

그리고 의무 축하 연주가 펼쳐지던 어느 밤에, 자동 악단이 연주석에 줄지어 늘어서고 찬사용 공포탄이 '최초'의 인간을 위해 하늘에 글자를 수놓던 밤에, 나라 전역에서 환호성이 빛과 소음과 폭발의 형태로 울려 퍼지던 밤에, 오직 그들에게만 허용된 특수 안경을 착용한 다섯 명의 의원이 끔찍한 광선을 뚫고 들어가서 할아버지네 오두막으로 다가갔다. 재크 할아버지가 사는 낡고 얼룩덜룩한 건물 옆에는 늘씬한 신형 우주정이 서 있었다.

올데란에서의 어린 시절부터 간직해온 파란 거위 깃털이 가득한 자루 위에, 재크 할아버지가 무쇠 통나무처럼 누워 있었다. 금속으로 '교체'된 손에 들고 있는 **영원한 활동적 삶**의 인증서에는 조금도 관심이 없는 모습으로. 추가로 시체처럼 누워 있는 행위로서 그 표창장의 정신을 배신하는 중이며 영원을 겨냥한 땅의 율법을 웃음거리로 만들었다는 점에도 전혀 부끄러움을 느끼지 않는 모양이었다. 그러나 그의 얼어붙은 입가에는 미묘한 웃음이 떠올라 있었다. 거의 자각하고 있는 것처럼, 알고 있는 것처럼. 바닥 문을 통해 몰래 그를 끌어내는 동안에도, 그는 움직이지도 말하지도 않았다. 어둑한 통로 끝의 뒷문으로 끌어내는 와중에도, 항의하는 기색은 조금도 없었다. 그리고 지하 자동차에 싣는 순간에도 전혀 개의치 않는 모습이었다. 그들은 지하 통로로 한참을 달렸다. 재크 할아버지는 무쇠로 주조한 농담처럼 불쾌한 얼굴의 의원들 사이에 앉아 있기만 했다……. 그러는 동안, 그들의 머리 위 높은 하늘에서는 늘씬한 신형 우주정이 증기 방어막을 뚫고 솟아오르며, 수많은 광선이 하늘을 수놓았다. 별들이 춤추고 찬사의 말이 구름 위에 낙인처럼 찍히며, 지상에서 40킬로미터 떨어진 허공에 그 절반 정도의 너비를 가진 현란하게 번쩍이는 글자들을 만들었다. *재크 할아버지는 다른 땅의 사람들을 사랑하신다. 재크 할아버지는 다른 땅의 사람들에게 자신의 훌륭한 신금속 육체를 보여주셔야 한다. 잘 가요, 행운을 빕니다, 사랑해*

요, 재크 할아버지……

  그날 밤 땅속 깊은 곳에서, 국가의 가장 멀리 떨어진 변방에서,
지하 자동차가 직선거리로 가장 멀리 떨어진 지점에 도달했다.
그리고 할아버지를 기리는 '동상' 하나가 추가로 세워졌다.

금속 인간 종족 사이에서

우리는, 나와 내 다리의 경첩 관절들은, 정찰병도 없이 걸어서 길을 떠났다. 우리의 안전을 담보해줄 정찰 장비도 아예 없었다. 도움 측면에서는 조물주만큼이나 고독하다고 할 수 있을 것이다. 옛 시대의 조물주 말이다. 아무런 도움이 없다니! 그러나 우리가 성공한다면, 어떻게든 해낸다면, 그 승리로 우리 성채를 커다란 녹색 플라스틱 뱀 공장으로 바꾸어 강건하게 우뚝 설 수 있을 것이다. 마치 옥좌처럼 우람하고 광택이 흐르는 엉덩이가 폭신한 의자에 앉을 수 있을 것이다. 저마다 우리 대화 장치의 플러기-플라기 버튼을 눌러서 서로 웃고 떠들 수 있을 것이다. 하! 하고 비웃을 수 있을 것이다!

그래서 위대한 결전의 날, 증기가 보라색으로 변하는 시간에, 우리는 서둘러 슬금슬금 성채를 빠져나왔다. 저들은 졸고 있었다. 전부 우리가 준비한 대로였다. 100일이 넘도록 새로 개발한 신형 다연장 로켓의 소문으로 계속 위협하다가, 갑자기 최고 화력을 퍼부어줬더니 그대로 넘어간 것이다. 거기다 휴전을 희망한다는 암시까지 흘려주니 그들은 헐레벌떡 백기를 내다 걸었다. 그 서두르는 꼴을 보니, 자기네 조종간 달린 침대로 달려가서 그대로 자리에 누워 평화롭게 휴식을 누리면서, 그 유명한 10번 성채가 (그게 나다!) 자비를 베풀어주어 다행이라 생각하는 모습이 눈에 선할 지경이었다. 내가 자비를 베풀었다고? 하, 신형 다연장 로켓포 따위는 아예 **없었는데**! 그게 전부였다. 만약 저들이 전투를 하루만, 아니 몇 시간이라도 더 끌었더라면, 전체 포격이라는 도박을 벌이려고 단 한 번의 공세에 모든 탄약을 퍼부은 대가를 혹독하게 치렀을 것이다. 그러나 지금껏 공세를 꺼리지 않는다는 명성을 얻어 온 데다, 적절하게 위장한 가짜 군수품 덕분에 탄약이 넘치는 것처럼 보이고, 발사대에서 힘겹게 신음을 울려대는 상황을 조금 감수하기만 한다면, 저들에게 백기를 올리는 것 말고 다른 방도가 있겠는가. 이리하여 나는 여행을 떠날 수 있는 휴전 기간을 확보했다.

휴전협정을 맺은 다음, 나는 당당하게 성채를 나섰다. 9월의 보라색 증기 방어막과 가을의 암시를 뿌리기 시작하는 흐릿한 햇빛 속에서, 나는 다섯 번 정도 주변을 둘러보았다. 나는 강철 손가락 끝을 마주 두드리며, 감상적이고 진부한 표정으로 무심하게 저들을 마주했다. 그 유명한 10번 성채가 (그게 나다!) 상당히 특별한 작자이며, 그의 다연장 로켓포를 함부로 건드리지 않는 편이 좋을 거라는 인상을 주려는 연기였다. 그러나 사실은 장미 정원을 산책하는 사나이를 연기하려 시도했을 뿐이었다. 그러니까, 옛 시대에 말이다. 내가 '위대한 변신'을 위해, 그리고 온전한 포상과 완벽한 승리를 위해 길을 떠나는 중이라는 사실을 들키고 싶지 않았기 때문이다. 장대한 경악을 마주한 저들의 어리석은 면상에는 극도의 고뇌가 서리리라. 질투의 녹색 페인트를 꺼내어 이를 악물고 있는 자신의 몸을 녹색 질투의 녹색으로 칠하리라. 내가 대탈주의 진군을 끝낸 다음에 말이다. 어리석은 허풍선이 친구들. 하찮은 성채의 주인들 같으니라고! **인간이란!**

그래, 물론 우리 신금속 인간은 모데란의 위대한 지배자이기는 하다. 금속 인간 종족, 즉 금속인이니까! 우리 모두는 '교체'된 자들이다. 어느 지점까지는. 휴전 기간에 서로를 마주하게 되면, 우리는 다들 위협을 실은 강철 눈알을 절걱거리며 굴려서 서로를 바라보거나, 갑주에 둘러싸인 커다란 주먹을 꾹 쥔 채 몸을 꼿꼿이 세우고, 유연하고 신축성 좋은 신금속 폐에 자만심과 자존심을 가득 담아 부풀린다. 하지만 그런다고 뭐가 증명되겠는가? 전쟁의 시기가 다가오면, 어깨를 세우고 어슬렁거리던 우리는 모두 전쟁 상황실로 달려가서 열심히 발사 버튼을 눌러 상대방에게 증오의 전면 포격을 선사한다. 하지만 거기에 무슨 의미가 있겠는가? 아무리 열심히 절걱거리며 발사한다 해도, 그 모든 증오를 전부 말과 행동으로 옮긴다 해도, 우리에게는 여전히 살점 조각의 기운이 흐르고 있는데. 우리의 형체를 똑바로 잡아주며 사람마다 차이가 생겨 반목하게 만드는 그것들이 있는데. 예를 들어, 가장 끔찍한 포격전을 겪은 이후라도, 나는 내 몸의 신금속 부위와 공장제의 훌륭한 녹색 혈액이 다른 누구보다 뛰어나리라는 점에 내 신금속 손가락 열 개를, 아니 거기다 신금속 발가락 열 개와 귀 몇 개까지도 덤으로 걸고 내기할 생각이 있다. 그리고 저들 또한 같은 식으로 내기할 생각이 만만할 것이다. 이 얼마나 인간스럽고, 살점스럽고, 예측 가능한 몰골인가. 그리고 내가 경악스러운 이득을 확고히 내 것으로 만든 다음에는 그런 모든 행위가 얼마나 쓸모없는 것으로 전락할 것인가.

어쩌면 이유가 있을지도 모른다. 정찰용 병기가 사방의 하늘을 메우기 시작했을 때도, 나는 놀라지 않았다. 첫 방문객은 나른하게 날아서 찾아왔다. 근처 성채에서, 마치 옛 시대에 하늘에서 깃을 터는 애완조처럼, 문득 불어온 산들바람에 깃을 올려 날아든 것처럼 보였다. 양철 날개에 바람을 품고, 공중에 떠 있을 정도로만 가끔 가볍게 퍼덕일 뿐, 대부분은 그저 조용히 활공하며 쥐구멍을 바라보는 고양이처럼 나를 주시하고 있었다. 그러니까, 옛 시대의 헛간에서처럼. 나는 개의치 않았다. 그러자 이내 몇 킬로미터 안에 있는 모든 성채에서 자기네 양철 대머리수리를, 전부 우연을 가장해서, 즉 무심한 척 가볍게, 마치 자기네 독수리도 운동시킬 때가 되었다는 듯이 날려보내기 시작한 것이다. 나는 이 모든 우울한 상황을 살점 조각의 탓으로 돌리며 마음속으로 투덜거렸다. 한심하고 하찮은 성채의 주인들 같으니라고. 고약한 호기심을 견디지 못하고 염탐이나 한다 이건가. 살점에 더럽혀져서! 질투하느라! 양철 대머리수리가 감시용 새라는 사실을 내가 모를 줄 알고? 아무리 엿보지 않는 척하려 계획을 꾸며도, 양철 대머리수리를 하늘 높이 띄워서 내 기나긴 여행길을 따라오게 만들어놓고서, 저들이 내 행적을 고스란히 보고하는 모습을 보면서, 위대한 꿈을 향해 전진하는 이 몸이 첩자 새들의 존재를 모를 거라고 생각한 건가? 이 세상을 참으로 끔찍하게 얕보는 것이 아닌가!

길을 절반쯤 와서 이제 물릴 수 없는, 돌아갈 수 없는 지점에 도달하자, 내 목구멍에서는 질문이 절로 솟아오르고 두뇌 안에서는 금속 안개가 맴돌았다. 의심이 화염방사기처럼 내 몸을 휩쓸었다. 여행을 끝맺을 만큼 정맥주사를 충분히 가져왔던가? 경첩 관절이 버텨낼 수 있을까? 눈물은 어떻고? 그래, 눈물은 어떨까? 힘겨운 고난을 맞이하여 눈물이, 많은 눈물이, 지금 신금속 손에 쥔 작은 비닐봉투에 든 것보다 몇 배는 많은 눈물이 필요하게 되면 어쩌나? 만약 거처에 머물고 있는 성채의 주인들이, 이미 알다시피 비겁한 자들이기 때문에, 이 기회를 포착하고 최대 화력의 포화를 퍼부어 이 근처를 전부 휩쓸어버리면 어쩌나? 당연하지만 내 본거지인 10번 성채를 위임받은 선임 병기 인간은 로켓으로 로켓에 맞대응할 것이다. 하지만 나는 어떻게 되지? 폭격에 휩쓸려 깨끗하고 완벽하게 소멸할 것이다. 아, 이 황량하고 쉴 곳 없는 플라스틱 벌판에서도 잠시 멈칫하게 만드는 일이 아닌가. 적대적인 호위라 할 수 있는 양철 대머리수리와 발치를 오가는 돌연변이들밖에 없는 이곳에서도.

그러나 제대로 된 한 방을, 끝내주는 승리를, 온전한 쇼를 노릴 때는, 전진하지 말아야 하는 이유를 헤아려서는 안 되는 법이다. 전진할 수밖에 없는 이유는 반박할 수 없는 것이며 다른 무엇보다 명쾌하기 때문이다. 바로 그 이유가 허물을 벗어 던진 태양처럼 그대를 공격하기 때문이다. 공포 따위는 어둠이 깔린 증기 방어막 속에 던져두도록 하자. 질투 어린 적들은 쉽사리 이를 악물고 물러서지 않을 것이다. 별빛처럼 전진해야 한다. 가슴이 먹먹해질 정도로 냉정한 마음으로, 저들보다 한층 높은 곳에서 찬연하게 빛나야 하는 명확한 이유를 가슴에 새겨야 한다. 자신을 끔찍하게 신뢰하고, 자신을 신뢰하지 않는 일부는 망치로 두드려 아무것도 남지 않도록 만들어야 한다. 아예 매끄러운 보행로로 다듬어 그 길을 딛고 전진할 수 있다면 그쪽이 나을 것이다. 이유를 너무도 굳게 믿어서 어떤 절망도 떨치고 일어나거나, 가장 깊고 어두운 잠 속에서도 스스로 질문을 던져 깨어날 수 있어야 한다. 그리고 그런 와중에서도 뭔가를, 마지막 한 조각의 결의를 끄집어내어 이렇게 말할 수 있어야 한다. "그래, 내가 최고야, 저놈들보다 훨씬 뛰어나다고. 그 사실을 확실히 깨우치게 소동을 피워줘야지. 저들 모두의 충성을 받아 마땅한 이 몸께서 말이야!"

작은 계곡에 작은 건물이 보였다. 플라스틱 위에서 오랜 시간을 보내고, 적대적인 첩자 새들의 감시하에 엄청난 거리를 힘겹게 걸어온 끝에, 마침내 목적지에 도착한 모양이었다. 비닐 눈물 봉투에는 여전히 사용하지도 않은 눈물이 가득했고, 휴대용 살점 조각 식사 장치에는 필요하다면 꼬박 하루 낮과 하루 밤을 먹일 만큼 정맥주사가 남아 있는데 말이다. 물론 필요할 일은 전혀 없겠지만.

천천히, 신중하게─꿈의 종착역에 다가가는 사나이답게─나는 하얀 건물과 내 사이에 놓인 몇 미터의 플라스틱을 성큼성큼 건너갔다. 문득 눈앞의 건물이 구체를 반으로 갈라놓은 것처럼 생겼다는 생각이 들었다. 지면으로 다가갈수록 훨씬 평평해지고, 땅속으로 제법 파고들어간 데다, 주변에는 선반 작업의 부산물인 듯한 곱슬곱슬한 금속 밥과 동상의 잔해 파편들이 가득하다는 점만 제외하고 말이다. 열려 있는 문 안쪽으로는 대장간에 서 있는 커다란 금속 인간이 보였는데, 거대한 팔을 수축시켰다 힘차게 내리며 작은 풀무를 다루고 있었다. 그리고 나는 구닥다리 양철 연통에서 뿜어져 나오는 연기를 보며 의문을 품었다. 결국 잘못 찾아온 것일까? 꿈이 다시 한번 내 손길을 피해 지나간 것일까? 아니, 그럴 리가! 바닥에 누워 작은 강아지처럼 놀고 있는 녀석은, 처음에 이곳의 행운에 대해 내게 알려준 그 하찮은 살점 돌연변이가 분명했다.

당시는 휴전 기간이었고, 나는 요새의 최외곽인 11번 성벽 바로 바깥에다 엉덩이가 푹신한 의자를 가져다 놓고 앉아서, 전쟁이 더 화려해지기를, 단조로움을 초월할 수 있기를 기대하고 있었다. 그런데 녀석이 내 왼쪽으로 열 번째 둔덕에서 쏜살같이 달려와서는 이 대단한 기회에 대해서 알려준 것이다. 나는 처음에는 깜짝 놀라고 믿지 않았지만, 이내 녀석의 말을 믿고 신뢰하게 되었다. 맑은 파란색 눈동자가 너무도 깨끗하고 찬란하게 반짝였던 것이다. 녀석의 웃음은 너무도 명랑하고 건전했다. "당신은 왕이 될 거예요!" 녀석은 이렇게 말했다. "다음 휴전 기간에 찾아와요. 다른 사람한테는 절대 말하지 않을게요. 그리고 이유도 묻지 말아요." 나는 녀석에게 이유를 묻지 않았다. 꼬마 돌연변이조차 왼쪽으로 열 번째 둔덕에서부터 왕을 알아볼 수 있고, 그 왕이 바로 나라면, 굳이 그 이유를 캐물을 필요가 있겠는가. 아, 그 순수한 푸른 눈은 참으로 진실을 말하는 것으로만 보였다. 웃음소리는 방울이 울리듯 달콤했다. 나는 녀석을, 녀석의 안목을 사랑했다. 그리고 다음 단계로 승천할 존재로 나를 선택했다는 것조차 너무도 당연한 일로만 여겨졌다.

그런데 지금은! 지금 여기는! 커다란 금속 대장장이나 꼬마 돌연변이 인간이나 깨끗한 벽면만 제외하면, 마치 옛 시대의 평범한 대장간과 동상 작업장을 한데 뭉쳐놓은 것처럼 보이지 않는가. 왠지 모르게 모데란의 인간이 마지막 기적을 영접할 곳으로는 보이지 않았다. 왠지 모르게 모데란의 인간이 모든 동료를 제치고 목적지에 도달해서 유일한 존재가 될 곳으로는 보이지 않았다.

나는 영문을 모른 채로 열린 문으로 들어갔다. 그리고 경첩과 지지대를 움직여 최대한 곧추 선 자세를 취했다. 그리고 신금속 목줄기에서 부스러기를 조금 뱉어내며 목청을 가다듬은 다음, 내 목소리가 왕처럼 들리기를 기대하며 이렇게 말했다. "내가 도착했노라! 이 살점 조각들에 대한 일이다."

녀석은 자리에서 벌떡 일어나더니, 서둘러 다가와서 내 신금속 손을 쥐고 흔들며 말했다. "당신의 왕관이 준비되어 있어요. '교체'할 조각도 제련해놨으니, 좌대 위에 어떤 자세로 설 것인지만 고르시면 돼요." 속임수라고는 한 점도 없는, 예전에는 나를 그토록 안심시켰던 맑은 눈 속에서, 웃음기 섞인 기묘한 순진무구함이 반짝였다.

그래, 미리 말해두는 편이 좋겠지만, 본거지로 돌아오는 여정은 지옥 같았다. 양철 독수리들은 하얀 건물을 살짝 지나쳐 날아갔다가, 이내 180도 선회해서 돌아오는 내 꽁무니로 따라붙을 준비를 끝낸 상태였다. 지루하고 분통 터지는 귀로가 절반쯤 남았을 때, 나는 걸음을 멈추고 정맥주사를 놓았다. 그리고 양철 꽃들을 살펴보는 척하며, 적의 감시용 새들을 속이기 위해 양철 꽃잎을 감상하는 것처럼 무릎을 꿇고 앉은 채로, 처음에 가져온 눈물을 전부 사용해버렸다. 그리고 기분이 좋아진 나는 전신 무장한 왕처럼, 경첩과 지지대를 움직이느라 느리기는 하지만 멀리를 노려보고 사방을 둘러보는 모습으로, 위풍당당하게 걸음을 옮겼다. 그리고 마음속으로는 이미 우위를 점하는 고전적인 방식에 따라 모든 적들의 성채에 대규모 일제 포격을 실시할 계획을 꾸미고 있었다. 내가 꼬맹이 푸른 눈의 돌연변이에게 속아 넘어갔다는 사실은, 내가 다른 모든 이들을 앞질러 유일한 존재가 되려는 계획을 세웠다가 끔찍한 좌절을 경험했다는 사실은, 절대 아무한테도 알릴 수 없었다. 이곳 모데란에서는.

저 수많은 양철 독수리들은 신금속과 살점 조각으로 구성된 금속인 하나가 경첩과 지지대를 움직이며 하얀 건물로 걸어 들어가는 모습을, 그리고 신금속과 살점 조각으로 구성된 금속인 하나가 똑같은 식으로 걸어 나오는 모습을 목격했다. 그러나 저들은 내가 왕관을 바닥에 집어던지면서 꼬마 돌연변이 인간을 비난했을 때 어떤 쓰디쓴 좌절을, 가혹함을, 온전한 격노를, 완벽한 분노를 실었는지는 알 리가 없었다. 그리고 내가 마지막 경멸의 행동으로 그의 뒷방으로 들어가서, 최대한 날렵하게 그의 모든 '군주'들 사이를 지나치면서, 그 모두의 좌대를 내 신금속 양발로 각각 다섯 번씩 걷어차주고 왔다는 사실도 모를 것이다. 경첩과 지지대를 최대한 격렬하게 움직여 그를 지나쳐 밖으로 나갈 때쯤에는 녀석의 목을 조를 만반의 준비가 되어 있었지만, 나는 녀석이 주의를 기울일 가치조차 없다고 생각하고 그저 이렇게 속삭였을 뿐이었다. "대체 내가 살점 조각 대신 무쇠 띠를 두르리라고 생각한 이유가 뭐냐? 그리고 애초에 내가 얌전히 받침대 위에 올라서고 싶어 할 거라고 믿은 이유는 뭐고? 그리고 대체 어쩌다, **어쩌다!**" 나는 목소리 상자의 고출력 발성 장치를 전부 켠 다음에, 갈수록 커지는 목소리로 소리쳤다. "어쩌다 내가 **오직 하나뿐인 존재가**, 몸 전체를 '교체'해서 모데란에서 우뚝 선 존재가 되고 싶어 하리라는 결론을 내린 거냐? 죽는 것을 감수하면서도!? 죽어서!! **죽어서!** 동상이 되어서!"

지저분한 전쟁

내가 종종 말하는 대로, 모데란에서는 전쟁이 벌어지지 않는 때가 드물다…….

여기서 내가 언급하려는 전쟁은 그중에서도 특히 지저분했다. 특히 지저분한 종류의 전쟁이었다는 사실을 부정하는 행위는 분별력의 부족이라 여길 수 있으리라. 그리고 나는 그런 일을 원하는 사람은 없으리라 생각한다. 적어도 주중에는 말이다.

모데란의 우리 금속 인간 종족은, 몸의 대부분을 신금속으로 바꾸고 얼마 안 되는 살점 조각을 늘어트린 채 견고한 몸으로 세상을 거니는 이들은, 마침내 깨끗하고 정직한 전쟁만으로는 성채의 삶이 지루해지는 지점에 이르렀다. 그러니까 총탄과 포탄, 인형 폭탄, 새된 비명을 울리는 고고도 파괴 폭탄과 하얀 마녀 로켓의 발사 따위로 치르는 전쟁 말이다. 따분했다. 질질 끌기만 했다. 틀에 박혔다. 우리는 변화가 필요했다. 그래. 적어도 정부 고관들은 그렇게 말했다. 세상 곳곳의 L타워에 있는 금빛 집무실에 틀어박힌 채로 말이다.

우리 세계의 고관들은 협상 끝에 지저분한 전쟁의 훌륭한 규칙을 개발해냈다. 적어도 저들의 말로는 그랬다. 저들은 지저분한 전쟁에도 훌륭한 규칙이 필요하다고 말했다. 그러나 솔직히 털어놓고 말하자면, 나는 한참 전부터 규칙이란 새로 쓰기 위해 존재하는 것이라 믿어온 사람이다. 그리고 사실 최근에는 어느 쪽이든 규칙 따위에는 거의 신경조차 안 쓰는 쪽으로 기울었다. 모든 규칙을 준수하는 사람도 있다. 규칙을 어기는 것을 목표로 삼고 살아가는 사람도 있다. 그리고 많은 이들은 엉망진창인 규칙의 그늘 속에서 살아간다. 요즘 나는 굳이 표결에도 참여하지 않는다. 그리고 규율과 견해의 잔해라는 사소한 속박에서 해방되자, 그리고 우리의 삶을 이끌어주는 가장 밝은 이정표인 전쟁만을, 가장 대단하고 파괴적인 전쟁만을 추구하게 되자, 나는 손쉽게 세상에서 가장 위대한 사나이의 지위에 오를 수 있었다. 이제 나는 어떤 상황이든 정면으로 마주하고 슬쩍 훑어보기만 해도 최적의 답안을 끌어낼 수 있다. 최적의 답안이란 더 많은 화력이다. 입에 담기는 참으로 쉬운 최적의 답안이다. 그러나 실제 실행에 옮기기는 그만큼 쉽지 않은데, 여기에는 온갖 함의가 섞여 있기 때문이다. 일단 가장 강력하고 묵직한 대포(또는 현재 상황에 필요한 파괴 병기 중 가장 강력하고 묵직한 것)도 필요하고,

사거리와 장소를 고려해서 제대로 설치해야 하기 때문이다. 아니, 단순히 제대로 설치하는 정도가 아니라, 가장 높은 언덕에 올라 **최적의!** 배치를 노려야 하는 것이다. 최고 중 최고의 전열 포격 지휘관도 필요하다. 최고 중 최고의 예비 포격 지휘관도 필요하다. 필요한 요소는 셀 수도 없이 많다. **그렇다.** 그러나 나는 우리 삶의 지주인 전쟁에만 몰두하면서 이 모든 필요에 적절히 대처했고, 그에 따라 아까 말했듯이 세상에서 가장 위대한 사나이의 지위에 올랐다.

하지만 이번에는 완전히 다른 종류의 전쟁을 겪게 될 예정이었고, 따라서 나는 신경이 곤두서 있었다. 그리고 그럴 이유도 충분했다. 긴장감을 끌어올리려 싸구려 속임수를 쓰거나 기대감을 고조시키려 미적거리지 않고 바로 말해두겠는데, 나는 최근에 벌어진 그 전쟁에서 패배했다. 패배하지 않으려 시도하기는 했다. 나는 추가 병사를 모으고, 방어를 굳히고, 필요한 병기를 비축했다. 흔히들 말하는 대로. **그랬는데도!**

나는 올데란 쪽의 연줄을 동원했다. 구식의 살점 인간들이 여전히 버티고 있는, 드높은 산맥 저편에서 육지와 험난한 바다에 둘러싸인 빈곤한 국가 말이다. 나는 최대한 빨리 인간의 배설물, 짐승의 분변, 종류를 막론한 부패하는 살점 따위의 비축분을 전부 사들이도록 주선했다. 여기에 생사를 불문한 모든 잉여 시민과, 올데란 사람들이 동의한 그 밖의 온갖 부패한 혼합물도 덧붙였다. 지저분한 전쟁에서 승리를 이끌어낼 수 있는 물건이라면 뭐든 가져왔다. 공정하게 싸울 생각은 없었다. 그렇다고 불공정할 생각도 없었다. 나는 아예 그쪽으로는 생각조차 않고 있었다. 그저 눈앞의 일에 최선을 다했을 뿐이다. 살아 있는 존재라면 응당 그래야 하듯이, 앞으로 찾아올 전쟁에서 승리를 거두는 일에 최적의 병기를 모아들이고 있었을 뿐이다. 그저 지금 내 눈앞에 닥친, 문지방 앞에 선 전쟁이 지저분한 전쟁이었을 뿐이다. 그리고 나는 흔히들 말하는 대로 승자의 영광을 노릴 생각이었다. 진지하게 **승리를 거머쥘** 생각이었다! 인간의 배설물로, 외양간의 부산물로, 근원을 가리지 않는 썩어 들어가는 살점으로, 생사를 불문하고 모아들인 잉여 시민으로. **그래**. 그 모든 것을 고속 차량으로 올데란의 경계에서부터 배송해오라고 주문했다. 구식 올데란 살점 인간들은 자기네 땅의 경계까지만 가져다주니까. 공중으로. 제트기 수송으로 말이다!

지저분한 전쟁의 준비 기간으로 2주가 주어졌다. 다른 성채의 주인들이 전쟁 개시일을 기다리며 무슨 준비를 하고 무슨 전략을 세우는지는 알 수가 없었다. 그러나 나는 명확하고 단호한 계획을 그대로 실행에 옮겼다. 병기 인간들을 밤낮 없이, 24시간 내내 열심히 일하게 만들었다. 가장 명중률이 높은 폭발 대포를 개조해 내장을 쏠 수 있도록 만들기 위해서였다. 내 주력 탄두 발사 수단인 '빅 벨처린'도 배설물 대포로 개조했다. 그리고 가볍게 조절 나사를 돌리는 것만으로, 가장 격렬한 전투 한복판에서도, 모데란 전체에서 가장 멍청한 병기 인간조차도 손쉽게 할 수 있는 작업만으로, 빅 벨처린은 미분류 쓰레기 분사포로 개조할 수 있다. 다양한 무기 변환 작업에 덧붙여, 내가 확보한 엄청난 양의 온갖 내장을 뭉쳐서 적절한 크기의 포탄을 제작하는 작업도 실시했다. 대부분은 충격을 받으면 터져나가도록 포장했지만, 일부는 공중에서 폭발해 아래로 흩뿌리도록 만들었다.

허심탄회하게 털어놓겠다. 지저분한 전쟁의 2주간의 준비 기간이 막바지에 이르자, 나는 만전을 기했다는 생각에 자부심이 끓어올랐다. 이번에도 전쟁에서 승리하여 지저분함의 상패와 무훈을 칭송하는 십자폭탄 훈장을 받으리라 확신했다. 다른 생각은 아예 없었다. 어쨌든 긍정적으로 생각했다는 점은 분명 사실이었다. 심지어 증기 방어막에 올라올 다음 뉴스의 표제 기사가 눈앞에 보일 지경이었다. 40킬로미터 높이의 글자들이, 백 킬로미터 상공에서 별처럼 점점이 박혀 반짝일 것이다. 10번 성채가 지저분한 전쟁에서 승리를 거두었다. 10번 성채의 짐승 내장 충격 포탄과 인간 배설물 산개 포탄과 구식의 미분류 쓰레기 및 시체 분사포는 너무 끔찍했다. 지저분한 전쟁의 적들은 항복을 선언했다. 모두가 최종 판정에 동의했다. 훌륭한 광경이었습니다, 10번 성채. 사랑해요!

그래, 긍정적 사고와 환상 속의 표제 기사는 이 정도로 해두기로 하자. 정신 속에서 환영처럼 승리를 곱씹는 행위도 마찬가지다. 전부 끝나버렸으니까. 패배를 받아들이는 것은 쉬운 일이 아니다. 심지어 계속 패배를 거듭하여 익숙해진 자에게도 마찬가지다. 그리고 승자에게 있어 패배란 살아 있는 시체가 되는 것이나 다름없다. 온갖 끔찍한 일이 동시에 일어나는 셈이다. 파괴다. 파멸이다. 나동그라진 셈이다. 묘사할 방도가 없을 정도로 끔찍한 맛이다.

그 위대한 날의 시작을 알린 것은 우리였다. 내 병기 인간들은 이른 시간부터 전투를 준비했다. 전통에 따라 얼굴을 검게 칠한 채였다. 트럼펫 소리가 울리며 병기 인간들은 포탄을 집으려 허리를 숙였고, 나는 높다란 흙벽에 올라 관측용 화면에 딱 달라붙어 있었다. 사방 곳곳에 정확하게 명중하는, 적들을 뒤덮는, 이렇게 당해 마땅한 세계에 떨어지는 포탄을 지켜봤다. 전투가 시작될 때면 언제나 그렇듯이, 살점 조각 속에서 묽은 녹색의 피가 춤추고 노래했다. 대의에 몸 바치는 영광이 마음속에 타올랐다. 나쁜 대의냐고? 좋은 대의냐고? 무슨 대의냐고? 무슨 상관인가? 싸울 수 있는데!

그래, 나는 그리 간단히 패배하지는 않았다. 흔히들 하는 말대로 악다구니처럼 싸웠다. 내 패배에 설령 우아함이 깃들었다 해도, 그 우아함이 우아한 우아함이 아니었다는 점만은 장담할 수 있다. 나는 이빨을 드러내고, 불평하며, 한 발만 더 쏘게 해달라고 애원하며, 재검표를 요청하며, 패배를 뒤집을 가능성이 있다면 **뭐든** 해달라고 애원하며 패배했다. 완전히 소진해버렸다. 나는 패배에 익숙한 사람이 아니다. 생각만 해도 다시 무쇠 내장이 뒤틀리는 기분이다.

누가 이겼는지 알겠는가? 어떻게 이겼는지 짐작이 가는가? 절대 무리겠지! 누가 이겼는지는 말하지 않겠다. 그자의 이름과 숫자는 아직도 내 플러기-플라기 장치에 철썩 들러붙어 있다. 누가 이겼는지를 입에 담으려 들면 발성 장치의 톱니가 거의 나가버리도록 말이다. 보다시피 나는 완벽을 기해서 증오하는 사람이다. 보다시피 나는 자신을 제외한 모든 승자를 혐오한다. 그런 면에서는 실로 평범한 사나이라 할 수 있을 것이다. 그러나 이런 개인적 철학을 아무리 입에 올려도, 그가 승리한 방법을 그대에게 털어놓는 일만은 피할 수 없을 것이다. 그자는, 그 사악하고 비도덕적인 승리자는, 고약하고 부정직하고 지저분한 속임수로 승리했다. 그래, 지저분한 전쟁이었고, 지저분한 남자였다. 그리고 솔직히 말하자면 속임수를 배제할 필요는 없었으리라 생각한다. 그러나 나는 정정당당하게 전장으로 뛰어들어 깨끗한 방식으로 오물을 투척했다. 내가 그랬다는 사실을 부정할 수는 없을 것이다. 그런데 내가 승리했어야 하는 이유를 모르겠다고? **모를 수가 있는가?** 아니, 그대를 붙들고 항의해봤자 무슨 소용이겠는가. 백 페이지 분량의 의견을 늘어놓고 당신을 두 번, 세 번 네 번 아니 천 번을 설득해보았자! 그대가 분연히 자리를 떨치고 일어나 저들에게 가서 내 포상을…… 1등상의 상패와 십자폭탄 훈장을 가져다줄 수 있는 것도 아닌데. 그건 이미 젠장! 젠장! 다른 작자의 벽에 걸려 있을 테니까. **아 세상에!** 하지만 정말 패배는 싫다고! **젠장! 정말로 혐오스럽다고!** 아니, 진정해야지. 어떻게든 진정해야 한다. 어쨌든 이긴 적이 없는 것도 아니고. 그래, 꽤 많이 이기지 않았던가. **그래!** 나는 여전히 세상에서 제일 위대한 사나이다. 그리고 정정당당한 전쟁으로 돌아가면 다시 승자가 될 것이다. 그럴 것이라 확신할 수 있다. **실로 명백하다!**

그가 어떻게 이겼냐고? 그 작자는 속임수로 승리했다. 이건 아까도 한 말이군. 그는 비열한 속임수로 승리했다. 비열하고 비열하고 **비열한** 속임수로 승리했다. 하지만 규칙을 어긴 것은 아니다. 그래, '지저분한 전쟁'에서는 합법적이었다는 점은 인정해야겠다. 내가 그런 방법을 떠올리지 못해서 안타깝냐고? 내가 안타깝게 여기는 것은 승리하지 못한 것뿐이다. 이 정도면 당신 질문에 대한 답이 되겠는가? 그러니까, 그 작자는 자기가 가진 폭발 대포의 절반 정도를 꽃 포탄을 쏘도록, '당신을 정말로 사랑해요' 봉투와 행복한 웃음 깃발을 발사하도록 개조했다. 증기 방어막 위에서 색색의 연기로 만들어진, 쾌활한 웃음을 그리는 아름다운 삼각 깃발이 떠오르도록 말이다. 상상이 가는가!? 아니, 상상도 못 하겠지. 그게 어떤 짓인지 짐작하려면 그대도 지저분한 전쟁의 일부로서 그곳에 있었어야 한다. 그래야 그런 행위가 얼마나 시선을 끌지 짐작이라도 할 수 있을 것이다. 다른 사람들이 제각기 성채에서 온갖 저열한 물질을 서로에게 쏘아대고 있는데, 갑자기 '당신을 정말로 사랑해요' 풍선에 꽃 포탄에 웃음 깃발 따위가 날아든 것이다. 온갖 끔찍한 설탕 덩어리에 작은 장미 꽃다발 따위가 웃음과 함께 등장한 것이다. 거의 모든 성채 주인들이 제대로 이해하지도 못한 채로 이 공격에 얻어맞았다. 맞아봤자 간지럽게 느껴졌을 뿐이지만. 일부 사람들은 그 이해할 수 없는 상황에 아찔해져서 멍하니 흙벽 위에 얼어붙은 채로, 자기 플러기-플라기(목소리 버튼이다)를 큰 웃음소리로 맞추고 전쟁 한복판에서 음량을 **큰소리**로 맞추고 웃음을 터트렸다. 나는 어쨌냐고? 나는 누군가, **누구라도**! '당신을 정말로 사랑해요' 따위의 밑밥을 뿌려대기 시작하면 항상 그랬듯이, 반사적으로 경계를 두 배로 늘렸다. 바로 그 덕분에 온전한 굴욕과 패배에서 벗어날 수 있었던 것이다. 과거에 이런 일이 벌어졌을 때도 그랬듯이. **실로 그랬다**!

아까 말했듯이, 그 작자는 자기 폭발 대포의 절반만 '당신을 정말 사랑해요'와 꽃다발과 웃음 폭탄 발사용으로 개조했다. 나머지 절반은 공격용 포탄을 발사했다. 사실 생각할 때마다 목이 메지만 여기서 털어놓겠다. 그 작자의 두뇌가 부럽다! 그는 엄청난 양의 쇳가루와 깎아낸 강철 밥을, 주변에 보이는 모든 쇠와 강철 가루를 긁어모았다. 거의 전부 모데란 전역에 널린 금속 가공소나 병기 인간 공장에서 나온 것들이었다. 그리고 그 모든 쇳가루에 자력을 부여했다. 그런 다음에는, 개조하지 않은 폭발 대포를 사용해서, 이 모든 가루를 봉투에 담아 적성 성채 근처로 쏘아 보냈다. 음습한 공격이 계속해서 꽃과 웃음 깃발과 사랑 사이에 섞여들었다. 다음으로 그는 커다란 보행 인형 폭탄을 잔뜩 풀어 마무리 공격에 나섰다. 수백만 개의 보행 폭탄이, 근처에 떨어진 봉투를 손에 든 채로 전쟁이 벌어지는 세상 수천 군데 성채의 성벽을 타고 올랐다. 그리고 무력하게 웃고만 있는 불쌍한 성채 주인을 기습하여, 지휘관으로서 몇 개의 살점 조각을 제외하면 거의 전부 금속으로 된 몸을 가진 자들에게, 그대로 봉투의 내용물을 쏟아부어버렸다. 분명 고약한 속임수였다. 쇳가루가 그대로 온몸을 파고들었으니까. 당한 자들은 전부 쇳가루에 뒤덮여 꼼짝도 못 하게 되었다. 영원히? 아니, 죽을 때까지라 해야 할 것이다!

내가 간신히 피할 수 있었던 것은, 앞에서 암시했듯이, 사랑과 꽃다발과 웃음소리를 경계를 강화해야 한다는 신호로만 받아들였기 때문이었다. **정신 똑바로 차려! 지금 당장!** 하고 옆구리를 찌르는 것으로 받아들였기 때문이다. 그리고 내 감각기관들은 **이봐! 고개 들라고, 너! 당장 숨어!** 라고 소리쳐댔다. 10번 성채로는 단 하나의 인형 폭탄도 뚫고 들어오지 못했다. 단 하나도 봉투를 들고 성벽을 넘지 못했다. 우리는 제대로 놈들을 저지했다.

그러나 그게 승리로 이어졌나? 천만에! 놈이 이겼다. 전쟁 심판들이, 정부 고관들이, 한물간 고관들이! 세상에 가득한 L타워의 금빛 집무실에 들어앉은 그 하찮은 주름투성이 머저리들이, 그의 지저분한 전략과 지저분한 수행에 높은 점수를 부여하고, 음흉한 작전 계획을 성공으로 이끌었다고 엄청난 추가 점수를 더해준 것이다. 나? 깔끔하고 정정당당하게 정면에서 공격하여, 적들을 더럽히기 위한 고결한 방법을 채택했기 때문에, 나는 지저분한 수행 쪽으로만 높은 점수를 얻었다. 나는 2등상을 받았다. 놈이 1등상을 받았다. 내 상패가 놈의 상패보다 작다. 바꿔서 말해보자. 놈의 상패가 내 상패보다 크다고! 놈의 상패는 1등상의 상패니까. 내 건 2등상이고. 놈이 증오스럽다! 그 지저분한 전쟁을 생각하는 것만으로도 정말로 증오스럽고 증오스럽고 또 증오스럽다! 나는 모든 것을 증오하고 증오하고 또 증오할 것이다. 다시 내가 승리할 때까지.

다음 전쟁의 개막이 정말로 기다려진다.

금속 포식자가 찾아왔을 때

그래, 물론 우리는 영구차를 피해 도망가거나 관을 상상하며 두려워할 필요는 없다. 살점 인간 아이가 길거리 한복판에서 놀이 동무를 질질 끌고 다니며 야구방망이로 두들긴다고 해도, 우리는 딱히 신경을 쓰지 않는다. 누가 죽든 어디로 가든 무슨 상관이겠는가? 우리는 관계없으니 알 게 뭐냐고 생각했다. 살점의 땅이 통째로 돌바닥에 쓰러지고 면도날에 코가 베여도 알 게 뭔가, 원 세상에! 그저 어떤 날씨에도 상하지 않는 신금속 무릎 관절을 열심히 굽혔다 폈다 하면서 그들을 하나씩 들여다보고, 대화 장치의 플러기-플라기 버튼을 눌러서 웃고 또 웃으면 그만이었다. 그리고 원하기만 하면 언제든 우리 나라로 돌아가서, 성채의 엉덩이가 푹신한 의자에 앉아서 온갖 유용한 기계의 수많은 버튼을 기쁜 눈으로 감상할 수도 있었다.

그러다 그 일이 벌어졌다. 때로는 일을 깔끔하게 성공시켰다고, 전부 마무리해서 밀봉해버렸다고 생각한 순간, 경첩 관절부터 헐거워지기 시작한다. 우리를 예로 들어보자. 우리는 단호하게 물러서지 않고 싸웠고, 그 덕분에 모든 인간은 늦든 빠르든 죽기 마련이라는 끔찍한 발상에 맞서 승리를 거뒀다고 생각했다. 이 개념에 굳건히 저항하고 문제의 해결책을 찾아낸 시도는 과학의 여러 훌륭한 업적에 맞먹을 수 있다고 생각한다. 적어도 전에는 그렇게 생각했다. 그러나 지금은……!

글쎄, 모든 것이 암흑에 휩싸이면, 가장 휘황찬란한 꿈이 바래고 어둠의 장막이 길잡이별을 뒤덮으면, 그대는 어떻게 대처하겠는가? 다시 시도하라고? 물론 그래야지! 그것이 인간의 방식이니까. 살점 인간 꼬맹이가 길거리에서 죽었을 때 웃었던 것을 유감으로 여기라고? 방금 한낮에 연석에서 내려온 토실토실한 젖말이 공장의 뺑소니 차량에 딱 반토막이 났을 때 하품한 걸 끔찍하게 여기라고? 글쎄, 조금 미안해하는 정도야 뭐. 그러나 살점의 땅의 사소한 사고에 그렇게 열심히 유감스러워할 시간은 없다. 애석히 여긴다 해서 무엇을 얻을 수 있겠는가?

그리고 사고에 대해 한마디 하자면…… 만약 그대가 지금껏 우리의 신금속과 다른 모든 금속을 먹어치우는 금속 포식자에게 반쯤 잡아먹힌 사람을 본 적이 없다면, 그대는 이 세상의 가장 끔찍한 광경 중 하나를 놓친 셈이다. "나도 끔찍한 비극을 본 적이 있네"라고 말할 자격조차 없는 것이다. 비극을 본 적조차 없으니까! 그에 비하면 다른 모든 사고는 가볍게 넘어져 살짝 뼈가 부러진 정도에 지나지 않는다. 적어도 내가 보기에는 그렇다. 하지만 생각해보면, 내가 처한 상황 때문에 편견이 들어갔을지도 모를 일이다. 판단은 그대의 몫이다.

그대도 알다시피, 우리 강철을 덧댄 모데란은, 금속 인간 종족이 성채를 근거지로 삼고 온갖 유용한 버튼을 누르며 살아가는 금속인의 나라는, 그쪽 방면으로 성공을 거두었다. 여기에는 의심할 여지가 없다. 우리는 성공을 거두었다. 우리는 먼 옛날에 스스로를 재창조했다. 그 이후로는 휴전의 시기가 찾아올 때마다, 신금속 부품으로 '교체'한 몸을 신금속 갑옷처럼 우뚝 세우고, 얼마 안 되는 살점 조각을 늘어트린 채로, 시간에 침을 뱉고 웃음거리로 삼지 않았던가? 우리의 내장 기관은 지치는 법이 없는 기계장치다. 심장은 작은 내연기관이고, 폐는 아코디언 상자처럼 신축성 있는 신금속 풀무다. 흥청망청 즐기고 싶을 때마다 휴면 상태의 장기를 순식간에 최대치까지 올릴 수 있지 않았던가? 큼직한 일을 치르고 싶을 때마다 버튼을 누르고 스위치를 올릴 수 있지 않았던가? 그리고 식사는…… 정맥주사가 있지 않은가! 산에서 퍼 온 신선한 눈보다 순수하고 **훌륭한**! 살점 조각에 먹이기에는 최고인 물건 말이다. 아, 당시에는 정말 모든 것이 훌륭했다. 강철을 덧댄 모데란에서는, 살균한 흙 위를 플라스틱 시트로 뒤덮은 우리의 땅에서는, 전혀 서두를 필요가 없었다. 옛 시대의 높은 산에서 가져온 눈덩이만큼이나 세균 하나 없는 상태로 영원을 살 수 있었으니까! 모든 시간을 황금 사과처럼 가방에 담아서 단단히 입구를 묶어 등에 짊어지고 있었으니까.

　그런데 놈들이 찾아왔다. 어느 봄날 난데없이 등장해서, 축축한 검은 연기처럼 금속 꽃밭을 뒤덮으며 깔렸다. 다른 놈들은 옛 시대에 바람을 타던 독수리처럼 높은 하늘에서 날아들었다. 수백만 마리가 한데 뭉쳐봤자 연필로 찍은 작디작은 점으로밖에 보이지 않을 것이다. 우리의 배율 높은 렌즈로 확인하면 옛 시대 바다에 살던 상어와 흡사한 턱과 이빨을 확인할 수 있다. 놈들은 말 그대로 잔혹한 금속 날벼룩, 지금까지 존재한 중에서도 가장 기괴한 돌연변이였다. 여기서 무슨 말이 더 필요하겠는가? 그저 놈들이 우리를 먹어치웠다고 할까? 아, 그 공포를 어떻게 서술할 수 있겠는가?

　이를테면 그대가, 성채의 가장 외곽에 있는 11번 성벽 바깥에 앉아 있었다고 해보자. 전쟁과 전쟁 사이, 6월의 어느 날씨 좋은 화요일이다. 경보기는 조용히 잠들어 있고, 위험을 탐지하는 귀 역할을 하는 고깔 구체는 즐거운 휴전의 시기를 맞아 갑옷 위 하늘에 떠올라 느릿하게 선회한다. 그런데 저 멀리, 금속 꽃의 끄트머리가 증기 방어막을 만나는 곳에서 작은 구름이 일어나서, 조금씩 커지며 계속 다가오는 것이다. 그리고 순식간에 습격해온다. 믿을 수 없을 정도로 순식간에, 경보기가 무력하게 위험을 알리는 묵직한 뎅그렁 소리 속에서, 놈들은 아주 작은 소음을 흘리며 내려앉는다. 마치 옛 시대에 가늘게 내리는 진눈깨비가 창문을 때릴 때처럼 가볍게 탁탁거리는 소리가 전부다. 그대의 몸은 대부분 온갖 위험을 막아주는 무적의 생존용 금속으로 만들어졌기 때문에, 내려앉는 느낌은 아예 없다. 그러나 검은 막이 내려앉아 깊숙이 스며들고, 일렁이면서 몸 위아래로 퍼지는 모습은 똑똑히 보인다. 이내 그대는 막을 문질러 떨어내려 시도한다. 하. 어림도 없다. 다음으로 그대는 생각을 다잡으려 애쓴다. 아무 일도 일어나지 않은 척한다. 앉아서 노래를 부른다. 하늘로 날아오르면 모든 화력을 퍼부어 이 위협을 그대로 날려버리겠다는 계획을 꾸민다. 호! 소총을 쏴서 구름을 떨구거나 연기를 끌어내리려 시도해본 적이 있는가? 이내 깊이 스며들었던 검은 막은 들릴락 말락 하는 소리를 내면서 하늘로 날아오른다. 마치 아주 작은 모래 알갱이가 바위 위를 구르는 듯한 소리다. 순간적으로 허공에 어둠이 맴돈다. 그대는 어둠이 사라지는 모습을 멍하니 바라본다. 노래하려 애써본다. 아무 일도 일어나지 않은 척하려 시도한다. 그러나 뭔가 벌어진 것은 분명하다! 몸이 조금 전보다 아주 약간 작아져버렸으니까. 방금 그대를 방문한 것은 신금속과 다른 모든 금속을 먹어치우는 금속 포식자인 것이다. 지금껏 등장한 중에서도 가장 위험한 돌연변이인 것이다.

그리고 놈들은 모데란 전역을 날아다닌다. 검은색의 웅웅거리는 구름이 오전에도, 오후에도, 무수히 일어나서 우리를 습격해 금속 밥 하나 분량을 떼어낸다. 또는 전쟁의 시간이라 우리가 성채 안에 들어앉아 바쁘게 발사 버튼을 누르고 있을 때면, 구름은 우리 성채 위를 막으로 뒤덮어 지붕을 먹어치운다. 우리든 우리 성채든 마찬가지다. 머지않아 다를 바 없게 될 것이다. 놈들은 거침없이 모든 것을 먹어치울 테니까.

그래서 한때 영생을 누리며 영원했던 우리는, 묶여 땅으로 끌어내려진 찬란한 소망처럼, 꾸준히 우리를 내리덮는 검은 막이 그 위대한 영원을 조금씩 깎아내는 것을 느끼고 있다. 그리고 상어의 턱을 가진 작은 입자들이 하늘로 날아오를 때면, 포식을 즐기고 떠날 때면, 우리는 자신을 고문하는 존재들을 조금 더 잘 관찰하고 싶어서 광역 기계화 눈에 주머니 확대경을 가져다댄다. 이렇게 확대한 모습을 볼 때면, 우리는 종종 온몸에 끔찍한 미늘을 덧댄 채로 하늘을 맴도는 검은 콘도르의 모습을 떠올린다. 그리고 그제야 우리의 상황과 운명을 깨닫게 된다. 놈들은 매일매일 우리의 일부를 뱃속에 담고 소화하며 바람을 타고 즐겁게 날아갈 것이다. 그렇다면 우리도 결국 필멸자일 뿐이란 말인가? 단순한 살점의 땅 주민들만큼이나 취약하단 말인가? 모든 것이 시간문제란 말인가?

그러나 우리의 꿈은! 우리의 위대한 꿈은 계속 살아남아 영원토록 계속될 것이다. 또는 적어도 그 꿈을 위한 여정만은. 다시 그 앙상한 골격에 희망을 두르고 싸우러 나올 것이다. 어쩌면 이런 금속 '벼룩' 따위는 그저 사소한 후퇴일 뿐일지도 모른다. 어쩌면 내일이, 반짝이는 새로운 내일이 찾아오면, 우리는 순수한 꿈으로 다시 몸을 '교체'할 수 있을지도 모른다. 이를테면 고무 같은 물질로. 그래! 신세포 고무 합금이다. 그게 해답이 될 수도 있을 것이다. 그러면 금속으로 만들어진 금속 포식자들은 굶주릴 것이다. 그 사악한 강철 배때기가 홀쭉하게 들어가 끔찍하고 조그만 갈빗대가 드러나고, 먹을 것도 희망도 없는 시기를 맞아 주둥이를 열심히 옴찔거리기만 할 것이다. 그리고 결국은 바람을 타고 흘러 다니다 죽음을 맞이할 것이다. 만물의 왕인 인간을 귀찮게 만든 모든 존재가 응당 맞이해야 할 운명대로 말이다. 그래!

꼬마 소녀의 모데란식 봄날

꼬마 소녀가 계획대로 녹색으로 변하기 시작하는 정원을 건너 춤추며 찾아온 것은 봄철의 어느 비 내리는 날이었다. 마치 대단한 보물이라도 숨기고 있는 것처럼, 한쪽 손은 단단히 주먹을 쥐고 있었다. 그녀는 그의 거품형 반구 주택의 바깥에 멈춰 섰다. 선명한 주황색 문에는 'FW'라는 글자가 날아가는 모습이 신선한 완두콩의 녹색으로 그려져 있었다. 여섯 번째와 스물세 번째 알파벳에 날개가 달려 있으면 '공식 작업자formula worker'라는 뜻이 된다. "아빠!" 소녀는 요즘 히스테리가 일어날 때마다 사용하는 '일반' 목소리로 빽 소리쳤다. "우편 전송관으로 뭐가 들어왔는지 좀 보세요. 오늘요! 도착했다고요! 1천 달러를 보냈거든요. 2주 전에요. 옛날 학습 용품 카탈로그에서 보고 주문했어요! 그런데 받아보니까 '아빠나 엄마한테 가서 **도움을 청하세요!**'라고 적혀 있지 뭐예요!" 소녀는 주먹을 쥐지 않은 쪽 손을 흔들었다. 흔들리는 손에는 녹색 종이가 들려 있었다. 노란색과 보라색과 분홍색과 파란색과 빨간색과 주황색 글자가 박힌 모습이 무지갯빛 볼거리처럼 보였다. 아니, 옛 시대라면 그렇게 불렸을 것이다. 아마도.

그는 갑자기 극심한 두통이 찾아온 사람처럼 몸을 휘청거렸다. 여전히 공식 작업자용 엉덩이가 푹신한 의자에 몸을 단단히 고정한 채로, 그쪽을 멍하니 바라볼 뿐이었다. 그는 조심스레 외부 스캔 전송관을 슬쩍 바라보며, 목소리의 주인이 진짜로 꼬마 소녀인지, 혹시나 적이 변장하고 찾아온 것은 아닌지를 확인했다. 한참을 스캔하고 상당한 분량의 성문 분석을 시도하여 상대방이 의심할 여지 없는 진품 꼬마 소녀라는 사실이 확인되자, 그는 1천 킬로미터 떨어진 곳에 있는 통제국에 의자의 금속 띠를 풀고 싶다는 신호를 보냈다. 공식 작업자용 장거리 통신 장치로 본인 여부를 확인하고 협상하는 작업이 한참을 계속된 끝에, 통제국에서 허가가 내려오고 그는 작업용 의자의 금속 띠에서 해방되었다.

제어장치가 감기고 풀리는 소리와, 가혹한 구속 장치가 바닥에 떨어지며 내는 절그렁거리는 금속성을 들으며, 그는 비척비척 자리에서 일어났다. 그리고 몸을 꼿꼿이 세운 채로, 어질어질한 머리를 가누고 머뭇거리며 잠시 그 자리에 서 있었다. 금속 구속 장치에서 풀려나본 지도 한 달이 넘었기 때문이었다. 그는 정신을 차리려고 고개를 흔든 다음, 훌쩍 높아진 눈높이가 유발하는 불안감을 잠재우고, 갑자기 나동그라지는 처참한 불명예를 피하기 위해 유망한 FW로서의 자존심을 한껏 끌어올렸다. 금속 두뇌 냄비 안에서 이런저런 생각이 격렬히 철벅이기 시작하자, 그는 한참 전의 과거로 돌아가서 생각의 패턴을 말이 되는 쪽으로 재배치하려 시도했다. 방금 "아빠"라고 말했던, 그리고 "아빠나 엄마한테 가서"라고 말했던 목소리가 불러일으킨 익숙하지 않은 감정을.

이런 가능성을 감수할 필요가 있을까? 자신의 분석을 신뢰할 수 있을까? 외부 스캔 장치가 수집해서 분석하라고 넘긴 정보들이 정확하다고 할 수 있나? 계속 코를 박고 작업을 하다 보니, 외부를 확인하는 눈이 몇 번째일지도 모르게 '제대로 작동하지 않은' 것일 뿐이면 어쩌나? 그러나 모든 것이 맞는다고, 문밖에 진짜 꼬마 소녀가 와 있다고 일러주고 있었다. 그래, 그도 믿고 싶었다. 하지만 세상에, 요즘 세상은 온갖 속임수로 가득한 곳이지 않은가. 만약 꼬마 소녀가 아니라면, 화장하고 변장을 시켜서, 인사하며 악수를 하면 그대로 폭발하도록 진동 감지장치를 설치한 보행 폭탄 인형이면 어쩌지? 굉음을 울리며 산산이 부서져 하늘로 날아가도록 만들어서, 공식 작업자 한 명 분량만큼 통제국을 약화시키려는 계획이라면? 누가 그런 일을 원할까? 아, 통제국에 반대하는 자라면 누구나 그런 짓을 벌일 것이다. 그리고 그런 자들은 언제나 존재한다. **아, 그래!** 아름다운 확실성을 산산조각 내고, 자유를 내걸고 선택이라는 불확실성을 세상에 풀어놓기를 원하는 자들이 있다. 부우우우 브르르르르르크크크크크 블라아아아 부우우우. 그리고 그는 통제국 소속이었다. 그가 통제국인데! 그리고 통제국이 그인데! 항상 하나이며 영원히 하나일 것이다. 영원히 떨어질 수 없도록 단단히 결합되어 위대하고 위대한 공공의⋯⋯. 그는 문득 주춤했다. 금속 두뇌 냄비가 순간 작동을 멈춰버렸다. 그는 이유도 모른 채로, 뭔가 훨씬 오래된 과거의 계획을 찾아 움직였다. 그는 선명한 주황색의 문을 향해 휘파람으로 신호를 보냈다. 언제나 신호에 복종하는 문은 그대로 벽에 먹히는 것처럼 미끄러져 들어갔고, 날개 달린 FW도 모습을 감추었다. 그는 목소리를 내려고 버튼을 눌렀다.

"안녕 안녕 **안녕**, 꼬마 **꼬마** 소⋯⋯소녀야." 젠장! 너무 오랜만이라 말하는 것 자체가 **무척** 힘들었다. 그는 얼어붙은 듯 바닥에 서 있었다. 금속으로 만든 다리와 발 위에서, 높은 곳에서 위태롭게 바깥의 소녀를 내려다보았다. 그러다 문을 향해 느리고 고통스러운, 철컹거리는 다섯 발짝을 내디뎠다. 그리고 정확히 문간에 도착해서 몸을 바짝 세웠다. 그는 날개 달린 FW로서의 자부심을 한껏 끌어 올려, 문 안쪽에 단단히 버티고 섰다. 그래! 다음으로 그는 '경계선에 슬쩍' 발끝을 댔다. 정확하게 경계에 놓고 더 나가지 않았다. 공식 작업자는 극도로 기묘한 상황에 처하지 않는 이상 (통제국의 특수 용어로는 E.O.C.extraordinary of circumstances 라고 부른다) 자기 문의 경계를 다시 넘어갈 일이 없다. **들어오**

면 그걸로 끝이다. 방을 떠나는 일은 너무 **큰 우연**과 **큰 위험**으로 가득했다. 게다가 떠난다 해도 어디로 가겠는가? 여자 공식 검토자formula checker를 만나서 정신없이 온몸을 절정이며 뜨거운 금속 섹스를 만끽하고, 철벅거리는 두뇌 냄비가 흥분해서 **사랑**을 외치게 하겠는가? 안 될 말씀. 국가(통제국)는 절박하게 그들을 필요로 한다. E.O.C.가 일어나지 않는 이상 절대 문을 나서지 않을 것이다.

"대체 이게……." 그는 훨씬 오래된 여러 가치관의 부추김에 따라 분통을 터트리려다가, 문득 생각했다. 아니, 우리 꼬마 소녀잖아. 게다가 봄철이고. 얼른 공식으로 돌아가야 한다는 무쇠 같은 다급함은 잠시 잊어버린 채, 그는 목소리 상자의 플러기-플라기 장치에서 '가까운 가족과의 일상 잡담' 버튼을 제대로 찾아서 눌렀다. "그 손에 든 건 뭐냐, 꼬마 소녀야. 뭘 가져온 거냐?"

꾹 쥐었던 주먹을 펼치니 아주 오래된 씨앗 두 개가 등장했다. 생김새는 호박씨와 비슷했다. 그리고 소녀는 말했다. "정말 대단하죠! 물어봐주셔서 다행이에요. 프로그램을 보니까, 제가 받은 건 '자연의 생명 꾸러미'래요. 과거에는 그랬던 거겠죠. 거기다 그림도 보여줬어요. 바닥에 커다란 태양이 두 개 떠오른 것 같더라고요. 그리고 여기 조그만 알갱이 두 개가 그 커다랗고 둥근 물건을 불러내서 **들판을 굴러다니게** 만든다는 거예요! 지시를 충실히 따르기만 하면요. 그리고 제대로 돌보기만 하면요. 옛 시대 이야기지만요. 흙을 가지고요. 어머, 세상에. 흠! 그리고 물도요.

그리고 뭐라더라, 해……햇빛이라는 것도요. 진짜 그럴까요? 아빠 생각은 어때요? 어떻게 생각해요? 그리고 **흙이 뭐예요?**"

그는 목청을 가다듬고, 목구멍 깊은 곳에서 작은 금 조각을 뱉어낸 다음 (1년 전에 암을 예방하기 위해 도금해놓았기 때문이었다) 금속으로 만들어진 양발을 '경계선에 슬쩍' 걸쳐놓았다. 그래, 물론 아직은 슬쩍 걸쳤을 뿐이었다. 당장 안전하고 익숙한 엉덩이가 푹신한 의자로, 자신을 가두는 구속구로, 냉정하고 차분한 공식 프로그램 작업으로 도주하고만 싶었다. 통제국에 도움이 되기 위해서, 국가를 위해 죽을 때까지…… 또는 죽기 위해서.

그러나 꼬마 소녀는 바짝 다가와 있었고, 그는 쉽지 않을 것이 분명하다고 생각했다. 물론 꼬마 소녀는 얼마 전에 간신히 다섯 살이 되었을 뿐이다. 그러나 만약 그녀가 프로그램의 모든 훈련을 잊어버리고, 진짜 나이대로 돌아가서 기관총처럼 질문을 쏟아내기 시작하면 어떨까? "아빠 생각은 어때요? 아빠 생각은 어때요? 어떻게 생각해요?" 그리고 잔뜩 기대에 차서 흥겹게 춤추며 정보를 요구하면 어떻게 될까? 아 신이시여. 이러다간 주특기인 떼쓰기 춤까지 시작할지도 모른다. 바닥에 누워서 발을 구르며 비명을 질러대는 춤 말이다. 아직도 기억이 생생했다.

지금, 그래 지금이야말로, 소녀의 온전한 어머니가 필요한 때였다. 교체 가능한 부위를 전부 금속과 플라스틱으로 교체해서 터무니없는 여자가 되어버린 그 어머니가 아니라. 그 대단한 탈착식 손가락마다 거대한 스타 다이아몬드 반지를 끼고, 매일 한참을! 그 플라스틱 남자한테 마사지나 받으면서 거의 전부 교체한 푸른 눈으로 사람을 뚫어져라 바라보는, 이제 언제나 뚫어져라 바라보기만 하는, 녹색으로 내려앉은 안개에 휘감긴 한 쌍의 흐릿한 보름달처럼 그를 주시하는 그 여자가 아니라. "그냥 네 어머니한테 가는 게 어떠냐?" 그는 말했다. "봄철의 꼬마 소녀라면 자기 어머니한테 질문하러 가는 게 올바른 태도 같은데." 그는 자신의 영감에, '상황을 회피'할 수 있다는 생각에 가슴이 훈훈해졌다. "꼬마 소년네 집에도 잠시 들렀다가, 둘이 함께 너희 어머니네 집으로 가서 당장 시작할 수 있는지 확인해봐라. 존 그 친구를 내보내고 시간을 내줄 수 있는지 청해보라는 거다. 아직 그 여자의 플러기-플라기가 제대로 작동하는지 확인도 해보고. 아니면 이제 문지르기 말고는 아무것도 하지 못하게 되었으려나?" 그는 이런 소리를 하는 자신이 혐오스러웠다. 어머니와 그 플라스틱 남자 친구에게 이따위 고약하고 비열한 공격이나 하고 있다니. 솔직히 그에게는 이럴 자격이 없었다. 국가를 위해 일하는 자랑스러운 공식 작업자로서, 이런 하찮은 싸구려 관심이나 살점스러운 질투의 감정은 초월해야 마땅했다. 어머니든 아니든, 설령 세상에서 가장 아름다운 여인일지라도, 문지르는 일 따위에 신경 쓸 수는 없었다.

"요즘은 엄마한테는 가봤자예요. 아무 쓸모도 없다고요." 꼬마 소녀가 말했다. "게다가 꼬마 오빠를 데려간다고 해도 아무 도움도 안 될 게 뻔하잖아요. 제가 보기에는 둘 다 너무 멀리 가버렸거든요. 엄마는 항상 침대에 누워서 문지르기나 튕기기만 즐기고, 꼬마 오빠는 그 쬐끄만 로켓 우주 스쿠터를 타고 돌아다니거나 발사 준비만 하고 있다고요. 물론 그냥 놀이일 뿐이지만, 시간을 엄청 잡아먹거든요. 흐으음! 걔는 우주 탐사가 삶의 전부거든요." 소녀는 말을 멈추고 그 단호하고 애절한 눈빛으로 그를 붙들었고, 그는 소녀가 어떻게 항상 정확하게 약점만 노려서 때리는지 모르겠다고 생각했다. "잊은 건 아니죠, 아빠? 크리스마스에 나를 돕겠답시고 얼마나 **끔찍한** 짓을 벌였는지요? 내 나무의 별 기억나요? 떨어진 별요? **대형 EOC** 상황이 발생해서 내보내줬을 때 말이에요. 그랬더니 아빠는 화가 나서는 산타클로스를 거세해 버리겠다고 했잖아요. 근데 거세가 뭐예요? 어쨌든 이제 나한테 **신경 쓴다는** 증거를 좀 보여달라고요!"

이제 그는 끔찍하게 욱신거리는 공포 외의 모든 것을 무시하고 있었다. 어쩔 수 없는 일이었다. 물어봐야만 했다. 그리고 그의 떨리는 플러기-플라기 장치에서 흘러나오는 말은, 거의 자가 동력으로 움직이며 우주 탐사정처럼 공격해 들어갔다. "그러니까 말이다……. 혹시라도 네가…… 혹시 말해줄 수 있겠니, 꼬마 소녀야……. 너희 어머니와 그놈이……?"

"물론이죠. 단순히 문지르기만 하는 게 아니거든요. 설마 그렇게 생각한 건 아니겠죠!" 꼬마 소녀는 한쪽으로 고개를 갸웃거리며, 놀리는 듯한 제법 음흉한 눈빛으로 자기 아빠를 바라보았다. 이런 눈빛을 직접 목격하면, 누구나 이 꼬마 숙녀가 많은 것을 알고 있으리라고, 삶이라는 여정에서 수많은 진실을 마주쳤으리라고 의심할 수밖에 없을 것이다. 포장된 것이든 아니든. 그리고 그는 문득 프로그램에서 '과거의 상황'에 **매우** 과학적인 방법으로 접근해서 '요즘 상황'을 학습할 준비를 시켰으리라는 점을 깨달았다. 그러나 어린 여자애들의 경우에는 일이 계획대로 돌아가는 법이 별로 없다. 바로 지금처럼, 프로그램에서 부분적으로 '통신이 뒤얽혀서', 꼬마 소녀가 올데란의 괘씸한 종묘상에다 불법으로 호박 씨앗을 주문하게 만든 상황처럼 말이다. 뚜렷한 이유 없이, 그는 차라리 해바라기 씨앗이었으면 좋았으리라 생각했다. 한때 그는 그 커다란 '태양'의 꽃을 좋아했다. 종종 정찬용 쟁반 크기까지 커져서, 드넓은 중서부의 평원에서 지옥처럼 뜨거운 열기를 맞으면서도 당당하게 고개를 들고 하늘을 바라보던 그 꽃을.

그는 문득 머릿속에서 쿵 하는 굉음을 들으며 **현재**로 돌아왔다. 차디찬 냉기가 몸을 감싸는 것을 느끼며, 그는 형용할 수 없는 고통에 사로잡힌 채로 차갑고 차갑게 질문했다. "대체 대체 **대체**…… 그녀한테 놈이 뭘 하는…… **하는** 거냐……. 그거 말고, 그러니까, 문지르기 말고?"

"가끔가다 한 번씩 어머니를 찔러요. 제법 세게요. 종종 꺼내는 작고 낡았고 짧고 굵직한 막대로요. **탄력**이 넘쳐요! 제법 크고요!"

"그놈이 대체 왜 왜 **왜**…… 그런 **그런** 일을 **하는** 거냐?"

"제가 어떻게 알겠어요!? 가끔 보면 둘이 찰싹 붙어 있어요. 아마 엄마가 그러기를 원하는 거겠죠. 그리고 엄마가 그걸 원하니까 그 사람은 그대로 해주는 거고요. 히히 히히 꺄륵."

그는 눈앞에서 웃음을 터트리는 자신의 딸을 멍하니 바라보았다. 도망치고 싶었다. 비명을 지르고 싶었다. 자신의 몸을 갈기갈기 찢고 싶었다. 그녀의 목을 조르고 싶었다. 모든 것을 닥치는 대로 공격하고 싶었다. 말이 나오지 않았다. 플러기-플라기 장치도 본분을 다하기를 거부했다. 그는 **통곡**이라고 적힌 버튼을 눌렀고, 마침내 울부짖는 소리가 흘러나왔다.

"오 아빠, 소리 좀 줄여요. 그거 좀 끄고요. 그냥 엄마가 애인하고 즐기는 것뿐이잖아요. 그리고 뭘 하고 있든 어차피 전부 너무 즐거워 보인단 말이에요. 거기 서서 구경하면 계속 웃고 또 웃고 있다니까요. 그래도 나는 기회가 될 때마다 엿보곤 해요. 몰래 엿보는 비밀 구멍이 있거든요. 그리고 아주 잘되어간다 싶으면, 그대로 뛰어 들어가면서 이렇게 소리치는 거예요. '안녕! 엄마! 엄마! 안녕! 우리 플라스틱 아저씨!' 그러면 허우적거리며 일어나 앉으면서 자연스럽게 행동하려 애쓰는데, 정말 웃기다니까요! 아빠도 그 한심한 광경을 보면 호호 웃음 버튼을 열심히 누르면서 웃다 지쳐 죽을 거예요. 하지만 프로그램에 따르면, 그런 일은 숨길 필요도 부끄러워할 필요도 없댔어요. 흔히 말하는 것처럼, 합의한 성인끼리 만족스럽게 즐기는 것뿐이잖아요. **진심으로 끔찍하게** 서로 원하니까요! 꺄륵 꺄륵 히히."

욱신거리는 목구멍에서 금 부스러기가 치밀어 올랐다. 헐떡일 때마다 계속해서 부스러기가 치밀어 올라 바닥으로 떨어지는 소리가, 마치 옛 시대의 빗방울 떨어지는 소리처럼 들렸다. 그는 확장식 눈의 설정을 '두려움에 질린 시선'으로 바꾸고, 멍하니 꼬마 소녀를 바라보고만 있었다. 아무 소리도 낼 수가 없었다. 그녀가 너무 멀리 있는 것만 같았다. 그는 전부 양철로 교체된 손을, 그리고 끔찍하게 무거워진 팔을 그녀 쪽으로 휘저었다. 그녀도 마주 손을 흔들었다. 그는 비명 버튼을 눌러 꼬박 15초 동안 소리를 질렀다. 분노를 소리로 표현하면 어떻게든, 어떤 식으로든, 도움이 될 수도 있으리라 생각했기 때문에.

"사실 안 그랬으면 좋겠어요." 버튼에서 울리던 비명이 잦아들자, 꼬마 소녀는 무덤덤하게 말을 이었다. "소리가 너무 거슬리거든요. 엄마 몸은 대부분 양철이고 플라스틱 존은 대부분 플라스틱이니까, 그런 일을 벌이면 아주 끔찍한 소동이 벌어지거든요. *저거붐 철퍽 철퍽 덜걱 덜걱 샤카샤카 구룩 구룩 라가라가라가라가 오오오오오오 으으으으으으음 하고.*"(꼬마 소녀는 신나게 몸을 덜컹거리고 어린 여자애답게 팔짝팔짝 뛰고 이를 갈면서 실감 나는 소리를 만들어냈다.) "그리고 때론 양쪽 모두 정말로 거칠게 숨을 몰아쉬거든요. 숨결 봉투가 진짜 **무지막지하게** 펌프질을 해요! 시작하기 전에는 언제나, 우선 존이 어머니의 옷을 하나하나 남김없이 벗겨요. 스타킹하고 속옷을 사방에 던지면서요! 그리고 자기 것도요. 어떻게 보면 서로 벗겨주는 거라고 할 수도 있고. 안 그러면 너무 더워지나 봐요. 아마도요. 아빠 생각은 어때요? 아빠 생각은 어때요? 어떻게 생각해요?"

그는 앞으로 쓰러졌다. 아니, 무너졌다고 하는 편이 옳을지도 모르겠다. 자신의 공식 오두막 바닥에서, 그리고 소녀의 눈앞에서, 그는 그대로 무너져 제법 비싼 '교체' 금속과 실신한 살점 조각 무더기가 되어버렸다. "아빠가 아파!" 소녀는 갑자기 주변에 휘몰아치는 공허감 속에서 우물쭈물 혼잣말을 중얼거렸다. "아빠는 왜 아픈 걸까? 내가 뭘 해야 할지 모르겠네. 어머나 글쎄……."

그녀는 여자아이의 진정한 아빠 사랑을 담은 눈으로 아주 잠깐 그를 바라보다가, 이내 아빠가 절로 알아서 괜찮아지리라는 결론을 내렸다. 만약 그렇지 못하더라도, 프로그램에서 본 대로 국가에서 아빠를 녹여서 새로 시작하게 만들어줄 것이다. 그러니 굳이 곁에 머물 필요가 있을까? 게다가 어떻게 되든 무슨 상관이람? 분명 지금 상태로는 그녀에게 전혀 도움이 되지 않을 테고, 사실 지금껏 제대로 도움이 된 적도 한 번도 없었는데. 어머니도 마찬가지고. 그리고 꼬마 오빠는―으윽 역겨워―생각만 해도 불쾌했다. 그래서 그녀는 자리를 떠났다. 최대한 열심히 달려서, 계획에 맞춰 파릇파릇해지는 정원을 가로질렀다. 마침내 계절국에서 톱니바퀴를 제대로 맞춘 덕분에, 모데란 전역의 제어장치가 움직여 거대한 바닥 시트 아래로 겨울을 밀어 넣고 그 자리를 금속 새싹으로 채우기 시작한 것이다.

그러나 그녀는 아직도 어떻게 흙을 찾을지는, 그리고 거기에 몰래 씨앗을 심어 '호박'이라는 것을 키울 수 있을지는 감조차 잡지 못하고 있었다. 그래도 한 가지는 확실했다. 평소와 마찬가지로, 아빠는 문제를 해결하는 데는 아무런 도움도 되지 않는다는 점 말이다.

9번 성채의 12월

이른 아침부터 하늘이 묵직하게 뒤덮인 날이었고, 강철을 덧댄 모데란은 평소처럼 무탈한 하루를 시작했다. 그러나 문득 저 멀리서 증기의 방어막이 흩어지며 뾰족하고 커다랗고 위험한 발톱의 형상을 이루더니, 그대로 허공을 내려찍고 휘두르고 베어내고 맴돌았다. 마치 잘게 쪼개진 천상이 다툼을 시작하는 것만 같았다. (여전히 슬렁어 침대에 누워 있던) 그는 그 광경에 깜짝 놀라고 잠시나마 다시 젊어진 기분이 들었다. 하늘에서 펼쳐지는 흥분되는 광경이 평소의 지루한 장막에 활기를 부여했기 때문이다. 흡사 죽음의 왕과 위협의 여왕이 마수를 뻗치듯, 하계 세상이 구름으로 뒤덮이는 광경이 보일 때마다, 그는 내면에서 야심이 끓어오르는 것을 느끼곤 했다. 기억하는 내내, 심지어 암울함이 소용돌이치던 모데란 시절에도 그랬다. 그래! 하늘의 저런 광경은 기이한 위험 신호가 분명했다. 모든 기후를 통제하는 이 땅에서, 이른 아침의 하늘에 저런 광경이 펼쳐진다니, 임박한 파국을 알리는 재앙의 상징이 분명했다. 그러나 아주 잠시뿐이었다. 이내 하늘은 말끔하게 말려 들어가며 눈에 익은 12월의 청회색 증기 방어막으로 돌아가버렸고, 그는 손잡이로 조절하는 하루가 다시 반반하게 자리 잡았음을 깨달았다. 중앙에서 다시 옳은 버튼을 누르고 제대로 손잡이를 돌린 것이다. 강철의 모데란을 뒤덮은 하늘은 이제 다시 스위치를 올리고 내려 조절하는 정상적인 상태로 돌아갔다.

그리고 그에게도 스위치를 올리고 내려 조절하는 정상적인 일상이 찾아왔다. 겉보기로는 어딜 봐도 그랬다. 낡은 감은 있었지만(그리고 더 낡아가고 있지만). 이제는 한때 매끄럽게 돌아가던 마음과 정신도 덜걱거리기 시작했다. 쾌락으로 다듬는 공정이 오작동을 일으키기 때문이었다. 즐거운 시간은 강제로 끌어내려지고, 원대한 포부는 모두 의미를 잃고, 권력에 대한 온갖 갈망도 무너져 내렸다. 이제 모든 것이 하찮게 느껴졌다. 그의 정신 속에서는 수많은 제로가 허공에 떠다니고, 부유하는 무로 이루어진 크고 공허한 정사각형들이 이리저리 날아다니며 곳곳에 부딪쳐댔다. 마치 세상의 모든 평야를 모아서 앞뒤 좌우로 끝없이 이어놓은, 바람도 없이 황량한 평원을 헤매고 돌아다니는 느낌이었다. 그가 정신을 구슬리려 애쓰는 내내, 강렬하고 진득한 정적이 귀를 둘러싸고, 거의 질식할 정도로 얼굴에 억세게 들러붙었다.

그를 내리누르고 옭아매는 투쟁심 때문에 도망갈 수조차 없었다. 그래! 9번 성채가 실의에 빠지고 낡은 무쇠의 무기력에 사로잡혔다 할 수 있을까? 최고를 노리는 위대한 평생의 전쟁에서 낙오했다고 할 수 있을까? 낡았다고 할 수 있을까? 낡아버린 것일까? **낡았을까?**

(그래! 그래! **그래!**) 그러나 그는 여전히 전투를 꿈꿨다. 방금 바람이 밀려와서 부딪치며 만들어낸 장관은 계획한 것만 같았다. 그리고 되짚어 생각할수록 더욱 그렇게 느껴졌다. 거대한 투쟁과도 같지 않은가. 한편에는 그가 홀로 서 있고, 반대편에는 나머지 모두가 모여 있는…… 그는 적진으로 돌격하는 백마를, 그리고 아름다운 신금속 귀부인의 품에서 열심히 응원하는 두 명의 작은 신금속 아이를 꿈꿨다. 온갖 나머지 색으로 치장한 적들은 파멸의 힘을 한껏 끌어올려 순수한 백색의 온전함에 도전했다. 어쩌면… 어쩌면… 오늘이…?

9번 성채는 슬링어 침대에서 일어났다. (스위치를 누르면 금속과 살점 조각으로 만들어진 온몸을 단번에 내던져 일으켜 세우는 침대다.) 그리고 그는 침대에서 이어지던 기나긴 생각에서 단번에 벗어나 자신의 황량한 요새 흉벽으로 걸음을 옮겼다. 이 요새의 이름도 9번 성채였다. (이 불길하고 위대한 시대에는, 신체가 대부분 신금속으로 교체되고, 몇 안 되는 살점 조각이 몸을 이어 붙여 지탱하고, 살점 조각에 달린 수 킬로미터의 관에는 녹색 혈액이 흐르고, 금속 두뇌 냄비 안에서 진정한 화학적 사고가 철벅거리는 사람들이 살아가는 시대에는, 강대한 방어용 요새인 성채와 '교체'된 인간은 같은 이름을 가진다. 사람도 9번 성채고, 요새도 9번 성채인 것이다. **그래!** 그리고 어찌 보면, 인간도 이제는 걸어 다니는 작은 요새가 되었다고 할 수 있다. 신금속 껍질이 위험에서 몸을 보호해주니까 말이다. 그래, 모든 곳의 위험에서!)

그 12월의 어느 날, 그는 청회색 증기 방어막 아래서 터덜터덜 흙벽을 돌았고, 지역의 계절과 기후를 담당하는 자동 인간은 힘겹게 걸어가는 그의 모습을 보고 바람을 일으켰다. 차디찬 강풍 버튼을 눌러서, 서늘한 겨울 공기가 새된 소리를 올리며 그의 우울한 명상에 동참하게 만든 것이다. 때론 특정 지역에서 저급한 일에만 매달리는 하찮은 공무원이, 직감에 따라, 두뇌를 사용할 때보다 명징하게 상황의 본질을 인식하는 경우가 생긴다. 9번 성채가 포함된 지역의 기후를 통제하는 12월 담당자도 그렇게 명확히 깨달았다. 무거운 짐을 짊어진 어깨, 푹 숙인 고개, 그리고 *저벅 저벅 저벅* 소리를 올리며 계속 흙벽 위를 도는 모습을 보면, 그가 성채 하나 분량의 짐을 짊어지고 있음은 분명했다. 두뇌 냄비에는 거친 생각을, 가슴의 고통 차폐 장치에는 엄청난 상처를 품고 있음을 손쉽게 깨달을 수 있었다. 그러니 스위치를 튕겨 바람의 자릿수를 올려서 그의 끔찍한 고통에 동반자를 마련해주고, 폭풍처럼 밀려오는 강풍 속에서 해묵은 걱정과 고민을 벗어던지게 한다고 안 될 것이 있겠는가? 쏟아내자고! 살점이 다스리던 옛 시대였다면, 나는 이 하찮은 날씨 조절 공무원이 크리스마스 선물로 받은 밤색 스카프를 환불받아 부활절 달걀을 살 돈을 마련하라고 종용하면서, 실연해 상심한 사람을 부추겨 함박눈 속으로 몰아내는 부류였으리라 생각한다(그 정도로 고약한 일이었다!). 위태로운 외나무다리를 건너는 사람에게는 고약한 날씨와 힘겨운 시기를 곁들여줘야 근심이 더 맛깔스러워진다고 여기는 사람이었다.

그러나 어디에 무슨 일이 벌어지고 누가 어떻게 되든, '여행'의 순간은 조금도 멈추지 않고 다가온다. 그리고 결과는 활짝 꽃을 피운다. 걸음을 옮기는 다리를 붙들고 늘어진다. 자리에 앉으려 할 때도 잡아당긴다. 여행은 반드시 대가를 받아 간다. 그래! '여행'이다! 가죽이 축 늘어지고 병에 시달리는 늙은 코끼리처럼, 떨리는 다리를 열심히 옮기며 후피 동물의 무덤으로 걸어가는 먼 옛날의 짐승처럼. 한동안 개집에 누워 일어나지 못하다 갑자기 최후의 날 아침에 자리를 떨치고 일어나, 개답게 달리고 달리고 또 달리는 늙은 개처럼. 그 끔찍한 것을 바람에 떨쳐 날려버린 것처럼, 엄청난 거리를 달리지만…… 어떻게 해도 떨쳐버릴 수 없는 개처럼. 여행이란 우리 모두를 흔들어 떨치는데도, 그 자신은 절대 떨쳐지지 않는다. 그래!

모데란의 건국 계약서에는 분명하게 적혀 있다. '얼마 안 남은 살점 조각을 늘어뜨리고 몸 대부분을 신금속으로 교체한' 성채의 주인은 최후의 부름을 맞이하거나 여행을 떠날 필요가 없다. 그러나 계약으로 상황을 변화시킬 수는 없다. 계약서를 눈앞에 흔들고 하! 그럴 필요 없는데, 하고 말해보자. 하! 호! 히! 늙기를 거부해 보시지!! 젠장!!!

찌찌르쨱! 찌찌르쨱! 찌찌르쨱! 쨱쨱! 쨱쨱! 쨱! 그래, 그때가 찾아왔다. L타워의 사람들이 그에게 빛줄기를 쏘아 보내고 있었다. 그도 마음속 한쪽 구석에서 저들이 그럴지도 모른다는 짐작 정도는 하고 있었다. 이제 언제든. "안녕하신가, 9번 성채여. 가장 충직한 종이자, 스스로 위대함을 획득한 주인이자, 모데란에서 가장 자랑스러운 전사이자, 온 세상의 미사일 영웅이여. 그대의 현재 임무는……." 그는 빛줄기를 껐다. 더 들을 필요가 없었다. 상황은 아주 잘 알고 있었으니까. 구형이었던 6번 성채가 같은 일을 겪은 지 채 한 달도 지나지 않았으니까. 이제 젊고 영리한 3,159,813,425.6번(신형이다!) 성채가 그 자리에 들어와 영지를 다스리고 있다. (대포격전에서 포대 운용 방식에 대한 새롭고 영리하고 잡다한 발상을 잔뜩 가지고서.) 그래, 구형 동체에는 금속 피로가, 혈관 튜브의 침전물과 두뇌 냄비의 잡때가 쌓여간다. (계약서를 읊조린다면! 항의를 접수한다면! 고소하겠다고 위협한다면! 계약을 지키게 만든다면! 누구에게? 누구에게? **누구에게?**) 호! L타워는 모데란의 모든 것을 다스리는 곳인데.

그래서 장막을 드리운 하늘을 머리에 이고, 덩이 진 구름을 바람을 타고 날아드는 죽음의 선봉으로 여기면서, 그리고 종말의 검은 새들이 끔찍한 강풍을 타고 일종의 상징처럼 하늘에 무리 짓는 모습을 보면서, 9번 성채는 그에게 예비된 길에 올랐다. 자동 보도에 올라 '여행'을 떠난 것이다. 몸에 익은 습관대로, 그는 오늘을 위해, 그리고 승리를 위해 준비에 온 힘을 다했다. 힘겨운 경첩 관절의 상태를 알고 있었기 때문에, 움직임도 반응 속도도 예전의 절반에도 미치지 못한다는 사실을 알고 있었기 때문에, 그는 일주일 내내 최고급 윤활유를 열심히 뿌렸다. 재생 거리에 우뚝 솟은 거대한 교체용 부속 창고에 내려가서 오래된 폐에 붙일 새 수축기도 두 개 사 왔다. 처참한 최후의 전투를 비등하게 펼치는 와중에, 독극물 가득한 공기를 한두 번 비효율적으로 들이쉬었다는 이유로 패배해 쓰러진다면 참으로 끔찍하리라 생각했기 때문이다. 너무 오래 사용해 몰골이 말이 아닌 눈도, 모데란 최고 품질의 렌즈를 덧대어 세심하게 조율하는 식으로 보강했다. 심장 점검을 끝내고 밸브를 단단히 조였다. 피스톤 박자도 전쟁용으로 조절했다. 마지막 한 번이겠지만.

이제 적을 맞이할 때였다! 대체 어떤 자일까? 9번 성채는 언제나 최후의 적수가 어떤 자일지 궁금했다. 심지어 세계 대포격전에서 승리를 거두던 위대하고 위대한 순간에도, 그의 신금속 발이 닿는 땅이 전부 자신의 것이던 때에도, 그리고 우주 자체가 그의 명성의 전시장처럼 보이던 순간에도, 천상에서 불덩이처럼 타오르는 태양마저 그를 위해 춤추는 것처럼 보일 때에도, 그의 사진이 사방에 가득 흩날리며 모데란 전역에서 숭앙의 대상이 되던 때에도, 그는 의문을 거두지 않았다. 그래, 정신의 뒤편 아득한 구석에서, 그는 계속 궁리했다! 가장 아름다운 신금속 아가씨들과 *절걱절걱, 자박자박, 욱착 가르 가르 가르 쿵쿵쿵 아아아…… 어어오어……* 하고 있을 때도, 그는 그 차디찬 생각을 떨칠 수가 없었다. (인정하자. 그 얼음처럼 차가운 질문은 평생 그의 마음속에서 온전히 사라진 적이 없었다.)

어쩌면 로켓 발사기 형상의 흑마를 타고 등장할지도 모른다. 그러면 그는, 9번 성채는, 오랜 동무인 백마를 몰아 맞설 것이다. 머리를 드러낸다면 그대로 쏴주마! 9번 성채는 이렇게 생각했다. 일대일로 싸우기를 청한다면 그 방법을 쓰겠어! 나와 성채가 힘을 합쳐서 그 자리에서 날려버리는 거야. 할배 쿵쿵 폭탄을, 높이 올라가 기묘한 비명을 지르며 낙하하는 박살박살 미사일을, 하얀 마녀 미사일과 달려가는 인형폭탄의 쓴맛을 선사해줘야지. 적을 찾아내 섬멸하는 내 신형 무한대 사거리 인간 파괴 폭탄으로 배때기를 갈기갈기 찢어주겠어. 다탄두 코울슬로 제조기로 옛 시대의 피클처럼 잘게 저며버려야지. 놈은 자신의 어리석음을 후회하며…….

찌찌르쨱! 찌찌르쨱! 찌찌르쨱! 쨱쨱! 쨱쨱! 쨱! (L타워였다!) **"현재 시각 11시 42분 12초, 자동 보도 작동 개시. 정오까지 0 지점으로 이동할 것."** (정오에 0 지점이라! 그게 끝인가! 그래, L타워라면 당연히 그럴 줄 알았지. 마지막 순간까지 사악하고 냉소적이고 이중적인 작자들이니까.)

이 일이 어떤 식으로 시작될지 알려준 사람은 아무도 없었다. 그리고 어떤 식이 될지를 제대로 배울 기회 또한 지금껏 살아오면서 단 한 번도 없었다. 이 문제에 대한 세미나 따위를 열어준 적도 없었다. 어쩌면 가장 중요한 요소일지 모르는데도. 그리고 최후의 적을 다루는 워크숍 따위도 열린 적이 없었다. 그는 그저 본능에, 아직도 살점 조각 깊은 곳에 아로새겨진 직감에…… 흘러간 먼 옛날의 '약점'에 의존할 수밖에 없었다. 그는 전사였기 때문에, 그리고 모데란의 가장 명성 높은 포격 전문가로서 여러 번 훈장을 받았기 때문에, 전투의 깃발이 휘날리고 강철 날개 독수리들이 날아가는 아래에서 장대하고 당당하게 싸우게 되리라 생각하고 있었다. 그리고 어쩌면, 위대한 최후의 전투를 앞둔 마지막 밤에는, 어디선가 티 없는 음악이 청아하고 가슴 저리게 울려 퍼지며, 마지막 작별의 무곡이 하늘을 가득 채울지도 모른다. 그리고 아름다운 신금속 아가씨들이 가녀린 무쇠 주름 장식만 걸친 채 들어올지도……. "아, 부디 이걸 당신의 심장 펌프 곁에 달아주세요, 내 사랑. 나를 위해서!" "그러리다! 그리고 반드시 돌아오리다……."

그러나 애석하지만 진실을 말하자면, 교착상태에 이른 힘겨운 전투는 대부분 몸이 아릴 정도로 냉혹하며, 그저 주먹을 굳게 쥐고 사방에서 밀려드는 영혼의 고통에 다부지게 맞서며 눈물을 참아내야 하는 것이 아니던가. 저들에게 비웃음을 사지 않기 위해서도, 스스로 그 뒤에 숨지 않기 위해서도, 눈물은 필요치 않은 것이다. (음악은 우리를 사지로 몰아넣을 수도, 사지에서 구원할 수도 없으니!) 그리고 전투란 근본적으로 모든 포대를 조준하고 그대로 두드리고 두드리고 **두드리면서**, 방어자의 결의나 공격자의 열정이 무너질 때까지 공격을 반복하는 것이 아니던가. 살아서 걸어 나올 수 있다면, 아니 설령 기어 나오더라도, 어떻게든 앞이나 뒤로 어느 정도 움직일 수만 있다면, 그것만으로도 훌륭히 수행했다는 증거가 될 것이다. 그러나 저들이 자신을 쓰러트리면, 들것에 누운 채로 머지않아 찾아올 죽음을 기다리게 되면, 과거 모든 전투에서 마주친 자부심 넘치는 망령과 전장의 굶주린 독수리들에게 용서를 애걸할 수밖에 없으리니, 자신을 기다리는 끔찍한 운명을 굳이 입에 담지 않아도 알고 있기 때문이리라. **자신이다.** 저들(타인들)이 아니라 자신이, 걷어차이고, 망치에 찍히고, 두드려 맞고, 잘리고, 토막 나고, 사지가 뜯기고, 썰리고, 저며지고, 얻어맞고, 배를 따이고, 짓이겨지고, 녹아버리고, 증발하고, 불타고, 찢어발겨지고, 분해되고, 파괴당하고, 완전히—제대로—끝나는 것이다. **자 신 이** 말이다. 가장 내밀하고 **사적인 자신이.** 이건 고려해야 할 문제다. 인간의 존재 방법의 하나니까. 모데란에서는.

그런데 지금 저 아래 보이는 것들은 대체 뭐란 말인가!? 아주 작은 개미들이, 수많은 검은 개미들이 저 멀리 플라스틱 평원에서 무리를 지어 돌아다니고 있지 않은가? 9번 성채는 작은 둔덕 위에서 이동을 멈추었다. 자동 보도의 스위치를 눌러 정지시킨 다음, 고정용 잠금쇠를 풀고, 몸을 움직여 발을 넣는 자리에서 빠져나왔다. 그리고 자동 보도 가장자리까지 나와서 아래 멀리 보이는 것들을 살폈다. L타워의 목소리가 특정 장소까지 이동하라고 지시했다. 그는 날카로운 모데란 시각으로 그 지점을 살피고 배율을 맞췄다. 그곳에는 천천히, 원형으로 바닥을 맴돌며 기어다니는 작은 점들이 가득했다. "잔혹하구나. 지금 떠오르는 단어는 오로지 그뿐이니." 9번 성채는 중얼거렸다. (물론 플러기-플라기의 중얼거림이었다.) "최후의 대미를 장식할 거대한 드래곤은 없단 말인가?? 저런 하찮은…… 굶주린……!?"

"그대는 홀로 갈 것이다. 그대는 자기 자신 외에는 아무것도 지닐 수 없다. 최후의 무기는 그대 자신이다. 최후의 그대다. 행운을 빈다, 훌륭한 사냥을, 그리고 좋은 하루 보내기를, 선량한 낡은 9번 주인이여, 헉 헉 헉." L타워의 목소리는 이렇게 말했다. (좋은 하루라고??)

그는 자동 보도를 벗어나 플라스틱 평원 위의 바로 그 단단한 플라스틱 지점까지 나아갔다. 이제 그는 지치고 낡은 무쇠 덩어리에 기나긴 낡은 살점 조각 혈관 튜브, 그리고 제대로 생각하기에는 철벅거림이 부족한 너무 낡은 화학물질 냄비일 뿐이었다. 얼마나 비참한 모습인지! 병사와 대포를 빼앗기면 그들 모두가, 심지어 최고점에 있을 때도 얼마나 애처로워지는지! 그러나 지금 이곳에 있는 자는 낡아빠진 이였다. 낡은 몸을 이끌고 거처를 떠나서, 홀로 스스로 걸어서, L타워의 명령에 따라서, 이곳 0 지점으로 보내진 것이다. 0 지점으로! 지금껏 이곳을 얼마나 두려워했던지! 그러나 이것이야말로 마침내 도달한, 마지막에 찾아온 진정한 시험이었다. 지금껏 해온 모든 준비가—모든 전투가, 모든 배움이, 모든 사랑이—전부 이 시험을 위한 것이었다. 지저분한 살점투성이 올데란의 무지로 가득한 선사시대를, 그 길고 흐릿한 어둠의 시대를 떠나온 바로 그 첫날 이후로, 생일날 어머니의 힘겨운 노력 덕택에 차디찬 세상에 내팽개쳐진 이후로 행한 모든 일이, 바로 이 순간을 위한 것이었다.

다른 무엇보다 먼저 공황에 몸을 내맡기고 싶은 충동이 일어났다. 모든 스위치를 내리고 자폭 장치를 가동하고 싶었다. 정당한 것은 아닐지라도, 분명 그의 힘이기는 하니까. 그러나 그는 지금껏 찾아보기 힘들었던 강철의 의지를 발휘해서 즉시 그 방안을 기각했다. 지금은 안 된다고, 절대 안 될 일이라고. 진실로 절망적이고 아무런 가망이 없는 상황일지라도, 파멸에 포위당하고 지옥이 열려 울부짖는다 해도, 그는 절대로 겁쟁이처럼 행동할 생각은 없었다. 지금껏 신과 자기 자신과 L타워를 위해 수행한 자랑스러운 전투 전부를 무위로 돌릴 수는 없었다. 아직도 그의 요새 꼭대기에는, 그리고 요새의 과시탑에는, 과거의 영광을 알리는 승리의 삼각기가 밤낮을 가리지 않고 나부끼고 있다. 마치 가장 사악한 지옥의 드래곤을 무찌르고 뽑은 어금니를 하늘에 그대로 걸어놓은 것처럼. 그는 그 깃발의 금속 실 한 가닥도 더럽히지 않겠다고 마음먹었다. 천만에! 9번 성채 앞에서는 어림도 없다. 바로 그 순간, 0 지점에서의 짧고 빛나는 찰나에, 이 늙은 주인은 더 찬연하게 빛나는 햇빛 속으로 나섰다. 지금껏 범접한 적 없는 영광과 기백을 내비쳤다. 어쩌면 진정으로 그가 가장 빛나는 무대였을지도 모른다.

그의 장비 속에서 다시 L타워의 목소리가 활기차고 우렁차게 울렸다.

"축하한다, 9번 성채여. 그대는 목표인 O 지점에서 거의 최고 기록에 가까운 움직임으로 모든 짐을 내려놓았다. 그대가 오늘 이곳에서 보인 모범적인 행동만으로도, 상당히 명확하고 온전히 진실되게, 지금껏 그대가 획득한 온갖 영예의 훈장에 새로운 광채를 더했다 할 수 있으리라. 그러나 지금은 우리도 장비를 '꺼놓고' 점심시간을 즐겨야 하므로, 눈앞의 전투에 대한 그대의 예상부터 확인해야겠다. 답변 바란다."

9번 성채는 L타워에 대답했다. "우리는 계측이 힘들 경우에 항상 그랬던 것처럼, 진격하여 적을 '느낄' 것이오. 전투가 달아오르기 시작하면 우리는 한층 고양되어 더 높고 **높은** 곳으로 진군하며, 전투의 정점에 도달할 때까지 멈추지 않을 것이오. 이 점만은 의심하지 않아도 좋소! 우리는 **전력**으로 싸울 것이니!" 그리고 그는 통신 장치로 슬쩍 건너편의 대화를 엿들었다. (이토록 황막한 상황이니 이런 작은 위반 정도는 용인해줄 수 있으리라.) 그리고 그의 귀에는 멀리 L타워에서 낮은 주파수로 속삭이는 두 사람의 소리가 들려왔다. 한 사람이 자랑스럽고 의기양양하게 소리쳤다. "**저럴 줄** 알았다니까!" 다른 사람은 조롱하며 판결을 내렸다. "빌어먹을 머저리! 저 아래에서 무슨 일이 벌어지는지 알지도 못하는 건가?"

L타워의 공식적인 목소리는 이렇게 말했다. "**고맙다. 즐거운 사냥이 되기를. 나중에 돌아와서 회수해주겠다.**"

그는 모든 준비를 마치고 자동 보도 궤도에서 내려왔다. 최대한 거만하게 몸을 꼿꼿이 세우고, 전쟁을 준비하는 전차처럼. 그리고 수 킬로미터 길이의 혈관 튜브 속에서는 다시 드높은 노랫소리가 울리기 시작했다. 옛 시대에도 지금도, 전투가 눈앞으로 다가오면 언제나 그랬듯이. (그러나 지금은 아주 잠시…… 아, 아니, 한순간으로 끝날 뿐이었다.) 다음 순간 공허한 영혼의 조각이 그를 습격했다. 격렬한 공격이라고, 그는 생각했다. 그리고 그의 정신 속에서 폭풍이 되어 그를 내려다보며 조롱했다. 반면 진짜 구름은 청회색의 증기 방어막 아래에서 신음하고 흐느끼며, 12월의 하늘을 이리저리 몰려다니면서 장막처럼 그를 뒤덮었다. 어딘가 멀리 차디찬 곳에서 음악이 들려오기 시작했다. 뒤이어 지금껏 죽음을 머금고 낮은 하늘을 한참 맴돌고 있던 파멸의 새들이 하늘 높이 솟아올랐다. 새들은 줄지어 번득이며 그의 머리 위를 그림자로 뒤덮었고, 날개에 달린 꾸러미들이 신호에 맞춰 터지면서, 폭발음과 함께 얇은 금속이 빠르게 공기를 가를 때의 묘한 자글거리는 소리를 울렸다. 낡은 9번은 고개를 들었다. 그리고 깨달았다……. 기묘하고 기묘한 기분이었다……. 그는 새들에 맞서 움직였다. 앞으로 나섰다. '위대한 최후의 전투'를 위하여……. 무기 따위는 없이 온전히 혼자서, 흉벽도 없이 홀로 마주

하며…… 혼자서…… 홀로……. 아, 외롭구나……. 실로 정오의
결전이다!

정오 휴식이 끝나자, 그들은 다시 장비에 전원을 넣고 낡은
9번을 호출해보았다. 그러나 플라스틱 평원 저 멀리 0 지점에서
는 아무런 답변도 들려오지 않았다. 지역 탐지 장치의 스위치를
올리자 흉포하게 으르렁거리는 소리가 명확하게 들려왔다. 그리
고 쇳금속을 플라스틱 바닥판 위로 끌고 갈 때의 작고 독특한 지
익지익 소리도 들려왔다. "이제야 쓰러트린 모양이야! 엉망으로
두들겨서 끌고 가고 있군!" L타워의 FIP Z-U가 말했다.

"다른 사람이었다면 오래전에 갈기갈기 찢어버렸겠지." L타워
의 SPAG O-N Z-U가 말했다. "저쪽으로 화면을 돌려볼까?"

"됐어, 돈이 너무 든다고." FIP Z-U가 말했다. "죽음 하나에 그
렇게 낭비할 필요 없어. 굳세고 노련한 자이기는 했지만, 저 아래
에서 무슨 일이 벌어지고 있을지는 뻔하잖아. 저 굶주린 꼬마들
이 신나게 저 친구를 조각내고 살점 조각을 놓고 다툰 다음에, 먹
을 수 있는 부분은 죄다 뱃속에 넣을 거라고. 그런 다음에 양철은
우리가 쓸 수 있도록 잘 쌓아놓겠지. 즐거운 싸움과 점심식사까
지 제공해준 대가로 말이야. 헉 헉 헉."

"그리고 우리는 오전에 폐품 수레를 보내서 저 친구를 수거해
오면 되는 거고. 이른 아침이 좋겠지. 그리고 서둘러 그 '잔해'를
재용융 공장으로 가져가 커다란 용광로에 넣으면 끝나는 거지."

"당연한 소리."

"물론 기계 시체 처리꾼들한테는 평소대로 보수를 줘야 할 테고. 스위치 회수자나 회로 파쇄 자경단 따위 말이야."

"예전 사례를 생각하면 정확하고 합당하고 분명한 판단이지! 그런 물건들은 재활용이 가능할 수도 있으니까!"

L타워의 사람들은 지루함에 슬쩍 하품을 흘리며 그가 어떻게 싸웠는지…… '얼마나 끈질기게 싸웠는지'를 기록하고, 조용하고 능률적으로 파괴 및 박멸 버튼을 눌러 멀리 우뚝 솟아 있던 9번 성채의 보루와 흉벽을 '제거했다'. 그 모든 자랑스러운 깃발이, 승리를 찬양하며 드래곤의 이빨처럼 나부끼던 삼각 깃발까지, 전부 모습을 감췄다. 그리고 다음번 주인을 위한 공간을 마련하기 위해, 옛 시대에 벼룩을 짓눌러 터트리는 정도의 사색과 격식을 갖춰서, 그들은 스위치를 올려 모데란의 *요새와 영웅들의 자동 기록서*라는 짤막한 목록에 적힌 그의 번호를 제로(0)로 만들었다.

마음을 앓는 이와 창고지기

한낮의 오래된 재생 거리에, 모데란의 온갖 부속이 가득한 커다란 창고의 거리에,

얼굴을 찌푸린 작달막한 남자가 찾아왔다네.

모데란에서 흔히 사용하는 금속 쇼핑백을 들고서.

그리고 그의 가슴에 뻥 뚫린 구멍에서는 전선이 늘어져

쇼핑백 속의 심장에 연결되어 있었다네. 아! **기묘하여라.** 참으로 이상한 모습이구나!

(그러나 잊었는가, 이곳은 모데란이니! 이곳의 **모든** 사람은 금속이자 인간이며 [인간?] [금속?] [금속인?] 영원히 움직이는 부속에 자긍심을 품는 자들이니.

인간은 이제 대부분 새로 거듭난 강철이며 모두가 요새처럼 생각을 하고 있으니. 강건하고, 탄두를 발사하며, 어디 건드려보

라는 투로! **당장**! 자신의 거친 모습을 자랑하니!)

그래도 어디선가, 분명히, 이 남자는 모종의 불길을 뚫고 온 것이 분명했으니.

덕분에 모든 유쾌함이, 모든 즐거움이, 모든 '생명'이

웃음 장치가 제대로 작동하지 않는 얼굴에서 불타 사라진 것이었다네.

그러나 이제 그의 얼굴에는 음울한 종류의 발버둥이, '영원한 불굴의 정신'이

아로새겨져 있었으니, 그 얼굴을 보았으면 그대도 알았으리라, **그래 알았으리라!**

이 남자는 자신에게 시간이 남아 있는 한 절대 포기하고 달아나지 않을 것임을! **"창고지기여!"**

나는 모데란 최고의 신강철 성벽 안에서 평가기의 엿보기 구멍으로 아래를 내려다보았네.

나는 모든 스캔 장치를 **고밀도-스캔-지속-스캔**으로 올려서 **스캔-광선-스캔**을 사용했다네(이게 최고니까).

그리고 금속 재고 조사원에게 지시를 내렸다네!

이 작자가 완전히 **완전히** 끝장났다고 생각하고 있었으니까!

(봉투에 자기 심장을 담아서 가져온 남자라고?! 그것도 모데란의 금속 쇼핑백에!?)

그러나 그는 깨끗하고 완벽히 **깨끗했다네**. 무기를 번득이지도

않고

교묘하게 숨긴 장비도 없어서(적어도 찾지는 못했으니), 나는 그를 안으로 들였다네.

양쪽으로 갈라지는 커다란 주황색 문을, 벽에 난 틈으로 들여보내서.

"뭐요?" 나는 그를 노려보며 차가운 플러기-플라기 목소리로 물었다네. 그리고 아주 잠시,

그가 몸을 떨자, 나는 그가 진정 어떤 기분일지를, 마침내 여기 도착해서

(대체 **힘겨운** 여행길을 **얼마나** 오래 견뎌온 것인가?) 모데란 전역에서 가장 위대한

고위 창고지기 앞에, 거대하고 **유일**하며 **냉정**한 사람의, **가장 위대한** 인물의!

눈앞에 선 기분이 어떨지를 짐작할 수 있었다네.

모든 부품의 반출을, 특히 여분의 금속 심장을 담당하는, 나를 마주하게 되었으니.

(나 또한 예전부터 모데란 강철은 아니었으니, 느끼고 이해할 수 있다네.

그리고 다른 이들을 **걱정할** 줄도 안다네) (조금은) "**창고지기여, 창고지기여!**"

떨림이 멈추고, 제 임무에 붙들린 남자가 내 앞에 섰다네. 차가운 눈빛을 내게 향하며,

금속 손을 한데 모아 심장이 다부지게 들어앉은 쇼핑백을 분노를 담아 두드리면서,

가슴의 구멍으로 이어지는 전선을 매단 채로…… 기묘하여라, 아, **기묘하여라**, 세상에!

"**창고지기여! 우리의 나라에는 심장이 없소!**

나 또한 심장이 없소. 당신에게도 심장이 없소.

그런데 **당신은, 심장의 지킴이인 당신은!**

어떻게 창고지기를 자칭할 수 있는가!" 남자는 이 마지막 말을 간신히 끄집어내놓듯, 힘겹고도 힘겹게,

제트기류 속에서 소리치는 것처럼 내뱉었다네. (그래, 이 일을 하다 보면,

이곳에 들르는 **광인들**을 계속 상대하게 된다네.) "글쎄, 그게." 나는 발성용 플러기-플라기의 대화 조절 장치를

조심스레 선택하며 말했다네. "그럼 처리해볼까, **당장** 살펴보겠소!" 그리고 나는

금속 어깨로 한쪽을 가리키듯 슬쩍 까닥이며

널찍하고 깊은 '펌프 통'을 가리켜 보였다네. 그 안에는 새로운 신선한 금속 심장이

가득 들어차 은은하게 빛나고 있었으니, 바로 그저께 이걸 생산하는 구역인

'하트 앤드 파츠'에서 배달되어 온 물건들이었다네.

나는 다시 조심스레 대화 조절 장치를 선택하며 그에게 물었
다네.

"어떤 종류의 심장을 찾고 있소? 뭐가 필요한 거요, 선생? 오늘
은?"

"심장! 심장!! 심장이오!!! **심장이오!!!!**"

(아, 이젠 **비명**을 지르고 있구나)

"**진짜**!! 깡통이 아니라 심장 말이오. 깡통이라면 **있소만**! 창고
지기여."

상황이 고약해질 조짐이 보였다네. 내가 경비 장치를 호출하
자 벽에서

통제 불능의 광인에 대처할 때를 대비해 벽감에 달라붙어 쉬
던 장치들이

즉시 효율적으로 일어났다네. 강철 인간들이 줄지어 내 주변
을 둘러쌌다네.

조금 안전해진 기분이 들자 나는 단호하게 말했다네. 내 가장
단호한 대화 설정으로,

가장 큰 소리를 계속 유지하면서. "제길, 그게 무슨 소리요, 여
긴 모데란인데!

당장 정신 차리시오! 심장을 고르거나 썩 꺼지시오.

마음에 드는 심장을 선택하거나 자동 보도에 오르란 말이오, 한
심한 작자 같으니!"

(그래…… 더는 시간을 낭비할 수 없었다네. 그는 부당하게 내 시간을

소모하고 있었으니까. 나를 귀찮게 하고 있었으니까.) 정리할 부속과

목록에 올릴 물건들이 가득했으니까. 오늘 안에 금속 기도가 새로 배달되어 올 예정이었고,

머리 냄비의 금속 두뇌 배수장치용 최신식 보형물도 언제 들어올지 몰랐으니까.

아니면 혁신적인 신형 손가락이나. 아니면 폐도 있고

창고지기의 업무란 만만한 것이 아니라네. 언제 한번 해보기를!

게다가 나는 최고의 창고지기라네. 다른 모든 부속에 더불어 나는! 신품 심장을 다루는

유일한 창고지기이니, 매주 고속 승강기를 타고 재깍재깍 도착하는 온갖 크기의 심장들은

그대로 내 커다란 '펌프 통'에 들어와 쌓이게 된다네.

그는 내 암시를 받아들였다네. 그리고 떠났다네. 그저 쇼핑백 안의

자기 펌프를 꺼내어 내 '점검 후 배출' 작업대에 올려놓고는 '배출' 공간을 찌푸리고 노려보기만 하고서. **"썩 꺼져!"** **"당신은 전혀 도움이 안 돼."** 떠나가는 그의 어깨너머에서 그가 타오르는 것인지, 그 비슷한 소리가 들리는 것만 같았다네.

아, 어쨌든, 세상에는 도움을 원치 않는 사람도 있는 법이라고, 나는 생각했다네. 내가 **여기** 있는데. 이 세상 **전체**를 통틀어 가장 **훌륭한** 심장을 가지고 있는데. 저 친구는

그냥 자신의 업무에 적합한 심장을 주문했으면 되는데. 사람 (금속인)들 중에는 이해가 안 되는 친구들이 있다니까. **그렇지 않은가?** 나는 이내 바빠졌다네. 그래, 신형 손가락이 들어왔다네. 머리의 부속과 신선한 신금속 폐도 그날 들어왔다네. 창고가 아주 북적이는 날이었다네. **게으름뱅이**에게 낭비할 시간은 없었다네. 그러나 대체 어떻게 된 일인지 몰라도?! 내가 달고 있는 얼마 안 되는 살점 조각 깊은 곳에서는

뭔가 뒤틀리고 불안해하며 나를 **걱정하게** 만들었다네(인정할 수밖에 없지만). 늦은 밤이 되어

모든 것이 서늘한 정적 속에 잠기고, 부속 창고의 수면용 별관의 슬링어 침대에 몸을 누이고 불을 *끄자*, 끊임없이 재고를 점검하고 수를 헤아리며 흐릿하게 깜빡이는 불빛 외에는 칠흑 같은 어둠 속에 잠기자,

어디선가 외치는 소리가 계속해서 들려왔고, 나는 생각할 수밖에 없었다네.

대체 어디인지, 그가 어디에 있을지,

밤새 쉴 곳 없는 차디찬 플라스틱 위를 어떻게 떠돌고 있을지,

여전히 쇼핑백에 펌프를 담은 채 애원하고 있을지를.

"심장! 심장!! 심장을!!! **심장을!!!!**" 심장을?!

제프 밴더미어의 훌륭한 서문을 수록한 이상 역자로서 덧붙일 말은 그리 많지 않을 것이다. 일단 여기서는 번치라는 낯선 작가에 대한 이해를 돕기 위해서라는 명목으로, 다른 위대한 SF 작가의 소개글을 일부 인용해 보기로 하겠다. 무려 아시모프의 면전에서 독설을 내뱉고 브래드버리를 하찮다고 일축했던 SF업계 최고의 독설가, 고故 할란 엘리슨이 『데인저러스 비전』(1967)에 수록한 번치에 관한 소개글이다. 밴더미어가 언급했듯이, 번치는 SF계의 혁명 선언문이나 다름없는 이 단편선에 두 편의 작품이 선정된 유일한 작가였다. 그리고 그중 한 편은 이 단편집에도 수록되어 있는 「모데란의 막간극」이다.

"……내가 처음 번치의 단편을 읽은 것은, 론 스미스가 출간한 『인사이드』라는 이름의 훌륭한 팬 매거진에서였다. 그는 번치를 접하고 그의 독특한 문체, 시적 감각, 판타지와 과학소설이라는 매체로 거의 다다이즘에 가까운 비전을 전달하는 능력에 깊은 인상을 받았다. 번치는 『인사이드』에 정기적으로 작품을 게재했다. 그의 글은 엇갈린 반응을 이끌어냈다. 존 치아르디 같은 일부 통찰력 있는 평론가들은 식견 있는 평가를 남겼다. 반면 얼간이 팬들은 머리를 긁적이며, 에드 얼 래프나 뭐 그딴 작가들의 단편처럼 무관성 동력을 훌륭하게 분석하고 응용하는 작품을 실을 공간을 번치에게 낭비하는 이유를 모르겠다는 반응을 보였다. 5~6년 전쯤 『어메이징 스토리즈』의 전 편집자이며 매력과 지성을 겸비한 셀레 골드스미스 랠리가 번치의 단편을 수록하기 시작했다. 이번에도 소동과 엇갈린 반응이 이어졌다. 그러나 번치는 마침내 있을 곳을 찾아냈다. 양쪽 모두 상당한 용기를 발휘한 덕분에, 번치와 셀레는 로봇의 세상인 '모데란'의 이야기를 수록하기 시작했다……. 나는 번치의 단편을 수록하려고 10년을 기다렸다. 따라서 번치 두 편, 이 작은 번치의 묶음은 어쩌면 꽃다발일지도 모르겠다…….

번치는 어쩌면 여기 소개하는 모든 작가 중에서도 가장 위험한 예언가일지도 모른다. 그는 이 지면에 수록된 작가 몇몇처럼 특별한 기회를 맞이하여 무리한 시도를 한 것이 아니라, 사변소설 업계에 들어온 이후 내내 그런 자세를 견지해왔다. 그는 미래상을 수수께끼, 난제, 질문, 우화의 형태로 써낸다. 그 작품을 풀어내는 일은 독자의 몫일 것이다."

찬사글에서조차 에드 얼 래프를 비난하고 넘어가는 솜씨가 과연 엘리슨답다고 혀를 내두르게 된다. 굳이 이 서문을 인용한 것은 번치가 예나 지금이나 장르 팬들에게 널리 알려진 작가가 아니기 때문이기도 하다. 2018년 밴더미어의 서문이 수록된 완전판이 출간되기 전까지, 상당수의 독자는 엘리슨의 단편선을 통해서만 번치와 '모데란'의 세계를 접하였을 것이며, 따라서 엘리슨의 작가 소개는 제법 귀중한 사전 정보였기 때문이다.

엘리슨의 과격한 독설과 찬사가 마음에 들지 않는 독자를 위해서 다른 뉴웨이브 작가의 평도 하나 인용해보도록 하자. 브라이언 올디스는 『1조 년의 질주: 과학소설의 역사』(1986)에서 『모데란』을 언급하며 한결 정제된 평가를 남겼는데, 번치가 SF계에서 차지하는 위치와 매력, 그리고 그에 따르는 안타까움을 잘 드러내주는 듯하다.

"결과물은 마치 휘트먼과 니체가 합작하여 하인라인-앤더슨-니븐-푸넬의 전형적인 미래사 단편을 써내려간 듯 보인다. 따라서 이 책은 과학소설계에서도 유례가 없는 작품이라 할 수 있을 것이다……『모데란』은 지금껏 단 한 번, 1971년 미국에서 페이퍼백 형태로 출간되었을 뿐이다. 과학소설의 역사 속에 존재하는 수많은 좋은 책들과 마찬가지로, 이 작품 또한 휠

선 열등한 작업물을 선전해대는 광고의 홍수에 휘말려 사라져 버리고 말았다."

*

데이비드 루스벨트 번치는 1925년 미주리주 라우리시티에서 태어났다. 센트럴미주리 주립대학교와 세인트루이스 워싱턴 대학교에서 학사와 석사 학위를 받았으며, 아이오와 주립대학교에서 영문학 박사과정을 밟던 도중 아이오와 작가 워크숍에서 2년을 수학하고 박사과정을 중단하였다. 1957년 최초의 SF 단편이 『이프』지에 수록되었으며, 이후 1997년까지 적어도 100편이 넘는 단편을 다양한 잡지에 기고했다. 본격적으로 작가로서 주목받기 시작한 것은 할란 엘리슨 단편선에 작품 두 편이 수록되면서부터였고, 단편집 『모데란』(1971)과 『번치!』(1993)는 평단의 호응을 얻었으며 『번치!』는 1994년 로커스상과 필립 K. 딕상 후보에 오르기도 했다.

번치는 창작 활동을 이어가면서도 세인트루이스의 미 국방성 지도국에서 지도 제작자이자 지도 차트 편집자로 근무하였으며, 1973년에야 은퇴하고 전업 작가의 길을 걸었다. 따라서 4부를 제외한 이 책의 모든 단편은 전업 작가 이전 시기의 산물이라 할 수 있을 것이다. 이후로도 그는 작품 활동을 꾸준히 이어가다가, 2000년 5월 29일 75세의 나이에 심장마비로 사망했다. 마지막 책인 시집 『마음을 잃는 자와 창고지기』가 출간되고 한 달 후의 일이었다.

2018년에 출간된 이 단편선은 1971년 초판본을 기본으로, 이후 번치가 여러 SF 잡지에 기고한 모데란 세계관 작품들을 제4부에 추가로 모아 놓았다. 그러나 이마저도 완전한 모데란 전집이라고 칭하기에는 부족한데, 모데란 세계관에 느슨하게 기반한 번치의 시 저작이 거의 포함되지 않았기 때문이다. 유일한 예외가 마지막 수록작이며 사변문학 시집이라는 독특한 선집 『폴리』에 처음 수록되었던 (그리고 마지막 시집의 표제작이기도 한) 「마음을 잃는 이와 창고지기」인데, 번치의 시문이 어떤 느낌인지 살짝 엿볼 수 있으리라 생각한다.

작자의 세계 구상 방식이 궁금한 독자들을 위해, 수록 단편의 출판 이력을 연대순으로 나열하면 다음과 같다. 1971년판 『모데란』에 처음 수록된 단편은 제외했으며, 일부 작품은 편집자를 후술하였다.

「과거에의 일별」『디버전Diversion』 1959년 4월호, 『판타스틱』 1970년 10월호
「먼 땅에서 찾아온 살점 인간」『어메이징』 1959년 11월호 (셀레 골드스미스 편)
「그녀는 끔찍했나?」『판타스틱』 1959년 12월호 (셀레 골드스미스 편)
「어느 꼬마 소녀의 모데란식 크리스마스」『판타지&사이언스 픽션』 1960년 1월호 ('어느 꼬마 소녀의 모데르니아식 크리스마스'라는 제목으로 『코스트라인스Coastlines』 1958년 가을호에 수록, 이후 개작)

「온전한 아버지」『판타스틱』 1960년 1월호 (셸레 골드스미스 편)

「성채 안의 기묘한 그림자」『판타스틱』 1960년 3월호 (셸레 골드스미스 편)

「기억하기」『어메이징』 1960년 4월호 (셸레 골드스미스 편)

「모데란의 참회일」『어메이징』 1960년 7월호 (셸레 골드스미스 편)

「일상으로의 귀환」『어메이징』 1960년 8월호 (셸레 골드스미스 편)

「남편의 몫」『판타스틱』 1960년 10월호 (셸레 골드스미스 편)

「경고」『어메이징』 1960년 11월호 (셸레 골드스미스 편)

「최종 결론」『어메이징』 1961년 2월호 (셸레 골드스미스 편)

「이런 기수를 본 사람 있나요?」『셰넌도어』 1961년 겨울호

「시작이 없는 최후의 날에 그들은 영혼을 어떻게 처리하였나」『르네상스Renais-
    sance』 No. 2, 1962

「카멜롯 모데란에서 찾아온 사나이」『데스캔트Descant』 1962년 겨울호

「검은 고양이의 계절」『판타스틱』 1963년 2월호 (셸레 골드스미스 편)

「생존 꾸러미」『판타스틱』 1963년 4월호 (셸레 골드스미스 편)

「실책」『판타스틱』 1963년 5월호 (셸레 골드스미스 편)

「때론 기쁨을 가눌 수 없으니」『판타스틱』 1963년 8월호 (셸레 골드스미스 편)

「2064년 또는 그 언저리에서」『판타스틱』 1964년 9월호 (셸레 G. 랠리 편)

「재회」『어메이징』 1965년 2월호 (셸레 G. 랠리 편)

「놀이 친구」『판타스틱』 1965년 5월호 (셸레 G. 랠리 편)

「걷고 말하며 신경 안 쓰는 남자」『어메이징』 1965년 6월호 (셸레 G. 랠리 편)

「꽃의 기적」『스미스/7Smith/7』 1966년 10월호

「모데란의 막간극」 단편선 『데인저러스 비전』 1967 (할란 엘리슨 편)

「종말의 이야기」『어메이징』 1969년 1월호

「언제나 조금씩」『페리헬리온Perihelion』 #7, 1969년 여름호

「주름도 처짐도 없는」『리틀 매거진』 1970년 봄호

「농담」『판타스틱』 1971년 8월호

「왕에게 두 개의 태양을」『워즈 오브 이프Words of If』 1972년 3/4월호

「선한 전쟁」『판타스틱』 1972년 12월호

「지저분한 전쟁」『이터너티 SFEternity SF』 1973년호

「영원을 겨냥한 땅에서」『판타스틱』 1974년 5월호

「금속 인간 종족 사이에서」 단편선 『뉴 디멘션 IVNew Dimensions IV』 1974 (로버
트 실버버그 편)

「금속 포식자가 찾아왔을 때」『갤럭시』 1979년 6/7월호

「꼬마 소녀의 모데란식 봄날」『갤럭시』 1979년 9/10월호

「9번 성채의 12월」『어메이징』 1982년 6월호

「마음을 잃은 이와 창고지기」『폴리: 뉴 스펙큘러티브 라이팅Poly: New Specula-
tive Writing』 1989 (리 발렌타인 편)

*

본문이 마음에 들었던 독자들이라면 공감할 수 있겠지만, 아
무리 뛰어난 편집자가 골라 수록한 작품이라 할지라도 단편 하
나만으로 '모데란' 세계의 매력을 온전히 전하기란 쉽지 않을 수
밖에 없다. 누누이 언급되는 '예언적'이라는 이유 때문만은 아니
다. 과장되고 과격한 문체, 그로테스크한 신체 훼손 묘사, 등장인
물들의 호전적인 태도와 대조되는 방어적이고 피해망상적인 내
면, 거짓된 모조품을 향한 한계를 모르는 칭찬, 그리고 그 사이사
이에 은연중 엿보이는 조소와 절망까지도, 이 모든 것이 '모데란'

이라는 극단적인 세계를 매력적으로 만드는 요소로 작용한다. 심지어 21세기 초반 대중매체의 세례를 받은 독자들에게도, 사이버펑크와 돈키호테의 영웅담을 섞어 놓은 듯한, 적통이라 칭할 후예를 남기지 못하고 사라진 번치의 기이한 단편들은 그 나름의 거북한 재미를 선사할 수 있지 않을까 싶다.

적어도 도서실에서 『드래곤랜스』 시리즈와 하인라인 사이에 끼어 있는 낡은 책을 발견했던 고등학교 시절의 역자는 그렇게 느꼈던 듯하다. 모쪼록 독자 여러분도 이 독특한 작가의 작품세계에서 색다른 즐거움을 만끽할 수 있었으면 한다.

조호근

모데란

초판 1쇄 펴낸날 2025년 2월 28일

지은이 데이비드 R. 번치
옮긴이 조호근
펴낸이 김영정

펴낸곳 폴라북스
등록번호 제22-3044호
주소 06532 서울시 서초구 신반포로 321 (잠원동, 미래엔)
전화 02-2017-0280
팩스 02-516-5433
홈페이지 www.hdmh.co.kr

© 2025, 현대문학

ISBN 979-11-88547-38-8 (04840)
      978-89-93094-65-7 (세트)